Légrádi Horváth Péter

Europaturm

I. kötet

novum pro

© 2020 novum publishing

ISBN 978-3-99064-915-2
Lektor: Sósné Karácsonyi Mária
Borítókép:
Siarhei Nosyreu | Dreamstime.com
Borító, tördelés & nyomda:
novum publishing

www.novumpublishing.hu

PROLÓGUS

Jan egy dohos, sötét szoba padlóján ébredt.

Tökéletesen emlékezett az előző estére. Miután Nut és Filip elmentek, még tévézett egy kicsit, megpróbált inni egy utolsó üveg ánizsos mézsört, de már nem esett jól, ezért, majd' félóra után, el is nyomta az álom a kanapén. Miután felébredt, valahogy átvánszorgott a szűk kis hálóba, ahol még mindig alig lehetett pár lépést tenni a szobát betöltő hatalmas ágy mellett, amire rávetette magát, és úgy, ahogy volt, mély alvásba zuhant.

Most mégsem ott volt, ahol lennie kellett volna. Valami padlásnak tűnt a fapadlós helyiség, melyet teljesen belepett a por. Túl sok mindent azonban nem látott a környezetből, mert csak kis mennyiségű fény szűrődött át azon az egyetlen, redőnyös ablakon, amit maga körül észrevett. Nehéz volt felkelni, a padlón fekvés miatt nagyon megfájdult a nyaka és a vállai, valamint a lábai sem csinálták rögtön azt, amit parancsolt nekik. Nagy nehezen mégis felkászálódott, és alaposabban körülnézett.

Az érzékei nem hagyták el. A szoba valóban az volt, aminek elsőre gondolta. Egy tetőtér egy szál, leszakadt redőnyű ablakkal, egy nagy gerendával a feje fölött, és vele szemben egy ajtóval, ami felé rögtön megindult volna, ha nem fájt volna úgy a feje…

Próbált visszaemlékezni, mi történt még, de már csak az álmára emlékezett az előző éjszakából: egy nagy, fémfalú helyiségre, ami valami étkező lehetett, lecsavarozott székekkel és asztalokkal, vele szemben pedig egy zászló lógott, nem egy rúdon, hanem függőlegesen felfüggesztve a szemben lévő falra, valami furcsa mintával. Vörös – nem… inkább bordó – alapon egy élénkvörös kör, melyet egy kard szúrt át függőlegesen, vagy valami ilyesmi. Volt még rajta más is, de az már nem ugrott be neki, hogy mi.

Egyedül volt, akkor is és most is. Várt még kicsit, nem tért teljesen magához, hogy féljen, ezért lendületet vett és elindult az ajtó irányába. Ahogy a felkászálódás után felemelte a tekintetét, majdnem az ájulásba taszította a fájdalom, amit a nyakában érzett. El sem tudta képzelni, meddig feküdhetett a padlón, de nem lehetett kevés idő, ha még a keze is úgy elzsibbadt, hogy percekig nem érezte újra a sajátjának. Ahogy az ajtóhoz ért, a zár után próbált nyúlni, de nem talált ilyet. A végletekig kiapadt erejével két kézzel próbálta kiszabadítani magát, és örömmel nyugtázta, hogy nem ütközik ellenállásba. Eltaszította magától a nagy, zárjától megfosztott, szúrágta falapot, és egy ugyanolyan helyiségben találta magát, ahol az előbb járt, azzal a különbséggel, hogy ott egy ajtó a padlón is volt. Egy csapóajtó.

Ez lesz az! – gondolta, és már kezdte is elmozdítani a helyéről a lefelé vezető utat rejtő újabb akadályt, ami mögött várakozásának megfelelően egy létra volt. Kicsit kereste még az egyensúlyát, de a tompultságot szépen lassan felváltotta a zavarodottságból fakadó félelem és kétségbeesés. Hogy került ő ide?

Emlékei szerint nem volt filmszakadás, a fejében található képek között nem talált semmi olyasmit, ami kétségeket vethet fel, most mégis olyan helyen volt, amit még sohasem látott, és furcsa volt a környezet zajtalansága is. Egyszerűen nem talált magyarázatot arra, hogy ha érzi ugyan, hogy már nem álmodik, miért történik mégis valami olyasmi, ami csak önmagán kívüli állapotában lenne lehetséges?

Félrelökte hát a létrát rejtő ajtót és indult is lefelé, egy újabb helyiségbe, ami már kicsit ismerősnek tűnt. Egy nagy házban volt, ez nem is lehetett kérdés, egy hosszú folyosó következett ugyanis, ajtók vagy fél tucatjával. A folyosó mindkét végében eggyel, melyek mind zárva voltak.

A jobbjára eső egyik ajtó viszont félig nyitva állt. Egy gyerek szobája lehetett, ez a résen át jól látszott a benti holmikból. Valami történhetett, mielőtt a lakók elhagyták a házat – legalábbis Jan így érezte a kongó ürességből. Igen, biztosan egyedül van itt, a szobában pedig olyan felfordulás nyomai voltak láthatók, mintha betörő járt volna ott előtte. Jan egyre inkább remélte, nem ő maga az, aki ezt okozta öntudatlanul, bárki sérelmére is, aki ott lakhatott.

Valóban egy gyerekszobába lépett, amint a résnyire tárt ajtót kijjebb taszította. Könyvek, ruhák és plüss játékok, valamint különféle használati tárgyak is szerteszét hevertek a földön, a polcok némelyike félig leszakadva jelezte: nagy felfordulás közepette távozott, aki távozott innen.

Tele volt a feje összefüggéstelen gondolatokkal. Elfogta a félelem, hogy bizony most nagyon gyorsan megoldást kéne találnia a helyzetre, amibe került, de az agya mégsem állt úgy működésbe, hogy koncentrálni tudjon.

A helyiségből kilépve egy nagy tükör késztette megtorpanásra. Amikor megpillantotta magát, nem azt a férfit látta, aki tegnap este volt. Ritkás, de a megszokottnál hosszabbra nőtt szőkésbarna szakálla elhanyagoltságról, tépett ruházata ápolatlanságról tanúskodott, sápadt-fehér arca pedig olyan beesettnek tűnt, mintha alultáplált lenne. Az általa viselt furcsa, fehér, bő vászoning sem volt ismerős az utolsó estéről, amit az emlékezetében tárolt. Neki biztosan nem volt ilyen díszes nyakú, cérnával bevont gombokkal teletűzdelt, parasztingre hasonlító ruhája, amin vérfoltok jelezték, hogy kalandos éjszakája lehetett – gondolta.

Sosem lesz már olyan jóképű, mint siheder korában, amikor izmos volt és jellegzetes arcélekkel rendelkezett – mondta ezt egyszer neki Filip, csak úgy, hogy ugrassa, vagy a fene tudja, talán csak azért, mert olyan régóta voltak barátok, hogy kimondhatták egymásnak, amit gondoltak. De szerinte soha nem is volt olyan jóképű, mint amilyennek például Nut mondta, csak úgy kedvességből, amikor maga alatt volt. Az igaz, hogy régen nem volt pufók arca és golyófeje, mint miután elhízott, és nem volt görnyedt a háta, de helyes srácnak nem mondta volna magát akkor sem. Most viszont egyik korábbi énjére sem hasonlított. Most csontos volt az arca, karikásak szemei, az állkapocscsontja pedig kifejezetten megijesztette. Nagyon feltűnően kiállt az arcából, és az a mélyedés az állán is karakteresebb formát öltött.

Hirtelen úgy kezdte érezni, nem érdekli tovább, hogy mi lehet a többi szobában. A folyosó oldalában látott lépcső felé robogott – mindegy, csak ki ebből a házból. Talán ha kitalál az utcára, beugrik, hogy hol lehet. Olyan öles léptekkel közeledett a lejáró felé, hogy majdnem lebucskázott, mikor a féléhez ért, viszont ott megtorpant – a lépcsőnek ugyanis nem volt alja. Ekkor már legalábbis nem volt ott. Óriási lyuk tátongott az alatta lévő szinten, ami a lépcső csaknem harmadát elnyelte. Jan visszahőkölt és hanyatt vágódott, beverve a fejét a fordulóban lévő szekrény élébe.

❖ ❖ ❖

Újra látta a vörös lobogót, közepén a vörös körrel. A kard is ott volt, de a többit továbbra sem tudta kivenni. Közelebb lépett volna, de a lábai ólomból lehettek, úgy érezte. Mintha csak egy szobor lenne az üres, kantinszerű helyiség – igen, talán valóban egy kantin – közepén. A korábbiakkal ellentétben azonban most talán nem volt teljesen egyedül. A zúgásról és a sípoló hangról tudta, hogy csak a fejében léteznek, de a környezet is mintha élőbb lett volna, és folyamatosan vált egyre elevenebbé. Mintha egyszerre minden irányból egy indián törzs harci indulója hasította volna fel szép lassan a csendet, nehéz csizmák dübörgése közepette.

Hideg volt.

Mozdulni még mindig nem tudott, nem tudta még a fejét sem a hangok irányába fordítani, de mintha a látásával is baj lenne, úgy érezte. Az egyre uralkodó vörös szín lassan növekvő folttá vált a szeme előtt, majd váratlanul feketébe váltott. Mint aki eszméletét vesztette, zuhant ki az iménti lázálmának dimenziójából, minek utána a csarnok zajai mélyen tompulni kezdtek, míg végül teljesen kivehetetlenné vált minden hang, amit korábban hallott. Az utolsók, amiket el tudott kapni, azonban emberi szavak voltak, melyek egy beazonosíthatatlan, mégis ismerősnek tűnő hangon szóltak, és valami családról, és annak fontosságáról hadováltak:

– Nekem a család a legfontosabb! A család az, amiért mindenre hajlandó lennék, és hajlandó is vagyok! A család…

❖ ❖ ❖

A család éppen Filipékhez tartott, amikor feltámadtak a fagyos szelek.

Amikor beborult az ég, és a korábbi kellemes meleg ellenére a lágyan lehulló eső az autó szélvédője fagyott, Margot és Oliver sejtették, hogy valami nagyon nincs rendjén. A rádió is elhallgatott, pedig napok óta nem volt olyan, hogy akár a TV, akár bármilyen más készülék, amiben rögtön bemondták, ha történik valami a világban, ne szólt volna az Alannis család otthonában. Nyugtalanító hónapokat élt át újra a világ korábban nyugodtabbnak mondott fele. Nem telt el úgy nap, hogy az a baljóslatú kis piros csík ne jelent volna meg a tévéképernyő alján valami rémisztő rövid hírt megosztva, és mikor két nappal ezelőtt elindultak, úgy érezték, mintha máris menekülnének, minél távolabb az északnyugati partoktól, a kontinens belseje felé. Ettől való félelmükben csüngtek a rádión is, végig, mióta nekiindultak.

Oliver ekkoriban gyakran gyötörte magát a gondolattal – ami eleddig a legpesszimistább fantazmagóriának tűnt –, hogy a gyermekei egyszer megtapasztalhatják, milyen az, amikor évekig nem hagyhatják el a várost, ahol élnek. Amikor – az ő gyermekkorához hasonlatosan – nem láthatják majd a nagyszülőket és minden nap felteszik majd a kérdést: látják-e őket még valaha. Amikor az iskolában furcsa kérdéseket tesznek fel a tanárok apáról és anyáról, és az ajtón ismeretlen, egyenruhás, néha fegyveres férfiak kopogtatnak, és ki tudja, hogy mit akarnak, de muszáj beengedni őket. Leginkább ezek a képek éltek a fejében, és emiatt borzongott mostanában még akkor is, ha csak az utcában egy csendőrt meglátott. Miközben folyamatosan járt az agya most is, észrevétlen úgy dobolt idegességében a kormánykeréken, hogy olykor saját magát kellett fegyelmeznie, valahányszor visszarántotta valami a jelenbe, és őt magát is idegesíteni kezdte a zaj, amit ezzel csapott.

Oliver még gyermek volt, amikor az utolsó Éjlovagot is levágták a Rend harcosai, és véget ért a háború. Persze mindenki tudta, hogy a történetírásnak ez a része csak szimbolizmus. Az „utolsó Valentir" alatt az utolsó harcoló egység legendás lovagját, Phil

Louise Remust értették, de a hírhedt északi lovagrend nem oszlott
fel, csak átmenetileg működött illegalitásban. Mindenesetre
a háború véget ért, és Európa fenyegetettsége megszűnt. De
Oliver szülei szinte mindenkit elveszítettek az azt megelőző
években. Testvéreket, rokonokat, barátokat. Oli azóta sem tudott
megnyugodni, tudta – vagy leginkább csak érezte –, hogy lesznek
újra és újra olyanok, akik megpróbálnak „a béke és az igazságosság
rendszerének" nevezett gépezet fogaskerekei közé éket verni.
De gyerekként ő is gyakran tette fel a kérdést: tényleg olyan
gonoszak azok, akik valami mást akarnak, máshogy élnének,
mint ahogy az évszázadok óta megszokott? Próbálta érteni az
okokat, felnőttként azonban megtanulta, hogy végül is Európában
a „máshogy" szinte mindig sokkal rosszabbat jelent.

Néhány hónapja – mintegy önbeteljesítő jóslatként – aztán
újra rossz hírek uralták el a híradásokat. A Rend viszont erős volt.
Biztosnak látszott, hogy ha valakik valami olyasmire készülnek,
amitől Európa évtizedek óta tartott, azokat még idejében felkutat-
ják, elfogják és az ítélőszék elé vezetik. A közvélekedés legalábbis
ekképpen nézett ki a reménytelibb jövőről. A szabadságjogokat
érvényesíteni kell az egész kontinensen, amennyire csak lehet, de
a rend az első! A társadalomnak még hosszú időbe telik kiheverni
a közelmúlt sérelmeit, ezért most mindenki gyanakvó, ebből
kifolyólag a Rendnek keménykezűnek kell lennie – összegezte
így gyakorta magában a dolgok állását.

A feje kicsit fájni kezdett. Front lehet kialakulóban.

Persze, a Téotéenekre most lehet alapozni. A Téotéen Rend
nagy múltú és dicső! Évszázadokig tartották fenn a békét. De
egyszer mégis kudarcot vallottak! – tépelődött. Egyszer néhányan
közülük már éppen akkora bajt okoztak, amekkorát ezek a mostani
történések is előrevetítettek. De nem lehetnek annyira bolondok,
hogy kétszer beleessenek ugyanabba a hiába!

Az ikrek sírni kezdtek a hátsó ülésen, Oliver pedig inkább
lehajtott az autópályáról az első pihenőnél, amely útba esett.
Valóban nagyon hideg lehetett már kint, mert amíg melegre nem
állította a klímát, Margot ikreknek szánt nyugtató szavai fehérré
változtak a levegőben. Még nyár van – vetette fel talányként

az evidenciát. Mégis mi történik itt? Hogy lehet annyira hideg, hogy hirtelen láthatóvá vált a leheletük?

– Tsűűűűűűűű! – csitította Joelt és Selimit Margot.

– Ülj hátra és adj rájuk valamit! – vágta rá erélyesen Oliver, akin már a felesége is látta, hogy egyre nyugtalanabb.

Nem is csoda, mindig utált vezetni, most meg még ez is – gondolta a nő, és szó nélkül tette, amit férje kért, noha sohasem volt szokás náluk, hogy az bármire is ennyire ellentmondást nem tűrően utasítsa őt – fordítva alkalmaként azért előfordult.

Oliver továbbra is a rádiót próbálta életre kelteni, nem tudta eldönteni a furcsa sistergés alapján, vajon a készülék romlott-e el, vagy az adásban volt a hiba. Bármit megadott volna, ha az előbbi megfejtés nyer érvényt, de egyre kevésbé látta valószínűnek. Inkább a félelem erősödött benne: valami rendkívüli történt. Valami váratlan, és nagy horderejű dolog. Tulajdonképpen először nézett fel az elmúlt tíz percben, hogy a rádióval való vacakolás és a gyerekek egyre kétségbeesettebb bömbölésének csillapítása után feltérképezze a külvilágot. A parkolóban, ahová betért, kisebb forgalmi dugó alakult ki: sokan látták jobbnak, hozzá hasonlóan, hogy félreálljanak az autójukkal. Mindenki egy közelgő, még nagyobb vihartól vagy időjárásbéli anomáliától tarthatott. Oliéhoz hasonló tanácstalan arcok bámultak körbe a szélvédők mögül. A visszapillantó tükörben egy nagytestű férfi látszott közeledni, ekkor észlelte csak, hogy nem is egy parkolóhelyen, hanem a felfestésen állt meg az autóval. Mozdulni viszont nem tudott, mivel már az összes hely foglalt volt, az úton pedig az újabb és egyre nagyobb számban a megállóhelyre behajtók várakoztak, gondolván, hátha valaki mégis pont most akar távozni, és otthagyja a helyét. Így viszont az ő autójuk igencsak útjában állt azoknak, akik már korábban megunták a várakozást és a kijárathoz igyekeztek volna, ekkorra már több sorban egymás mögött, és egymást kerülgetve.

A férfi bekopogott az ablakon:

– Megtenné, hogy arrébb áll, uram? Szeretnénk kihajtani, úgysem lesz több hely – mormogta a nagydarab, morcos ember, miután Oli leeresztette az ablakot.

– Tud valamit arról, hogy mi történhetett? Nem jön be a rádión egyetlen csatorna sem, ma még egy időjárásjelentést sem hallottunk! – mondta Oliver, mire a férfi a fejét rázta.

– Nem az időjárás dolga lesz ez szerintem! – válaszolta. – Tíz perce hívott a nővérem. Ők Daunban élnek. Azt mondta, hogy valamiféle szokatlan, nagyon furcsa felhőket láttak az égen, amik sokkal gyorsabban kavarogtak, mint ami szerinte lehetséges, majd pár percen belül ilyesfajta káosz kerekedett ott is.

– És? Mi történt? – kérdezte szinte gyermeki ámulatba esve Oliver.

– Ők is útnak indultak, de nem voltak gyorsabbak a viharnál. Azt mondja, a felhők olyan sötétek voltak, hogy szinte éjszakába fordult minden, miután ellepték az eget. Azt javasolta, bárhol is vagyunk, forduljunk meg és induljunk nyugatnak, ők már nem próbálkoznak tovább, ők is az „egyesen" álltak le, ami arra már teljesen bedugult.

Oli szinte nem is hitte el, amit hallott.

– Azt mondják, még a közelükben fekvő tó jege is befagyott – folytatta a férfi. – Na de indulnánk, tegye meg, hogy félrehúzódik! A legjobbakat...

– Viszlát! – mondta volna Oliver hangosabban, ha az ember nem távozott volna máris.

Előremenetbe tette az autót, és jobb lehetőség nem lévén, megcélozta a padkát, majd felhajtott a parkoló menti gyepre. A kis városi terepjáró csúnya nyikorgást hallatott, amikor az alja megnyalta a magas szegélykő szélét, majd nyugodtan sziszegett, amikor kikapcsolta a hidrogénhajtásra is képes hibridmotort. Nem látta volna okos dolognak így továbbhaladni a már félig bedugult autópályán.

Egy jó ideig teljes csönd honolt a jármű belsejében, amit továbbra is a tapintható feszültség alapozott meg. Oliver a szokott módon, a pedálok könnyű elérése érdekében nagyon előretolt ülésében kényelmetlenül kereste végső pozícióját, térdeit a kormánytól jobb irányba, majd balra, majd vissza és megint vissza áthelyezve, de minden másra koncentrálva, csak az apró dolgokra nem. Sokáig nem jutott eszébe az egyszerűbb megoldást választani az ülés hátratolásával. Ami a külső világot illette, a távolban egy kis éttermet látott mögöttük, a pálya túloldalán pedig egy benzinkutat.

Inkább feltöltöm most a készleteket, ki tudja, hogy odaérünk-e még ma Frankfortba – gondolta egyszer csak.

– Mindjárt jövök – mondta Margotnak, aki eddigre már jól bebugyolálta a gyerekeket, és azok már nem sírtak tovább. A feleség kérdésére, ami azt firtatta, hogy hová megy, már nem válaszolt, miután kivágódott az autóból.

Olivert mindennél jobban megrémítette a gyermeki sírás. Pontosabban annak is az a borzongató fajtája, mely a hirtelen ijedtségből és a levegőben már érezhető, de közvetlenül még nem tapasztalható veszélyből eredt. Oli ebben a légkörben nőtt fel, magán és a társain is számtalanszor tapasztalta: a kisgyermekek valahogy megérzik a környezetük viselkedésén, mikor van akkora baj, ami elől már nem lehet hová menekülni. Amikor az édesanyák úgy ölelik magukhoz a kicsiket, hogy talán az az ölelés lesz az utolsó. Ezért nem bírta elviselni a sajátjai bömbölését sem, és ezért lettek az ikrek olyan elkényeztetettek, mert Oli bármit megtett, ha sírni hallotta őket. Ha valamit nagyon szerettek volna, a gyerekek ösztönösen megtanulták, hogy sírásra kell fakadni, és apa bármilyen játékot levesz a bolti polcról, csak hogy hagyják abba.

Vissza kéne fordulni, ahogy a nagydarab fickó mondta? Vagy várjanak itt? Daunt mondott? Az Mayen és Andernak felé lehet...

A parkoló, ahol félreálltak, az autópálya egy enyhén emelkedő szakaszának nagyjából a tetején volt, de az eget elborító szürkeség, és a látszólag abból alászálló finom köd miatt nem látott le az alattuk lévő völgybe. Mint ahogy azt sem tudta felmérni, hol lehet furcsa égi jelenség vége, és mi várhatja őket a következő dombon túl. Ameddig a szeme ellátott, legfeljebb az újszerű időjárásnak nyilván örülő, végre a meleg által tovább nem gyötört, kisebb csoportokban telepített fenyőket látott. Ezeknek vonala mögött szántóföldek terültek el, amiknek előteréül a tűlevelűek a nem túl izgalmas táblák látványát feldobó dísznek lettek odaültetve.

Andernak közelében valami interkontinentális harcászati lerakat van – próbált visszaemlékezni félhangosan motyogva, ügyetlenül keresve a helyes kifejezéseket. Vagy valami szigorúan őrzött telephely, ahol komoly, az Európán belüli milíciák által nem használt, mindenféle veszélyes felszerelés van – derengett a gondolat neki. Mintha oda szállították volna azokat geronium-atomos bombákat a szétszerelés után, amiket Antwerpenben találtak a háború végén. Illetve talán csak a hasadóanyagot, vagy valami ilyesmit, amihez nem értett.

A karjait összekulcsolva próbált dacolni a mostoha körülményekkel, ahogy egyre haladt a célja felé. Félúton már érezte, hogy nagy hiba volt egy szál pulóverben nekivágni az egyébként alig pár száz méteres útnak.

Gyerekkorában imádta a hideget. A szabadidős tevékenységet sosem kedvelő, magát legjobban a szobájába bezárkózva érző gyerekként kedvencei a téli hónapok voltak, amikor a kinti csípős hideg egyébként sem tette lehetővé, hogy el lehessen menni valahová. Életében talán először nyomasztotta a nem túl barátságos időjárás úgy igazán. Pláne, amikor amikor az étteremhez érve konstatálta, hogy vacognia kell még néhány percig, mire be tud lépni az ajtón.

Azt kívülről is látta, hogy az asztaloknál senki sem ül. Mindenki a pultnál állt sorba, és az ajtón kilépők szatyrokban vagy a kezükben vitték az autójukhoz az egy- vagy kétliteres vizes és egyéb palackokat, mindenféle zacskóba csomagolt száraz élelmiszert, és bármit, ami tartós, vagy becsomagolva félretehető volt. A régi háborús reflex ilyen mélyen él az emberek ösztöneiben? – tűnődött.

Felötlött a fejében az is, hogy ezek az emberek esetleg tudnak már valamit, ami közelebb segítheti valamilyen magyarázathoz. Próbált odahúzódni a sorban előtte állókhoz, akik – mintha egymást melegítenék – egymáshoz préselődve suskusoltak. Oli nem sokat hallott a beszédükből, ezért amikor közelebb lépve az egyik nő láthatóan felfigyelt a hallgatózására, megköszörülte a torkát és kérdést próbált feltenni:

– Bocsánat, tudnak önök valamit arról, hogy mégis...?

A nő azonban hideg grimaszolással és némi undorral fordította el a fejét, míg annak lánya – legalábbis Oli annak nézte – egy hosszabb pillantás erejéig végigmérte őt, majd szintén hátat fordított, még közelebb húzódva a vele egykorúnak látszó harmadik hölgyhöz.

Mintha félnének, hogy miattam nem marad nekik semmi, vagy nem is tudom... Mi lehet ez a nagy bizalmatlanság?

Származhat bármi hátrányuk abból, ha megosztanak vele némi információt? – merengett el hosszan, és már aggódva nézett vissza az autó irányába.

ENNYI CSAK AZ ÉLET

„Háborús fronton hosszú ideig nem lehet kihívója nagyszerű harcosaink véderő-szövetségének. A veszély nem ebben áll. Hanem a lényeg: hogy ne fogyjunk el. Élőhelyünk, melynek szabadságát oly' nehezen vívtuk ki, ne ürüljön ki, szabad prédájává válva a túlnépesedő harmadik világnak. Ha már meg tudjuk magunkat védeni, legyen is mit megvédenünk! A frontvonalak már az otthonaikban húzódnak, és az ő vonalaik áttörését az garantálja, ha minél több európai kis polgárral töltjük fel azokat! Ha lesz elég, ki ragaszkodik a régihez, hiába berzenkednek az újonnan érkezők, terepük nem a mi földünk lesz a kitöréshez".

Az utolsó politikusi beszéd volt ez, amit televízióban látott-hallott, és egészen elevenen fel tudott idézni. Áldotta a sorsot, hogy nem valami olyasmi hangzott el, ami miatt gondolkodóba eshetett volna rég meghozott döntését illetően, hanem helyette annyi sok sületlenség, ami még inkább meggyőzte, hogy ideje továbbállni, bármilyen irányba. De mivel akkor tudatosította magában, hogy saját kanapéján fekve utoljára bámulhatja a tévét, úgy nézte, hallgatta akkor ezt a beszédet, hogy a fajsúlyos részeit, mondatait azóta sem felejtette. Öntudatlanul memorizált mindent.

Túl sok nagyívűnek szánt, de kicsinyes dolgot hallott akkoriban, és akik azokat mondták, sosem tűntek őszintének, de annál behízelgőbb volt a stílusuk. Valamiképp ez mindet jellemezte.

– Szerintem az igazság valahogy sohasem ott van mostanában, ahol messziről úgy látszik, hogy van! – bökte ki végül a bölcsnek szánt gondolatot, ami első megítélése alapján tényleg hordozott magában valamiféle igazságtartalmat, noha ezen igazság meglétéről vagy nemlétéről értekezett épp, és ezáltal ez némileg paradoxnak tűnt még számára is, mire kimondta. Annyira elzsibbadt mindene több órája változatlan üléspozíciója miatt, hogy meg kellett próbálnia nyújtózkodni egyet. Előbb a feje fölé, majd hátra, kicsit lefelé lelógatva a karjait igyekezett élénkíteni a vérkeringését és egy kis életet pumpálni felsőtestének tagjaiba, de a minimális mértékűnek érzett gravitáció nem igazán volt ebben a segítségére.

– Mert ha közelebb megy az ember, áhh… már csak populista szemfényvesztést lát! – folytatta végül, amit az imént elkezdett. Szomorú és lehangolt volt. Tudta előre, hogy nem bírja majd a bezártságot, és ennek hirtelen erősödő hatása épp aznap, reggeltől fogva őrölni kezdte az idegeit. Ezúttal csak virtuálisan tudta maga körül kitágítani a teret, mikor felcsatlakozott az intraglobal-hálózatra, de onnan csak a negatív érzetét erősítő dolgok áradtak megint, napok óta.

„Szemfényvesztés!” – ismételte el magában az imént használt kifejezést, és kezdett ennek kapcsán kizárólag önmaga számára kifejteni egy újabb gondolatot, ami viszont már biztosan nem volt érdemes arra, hogy kiadja az őt körülvevő szűk nyilvánosságnak, inkább csak a fáradtság táplálta. Végül aztán csak a fejében vezette végig: mióta itt vagyok, egyszer sem jutott annyi fény egy időben a szemembe, mint otthon egy napsütéses nyári napon a szabadban, de még annyi sem, mint a lakásomban általában. Vajon képes még a pupillám annyira összehúzódni, mint az egy ilyen helyzetben szükséges? Mi lesz velem, ha újra egy napos helyen találom magam? Meg fogok vajon vakulni? Á, hülyeség. A pupilla ilyen módon nem tud elromlani! Biztos nem… Á, micsoda hülyeség, kezdek lassan begolyózni a bezártságtól! Remélem, azért ezek még nem a visszafordíthatatlan őrület jelei! De ezt kellett vállalni, hogy szabaduljak a régi dolgoktól, és azok sokkal őrjítőbbek voltak!

– Az a lényeg, hogy idefent minden olyan távolinak tűnik! Mióta itt vagyok, én is sokkal bölcsebbnek érzem magam, mint hajdanán. Mások a problémáim, más típusúak és súlyúak. Így a „lentiek” bajait reálisabban átlátom, mert én magam nem élem meg őket, így nem befolyásolják az abszolút gondolkodásomat az úgynevezett napi ügyek – tette hozzá az előbbiekhez a Szappanos, a pilótafülkén kívülről bekiabálva.

„Lentiek"... Micsoda idióta kifejezéseket használ... Maximum az utazásuk elején volt egy ideig találó így hívni az otthoniakat, de Szappanos egyszerű logikájából ez következett – na meg abból, hogy neki nem az volt a feladata, hogy átlássa utazásuk egészének folyamatát. Valószínűleg számára ez már megfoghatatlan távlatnak számít, ahol tartanak.

Eredendően Joseph nem is várt semmiféle kiegészítést amúgy a felvetésére vonatkozóan. Ő csak szerette néha a „világba kiabálni" jobbnak, találóbbnak ítélt gondolatfoszlányait, és legyezte a hiúságát, ha azt tapasztalta, hogy voltak a rendre együgyűekből álló hallgatóságban olyanok, akik szemmel láthatóan elgondolkodtak azokon. Bár éppen ezidőtájt egyiküket sem látta a környéken, az ülésébe beszíjazva. Csak pár perce hallotta, hogy a mögötte lévő közlekedőfolyosón sertepertél valaki, éppen azután, hogy kicsatolta a mellkasát keresztező szíjak után a derékövét is.

– De... most mire is gondoltál, amikor ezt mondtad? – tűnődött el hangosan a Szappanos, minekutána befejezte a pilóta számára ismeretlen jellegű dolgát, és volt ideje közelebb húzódni. Joseph ezt nem érzékelte, miközben továbbra is esetlenül tornázni próbált a helyzet adta lehetőségek keretein belül. Itt nem lehet normálisan átmozgatnia magát az embernek – állapította meg sokadszor. Az edzőszobában, azon a néhány modern gépen, mindig ugyanaz a pár mozdulat... Az izmai már teljesen hozzászoktak ugyanahhoz a terheléshez, így régóta nem járt komolyabb eredménnyel az edzések során. Izomlázat akart érezni újra. Izomlázat! De szánalmasan esélytelennek gondolta saját törekvését erre, éppen a felsőtestét előrehajlítva párszor, ezért végül feladta, és hátradőlt inkább a székében, legalább egy kis nyugalmat és a pihentető szemlehunyás lehetőségét remélve. Na, nem a szemei voltak fáradtak, csak így tudott jól „teleportálni".

De ez utóbbira nem került sor. Ahogy megpillantotta a feje fölé, a kabin tetejének belső részére ragasztószalagozott levelet, amit apjától kapott az induláskor, eszébe jutott, hogy mennyire felkavarta, mikor hosszú idő után újraolvasta nemrégiben. Ez csak a második ilyen alkalom volt, már jóval az indulás után, ami előtt anno csak átfutotta a szöveget. De a minap ideje volt értelmezni is a leírtakat, hosszasan. Ezek szerint ritkán volt a sok munka mellett ideje hátradőlve ejtőzni – gondolkodott el a felismerésen, hisz' csak nemrég jutott eszébe újra az egész. De ekkor már tényleg mélyen megragadtak benne a mondatok. Kézbe sem kellett vegye megint, hogy el tudja ismételni őket, távolról bámulva a papírost. Csak a bekezdéseket épphogy egy-két szóról felismerve is el tudta mormolni a szöveget magában, híres felmenője nehezen emészthető stílusától sem zavartatva magát: *„Bármily távol is sodornak a kötelesség zabolázhatatlan haragos hullámai, mindig legyen gondod rá, hogy időt szakíts az emlékezés perceire, mikor tiszteletteljesen, minden természeted mélyén rejlő nyegleségedet félredobva kihúzod magad és bárhol is állsz éppen, hazád felé fordulva megerősíted magadban, hogy nem felejted el, honnan jöttél. Nem is a csillagos zászló színeit és formáit illenék felidézned ekkor, de azon lobogó uralma alá tartozó szűkebb hazád tájait, és annak épüléséért nap, mint nap ezrek munkától görnyedt hátának látványát, és arcaiknak vonásait találd meg újra és újra emlékeid közt kutatva. Hogy akkor se legyen tekintetednek a tájkép szokatlan, ha már csak egy másik életben emelheted azt újfent rájuk!"*

Felejteni indultam el, apám, de talán sokat segített volna, ha ezen kívánságodat személyesen mondod el, mikor már tudtad, hogy elmegyek – feleselt úgy, ahogy a valóságban sosem mert, míg ki nem zökkentette a korábbi beszélgetőtársa által keltett egyre erősödő zaj.

Rögtön kinyomta az intraglobal-monitort és kipattant a helyéről. Mire a dolga végeztével a pilótafüle irányába igyekvő Szappanos mellé kerülhetett volna, gondosan útját állta és újra felhívta a figyelmét a több ezer csillagászati egység óta be nem tartott szabályra: – Ide te nem léphetsz be, Szappanos! Majd a takarodó előtti értekezleten elmondok mindent. Rossz hírek hazulról…

Noha a víz, az étel és mindenfajta napi használati eszköz fertőtlenítéséért és higiéniai ellenőrzéséért felelős, kissé egy-szerűforma ember ránézésre kifejezetten butuskának tűnt, de Joseph korábban is képes volt több alkalommal kimerítően jót beszélgetni vele, amikor épp volt kedve hozzá. Most mégis zavarta, hogy mikor kitaszigálva a pilótafülkéből őt együtt kellett elinduljanak a közös helyiség felé, az folytatni akarta az általa eredetileg csak egyoldalúnak szánt diskurzust.

– Tudod, Joseph, szerintem Európában most a szabadelvűek befolyása vissza fog szorulni egy időre, mindenhol! És jönnek megint a populisták, meg az álmodozni vágyókhoz beszélő nagyotmondók, akik olyat nagyságot hazudnak majd, amit újra el kell, és el is lehet érni. Szerintük. Vagy ami még rosszabb, ki lehet harcolni. És lesz aztán újra nagy pofára esés a század végére!

Joseph semmit sem szólt, de a Szappanos nem csüggedt. És ha már reakciót nem ért el, a Joseph által magának megtartott információról faggatta tovább:

– Mi volt ma a hírekben? Csak nem lesz újra máris háború? Annyit mondj csak, hogy nagyon nagy-e a baj!?

A kérdezett próbálta bagatellizálni a dolgot, hátha akkor leszáll róla az idegesítő kisegítőmunkás.

– Északon, a szigetünkön megint mozgolódnak, amitől a belső nyugatiak újfent frászt kapnak, mert már a legkisebb, legártatlanabb nyomulásától is a fekete köpenyeseknek úgy érzik, durván sérül a komfortzónájuk. Ettől persze keleten sokan reménykedni kezdtek. És kezdenek majd még inkább. Hogy kereshetik majd újra a zavarosban halászás lehetőségét. A közeli keleten, úgy értem. A Távol-Kelet és Afrika hallgat.

Aztán érezte, hogy ez az egész méltatlanul lenéző volt, de a jelek szerint nem lépte túl a határt, aminek a túlfelén már a sértettség állapota lakozhatott sokaknál. A kisegítő kolléga annyira lesajnált státusban volt mindenki szemében, hogy az ingerküszöb nála jóval magasabban húzódott.

– Afrika... oda is el kellett volna jutni egyszer! – lelkesedett be Szappanos már attól is, hogy egyáltalán válaszra méltatták, nem törődve vele, hogy semmiféle konkrétumot nem osztott meg az előbb Joseph. – Te egyébként... miért jöttél ide annak idején? – folytatta. – Azt tudom, hogy klasszikus kalandortípus vagy! De nem volt elég felfedezni való odahaza is? Afrikában, úgy tudom, te sem jártál még...

Joseph nagyot sóhajtott, noha ez már érezhetően nem csak annak szólt, hogy unta társa piócaszerű ragaszkodását, hanem mert bizonyos értelemben szíven is ütötték a hallottak. Illetve még mindig kicsit frusztrálta, hogy továbbra is nagyon erőtlennek érezte magát, ami minden mozdulatával újra megerősítést nyert.

Gravitáció nélkül, mesterséges módon tényleg nem lehet rendesen átmozgatni az izmokat, valamint itt a táplálék is kissé „túl energiadús". Azaz nem finom, és nem lehet lemozogni, elűzni azt az érzést, hogy mindig tele van a „hasa". Márpedig az egészségügyi tiszt nem kultiválja, ha valaki visszatérő rendszerességgel elmulasztja elfogyasztani a fejadagját. Ilyen esetben mindig jön injekció formájában a kötelezően előírt protein- és energiakoktél, aminél az embernek még fullasztóan túlennie magát is jobb. A jelenlegi, fizikális tényezők formálta közérzetével is adózik hát azért, hogy úgy egészében az élete egyszer talán sokkal jobb lehessen!

Szappanos még mindig az Afrika-témánál tartott:

– Gondold el, Joseph! Az emberiség bölcsője, ahol fajunk első képviselői anno megjelentek! Persze, mára a legfejletlenebb, emberek által alig lakott hellyé vált a bolygónkon, mint ahogy a kelet is kezdi elveszíteni vezető szerepét, a Lomanos – McAllister féle kereskedelmi tilalom, előbbi pedig az afrikai kontinenst sújtó vízkészlet-kiapadás óta, de egykor tényleg onnan indult minden, érdekes kaland lehet... Ironikus, hogy pont ott kezdődött a pusztulás, és ahogy haladunk nyugatra, egyre nő az ottani társadalmak emberi civilizációra gyakorolt hatása! Mi most épp középen állunk, a kelet és az új világnak nevezett nyugat között. Bár mi magunkat is nyugatinak tartjuk, de az igazi nyugat sokak szerint már az óceánon túl épül. Ezzel egyetértesz?

Josephet is bántotta a gondolat, hogy otthonának előbb-utóbb sokféle értelemben leáldozhat, de vitatkozni sem tudott a felvetéssel. No meg, talán így is kell lennie – az ő nézeteibe ez is belefért.

Szappanos, a nagy bölcselő... Pedig anno még a nyugati közös nyelvet sem beszélte rendesen, hisz' spanyol kivándorlók gyermekeként valahonnan Latin-Amerikából költözött haza a kontinensre azzal a szándékkal, hogy csatlakozzon a küldetéshez. Most pedig már a „mi" szóval utalt az európai civilizációra, amit a felmenői miatt persze sajátjának tudhatott. „Nagyon töröd az európait!" – emlékezett vissza első szavaira, amiket hozzá intézett az első csapathét legelső napján, amikor először találkozott a legénység minden tagjával. A spanyoltudása viszont lenyűgözte. Leginkább, mert egy Európában már sehol nem beszélt, hivatalosként még kistérségi szinten sem bejegyzett nyelvről volt szó.

– Szóval? Miért jöttél ide? – tért vissza a korábbi kérdéséhez, miután utóbbira sem kapott választ a fáradhatatlan, kérdésekből soha ki nem fogyó „külhoni".

– Hát… – fogott bele fél perc hallgatás után fájdalmasan mégis a kérdezett. – Volt egy pontja az életemnek, amikor úgy éreztem, hogy távoli világok végtelen útvesztőibe vágyom! El akartam felejteni azt a sok szarságot, ami otthon van, és addig menni, és menni, míg a távolban pontnyi nagyságúra zsugorodik mindaz, ami egykor az ügyes-bajos életemet jelentette. Na meg persze… Vonzott az ismeretlen. Inkább fedeznék fel és tennék lakhatóvá új helyeket – legalábbis segítenék ebben –, minthogy olyan ősrégi világokat kutassak, amikről valamiért kezd eltűnni az élet. Afrika a múlt. Ahová most tartunk, a jövő. Konzervatív családban nőttem fel, talán ez a gyermekkori megrázkódtatás alapozta meg, hogy én ne legyek az. Mármint konzervatív…

– Értem – jött a reakció kissé lassan és ledöbbenten a nem várt mélységű válaszra.

Ezután aztán hosszú, több tíz perces szünet következett a beszélgetésben, mert még a szószátyár kérdező sem volt biztos benne, hogy kellően „felkent-e" az ő személye annak folytatásához. A meglepő önvallomás egy nála ennyivel magasabb beosztású személyzeti vezetőtől kétségtelenül furcsán hatott, és nem tudta, vajon jó ötlet-e olyan érzéseket kiváltani a legénység második számú emberéből, ami ilyen depresszív gondolatok közlésére sarkallja. A többiek elbeszéléséből – akikhez már csak kényszerből is gyakrabban szólt a felettes – azért sejtette, hogy a dolog úgy fest: Joseph ekkoriban egyidőben érezte magát nyomorultnak és szerencsésnek egyaránt. Nyomorultnak, amiért nem lévő életcélja helyettesítésére ezt a dolgot sikerült kitalálnia. Ezt, aminek következtében számára ismeretlen és kicsit sem kedvelt emberekkel kell éveket összezárva töltenie, csak hogy ne legyen többé otthon. És szerencsésnek, mert épp úgy tűnt újabban, hogy mégis a kisebbik rosszat választotta. Ő nem volt az az érzékeny gondolatait másokkal – pláne a nem annyira közeli barátokkal – szívesen megosztó típus, és beszélték, látszik rajta, hogy kicsit meg is veti azokat emberileg, akikkel nem társalog sokat. Nem csak úgy, általában lehetett Joseph introvertált, hanem az ítélkezése eredményeképp ignorálta egyesek személyét.

Joseph is sejtett dolgokat abból, hogyan tekintenetek rá. Igazán csak arra nem számított eredendően, hogy ennyire felhígult azoknak az embereknek a köre, akik közül lehetséges útitársai kikerülhetnek. Bízott benne korábban, hogy jobb lesz a banda... Erősebb, képzettebb. De rá kellett döbbennie, hogy míg korábban komoly kritériumoknak megfelelni kényszerülő, magasabban kvalifikált emberek voltak csak alkalmasak arra, hogy egy olyan „küldetés" teljesítésére kiválasszák őket, mint az övék, mikorra ő a karrierje csúcsára jutott, már nem számított ez az élet és hivatás annyira különlegesnek. Mert már nóvumnak sem számított, és a több száz misszió után az ilyesmire önként jelentkezők összetétele, képességeik alapján nagyon vegyessé vált.

Kettejük párbeszéde továbbra sem folytatódott. Joseph csak azt érzékelte párszor, hogy Szappanos több ízben is rátekint, hogy felmérje, vajon milyen hangulati állapotba került – nem túl nagy-e a baj?

Atyavilág... mennyire sötét van itt mindig! – tépelődött magában. Pedig az összes lámpatestet intenzívre állítottuk a folyosókon! Mégsem tudják azok kicsit sem felidézni a napfény effektivitását. Sőt, olyanok ezek a speciális lámpatestek, hogy közvetlenül rájuk nézve sem összpontosul a szembe a fényük nagy része. Valamilyen új technológia... – A nevét sem tudta, hogy milyen „ledes izék" azok.

Legalább kintről szűrődne be kevéske természetes fénysugár, amikor közelebb érünk egy csillaghoz! De itt ez sem lehetséges – mérte fel, mi zavarja az adott minutumban a legjobban.

Már szinte a legénység tagjainak többségével teli közös helyiséghez értek, mikor Joseph megtorpant, amihez hasonló jelenet itt kint a gravitáció hiányában mindig viccesen hatott. Társa nem is próbálkozott lekövetni a mozdulatsort, csak tőle távolodva, visszapillantva szemlélte, ahogy a pilóta visszakúszik az egyik „ablaknak” nevezett helyzetmonitorhoz.

Mennyi minden lehet arrafelé, amerre még nem járt senki… Ilyen messze az otthontól ez az egyetlen, ember által ismert és bejárt útvonal. De izgalmas volna egyszer letérni róla! Joseph gyerekkorában látott egy horrorfilmet, ami arról szólt, hogy egy fontos rakománnyal teli szállítóhajó ismeretlen, vélhetően „földönkívüli” intelligenciától származó, valamiféle rádiójelet fogott, és mivel volt egy olyan záradéka a fedélzeti szabályzatnak, hogy az ilyen jel forrását fel kell kutatni, a film hősei világot megváltó – ámde horrorisztikus – kaland részesei lettek, amidőn egy új, értelmes faj létezésére bukkantak ott, ahová a jelzés hívta őket. Milyen izgalmas volna, ha ez az előírás náluk is létezne! És ha már útközben történne valami. Valami váratlan. Az ő „küldetésük” is elég fontos, de amúgy igazán biztos lehetne benne, hogy valóban volt értelme „világgá menni”. Viszont ha a tervezett módon célhoz érnek, az sem kizárt, hogy pontosan olyasmi fogadja őt ott, ami semmiben nem különbözik a régitől, ami elől menekült… Mert az ember mindenhol ugyanolyan világot hoz létre. Ugyanolyan igazságtalant és frusztrációkkal telit.

Nem akart olyan frusztrált lenni, mint egy repülő utasa, aki inkább az őt szállító jármű lezuhanásában bízik jobban, mert a földet érés, tudja, hogy nem változtat semmin.

Gyerekkorában azonban megtanulta, hogy a horrorfilmek szörnyű és izgalmas fantáziái sosem válnak valósággá. A világ egészen máshogy „szörnyű és izgalmas” – ennek a felismerésnek akkoriban örült, mert nem kellett többé félnie éjszakánként a sötétben, de most kifejezetten bánta. Jobb lenne, ha valamelyik fantasztikum mégis valósággá válna, akár a legszörnyűbbek közül.

❖ ❖ ❖

Sokat időzik azok előtt a monitorok előtt. Ha tényleg depressziós, annak akár az is lehet az oka, hogy lassan beszippantja az illúzió, hogy azokon a monitorokon keresztül a valóságot látja – tűnődött el a Szappanos. Ő is nehezen viselte, hogy egy olyan „acélkonténerbe" vannak bezárva, aminek a sebessége miatt nem lehettek valódi ablakai. A nem légmentes, vagy bármiféle ellenálló közegbe való belépéskor azok nem bírnák a terhelést. Pedig ablakokra még a börtönben is szükség van, hogy valamiféle kilátást biztosítsanak a raboknak, ezáltal azok biztosak lehessenek abban, hogy odakint még tényleg várja őket valami, amiért érdemes kitartani. Nem megőrülni. És főleg nem fellázadni a körülmények ellen. De itt csak helyzetmonitorok voltak, amik nem is egy, hanem majd' kettő másodperces késéssel közvetítették nekik a külső kamerák képét. Legalábbis amik nem szervizfunkciót láttak el, csak kényelmit. Ezek egyikén most egy, az otthonra hasonlító bolygót látott. Ki tudja, hogy lehet-e a rajta élet? – próbálta modellezni, hogy mi járhat most a pilóta fejében.

Ezek miatt az „ablakok" miatt tűnt mindenkinek valójában a kozmoszutazás igazi utazás helyett csak valami szimulációnak. De a pilóta nem őrülhet meg! Többet nem fogja „provokálni", ez biztos. Az ő épségére kéne ügyelni elsősorban, és leginkább mindenkinek. Mindenfajta értelemben vett „épségére". Mert ő a legkevésbé nélkülözhető!

De ő, Joseph vajon képes lesz mindenki épségére örökké ügyelni, és megóvni azt? A többiekét is? Vajon akik ide felengedték, tudhatták, hogy hajlamos a depresszióra? Vagy egyre inkább leszarják az ilyesmit a felkészítéskor? Szappanos nem akarta azt gondolni Josephről, hogy veszélyt jelenthet másokra és önmagára, de késő volt. Valami ilyesmi már megfogalmazódott, mélyen eldugva egyelőre a gondolatai között, bár azért szerette volna ott is tartani. Soha nem előhozni és mások elé tárni.

RENDKÍVÜLI

Futott, már vagy egy órája, vagy még több. Futott, amíg el nem fáradt, de még akkor sem állt meg. Felszaladt egy kis dombra, aminek a tetején két keskeny szikla állt, közöttük egy csapásnyom, azt követte. Már-már megörült, hogy felért a dombra, és mivel nem látta tovább az utat, azt is tudta, hogy az lefelé tart. Így már könnyebb lesz. Már csak pár lépés volt hátra, és rögtön ott lehetett volna. Nem fog megállni szétnézni – határozta el. Ugyan nem emlékezett, hogy hová siet, de biztos megvolt rá az oka. Majd futás közben körülnéz, hogy merre tovább… A dombtető után azonban véget ért az út. Mire észbe kapott, óriási szakadék tátongott előtte. Visszahőkölt, de kicsúszott a lába alól a talaj. Érezte, hogy hanyatt fog vágódni. Hátrakapott, de már késő volt. Ilyenkor az embernek még van ideje egy rövidke időre végiggondolni, hogy valami baj fog történni, és visszagondolva még ijesztőbbek tudnak lenni az ekkor bekövetkező tehetetlen századmásodpercek. Érezte, hogy nekiütődik valaminek a tarkója, és a domb a sziklákkal meg a szakadékkal eltűnt, a körülöttük lévő világgal együtt.

Újra a kantinszerű helyiségben volt. Már sokadszor tért vissza ide, de ezúttal is akadt, ami az utóbbinál sokkal tisztábban és megfoghatóbban jelent meg előtte. Ezúttal tele volt a csarnok apró, izgő-mozgó emberekkel, akiknek az arca még ugyan kivehetetlen volt. Nyüzsögtek körülötte a… kik is? Nem tudta feltérképezni a vonásaikat, hiába meredt egyre jobban rájuk, de már ott voltak mindenhol. Még a formájuk is furcsa volt. Az átlagosnál valóban sokkal kisebb termetű, vagyis… fiatalabb és fürgébb mozgású valakik.

– Ezek gyerekek! – suttogta a szavakat maga elé Janos, mikor jött a megvilágosító gondolat. De még mindig nem tudott mozdulni.

Csak állt ott és nézte őket, ahogy fogták a tálkáikat, és őt kikerülve helyet kerestek az asztaloknál. Majdan némelyikük arcán a homályos folt helyett apró kontúrok jelentek meg. És folyamatosan beszéltek, zsizsegtek. Egyet sem ismert fel közülük, de ők folyamatosan jöttek, jöttek, és ügyet sem vetettek őrá, míg egyikük meg nem állt előtte, és Jan ekkor érezte először, hogy valójában őt is látják, nem csak ő szemléli lidércként ezeket a gyerekeket a csarnok közepén állva. Ez a kisfiú ismerősnek tűnt, az arca tisztán látszott, nem úgy, mint a többieké. Rövid, szőkésbarna haja úgy volt felnyírva, mint a tengeri határőr-milicistáké, amilyen egyik, sohasem ismert nagyapja volt, és amely foglalkozás az ő idejében létezett legutóbb – emlékezett egy régi, egyenruhás fotóra, ami az utolsó ilyen milicista alakulatok egyikéről készült. És csak most tűnt fel Jannak, hogy a többi gyerek frizurája is pontosan ugyanilyen. Mindegyiké. A kisfiú úgy nézte őt, mintha ismerné valahonnan, és talán Jan is megismerhette a kék szempárt, és egy jellegzetes kis vágást a jobb felső ajaknál azon a kis, még formálódóban lévő arcon.

Számtalanszor látta már azt a vágást. Minden reggel, amikor a tükörbe nézett, és minden este lefekvés előtt. Ekkor döbbent rá, hogy a fiú ő maga, a gyermekkori énje, és már megint álmodik. Próbált megszólalni, de nem jöttek ki hangok a torkán. Nem úgy a fiúnak, aki hosszú percek után szúrós tekintetét Janosra szegezve azt kezdte kiabálni:

– Buta vagy, néma John! Buta vagy!

Fogalma sem volt a talán nem is neki szánt szavak jelentéséről, mégis bántónak és ijesztőnek érezte őket, akárcsak a haragtól szikrázó tekintetet. De mielőtt reagálni tudott volna, a rá meredő szemek és azok viselője köddé váltak. Lecsukta saját szemeit és remegve várta, hogy azokat felnyitva újra láthatja-e majd az arcot, de a képzelete ismét új forgatókönyvet írt számára. Nem találta már sehol a fiút, aki ezek szerint saját maga volt, sőt mindenki más is eltűnt, és a környezet is képlékenyebbé vált. Furcsa érzésként hatott, ami az imént történt, mert bár haragudott már sokszor magára, a saját szemébe még soha azelőtt nem nézett ilyen őszintén és mélyen, a tükörbe bámulva sem.

Ahogy a körülötte lévő világ újra ködösödni kezdett, és minden kétséget kizáróan nyilvánvalóvá vált, hogy nem a valóságban bolyongott mindeddig, furcsán tudatosult benne egy újabb dolog. Amikor ugyanis kinyitotta a szemeit, sőt már hosszasan így is tudta tartani azokat, közben a fehér plafont bámulta, rájött, hogy nagyon sokszor tette már ezt, de erről mindig eszébe jutott valami. Például az, hogy ugyanígy ébredt, amikor egyszer Filipéknél aludt, mert sikerült úgy berúgnia a harmincadik születésnapján, hogy nem engedték haza reggelig. Vagy amikor otthon, a szüleinél lehetett talán, még azokban az időkben, mikor az anyja élt, és ő gyakori vendég volt a gyerekkori házban. De ezúttal az nem jutott eszébe, hogy korábban mikor is még, és mit is kéne ezúttal csinálnia. Eleve utóbbiról már szomorúan kevés rémlett. Talán még apja neve sem pontosan, ami az lehetett, mint ami az övé is... De biztos ez? Rádöbbent, hogy az imént látta magát gyerekként, de nem emlékszik a gyermekkorára! Egy nagy szakasznyi dolog eltűnt a fejéből, amiket például az egészen rövid távú memóriája kéne eszébe juttasson bármikor, mert oly' sokszor gondolt rájuk. Vagy agyának az a része, amelyik a nagyon is régi múlt dolgainak felidézését tehette volna lehetővé. Pedig az imént tapasztaltak nagy részei emlékeknek tűntek, csak túl formátlan, kevéssé éles, konkrét képekben tárultak elé, és csak addig, amíg nem is volt magánál. Most viszont bajban volt az emlékezéssel. Főleg amint kényszerítette magát.

Csak Filip volt meg, na és Nut, de amit meg róluk fel tudott idézni, már nem is gondolta annyira aktuálisnak. Mégsem az előző este képei azok... Azok nincsenek eltárolva, mint ahogy a régi múlt képei sem. Persze ahogy próbálta feltornázni magát, koncentrálni sem tudott tovább az ilyesmire. Koncentrálnia arra kellett, hogy találjon valamilyen pozíciót, ami lehetőleg nem inog meg, és nem borítja fel egy váratlan egyensúlyvesztés.

Mi történhetett vele, mi ez a furcsa folt a fejében, ami kitakarta a múlt bizonyos képeit? Hogy is ismerkedett meg Filippel? Nagy gyerünk! Filippel, aki...

Valamilyen állat nyüszítése hallatszott az alsóbb szintről. Amikor annak irányába fordult, látta, hogy még mindig egy furcsa, kráterszerű képződmény választja el a „lentiektől". Arról szép lassan minden eszébe jutott, ami nagyjából félórája történhetett. Ami még a valóság volt, nem az, ami éppen munkálkodott az agyában. Nem értette azt sem, hogy lehettek ilyen impresszív álmai, mintha egy szépen vetett ágyban fekve szunyókált volna. Ehhez képest az ébredés után úgy érezte, hetek óta nem pihent rendesen, és egyre érthetőbbé vált, hogy igenis történt valami furcsa az utolsó, Filipékkel kapcsolatos emlékei óta, amelyek így hát ki tudja, milyen régi események voltak valójában.

A nyüszítés nem akart alábbhagyni, de mivel esélye sem volt a lejutásra, ezért visszavonszolta magát a folyosóra. Újra alaposan körbenézett, de nem vett észre semmi lényegeset, ami korábban elkerülte volna a figyelmét. A falakon csak a szokásos, semmiről sem árulkodó, minden második család otthonában megtalálható szakrális festmények sorai lógtak, amik Savalt, Yllivest, és egyéb híres Rend-béli mestereket és szenteket ábrázoltak, valamint egy freskó is volt köztük a nevezetes londoni csatáról, és amik már rég nem árulkodtak semmilyen világnézetről vagy efféléről. Sokféle háztartás különösebb jelentéstartalmat nélkülöző, megszokásból vásárolt díszítőelemei voltak. A fehér alapon narancssárgás csíkú tapétán látszott, hogy fakult, meglehetősen régi lehetett. Amúgy minden csendes volt, mintha nem is olyan napszak volna, amely során ennél jobban zajlani szokott az élet. Mármint annyira, hogy az ilyen elvétve, a csendet megtörő hangokon túl, mint az előbbi, sokkal többet és változatosabbakat lehetne tapasztalnia.

Rövid szemlélődés után végül célba vette a még meg nem vizsgált, folyosó végi szobák egyikét. Ez az ajtó a korábbiakkal ellentétben zárva volt, és a záron lévő hengeres gomb elforgatása után sem akart kinyílni, ami ezért felkeltette Jan érdeklődését, és feszegetni kezdte azt. Megpróbált a vállával nekifeszülve rásegíteni a folyamatra, de az még mindig úgy sajgott, hogy esélye sem volt az ilyen irányú erőkifejtésre. A többitől eltérően ez egyébként is egy vaskosabb, sötétbarna színű, tömör faajtó volt, mely felett csak most vette észre a stilizált, talán rézből készült, kékre mázolt, domború címert, amin két keresztbe tett kard jelezte egy hatágú csillag alatt, hogy minden bizonnyal nem egy lakóhelyiséget rejtett.

Mikor körbefordult, hogy valami segédeszközt találjon, a folyosón található egyetlen kis szekrény alatt egy hosszú fémrúdon csillant meg a fény, ami kicsit közelebbről már egy kisebb, kétkezes súlyemelő rúdnak látszott. Ezzel esett neki először a zárnak, majd az ajtófélfának. Komoly erőt így már nem kellett kifejtenie, pontosabban olyan könnyen fejtett ki szükséges erőt az ajtó belökéséhez, amin még maga is meglepődött. A sajgó vállai ellenére jó erőben volt. A borzasztó kinézete dacára is, ráadásul még úgy is tűnt, mintha nem először törne be valahová. Ösztönösen fogott neki a folyamatnak, aminek így nagyon hamar a végére is ért. Miután lyukat ütött a félfán, azon becsúsztatva a rudat kilökte a helyéről a robusztus ajtót, amelynek zárja darabokra esett a művelettől.

Az ajtón túli helyiség elsőre még sötétebbnek tűnt, mint a padlásszoba, ahol felébredt. Félt belépni, amíg a szeme meg nem szokta valamennyire a gyatra fényviszonyokat. A furcsa szag és a levegő hiánya arról tanúskodtak, hogy ritkán lépett bárki előtte is már be oda az utóbbi időkben. Miután kezdte nagyjából feltérképezni, hogy miféle helyiségbe érkezhetett, furcsa érzés fogta el. Olyan emlékek törtek hirtelen felszínre, melyekről nem tudta azonnal eldönteni, hogy valósak-e, vagy azokat is csak álmodta valamikor. Három nagy, furcsa, amolyan piramis formájú, szekrénynek tűnő monstrum előtt állt. Jobb kezével a villanykapcsolót kereste, melyet hiába tapogatott ki, az semmit sem csinált, miután felkattintotta. Így több fény híján igyekezett még jobban erőltetve kivenni valahogy, mit lát.

Nagyon különleges dolgok lehettek azok ott előtte, már az elrendezésük alapján is, hisz' nem egyszerű polcos tárolószekrények módjára, a falhoz csúsztatva álltak ott, hanem a szoba közepén, kissé egymás felé fordítva készültek kiszolgálni valamivel azt, aki elébük lép. Lent szélesebbek, legfelül elvékonyodók voltak, és a polcok egyre kevésbé tűntek rajtuk polcoknak, ahogy Jan szeme kissé már tényleg megszokta a kintinél sötétebbet. Ajtót sem látott rajtuk. Mindenhol csak egymás fölött vízszintesen elhelyezett, egymáshoz hasonló formájú tárgyakat, melyek a rajtuk helyenként megtörő, kintről beszűrődő magányos fénysugarak alapján fémből készülteknek voltak hihetők. De hogy mik is voltak így egymás fölé pakolva, arról továbbra sem volt meggyőződve, és már a megközelítésükhöz is fel kellett lépni egyet egy dobogószerűségre. Még ezzel is el voltak azok emelve nem csak a falaktól, de a földtől is kicsit, ezért kegytárgyakként megbecsült eszközöknek látszottak, biztosan nem további súlyzórudaknak, vagy ilyesmi.

Amikor lendületet véve – és meggyőződve, hogy maga előtt semmiben nem fog már elbotlani – még közelebb lépett, akkor már biztosan látta: három különböző méretű, díszes faragású és egyedi formájú kardtartó állvány volt a szobában, tele egyenként vagy 8-10 díszes markolatú pengével, melyek némelyikén aranylóan csillogtak a helyzetét egyre szűkösebben segítő fénysugarak, mármint melyeket nem takart ki ő maga. A lábánál, a szekrény alján viszont szuronyok és dárdák, az állványok díszeiként, legfelül pedig bajonettek, tőrök és egyéb kések sorakoztak. Mintha egyenesen magukba szívták volna mindazt a kevés fénymennyiséget, ami valahogyan csak elért odáig, hogy aztán sárgás és ezüstös fényűen kezdjenek ragyogni a kővé meredt Jan szemében.

A középső állvány lényegesen impozánsabb volt a többinél, és az azon látható fegyverek közül az egyik mellmagasságban felfüggesztett darab, egy kétélű skót hosszúkard, még ismerősnek is tűnt neki.

Egyáltalán honnan tudhatta, hogy milyen kard az? – állt meg egy pillanatra, és komolyan gondolkodóba esett, miért érzi úgy, mintha szorította volna már a kezében annak markolatát? Még a félhomályban is jól látszott, hogy gyakorta tisztogatták a nemes tárgyat, bár a le nem tapadt finom porréteg arról árulkodott, hogy pont az elmúlt időszakban mégsem kerülhetett erre sor…

Jan mikor annak nyeléhez – helyesebben markolatához nyúlt, javította magát újra, miközben azon agyalt, hogy mégis éppen mit csinál –, úgy emelte le végül a helyéről, hogy azonnal érezte a fogásán, gyerekjáték számára megtalálni az egyensúlyát. Jól megragadva az ismerős fegyvert bejáratott helyen, a keresztvas alatt, magához vette, lendített egyet rajta, majd valami furcsa reflextől vezérelve megforgatta a levegőben. Igen! Biztosan érezte, volt már a kezében, és biztosan tudta, értette a módját annak is, hogyan kell „értően" forgatni. Nehéz volt, de megbirkózott vele egy kézzel is, noha igazán akkor érezte a teste elválaszthatatlan részének, mikor két kézzel markolta meg újfent.

A fényre sietett, hogy jobban megnézze, mit lát még rajta, ami ismerős lehet, de miután kilépett az ajtón, váratlanul furcsa barna szempár szegeződött rá a folyosó közepe tájáról.

Egy jól megtermett, megint csak tisztázatlan hátterű tudása alapján Cane Corso fajtájú – vagy valami hasonló, harci kutya küllemű –, agresszív négylábú vicsorgott felé a csorgó nyálán megtapadt kosztól bemocskolt pofájával. Feketésbarna bundája poros volt, egyik füle pedig hiányzott. Olyan feszülten meredt Janra, hogy az védekezésképp maga elé emelte a kezében lévő fegyvert – érezte, hogy az állat megtámadni készül őt. Látta már ezt a dögöt, de hogy hol és mikor, az újfent nem ugrott be, csak az, hogy nem kedveli a fajtáját… Vagy fél percig meredtek egymásra, mire a kutya nekilendült, ő viszont ügyesen kitért. Ennek ellenére szinte észrevétlenül vágott sebet az állat pofáján, amely még vissza sem fordult Jan után, ő oldalra lépett, máris lendítette a kardját és lesújtott.

Egy kézzel csapta le a kutya fejét, olyan kecses mozdulattal, mintha egész életében ezt csinálta volna. A kardja továbblendült a csapás után, mellyel hosszú, vörös csíkot festett a falra. Sok ilyet látott már, sok ilyennel pingált tele különböző helyiségeket korábban is. A feje hirtelen belesajdult a felszínre törő képekbe és villanásokba. Sok kardot forgatott életében. Sok fejet választott le nyakakról. Vastag nyakakról és vékony nyakakról. De nem esett jól sem maga a mozdulat, bármilyen sebészien tökéletesnek is érezte, de még kevésbé a spriccelő vér látványa. Ijesztőleg hatott az egész. Mintha egyszer már elege lett volna ebből. Az ilyesmiből, amit most csinált, de nem tudta, miért és mikor tette magáévá ezt az érzést.

Még mindig csak arra az estére emlékezett Filipékkel. A savanyúan rámosolygó Nuttal és a legjobb barátjával, aki sosem merte a lányt egyedül otthon hagyni, mert az ekkoriban nagyon depressziós volt, ezért mindig náluk találkoztak. Tényleg tegnap volt mindez? Az emlékek alapján ebben szinte biztos volt, de akkor hogyan került egy ismeretlen házba több tucatnyi karddal, amik közül egynek épp a markolatát szorongatta, és a pengéjéről apró vízerekként folyt le a vér?

Csend volt. Nagyon mély és zavartalan csend. Sem bent, sem pedig kintről érkezve nem volt hallható ugyanúgy semmiféle természetes zaj, ami a lüktető emberi civilizáció meglétére utalt volna.

Halott is lehet már akár... Ennek alapján.

❖ ❖ ❖

Olyan elviselhetetlenül borzasztó volt gyereknek lenni! – bontotta ki magában az érzést egy gondolattá, melyhez emlékezni sem kellett semmire, csak felidézni azt a rövid időt, amit iménti képzelgésében gyerekek között töltött. Nem is tudott volna most konkrétumokat hozni, csak az érzést. Az érzést, amit úgy lehet előhozni, miként a gyermekléttel járó felvilágosultságnak hitt felvilágosulatlanságot idézi fel. Tudta, hogy egykor – még jócskán idejekorán – ő is azt hitte, már reálisan gondolkodik mindenről, míg a valóságban mégis olyan butácska volt. Olyan butaságokat hitt és fogadott el valóságként, mint például...

Nem is tudta. Most éppen butácskább volt, mint valaha, mert nem tudta az agyának emlékkel teli részét működésre bírni, de így is érezte: nem volna érdemes visszacserélni ezt a nehéz és fájdalmakkal teli dolgot sem arra, ami akkor volt, mikor még túl fiatal volt mindenhez. Mikor még a gyermeki lét volt az aktuális életszakasza. Most, bármi baj legyen, felnőttként sokkal jobban fog menni a gondok leküzdése, csak tennie kell már valamit!

De mi tegyen?

Támadt egy megvilágosult gondolata. Hogy is jutott fel a legfelső szintre az az állat, ami nemrég még egy alsóbb emeleten nyüszített? Visszatért a folyosóra a sötét szobából, ahol azt akarta megtudni, felismer-e újabbat a magához vetten kívül az ott összegyűjtött fegyverek közül, átlépte az általa tetemmé tett állat testét, majd körbenézett, és a korábbin kívül egy másik

nyitott ajtót is meglátott a folyosón, ami emlékei szerint azelőtt
még nem volt ilyen szélesre tárva. Nem olyan rég még biztosan
nem! Berobogott rajta, és egy fürdőhelyiségben találta magát,
aminek a padlója szintén leszakadt. Ezúttal viszont nem kellett
visszahőkölnie úgy, mint a lépcsőnél. A hosszú padló ugyanis úgy
dőlt be az alatta lévő szintre, hogy annak Jan felőli vége még a
magasban volt, az alja viszont már az alsóbb szinten támaszkodott,
kiváló lehetőséget teremtve a leereszkedésre. Öles léptekkel vette
célba a mélységet, aminek a végén újabb folyosó várta. Hatalmas
ház lehetett, amiben tartózkodott.

Ezen a szinten még kevesebb fény és jól látható tájékozódási
pont várta. Leszakadt redőnyöket és félig elhúzott sötétítő
függönyöket látott az ablakokon, a fentinél hosszabb folyosó
pedig a végénél jobbra kanyarodott. Felgyorsította lépteit, mert
arra, a kanyar után több világosság tűnt fel, de miután befordult
a saroknál, újfent megtorpant. Egy neki háttal álló férfi alakja
körvonalazódott előtte, aki mozdulatlanul várakozott a folyosó
túlvégén, és az egyik ablakon keresztül az azon túli világot kém-
lelte. Haja hosszú volt, és nagyon dúsnak tűnt. Egyetlen lófarok
emelkedett ki a sörényszerű szőrzetből. Ő megpróbált közelíteni
felé, azonban az mintha csak egy szobor lett volna, még arra sem
reagált, amikor közel lépve hozzá megköszörülte a torkát. Hideg
lett, és fagyos leheletét láthatóra festő atmoszféra vette körül.
Mintha leomlottak volna az őket körülvevő és óvó épület falai.
Mintha valamitől legalább tíz fokot zuhant volna a hőmérséklet.

Mikor elég közel ért, hogy akár hozzá is érhessen, lehunyta
a szemeit még egyszer, vagy három másodpercre is, hátha újra
megszabadul minden oda nem illő körülménytől, mielőtt meg-
próbál meggyőződni róla, hogy a férfi is csak egy látomás-e.
Kinyitni azonban nem tudta őket újra!

Még saját maga volt egy ideig, tudta artikulálni és értelmezni
is a saját utolsó gondolatait az újabb eszméletvesztés előtt, amik
a köré az elhatározás köré csoportosultak, hogy véget kell vetnie
ennek! Nem ingázhat tovább az eszméleten kívül kerültség előtti
és utáni világok között ilyen kiszámíthatatlanul, mert utóbbi
így idővel végleg a rabjául fogja ejteni...

A férfi újra csak bámult maga elé mozdulatlanul, ahogy ekkoriban gyakran szokott, elveszve a saját gondolataiban, ezúttal épp a konyhában üldögélve.

– Filip, gyere gyorsan! – kiabált neki a lány a nappaliból, ő pedig felpattant, és azonnal szaladt a hang irányába. Aztán félúton mégis visszafordult, mert bár riasztó volt eléggé a felkiáltás ahhoz, hogy ne tétlenkedjen, áldotta a sorsot, hogy eszébe jutott, hogy a könyvet megint szem előtt hagyta. Márpedig ha Nut meglátná, hogy „azt" olvasgatja, biztos patáliát csapna. Noha ő azt nem érdemelné meg, hisz' nem azért olvasta a betiltott, Valentir-barátnak, elhajlónak kikiáltott szerző *Középföld népe: nyugatra tartottunk* című kötetét, mert bármivel is egyetértene, ami abban le vagyon írva, hanem csak hajtotta a kíváncsiság, hogy megismerje, mivel magyarázza Marwin Gabis saját elméletét. Aszerint ugyanis a kelet-ázsiaiaknak, kik az újkorban befolyásolták a legnagyobb hatással Európa mindennapjait, igazából semmi közük Európához, mert az európai ember elődje a Közel-Keleten civilizálódott, ami ott szárba szökött, aztán Európába a Peloponnészoszi-félszigeten keresztül – először ott kibontva azt – hozta át, és végül Amerikába állt tovább, de ezek során egyetlen egyszer sem érintette a Távol-Keletet. Így annak a világnak a jegyeit az itteni közegnek nem kellene magán viselnie. Ezt vallotta Marwin Gabis. Csak egy elmélet volt, ami senkit sem veszélyeztetett, mert emiatt senki sem dobná el – leginkább nem is tudná – a közelmúlt történelmének vívmányait, de Filip inkább nem mondta élettársának, hogy nem bírta ki, hogy ne ismerje meg ezt a valóban kicsit északi neoprimitív narratívának megfelelő dogmát hordozó könyvecskét alaposabban. Most is inkább gyorsan kivette az asztalra tett újság alól, és a nappaliba menet visszacsúsztatta a táskájába. Abban élettársa sosem turkált.

Nut tényleg nem értette az ilyesmit. Nem volt a vélemények – akár történészi vélemények – sokszínűsége ellen, de hogy betiltott dolgokat mi szükség egyáltalán megismerni? Valaki szerinte csak eldöntötte objektíven és kellően szakmai alapon, hogy az butaság, és „innentől csak a megosztás eszközéül használható".

A lány a kanapén térdepelve meredt a tévére, amiben már nem az atlantifoci-mérkőzés, hanem a mostanában megszokott kép volt látható. RENDKÍVÜLI – virítottak a piros betűk a jobb alsó sarokban. Filip rögtön levágta magát a lány mellé. A képernyőn személyesen Louis Charles McNamara vicsorgott, a maga sajátosan agresszív stílusában. Persze nem vicsorgott valójában, de ő mindig úgy nézett rá, mint aki azt várja, mikor harapja le az idős férfi az elé helyezett mikrofonok tucatjai valamelyikének szivacsát. McNamara sohasem sugárzott nyugodalmat, pedig ránézésre egyszer sem kapkodott és nem csinált semmi olyat, mintha ki tudná zökkenteni bármi. Furcsa dichotómia volt ez. Most is megtalálta a szükséges balanszot, hogy méltóságteljesnek tűnjék, de ezúttal valóban, még az eddigi legrosszabbnál is jobban ráncolta a szemöldökét. Látta vajon már valaha ezt az embert valaha például nevetni? Nem nagyon volt ideje elgondolkozni rajta, de szinte biztos volt így is a válaszban.

– McNamaránál befolyásosabb ember nem él az egyesített Európában! – ismételte el Nut, amit korábban mindig hajtogatott. Mintha ez a mondat számára azt jelentené, hogy ha valaki, ő majd elintézi a dolgokat, akkor is, ha azok már rosszra fordultak. És hát jobbára megint nem sikerült elébe menni a bajnak. Noha a Rend is fogadkozott, hogy többé nem történhet meg, ami harminc éve már megtörtént egyszer, McNamara megérzései akkor is csődöt mondtak, és a baj már megint nem látszott elkerülni Európát. De McNamara majd megoldja végül, Nut szerint...

A nagyhatalmú angolszász – részben talán ír – McNamara család legidősebb élő képviselője jelen minőségében a Protevus-i Egyesült Európa Bizottság, a Rend Központi Tanácsával való együttműködéséért felelős Központi Bizottság elnöke volt. Ez ugyan nem volt a kontinens vezetői hierarchiájában a leg-magasabban jegyzett titulusok egyike, de az tény, hogy azt a bizottságot vezetni, amelyik Európa döntéshozóinak akaratát a Rend harcosaival végrehajtatni volt hivatott, nem csak hatalmas felelősséggel, de óriási hatalommal és befolyással is járt. Minden,

a kontinens sorsát eldöntő kérdésben a Központi Bizottság járt
el. Ez a szervezet félig volt világi és félig volt klerikális – ez
utóbbiból következett, hogy az öreg McNamarának elnézték,
hogy az európai elvekkel összeegyeztethetetlen módon, viselje
nemesi származására utaló családnevét, és az emberek az ő
esetében nem nézték rossz szemmel, hogy rendre a történelmi
idők óta „uralkodó" őseire utaló kinyilatkoztatásokkal kérkedik.
A Központi Bizottság mégsem csak a napi papírmunkát végzi!
Ők McNamara vezetésével a mérleg nyelve az új világ prakti-
kuma és a kelet ősiségét képviselő klerikalizmus között, amit a
Rend hordozott. Már amennyire hordozott. A „régies" Rend is
haladt azért a korral, és sokan már biztosak voltak benne, hogy
a „klerikalizmusnak" náluk sincs hosszú jövője.

Amikor a rendkívüli híradás félbeszakította a meccset, és
azonnal kapcsolták a fővárost, Provetust, a kamera jó ideig
totálban mutatta a hatalmas emelvényt, ahol szebb napokon
ünnepségek szónokai álltak cifra ruháikban. Most még mindig
ezt nézték, semmi nem történt. Ki tudja mire vártak!? De ilyen
cifra, feltűnően díszes ruhát, mint most az egyedül ott feszengő
Louis McNamara, már nagyon régen senki nem viselt. A mögötte,
a háttérben sorakozó politikusok sem.

Mindkettejük benyomása az volt, az „öreg harcos" fejében
megfordulhatott, hogy talán utoljára láthatja így a nyilvánosság,
illetve rangot is akart adni minden bizonnyal az eseménynek, a
helyzet súlyosságát is jelezve. De azt is meg lehetett tényszerűen
állapítani, hogy valóban tekintélyt sugárzott a vörös, díszített
felöltő a hosszú, bíbor bőrcsizmával. És most erőt kellett sugározni,
ezt mindenki belátta. Bármi történik, megrettenni most nem
szabad, ezért McNamara megjelenése nem tűnt ízléstelennek,
hanem sokkal inkább büszkének és európainak.

Egyetlen dolog volt szokatlan csupán. Még annál is szokatlan-
abb, mint amit eddig észleltek. Az emelvény képének horizontján,
a mindig szolidan elhelyezett egyetlen Európa-lobogó helyett
most zászlók egész sora sokasodott. Filip például utálta az ilyen
típusú külsőségeket. Louis Charles maga az egy dolog, de nem
szerette a himnuszéneklést, a zászlófelvonást, igazi újgenerációs

européer volt, aki az egység legfontosabb értékei közül pont azt tartotta a legfontosabbnak, hogy élje meg mindenki legbelül az identitását, ki-ki a magáét, de azt felesleges a külvilág felé ily' módon demonstrálni. Nem értette, hogy az ötágú sárga csillaggal a közepén díszített kék zászlóból mi értelme van többet is elhelyezni a pulpitus mögött. Még zavaros politikai helyzetet is eredményezhetett volna ez a szokatlan ötlet, hiszen a végleges egyesülés óta a lényeg az egyetlen csillag önmagában való megjelenítése volt mindig – ami az egységet fejezi ki alapvetően. Most pedig csillagok sokasága uralta a hátteret. Filipnek eszébe jutottak azok az idők, mikor még több tagállam jelképeként több csillag is volt azon a hivatalos lobogón...

– Miért nem kezdik már? – tépelődött a lány, látva, hogy kedvenc politikusa is most zavartan pislog a kamerák mögé, mintha valami jelet várna, hogy mindenki kész, és mindenhol látják, hallják, amit bejelenteni készül. Vagy valami egészen más miatt aggódik? A „jó lesz ez így?" furcsa kételye is felsejlett a tekintete mögött, ami tőle idegennek hatott.

– Ne nyalogasd már folyton a szád szélét! – figyelmeztette az este folyamán már sokadszor Filipet, mióta az az első félidő befejeztével abbahagyta a popcornfogyasztást, de addigra a sok elfogyasztott rágcsálnivaló sótartalma erősen marni kezdte a szája szélét, ami a nem túl gusztusos cselekvésre sarkallta. – Reméltem, hogy azért mentél a konyhába, hogy lemosd végre az arcodat. Egészségtelen amúgy is a sok só!

Ezen a kisebb, talán érthetetlen „kirohanáson" kívül Nut semmit nem talált fontosnak megjegyezni már párja irányába, csak valami történésre várt. Hosszú percek teltek még el. Filip ekkor azon kezdett gondolkodni, hogy mi lehet most Jannal, és mi mindenről maradt le az elmúlt hónapokban, mióta új életének viszonylagos kényelme kissé elszigetelte a régi mindennapokat jelentő világ folyamataitól, mikor is a vén McNamara végre megköszörülte a torkát a képernyőn és belekezdett a várva várt szónoklatba. Nagyon oda szeretett volna figyelni, de a barátjáért jobban aggódott, mint bármi más miatt. Éppen ezért csak arra lett figyelmes, amikor pont őt említették az erélyes beszéd egy pontján:

– Janos Cleaves elhagyta a Rendet, és megannyi erős, felkent harcosunk is hiányzik sorainkból, akik nélkül ügyünk váratlanul nehéz fordulatot vett.

Tudtam, hogy nem hagyja ki a ziccert a vén gazember, hogy rúgjon egyet Janosba, aki legfőképp talán épp miatta szegte meg az esküjét – bosszankodott Filip, de csak magában. Nut már olyan feszülten figyelt, hogy ijesztő volt az arcára is nézni.

Az erélyes öregúr így folytatta a szónoklatot:

– De ne gondolják ellenségeink, hogy gyengék vagyunk, ne gondolják, hogy esélyük van a béke útjára lépett, az ellentétek állati létünkből fakadó különbözőségeit meghaladott európai eszménk által egységbe kovácsolt kontinensünk egyensúlyát megbontani! Emberi tisztaságunk mindig felül tudott kerekedni az ő történelem előtti idők sártengeréből újra és újra felkapaszkodó árnygólemijein...

Kis időre megállt, majd így folytatta:

– De nem vagyunk tökéletesek! Az emberi faj még mindig gyarló, még mindig vannak rajtuk kívül is olyanok, akik felrúgják civilizációnk rendjét és árulóvá válnak. Az áruló Négyek után, akik harminc éve majdnem mindent odadobtak az ellenségnek, és majdnem mindent elárultak, aminek a védelmére korábban felesküdtek, most is vannak, akik nem értették meg, hogy küldetésük teljesítése nem csupán a dicsőségről szól, és hogy bekerülhessenek nagyjaink szoborcsarnokába, hanem néha aránytalanul nagy áldozatot kíván tőlük, amit egy Téotéen harcosnak mindig meg kell hoznia!

McNamara vagy szeretett direkt nehezen érthetően fogalmazni, vagy már tényleg túl öreg volt, hogy összefüggően és tömören beszéljen. Esetleg élete alkonyára mindennél fontosabbá vált neki, hogy az olyannyira tisztelt ősei világából minél több elemet felelevenítsen és terjesszen, megragadva a nyilvánosság csatornáinak rendelkezésére álló eszközeit – tűnődött Filip annak okán, hogy tipikusan múlt századinak hatott ez a beszédmód. De inkább arra tippelt volna, hogy igen, ezzel a dologgal pózol saját magának, nem törődvén vele, hogy így mindenki számára jelentősen megnehezíti a megértést.

– Janos Cleaves... – folytatta volna a gondolatot, amikor a képernyőn furcsa csíkok jelentek meg, azonnal értelmezhetetlenné téve a képek és a hang együttesét. A nagyságos McNamara elnök úr hangja kacagtatóan magasra, majd baljóslóan visszhangzó mélyre változott, mielőtt végleg elsötétült a képernyő, de az utolsó szavaiból már semmit sem értettek. Nut eddig is ijedt volt és feszengett, most viszont a cselekvés szándékával ugrott fel a kanapéról. Hosszú, fekete haja mögül rémült tekintet meredt a testtartás alapján még mindig nyugodtnak látszó Filipre, akinek ezúttal is csak elkerekedett szemei sugározták a tanácstalanságot.

Nut és ő sem értették, mi történik. Rendkívüli beszéddel szakítják meg a tévéműsort, majd hirtelen elmegy a kép és a hang, mindenesetre furcsa, de csak visszajön mindjárt.

– Tennünk kell valamit! – mondta a lány.

– Szerintem meg várnunk kéne! Mégis mit tehetnénk? Jan eltűnt, az apja sem tud semmit róla, Oliver pedig már úton van ide. Meg kell várnunk és majd együtt átbeszéljük, hogy mi lenne most ésszerű és biztonságos.

– Én el akarok menni, mondjuk a szüleimhez, vagy...

– Vagy? – kérdezte érdeklődve Filip.

– Vagy Janos apjához. Ha valahol újra felbukkanhat, az az Ardennekben lesz, szerintem végleg elege lett, lehet, hogy már ott is van. Mindig haza menekül, legutóbb is...

– Akkor szólt volna!

– Lehet, hogy csak nem szeretne bajba sodorni.

– Nem szeretne bajba sodorni azzal, hogy felveszi velünk a kapcsolatot, de te oda akarsz menni, hogy bajba sodorj ezáltal minket? Nyugodj meg, most összevissza beszélsz, Oliék már egyébként is épp ide tartanak, muszáj bevárnunk őket – érvelt Filip.

– De a hatóságok megint nálunk keresik majd. Én nem akarok itt lenni, nem akarok újabb házkutatást és kihallgatásokat! – fakadt ki magából az egyébként mindig csöndes törékeny lány, aki az elmúlt hetekben többet fogyott, még ahhoz képest is, amilyen vékony a vetélése után volt.

Filip erre hallgatással válaszolt. Biztos volt benne, hogy a lány félelmei megalapozottak, de ha most nem gondolják alaposan végig, és valami meggondolatlanságot csinálnak, az szélsőséges esetben akár az életükbe is kerülhet. Legalábbis ha megismétlődik, amit harminc éve egyszer gyerekként már átéltek.

Filip bizalma az Európa Bizottságban ekkoriban finoman szólva sem volt mélynek és megingathatatlannak mondható. Egyáltalán, az Európa egyesítése után hozott intézkedések, melyeket vitathatatlanul pozitív eszmeiség mentén eszközöltek, Filipet nem győzték meg teljesen, és biztos volt benne, ha nem lett volna még csecsemő, egyike lett volna nem a rendszer ellen, hanem a rendszer működésének ésszerűsítéséért tüntető sokaságnak. Dolgozószobája falát is egy 2003-as, több százezres tüntetés panorámafotója díszítette, amit a Gran Place-en tartottak, Provetusban, amikor már nem állt ott a városháza, mert egy egykori kis ország fővárosából a hely Európa fővárosává változott. Néha órákat töltött a gyönyörű képen való merengéssel, és nem tudta elképzelni, hogy egy ekkora, demonstratív és az indulatok által egybekovácsolt tömeg hogy nem győzte meg a döntéshozókat, hogy revideálják az álláspontjaikat. Leginkább a kísérleti lőfegyverek kifejlesztésének leállítását ellenezte akkoriban. Mert bár ő is viszolygott a gondolattól, hogy egy napon olyan eszközök álljanak a hadseregek rendelkezésére, melyekkel emberek százait lesznek képesek akár percek alatt elpusztítani, a józanabbik énje azt mondatta vele, hogy ha már régóta birtokában vannak annak technikai tudásnak, ami ezt lehetővé teszi, legalább az elrettentés céljával birtokolniuk kéne ilyesmiket. Félt tőle, hogy ha az ellenségeik fejlesztenek ki ilyen fegyvereket, a Téotéenek hasznavehetetlenek lesznek nagy becsben tartott kardjaikkal és lándzsáikkal. De a háború után az archaisták voltak az erősebbek, és ebben nekik lett igazuk.

Később aztán a jelenleg kormányzó pártot is meggyőzték az érvek, miszerint a humanizmusunk és a hagyományaink fontosabbak, mint hogy a mindenki másénál fejlettebb technikai felkészültségünket mások elpusztítására használjuk. A Téotéen harcosok évszázadok óta védik a kontinenst a maguk módján, de mégis: ha bombákat, diszperzív robbanószerkezeteket már ki tudtak fejleszteni a Valentirek keleti szövetségeseik segítségével, előbb-utóbb a lőfegyverek harcászatba állítására is képesek lesznek. „Nem vagyunk biztonságban…" – hallotta mindig halott anyja jajveszékelését a háború éveiből.

Csengettek. Nut ettől is összerezzent. Filip nyitott hát ajtót, mellyel szemben a szomszéd állt jeges tekintettel.

– Látták? – kérdezte, majd Filip válla fölött befelé leselkedett a házba. – Maguknál is elment az adás?

– Láttuk addig, amíg meg nem szakadt – válaszolta Filip.

– Nem azt! – vágott közbe a rémült ember. – Azt a villanást, meg azt a nagy fényt. Mi lehetett?

Filip értetlenül kezdte rázta a fejét, majd amikor a zavarodott ember valami „füstfelhő szerűségről" beszélt, gondolkodóan kezdte vakarni annak közepét. Azt a kis haj nélküli foltot, ahol régen bozontos hajkoronája volt összefogva, gyakran piszkálta egyébként is. Tényleg nem értette, hogy miről van szó. Átaludtak volna valamit?

Az őszülő foltokat a hajában annyira nem tudta megszokni, mintha az egész évtizedet aludta volna át, de most különösen lassúnak és tehetetlenül öregnek érezte magát. Újra fog kezdődni minden, ami annak idején összehozta őket? De most akkor miért nincsenek végre együtt, amikor talán utoljára kéne összedugni a fejüket és kitalálni valamit, mielőtt késő lesz?

Átlépve a küszöbön, ágaskodva bámult az utcavégi kereszteződés irányába. Nagyon szerette volna, ha Oliverék autója végre befordul a sarkon, de igazán nem hitt benne. Régen nem vágyott ennyire viszontlátni a szintén ijesztően megöregedett Oli barátját és a mindig – általa ódivatúnak tartott – bongyor, fiatalos Margot-t, akivel eredendően ugyanúgy nem kedvelték egymást, mint Jan és Nut, most mégis szívesebben kínálta volna a saját házában őt is valamivel, amit úgyis visszautasít, minthogy azon töprengjen, hogy mi lehet épp velük.

– És te, Jan? Hol a fenében vagy? – kérdezte kétségbeesetten.

„Ahonnan én érkeztem, nagyon hasonlóak voltak az emberek. Ha anyámra, a testvéremre, a szomszédomra, vagy akár magára a császárra néztem, egy vérből való embereket láttam. Abban a tudatban nőttem fel, hogy ember és ember között csak jellemükben és életük alakulásában látható meg bármily típusú különbözőség.

Aztán amikor nyugatnak indultam, a közép-keleti sivatagokban járva szembesültem vele, hogy a földkerekség eltérő tájain eltérő embertípusok a vártnál is eltérőbb kultúrákban élnek.

De még ekkor sem gondoltam volna, hogy azok között, akiknek két lábat és két kezet adott a természet, no meg értelmet is ahhoz, hogy azokat ne csak ösztönösen használják, hanem önkényes elhatározásaiktól vezérelve is, a fent említetteken és az ekkorra általam megismert hitbéli meggyőződésükön túl megállapítható olyan típusú eltérőség, amely fajunk bizonyos egyedeiben gyűlöletet gerjeszt a többi iránt.

Először Ruszföldön szembesültem vele, hogy önhitt voltam e kérdésben, és a természet kegyetlenebb játékot űzött egyes fajtársaink elméjével, mint amit fajunkhoz méltónak véltem.

A különbözőség ezért veszélyes, a megosztottság elpusztít bennünket!

Férfi bajtársaim! Keressetek magatoknak egy nőt, aki szemlátomást, és ítéletetek alapján is nagyban különbözik tőletek! Ismerjétek meg, fogadjátok el, és nemzzetek neki gyermekeket. Majd okítsátok gyermekeiteket is ugyanerre. Nemzzenek ők is gyermeket egy olyan emberrel, akit maguktól különbözőnek látnak, és tegyétek ezt addig, amíg felszívódnak különbözőségeink..."

– Optigasunla – szép szónoklatok Tajnari tollából CCCXXVI.

OPTIGASUNLA KIRÁLYSÁGA

– Évszázadok óta hazudják azt gyermekeinknek, hogy Optigasunla és követői a királyság ellenzői, Európa elkorcsosulásának kikövezői voltak. Pedig legnagyobb tanítónk, Optigasunla nagymester nem a koronát összetörni, hanem azt megszerezni és fejére helyeztetni jött ide seregeivel, és küzdött rendíthetetlenül a London alatt vívott csatában. Ha nincs az áruló Cunnigham, aki királyunk hű tábornokának hazudta magát, és annak őrült morfinistája, aki elbódította királyunk elméjét, hogy az halálos ágyán aláírja az átkozott Egyesült Európa kikiáltásáról szóló nyilatkozatot, Britannia ma is büszke királysága lenne Optigasunla birodalmának! – bömbölte a kopasz, rémesen nagyra és bozontosra nőtt szemöldökű férfi.

Lucia undorodott tőle, már ránézésre is. Úgy vélte, ha az semmit sem tett volna családja ellen, akkor is taszítaná a külleme ennyire, pláne most érzett csillapíthatatlan gyűlöletet, amilyet életében eddig kevésszer, amikor épp megalázta őket, de félt a késéhez nyúlni, amit az öve mögé csúsztatott, amikor a Finntrolok betörtek az erődítménybe. Akkor máris tudta, hogy okosnak kell lenni. Nem volt szabad mindent eldobni a túlerő ellenében, ezért látszólag együtt próbált működni, keresve az alkalmat az események irányának megfordítására.

Pedig szépen mutatott volna a penge abba a vastag, hurkás nyakba mélyítve. Reálisan persze felmérte azt is, ilyen gyűlöletet csak azért érezhet mégis valaki iránt, amit az tesz, nem pedig olyanért, ahogy az kinéz – aki árt nekünk, annak külleme a szemünkben hozzárusnyul a róla kialakított képhez! De még jobban idegesítették a büszkén pózoló Valentirek, akik szégyenszemre pont Optigasunla hatalmas portréja alatt álltak sorfalat.

– Optigasunla… király? – súgta oda gúnyosan Raisának.

– Nagyon fogják még szégyellni magukat, amikor rádöbbennek, hogy mit tettek, mikor kinyitották a kapukat ezeknek az állatoknak! – suttogta meggyőződéssel, de alig érthetően válaszként a rövid hajú lány a nővére undort sugárzó megjegyzésére.

Ilyen hihetetlenül zagyva és történelmietlen beszédet tényleg nem hallott még senki a Cumbria erőd sokat látott falai között. Lucia és Raisa apjuk, Mistan menekülésekor úgy döntöttek, hogy maradnak, mert nem merték annak beosztottjaira bízni a kitörés megszervezését. Úgy sejtették, hogy árulók vannak a katonák között, máskülönben nem tudta volna néhány száz Finntrol még annak a tíz Valentirnek a segítségével sem bevenni az erődöt, hiszen az a legjobban őrzött „végvárak" egyike volt, Európa északi határainál. Most viszont ott térdepeltek hátrakötött kezekkel a nagydarab szónok mögött, és tudták, hogy hibát követtek el. A megszállók ugyanis külön cellákban helyezték el őket, nemhogy a többi fogolytól, de még egymástól is elkülönítve, így aztán sehogy sem haladtak a szervezkedéssel. Lucia csalódottan próbálta felvenni a szemkontaktust a szintén megkötözött, fegyelmezetten sorba állított erődparancsnokok valamelyikével, de azok nem fogadták azt. Gyávák és árulók! – mérgelődött magában. Persze tudta, hogy az sem segített a harci kedvük fenntartásában, hogy fogvatartóik már három embert is a kimúlásukig vertek közülük, gondosan ügyelve, hogy a halálsoron mindenki hallja a visításukat, majd az ütlegelés végén a kétségbeesett, hitüket feladott könyörgést, ezzel megtörve azokat, akikre szintén nem várhatott más, hacsak nem működnek együtt…

Nehéz volt fejben összeraknia a képet, hogy mi vezetett idáig, de vallatói annyira tapasztalatlanok voltak, hogy végső soron több információt húzott ki a fricskáival és a visszavágásival ő belőlük, mint azok belőle. Rájött, hogy az archaisták működtek közre a korábban Valentir-gyűlölő Finntrolok és az Éjlovagok kapcsolatfelvételében és összejátszásában. De rögtön miután rájöttek, hogy hibáztak, figyelmeztetni próbálták a Téotéeneket. Ez az intézetük elnökének, David Pastor Luisnak a fejébe került. A húga, Raisa elhányta magát, amikor a nagyember elővette a levágott fejét a díszes ládikából, amit egy mellette álló, kék ruhás, ránézésre valamilyen közel-keleti rasszhoz tartozó ember tartott a kezében, de láthatóan nem sokat értett abból, ami körülötte zajlott.

– Ez vár minden árulóra! – hangzott még mindig a füleiben a szónok kiáltása.

– Optigasunla Királysága mától független Európától és a Valentir Köztársaságtól is! – folytatta a beszélő néhány száz fős hallgatósága döbbenetére. Ennyi emberrel a bendőjében a nagycsarnok messze nem visszhangzott úgy, mint ahogy megszokta, de ezeket a mondatokat olyan hangosan artikulálta az ember, hogy kétséget nem hagyott, hogy eljutnak mindenkihez a helyiségben, beleégve az egyébként is jól megterhelt tudatukba.

– Cumbria erődje mától egy fantasztikus ország dobogó szíve, ez a csarnok pedig hitünk és vallásunk szentélye lesz!

Lucia egyszerűen nem értette, hogy hol van most a híres Valentir eszmeiség és kíméletlen kérlelhetetlenség. Hogy állhatnak most csak úgy ott? Pont az általuk gyűlölt Optigasunla óriás képmása előtt és hallgathatják ezt? Nyilván sejtik, hogy a számukra ez részletkérdés, és egyébként is félig színház az egész, de akkor is...

Az sem fért a fejébe, hogy miért nem a Valentirek hallgatták ki, sőt még csak meg sem motozták. Ennyire nem fontos nekik ez az erőd? Az elfoglalásában segédkeztek, de mintha a megtartásába nem fektetnének komoly energiát. Csak oda akartak szúrni Európának, hogy kicsikarjanak valami? – tűnődött, remélve, hogy ha jó irányban próbálja találgatni az okokat, akkor talán mégsem lesz háború.

– Valami más mozgathatja őket, és talán nem maradnak már itt sokáig. Ez jó hír! Minket, lányokat, a jelek szerint amúgy is a végére hagynak majd! – súgta oda neki még korábban Raisa is, aki ezek szerint hasonló következtetésre jutott. Apjuk mostanra biztosan elért Kálovistonba, és őt ismerve nem fog sokáig tétlenkedni. Reménykedtek, hogy erősítést is hoz majd.

Lucia ekkorra szinte teljesen megszokta a karbonbilincs által összevagdosott csuklóján a sebekből áradó fájdalmat, a térdeinek sajgása viszont nagyon kínozta az azokon való támaszkodás miatt. Az ő apjuk nem volt annyira múltszázadi régivágású, hogy alkalmazta volna rajtuk gyerekkorukban a kukoricán térdepeltetést, mint büntetési formát, ha rosszak voltak, és amit fiatalkori barátnőjétől, Lenától gyakran hallott, hogy neki viszont volt része benne. Apjuk, Mistan Malis sem ódzkodott a múlt századi dolgoktól, de ez nem szerepelt az eszköztárában, pedig most nem bánta volna Lucia, ha korábban ehhez is hozzászoktatják.

Többször körbefordítva a fejét egyetlen rést talált az őt körülvevő alakok sűrűjében, amin át ellátott a terem nyugati felében a sorfal végéig. Az ott lézengő katonák, számára szokatlan fegyelmezetlenséget mutatva, csak komoly hiátusokkal tartották az alakzatot, mely a szónokkal szemben álló katonák között még példás rendezettséget mutatott. Leghátul azonban gyakran kilépett egy-egy, zöld könnyűvértes, lándzsás katona a vigyázzállásból, szánalmat ébresztve a fegyelemhez szoktatott lányban. Volt, amelyik a térdét hajlítgatva próbált életet lehelni megmerevedett végtagjaiba, de olyan Finntrol is akadt, aki valamelyik társával társalgott, unalmát az arckifejezésével sem palástolva. Mögöttük egy másik nagymester, Balastiaon félalakos portréja magasodott, aki történetesen Lucia kedvence volt történeti tanulmányai kezdete óta, ő engedte ugyanis a Rend történetében először, hogy nők is felvételt nyerjenek a Téotéenek soraiba.

A Valentireket nem tudta soha maradéktalanul gyűlölni. Ők az ősellenségek, akiket méltó, tiszta harcban le kell győzni, mikor újra és újra összeütközésre kerül a sor köztük és Európa harcosai közt. De ez az ellenség nem sokban különbözött tőlük, európaiaktól. Hasonló célok motiválták őket, és ugyanaz a gondolatiság jellemezte a világukat: a haza dicsősége és a jövő nemzedékek biztonsága mindenek felett álló, és ez tiszteletre méltó! Ezt a szemléletet már apjától tanulta el, akiről biztosan tudta, hogy ezekben a napokban sokkal elszántabb gyűlölet égett a lelkében az európai árulók, a Finntrolok iránt, mint amennyire egy északit, egy Valentirt utálni tudna. Annak idején, mikor a testvérével még gyermekek voltak, az sem volt ritkaság, hogy az európai kánonhoz képest sokkal megengedőbben mesélt nekik az ősi ellenségről, akivel legalább egy vérből valók, és mi tagadás, a Valentir kultúra számos eleme mélyen beépült Európa szokásvilágába. Hiszen még a nyugati civilizáció éveinek számát is a Valentir vallás alapján számolják, és ez az egyetlen körülmény, amivel a legelszántabb Valentir-gyűlölők sem tudnak mit kezdeni.

Hatalmas tapsvihar tört ki, de nem hallotta, hogy épp miért, mert miután a kopasz ember befejezte a fröcsögést, a terem másik felében kezdett valaki furcsa, viccesnek ható kántálásba, aminek végén mindenki ujjongott. Amikor a tömeg oszlani kezdett, a cellája előtt strázsáló őr segítette ismét fel, hogy visszakísérje a kicsi és hideg lyukba, ahol tartották. Raisát elveszítette a szeme elől, de a tömegben az unokatestvére, Marius keveredett valahogy a jobbjára, akit szintén egy Finntrol katona ráncigált.

– Mi történt? – tudakolta Lucia, amire hatalmas nyaklevest kapott a fogva tartójától.

Mariussal most először látták egymást az ostrom óta. A férfi sejtette, hogy hasonló büntetésben lesz része a tiltott beszédért, de muszáj volt válaszolnia.

– Felszentelték az új „birodalmukat”. Raisáról tudsz valamit? – Azonban válaszra nem volt idő, mert máris jött a fájdalmas rendre utasítás. Egy csaknem kétméteres, smasszernek kinéző, nem Finntrol-köpenyes, hanem – zöld helyett – sötétkékre festett bőrruhát viselő, füstös képű férfi lépett oda, és akkora ütést mért ököllel a tarkójára, hogy azonnal elterült a márványpadlón.

Lucia elveszítette a hidegvérét. Marius miatt is elöntötte a düh, de Raisát még jobban féltette. Kétségbeesetten kereste a tekintetével a húgát, de miután sehol sem látta, a mélyen a ruhája alá temetett kést kezdte kutatni a hátrakötött kezeivel. Miután nagy nehezen előrángatta a savalingje alól, szembefordult az őt kísérő őrrel, aki mostanra észrevette mire készül, de így sem volt esélye. Mielőtt lesújthatott volna a lányra, az úgy fejelt annak szemei közé, hogy mindenki hallotta körülöttük az orrcsontja reccsenését. Lucia ezután átvetette magát a karzat korlátján, és számításainak megfelelően pont a legalsó szinten található hatalmas szökőkútba csobbant. A díszes műtárgy vize majdnem másfél méter mély volt, de a zuhanás végén így is fájdalmasan ütődött a háta annak legaljába. A mellkasszorító fájdalom ellenére volt annyi ereje, hogy elrúgja magát és a felszínre bukkanjon. Meglepve tapasztalta, hogy pillanatok alatt elszabadult a pokol. Minden megkötözött, vagy bármilyen módon megbéklyózott fogoly – akik az imént még nagyon bátortalannak tűntek – úrnőjük magánakcióján felbuzdulva rárontott a megszállókra. Volt, aki könnyen kiszabadult a kötelékéből, mások hátrakötött kézzel próbáltak viaskodni sikertelenül, de még többen már a földön feküdtek saját vérük tócsájában.

A víz alatt Lucia pár másodperc alatt elvágta a kezét összebilincselő kötelet. Kikászálódva a szökőkútból gyorsan elintézte a rátámadó Finntrol katonákat. Előbbit egy, annak nemesebbik szervére irányzott rúgással, a másikat pedig úgy szúrta nyakon, hogy csak nagy erőfeszítéssel tudta utána kirángatni a kését, amely elöl hatolt ugyan be a férfi torkába, de annak tarkóján bukkant ki a hegye.

Ösztönösen felfutott a lépcsőn, egészen a nagycsarnok legmagasabb karzatára, hogy felülnézetből pásztázhassa végig azt. Tekintete kétségbeesetten kereste Raisát, de miután sehol sem látta a húgát, megfordult, hogy visszasietve a tömegbe a társain segíthessen. Az útja azonban csak a lépcső tetejéig tarthatott, mert amint odaért, egy fekete köpeny alól előbukkanó kard pengéje csillant meg a szeme sarkában. Majdnem teljesen észrevétlen maradt számára az utána lopózó Valentir, és mikor észrevette, már késő volt.

A penge lesújtott, és tőből csapta le a jobb karját. Az erek majdnem robbanásig hevültek a nyakán és a halántéka környékén. Hátrahőkölt, bal kezében tartott kését is elejtette, majd az egyensúlyát valahogy megtartva menekülni próbált. Vele szemben azonban csak a korlát. és azon túl a több méteres mélység maradt kiútként. Megmaradt karjával a korlátnak támaszkodott, és öklendezni kezdett. Epét és gyomorsavat hányt, miután napok óta nem evett. Miután felemelte tekintetét, először pillantotta meg a magasba vont zászlót. A Finntrolok lobogója volt, fehér és zöld sávok, melynek közepében, most először, egy koronát látott.

– Optigasunla királysága… Királyság! – suttogta gúnyosan
kétségbeesett dühét is kiadva, és kiköpve a szájában összegyűlt
keserű váladékot, az elmúlt tíz percben legtöbbet hallott szavakat,
és miután érezte a fekete köpenyes alak lépteinek közeledését,
nem várt tovább, levetette magát a tízméteres mélységbe.

❖ ❖ ❖

A hosszú, fekete köpeny rojtozott vége már percek óta egy hatalmas
pocsolyában pihent, de a gazdája olyan feszülten koncentrált,
hogy észre sem vette, hogy a sáros vizet magába szívva, az már
elkezdett felszivárogni rajta.

Declan MacTalbot soha nem vette le a köpenyét, melynek még
a csuklyáját is rendre a fejébe húzta. Nem szerette, ha megismerik,
még az övéi körében sem. Nem állhatta, ha rajonganak érte,
általában véve magányos farkasként járta a világot, de amikor
másokat kellett csatába vezetnie, mindig volt egy segítője, akinek
kiadta a parancsokat. Soha nem ő beszélt, soha nem ő hajtatta
végre közvetlenül a feladatokat, inkább csak meghatározta azok
végrehajtásának mikéntjét.

Most többen is kísérték, de nem nagyon foglalkozott velük.
Egyszer sem állt ki még eléjük. Tudta, hogy páran már rájöttek,
hogy kicsoda, de úgysem merte senki megszólítani…

Most is egyedül térdepelt egy magas sziklán, és feszülten
bámulta a fák koronáján túli, autókkal teli, bedugult útszakaszt,
melyen csak lépésben haladt a forgalom. A segítője, Neo egyszer
már megkérdezte, hogy számíthat-e további parancsra, vagy
letáborozva várjanak sötétedésig, de mivel nem válaszolt egy
szót sem, Neo visszaült a többi éjlovag közé, akik a hátukat
egymásnak vetve formáztak kis köröket, összességében egy
nagyobb kört alkotva, és síri csöndben figyelték a környezetüket.

Napok óta gyalogoltak és a szabad ég alatt aludtak, egészen
onnantól, hogy partra szálltak Rostokk mellett, és Andernak
közelébe nem értek, majd hét teljes órán keresztül rohanvást
menekültek onnan, mire a nyomaik követhetetlenné váltak,
miután átkeltek a Rajnán két vad, elhagyatott partszakasz között.

50

De persze sokkal többhöz is hozzá voltak szokva. Inkább csak az idegesítette már egy kicsit őket, hogy nem tudták, mikor és hol fognak tudni újra hajóra szállni, és elhagyni a kontinenst.

A Valentirek sohasem haladtak az utak közelében ellenséges területen, a városokat pedig több tíz kilométerre elkerülték. Most még fosztogatni sem álltak meg falvakban vagy a benzinkutaknál, mert annak idő előtt híre ment volna. Ezúttal semmivel sem hívhatták fel magukra a figyelmet. Most viszont újra eljött az ideje valaminek! Senki sem tudta, hogy mi a küldetés célja, sem annak, amiért eredetileg ide jöttek, sem annak, amiért most meg kellett állniuk. Csak azt tudták, hogy amihez harmincnál is több ember kell, az döntő fontosságú lehet. Declan pedig csak meredten koncentrált azon a sziklán annyira mozdulatlanul, hogy szobornak is elment volna.

Neo bátorkodott bekapcsolni a náluk lévő zsebrádiót, aminek szakadozó adásából az már kiderült, hogy a feltorlódott kocsisor oka egy nagy baleset volt, amit nyilvánvalóan a hirtelen lehullt hó és az utakra fagyott korábbi eső okozhatott. Már sejtette, hogy Declan azt várja, hogy mikor áll be véglegesen a forgalom. Az autók mostanra annyira egymásra értek, és a hó annyira belepte az utat, hogy percek kérdése volt, mikor írják ki a fényjelző táblákra, hogy megszűnt a továbbhaladás esélye. Amikor ez bekövetkezett, messziről is látható volt, hogy a leállt motorú autók sorban kapcsolják le a reflektoraikat és lámpáikat is, páran pedig még ki is szálltak a dolgukat végezni. Neo nehéz helyzetbe került amiatt, hogy pont ekkor érkezett üzenet a műholdas konzolon. Amikor Declan a magasba emelte a kezét, jelezvén, hogy új utasítás következik, Neo felszökkent mellé a sziklára, és próbált a parancs kiadása előtt a szavába vágni, valószínűleg az életét kockáztatva ezzel.

Néhány mondat után azonban sikerült, valóban félbeszakította a szigorú mestert.

– Nem beszél, figyel – mondta elébb MacTalbot nagymester, és folytatta volna, amibe belekezdett.

– De kérem, uram, nagyon fontos üzenetet kaptunk! – kockáztatta meg az engedély nélküli szólást, de szerencsére sikerült őt felcsigáznia.

– Salanter nagymester üzente meg Cumbriából, hogy szerencsésen zárult az erőd bevétele. A Finntrolok átvették az irányítást, és a terveknek megfelelően kikiáltották a királyságukat, már fel is szólították a környező várak és erődök parancsnokait, hogy csatlakozzanak! – fejezte be a „jelentést".

Declan gondolkodóba esett, majd egy kissé mintha elmosolyodott volna – talán először, mióta elindultak.

– Ennyire gyorsak voltak... gyorsabbak, mint mi – mondta, és újra elhallgatott.

– Mindegy, a sorrend nem számít! – folytatta a magában beszélést, majd kiadta a parancsot:

– Mi is elindulunk!

Neo bólintott, majd közelebb hajolt hozzá.

Ijesztő volt a többnyire az arcát is takaró Valentir-legenda szemébe nézni. A konzol fénye, ahogy feltartotta, lágyan megvilágította arcának vonalait. Declan MacTalbot sokkal fiatalabb emberként élt a képzeletében, és azóta is félt megbámulni, mióta együtt talpalták végig ezt az egyre inkább végeláthatatlan kiküldetést, és minden alkalommal tőle kellett meghallgatnia a menetrendszerű ukázokat. Felső szemhéja furcsán és ráncosan lógott le, kis híján annak zöldesbarna szemei elé, és már úgy tűnt, hogy talán még a látásban is zavarhatja ez az öreg, harcos éjlovagot.

Szerencsére annak nem volt ideje számon kérni, hogy a fiatal Valentir miért bámulja ily' feltűnően, hanem így folytatta:

– Legyetek kegyetlenek, vágjatok le mindenkit, aki az utatokba kerül. A cél a pánikkeltés és a lehető legnagyobb felhajtás, amit itt okozhatunk. Magunkra kell vonnunk az átkozott Téotéenek figyelmét, hogy társaink több, és még több ponton indíthassanak támadásokat. Hagyjatok tanúkat, erős férfiakat, akik el tudnak meneküli a legközelebbi településre. Ne a gyerekeket és a nőket kíméljétek!

Neo nem is nagyon hitte el, amit hall, de nem mert ellenkezni, visszarohant a többiekhez és szó szerint utasításba adta, amit hallott. Ellenkezni senki sem mert. Négy nagyobb csoportba rendeződve indultak az erdőn át az autóút felé, de Declan mestert már sehol sem látták.

Amikor az út mellé értek, az első ember, akit Neo megpillantott, egy fa tövében a dolgát végző férfi volt, akinek cigaretta lógott a szájában. Nem habozott, a hátán pihenő kardjához nyúlt, amit először húzhatott elő, mióta átkeltek a tengeren és partra szálltak – Declan nem tűrte az indokolatlan kardrántást.

A sörhasú, borotválatlan férfi nem is nagyon értette, mi történik, és bizonyára soha, még tévében sem látott Valentir éjlovagot. Nagyon azonban már nem bámulhatta meg, ahogy a kocsiban rá várakozó felesége vagy barátnője sem, akinek a sikítását még hallotta, mielőtt az ő feje is leröpült a nyakáról.

VOLTAK EMBEREK...

Amikor be vannak szarva, miért ilyen barátságtalanok? Persze, valamennyire természetesnek tűnhet, hogy a megijesztett vad csak magát igyekszik menteni, de ha mások is komolyan gondolják a civilizációt, ilyenkor lehetnének még inkább segítőkészek és figyelmesek, mint amennyire az máskor elvárható. Működhetne így is: a gyengéket még jobban felkarolni, az erőseknek utoljára maradni, hisz' nekik a hátránnyal is több esélyük van, és együtt átvészelni egymást segítve bármit, nem rögtön arra rákészülni, hogy ha igazán komoly veszély adódik, elrugaszkodásra készen álljanak, hogy letapossanak bárkit, aki gátolja őket a menekülésben, vagy ki tudja miben... Még az eladó – avagy pultos – is undok pofával nyújtotta át, amit kért és feltűnően türelmetlenkedett, amíg ő kikutatott az apró közül annyit, amennyi a papírpénzen felül ki tudta tenni a pontos összeget a fizetéskor. Nem nagyon örült vendéglátós létére, hogy „megy a bolt", hogy mindenki vásárol, mint az őrült. Az járhatott már annak is a fejében, hogy talán neki is itt kell hagynia mindent, és most még jobb is lenne inkább bezárni, lemondani a profitról.

Oliver végül két rekesznyi palackozott vízzel és némi sós ropogtatnivalóval tért vissza. Ennyi maradt nagyjából addigra a kifosztott vendéglátóegységben. Annyira csípte a hideg a bőrét, hogy meg sem kerülte az autót, a közelebb eső ajtón az anyósülésre vágódott be. Bent szerencsére kellemes meleg fogadta. Nem mennek tovább, amíg nem tudja, vajon érdemes-e, és ha igen, merre érdemes – ezt már a visszaúton eldöntötte és morcosan nézett, mikor Margot azt kérdezte, mikor indulnak.

A rádió közben magához tért. Pontosabban az adás jött vissza, hisz' a szerkezetnek, mint kiderült, semmi baja nem volt. Kis csend után Margot meglepően harsány stílusban próbálta kezdetben Olivert motiválni:

– Értsd már meg! Bemondták, hogy történt valami üzemi baleset Andernakban, indulnunk kell!

Oli ledöbbent – ez biztos, hogy terrorcselekmény. Pont most és pont ott nem lehetett baleset, vagy ilyesmi.

– Mit mondtak még? – kérdezte.

– Ennyit hallottunk, a hírek alatt csak fél perce jött vissza az adás, aztán megint elment. Azt mondták, a rendkívüli hírek után megismétlik Louis McNamara beszédét. Mert ezek szerint mondott valamit…

Louis Charles McNamara? – Összerezzent a név hallatán. Ha ő beszédet tartott, akkor tényleg nagy a baj. De hiába várták az ismétlést, az adás rövid recsegés után újra sistergésbe váltott. Oli olyan falfehér volt, hogy Margot jobbnak látta nem megszólalni újra, és tovább bosszantani a férfit. Tudta, hogy a férje nagyon nehéz pillanatokat él át a saját szempontjából, a saját démonaival harcolva éppen. A gyerekek is hallgattak, és az autóban ülők közül senki sem vette észre a párás ablakon át, mennyire megfogyatkozott a velük együtt a pihenőhelyen várakozók tábora. Az autó negyedóra múltán szinte már egyedül pihent a parkoló melletti gyepen.

Végül Selimi hangja törte meg a csendet:

– Én haza akarok menni Namurba!

– Én is! – válaszolta halkan Oli, majd savanyúan a kislányra mosolygott.

– Akkor miért nem megyünk? – kérdezte Joel szomorúan.

– Mert otthon nem biztonságos! – felelte erre Margot, aki még mindig a gyerekek között ült a hátsó ülésen.

– De miért nem? – szólalt meg újra Selimi.

– Mert sok gonosz ember van, olyanok, akikről már meséltem nektek, és akik most hosszú idő után újra Namurban is feltűn-hetnek, mert tudják, hogy ott élünk. Amíg ők el nem mennek újra, Filipéknél fogunk lakni. Emlékeztek Filipre és Nutra? Náluk biztonságban leszünk.

A házaspár tagjai sokáig nem létesítettek újra szemkontaktust, majd amikor a férfi újfent felé nézett, Margot érthetően jelezte szemöldöke felvonásával, hogy ha lehet, pozitív megerősítést vár.

Miután ezt nem kapta meg, győzködni kezdte lágyan és szelíden:

– Talán annyira azért nem is rossz a helyzet, még azt sem tudjuk pontosan, mi történt – próbálta egyszerre megnyugtatni Olit és a fülelő ikreket.

Oliver ezen a ponton tényleg közel állt a kiboruláshoz, ami abból is látszott, hogy egyre sűrűbben törölgette távolabbról is feltűnően gyöngyözni kezdő homlokát. Igaz, a klíma ekkorra nagyon meleget csinált körülöttük, de nyugtatólag hatott ez a meleg. Az eluralkodó félelemtől máskülönben már a hideg rázta volna őket.

– Igen, Frankfortban biztonságban lehetünk... Filip és Nut... – motyogta bizonytalanul.

– Miért leszünk náluk biztonságban? – kérdezték a gyerekek egyszerre, megtörve a csöndet, melyben jól hallották apjuk őrlődő gondolatit.

Oliver levette és megtörölte a bepárásodott szemüvegét.

– Egyetek valamit! – mondta nekik, és nagyot sóhajtott.

– Kik azok a gonoszok? – kérdezte Selimi, mintha nem is hallotta volna az utasítást.

– Eltévedt emberek, akik valamiért haragszanak ránk, de talán ők sem tudják, hogy miért, és azért gyűlölnek minket, mert nagyapa sokszor alaposan elbánt velük. Filip – a kedves Filip, biztos emlékeztek –, ő pedig ugyanolyan nagy harcos volt, mint nagyapa, ezért ő tud vigyázni rátok, és... talán ránk is.

Oli hangjának elcsuklásából talán még a gyerekek is tudtak valamelyest arra következtetni, hogy nem biztos, hogy mindig együtt lesznek, de mielőtt az ösztönösebb Selimi kérdéssé formálta volna kétségét, Joel tovább értetlenkedett:

– Mit jelent az, hogy nagy harcos „volt"? Miért csak volt, most már nem az?

– Tudom, hogy anya sokat mesélt már nektek a Téotéen harcosokról. Filip az ő rendjüknek a tagja volt, de elhagyta a köteléket, nagyapátok ezért haragszik is rá, pedig nem rosszból csinálta, csak az ember néha megmásítja a korábbi döntéseit – reagált Oliver.

– De ha ő már nem is olyan nagy harcos, miért nem a nagyapa vigyáz ránk? – kérdezte esetlenül a kisfiú.

– Attól még nem lett kisebb… „harcos", mert már nem szolgál a Rendben, nagyapátok pedig már öreg ember, de ezt már megbeszéltük! – vágott közbe Margot, Oli válaszát előzve. – De elég a kérdezősködésből, apa gondolkozik, most jónak kell lennetek! Ne fészkelődjetek, amíg kitaláljuk, mi történjen! – folytatta már lágyabban.

Furcsán hatottak ezek a szavak. Oliék sosem beszéltek más stílusban a gyerekekkel, mint egymással.

„– A gyerek csak kicsi, nem hülye!" – mondta mindig Alionn nagypapa, és egyértelmű volt, hogy nem volt szabad gügyögni még csecsemőkorukban sem a kicsikkel. Most mégis úgy értekezett Margot és Oliver is velük, mintha elfelejtették volna, milyen szellemben nevelték születésük óta őket. Mintha csak azért lettek volna kedvesek, mert nem tudták, hogy mi következik. Lehet az is, hogy a legrosszabb, és nem akartak pont ilyenkor hangoskodni vagy veszekedni. Az újabb csenddel teli szünet hangulata Selimit újra sírásra késztette.

Oliver érezte, ez nem az a pillanat, amikor el tudná lazítani, és segíthetne a görcsoldásban a háta és a hátsója masszírozására is képes luxusautó luxusülése, amiért olyan sok pénzt fizetett. Sőt még a kintről beáramló levegő oxigénszintjének ideálisabbra állítása sem bírhat ilyen hatással. Úgy tűnt, nem megoldható a megnyugvás bármely fázisába eljutni egyhelyben üldögélés közepette, mert nem fog menni az önbecsapás, hogy minden rendben van – vagy lesz. Ekkor határozta el, hogy elég ebből, inkább elindulnak. Kinyitotta az ajtót, hogy átüljön a túloldalra, de földbe gyökerezett a lába, annyira ledöbbent a látványtól, mikor kilépett a kocsiból. Amit bent még csak a párának tulajdonított, az nem is volt valójában az egyedüli ok arra, hogy a végén már ki sem látott az ablakon. Odakint olyan sűrű köd fogadta, amiben alig pár méterig látott csak el. Az autó fölött átnézve próbált a másik irányba is vizslatni, hátha meglátja, hányan maradtak hasonló helyzetben a parkolóban várakozva, de egyetlen más járművet sem tudott látótávolságon belül felfedezni – persze az a távolság tényleg nagyon csekély volt. Amíg átsietett a vezetőoldali üléshez, majd' megfojtotta az a sok nedvesség, amit a belélegzett levegővel együtt szívott be. Becsapta az ajtót maga mögött, és gyorsan audiokomja után kutatott. Amikor behajtott a parkolóba, még a kartámasz alatti üregben látta, de most nem volt ott. Mikor legutóbb ránézett a kijelzőre, semmilyen térerőt nem érzékelt a készülék, és el is felejtette, hogy újra próbálkozzon.

Mikor zavartan körbenézett, Margot karja nyúlt előre a hátsó ülésről az audiokom készüléket tartva.

– Próbáltam hívni Filipéket és a szüleimet is, de semmi. Nincs térerő.

Oli érezte, hogy eluralkodik rajta a pánik. Haza nem mennek, ezt eldöntötte. Ha valakik keresnék, ott fogják keresni. Mayen eleve szóba sem jöhet, túl közel van Andernakhoz, de amikor utoljára beszéltek, Alionn, az apja már biztos volt benne, hogy elutaznak Német-Hanzavárosba a testvéréhez. Remélte, hogy így is tettek.

De Frankfortba is arra vezet az út. De jó lenne Filippel beszélni, hogy náluk mi a helyzet... Majd' szétrobbant a feje a gondolatok káoszától. Szinte dühében csapott rá az indítógombra, hasonló lendülettel becsatolta az övét és odarúgott a gázpedálnak. Az autó alja nagyot csattant, ahogy a padkához ért, mikor lehajtott a parkoló melletti magasított, gyepesített szigetről. A hátul ülők számára ijesztő sebességgel hajtott vissza a pályára, és máris a legközelebbi lehajtót kereste a szemével, ahol megfordulhat a kétszer négy sáv széles sztrádán. Margot sejtette, hogy melyik verzió mellett határozott a férje.

Az 1-es autópálya, a modern világ legforgalmasabb autóútja Protevust, az Egyesült Európa központját kötötte össze Biennel, a nyugati civilizáció legkeletibb nagyvárosával.

Számtalanszor koptatták már ezt az utat, noha legtöbbször mindig csak Frankfortig mentek, Margot nem is járt még soha az egykori Keleti Birodalom központjában, Bienben.

Mostanra már elhagyták a lehajtót, amit akkor használtak utoljára, amikor Filipék autójával Jan apjához tartottak. Oliver ezt, a 171-es kilométerkövet kereste, miután Gerolsteinnél visszakanyarodott. Amint meglátta a keresett leágazást, benyomta a GPS gombját. A műszerfalba bújtatott LCD kiemelkedett a helyéről és Oli gépelni kezdte a célállomás nevét: E-U-P-E-N…

❖ ❖ ❖

Már ébren is álmodik – gondolta. Lehet, hogy nem is ébred fel többé, és ami most történik, azt is csak képzeli. Mindenesetre biztosan hallucinált, amikor azt a férfit látta, aki a legjobban Filipre, a barátjára hasonlított. De hisz' ő már rég levágatta a haját – ha nem vágatta volna, akkor sem lenne belőle már sok… Jan a falnak nekidőlve, az összecsuklást valahogy éppen csak elkerülve várakozott épp, hogy újra visszanyerje minden erejét. Szédült és furcsa, színes foltokat látott a szeme előtt, amik, hiába kapkodott és hadonászott, nem mentek sehova. Maradtak, hogy idegesítsék. Olyanok voltak, mint az a kis szösz a csarnokvízben, akárhányszor próbált félrenézni, azok odébb másztak, hogy pont kitakarják a látóterét.

Mégis le kellett üljön úgy fél percre. Mégsem tudta megtartani. Ezt kisebb vereségnek fogta fel a harcban, amit a saját testével vívott. Hátát a falnak döntve hagyta, hogy térdei meghajoljanak. Becsukta a szemét, a homlokát és a halántékát masszírozta. Ekkor tűnt fel csak neki, hogy a jobb halánték mögött, már egészen a füle tövéhez közel, egy kis csomónyi haj hiányzik. Miután kitapogatta az eddig számára is ismeretlen hiátust a frizurájában, alatta egy fájóan sajgó sebhelyet talált, amihez valahányszor hozzáért, ijedten kapta el máris róla az ujját. A formája és az érzete is furcsa volt – egy újabb rejtélyes talány…

Azért jó érzés volt megállni egy kicsit a sötétben. A fény zavarta a szemét, amivel először ezen a folyosón találkozott ilyen mennyiségben. Az Eupen környéki hegyeket látta a csukott szemein át, és a gyönyörű tájat, ahol felcseperedett. Amikor az apja – akinek kétséget kizáróan nem ugyanaz volt a neve, mint neki, ezt már tudta – rábízta őt Alionnra, bár szerette a családot, amely rövid időre befogadta, a helyet, ahol élt, sosem tudta a szívébe zárni. Filip emléke segített felidézni ezeket az emlékeket is, valamint Oliver személyét.

Bár Mayen környéke is szép volt, nem volt az Eupen környéki erdőkhöz fogható, amit ott tapasztalt, legalábbis szerinte. Otthon vált belőle olyan ember, akinek a lelke ereje megtartásának fundamentuma mindig a korábbi otthona körüli környezet érintetlenségéből fakadó energia maradt, amelynek vonzásától soha nem tudott elszakadni. Ha nem is oda, ilyen helyekre mindig törekedett eljutni, hogy azok feltöltsék. Apjával ellentétben nem volt egy „erdőlakó remete", de a természet tartós hiánya kikészítette, ennek ellenkezője viszont vissza tudta hozni az életbe. De túlzottan elmélyült a már jobban sikerült emlékezésben… Felegyenesedett, újra ráfogott a kardja markolatára, és kis rákészülés után levágtatott a következő lépcsőn, ami a dupla kanyarú folyosó végén várta.

Az alsóbb szinteken körbe sem nézett. Azt akarta tudni, melyik városban van, ha város ez egyáltalán, mert az ablakon túli tájból biztosan következtetett, hogy ez nem Frankfort. A földszinten aztán mégis megtorpanásra késztette a látvány. Felismerte a helyet. A szűk folyosót, ami a lépcső aljától a bejárati ajtóig vezetett. A bejárati ajtóig, aminek a zárja messziről láthatóan meg volt rongálva. Amikor odasietett, hirtelen eszébe jutott valami frissebbnek tűnő arról, hogy talán nemrégiben ő maga próbált meg betörni valahova. Talán pont ide, talán ő maga a rongáló – tűnődött. A bejárati ajtó melletti kis iratszekrényen egy halom szórólapszerű papírfecni ragadta meg a tekintetét. A feje viszont annyira sajgott, hogy nem tudta kivenni a betűket, csak a kék, nagybetűkkel szedett felszólítást a lap tetején: ÁLTALÁNOS KIÜRÍTÉS, MIELŐBB HAGYJÁK EL OTTHONAIKAT! Mindegyik sáros és földpiszkos volt, látszott rajtuk, hogy még véletlenül sem ajánlott küldeményként hozta a postás, sokkal inkább ezrével szórhatták őket a városra, az is lehet például, hogy valamilyen repülő járműről – próbálta rekonstruálni, amiről lemaradt, már egészen szélsőséges forgatókönyveket szőve az itt történtekről.

Vajon ha kilép a házból, mi fog történni? Jelenthet rá valami akár halálos veszélyt is, ami a lakosság evakuálását is indokolta? Most akkor maradjon inkább a végtelenségig idebent? Már nyúlt volna az ajtó zárjához, amikor a látómezőjében ismerős kis helyiség ismerős bútorai vonták magukra a figyelmét. El is indult feléjük.

Biztos járt már itt! Egy amolyan előszobaként funkcionáló, üvegtetős átrium vezetett a nappali felé. Amikor utóbbiba lépett, a jobbján hatalmas könyvespolcot látott, több száznyi vaskos kötettel. Rögtön a szeme előtt egy aranybetűs cím csillogott: *Optigasunla Egyesült Európájától az archaizmus nélküli kontinensig.* Ahogy egyet hátralépve végigtekintett az egész gyűjteményen, olyat is látott a könyvek között, amely a címe alapján nem a nyugati közös nyelven írott kötet volt. Ennek ellenére ő is le tudta fordítani a címet és az alcímet egyaránt, azok ugyanis az európai nyelvre leginkább hasonlító, mára senki által a hétköznapokban nem használt egykori nemzeti nyelven, hollandusul íródtak: *Napfény csillan az Alpok csúcsain – Mesterek érkezte Európa földjén.* A többi könyv nagy része, melyek során szemeivel végigpásztázott, is hasonló, történelmi témájú volt: *Atlanti civilizáció; A közel s a távol keletje; Amerika leteszi a fegyvert* – ez utóbbi címre emlékezett. Ezt biztosan olvasta! E miatt a könyv miatt utálta meg ugyanis Amerikát. A túlzottan szabadelvű „újvilágot". Kezdetben még rajongott a tengerentúli kontinens liberális atmoszférájáért, mert csodálta, hogy míg Európában mostanra is bőséggel maradtak szakadár államok, melyek nem csatlakoztak az egységhez, a sokkal nagyobb Észak- és Dél-Amerikában maradéktalanul végbement az integráció. Emlékezete szerint a polcon viszontlátott vaskos olvasmányból korábban az is kiderült számára, hogy a teljes fegyverletétel, ami odaát végbement, csak illúzió. Vonzó, de hazug kép, amit Amerika festett történelme során magáról. Tudta, az új világ ugyanis milliárdokat fizet európai chrysóban a Téotéen Rendnek, hogy Európán túl az ő védelmüket is ellássák, és óvják a demokráciát minden külső veszélytől. Az élet a tenger túloldalán így zavartalanul meghitt lehetett, de ő maga tudta, hogy hány száz embert mészárolnak le Európa harcosai naponta, például Óceániában, hogy az amerikai ember önmagát becsapva azt hazudhassa magának: ő még soha nem oltott ki emberi életet hideg megfontolásból, és nem is támogatott ilyesmit. Az átkozott Téotéenek pedig asszisztálnak ehhez. Az átkozottak... De miért is beszél többes szám harmadik személyben róluk? Egyáltalán, miért elmélkedik meghitt nyugalommal olyan dolgokról, melyek a jelenben nem szolgálhatnak válaszul arra a kérdésre, ami ezidáig kínzóan gyötörte, aztán furcsa mód újra, percekre elfelejtette, mit meg akart tudni? Mintha csak kipihenten és elégedetten filozofálgatna egy könyvtárban az élet általános, de aktuálisan nem megoldható nagy problémáiról...

De ekkorra már annyira zavart volt, hogy nem tudott újra cselekvővé válni. Zavartan pislogott, majd forgolódott körbe, hogy mit találhat még, mi mindennel kecsegtet még a szoba rejtélye. De csak könyveket látott. Mindenhol könyveket. Egy lógott ki feltűnően közülük. Nem csak azért, mert a földön hevert, nagyjából a közepénél kinyílva, lapjaival lefelé, hanem mert kézzel írott, mégis keménykötésű, vaskos darabnak tűnt. Szerző nem szerepelt a borítóján, csak a cím: *A feledésre ítélt nap*. Ha ez az, amire a „Kimondhatatlan" néven emlékezett, és amely eseménysorozat megtörténtéről neki sem voltak valódi információi, mint ahogy senki másnak a jelenleg élő generációból, úgy bátor dolognak tűnt az írótól ezzel kapcsolatban bármilyen gondolatot, pláne ilyen terjedelemben a papírra vetni.

Egyszer csak újabb hangot, méghozzá ezúttal emberi hangot hallott, a kutya óta először a házban, aminek hatására rögvest sarkon fordult, ettől a manővertől viszont ijesztően megszédült. A szoba, amit az előbb még sötétnek és komor hangulatúnak érzékelt, hirtelen már fényárban úszott. Senki sem volt ezúttal sem vele a helyiségben, viszont a szoba világa mintha tényleg a szeme láttára változott volna másmilyenné. Ekkor egy, a nappali túlfelében hagyott, a szinte a padlótól a plafonig érő háromrészes ablakkal szembefordított karosszékre lett figyelmes, ami eddig is ott volt, csak nem tulajdonított jelentőséget neki. Az agya biztosan jelezte, hogy egyedül volt a házban, de ekkor mégis úgy érezte, akár ülhetne is valaki abban a székben, az ekkor már egészében megpillantott utcafrontot bámulva. Biztosan állt már legalább egyszer azon a helyen, ahol most, és a felől a karosszék felől egy dölyfösen affektáló öregúr krákogással gyakran megszakított szenvtelen motyogása hallatszott a fejében:

– Voltak emberek, akik az életüket áldozták a szabadságért, te pedig…

Koncentrálni, és újra emlékezni próbált. Egy rövid időre ismét lehunyta a szemeit. „Buta vagy, néma John! Buta vagy" – riadt meg hirtelen, mert a korábbi, gyermeki mondatok most az imént hallott vénember hangján visszhangzottak, miközben ő képzeletében egy sziklaszirten állt, szemben az óceánnal, melynek irányából nem túl erős, de az arcán intenzíven érezhető, sós illatú szellő űzte ismert játékát. Ha már ennyire intenzívnek tűnt az egész, ezt is meg akarta ismerni… Olyan volt a benyomása, mint amikor a tél első heteiben néha még hosszú órákra kisüt a nap, és a kellemes meleg érzetét visszacsempészve a levegőbe, a környező ritkás fákról, de még az aljnövényzetről is leszárítja a reggel még ott csillogó harmatcseppeket. Látta már az Ír-sziget nyugati partjairól az óceánt? Egész gyerekkorában oda akart eljutni. Valami vonzotta benne. Keleten biztosan járt már a szigetország partjai mentén, de a színéből, a szagából ítélve a szeme előtti végtelen víztenger most az Atlanti-óceán lehetett.

Maga mögött lépteket hallott csoszogó mozgással közeledni a homokban, de mikor megfordult, csak az errefelé megszokott kietlen horizontot látta, és sehol egy lelket sem. A lába alatt sercegő homok sem tartott tovább néhány méternél. Azon túl csak üledékes kőzetrétegekből, agyagpalából álló sziklák jellemezték a tájat.

Megijedt a saját képzelgése valószerűségétől. A sirályok hangjától, a levegő illatától, ezért ismét az emlékei közt kezdett kutakodni, és újra hallotta rejtélyes társát a semmiből szólni, a már elhangzott mondatokkal:

– Voltak emberek, akik az életüket áldozták a szabadságért, te pedig eltékozoltad minden tehetséged!

Szorongással vegyülő szégyenérzet fogta el. Olyan alattomosan kezdte szívni maradék életkedvét, hogy mielőbb ki akart szakadni ebből a világból, szinte az öngyilkosságot sem félő elszánással.

Erei duzzadni kezdtek, ahogy beléjük tódult a vér. Talán az utca képe, ahol a ház áll, amiben mostanáig botorkált, sokat segítene végre a pontosabb helymeghatározásban. Hisz' már korábban is erre jutott egyszer! És most már tényleg ideje tenni valamit, mielőtt a saját elméje túl mélyre rántja és nem ereszti többé – gondolta, és a padlón majdnem elcsúszva fordult sarkon, hogy visszarohanjon a bejárati ajtóhoz, melyet korábban zárva hagyott. Amint megfogta, a kezében maradt a kicsit sem ép zárszerkezet, de az ajtó ettől a mozdulattól is kinyílt.

Ahogy kilépett rajta, kertvárosi hangulatú utcácska hétköznapokban bizonyára békés, most viszont kissé feldúlt házsorát látta a távolba veszni, amit rögtön be is tudott azonosítani:

– Mayenben vagyok!

És már arra is emlékezett, kinek az otthonát dúlta fel, mondjuk továbbra is ismeretlen okból. A nyelve hegyén volt Oliver családneve. Ugyanolyan betűvel kezdődött, mint Oli apjának keresztneve is, aki biztos bosszús lesz, ha meglátja, mi mindent történt a házában. Megfordult, hogy segítsen magának, és a jól ismert névtáblán az Európa-szerte ismert név állt: Alannis.

❖ ❖ ❖

Néhány órával korábban ugyanez a panoráma vette körül. De akkor még nem volt kihalt és csendes minden. Akkor még kifejezetten nagy volt a sürgés-forgás, az utcában minden ház előtt nyitott csomagtartójú autók álltak, amibe nagy erőfeszítésekkel próbálták a szomszédok betuszkolni a bőröndjeiket, a kapkodás közepette egymással kiabálva, és pánikot keltve a nézelődőkben.

Jan nem is értette, mi történik, de neki azt volt a fontos, hogy ne keltsen feltűnést. Ez könnyen ment, mindenki mással volt elfoglalva.

Senki sem foglalkozott vele, ezért szemérmetlenül állt neki feszegetni az ajtó zárját, miután a hatodik csengetésre sem reagált odabent senki.

Ekkor érezte, hogy bizseregni kezdett a bőre, és a fejébe, valamint a fogaiba olyan fájdalom nyilallt, amitől majdnem összeesett.

– Be a házba! – kiáltotta egy nő az utcában, amitől nem bírta megállni, hogy megforduljon, de miután megtette, számára is világos volt, hogy jobb lenne iparkodni inkább.

Az horizont parázslóan égni kezdett, majd olyan világosság borította be az eget, ami teljesen elvakította, és az erősödő fájdalom kis híján ledöntötte a lábáról. Kétségbeesetten kapálózni kezdett. Valahogy megragadta a kilincset, majd az adrenalintól felpörögve betörte az ajtót a vállával.

Odabent azonnal összeesett.

Legalább másfél percig a kezein támaszkodva küzdött az ájulás ellen, amikor meghallotta a morgást, ami vészjóslóan közeledett. A kutyáról megfeledkeztem! – jutott eszébe, és felpattanva futásnak eredt, miután bevágta maga mögött az ajtót.

Nem fog sikerülni, gyorsabb nálam így, hogy az erőm elhagyott! – csapongtak a gondolatok a fejében. Égett a bőre, iszonyatos forróságot érzett, az izzadtság ellepte az arcát és csípte a szemét.

Talán már a legfelső szinten járt, amikor egy hatalmas robbanást hallott maga mögött. Mintha egy komplett emelet szakadt volna le a lábai nyomában, de ő nem állt meg, rohant tovább, ahogy csak bírt, és a nagy robaj óta az üldözőjét sem látta már a szeme sarkában.

A kardomért jöttem, szükségem van rá, hozzám tartozik! – erősítette meg szándékát, de ezután hirtelen minden szétfolyt a gondolataiban. Olyan volt, mintha a fejében történt volna a robbanás, gyerekkori emlékek törtek a felszínre, majd Filipet és Nutot látta, ahogy egy kanapén tévéznek, és talán ő is ott volt velük.

Nem fogom túlélni, a vén gazember elérte, amit akart, de ki tudja, lehet, hogy megérdemeltem, lehet, hogy tényleg minden jobb lesz nélkülem, bár én csak jót akartam! – Ezek voltak az utolsó mondatai, amiket magához intézett, és biztos volt benne, hogy ezután már csak a halál nyugtatóan párás, meleg ködössége várja.

Két diák volt csak abban az évfolyamban, akik, sok egyéb mellett, felsőbb éves korukra teljesen elhagyták a Rendben előírt egyenhajviselet megtartását. A főkolompos ebben Janos Cleaves volt, a barátja, Filip Natison pedig, mint mindenben, ebben is követte.

A mesterek már így is túl sokat néztek el ennek a két tanítványnak, ezért úgy határoztam, magam részesítem megrovásban őket, és írom elő, nem megtartás esetén további büntetéseket előirányozva, hogy innentől heti rendszerességű egyen-vágás útján tartsák be a protokollt.

Amikor azonban a társa után kullogva Janos Cleaves is besétált az irodám ajtaján, meglátva őt átfutott az agyamon, hogy az a másokéhoz nem hasonlítható tehetség, és kérlelhetetlenség mindenben, ami benne kétségtelenül megvolt, talán olyan dolgokat hívhat életre a jövőben, amivel jóvá tehetjük mindazt, ami a háborúban elrontottunk.

Továbbá pont úgy nézett ki az ifjú, mint a régi mesterek hajdanában. A legnagyobb harcosok a történelemben, akik nem iskolapadokban és tornacsarnokokban, hanem a harcmezőn csiszolódtak gyémánttá.

Mégis, akire a legjobban hasonlított, és azonnal felsejlett gondolatban előttem az alakja, az Torgo Adalwin Almodovwar, a Négyek egyike, és talán legfontosabbika volt, akinek a nevét kollégiumunk is viselte – egy ideig.

Úgy éreztem, ez talán egy esély a történelemtől, ami most megadatott.

Almodovwar kifogástalanul eminens diák volt, és áruló lett belőle, Janos Cleaves mindig kihúzott a társai közül – lehet, hogy ő menti meg egy napon az elveszni látszó becsületünket?

Habogtam valamit nekik, de egy szót sem ejtve a kinézetükről zavartam vissza őket órára... – lehet, hogy ez is tévelyedéseim egyike.

– Elefithy Venizelos kollégiumigazgató visszaemlékezései

VÁROS A SZIKLÁK MÖGÖTT

– A Téotéenek mostanra túlságosan megerősödtek. Okos ötlet volt most megtámadni őket? – kérdezte a hosszú, szürke szakállú férfi, nem túl tolakodóan megpróbálva felvenni a szemkontaktust távolba bámuló beszélgetőtársával.

Az öreg, itt, Valentir-földön csak Bujdosónak hívott egykori Téotéen harcos először járt a Sziklakapuknál, és mióta kilépett a hajó gyomrából, ami ide szállította, folyamatosan csak hitetlenkedett, hogy az tényleg oda hozta-e, ahová szándéka szerint utazott.

– Ön is itt van, nem igaz? Mitől fél, hogy nincs elég gyenge pontjuk a Téotéeneknek? Vagy fél, hogy még nem látja azokat a törésvonalakat, amihez hasonlók a háború kitörését egykoron elősegítették? Akkor még a sajátjait sem ismeri elég jól. Gyengék és széthúzók, idővel újra megtörnek – válaszolt mogorván a távoli sziklák fölött gyorsan kavargó sötét gomolyfelhőket bámulva a vörös palástos férfi, akinek továbbra is csak a hosszú, vörös haja látszott, eltakarva sápadt, fehér arcát.

Ennyire még sosem alázták meg – gondolta a látványosan megfáradt vendég, de semmi különöset nem várt a Valentirektől. Tudta, hogy nem fogják elegánsan üdvözölni, és azt is, hogy sok tekintet fog árulkodni a szándékról, hogy a vendéglátói inkább a hátába mártanák a késüket, mint hogy szóra méltassák egyáltalán, de azt nem gondolta, hogy lesz olyan elöljáró, aki majd neki hátat fordítva fogadja… De az csak ott állt, az ijesztően alacsony korlátú kis erkélyen, talán észre sem véve, hogy ő időközben egészen közel sétált hozzá, és ha lett volna hely a háromfokú lépcső tetején, fel is lépett volna mellé, ahol már biztosan a látómezőjébe kerülhet.

Amikor pár órája először lesétált a rámpán, kilépve az izzadtság-, alkohol- és bélgáz szagú hatalmas uszály fémbendőjéből, nem igazán arra a látványra számított, mint ami kint fogadta. A sziklák mögötti városról ő olyan képeket látott Káloviston könyvtárainak Valentir-földről szóló köteteiben, melyeken impozáns látványú, fénylő tornyok mutatják az utat a bátor utazóknak, akik idáig merészkedtek. A tornyok persze ott álltak a valóságban is, többségük betonból és vasgerendákból emelve, de olyan kőfaragások díszítették mindegyiket, amik teljesen idegen látványt kölcsönöztek az Európában megszokottól. Alig lehetett megkülönböztetni őket a tengerből kinövő magas sziklatövisektől, amihez nem csak sötétszürke színük járult hozzá, hanem hogy messziről láthatóan is lakatlanok voltak. Fény már egyik ablakukon sem szűrődött ki, és amikor közöttük sétált, látta, hogy nem is léphetett a belsejükbe talán a háború óta senki, mert az ajtóik kivétel nélkül el voltak torlaszolva.

A szürke városba betörő Téotéenek először ezeket a lakóházakat foglalták el annak idején, hogy a tetejükről beláthassák az egész környéket. Ebből következően az öreg Bujdosó sejtette, hogy ezekben halt meg a legtöbb ember. A mélyen vallásos Valentirek pedig biztos nem költöztek be újra ugyanazon épületeikbe, ahol véreik haltak százával korábban. Hirtelen kezdte átérezni az irányába áradó utálatot.

Aztán, amikor már felfelé haladtak a fogadására küldött katonák kisbuszával a kikötőből a város irányába, az egyik szeme elé táruló utcaképtől másfajta bűntudat fogta el. A magas lakóépületek sorai között haladó egyenes útszakasz végén balra fordultak, majd az út emelkedni kezdett. Az emelkedő végén, egy jobb kanyar után egy, talán tíznél is több vasúti sínpár fölött áthaladó hídon az óváros peremére érkeztek. Innen már látszott a templomnegyed is, a gyerekkorában freskón már szintén látott Szent-hegyen. De valami más is látszott, amiről eddig nem volt fogalma, hogy létezik.

Amíg a hegyhez értek, egy, a korábbihoz hasonlóan széles autóúttal kettévágott, de sokkal lepusztultabb városrészen haladtak át. Pontosabban ez egy kisebb rész lehetett az Óvárosból, mert a hegy, ami felettük magasodott, hívogatóan hatott az impozánsságával, de az annak lábánál fekvő területen a nyomor számára eddig még ismeretlen dimenziói tárultak föl.

Az Óváros ezen részének épületei talán soha nem lehettek tatarozva. A kikötővel határos városrésszel szemben, itt aztán volt élet. Inkább volt az a benyomása, hogy egy-egy lakóépületben a kelleténél több család is élhet, míg a korábbi monstrumok nagyobbrészt üresen álltak. Nem tudta elképzelni, milyen társadalmi közeget termel ki egy olyan életszituáció, melyben az egészségtelen mértékű népsűrűség bizonyára idővel megöli a magánéletet.

Amikor áthaladtak a hídon, az út újra jobbra fordult, és a vasútvonalak mellett párhuzamosan haladtak azzal a szakasszal, ami korábban a hídhoz vezetett. A templomnegyed alján azonban félreállt a kisbusz, és ki kellett szállniuk belőle. A kis közökbe semmilyen jármű nem hajthatott be.

Ahogy gyalog elindultak a lépcsők sokaságán, visszanézve látta csak meg a nyilvánvaló kontrasztot a sínek két oldalán látható városrészek között. Balra magas és szürke, a háború előtt nem sokkal épített lakatlan lakóházak voltak, jobbra viszont hagyományosan legfeljebb kétemeletes, széles udvarú, városiassá fazonírozott korábbi parasztházak, eredetileg fehérre festett, repedezett falait vette ki a majálishangulatú sürgés-forgás hátterében.

Nem kéne ilyen szegénységben élniük az összetört korona egyik legszebb ékkövének számító ország egyik történelmi városa lakóinak. Ez igazságtalan – erősítette meg korábbi benyomását. Londonban biztosan nem tudnak erről a szegénységről. Talán máshogy viszonyulna Európa népe a Valentirek hazájának népéhez, ha tudnák, a nyomor és a kilátástalanság gyújthatta a lelkükben azt a dühöt, mely időről időre kifakad belőlük. Ha lesz módja, beszámol egyszer az otthoniaknak is erről.

Itt fent viszont inkább csak hallgatott. Nézte a nyilván az ő fogadására, elkápráztatására díszes ruhát öltött szentesemberrel együtt a gyönyörűen félelmetes, errefelé mindig fátyolosan felhős szürke eget, és azt a néhány apró, napfényt átengedő kis rést a távolban.

Még a nevét sem tudta. Csak azt, hogy valamilyen egyházi elöljáróság, aki egyben nagyhatalmú politikus, de nem is hitte, hogy majd a nevén szólíthatja.

– Szóval akkor miért jött ide, ha nem hisz a rendjük gyengeségében, Bujdosó? Nekem azt mondták, magának is elege lett az elnyomó hatalmaskodásukból, mint annak a pojácának, akiben annyira hittek... hogy is hívják?

– Janos Cleaves – felelte Bujdosó.

– Mi is lett vele?

– Visszatért valamiért a Káloviston-erődbe, majd hirtelen nyoma veszett. Beszélik, hogy a Rend tette el láb alól, de ebben persze senki sem hisz. Ők ilyet nem tennének. Nem rájuk vall.

– De legalább már harmadik többesben beszél róluk, ezek szerint eltökélte, hogy végleg mellénk áll. Miért, Bujdosó?

Bujdosó... Már ezzel a névvel is megbélyegezték, és sosem fognak maximálisan bízni benne, de most erre a kérdésre jól kell válaszolnia, ez a nyitja az egyik legfontosabb ajtó zárjának, amin belépve már biztonságban érezheti magát.

– Amikor tegnap éjjel végighajóztam Britannia partjai mentén, és ezredszerre is végignéztem a sötétben is ismerős tájon, megértettem, hogy hiába ez az én földem, sosem fogom itthon érezni magam rajta, amíg a jelenkor törvényei és erőszakosan elfogadtatott vezéreszméi nem hullnak a porba. Mire északra, a sziklakapukhoz értem, azt is tudtam, hogy nekem megadatott, hogy tegyek érte, hogy az archaizmus, az igazi archaizmus újra teret nyerhessen a hazámnak tekintett kontinensen. Ennek az archaizmusnak a szele itt, északon csapott meg, a maguk archaizmusa az enyém, melynek gondolatisága történelmi emlékezetünkből, és nem valamiféle fogadatlan prókátorok zavaros diszciplínáiból építkezik.

A válaszával nagyon meglephette a kérdezőt, aki először fordult felé, és ettől nagyon meg is rémült. A váratlanul őt vizslatni kezdő férfi tejfehér arcának hirtelen, a felhők mögött megbúvó nap fényével megvilágított felén, a homlok tetejétől egészen az állig nyúló mély vágás tátongott, keresztülhaladva hiányzó bal szemének gödrén és balra lekonyuló száján.

– Egy már megvan a négyből… – mormogta elégedetten a hátrahőkölt öregember irányába, majd egészen váratlanul megengedett egy halvány mosolyt is.

Bujdosót egyszerre öntötte el a megnyugvás érzete annak nyomán, hogy sikerült meggyőzően beszélnie, és a sértettségből táplálkozó tehetetlen düh, hisz' értette, éppen az áruló négyek egyikéhez hasonlították, ami egy európainak a legnagyobb megaláztatás.

– Az ön által sorolt vezéreszmék közül tudja is, hogy melyik, ami a legjobban megkülönböztet minket a kontinens nevének bitorlóitól?

Bujdosó inkább hallgatott, hogy tényleg semmilyen érzelmét ne kelljen akaratlanul leleplezDie.

– Az, ahogy az emlékezés fontosságáról gondolkodunk – adott választ saját kérdésére a csend után a félszemű.

– Maguk, példának okáért, azt választották, hogy a történelmük legsötétebb napját teljes egészében kiradírozzák a történelemkönyvekből, és megfogadták, hogy nem beszélnek róla soha a gyermekeiknek, mert azt gondolják, ettől jobb lesz.

– A „kimondhatatlanra" gondol? – szólalt meg végül Bujdosó újabb felkavartságában.

– Igen. Arra, hogy maguknál még az archaisták fogalma is csak arra terjed ki az emlékezésről, hogy a jóra, a fennköltre, a magasztosra fontos évszázadok múltán is gondolni, és sorolni az átkozott diadalokat, melyeknek dicsőségéhez maguknak már semmi közük nincsenl. De a legfájdalmasabbat nem csak a modernisták, hanem még ők is hajlandók feledni. Nálunk ez nem így megy. Szerintünk a múltat fel kell dolgozni és ki kell beszélni. Egészen modernista gondolatnak hangzik, nem? Maguk pedig úgy döntöttek, hogy bizonyos dolgokat szándékosan a múlt homályába hagynának veszni! Igazán sajnálom, hogy nem láthatom, idővel ez sikerül-e. Hisz' valahonnan maga is tud róla… Vajon az atyja, az anyja, vagy a mesterei, akik harcossá nevelték, hibáztak nagyot?

– Nem hiszem, hogy sokan fognak élni, akár az utánunk jövők közül is, akik ne szereznének tudomást szájról szájra terjedő elbeszélésekből arról az eseményről, ami miatt úgy döntöttünk, hogy kontinensünk egyik legfontosabb feladata lesz, hogy a technika fejlődése, a modernitás ne legyen a hadviselés modernizációja is egyben. Nem valamilyen múltba révedő, konzervatív allűrből forgatunk még ma is inkább kardot ahelyett, hogy gombok megnyomásával vívnánk meg a háborúnkat, hanem azért, mert adunk a szavára azoknak, akik láttak ezreket meghalni percek alatt a csatamezőn, azon a napon. Látták, milyen dimenziónkon túli erők elszabadulásához vezetett a modern lőfegyverek használatára irányuló első kísérlet. És elfogadjuk a döntésüket, hogy ezt nem akarhatjuk.

– Mi sem akarjuk, Bujdosó! Látja, hogy elfogadtuk a játékszabályokat, de tartjuk eléggé felnőttnek a mieinket, hogy ne féljünk attól, hogy egyetlen történet elmesélése egyesekből közülük olyan sötét gondolatokat hozhat felszínre, ami által megismétlődhet a történelem. De ezek szerint maguk még a Valentireknél is jobban félhetnek a saját soraikban lapuló néhány potenciális gonosztevőtől... – vitte be a kegyelemdöfést vendégének a vendéglátó, mielőtt váratlannak tűnő megfontolásból hirtelen és váratlan mozdulatok sora után biccentett neki, hogy kövesse.

Bujdosó egy szó nélkül a nyomába eredt a vörös palástját előbb fordultában maga mögé vető, majd azt a földön maga után húzva elviharzó Valentirnek. Az őt korábban a kis kápolna bejárata melletti erkélyig kísérő katonák szintén utánuk siettek. Nem értette, hová rohannak, de tartott tőle, hogy újabb demonstráció következik, amivel az ő megtérését próbálják még jobban megtámogatni. Az őket körülvevő üresség indukálta visszhang az érzékek torzulása által lépteiket egy kisebb sereg keltette zajhoz hasonlatossá erősítette, amitől minden korábbinál szokatlanabb feszültség tolult a Valentirek társaságában ki tudja már, mi felé masírozó Bujdosóban.

Menet közben nem sok embert látott az első benyomásra meglehetősen zord helyen. Sem az ide vezető úton, sem az épület belseje felé haladva nem találkoztak senkivel, mígnem a nem túl magas, betonból öntött kerítésen átsandítva egy hajlott hátú öregembert pillantott meg, aki épp söprögetett az udvaron, ami már a szomszéd épületkomplexumhoz tartozott, de ugyanolyan volt, mint ahol ők is végighaladtak. A furcsa, ezüstös színű tujákkal ültetett kő virágcserepekkel teletűzdelt tornácon átrobogva az utolsó előtti lépcsőnél befordultak, de nem felfelé mentek rajta, hanem a lépcsőfokok melletti, szűk kis közben indultak el a nem túl meredeken, csak éppen érzékelhetően lefelé tartó macskaköveken. Azt még fel tudta mérni, hogy a nem túl magas lépcső, aminek alja mellett elhaladtak, egy átjáróként funkcionáló folyosóra vitte volna fel őket fel, ami aztán a nemrég látott szomszédos épületbe vezethetett át. Abból az irányból mesterséges, de mégis hideg, reflektorszerű lámpákból származó erőteljes fény szűrődött át feléjük, és az itthenieknél feltételezhetően sokkal nagyobb helyiségeket magába foglaló ikerépületben – az átszűrődő hangokból ítélve – szorgos pakolásra és valamilyen, sebtében végzett munkafolyamatok zajlására lehetett következtetni.

Már-már el is veszítette a lendületét, annyira igyekezett az ikerépületnek tűnő másik komplexumban történő eseményekből minél többet felfogni, amikor hirtelen egy még szűkebb, korlát nélküli csigalépcsőn folytatták útjukat, ekkor már nyilvánvalóan a hatalmas, számára még mindig ismeretlen funkciójú épületet körülölelő hegy gyomra felé. Tényleg nem volt ötlete, hogy a sem tornyokkal, sem bármilyen beazonosítható kellékkel vagy sajátossággal nem rendelkező, magas falú, szögletes alaprajzú, de kupolás tetejű épület mi lehetett, ahol eddig tartózkodnak. A kis kápolna volt az egyetlen ismerős dolog itt, ami mellett az imént beszélgettek a belső udvaron. De ez a Valentir város annyira furcsa volt számára, hogy hirtelen értelmetlennek érezte az ide vonatkozó kollégiumi tanulmányaira pazarolt éveket a gyerekkorából. Azok nem adtak támpontot semmihez. Komoly változások mennek itt végbe! Úgy látszik, szüntelenül és fáradhatatlanul keresik az útjukat a visszakapaszkodáshoz és mindannak visszaszerzéséhez, amit elvesztettek valaha, és ezért hajlandóak erőltetni a „fejlődést". Egy baj van csak ezekkel… Hogy bármiképpen igyekeznek új mederbe terelni mindent, legbelül mindig csak Valentirek maradnak! Ellenségeskedők, önérzetesek és küldetéstudatosak.

Valentirek... A lelkébe és a fejébe próbálnak hatolni, és ezt elég jellemző, ismerős, mégis ellenállhatatlan módon teszik. Folyamatosan a Négyekre emlékeztetik. Szeretik az orra alá dörgölni, hogy árulásra készül. Szeretnék, ha tudná, innen már nincs visszaút. De a Négyek mások voltak, mint ő. A Négyek hatalomra vágytak. Azért árulták el a rendet, szítottak ellentéteket az európai társadalomban a háború során, hogy saját uralmi rendszert hozzanak létre a Renddel szemben, és ennek a fél kontinens hallgatólagosan bizalmat szavazott. Ő azonban még mindig vallotta a Téotéenek egyik elsőrangú tézisét, a hatalom elutasításának mindenkori elvét, az alázatos szolgálat tisztasága jegyében – ezt szentül vallotta.

Már égtek a combjai az erőltetett lépcsőzéstől, de sem lemaradni nem akart, sem a mögötte trappoló két Valentirrel nem vágyott testi kontaktusba kerülni, akik így is lassítani kényszerültek a tempót, hogy ne sodorják el a nagy sietségben. Öreg volt már és érezte, hogy túl keveset lépcsőzött az utóbbi időben. Hiába, a céltalan nyugdíjas évek alatt észrevétlen hagyja el az embert az ereje. De azt sosem hitte volna, hogy a lefelé haladás is ilyen megerőltető lehet. Ha egy lépcső megmászását nem is, legalább az azon való leereszkedést jobban bírhatta volna, de a sípcsontja – és a körül minden – egyre jobban fájt, és a lábfejét is megviselte a szokatlan igénybevétel.

Valentirek... Egy előtte igyekszik tisztázatlan célja felé, amiről neki semmit sem mondtak el, kettő hátulról noszogatja, hogy szedje már a lábait. Most itt igyekszik nem orra bukni közöttük, a háború elején viszont kardot rántott volna mindenki ellen a Négyek közül, ha tudja, hogy a Valentireknek árulták el az ő szeretett Rendjét. Most ő is valami hasonlóra készül, mégis nyomasztó érzéssel a lelkében, és dühös lüktetéssel a szívében gondol a Négyek ámokfutására. Legfőképpen arra, ahogy öreg harcostársát, az azóta sem látott Alionn Alannist és családját, más ifjú Téotéen harcosokat a soraikban tudó családokhoz hasonlóan meghurcolták. Bár az ennek jegyében felállított, a partizánszerű harcmodorra Valentirek által kiképzett, korábbi fiatal kollégistákból álló szabadcsapatok ténykedésével maga is egyetértett kezdetben. Persze akkor még nem tudta, hogy a Valentirek keze volt benne, akkor még ezt nem is tudta volna elfogadni. Azt meg pláne nem, hogy az ő egyetlen barátjával ilyen csúnyán elbánnak. És ezek után mégis itt van...

Végre elfogytak a lépcsőfokok. Egy nagy, dohos ajtó előtt álltak, amin a vörös félszemű bekopogott, és pár másodperc múlva már ki is nyílt. Bent egy nagyon mély tekintetű, valószínűleg az alvásból megriasztott férfi állt, aki kitárta az ajtót, és mind a négyen beléptek rajta. A díszítetlen, üres helyiség közepén egyetlen kis asztal állt két székkel, valamint még egy szék volt az ajtó mellett a borostás ajtóőrnek. Egérszag volt, és itt aztán nyoma sem haladásnak, innovációnak – csak a lepusztultság látszott.

A félszemű a két kísérőre nézett, akik a belső ajtó felé indultak. A köpcös kis borostás egy nagy kulcscsomóból kiválasztva a megfelelőt a zárba helyezett egy kulcsot, majd azt az ajtót is kitárta, mialatt a vörös a külső ajtót csukta be mögötte.

Egy börtönben van – ezt most realizálta. Az ajtón keresztül, amin a két Valentir bement, cellák hosszú sorát látta egy pillanatra, sárgás, nem túl intenzív lámpafénynél. Kérdőn fordult a félszemű felé, aki újra elmosolyodott.

– Nemsokára megtudja, hogy mit kérünk magától azért cserébe, amit maga kér majd tőlünk az álmai megvalósításához.

– Ez egy börtön? – kérdezte Bujdosó.

– Nem, csak amolyan... Hogy is hívták maguk anno az ilyeneket? Tudja... a regék szerint, a maguk nagy középkori mestere, Johannes Yllives küldte oda hetekre a szófogadatlan tanítványait, és megtérítendő foglyait...

– Azok imatermek voltak.

– Imatermek, ugyebár? Na, ezek is olyasmik. Imádkozni legalábbis lehet bennük, meg bármit, amihez nem kell hangot kiadni.

– Miért nem lehet hangot kiadni? – szólt a naiv kérdés.

– Lehetni lehet – kezdte kaján vigyorral a félszemű. – Csak nem szabad... és mi ezt szigorúan vesszük.

– Hová ment a két szolgája? – kérdezte Bujdosó.

– Szolgáim? Ők nem a szolgáim, ők katonák. És mindjárt hoznak magának egy ajándékot. Örülni fog.

Félpercnyi felszült csend vette uralmába a helyiséget.

– Mondja, Bujdosó... – szólalt meg végül újra a félszemű. – Sokat vitatkoztunk ezen mostanság a barátaimmal, ezért ha már itt van, nem hagyom ki, hogy magától is megkérdezzem: mit gondol, kit nevezhetnénk jelen állás szerint az Egyesült Európa legnagyobb hatalmú emberének?

A szokatlan kérdés hosszú tépelődésre késztette az egykori Téotéen harcost. Releváns lehet ezt feltenni, hiszen mára nagyon megoszlott a korábban sokkal egyértelműbb és centralizáltabb hatalmi struktúra – gondolta. Ő maga sem tudná a Valentirek helyében, hogy ha megtámadná Európát, kit kellene először kiiktatnia a siker érdekében.

– Talán az elnök Vincenzo Ferri, aki mindenhez a Bizottságtól kaphat szabad kezet, amit meg akar valósítani? – próbált segíteni a kérdező. – Vagy ily' módon az Európai Bizottság elnöke, Grünwalter Diamont lenne az?

Bujdosó gyanakvóan nézett rá. Ezek a megvető mondatok azt sugallták, hogy nem is várnak igazán választ tőle, csak froclizzák valamiért. De mire akar kitérni ezzel? – kérdezte magától.

– Egykori Téotéenként lehet, hogy önnek azt illene mondania, hogy a már halálán lévő Clinton-Slino nagymester az, mégiscsak ő a rendjük feje, akire nyilván ön is egy félistenként nézett sokáig. A Téotéen Rend az önök hadserege, és mint azt mi ketten tudjuk, valójában nem a katonák élete függ a politikusoktól, hanem a politikusoké a katonáiktól.

– A Rend tagjai nem katonák, katonák nálunk legfeljebb a végvári területeken vannak még, de értem, mire gondol. Pontosan az ön által elmondottak miatt azt mondanám, hogy Louis McNamara az... – zárta rövidre a vitát az öreg, mert Clinton-Slino említése túlzottan felkavarta, hogy tovább hallgassa annak szapulását.

– Nem... Ön nagyon téved! – nevetett fel harsányan az egyre idegesítőbb modorú férfi.

Néhány pillanattal később azonban léptek közeledése vonta magára a figyelmét az ajtó felől, ami mögött eltűnt a két Valentir.

– Már hozzák is magának az ajándékát.

– Micsodát? – kérdezte Bujdosó.

– Nem micsodát, hanem kicsodát. Azt a férfit hozzák ide magának, aki jelenleg valójában a legnagyobb hatalmú férfi, ami a maguk szeretett Európáját illeti. Ő az, akinek a tudása hozzásegít minket ahhoz, hogy átírjuk a történelmet. És persze ön, Bujdosó, most önnek is minden korábbinál nagyobb hatalom van a kezében...

– Hogy is hívták a testvérét, Tajnari nagymester? Hasonlított önre, legalábbis külsőleg. A természetét illetően ellenben korántsem, ha nem haragszik. Sosem hallottuk beszélni.

– Sohasem beszélt, valóban. Amikor a Közel-Keleten vándoroltunk, az ott minden más háborúknál kegyetlenebb vérontások sora láttán megfogadta, nem szólal meg, amíg a Rendünk nem csak Európában, hanem az egész glóbuszon ki nem vívja az áhított békét. De nem a harcokban halt meg.

– Mi történt vele? Akar róla beszélni?

– Mit gondol, hogy diadalmaskodtunk a londoni csatában több-szörös túlerővel szemben? Sosem gondolkodott el rajta, hogy az addig egységbe tömörülő ellenséges csapatok közötti összhang mitől tört meg oly' nagy hirtelenséggel, mitől omlott össze az általunk is csodált szervezettségük?

– Mondja el, az elkövetkezendő generációknak tudniuk kell a békéjükért harcolók hőstetteiről!

– Az öcsém elhajózott a legészakibb városba egyedül, az egyetlen szál kardjával. Egy hadsereg erre esélytelen lett volna. De egyetlen szál keleti nagymester, a csuklyáját a fejébe húzva, a kardját a köpenye alá rejtve felsétált a sziklás partoktól a Caledonia-torony legfelsőbb szobájáig, melynek félhomályából az ellenség vezére a csapatait hadba irányította ellenünk. Amikor egyik napról a másikra a szervezetlenség és a tanácstalanság felütötte a fejét a seregeikben, és napok alatt felül tudtunk kerekedni az addigi túlerőn, tudtam, hogy sikerrel járt. De nem kívánta, hogy erről beszéljek másoknak, nem vágyott a földi megüdvözülésre, és hogy aranyba öntsék a nevét.

– Ha erre nem vágyott, akkor nem öntjük, de árulja el, kérem, a nevét, úgy helyes, ha mégiscsak teszünk róla, hogy az valamilyen formában örökre fennmaradjon.

– Teotennek hívták, neki köszönhetjük, amik ma vagyunk.

– Tajnari elbeszélése Teotenről, Saval tollából

TÖRÉSVONALAK

„... *nemes könyörületemből, mely isteni természetemből fakad, megbocsátok hát neked, lánglelkű, megfontolatlan, bornelínus gyermekem, és felajánlom, hogy megtérj most hozzám, egyetlen igaz királyodhoz!*

...

Ily' orattul megbocsátasz kel nekem, Te, uram? Nagyságosan jó lennél Te, ki fívérimet máglyára küldted, de felettem most könyörülettel ítélsz? Nagyságod kiváltotta tiszteletemet mélyítené e földöntúli jóság, ha nem csak annak látszatát tapasztalnám most szavaid soárján. Megbocsátasz, és ezt Te tennéd, Te magad, ki rendelkeznél életemmel és sorsommal?

...

A düh és a harag által ökölbe szorított kéz oly erővel emelte magasba a nemesvadfa dárdát, hogy az elhajítása után hamarabb fúródott a hazug király szemei közt áttörve az aranytrón nemes bársony borítással szőtt fejpárnával kényelmített támlájába, hogy azon székelő észre sem vette, mi történt. E pillanatokról lemaradván, öntudatlan szenderült a jobb és igazságosabb létre."

Nehéz szöveg volt. Még az égben lakó Istenben hívő királyok korából. A korból, amikor a keleti szél fúvása még nem rendezte át Európa régi arcát, a régi ráncok, barázdák és törésvonalak ott húzódtak, ahol még nem akadályozták a szigetbélieket abban hogy áthajózzanak a gellamannok földjére is, és összekeveredjenek velük, amióta nem is lehetett már a gellamannokat igazán gellamannak nevezni, mert egészen más emberek lettek ettől. Amikor létrejöttek az angolszász népek ebből a nagy keveredésből, és a keveredésből kimaradottak elnevezték magukat németeknek – vagy ki tudja minek, amiből a „német" kifejezés később eredt, de ami által jelezni próbálták: a szigetről jött királyok az ő földjeiket sosem merték széltében úgy belovagolni, mint Európa többi részét. A németek, akik barbár elődeikkel ellentétben egy időre létre tudták hozni a független és egységes Németországot. De nem a régiesség miatt nem haladt vele napok óta húsz oldalnál alig többet.

Ajándékba kapta a könyvet, méghozzá családon belülről, ezért feszítette is, hogy illő lesz idővel beszámolni a tartalmáról, de csak nem engedte ezt valami.

Negyedik napja vagy tizedszer fogott volna bele az olvasásba, de tizedszer is megzavarták. Egyre jobban érdekelték mostanában a régi királyok és a középkori nagyságok, de valaki, feljebbvaló nem akarta minden bizonnyal, hogy jobban elmélyülhessen tanulságos életükben, mert sokadszor is abba kellett hagynia pár sor után az olvasást. Remény maradsz, nyugodalmas öregkor! – mondogatta sűrű gyakorisággal.

Mikor felnézett, az a kettő már ott állt, csak arra várva, hogy rájuk emelje tekintetét, ha már bekérette őket. Mikor megtette, a magabiztosabb bele is fogott.

– McNamara Bizottsági Elnök Úr személyes kérésére, privát jelentésemben összegeztem, hogy… – de láthatóan túlságosan izgult, hogy egyetlen lendülettel végigmondja, ami által McNamara újabb megerősítést kapott, hogy véletlenül sem fognak tudni olyat közölni vele, ami szerintük, és saját elvárásai szerint is elégedettséggel töltené el.

– Mit? Mit összegzett? Mondja már! – próbált a lehető legdurvábban megágyazni az egyébként is várható ledorongolásnak az elnök.

– Mindazon történések sorát kronologikus sorrendben, szakértői megjegyzéseimmel és észrevételeimmel ellátva, melyek az Andernak melletti hatos védelmi besorolású harcászati bázis UM67-es fegyverlerakatánál akciónkat kísérték.

Az öreg Louis Charles szigorú tekintetét egy pillanatra sem megengedőbbre váltva bólintott. Nem másért, csak hogy mutassa: örül, hogy legalább haladnak a dologgal, és jelen körülmények között már ez is valami. Közben gyorsan mérlegelte, vajon időszerű-e újabb megjegyzést közbeszúrnia, az önmagára alkalmazott „szakértői” titulus használatáért kigúnyolva a haragjának kivetülése tárgyául választott Téotéent, de nem akarta máris újra megakasztani. Tényleg nem ártana már gyorsabb tempóra váltani, végül is.

A két felkent harcos szinte remegő lábakkal próbálta a vigyázzállás látszatát megtartani, bár tudták, sokszor ők már nem vágják magukat itt haptákba a jövőben. Most – talán utoljára – mégis megpróbálkoztak, noha a fiatalabbik, Nemo kis híján elájult az izgalomtól. Mindketten szürkésbarna bőrzubbonyt viseltek a pantallójuk és az ingjük felett, az övükre erősített hüvelyekben pedig egy-egy tőrkard pihent. A Rendben ez utóbbi viccesen hatott volna, de itt, a fővárosban ez volt a hivatalos viselet azoknak is, akiket a Rend küldött itteni szolgálatra.

– Bízom benne, hogy meglátásaim magyarázatul szolgálnak majd, és támpontot nyújtanak a történések szerencsétlen kimenetele okainak megértéséhez! – folytatódott a beszámoló.

– A Központi Bizottság segítői nem olyan képzett harcosok tán, mint azok, akik a Rendben teljesítenek szolgálatot? – fakadt ki az elnök, majd végleg félretette a könyvet, melyet az ölében pihentetve, ezidáig a Téotéenek észre sem vettek.

Winston inkább hallgatott. Louis Charles McNamara szinte soha nem azért tett fel kérdéseket, mert választ várt, hanem, mert azokat ő maga szerette megválaszolni. Winston ezt tudta, Nemo pedig eleve nem is hitte, hogy ma ő megszólalhat, de jobb is volt így neki.

– Ha megbízom őket egy feladattal, nem tudják oly' hatékonysággal azt ellátni, mint rendbéli társaik? Kérdezhetném úgy is: a selejtet küldik ide nekem a Rendből? – Ez utóbbiakat már félig üvöltve mondta, de Winston még mindig nem érezte idejét az újabb válaszadásnak. Félpercnyi csend után aztán McNamara elnök úr hátradőlt a székében és egy kézmozdulattal jelezte a hatalmas íróasztal túlfelén állóknak, hogy térjenek a lényegi részekre, de fogják rövidre, mert eljött idejekorán a lezárás ideje.

Winston rögtön mentegetőzni kezdett:

– Elnök úr! A feladatot a kritikus pontig maradéktalanul végrehajtottuk. Nem volt könnyű dolgunk, de a részletekkel nem untatnám, minden alaposan dokumentálva olvasható jelentésükben. Az akció előkészületei is hiba nélkül zajlottak, de sajnos a rutinműveletnek legkevésbé sem nevezhető folyamatba hiba csúszott, mert... Bizonyára nem kell ezt magyaráznom, ilyesmire senki sem számított... mint ami történt. Hisz' ön is tudja...

McNamarát megint elöntötte a méreg. Felemelte a kezét, jelezvén, hogy elég. Winston az asztalra helyezte a paksamétát, majd újfent vigyázzba vágta magát. Arcán látszott a csalódottság, hogy kapálózva végrehajtott „mentőakciója" nem volt sikeres. Diplomatikusan kellett volna inkább lezárnia, és nem bepróbálkozni még utoljára a könyörgéssel.

– Minisztériumi állást ígértem maguknak, ha letöltik a szolgálatot! Magas pozícióban, nyugodt körülmények között, kiugró fizetéssel! – morgott és harapdált a levegőbe az elnök. – Ezt most elfelejthetik, és jól nézzenek körül, mert itt is most jártak utoljára.

Louis McNamara szobája a legfelső, tizenhatodik emeleten helyezkedett el, helyesebben mondva a Himmel-ház tornyának tizenhatodik emelete volt maga, egyben, külön helyiségek nélkül az a nagy csarnok, ahol McNamara úr hivatali teendőit ellátta. A Himmel-ház pedig a főváros harmadik legmagasabb épülete volt az Európa-tű, ahol a Protevusi Egyesült Európa Bizottság székelt, és ahonnan az egész Egyesült Európát igazgatták, és természetesen a Optigasunla-katedrális után. Impozáns helyiséget választott tehát magának, rögtön elnökké választása után a kontinens leghatalmasabbnak tartott embere, idestova tizenhat éve. Az ő tisztségét korábban a Himmel sugárút túlfelén található Központi Bizottsági Palotából látták el, de az neki persze nem volt elég impozáns, ezért visszaperelve a jelenlegi épületet az államtól, be is rendezte azt, kizárólag az elnökség számára. A központi adminisztráció a régi helyen maradt.

Nemo még soha nem járt ebben az épületben. Eddig csak kétszer találkozott személyesen McNamarával, de Winston bejáratos volt saját csarnokméretű irodájába az elnöknek. Előbbi valóban egyébként sem volt túl bőbeszédű, sem pedig jó kiállású, ellenben kissé ügyefogyott, harcosnak nem túl alkalmas figuraként hatott, aki élete lehetőségének érezte anno McNamara ajánlatát.

Azokat a harcosokat mindig az elnök maga választotta ki a Rendből küldöttek közül, akik közvetlenül az általa vezetett Bizottságot szolgálják majd, és direkt ilyen gyenge akaratúakat keresett, akik könnyen korrumpálhatók. Persze mindig kellett egy kiválóság is, akit nehezebb feladatokkal is meg lehet bízni. Ez volt ez idő tájt Winston, aki keményebb diónak is bizonyult, amikor győzködni próbálta, de legvégül ő is hajlott, ahogy azt a nagyhatalmú elnök megszokta.

De a szokásos elgondolás ezúttal a visszájára fordult. Winston egyedül kevés volt a feladathoz, a segítői pedig a középszert erősítették, pedig a jelenkor legnagyobb harcosával álltak szemben. Az ő következetes kiválasztási gyakorlata miatt pedig nem voltak megfelelő emberei ahhoz, hogy sikerrel záruljon az akció. Pedig kevésen múlt, ha hihet a jelentésnek. McNamara érezte, hogy ezúttal ő maga is oly' messzire ment, hogy fennállt a veszélye, az ő karrierje is véget érhet, ha ez kitudódik. Talán ez vitte rá, hogy éktelen haragját csillapítva megenyhüljön egy kicsit, és ne haragítsa magára a két Téotéent, akik később akár ellene is fordulhatnak.

– Ezennel visszahelyezem magukat a közvetítő bizottság protokollfeladatokat ellátó munkacsoportjába. A helyüket a speciális végrehajtó csoportban Tommas Haven és Bellé Tolstaya nevű társaik veszik át, DE…

A két harcos feszülten figyelt.

– Továbbra is elvárom, hogy jelentéseket írjanak azokról az eligazító tanácskozásokról, melyeken rendbéli társaikkal együtt vesznek részt. Tudni akarom, kik jönnek Protevusba és milyen utasításokat közvetítenek a Rend irányából.

Winston és Nemo kicsit megnyugodott.

– A kontinens békéjét veszélyeztető események megfékezését célul kitűző feladatban számítottam magukra. Kudarcot vallottak, de lehet, hogy sokan akadtak volna fel még hasonló módon egy ilyen akadályon, mint maguk. Hisz' be kell látnom, Janos Cleaves ilyen úton történő likvidálása elhamarkodott próbálkozásnak bizonyult. De ettől még önök az esküjüknek megfelelően kellett, hogy cselekedjenek, és méltánylom, hogy ezt dilemmák nélkül megtették. Winstonnak rosszulestek a szavak, érezte a hazugság mérgének bűzét rajtuk. És ez a hazugság már nem csak McNamaráé volt, hanem az övé is, hisz' nem állt ellen ennek a parancsnak.

– Ha jobban meggondolom, lehet, hogy mások ellenszegültek volna, mert sokan alkalmatlanok, hogy belássák, túl kell lépniük az idealista érzelgősségen, ami a maguk rendjének hozzáállását mindig is áthatotta. Ezért számítok a jövőben is arra, hogy készen álljanak rendkívüli, a hivatalosság szabályozott kereteit kényszerből átlépő feladatok végrehajtására...

Az elnök egyre hosszabb hatásszüneteket tartott, miközben csak a szemét forgatva méregette felváltva a két férfit.

– Amit mondtam, megmondtam, akik ilyen szervezetek vezetéséért felelősek, mint az enyém, nem nézhetnek el hibákat, és én is ilyen ember vagyok, semmit nem nézek el. Minisztériumi állásra ne számítsanak, de gondoskodni fogok arról, hogy a fővárosban maradjanak, amíg a nyugdíjazás időszaka el nem éri önöket. Ha eléri egyáltalán, mert ki tudja, mi vár ránk és magukra. Háború lesz, uraim, mi több, háború van, és háborúban egyébként sem lehet egynél többet hibázni. Ezt jegyezzék meg, és most mehetnek.

Winstonék szó nélkül, egy biccentés után fordultak sarkon és hagyták el vigyázzban a helyiséget. Nemo csak a megúszás gondolatával kötötte le magát egyébként is, ez mit sem változott önvigasztalása közben. De Winston arcán még McNamara is kiszúrta azt a savanyú fintort, ami a kétségek felszínre töréséről árulkodott.

Winston gyűlölte Janos Cleavest, de McNamarát már jobban. Ebben ekkor már biztos volt. Félrecsúszott az élete, és szilánkokra tört az önképe az elmúlt napokban. Ez pedig azt jelentette számára, hogy a dolog nem maradhat ennyiben, jóvá kell tennie egyet s mást. Pedig pár éve még úgy tisztelte nagyhatalmú főnökét, mintha gyermekkorában elveszített apja pótléka lett volna. És úgy érezte, Louis Charles McNamara, aki három gyermek apja volt, de három olyan gyermeké, akinek egyike sem volt elég tehetséges ahhoz, hogy harcos vagy politikus váljék belőle, szintén kedvelte és becsülte annyira a keze alá dolgozó embereket, akikre a legfontosabb feladatokat bízta, mintha a fogadott gyermekei volnának. Ennek az ideálképnek az elvesztése csak még inkább feltüzelte az ajtó maga mögött történő becsukásakor lopva visszatekintő Winstont. Csak egy pillanat erejéig látta a hűvös tekintetű főnökét, de meg akarta még egyszer nézni jól a sokat látott arcot, amit tudta, sokszor felidéz majd, amint a bosszú módján vagy mikéntjén gondolkodik. De hogy az gondolat marad-e csupán, vagy egyszer kellő súlyú tetté formálódik, azt maga is csak remélte.

❖ ❖ ❖

Miután elhagyták a termet, az elnök még hosszan meredt maga elé elmerengve, hogy mitévő legyen. Vagy tíz perc után döntött úgy, hogy pihenésképpen másra irányítva a gondolatait megpróbál megint az olvasásba temetkezni, remélvén, hogy a sorok között talál megint egy ihlető gondolatot, ami segít elméje által bevilágítani az előtte álló, még ismeretlen, de bizonyosan göcsörtös ösvényt, amin nemsokára végig kell haladnia. Még mindig csak úgy a regény felénél tartott, noha már így is sokat kapott tőle. Ez volt az egyik legjobb ajándék, amit mostanság kapott.

Utolsó beszédének egyes elemeit is részben innen emelte át – vagy legalábbis segítettek e sorok hangzatos dolgokat kiötleni, de a legrémületesebb és legizgalmasabb része éppen csak most következett volna a történetnek: „*A düh és a harag által ökölbe szorított kéz oly erővel emelte magasba a nemesvadfa dárdát, hogy az elhajítása után hamarabb fúródott a hazug király szemei közt áttörve az aranytrón nemes bársony borítással szőtt fejpárnával kényelmített támlájába, hogy azon székelő észre sem vette mi történt. E pillanatokról lemaradván, öntudatlan szenderült a jobb és igazságosabb létre…*". Természetétől idegen módon valósággal összerezzent, és meglepett tekintetével halálra is ijesztette az általa kevéssé ismert, az inggallérja díszítése alapján valószínűleg a hírszerzési osztályon dolgozó irodistát, aki kopogtatás nélkül, lihegve tört rá, ismét megzavarva az olvasásban, és a szokásos formaságokat ezúttal szinte teljesen mellőzve.

A láthatóan zavart kisember összecsapva a bokáit kezdett esetlenül magyarázkodni, mintha valami katona, vagy maga is egy Téotéen harcos lenne. Valószínűleg a szóbeszédekből tudta jól, hogy a meglepett McNamarából csak így lehetett valamiféle elégedettséget kiváltani:

– Mélyen elnézését kérem, és bárdolatlanságomat megbocsátani szíveskedjék, amiért csak így berontottam, a hírszerzési osztály másodtitkára vagyok, Franco Albers, és Joachin Slemme távollétében rám hárult a feladat, hogy közöljem önnel, rendkívüli sürgősséggel most érkezett a hír: Valentirek hatoltak be Európa területére, és az egyik bedugult autóút mellett civilekre támadtak.

Az elnök elsőre szinte szédülni látszott a hallottaktól, és továbbra is úgy nézett, mintha nem hinné el, hogy nem csak viccelnek vele. Amint a helyi hálózati panelhez hajolva beszélni kezdett a titkárnőjéhez, hogy azonnal intézkedjen a Kálovistonnal való kapcsolatfelvétel ügyében, a továbbra sem túl bátor hírhozó óvatosan közbevágott:

– Félreértett, elnök úr! A támadás nem a szigetországban történt, hanem az iparvidéken, egy mellékúton.

McNamara határozott, az ülőhelyéről történő megfontolt felemelkedéséből láthatóan belátta, hogy nincs értelme kapkodni, pláne tudván, hogy a kommunikáció még mindig akadozott az Erőd és Provetus között. Az irodista viszont még nem tűnt olyan nyugodtnak, mint aki teljesítette a küldetését, és túl van a nehezén.

– Van még valami? – szólt hozzá először, gyanakvóan McNamara.

– Igen, uram, ezzel egy időben a Finntrol-dinasztia katonái... – ekkor mélyen kapkodni kezdte a levegőt, majd újra próbálkozott: – egy néhány száz fős kontingens...

McNamara olyan mérgesen kezdte ráncolni a homlokát, hogy már nem csak nem tudta, de merni sem merte igazán befejezni a mondatot. Remegő és elvékonyodó hangján hadarva végül így zárta a jelentést: – Valentirek segítségével támadást indított és elfoglalta a Cumbriai Helyőrségi Erődöt, ezt közvetlenül Mistan Malis erődparancsnok jelentette a Káloviston-erődből, ahová az ostrom után menekült...

❖ ❖ ❖

A látási viszonyok nem igazán kedveztek a száguldozásnak, bár a forgalom meglehetősen foghíjas volt. Csak tíz percenként esett meg nagyjából, hogy elment mellettük egy kocsi. A 14-es gyorsforgalmi út már csak kétszer két sávos volt, de viszonylag egyenesen haladt, így Oli lába alig találkozott a fékpedállal. Margot mozdulni sem tudott a feszültségtől, a gyerekek pedig végre elaludtak.

Az autópályára úgy tekintett Oliver, mint magára Európára. Az volt valóban, Európa gerince, amin – kis túlzással – mindenhová el lehetett jutni a kontinens nyugati részén belül. Minden út arról ágazott le, mely a kisebb térségekbe vezetett, de az autópálya olyan volt, mint egy repülőtér, ami magába gyűjti az európaiság minden eleméből áradó energiát, és azon otthon vannak déliek, északiak, nyugatiak és keletiek egyaránt. Az arról leágazó kisebb besorolású utak már a különböző, apróbb alkotóelemeknek számító világok valamelyikét szimbolizálták. Attól függően, hogy éppen melyiken járt, egészen más, a tájegységre jellemző környezetet látott. Nem úgy, mint az autópályán, ami mellett csak a hangszigetelő falat, többnyire kopasz dombokat, szántóföldeket, néhány jellegtelenebb erdőt, de lényegében ugyanazt az atmoszférát.

A 14-es út már hordozta magán a térség sajátos vonásait, ami a Cleaves családnál szerzett, gyűjtött gyerekkori emlékek és tapasztalatok felidézésre volt ideális környezet.

Felesége már vagy harmadszor szólt, hogy lassítson, amely felszólításokra Oli mindig mérsékelte a sebességet egy rövid időre, de az ösztönösség pár perc múlva ismét rávitte, hogy újra elmenjen a határig. Úgy érezte, hogy menekül valami elől, ami, legbelül tudta, hogy csak saját maga lehetett, de az volt a benyomása, hogy tényleg csak akkor tudhatja a családját biztonságban, ha fent lesz újra a fákkal jócskán benőtt domboldal tetején a házban, ahol a háború végét is átvészelte. Tudta, hogy az öreg Johannes nem számít rájuk, de biztosan szívesen látja majd.

Nem tudta eldönteni magában, hogy inkább reméli-e, vagy sem, hogy Janos is ott lesz. Ők ketten túlságosan már nem kedvelik

87

egymást egy ideje. Janos gyermekkorukban mindig az apja, Alionn kedvence volt, mert vele ellentétben volt tehetsége a kardforgatáshoz, de, szintén vele ellentétben, fegyelmezetlen és csapongó volt. Aztán mikor Janos végül felkent harcos lett, fordult a kocka, Alionn nagyon megharagudott a nevelésére, a kis Janosra, aki nem váltotta be a hozzá fűzött reményeit, elsősorban az elhivatottság terén. Oli pedig büszke volt, hogy ő márpedig megmondta. Furcsa helyzet, hogy gyermekkori, kvázi fogadott testvérét az ő apja nevelte fel, most pedig ő immár másodszor keresi a nyugalmat és a békét Janos édesapjánál, és kér bebocsátást gyermekkori barátja családi házába.

Amikor elhagyták Malmédyt, az út kétszer egysávosra szűkült, és az erdő olyan sűrűvé kezdett válni, hogy nem látott el a fáktól az éppen aktuális kanyar végéig. Érezte, hogy ideje volna tényleg lassabban haladni. De ahogy közeledett a cél, egyre feszültebbé vált. Érezte már sokszor gyerekkorában, hogy milyen az, amikor valami elérhető közelségbe kerülve egyre nyomasztóbbá kezd válni, mert nem szeretne pont az útja végéhez közeledve, a cél előtt elbukni. Mint az ember, aki a jeges vízbe esve igyekszik kapkodva a felszínre evickélni, és megragadni egy újabb szilárd tömböt, úgy esett be minden egyes kanyarba, és úgy kaptatott fel minden kisebb emelkedőn.

Eupenbe biztosan nem szeretett volna most bemenni, ahogy Malmédyt is kikerülte, mert a település határában három csendőrautó fényét is meglátta, mielőtt gyorsan lehajtott a főútról.

Nem tudta, hogy mi zajlik most a városokban. Azóta sem tudtak egyetlen rádióadást sem végighallgatni annak szakadozása nélkül, így továbbra sem tudták, mi történt pontosan az elmúlt fél nap során, mióta úton voltak. Így aztán Malmédy kikerülését követően is a letérőkre figyelmeztető táblák sorát vizslatta, néha úgy, hogy előre el is felejtett figyelni.

Mikor áthaladt egy ismerős tisztáson, meglátta a két furcsa formájú, hegyes kis sziklát azon a kis dombon, amit Janos csontos halomnak nevezett, mert emberi csontokat talált alatta egy üregben, amit ő fedezett fel. Ez legalább annyira rejtélyes volt gyerekkorukban, amikor Eupenben nyaraltak Janoséknál, mint a két szikla, amikről a közbeszéd azt tartotta, közük van az angliai Stonehenge-hez. Utóbbi elméletről máig nem derült ki, hogy mi köze van a valósághoz, a csontokat viszont beazonosították a szakértők, akiket Johannes hívott, mert kileste, hogy a fiúk mi után kutatnak odalent.

❖ ❖ ❖

Iszonyatos nagy pofont kapott ő is Johannestől, akit azért nem utált emiatt, mert rögtön meglátta Janos apján: saját maga is megrémült, mikor meggondolatlanul neki is lekevert egyet. Nem kapott olyan fokú szidást sem, mint Janos, de látszott rajta, őt nem akarta megütni. Eredetileg. Az öregebbik Cleaves csak az ő apja, Alionn reakciójától tartott, midőn az majd megtudja, milyen óvatlanul és milyen rövid pórázon tartva vigyázott rájuk, hogy így el tudtak csatangolni.

Mindenféle híradásban helyet kapott, hogy mi volt abban az üregben, bár ők gyerekként nem fogták fel a jelentőségét, és szerencsére őket kevés helyen is említették az újságokban és a tévében. De az a felfordulás… Szorongón küzdött az álmatlanság kórjával ettől kezdve. Mindig jobban megijedt a rendkívülinek tűnő dolgok esetleges következményeitől.

De mégiscsak megütötte… Nem lett volna erre felhatalmazása. Bezzeg, ha Janost ütötte volna meg mondjuk az ő apja, Alionn… Janos mit tett volna akkor? Persze, Janos más. Nem érdemes őt követni semmiben, így ebben sem kell rá hasonlítani!

Olivert könnyű volt kiengesztelni, és Johannes hamar visszatért vajszívű énjéhez, legalábbis ami Olit illette.

Ő meg emiatt is inkább Janosra haragudott. Talán ekkor legelőször jobban a szokásosnál, noha erre nem pontosan emlékezett. De miért hagyja, hogy a túlmozgásos fiú mindig belevigye a hülyeségbe? Hogy aztán őt is felpofozzák, aztán meg a csendőrök keressék őket! Még odahaza is kaphat ezért, ha majd hazatér, de azt nem akarta, hogy apja Johannesre, az átmeneti vigyázójára is ideges legyen. Tényleg megbocsátott! Akart ő még Eurpenben vakációzni.

❖ ❖ ❖

A csontok a háborút megelőző utolsó polgárháború áldozataihoz tartoztak, akik egy tömegsírban nyugodtak. Az archaisták műve volt a gyilkosság és a temetés is. Tudhatták, mennyi áldozatot szedett már ez a halálút. Ők, bármily kegyetlenek voltak, akik karddal a kezükben haltak meg, azt eltemették – pont, mint a Valentirek. A harcosokat is mindenki másnál jobban tisztelték, és azért választották ezt a helyet, mert a kirendelt papjuk azt mondta, érzi, hogy lelkek sokasága kószál a környéken, ahol közúti balesetekben tömegek haltak meg.

Megijedt ettől a gondolattól. Vagy Margot sikításától, ezt ő sem tudta…

Amikor a felesége felkiáltott, hirtelen a fékbe taposott, de már hiába látta meg az eléjük szaladó állatot, az autó nem reagált elég gyorsan. Vaddisznó volt talán, a sötét szőre alapján. De amikor a tekintetük találkozott, apja házőrzőjének szemei villantak az emlékezetébe. Talán mégis farkas lehetett – gondolta, mielőtt az felröpült a szélvédőre, a mögöttük érkező kamion viszont összetéveszthetetlenül közeledett a tükörben.

Amikor a légzsákok kinyíltak, egy szempillantásnyi időre megnyugodott, hogy talán nem fog bajuk esni, de ekkor már érezte, hogy az autó nem csak az útról pördült le, hanem a tengelye körül is megfordult. A légzsák eleresztette a benne lévő levegőt, a szemeit pedig egy hatalmas repedésen megcsillanó fény vakította el. Ez volt a legnagyobb a sok apró közül, melynek mentén az egész szélvédő is megadta magát. Rövidesen, már akkor, amikor az autó mozdulatlanul pihent egy ideig, újabb behatás hiányában robbant szét az üvegszerű anyag, épp csak nagyon kevéssel azelőtt, hogy becsukta védekezésképp a szemeit. Ki sem merte nyitni aztán őket, mert valami blokkolta, beszorította karjait, így nem tudta az arcára szóródott apró „szilánkocskákat" teljesen lesöpörni a fejéről és az arca minden részéről.

Aztán simán csak lerázta őket, mert a tétlenség végzetesebbnek tűnt mint bármi, bár hite nem volt abban, hogy képes tenni valami hasznosat. Próbált hátrafordulni, hogy a gyerekeket meglelje a tekintetével, de nem mozdult a nyaka sem, és egyébként sem látott már semmit. Ekkor már a saját vére vakította el, de még percekig eszméleténél volt utána is. Senkinek a neve nem jutott az eszébe, akit szólíthatott volna. Azt azért még hallotta, hogy a félreállt autókból emberek ugráltak ki kiabálva – segíteni fognak, és minden rendben lesz…

HÍVATLAN VENDÉGEK

Nut nem hitte el, hogy tényleg hópelyheket lát az ablakon. Tükörképe szellemként nézett vissza rá az üveg mögül, és ezúttal nem csak a fehér bőre miatt látszott fényesen az alakja. Sötétebb volt kint, mint ilyen időtájban szokott lenni, mögüle pedig a kisasztali lámpa fénye világlott. Szinte semmit sem aludtak jó huszonnégy órája. És mire mindketten elfáradtak annyira, hogy néhány órácskára elbóbiskoltak a kanapén, az már olyan későn történt, hogy ennek kezdetére a mindent beborító égi felhőfátyol mögött fel is jött újra a nap, és lassan elszállt a délelőtt.

Délután megébredve, szellemként járkáltak a lakásban. Nem is érezték az idő múlását. Úgy be voltak feszülve, hogy enni sem jutott eszükbe és figyelni, milyen gyorsan telik az idő, míg ők egyazon hangulatukban leragadva tették a semmit. Nut percekig bámult bele a nemrég újra beállt csendben a várost megszállt kinti ködös, már hópelyhekkel is tarkított furcsaságba, mikor negyedszer is megkérdezte ugyanazt, mintha nem is oly rég, csak legfeljebb órákkal korábban történt volna az eset:

– Milyen világosságról beszélt Konrad? Mit mondott pontosan?

A válaszig eltelt percek szintén nem tűntek, egyikük számára sem a valós időnek, hanem sokkal kevesebbnek, annyira be voltak lassulva.

– Nem nagyon értettem, szerintem részeg volt, mint mindig – felelte Filip lefitymálóan.

– Nem azt mondta, hogy egy villanást látott?

– Ha hallottad, akkor meg miért kérdezed? – válaszolt most ingerülten a szintén a sötét gondolatoktól gyötört férfi.

Neki nagyon sok minden átfutott az agyán, a jelenre és a jövőre vonatkozóan is, de leghosszabb ideig a múlt kérdésein való merengés ragadta el több ízben: Nut tulajdonképpen mikor vált McNamara politikájának egyik nagy „hívőjévé"? Még az ő életüket is érdemben befolyásolta a politika, csak ezt ő maga sem vette észre?

Nut a kialvatlanság, az evés hiánya, és számos egyéb tényező együttes hatására még inkább halálra váran festett, és érezte, hogy Filip sejt valamit mindabból, ami odakint történik. Valamit, amit nem mond el, hogy ne idegesítse, de ő pont ettől vált még ijedtebbé. Filip már sokszor megfogadta, hogy mindig mindent megbeszél vele, mert ha a lány valamit nem szeretett, az bizony a titkolózás volt. Ilyen pillanatokban viszont az volt az első neki, hogy megpróbált a gondolataiba temetkezni és csak akkor szólalt meg, amikor úgy gondolta, biztos abban, amit mondani szeretne.

Az újból leszállt este során végül ez a pillanat is elérkezett. Sóhajtott egyet, és megpróbálta elkezdeni elmagyarázni:

– Emlékszel azokra vegyi fegyverekre, amiket a Valentirek az általuk elfoglalt Aberdeenben rejtegettek a háború végéig?

– Igen, rémlik, hogy voltak valami bombák, amiket már nem tudtak felrobbantani.

– Geronium-atomos bombák, igen, ezeknek az a lényege, hogy a felrobbanásuk átmenetileg szélsőséges időjárási viszonyokat idéz elő...

Nut értetlenül nézett vissza rá.

– A szigetországi lerohanás idején ez nekik azért lett volna jó, mert a kontinensen rekedt, félrevezetett harcosaink nem tudtak volna átkelni az Északi-tengeren, ahol valójában támadást indítottak.

– És most ezek miatt a bombák miatt történik, ami történik?! – vonta le a következtetést Nut. – De mégis ki robbanthatta fel őket?

– Ez jó kérdés, reméljük, hogy csak baleset történt, bár... ez azért valószínűtlen, mert ezeket a bombákat a gyújtótöltetek nélkül, szétszerelve szállították Andernakba, és elvileg nem is tudták, hogyan kell élesíteni őket. Bonyolult szerkezetek voltak, amikhez csak a tervezőik értettek igazán.

Nut feladta a reménykedést, hogy bármilyen ártatlan malőr okozhatta a ki tudja mibe torkolló fejetlenséget.

– Ezért mégis azt gondolom, hogy valamilyen szabotázsakcióról lehet szó – zárta a gondolatot Filip. – Alionn Alannistól hallottam ezekről a dolgokról, de persze én sem értek hozzá, előbb-utóbb biztos kapunk valami tájékoztatást.

– Tehát Jannak igaza volt – mondta Nut letargiába esve. – Maradtak még radikális Valentirek, és most újra kezdődik minden.

– Egyáltalán nem biztos, hogy a Valentirek tették! – próbált rögtön ellentmondani saját magának Filip, de tudta, hogy nem volt túl meggyőző.

– És mégis mi értelme most ennek az egésznek?

– Ahogy mondtam, a háborúban az ellenséges csapatok közeledését akarták lassítani vele, amikor megtámadták az Erődöt. Tudták, hogy nem védi senki, mert pont az ő keresésükre indultak, és így akarták megakadályozni, hogy visszahajózzanak Britanniába. De hogy most mi történt… Bárcsak érteném, próbáld újra az audiokomot!

Nut, mintha nem is hallotta volna a felszólítást, vagy egyszerűen eleve oda sem figyelt volna Filip válaszaira – pusztán csak megnyugtatta, ha a férfi beszélt, mert mindig szerette hallani kedves, egyébként minden helyzetben nyugodtnak tűnő, mély hangját –, becsukta a szemét és imádkozni kezdett. Majd pár pillanat múlva az egyébként sokáig nem hordott, csak a napokban újra a nyakába akasztott, láncon függő glóbusz-medált is előrángatta a pólója alól és tovább mormogott magában: „Földatya, kinek jóságából miénk lehet a vizet adó ég és az életet tápláló talaj minden ajándéka, mely létünk fundamentuma, ne hagyj most minket magunkra, nehogy elhagyjuk a kiutat jelentő ösvényt napjaink minden átkából és nehezéből…”

Filip sohasem értette ezt a szerinte alaptalan, vak hitet évszázados, a földtől teljesen elrugaszkodott babonákban. Az ő családja nem volt vallásos, mint ahogy szinte senki a környezetében. Az első vallásos ember az életében pont a barátnője volt, akit soha nem cikizett emiatt, pedig gyerekkorában úgy hitte, egész életében meg fogja vetni azokat, akik megmagyaráztathatatlan szemfényvesztések miatt hisznek valamiben, vagy követnek bármilyen parancsolatot, esetleg tanítást.

Ilyenkor mindig elgondolkodott, mennyire más lenne most a világ, de nyilván elsősorban Európa, ha a régi mesterek egyéb tanításaival szemben pont a vallási szokásokat és rituálékat tartják meg a mindennapi életük mikéntjének formáló elemeiként. De senki sem tett így a kontinensen, ami nyilván nem volt véletlen. Még a legkonzervatívabb, sokszor archaista, dinasztikusságukat megőrző családok sem. A sok háború lerombolta a hitüket, a tudomány fejlődése pedig egészen másfajta gondolkodásmódra sarkallt mindenkit, de akkor például Nut még miért...?

Amikor még a híres, konzervatív McNamara család is vallástalanul, és a társadalom jövőjét illető kevés modernista gondolatuk ellenére, ezen a téren teljesen felvilágosultan viselkedik és politizál, akkor mi készteti a Nutéhoz hasonló, befolyástalan családokat, hogy még mindig vallják például a világ teremtéséről szóló, teljesen képtelen elméletet?

Persze a McNamaráktól sosem lehetett várni, hogy higgyenek bármiben, ami nem szolgálja a lehető legközvetlenebb módon dinasztiájuk épülését és gazdagodását. A szép szónoklatok Európáról és a birodalmi múltról eszközök voltak a hatalom megtartására és az erőpolitika folytatására, ami pedig nem ismert elveket a gyakorlatban. Filip legjobban a konzervatív családok „értékrendszernek" nevezett gonosz hierarchiáját gyűlölte, amiben a családfőnek mindig privilégiuma maradt hivatást választani a gyermekek számára. A két McNamara fiú közül is a család legrégibb hagyományai mentén vált az egyik politikussá, a másik pedig Téotéenné. Mik ezek, ha nem a hatalom tartópillérei Európában?

Csöngetett valaki. Ma már negyedszer. Ezúttal azonban nem a szomszéd lehetett, mert a korábbiakkal ellentétben valaki háromszor egymás után, mintha nekiszögezték volna, szédülten nyomni kezdte a bejárati ajtó melletti jelzőgombot. Nut ekkorra már minden apróbb zajtól összerezzent, és ezúttal is magzatpózba rándult testtel, feszülten nézett a párjára. Természetesen megint Filip sétált az ajtóhoz, de ezúttal már ő is szűkült gyomorral tette. Úgy érezte, mindenre fel van készülve, és egyszerre semmire. Nem talált kiutat magában a minden rossz elleni felvértezettségre utaló elszántságának, és bizonytalan, elveszettséget erősítő félelmének érzetei közül.

Megállt egy lélegzetvisszafojtásnyi időre. Amikor ajtót nyitott, a legtisztább levegő hidegje csapta meg az arcát, amit valaha érzett. A tornácon viszont nem látott senkit. Az Europaturm, mely minden nap az első dolog volt, amit meglátott, mikor kilépett a házból, most csak nehezen kivehető sziluettet rajzolt a ködben. Hogy kicsit talán erősebben láthassa a magas torony vonalait, ösztönösen előrelépett, amikor nagy csattanással bevágta a szél mögötte az ajtót. Ekkor érezte csak meg a csontjáig hatoló hideg szelet, ami rögtön sarkon fordulásra késztette. Gyorsan körbenézett még egyszer, és miután megbizonyosodott róla, hogy ha volt is itt valaki, már továbbállt, visszasietett a kellemes melegbe.

– Nem tudom, kicsoda… – fogott bele a mondanivalójába, amikor megfagyott az ereiben a vér. A padlón, közvetlenül maga előtt egy hatalmas, sáros láblenyomatot pillantott meg, ami biztosan nem származhatott sem tőle, sem pedig Nuttól, de nem is volt ott, amikor egy fél perce kisétált, hogy megnézze, ki csönget. Majd távolabb pillantva még több foltot és lábnyomot formázó sárcsomót látott, amik a nappaliba tartottak, összekenve nem csak a padlót, de a zöldes szélű, hosszú, vörös szőnyeget is, ami az út irányát követte.

Futólépésben eredt a nyomok után, amik a nagyszobában el is fogytak. Egy alacsony férfi, a hátán egy szablyával, az övén pedig egy díszes hüvelyű tőrkarddal állt Nuttal szemben, aki egészen az álkandallóig hátrált ijedtében. Maga mögött hirtelen egy tompa puffanást hallott. Nem tudta, hogy mire összpontosítson, de amikor reflexszerűen egy rövid időre hátrapillantott a hang irányába, akkor látta meg, hogy az előszobában valaki felfeszítette az egyik ablakot, ami most a hirtelen feltámadó széltől visszacsúszott a helyére. Nyilván azon mászott be a férfi, aki most feltartott kezekkel mintha nyugtatni próbálta volna a lányt, és látszólag nem is vette észre, hogy Filip közben visszaérkezett. A házigazda ezt kihasználva felkapta a jobbjára eső állólámpát, és akkora erővel sújtott le az idegenre, hogy az nyomban a földre zuhant, mihelyt kettétört a lámpa szára a tarkóján.

Filip fejben azonnal elemezni kezdett a régi rutin alapján: nem akarhatott rosszat, ha ennyire óvatlan volt vele kapcsolatban, hisz' minden gond nélkül mögé tudott lopózni, míg az Nuttal volt elfoglalva, de nem bántotta őt. Mégis ijesztően profin jutott be az ablakon, pár méterre tőle, meglepő gyorsasággal. Mihelyt közelebb lépett, rögtön a kardot vizslatta. A Kollégium jelvénye volt a markolat végén, a vörös Valentir-pajzsot átszúró kard a vérmezőn, mely a London alatti csata helyszínéről kapta nevét. Alatta a szokásos rúnák, a felesketettnek járó jóslatokat szimbolizálandó. A férfi hajviselete is ismerős volt. Oldalt felnyírt, felül kicsit hosszabbra hagyott, egyenes, tűszálú frizurája szintén a Rendben látott rezsimre emlékeztette.

Filip teljesen kétségbeesett volna, hogy mit keres a házában egy Téotéen, akit épp az előbb ütött le, de meglátván Nutot inkább nyugtatni kezdte a lányt, aki szintén tanácstalanul pillantott rá, majd a földön fekvőre, majd újfent rá, végül újra le, a padlóra.

– Nyugodj meg, hozz valamit, amivel megkötözhetjük, és azonnal hívom a csendőröket, illetve…

Nut azonban egy tapodtat sem mozdult, csupán arca elé tett kezével próbálta leplezni ijedtségét.

– Illetve őket nem hívom, mert rossz az audiokom, de beteszem a kocsiba és beviszem az őrsre, nyugalom – hebegett zavarodottan.

– De hát… ez egy Téotéen – értetlenkedett nehezen megszólalva a lány.

Ekkor azonban belehasított a levegőbe a halottnak hitt audiokom csörgése.

Ettől már Filip is megijedt. Remegő kézzel nyúlt a kagylóért, és remegő hangon tudott csak beleszólni, annyira megviselték az elmúlt percek történései.

– Kivel beszélek? – kérdezte egy, a készülék felvételét érzékelő férfi hangja, majd így folytatta:

– Én Filip Natisont keresem, vele beszélek?

– Ki maga? – jött kérdőn a reakció tőle, Filiptől.

– Winston Consen de Farmantolus vagyok… – mondta a választ az ismeretlen, mintha ebből Filipnek tudnia kéne.

– Barna savalinges Téotéen harcos… – fejtette ki mégis jobban. – Nem tudtam önt elérni eddig audiokomon, ezért elküldtem önökhöz a segítőmet, Nemo Novakont, megérkezett önökhöz?

Szóval tényleg Téotéen, még csak nem is valami kiugrott fajta, amilyenből sok van mostanság. De akkor miért az ablakon jött be?

❖ ❖ ❖

– És ismerted személyesen Janos Cleavest? Camile Coutéaut? És Déinna Peeters-Diallót?

– Mindhármukat, de nem ez a legjobb alkalom, hogy andekdotázzak. Bocsásson meg, Raisa kisasszony, de a gondolataim máshol járnak.

Az egykori Téotéen, Leslie Bayle hat éve állt a Malis-dinasztia szolgálatában, ennek ellenére nem ismerte olyan jól a kisebbik lányt, mint a nővérét, Luciát. Pedig ő volt az apa, Mistan kis kedvence, de Lucia volt az, aki elkísérte őket rendkívüli esetekben járőrözni, vagy bármilyen veszélyes „küldetésre". A szablyája felcsatolásakor mindig csillogó szemű idősebbik lány tinédzserkora végén legalábbis még így szerette nevezni ezen alkalmakat, bármilyen viccesen is hangzott.

Most viszont Raisa is nagyon be volt sózva. Na nem azért, mert fennállt az esélye, hogy esetleg élesben is gyakorolhatja kardforgató tudományát, amit apja hatására neki is el kellett sajátítani, hanem mert egy olyan egykori harcossal beszélgethetett, aki személyesen ismerte a hőseit, még a kollégiumi időkből. Miután enyhítették szomjukat a patak vizével, mindketten visszasétáltak a bokrok közé félrehúzódott autóhoz.

– Te tulajdonképpen miért is hagytad ott a Rendet? Neked is eleged lett, mint Janos Cleavesnek? – folytatta a faggatózást Raisa, miután beszíjazta magát a leghátsó ülésen.

Bayle nagyon nem szívelte Cleavest, ezért ezt nem hagyhatta szó nélkül:

– Ő nem maga döntött úgy, hogy otthagyja a Rendet, ez nem így megy, Raisa kisasszony, hogy csak úgy otthagyjuk a szolgálatot. Janos Cleavest elküldték!

– Akkor téged is elküldtek?

– Nem. Én hű voltam az eskümhöz.

– De hát most utaltál rá, hogy magától senki nem hagyhatja ott a szolgálatot! – akadékoskodott a fiatal lány.

– Nem ezt mondtam, kisasszony, hanem hogy ha az ember csak úgy „ráun", az nem elég indok ahhoz, hogy szélnek eresszék. Vagy elküldik az embert, vagy nagyon jó indokkal kell megtámasztani, hogy miért döntött így. Az én indokomat nagyra becsülték. A dinasztiátokat szolgálni nagy tisztesség és veszélyes feladat, de apád jobbkezének lenni nem lehet Téotéenként, ahhoz a nevetekre kellett feleskünnöm. A Rend úgy döntött, hogy ezzel Európa biztonságát szolgálom, ezért engedélyezték – hangzott a válasz félig kiabálva, mert az aggastyán, még benzinnel üzemelő egyterű motorzaja ekkorra már megnehezítette a párbeszédet, Bayle pedig a középső sorban foglalt helyet.

Valóban felesleges volt ekkora járművet eltulajdonítani, de ez volt az első autó, ami szembe jött az országúton, és amikor az utasai meglátták, hogy John Malis álldogál az út szélén, nem nagyon kérdezősködtek, maguktól ajánlották fel a kocsijukat. Valószínűleg hamar elterjedt a hír, hogy mi történt Cumbriában, így nem kellett elmagyarázniuk, hogy mit keresnek a Malis-dinasztia ismert képviselői gyalogosan az út mellett stoppolva. Azon viszont megdöbbentek, hogy a segítőik elmondása szerint ez mind a szóbeszéd útján történt, és valamiért nem kapott helyet a média nyilvánosságában.

– Biztos nem akartak pánikot, amíg nem érkezik meg a segítség! – nyugtatta magát és a többieket egyaránt John, aki az autót vezette. Mellette egy másik unokatestvér, William foglalt helyet az anyósülésen.

Félórával később azonban már mindketten szótlanul ültek. Négyük közül csak Raisa beszélt folyamatosan, és Leslie-t faggatta:

– Furcsa, hogy a Rend leghíresebb harcosát úgy küldték el, hogy hivatalosan meg sem indokolták, ezek után ne csodálkozzanak, ha az emberek már nem bíznak meg úgy bennük, feltétlenül, mint régen.

– Higgye el nekem, megvolt rá az okuk – védte meg egykori
szolgálatát Leslie Bayle. – Bár pontosan arról az esetről, ami
visszafordíthatatlanul megmérgezte a viszonyt a Téotéenek és
valamikori eminensük között, magam sem sokat tudok, de egy
ideig tanúja voltam annak a hosszú folyamatnak, ami kikövezte
a szakításhoz vezető utat.

– Akkor te biztosan sokat tudnál mesélni, de gondolom nem
teheted, mindig ez a válasz, ha Téotéeneknek kérdéseket teszel
fel a Rendről… – adott hangot csalódottságának Raisa.

Bayle sóhajtott egyet, kicsatolta az övét és hátrafordult a
lányhoz.

– Szeretné, hogy meséljek? Az megnyugtatná? Ha hallana
történeteket, amik meggyőzik, hogy a híres Janos Cleaves soha
nem volt egy szent? Nem hinném, hogy mindez titok, de nincs a
történetben semmi olyan különös, mint amire oly sokan gondolnak.
Pusztán csak azt demonstrálja, hogy még a Rendben is gyakran
felhígul a tagság. Az emberek azért nem kérdezősködnek sokat,
mert nem akarják elhinni: a Rend sem egy tökéletes gépezet, néha
a tagjaivá válnak olyanok, akik nem méltók hozzá, emberileg
sem, bármily jó képességek birtokában is vannak.

– Janos Cleaves emberileg alkalmatlan? – tűnődött a legifjabb
Malis leány hitetlenkedve.

– Janos Cleaves nem mindig tudott parancsolni az indulatainak,
ez volt a legnagyobb jellemhibája. Ha Téotéen vagy, meg kell
tudnod állni szó nélkül, ami bánt vagy felbosszant, ő ezt már a
kollégiumban sem tudta megállni.

– Miért? Miket csinált?

– Nem voltunk évfolyamtársak, ezért ezeket én magam is
csak hallomásból tudom… – fogott bele a hosszúnak ígérkező
sztoriba. – A tanáraival folyamatosan feleselt. Egyszer egy mester
olyan szigorúan parancsolt rá egy kétkezesharc-szemináriumon,
miután percek óta bohóckodott és nem végezte rendesen a gya-
korlatot, és szinte csak a társai megalázásra összpontosított,
hogy elöntötte a méreg, és állítólag a mester felé fordította
a kardját. Nyilván csak komolytalan gesztusnak szánta, de a
mester ezt nem tűrhette. Felé sietett, és amikor érzékelte, hogy

a helyzettől megszeppent Janos természetesen semmit sem fog tenni, kiütötte a kezéből a fegyvert, majd jól nyakon suhintotta. A történet szerint Janos Cleaves a földre zuhant az ütés erejétől, és amikor mogorván, a szégyentől égő arccal felállt, egy ideig a kardját bámulta, majd így szólt: „Nem tudtam, hogy ha feladom a védekezést, úgy is számíthatok a támadásra egy mestertől. Ez alattomos tett volt, még ha a fenyítést meg is érdemeltem, kötelességem figyelmeztetni, hogy legközelebb elválasztom a fejét a nyakától egy ilyenért."

Raisa szája tátva maradt, ilyesmit nem feltételezett volna, de nem is volt biztos benne, hogy az eset valóban megtörténhetett. Loius aztán így folytatta:

– Ezért az ügyéért megrovást kapott, és a teljesítetlen tárgyait a következő félévig nem abszolválhatta, így volt ideje elgondolkodni a tettén. Lehet, hogy a valóságban elhangzott szavak enyhébbek lehettek, mert egy ilyen fenyegetés megért volna egy kicsapást, de a mesterek úgy döntöttek, túl veszélyes egy ilyen jó képességű, félig már kiképzett harcost ilyen lelkiállapotban elküldeni, ezért maradhatott.

Hirtelen az autót vezető John beletaposott a fékbe, kapkodva rükvercbe tette a járgányt, és betolatott az épp mellettük lévő kis közbe. Raisa ekkor vette észre először, hogy újra egy kisvároson haladták át, annyira belefeledkezett a hallottak feldolgozásába.

Ijedten kapkodta a fejét, megpróbálván rájönni, mi volt a váratlan akció oka. Kisvártatva villogó fényű katonai járművek tucatjai húztak el előttük – ezek már tényleg a Téotéenek lehettek. De nekik nem volt szabad Téotéenekbe futniuk, ezt tudta. Apjuk már úgyis az erődben lehet, de nekik Yorkba kell eljutniuk, az archaisták kongresszusára. John és William egyaránt meg voltak győződve róla, hogy a Rend harcosai tárgyalni akarnak majd, de a Finntrolok nem fogják kiadni a túszokat. Bármit is ígérnek majd meg, biztos, hogy ki akarják végezni a Cumbriában ragadt Luciát és Mariust, már ha előbbi is túlélte a csatát. Ez William meggyőződése volt, aki mindennél jobban gyűlölte Mjorga Finntrolt, és mindenkit az ellenséges dinasztiából. John pedig egyébként is az archaistákban hitt, bármiről is volt szó az utóbbi években. Eltökélte, hogy meggyőzi őket, meg kell támadni most a Khamsa erődöt, válaszul az ő otthonuk elfoglalására. A Rendben maguktól erre nem lennének kaphatók, de a Finntrolok most nem védik olyan jól az otthonukat, minden erejükre szükségük volt ugyanis Cumbria elfoglalásához. Az archaisták pedig elérhetik a parlamentben, hogy az utasítást adjon a kormánynak, és a Bizottságon keresztül a Téotéeneknek, hogy erőteljest lépjenek.

Leslie hiába győzködte a két unokatestvért, hogy a kongresszuson hívatlan vendégek lesznek, és veszélyes mostanában velük együttműködni bármiben, Raisa nem volt hajlandó mellé állni. A lány bizonytalan volt bármiben, amit egyik vagy másik oldal javasolt, így, tartózkodván, a fiúk úgymond leszavazták az egykori Téotéent, aki értelemszerűen inkább Kálovistonba ment volna.

A percek alatt elhaladó menet után vártak még, legalább addig, míg már a távolból sem hallották a konvojt kísérő katonai terepjárók szirénáit, és biztos volt, hogy újabbak sem jönnek már. Amikor újra ráfordult autójuk az útra, a középső sorban ülő Bayle még csak akkor szedte össze magát, és rájött, hogy nem túl jó ötlet most biztonsági öv nélkül utazni. Visszafordult hát a menetiránynak megfelelő üléspozícióba és újra beszíjazta magát. Raisa azonban nem akarta most abbahagyni a beszélgetést, ezért kikötve az övét előrevágódott az egyre inkább rajongott harcos mellé, és ott foglalt helyet, előcsalogatva az autót vezető unokabáty szúrós tekintetét a visszapillantó tükörben.

A lány azonban, amint Bayle felé fordult, hogy folytassa a diskurzust, hirtelen mégis elhallgatott. Valami olyasmi jutott az eszébe, ahogy partnerére nézett, amire szintén régóta rá akart kérdezni, de nem csak alkalma, mersze sem volt mostanáig ehhez. Először a férfi mellkasán, majd az arcbőre simaságán és lányos vonalain akadt meg a szeme. Sokan pletykálták körülötte, hogy apja, Mistan Malis nem volt minden információnak tudatában Leslie Bayle előéletéről, amikor maga mellé vette segítőül, ugyanis voltak annak az előéletnek olyan fejezetei, amit a konzervatív Malis nem tudott volna elfogadni. Most először Raisa is jelét láthatta közvetlen közelről azon szóbeszédeknek, miszerint a férfi egykoron talán nő volt. Ahogy a mendemondákban hallotta: egy Lisa nevű lányként látta meg a napvilágot. Az bizonyos volt, hogy éveket töltött még a kollégiumba kerülése előtt Amerikában, ahol régóta végeztek nemátalakító műtéteket.

Nem tudta eldönteni, hogy csak az előítéletei alapján látta most olyan nőiesnek az egyébként széles vállú, jó kiállású harcost, vagy tényleg a gyengébbik nemre jellemzően domboruló mellei voltak olyan furcsák, na meg az a szőrtelen arc, ami hirtelen felé fordult.

Semmiképp nem akart most feszültséget kelteni, ezért megkérte, folytassa a sztorit Cleavesről, ami egy kicsit talán tényleg jobban érdekelte még annál is, ami imént az eszébe ötlött.

– Egyszer magam is a szemtanúja voltam, hogy Janos Cleaves valami olyat tett, ami kevésbé jó képességű tanítványok esetében azonnali elbocsátást eredményezett volna. – került kicsit nosztalgikusabb hangulatba az innen közelről lenyűgözően zöld szemű Leslie. – Volt néhány fiú Janoson kívül az évfolyamában, akik szerették élesben is próbálgatni azt, amit megtanultak, és felmérni, hogy mennyire hatékonyak közelharcban akkor, ha valós téttel bíró szituációról van szó. Az egyiküket Filip Natisonnak hívták, illetve ott volt még valami Henry és Dietrich, azt hiszem. Ők így négyen nem egyszer szöktek ki a kollégiumból éjszaka, az emiatt kirúgott egyik portás, az öreg Samuel segítségével.

– Miért? Mit csináltak? – hangzott a kérdés.

– Többnyire Kalovist szegénynegyedének szórakozóhelyeire mentek, nem jól érezni magukat vagy lerészegedni, hanem néhány igazi nehézfiúval összefutni az éjszakában, akiket egyébként is gyűlöltek.

Raisának tátva maradt a szája, Leslie pedig így folytatta:

– Cleaves és Filip cimborája nem egyszer kötöttek bele hagyományosan rossz külsejű, bűnöző alkatú férfiakba, akik jellemzően legalább kétszer akkorák voltak, mint ők. Ilyesmire fényes nappal is volt példa, de az igazi kihívás az éjszakai élet volt, ahol várhatóan eldurvulhatott egy-egy ilyen szóváltás. Ez az egyik legsúlyosabb vétség, amit egy felkent Téotéen harcos, de akár csak egy tanítvány is tehet: öncélúan visszaélni azokkal a képességekkel, melyekkel rendelkeznek.

– És te mit kerestél ott velük? Azt mondtad, hogy magad is láttad, amit tettek...

– Nem velük voltam, ez egy szemeszter végi nyáréjszakán történt. Negyedévesként nekem nem, de nekik még tartott a szigorlati időszak, mivel ők azt hiszem, ötödévesek voltak akkor. De a felkészülés helyett egy kikötő menti kocsmában jelentek meg, amely mellett én a hajnalban induló hajóm kikötését vártam. Amikor megláttam négyüket besétálni abba a füstös, alagsori kocsmába, tudtam, hogy nem annyian fognak kijönni onnan, ahányan bementek. Így is történt, nagyjából félóra múlva a kint álló kidobókat riasztotta valaki, akik besiettek, és pár percen belül hárman vonszoltak ki egy hatalmas termetű férfit. Az illető kicsit ittas lehetett, legalább kétméteres volt, kopasz és kigyúrt, tele tetoválásokkal. Röviddel utána aztán megjelentek a fiúk is, akiket a kidobók nem mertek erőszakkal kitessékelni: valószínűleg tudták, hogy kollégisták lehetnek a Rendből, inkább csak úgy kérlelték őket, hogy ne csináljanak balhét. Nagyon hamar kiderült, hogy volt már egy összezörrenésük a nagyfiúval, aki, miután újra megpillantotta őket, óriási robajjal indult feléjük.

Raisa lélegzetvisszafojtva figyelt.

– Filip gyorsan Janos elé állt és mondott valamit a férfinak, ami után együtt, öten sétáltak arrébb, a legközelebbi kis közhöz, ahol nem voltak úgy szem előtt. Ekkor már nem bírtam türtőztetni magamat, és utánuk siettem. A sikátorba betérve észrevettem egy tűzlépcsőt. Arra felkapaszkodva felküzdöttem magam az első emeletig, ahonnan már lépcsőzve haladtam tovább. Úgy ítéltem, hogy minél magasabbra mászom, annál kisebb valószínűséggel vesznek észre, én mégis páholyból követhetem az eseményeket. Mire azonban felértem a legfelső szintre, egy kb. harminc méterre lévő sarok mögött eltűntek, így az utam a tetőre vezetett, aminek a túloldalához szaladva megpillantottam őket a sikátorban. Akkorra már négyen állták körbe a férfit, aki sokkal idegesebbnek tűnt még a pár perccel ezelőtti állapotánál is. Egy összetört sörösüveget szorongatott, és valahányszor valamelyikük közelebb merészkedett, eszetlenül csapkodni kezdett. Janos unta meg ezt a játékot, mondott valamit a többieknek, akik hátrébb léptek, ő pedig egyenesen szembeállt a férfival. Nem volt nála sem kard, sem semmilyen önvédelemre alkalmas eszköz. Amikor a batár megindult felé, könnyedén hajolt el a suhintások elől, majd egy megszédültebb pillanatában a nagydarab embernek úgy hasba rúgta, hogy az összegörnyedt és elejtette a sörösüveget.

Leslie ekkor vette észre, hogy nem csak Raisa jelenti a hallgatóságot számára, az autóban elöl utazók is feltűnően füleltek.

– Janos megvárta, hogy az ember újra felegyenesedjen, ekkor lépett fel először támadóan. Felgyorsítva a mozgását kiprovokált egy jobbhorgot a nagydarab kopasztól, ami újfent elkerülte a hóna alatt átbújó Janost, aki miután mögé került, a csigolyái közé könyökölt, és az ember összecsuklott. Hogy a többiek miről diskuráltak, nem értettem, csak a sutyorgásuk ért el hozzám, de hirtelen azt is abbahagyták. Félelmetes csönd lett, mert mindenki érezte, hogy mindjárt véget ér az egyoldalú küzdelem. A karjain támaszkodó, térdeplő ember még megpróbált megfordulva újra felállni, de ekkor a támadója felszökkent a levegőbe és a térdével a koponyája hátsó részébe szállt bele. Máig fel tudom idézni a fejemben azt a reccsenést, amit meghallva elkaptam a fejem és összeszorítottam a fogaimat. Gyűlöletes külsejű férfi volt, aki lehet, hogy magának kereste a bajt, lehet, hogy érdemtelen került ilyen helyzetbe, de abban a pillanatban megsajnáltam. Gyalázatos módon végezték ki, bár nem négyen támadtak rá, mégis megalázó volt a szituáció.

Filip erőltetett mosollyal bólintott Janos felé, akinek az arcát nem láttam, miután visszafordultam, kémlelve, hogy mi történik még. A másik kettő viszont nevetett: ők Filipnél is kevésbé érezték a tettük súlyát.

William hitetlenkedve fújt egyet az anyósülésen, Raisa viszont csak hosszú másodpercek múlva reagált a hallottakra:

– Ez szörnyű! – mondta. – Én kifejezetten sajnálom, hogy nem buktak le, egy ártatlan embert így...

– Annyira persze nem volt ártatlan – vágott közbe Leslie. – A másnapi újságok azt írták: „Az egyik kalovisti drogkartell vezérét végezték ki, feltehetően valamelyik ellenséges banda emberei az éjszaka". Az illetőt Johnas Bryclett de Borgának hívták, aki a drog mellett asszonyokkal is kereskedett. Nem lányokkal, asszonyokkal, akiket Kelet-Európából raboltak el és prostituáltak, de ez az ember ugyanerre kényszerítette a saját anyját is, akit gyűlölt. Azok a nők voltak a város legolcsóbb, filléres kurvái. Öregek, betegek, de a szegényeknek is van ilyesmire igényük. De nem vagyok biztos benne, hogy Janosék tudták mindezt róla – nekik elég volt az illető külseje és túlzottan magabiztos megjelenése, hogy alkalmasnak találják arra, hogy rajta gyakoroljanak.

Ezt a vidéket több vér áztatta közös történelmünk során, mint Európa bármely más vidékét. Brüsséles városának lakossága pedig évtizedeken át több áldozatot hozott a békéért, mint más városok közösségei együttvéve.

Amíg harcosaink Brit földre nem léphettek, ezen a helyen ütköztünk meg a legtöbbször a szigetüket védő, felvilágosulatlan hordákkal.

Legyen hát ez a város egyesített kontinensünk középpontja, és emlékeztetvén minket a nagy kontinens nyugati partja elérésének idejére, új nevét ettől a naptól viselje magán, de ez a név utaljon egyben a gyökerekre egyaránt.

– Soren uram, hogy is mondták europér eleitek, hogy főváros?

– Provétus, Sanillirien mester!

Legyen e nagyszerű város neve mostantól Provétus. Tiszteljétek áldozatait azzal, hogy itt gyűjtitek össze majdan a jövő évszázadainak tudását! Ezt a tudást mindig, mindenkor az egybekovácsolás és ne a szétdarabolás fegyvereként forgassátok.

Középpontjában pedig építsétek meg a kontinens legnagyobb templomát, ahol a Földatyának áldozhattok, hálából az együvé tartozás öröméért.

Mi több, mivel egymást is túl sok, egymás számára is sokszor érthetetlen nyelven szólítjátok, beszéljetek egymás között is ezen a nyelven egymáshoz.

Válasszátok Európa népei közül azok nyelvét, akik a legelfogadóbbak voltak veletek. Akik kezdetben sem vonakodtak nyitottak lenni az újra, remélvén, hogy az csak jót hoz nekik. Akik, amint meglátták a tiszta szándékot tetteitek mögött, felajánlva mindenüket elláttak és élelmeztek titeket most véget ért hosszú ostromunk során. Azt óhajtom, hogy ez a szemlélet hassa át birodalmunkat a jövőben!

– Sanillirien alapító atya szavai Sorenhez

HAZAFELÉ

– Tudtommal hatszáznál is több kémünk, felderítőnk, hírszerzőnk dolgozik a Valentir Köztársaságban, hogy lehet, hogy nem tudtunk róla, hogy Mjorga Finntrol lepaktálni készül a Valentirekkel? – szegezte neki a kérdést McNamara az egyik általa kevéssé ismert miniszternek, aki az elsők között érkezett a rendkívüli ülésre.

Nem mintha a felettese lett volna, vagy az számadással tartozna neki, de McNamara mindenkivel így beszélt, és mindenki hajlamos volt ettől néha úgy megrökönyödni, hogy öntudatlanul is magyarázkodásba kezdett.

– Arról tudtunk, hogy Mjorga Finntrol készül valamire, elnök úr. Már régóta győzködte Mistan Malist, hogy lázadjanak fel az egységünk ellen, de Malis ellenszengült, bizonyára így kerültek képbe a Valentirek. Bár azt egyelőre nem értem, hogy nekik, a Valentireknek ebből mi a hasznuk.

– Ha kihasíthatnak egy darabot Európából? – förmedt rá kérdőn McNamara. – Másra sem áhítoznak, mióta egységben élünk, miniszter úr!

– Mit érnek egy tenyérnyi földdarabbal a köztársaságuk és Európa határán, ami ráadásul nem is a közvetlen ellenőrzésük alatt áll, hisz' a Finntrolok szállták meg? Itt valami más állhat a háttérben...

Ezen rövid beszélgetés alatt még vagy huszonöt miniszter, miniszterhelyettes és államtitkár érkezett a terembe. A Biztonsági Tanácsban ez számított szűkkörű zárt ülésnek. Csak az érintett területek miniszterei többen voltak, mint egyes, jóval központosítottabban működő, és emiatt McNamarának nagyon tetsző kelet-európai országok államapparátusában.

Miután mindenki helyet foglalt, egy meglehetősen alacsony, a feje közepén teljesen kopasz, körben hosszú ősz hajú ember lépett a terembe és helyet is foglalt az asztalfőn. Az Európai Bizottság negyedik alelnöke volt, Marcus Jorgen Berganovics, aki nemrég foglalta el a posztját, és azon kevesek közé tartozott, akiknek a kinevezéséhez McNamarának nem sok köze volt. A beiktató ünnepségig csak látásból ismerték egymást, de azóta is két, nem túl produktív tanácskozáson találkoztak és váltottak szót egymással.

Furcsa gesztusa volt az öregnek, hogy nem fogott kezet a teremben lévők egyikével sem, de miután elfoglalta a helyét, gondosan körbenézett, és felvette a szemkontaktust mindenkivel. Olykor biccentett is, hogy elégedett a ténnyel, senki sem hiányzik, akit odakéretett.

Balján a Biztonsági Tanács elnöke, Mark-Toni Büss, jobbján pedig McNamara ült. Miután befejezte a mustrát, egy dossziét nyitott fel, és a többiek halk várakozása közepette belemélyedt a paksamétákba, amik minden bizonnyal melegében összefésült jelentések voltak.

McNamara sokat megadott volna, ha néhányat a kezébe kaphat, ameddig ő a többit olvassa, de most igazán kellemetlenül vette volna ki magát, ha hagyja elhatalmasodni magán vezérkopói énjét.

Berganovics tíz perc után köszörülte meg a torkát, hogy szólásra méltassa az összegyűlteket, de percekig csak olyan információkat sorolt, amiket a többség már biztosan tudott körülötte.

– Tehát úgy egy órája helyreálltak az audiokom-társaságok szolgáltatásai. A televíziók és rádiók, csak úgy, mint az intraglobal hálózat vezető hírportáljai, mind leközölték azon információkat, amiket első körben a társadalom megnyugtatása céljával osztottunk meg az emberekkel.

Félpercnyi krákogás után így folytatta:

– A pánik elkerült minket. Az Adrian Klopp tömegkommunikációért felelős államtitkár által javasolt dezinformálási kísérlet szükségtelennek bizonyult és el kell mondjam, nagyon nem tartottam szerencsésnek, hogy egy, a média függetlenségéért és hatékony működéséért felelős terület első embere javasolt olyasmit nekem, hogy hazudjunk az embereknek ahelyett, hogy a kommunikációnkban szép szisztematikusan felrajzoljuk az eseményeknek minden eleme körülírásával megalkotható folyamatábráját.

Adrian Klopp vöröslő fejjel vette fel a szemkontaktust az alelnökkel, aki így folytatta:

– Önnek nem ez lenne a feladata, államtitkár úr, legközelebb járjon el hidegebb fejjel, ne nekem kelljen felülbírálnom minden döntését.

Újabb szünet következett.

– Zolt Tibolon belügyekért felelős helyettes államtitkár úr, lenne kedves szűkszavúbban összefoglalni a jelenlévőknek, amit az elém helyezett jelentésében vázolt? Mit tudnak a polgárok a dolgok jelenlegi állásáról? Mit közöljünk az ön javaslata szerint, és milyen információkat titkosítsunk a továbbiakban? – szólította az alelnök az asztal túlfelében ülő vékony, magas férfit, aki kihúzta magát és belekezdett a mondanivalójába.

– A Belügyi és Védelmi Minisztérium a következő tartalommal bocsátott a sajtó rendelkezésére egy szűkszavú közleményt: „Az elmúlt időszak védelempolitikai elővigyázatossági intézkedései ellenére ismeretlenek terrorakciót valósítottak meg sikerrel az Andernaktól húsz kilométerre található harcászati bázison. A terrorakció végrehajtása közben Téotéen harcosok és a helyi csendőrszázad emberei a terroristákon rajtaütöttek, de a katasztrófát nem sikerült elkerülni. A földalatti III-as számú raktárcsarnokban az egyelőre ismeretlen motivációval betörő szabotőrök élesíteni tudtak a hároméves háború végén szétszerelt geronium-atomos robbanótöltetek közül kettőt, amelyek Európai idő szerint délelőtt tíz óra tizenkét, valamint tíz óra huszonhét perckor működésbe léptek és felrobbantak. Az interkontinentális harcászati telephelyet és a közelben lévő Andernak városát, valamint Mayen térséget addigra a hatóságok részben evakuálni tudták, de az emberáldozatokat is követelő katasztrófa pusztító hatása mérsékelhetetlen volt. A halálos áldozatok száma egyelőre ismeretlen.

A szabotőr – minden bizonnyal Valentir – behatolókat nem tudtuk elfogni.

A harcászati lerakat biztosítása időközben megvalósult, a környék helyben maradt lakossága nincs veszélyben. Az evakuálás során a várost elhagyó lakosok visszaköltözése azonban még nem engedélyezett. További információval a nap végén szolgálhatunk."

– Geronium? – kérdezte meglepetten az egyik államtitkár.

Marcus Jorgen Berganovics a jelenlévő fegyverszakértőre, Mikel Salóra pillantott, aki tudta is a dolgát:

– A geroniumot a Pluto jege alatt bányásszák. Az atomjának hasadásakor felszabaduló nagy mennyiségű energia hirtelen környezeti és időjárásbéli változást okoz – magyarázta. – Ezért fejlesztettek belőle vegyifegyvert. A jelenleg tapasztalható, idegennek ható meteorológiai jelenségek ennek tudhatók be.

Berganovics hallgatva bólogatott, majd biccentett, hogy folytassa.

– Valami olyasmiről van szó, hogy a hirtelen felszabaduló nagy mennyiségű energia akkora hőt fejleszt, mely a közvetlen környezetében mindent elpusztít, és minden folyadékot légneművé alakít. Ez a hő és a gázok a légkör felsőbb rétegeibe áramolva hideg levegővel találkoznak, ez okozhat olyan viharokat, amelyek például nyáron a melegfrontok után is keletkeznek. De mivel itt sokkal nagyobb mennyiségű hőről van szó, mint ami a bolygón megszokott, az sokkal gyorsabban áramlik felfelé, és egy időre az is lehet, hogy kicserélődik a földközeli meleg levegő a magasan lévő hideggel és akkor...

– Jó-jó, elég lesz! – vágott közbe Berganovics.

– De jelent ez a jövő szempontjából bármi visszafordíthatatlanul káros következményt? – bátorkodott ezúttal Zolt Tibolon újabb kérdés feltenni Berganovics engedélye nélkül.

– Nem! – válaszolta az államtitkár. – A jelenség következményei az idő előrehaladtával innentől már ciklikusan mérséklődnek, majd hamarosan megszűnnek.

– Mindez rettentően megnyugtató! – vágott közbe gúnyos hangon McNamara, jelezvén, hogy nehezen viseli már a mellőzöttséget. – Örömteli, hogy megtudhattuk, mit tudnak Európa polgárai azon eseményekről, amelyekről – szeretném jelezni – még mi, a Biztonsági Tanács tagjai is meglehetősen kevés információval rendelkezünk, pedig már egy napja cselekvési tervet illett volna felvázolnunk! Bizonyára a polgárokat, legalábbis azoknak egy bizonyos részét, ki is elégíti, amennyit ön megosztott velük, bár szerintem sokan még közülük is furcsállják, hogy az Egyesült Európa elnöke hetek óta nem állt a nyilvánosság elé, és a válság kezelését teljes mértékben a Bizottságra bízza. De mi itt igazán kíváncsiak vagyunk, mit titkol a legfelsőbb vezetés, és mivel tölti az idejét, ami miatt kontinensünk első embere sokadjára sem tiszteli meg személyével ülésünket.

Egy pillanatra felnézett, felmérte, hogy nem lőtt-e még túl a célon a folyamatosan egyre számonkérőbbre nyújtott hangsúlyokkal, majd folytatta:

– És az is meglehetősen aggasztó, és erről még a nyilvánosságot sem informáltuk, hogy időközben újabb terrorakció valósult meg, a 65-ös országúton... MINDEN BIZONNYAL VALENTIR ÉJLOVAGOK kószálnak az Egyesült Európa területén belül uraim, felfogták?

Az alelnök láthatóan nem lepődött meg McNamara kis közjátékán. A balján ülő Mark-Toni Büss a maga részéről láthatóan számított is arra, hogy a bizottsági elnök nem bírja majd sokáig, de tudta, hogy Berganovics számára van fontosabb is ezen az ülésen, minthogy kikérje az ír politikus véleményét bármiről, és talán még tesztelte is ezzel a kezelhetőségét. Minderről a szája sarkában alig felfedezhető mosoly árulkodott, amit persze Louis Charles azonnal kiszúrt, el is űzve azonnal ismerten, szúrós tekintetével.

– Bizottsági elnök úr! Mi még nem nagyon ismerjük egymást. Legendás az ön agilissága, de tartsuk meg azt a rendet, hogy itt most én utasítok szólásra szépen sorban mindenkit, akinek a közreműködését ma fontosnak ítélem. De hogy az első kérdésre reagáljak, talán észlelhette, hogy második kérdésében tulajdonképpen meg is válaszolta azt helyettem. Büss tanácselnök úr biztosított, hogy minden lehetséges erőt mozgósítottak, hogy kézre kerítsék a merénylőket, gondolja, hogy az elnökünknek jelenleg nem ezen folyamatok koordinálása köti le minden idejét? Higgadjon le, mert az ön által képviselt stílusban folytatott vitákon nem tudnak jó megoldások születni, a hidegvérünk elvesztése csak ronthat a helyzetünkön.

McNamara alig állta meg, hogy ki ne kérje magának a kioktató hangnemet, de mivel a mondottakkal részben maga is egyet kellett értsen, inkább hallgatott.

Mark-Toni Büss nagy vonalakban ismertette, hogy milyen intézkedéseket tettek az egyre kaotikusabbá vált helyzet megoldására, és próbált meggyőző lenni, hogy itt most éppen nem az történik, amit mindenki látni vél, nem bénultak meg az önvédelmi mechanizmusok attól, hogy a várakozásokkal ellentétben a Valentirek tényleg támadást mertek intézni Európa ellen, de ez McNamarát csak még jobban felbosszantotta. Annak érdekében, hogy megállja, hogy újra fel kelljen csattannia idegességében, próbált nem odafigyelni arra, amit a tanácselnök amúgy politikusan előadott.

Miután hátradőlt a székében, először figyelt fel rá, hogy mennyivel tágasabbnak tűnt a terem, ahol üléseztek, ahhoz képest, mint amikor utoljára összeült a Tanács. Berganovics vetethette le a képek nagy részét, őt idegesítette a túlzott archaizálás. Saval mester és Optigasunla portréján kívül szinten minden eltűnt a falakról. Csak Harpeno Himmel körfreskójának a másolata maradt még a régiek közül, de azt persze minden olyan helyiségben fenn kellett hagyni, ahol régebben papok és vallási elöljárók tanácskoztak, és ezek levételét valahogy senki nem merte kezdeményezni sehol.

Borzasztóan unalmasnak tartotta már gyerekkorában is kizárólag felhőket nézegetni egy olyan festményen, amiken azokon kívül csak a nap és néhány furcsán ábrázolt madár kapott csak helyet. És ez az unalmas, műalkotásnak nevezett valami minden olyan helyiség falát betakarta körben, hogy még véletlenül se tudjon máshova nézni, ahol naponta nyolc-tíz órákat kellett töltenie diákként. De hát mit lehetett tenni, ha még a XXI. században is illett hinni abban, hogy a Földatya, aki a testéből alkotta meg a világunkat, az egekből szállt alá, és az ember azért nem tud repülni, mint a madarak – bár a közlekedés szempontjából, valljuk be, célszerű volna –, mert éltében nem juthat el oda, ahol az élet egykoron megfogant.

Pontosan olyan gúnyt váltott ki belőle, hogy megint eszébe jutott a távoli gyermekkora, mint amikor ráeszmélt, hogy még mindig az őt az imént letorkolló Berganovics kioktató stílusban előadott öntömjénezését kell hallgatnia. Már vagy tíz perce beszélt a krízishelyzet nyugodt kezeléséről, az evakuálás viszonylagos sikeréről, és minden olyasmiről, ami McNamara megítélése szerint egy ilyen sokszereplős formális ülésen legfeljebb saját pozíciója stabilitásának megőrzését szolgálhatta. Eközben végig csak arra gondolt, hogy mennyire utálja, amikor nem azért kell részt vennie egy tanácsi ülésen, mert valakik az ő meglátásaira kíváncsiak, hanem csak azért, mert a hivatali belső szabályzat szerint mindenkinek jelen kell lennie.

Újabb tíz perc telhetett el, mire az első, számára is érdekfeszítő szavak kiszűrődésére lett figyelmes, amik áthatoltak a gondolatai és a külvilág közé feszített mentális hálón.

– A Finntrolok, ezen észak-angol Európa ellenes deklasszált uralkodóház fejei régóta hangoztatják, hogy nem szívesen vetik alá magukat nemhogy az Európában mindenkire általánosan vonatkozó törvényeknek, de még a Britannia által autonóm jogkörökkel felruházott testületek rájuk vonatkozó jogszabályainak sem. És mi tűrtük, bírságoltunk, majd újra elnéztük, hogy újabb és újabb kihágásokkal ássák alá a kontinens békéjét – fogta ezúttal kicsit indulatosabbra Berganovics.

Na, még a végén elkezd itt ordibálva másokat hibáztatni a saját mulasztásaik miatt – mormogta magában McNamara, és már felkészült, hogy újra néhány percre a gondolataiba temetkezik, amikor a saját nevét hallotta.

– Louis, a maga családja sokat tett Európa egyesítésekor azért, hogy Britannia közigazgatásilag független maradhasson, az én családom ennek az ellenkezőjéért harcolt – fordult felé az alelnök. – Most úgy látszik, nekünk volt igazunk, Britannia nem képes elhárítani a Téotéenek nélkül a rá leselkedő veszélyeket. Hozza hát rendbe egy McNamara most mindazt, amit egykoron elrontottak. Utazzon el Kálovistonba és Protevus ügyét képviselve, valamint tolmácsolva a kéréseinket, segítse a Téotéenek halaszthatatlanná vált offenzíváját, hogy ezúttal a maga büszke angoljai, walesijei és írjei ne rontsanak el mindent, ha lehet. Félre ne értsen, nem önre és a felmenőire gondolok, amikor a múlt hibáiról beszélek, hanem arra az eszmeiségre, ami összekapcsolható az ön családnevével is, és amely mindig meggátolta, hogy időben lesújtsunk az ellenségeinkre, vagy megelőző támadást vezessünk azok ellen – vetette oda még a végén annyira ingerlően és pökhendien, hogy az egyszer már vérig sértett Louis McNamara ismét újra késztetést érzett, hogy kikérjen mindent magának.

De amint végigfutott az agyán, hogy mit is hallott pontosan, és az, hogy a hallottak nem javaslat, hanem utasítás formájában hangzottak el, már azon kezdett el gondolkozni, hogy mit is jelent a dolgok jelen állása szempontjából számára az, hogy haza kell utaznia.

Megköszörülte a torkát és válaszra emelkedett, a teremben pedig mindenki feszült figyelemmel, a fejlemények miatti döbbenet csendjében figyelt.

– Berganovics alelnök úr – kezdte hosszú évek óta először kissé bizonytalanul a mondanivalóját. – Figyelmen kívül hagyva a múlt sérelmeit nem túl hízelgően feszegető szavait, vitatkoznék azon meglátásával, hogy nekem, aki a munkám java részét innen, a fővárosból végeztem az elmúlt évtizedekben, kéne személyesen a frontvonalba állva koordinálnom a folyamatokat, de természetesen ha ez az utasítása, megteszem, amit kér, a Bizottság szolgálatában álló harcos segítőimmel még ma útnak indulok a szigetországba.

– Nem, Louis, a segítői itt maradnak, a fővárosnak szüksége van rájuk, egyedül utazik, és ráér holnap is. Személyesen én leszek a kapcsolattartója, tőlem kapja a Bizottság utasításait, melyeket követnie kell, de azokon túl szabad kezet kap a tárgyalásokon.

Ettől félt a legjobban – a segítőire neki is szüksége lenne, de persze még jobban tartott attól, hogy a „frissen idomított" újoncai túl könnyen szóra bírhatók, ha valami sajátos körülmény folytán valaki kapiskálni kezdené, hogy neki is szerepe lehet Cleaves eltűnésében.

Abban a sunyi Winstonban pedig egyébként sem bízott soha. Mi van, ha most, hogy elmegy, a rendbéli becsülete bátorságot táplálva belé arra indítja, hogy bevalljon mindent? Nem kellett volna így ledorongolnia őket, végül is ők tették a dolgukat, ahogy azt utasításba adta, de persze óriási hiba volt, hogy a végén félrecsúsztak a dolgok.

Az alelnök ezután még mondta a magáét, de ő már nem is hallotta, hogy mit, csak a száját látta mozogni. Ahogy az beszélt, ő csak a saját teendőire összpontosított, amiket már csak egy napja maradt, hogy elintézzen. Most túlzásba esett, és már bánta. Hagyni kellett volna Cleavest újra elsétálni, de félt tőle, hogy ha az önfejű egykori Téotéenből legenda lesz, túl sokan fogják majd követni, ezért meg kellett tennie, legalább meg kellett próbálnia...

Miután elhagyta a tanácstermet, mert Berganovics közölte vele, hogy a továbbiakban már nincs rá szüksége a megbeszélésen – inkább sietve készülődjön a mielőbbi utazásra –, arra sem volt gondja, hogy mérgelődjön egy sort, hogy mégis hogyan merik őt így utasítgatni bármire. Aztán az jutott eszébe, hogy remélhetőleg nem lett senkinek sem gyanús, hogy önmagához képest milyen engedelmessé vált, de még ha el is gondolkodik rajta bárki, hogy miért zavarta össze ennyire az elutazás gondolata, amíg a segítői tartják a szájukat, nem lehet baj. Az addig audiokom funkcióját tekintve nem működő konzoljához nyúlt, ami ezúttal már tényleg azonnal tárcsázta a titkárnőjét, miután kimondta annak nevét, majd Winstont, valamint Tommast bekérette még utoljára az irodájába.

Arra a fél percre ezúttal is félretette minden gondolatát, amíg végighaladt a szint központi kiscsarnokán, az egyiptomi márvány járólapon. Ezt szerette a legjobban: a csizmája sarkának kopogását... Olyan elegáns volt, és annyira méltóságteljes!

Mire az Európa-Tű tizenhatodik emeletéről induló Bertramn-hídon átsétált a Bizottsági épületbe, majd onnan le a Himmel sugárútra, a tettvágy kezdett elhatalmasodni az érzésein. A komplexum hatalmas lépcsőinek szinte minden harmadik fokán megállt kicsit. Több mint egy évtizede nem járt már otthon, Britanniában, úgyhogy most jól megnézte magának a sugárúti panorámát, mert emlékezett, hogy odahaza nincsenek ilyen erős fények által élénkre festett színek.

A lemenő nap sugarai aranylóan csillogtak az Igazságügyi Palota kupoláján, bár a levegő feltűnően lehűlt, és a nyugati égbolton sokasodó fekete fellegek hamar elkezdték kitakarni a mögéjük igyekvő napkorongot. A Hotel Brüsséles épülete azonban az ég beborulása előtt, és most, így utána is ugyanolyan kiábrándítóan festett. Ha egyszer elintézhetné, hogy ezt az egykor modernnek szánt borzalmat végre lebontsák… Hiába viselte a főváros régi nevét, gyakorlatilag mindent elcsúfított, ami a történelmi dicső múltra emlékeztetett itt, Provetusban.

A közepesen nagy és zajos autóforgalomban azon tűnődött, hogy Londonra mennyire másként emlékszik, és biztos nem változott annyit az elmúlt években, hogy ne legyen majd nagy a kontraszt az emlékeivel. Ezt a gondolatát megtörve csörrent meg egy bejövő audiokom-hívást jelezve a konzolja, amit azonnal előkapott, mert sejtette, bizonyosan Ashemandé asszony hívta vissza máris.

A negatív gondolatok egyből tódulni kezdtek a fejében, és így a harag is újra lángra gyúlt benne, mikor a titkárnő közölte vele, hogy Tommas perceken belül az irodájában lesz, de Winston, úgy tűnik, engedély nélkül elhagyta a fővárost.

– Tudtam – mormogta. – Az a kis geci…

Már vagy tíz perce bámulta az ismerősnek tűnő, de mégis semmitmondó rúnákat és bevéséseket a kardja pengéjén. Olyan jelek voltak, amilyeneket a Káloviston-erőd épületeinek homlokzatán látott, de nem tudta a jelentésüket. Pedig ha nem csak álmodta, hogy ő maga is a Rend kollégiumában nevelkedett, biztosan tanulta ezt az írásmódot, ami az Európa egyesítéséért küzdő nagy keleti mesterek saját jelrendszere volt, és amit még csak nem is otthonról hoztak, hanem a megtelepedésük után Európában alkottak meg.

Nem értette, miért érzi még mindig úgy, mintha csak álmodta volna az életét.

Már emlékezett a Rendre, az Erődre, de a kis Jan, akit az álmában látott, már olyan régen egy más emberré változott át, hogy amikor ott álltak egymással szemben abban a komor, nagy csarnokban, idegenként néztek a másikra.

– Janos Cleaves vagyok, szürke savalinges Téotéen harcos, a Rend Védelempolitikáért és Védelmi Tervezésért Felelős Főosztályának helyettes főtisztje! – ismételte magának a saját bemutatkozását, amelyet, nem tudta, hogy annyira sokszor mondott-e már életében, hogy ezért volt a fejében, vagy ezt is csak kitalálta.

– Az emléket nem sok minden különbözteti meg az álomtól – tűnődött a saját gondolatán. Ha az ember felébred egy hallucinációból, úgy érzi egy ideig, hogy ténylegesen az volt az élete. Az övé pedig az erőd kikötővárosába, Kalovistba röpítette vissza, ahol a kollégium épületei álltak. Emlékezett a vörös utcára, ami az egykori salakos burkolata színéről kapta a nevét és a templomra, aminek a tornyai között pózoló szoboralakra nem volt olyan nap, hogy ne nézett volna fel. Gyerekkorában még nem tudta, hogy ki volt a modell, most pedig már nem is emlékezett rá. Milliószor sétált fel a poros kis utcácskán algebraóráról ellógva, miközben mindig azon gondolkozott: e miatt a tárgy miatt nem fogja tudni itt befejezni a tanulmányait. Csinálhatnak vele úgyis bármit, a nemlineáris egyenleteket nem fogja, és nem is akarja megérteni, feleslegesen is ment volna be az órára.

De amikor az autóúthoz ért, mindig megállt előtte. Csak ritkán mert átsétálni a gyalogosátkelőn a túloldalra. A Kalovisttal ekkorra már egybeépült London magas épületeinek látványa, pláne a hangzavar, nagyon megijesztették, főleg az épületek mögött végtelen labirintusokba fonódó gáz- és olajvezetékek, na meg a gyárak és az erőművek. Ilyesmit Eupenben, de még Mayenben sem látott soha, és egyáltalán nem akarta közelebbről megismerni azt a káoszt.

Ekkoriban, a kollégium első éveiben még csak kevés barátja volt. Filipen kívül tulajdonképpen senkivel sem volt jóban, a társai tiszteletét – vagy félemét – csak későbbi tetteivel vívta ki. De nem is igényelte túlságosan a társaságot, szabadidejében inkább olvasni, de még inkább sétálni szeretett. Kalovistban csak ritkán, de a folyóparton szinte mindennap. Szerette a vizet, a tengert és a folyókat is, és gyakran megfogadta, hogy egész életében víz közelében fog élni. Ez volt, ami megnyugtatta. Most viszont csak fák voltak körülötte. A napok óta tartó gyaloglástól folyamatosan éhes volt. Mióta elérte az Ardenneket, gyakrabban aludt és többet, ami persze így is legfeljebb három órát jelentett, ha nem aludt el mellette a kis tűz, amit ügyetlenül rakott, mert olyankor mindig felébredt a hidegre.

Egy befagyott patak tükrében két napja újra látta magát, és újra meglepődött, mennyire sovány és csontos lett az arca. Nem ilyen önarckép volt a fejében. Csak az égőkék szemei voltak ugyanazok, mint régen, amelyek még a nem túl tiszta, szürkés víz felületén is színük intenzitásából mit sem veszítve világítottak.

Egyre gyakrabban érezte, ahogy a túl sok sav marja belülről a gyomrát, ami néha fájdalmat és görcsöket okozott odabent, néha pedig még a nyelőcsövébe is visszaáramlott némi gyomornedv, amitől végül a torka is megfájdult és folyamatosan köhögött. Amíg el nem érte az erdőket, erőltetett menetben haladt, maximum félórákra állt meg pihenni, de nem volt ideje arra koncentrálni, hogy még több régi dolgot kimasszírozzon az emlékei közül. A legutóbbi éjszakán azonban néhány óra is elég volt, hogy felidézze gyermekkora legfontosabb napját, amikor először járt Kalovistban. Akkor még nem tudta, hogy Britannia azon partszakasza, ahol a város és az erőd áll, fizikailag nem is létezett korábban, hanem az Európába Arábiából bevándorló Finntrol család építtetett ott egy mesterséges szigetet, hogy lenyűgözze az őslakosokat, akik, látván vagyonukat és átérezvén a tudás hatalmát, amit Arábiából hoztak magukkal, jobban elfogadják, sőt még egy kastéllyal is megjutalmazzák a távolról jött letelepedőket. A szigetnek azonban, ahol a király és családja pihenőhelyét alakították volna ki, sok hasznát nem vette senki, mert túlzottan mocsarassá vált, és a különálló földdarabokat idővel elkezdte elmosni a tenger. Hogy megóvják a már ráépült látványosságokat, végül a Malisok, egy híres spanyol építészfamília az általuk kidolgozott eljárással feltöltötték az épített sziget és a Szigetország közti részt is a tengerfenékről fölhozott talajjal és szárazföldi kövekkel, ezzel megnövelve Britannia végső területét, és elérve, hogy a földdarab idővel geológiailag ténylegesen annak szerves részévé váljon, későbbi otthonát adva a manapság is legfontosabb európai intézmények.

Amikor odaérkezett, eleinte valami olyan számára barátságtalan, barokkos borzalomra számított, mint amilyet Protevus óvárosában látott, de ehelyett már első látásra lenyűgözte a Kollégium és annak környéke. Elsősorban, mert a környékén minden zöld volt. Az épületek és az utak környékén mindent a természet uralt. Amikor Johannes kezét fogva felsétáltak a Tajnari sétányon, nem hitt a szemének, amint meglátta a fák közül előbújó Yllives épület félköríves, pentelikoni márványoszlopokon nyugvó előtornácát.

Emlékezett rá, hogy azonnal be akart menni az épületbe, megnézni a bejárati kapun át messziről látszódó szobrokat, de az idő sürgető múlása miatt erre akkor nem volt lehetőség. Így is majdnem lekésték az ifjak beavató köszöntési ünnepségét. Jan egy fél percre még hátranézett – innen még látszódott a Káloviston-erőd néhány magasabb tornya a távolban. Az év-százados fűzek alatt továbbsétálva aztán feltűnt baloldalt a hatalmas Naron-öböl a partmenti sétánnyal, melynek csillogó, makulátlanul tiszta vize úgy vonzotta a kisfiú tekintetét, hogy észre sem vette, hogy máris a Főépülethez értek, aminek ekkor még nem tudta, hogy miért nem volt neve.

Ez az építmény már sokkal ijesztőbb volt. A hirtelen feltáruló modernitás feketébe hajló haragos mélyzöld kolosszusa megrémítette Jant.

Mióta itt sétált az Ardennek erdeiben, gyakorta villant be ezen szimbolikus hely képe az emlékezetébe. A nap sugarait a fák mögött tartóztató hatalmas, árnyékos lombú tölgyek ro-busztusságától csak úgy, mint a hatalmas sziklák nedvességtől feketére festett alakjáról.

Órákkal később arra riadt, hogy észre sem vette, hogy újfent elbóbiskolt. Még emlékezett, hogy az imént az első kollégiumi eligazításáról álmodott, amikor egy elképesztően idegesítő morgás és nyekergés hangja kezdte ki fájón a dobhártyáját. Valamilyen motorkerékpár lehetett, ami tovább is száguldott, mire a nemrég elhagyott kis ösvényhez kúszott és a bokrok alól kémlelni kezdte, hogy mi lehet az.

Megfogadta, hogy távol tartja magát az utaktól, de még a kis erdei ösvényektől is, most mégis túl közel maradt. Sejtette, hogy keresik. Valahogy érezte, hogy most nem kéne senki emberfiával sem összefutnia, aki felismerheti, márpedig az ő ábrázata a világ egyik legismertebb képmása volt. Az ösztönei azt súgták, hogy valami borzasztó dologba keveredett, amiről viszont az jutott eszébe, hogy mégis be kéne törnie valamilyen elhagyatott házba vagy vendéglátóegységbe. Ha másért nem is, egy tévén vagy egy rádión elcsíphetne valamilyen híradást.

A hosszú ezen való merengés közepette sem tudta eldönteni, hogy hiányzik-e neki, hogy beszélhessen valakivel, hogy végre emberi társalgásban vehessen részt, amiben esetleg kiadhatja magából furcsa gondolatait, vagy jobb ez így, a mindent beborító oktalan és együgyű, modern társadalmat uraló sürgedelmes fontoskodás nélkül, itt az erdőben. Napjában többször is váltották egymást a lelkében az egyedüllétből fakadó depresszió és a tehertől való megszabadulás öröme, hogy nem kell néznie, amint céltalan életű és szóra sem érdemes sorsú emberek élik a kis látszatéletüket, a világot kicsit sem befolyásoló folyamatok által örvényelve.

Ezekben a napokban, mióta úton volt, először szembesült vele, hogy mennyire eredményes volt az Európai Zöldek évtizedeken átnyúló programja, melynek jelmondatát lényegtelen információtartalma ellenére is szintén könnyedén fel tudta idézni: „Hagyjuk magára az anyatermészetet, szorítsuk vissza településeink határait, hogy azok szerves, atomikus részeivé váljanak a bioszférának, de ne uralkodjanak és élősködjenek azon, a felesleges kolóniák pedig teljesen eltűnjenek". Ez részben sikerült. Maga sem hitte, hogy napokig tud majd úgy gyalogolni, hogy egyetlen településbe sem fut bele, de persze ennek az ára az volt, hogy a nagyobb települések, melyek befogadták a korábbi lakhelyeiket hátrahagyókat, egytől egyig metropoliszokká nőttek. Aszfalt, beton, vagy valami szilárd és szabályos helyett a göröngyös terepen járni, fűcsomókban megbotlani, és hasonlók miatt mindig jobban ügyelni, hogy hová lép, nehezen megszokható, de végtére is érdekes érzés volt. Talált benne valami végtelenül magányost és ijesztőt, de ugyanakkor felemelőt is. Az erdőben az ember felfogja, mennyivel hatalmasabb a természeti világ, mint a civilizáció alkotta dolgok, és a vadon mintha beszippantaná egy másik, talán évmilliókkal korábbi idődimenzióba, ahol más törvények uralkodnak, amik sokkal magasabb rendűek, mint az a saját magát megnyomorító, irracionális lény, aki ő is volt – az ember.

Nehéz szeretni úgy a természetet, ha ennyi kihívás elé állít, mint most, de tisztelni azt annál könnyebb – vonta le a jelenre éppen legérvényesebb következtetést. Sohasem volt nagyvárosi ifjú, de most sok minden hiányzott a város kényelméből. Olyan dolgok is, amik egy kisebb településen nincsenek meg, például, hogy felszívódhasson a forgatagban.

De már bármi jobb lett volna, csak eleget tehessen napok óta kielégítetlen „civilizációs” igényeinek. Ha választhatna, most inkább Londonban lenne. Frankfortot sohasem szerette. Londont sem, de azt legalább megszokta. Frankfortba viszont csak azért ment, hogy Filip közelében lehessen. Az egyetlen ember közelében, akire mindig számíthatott, de Frankfortban így is mindig idegennek érezte magát. Londonban legalább csillapította volna ezt az érzetét, ha néha sétálgathatott volna a szeretve utált kollégiumi időszakból ismert helyeken, melyekhez emlékek kötötték. Frankfortban viszont még a saját lakását sem szerette meg. Olyannyira nem, hogy még csak meg sem próbálta otthonosabbá tenni, egy fillért sem költött rá. Az egy szál kanapén ülve, a dohányzóasztalon evett, és az egy személynek fölöslegesen túlméretes, az előző lakók által otthagyott ágyon aludt, de nem szánta rá magát, hogy funkcionálisabbá varázsolja a lakást. Úgyis egyszer továbbáll onnan, gondolta…

Az is először jutott eszébe, hogy talán mégis sajnálhatja egy kicsit, hogy felnőtté érő tinédzserként nem csatlakozott társaihoz, akik szinte kivétel nélkül mind megszerezték a jogosítványt. Elkezdeni ő is elkezdte a vezetésórákat, de végül félbehagyta az egészet. Mindig irtózott a technikától, még annak leghasznosabb eszközeitől is, de a „hajtásit", ahogy a Rendben nevezték, azért megpróbálta megcsinálni. Egészen addig, amíg a negyedik vezetésóráján, a parkolás gyakorlása közben neki nem tolatott egy betonfalnak, majd amikor ijedtében kiugrott az autóból, hogy megnézze, mekkora a baj, véletlenül üres helyett teljes körű manuális irányításra kapcsolt, természetesen nem benyomva a számára addig ismeretlen kuplungot. Ettől az autó megugrott és elütötte az éppen odasiető iskolavezetőt, aki még kórházba is került emiatt. Janos Cleaves, aki a saját testével úgy bánt, hogy azt az évek során rettegett fegyverré formálta, egy ilyesfajta járművel, amit nem a saját izmai mozgattak, semmit nem volt képes kezdeni. Most viszont ezt bánta; ha „elkötött" volna egy autót, már két napja Eupenben lehetne.

Ezen az estén néhány sült vadalma és nem túl érett dió volt a vacsorája. Fájt már a nyelés. Attól félt, hogy valami sebet mart a torkába, vagy inkább a nyelőcsövébe feláramló gyomorsav, hisz' egy bizonyos ponton minden apró falat esetén érezte, mikor az lefelé csúszott a gyomrába. Ez talán már fekély is lehet!

De legalább nem fújt a szél, mint előző este, amikor annyira erőre kapott, hogy olykor ostorcsapásként mart a gyorsan áramló hideg az arcába. Riasztó még inkább az volt, hogy mennyire váratlanul kelt életre a légköri jelenség. Mintha odafönn, a „vezérlőben" valaki komisz kéjjel nyomogatta volna a gombokat, összefüggéstelenül variálva, hogy az időjárási kelléktárból mit vessen még be ellene, minden különösebb következetesség nélkül. A bolygó talán megunta az ember tombolását, ezért hasonló tombolással vág vissza – ezért ez a sok meteorológiai furcsaság…

Mielőtt újra rövid pihenőre vonulva az Alannis-házból elhozott ágyneműbe burkolózott, alaposan megrakta a tüzét, majd a szemét lehunyva szinte ott folytatta korábbi álmát az első kollégiumi eligazításról, ahol abbahagyta.

A kis Jan figyelmesen hallgatta, ahogy a tanító a különböző mintázatú savalingek színeinek jelentéséről beszélt:

– Amikor felkent harcosok lesztek, fehér inget kaptok majd, amit addig viseltek, amíg harcban nem bizonyítjátok, hogy alkalmasok vagytok önálló feladatok ellátására. Ehhez általában meg fogtok ölni valakit, vérbe nem torkolló küzdelem nélkül nem lehettek elég felkészültek. A harcosok, akik túlestek mindezen, drapp színű savalinget kapnak. Ehhez persze kiemelkedőt kell cselekedniük, akár a harcmezőn, vagy bármikor, szolgálat közben. A parancsnokaik barnát, míg a felettes tisztjeik szürkét hordanak. Ha mesterekké válnak páran közületek, azok felölthetik a sötétbíbor színűt is, de ez még nagyon messze van...

Alionn Alannis sokat mesélt neki minden ezzel kapcsolatos tudnivalókról, a rend belső szabályairól, és fegyelméről, mielőtt Kalovistba érkezett, de amikor itt végre minden valósággá vált, és a hely atmoszférája érezhetően nemhogy annyira vibráló volt, amilyennek a grandiózus történetekből korábban tűnt, hanem még annál is sokkal inkább, akkor értette meg az ekkor még éretlen kisfiú, hogy nagyon fontos dolgok fognak történni itt vele.

Másnap dermesztő hideg okozta vacogásra ébredt. Amikor kinyitotta a szemét és észlelte, hogy zsibbasztó magzatpozíciót vett fel ösztönös védekezésképpen álmában, ami megvédte a teste nagy részét a kihűléstől, de az orrát és a füleit így is fájóan hidegnek érezte, megpróbált gyorsan talpra állni, hogy mozoghasson egy kicsit. A folyamat azonban nem volt egyszerű. Ahhoz, hogy használni tudja a végtagjait, előbb nyújtotta kicsit őket a hátára fekve, ekkor tűnt fel neki, hogy az előző nappalhoz képest kékből szürkére fakult az égbolt, és a nap sugarait hiába kereste. A döbbenet azonban csak akkor lett rajta úrrá, amikor ellökve magát a földről fehérbe öltözött növényzetet vett észre maga körül.

Havazott az éjszaka... ezt is furcsállotta, de fogalma sem volt, milyen évszak lehet. A levelek színéből és tartásából ítélve még a nyárnak kellett volna magát tartania, de végül is a klímaváltozás eddig is okozott már furcsaságokat. Bár még a túlvilág is lehet az a hely, ahová az emlékezete vesztése után került – a sokféle

irracionalitást megmagyarázná, persze akkor lehet minden még
rosszabb is. Csak arra volna jó emlékezni ebben az esetben, hogy
nem dicstelenül halt-e meg? Ha efelől megnyugodhatna, talán
már nem zavarná semmi többé. Tulajdonképpen jó is lenne úgy.
No, hazaérve majd kiderül! – találta meg azt a kis motivációt,
ami elég volt önmaga megsürgetéséhez.

Sietnie kell, mert sokszor már nem alhat ilyen hidegben a
szabad ég alatt. Ha mégis él, a következményekkel is számolnia
kell!

Fájt a veséje és a végtagjai, ennek ellenére elhatározta, hogy
még erőltetettebben fog haladni, és úgy napnyugtára hazaérhet,
otthon pedig felgyógyítja magát.

Egy viszonylag eseménytelen nap után, az ezúttal nyugodtabban
telt gyalogmenet ellenére, a következő estén sokkal keményebbnek
érezte a feladatot, amit maga elé állított. Életének lelki dimenzióját
illetően sokszor volt már bizonytalan magában. Sokszor, sok
mindent kényszerült már feladni az őt a lelkileg és mentálisan
megterhelő célok közül, de a fizikai kihívások mezsgyéjén még
egyszer sem bukott el.

Most is érzett még magában tartalékokat, kellő energiát a
továbbiakhoz, de legbelül nagyon sötét gondolatok és érzések
kavarogtak benne. A „kimondhatatlanra" is egyre többször
gondolt, miután az iménti félórás elbóbiskolása alatt bevillant
egy kép a fejében a padlón heverő könyvről, amit Alannisék
nappalijában látott meg. Mindig foglalkoztatta, ami titokzatos,
vagy kifejezetten tiltott... Európa történelmének ezen szelete,
ami annyira sötétnek és tragikusnak ítéltetett, hogy egyszerűen
kihúzták a históriás könyvekből, sosem hagyta nyugodni. A
Valentireket ebben sokkal erősebbnek érezte. Velük szemben
Európa népe és a Téotéenek, úgy ítélte, hogy tele vannak félelem-
mel, és a megismerhetetlen múlt árnyaitól való rettegés szerinte
determinálta az egész életüket. Akárhány ember is halt meg azon
a napon az azóta a kontinensről száműzött „pokolgépek" által,

az áldozatokról meg kell emlékezni, a múltat ki kell beszélni és fel kell dolgozni, nem pedig tagadni kell – vallotta, mikor valamelyik mester kérdőre vonta, hogy miért kutat a Kollégium falain kívül tiltott irodalom után. De – nem bevallottan – maga is gondolt rá, hogy nem e nemesnek mutatott szándék miatt, hanem a puszta izgalma okán tette ezt.

Ismét felriadt.

Az imént, mire az előbbi gondolat végére ért, újra éber álomba szenderült, és most hevesen dobogott a szíve az eszméléstől. Annyira kevéssé mélyen aludt – nem tudta, hogy mennyit –, hogy a valóság talajáról lecsúszva is fejében maradt a gondolat, aminek már az álmában ért a végére. A tűz is kimúlt, és vagy fél percig semmit sem látott a sötétben. Annyira hideg volt, hogy a természet elcsöndesült, és benne minden élő egyetlen hang nélkül próbálta átvészelni a szokatlan helyzetet. A madarakat és a kisebb emlősöket felkészületlenül érhette a nyár végi tél, és annyira megrendülhettek tőle, hogy az erdő atmoszféráját megtöltötte a hideg okozta fájdalom, ami mindenből áradt, ami eleven volt. Mindkét tenyerét ökölbe szorítva egyenesedett fel a sötétben. Karjait félig behajlítva szorította őket a testéhez, mert képtelen volt valamiért kiegyenesíteni azokat. És vacogott. Olyan erőteljesen, hogy akkorra már izomláza lett a folyamatos rángástól. Azokat megfeszítve, és a fogait csikorgatva valamiért kényszeredetten hátracsapta a fejét, és egyszer csak üvölteni kezdett.

Nem érdekelte már, ha meghallják! De úgysem érdekelt ő most senkit. Úgy érezte, hogy ekkor minden csak a halálát várta...

– Aki kardot ránt, kard által vész el, ostobaaa! – üvöltött a kis Oli vérző homlokáról letörölve a szemébe folyó izzadtság- és vérfolyamot.

– Aki nem ránt kardot, az is kard által vész el, csak sokkal hamarabb, ostobbaaaa! – válaszolta dühödten Jan, miközben faélű, műanyag markolatú kedvenc egykezes gyakorlókardját lóbálta a levegőben.

Utálta a stréber kis Olit, amikor az okoskodva kioktatta. Ilyenkor szerette a legjobban elpáholni, mert ebben pedig ő volt a jobb, minden kétséget kizáróan.

A néhány suhintás óta tartó harcnak azonban máris vége szakadt, mert Johannes dörgedelmes hangja rázta meg a dühtől már egyébként is remegő Jan minden izma által támadó pozícióba merevített testét.

– Mit műveltek már megint? Janos! Megmondtam, hogy csak akkor veheted elő a kardodat, ha velem gyakorolsz!

❖ ❖ ❖

A kis Janos ritkán provokált ki verést az apjától. Ilyesmi csak akkor esett meg, amikor sokszori intés ellenére sem tudta féken tartani magát, és visszaélt a képességeivel és azzal, amit a kollégiumban megtanult.

Ilyenkor mindig meghallgathatta azokat a mondatokat, amiket belül maga is igaznak érzett arról, hogy csak olyan emberből lehet Téotéen, aki mindig csak jó célra használja a harci tudását és soha nem veszíti el a fejét, soha nem emel kezet a gyengére. És minden alkalommal tartozott a sokszor hangzott szavakhoz valamilyen odavágó idézet a Saval-tanokból, ezúttal ez:

„Aki a Nagy Földatya testének humusszá érett anyagából nyerte saját erejét, hozzá a Földatya szelleméből akaratot is kapott, hogy cselekedjék, mikor cselekedni kell, és ne tegye, mikor a jó szándék meggyőződéssé formálja annak gátját.”

MOZAIKOK

– De hát normális maga? Mire számított, hogyha betör a házamba? – fakadt ki a tucatnyi alkalom után újfent a még mindig feldúlt Filip.

– Nem tudom, bepánikoltam, Winston olyan sokszor mondta el, hogy milyen a viszony önök között, és persze sokszor mesélt arról az afférjukról, ami miatt önnek is távoznia kellett a Rendből, hogy attól féltem, rosszul reagálja le a szituációt, gondoltam, hogy elébe megyek a dolgoknak és én leszek a kezdeményező.

Micsoda szerencsétlen barom – tűnődött el Filip az azóta is szédelgő Nemón, de hamar megtárgyalta magával, hogy végül is kicsit sincs meglepve. McNamara pont az ilyen szerencsétleneket szereti, mert ezek attól remegnek a legjobban, ha nem hajtják végre a parancsait megfelelően. De hogy lehetett egy ilyen tökfilkóból egyáltalán Téotéen? És ha tényleg McNamara egyik kiskutyája volt, hogy is kerültek most ide, az iparvidéki gyorsra?

– Szóval, miért is bocsátotta el önöket McNamara a szolgálatból? – kérdezte Filip.

– Nem vagyok felhatalmazva, hogy ilyen információkat osszak meg, sajnálom.

– De azt azért elvárja, hogy bízzak magában, és Yorkig utazzunk együtt az archaisták kongresszusára...

– Nem pontosan a kongresszusra megyünk – válaszolta Nemo. – Ilyen helyen én nem jelenhetnék meg. Egy titkos tanácskozáson kell részt vennünk, ami a kongresszussal majdnem egy időben zajlik majd, és azért időszerű, mert a párt minden prominense most lesz először ilyen sokáig egy helyen. De nekem mindegy. Ha nem akar újra hallani a barátja felől...

Ezer éve nem hallott Janosról, de nagyon furcsállotta, hogy pont neki ugyan mi köze lehetne az archaistákhoz? Azt hitte, semmi sem jöhet most, ami miatt elválik akár egy rövid időre is Nuttól, de érezte a zsigereiben – még ha ez a szerencsétlen kis buzi semmit nem is volt hajlandó elmondani –, hogy most tényleg szüksége lesz rá Janosnak. Márpedig ha háború lesz, Janos szerepe elhanyagolhatatlannak tűnik. Nem tudta, miért, de ezt érezte.

– Változnak az évszakok, én is velük változok! Változás = elmebaj. Egyszer csend, majd nagy vihar… – Már legalább ötödszörre kezdett bele furcsa utazótársa ennek a kicsit sem harcoshoz, de talán még felnőtthöz sem méltó tinipop-slágernek a halk dúdolásába, valószínűleg öntudatlanul. Ez a srác tényleg tiszta idióta! – gondolta újfent, sokadszor Filip, az utolsó sornak az ironikusságán mégis kicsit elmélázva. „Egyszer csend, majd nagy vihar”. Ki gondolta volna még akár egy éve is, hogy újra felfordulhat az élet itt Európában? Hányszor kell még megnyerni egy háborút, hogy a tönkrevert fél ne akarja azt újrakezdeni? De hiába, ezt teszi a fanatizmus.

Régen vonatozott, de mivel Frankfortból semmilyen repülő nem szállt fel, ezért így kellett eljutniuk valamelyik kikötőhöz. Nut ekkorra már úton lehetett a szüleihez Bernbe. Megígérte, hogy hívni fogja, ha hazaért, de Filip nem szerette volna audiokommal zavarni, mert félt vezetés közben megcsörgetni. Oliver is gyakorta az eszébe jutott, de őt hiába próbálta elérni, neki ki sem csöngött a vonal.

Az iménti, nem túl tartalmas beszélgetésük után újabb öt perces hallgatás következett. Nemo kicsit dúdolgatott még magában, majd a kézi konzoljába temetkezve pötyögött valamit, a vele szemben, a menetiránynak háttal ülő Filip pedig lehunyta a szemeit, hátradőlve, és átadva magát a másfél napos kialvatlanság okozta álmosságnak. Nem tervezett aludni, de néhány percre, amúgy félig éberen párszor mégis elnyomta az álom. Ezt persze mindig már csak akkor érzékelte, amikor a kabinban hangzó egy-egy harsányabb szó valamelyik utastól fel nem serkentette.

Ezen alkalmak szinte mindegyikén Janost látta. Visszatért azokba az évekbe pillanatnyi emlékek erejéig, amikor barátja a

Rendből való kilépésük után Frankfortba költözött, mert a rossz élmények emlékének súlya alatt még mindig nem volt képes visszacuccolni az apjához. Bevillant az a bizonyos harmincadik születésnap, melyet a – Janos szavával – „kellemesen gyalázatos" lerészegedés jegyében náluk ünnepeltek, és másnap délig nem is nagyon tértek magukhoz. Ez volt mindkettejük leghosszabb mosolyszünete Nuttal.

Utolsó elbóbiskolása alkalmával pedig a saját autójában ült. Ez is egy valós emlék lehetett, mert Oliver és felesége ültek a hátsó ülésen. Talán az rémlett a múltból, amikor Jan eltűnése után a Cleaves-házba tartottak négyen, de az is lehet, hogy Oliék ikreivel együtt. A lényeg, hogy segíteni próbáltak barátja apjának fia felkutatásában.

Mikor legközelebb kinyitotta a szemeit, és kicsit megrázva magát eltökélte, hogy ezúttal éber próbál maradni, a Nemo feje fölött látható kis képernyőn, ahol korábban még rendkívüli időjárásjelentést közvetítettek folyamatosan, most újra piros nagybetűs vastagon szedett felirat futott végig. Filip csak a végét kapta el: „Téotéen harcosaink a helyszínre értek." Felegyenesedve, feszülten várta, hogy újra az elejétől olvashassa a mondatot: „Tegnap az alkonyat előtti órákban újabb terrortámadást valósítottak meg, ezúttal minden bizonnyal Valentir éjlovagok a 65-ös számú országút 40-es autópályához közeli szakaszán. Az óriási dugótól megállásra kényszerült kocsisorban várakozókra kardjaikkal támadó orvgyilkosok látszólag céltalan vérengzésbe kezdtek. Nem tulajdonítottak el javakat, sem autókat nem zsákmányoltak, azonban mintegy százötven emberrel végeztek, akik nem tudtak elmenekülni a helyszínről. A gyilkosok mindannyian felszívódtak, mire Téotéen harcosaink a helyszínre értek".

Filip annyira lefagyott a látottaktól, hogy amikor Nemo észrevette, hogy történt valami, nem tudta hirtelen szavakkal kifejezni a döbbenetét. Csak a mutatóujját felfelé irányítva jelezte, hogy nézzen már a monitorra maga fölött. A sokkal kevésbé meglepett Téotéen kissé kifordulva böngészte kicsit a képernyő alját, majd fújtatva visszasüppedt a helyére.

– Még Cumbriáról sem hallott? – bökte oda lesajnálóan.

Filip pedig olyan mogorván és egyszerre rémülten nézett rá, hogy annak rögtön elszállt a hirtelen jött önhittsége.

– Mi történt Cumbriában? – kérdezte Filip.

– A Malisok is elestek – így a válasz.

– Valentirek?

– Is. A Farefennek intézték a támadást, de Valentirek nélkül esélyük sem lett volna.

– Mjorga Finntrol elárulta Európát? Sok mindent el tudtam képzelni, de ez... – Filip elnémult és láthatóan összetört legbelül, mint aki most értette meg, hogy nem ússza meg a társadalmuk az újabb háborút. És hirtelen nem tudta előhalászni a gondolatai közül azokat az információkat, amelyek segítettek volna felmérni az esélyeiket.

– Most már mondjon el mindent, amiről tudnom érdemes! – folytatta ráförmedve a valamiért az ablakra meredő Nemóra. – Mi van Jannal? Hogy tudhatnánk meg róla bármit Yorkban, az archaisták székhelyén? Tudtommal soha nem járt ott, és nem is hiszem...

– Maradjon csöndben! – vágott közbe a mutatóujját felemelve az eddig ilyesmihez túl bátortalan Téotéen.

– Mi van? – kérdezett vissza kissé felindultan, mint aki megsértődött, Filip.

– Itt vagyunk. Jöjjön!

Filip nem értette, de követte a kocsik közti összekötő folyosóra a férfit.

Nemo, miután kiértek az egyik ajtóhoz, még egy ideig bámult kifelé annak **ablakán**, amiről a párát folyamatosan törölgetnie kellett, mert odakint egyre hidegebb volt, noha a havazás már elállt. Ekkor jutott Filip eszébe, hogy a nagy sietségben a hátizsákját az ülése fölötti tárolóban hagyta. Visszasietett, és mikor azt a hátára kapva újra a kabinból kifelé vette az irányt, fülsiketítően magas, sípoló hangot hallott. Néhány pillanattal később a vészjelző piros lámpák is villogni kezdtek.

– Valaki meghúzta a vészféket! – hangzott a távolból egy nő szájából. Csak remélni tudta, hogy nem Nemo volt az, de sejtette, hogy erről lehet szó. Visszaérve a folyosóra a Téotéen már az ajtót tépte fel, és csak ekkor vette észre, hogy Filip nem volt végig mellette.

– Mit csinál? Hova ment? – kérte számon Nemo Filipet, majd biccentett, hogy kövesse.

Mindketten leugrottak a szerelvényről, és Nemo azonnal célba vett egy nagyjából háromszáz méterre lévő kis gátat, ami egy pataknál alig nagyobb vízfolyamot szabályozott. Futólépésben haladtak, ami Filipnek sem volt már ellenére. Nem igazán tudta volna elmagyarázni senkinek, még magának sem, hogy mégis mit művelnek. Vissza sem nézett inkább, hogy hányan bámulták őket az ablakon keresztül.

A kiszáradt fűcsomók ropogtak a lába alatt. Hiába esett rájuk a hó, ilyen rövid idő arra is kevés volt, hogy beszívják magukba a nedvességet. Egy napja itt még nyári meleg kínozta a tájat, és annak a kis folyamnak sem volt túlságosan magas vízszintje, inkább tűnt kiszáradás előtti állapotúnak.

Rövidesen már a bőrén is érezte, hogy azt a csípős hideg úgy összerántotta, hogy feszülni kezdett a nyakától a homlokáig. Mintha még kicsit szédülni is kezdett volna, annyira szokatlan volt a hirtelen hőmérsékletváltozás, a vonat kabinját ugyanis már-már túlzóan melegre fűtötték. Amikor a kalauznál érdeklődött felőle, hogy miért, azt a választ kapta, hogy mivel nem számítottak rá, hogy az év ezen szakában fűteni kell, nem volt idő tesztüzemre, ilyenkor ugyanis órákig nagy teljesítménnyel kell működjön a fűtőrendszer, a későbbi optimális üzemelés érdekében.

A kinti táj viszont nem csak hideg, de kietlenül rideg is volt. A távolban egy-két kisebb, telepített erdő fái törték meg a lapos alföldi síkság egyhangúságát. Az egyébként is nyomasztó hangulatú tájat a formákat már nem mutató ég szürkéje szigetelte el a nap éltető sugaraitól. Filip minden botlásnál, minden az arcát hirtelen megcsípő fuvallatnál újra és újra megbánta, hogy belevágott ebbe az ismeretlen kimenetelű őrült kalandba, amihez hasonlóban nagyon rég nem volt része, de mindig is úgy gondolta: jól is van ez így!

Amikor a gáthoz értek, vette észre, hogy egy motorcsónak egy benne ülő férfival várta őket a gát túloldalán, a vízfolyam sekélyebb részén. Bepattantak az ember mögé a csónakba, aki minden kétséget kizáróan őket várta, és már repesztettek is a folyam irányának megfelelően északra, bár nem tudta pontosan megítélni, hogy hol vannak.

Ekkor vonta végre kérdőre a csónakossal sutyorgó társát.

– Mi a franc volt ez? Nem tervezte, hogy esetleg az ilyen ámokfutások előtt közvetlenül legalább beavat? Mi szükség volt erre? – üvöltött Nemóval.

– Nem szállhattunk le arról a vonatról, mert a tengerparti és kikötővárosokba tartó járatoknak elrendelték a Téotéenek általi ellenőrzését, amikor befutnak az állomásra. Feltűnt volna nekik, hogy mit keresünk mi ketten együtt rajta és hova megyünk.

– És most? Mit gondol, a hajókat nem ellenőrzik? Nyilván azokat, amik épp elhagyni készülnek a kontinenst, még jobban, mint a vonatokat.

– Nyilvánvaló, ezért kell egy csempészhajót keresnünk. Nyugodjon meg, a haági kikötő tele van velük, és én történetesen tudok is egyet, ami elvileg már vár reánk.

Na, szép! – gondolta Filip. Aki McNamarának dolgozik, nem finnyáskodhat. Mi minden disznóságot bízhatott rájuk korábban a vén rohadék… – tűnődött.

❖ ❖ ❖

– Neked milyen göndör hajad van! Anyának is göndör, de neked sokkal göndörebb, nagyon viccesen nézel ki. – Joelnek elsőre is nagyon szimpatikusnak tűnt az öreg Johannes. Elmondása alapján a nagyapjára emlékeztette, de ez a hasonlóság külső jegyekben csak felszínesen volt megfogható. Legalábbis mindkettőnek ugyanolyan szürkés-őszes borostája volt, és egy kicsit talán a hangjuk is hasonlított, de inkább a higgadt megfontoltságot sugárzó személyiségük hozhatta közös nevezőre őket a gyerek fejében. Mindenesetre Joel többször is elmondta, hogy „olyan vagy, mint nagyapa". Ebben, bár nem tudták, de azonnal közös nevezőre jutottak az öreggel, ugyanis Johannes Cleavesnek is Alionn Alannis jutott először eszébe, amikor meglátta a kisfiút.

133

Joel valóban nem az apjára hasonlított ugyanis, hanem inkább az öreg Téotéen-legendára.

A jelek szerint a szerencse is ugyanúgy a tenyerén hordozta, mint a híres Alannis nagypapát, ugyanis a kis Joel volt az egyetlen a balesetet szenvedett autóban, aki kirepült ugyan a mellette lévő ablakon az egyik piruettnél, de csodával határos módon semmi komoly baja nem esett. Bukfencezett párat, de ezen folyamat során végig a talajhoz közeli sűrű cserjékkel találkozott. Az arcáról és a karjairól lehorzsolta a bőrt, és jó pár zúzódást is szerzett, de a növényzet lelassította az esését – legalábbis az orvos így rakta össze a jelentésében az eseménysor mozaikjait a baleseti helyszínelőkkel.

A lányok nem voltak ilyen szerencsések, egyelőre mindkettejük kómában feküdt, de túl voltak az életveszélyen. Joelnek azonban már órák óta elillant a félelme, azt követően, hogy apja szerint „a doktor bácsi biztos benne, hogy napokon belül felébrednek majd a hosszú alvásból, és bár sok időbe telik majd, de egészen biztosan teljesen meg fognak gyógyulni”.

– Mikor jön már apa? – türelmetlenkedett a gyermek.

– Most már tényleg nemsokára, csak néhány vizsgálaton kell még átesnie, és mehetünk is haza... azaz hozzám, az én otthonomba, remélhetőleg jól érzitek ott magatokat majd, nagyon szép helyen lakom, majd meglátod!

Johannes minden további nélkül felajánlotta, hogy pihenjék ki a történteket náluk, amíg Margot és Selimi Malmédy kórházában fekszenek. Ő volt az, akit legközelebbi hozzátartozóként értesítettek, mert Alionn és felesége nem voltak elérhetők, és Joel, az egyetlen eszméleténél lévő utas az autóban utazók közül az ő nevét közölte, emlékezvén, hogy éppen hozzá tartottak. Próbálta Johannes is hívni Alionnt, de az általa ismert hanzavárosi számon ugyanúgy nem válaszolt senki, mint amikor Alionn konzolján kísérelte meg elérni audiokomon.

Azon tűnődött hosszan, miért nem kapott sokkot a gyermek, aki épp hirtelen felpattant mellőle, és a főorvos szobája ajtaján lassan kisántikáló apjához rohant. Oliver borzalmasan festett, a bal lába gipszben, a jobb keze felkötve pihent, az arcát ellepték a sebek, már ahol látni lehetett őket a kötések és gézlapok alatt.

– Óvatosan, kisember! – felkiáltással lépett az akció közbe a főorvos, akit kifejezetten megijesztett a puskagolyóként közeledő fiúcska, de Oli nem féltette testi épségének maradékát, és a használható bal kezével felkapta a fiát, hogy magához ölelhesse. A mindenki által türelemmel és megértéssel végigasszisztált esemény után Johannes lekezelt a doktorral, és egy rövid eligazítást követően, ami a gyógyszerekre és a beteg számára nyújtandó mindennapos segítségnyújtásra vonatkozott, elbúcsúztak a fehér köpenyes, magas férfitól.

Miközben Johannes a parkolóig kísérte Olivert a kis Joellel, előbbi folyamatosan apjáról, majd miután megértette, hogy reménytelen felvenni vele a kapcsolatot, már csak Janosról kérdezett.

– De mikor hallottál róla utoljára? Van esély rá, hogy hazajön? Mi eredetileg Filip Natisonhoz tartottunk, de én vele sem tudtam felvenni a kapcsolatot. Te próbáltad? Ő talán tudhat valamit – záporoztak Johannes felé a kérdések.

Fél – állapította meg az idősebb Cleaves. Lehet, hogy van is oka rá, de ez utóbbi jó ötlet, Filip akár tényleg tudhat is Janos felől.

❖ ❖ ❖

Útközben egy ideig senki nem szólt.

Joel élvezte az utat, a kilátást, szemmel láthatóan élményt jelentett neki, hogy belterét illetően sokkal magasabb volt az autó, amiben ültek, mint a sajátjuk, így igazán másmilyen érzés volt kifelé tekintgetni belőle. No meg a táj is sokkal látványosabb volt, mint a számára általában megszokott környezet.

Végül Johannes nagy nehezen rábírta Olivert, hogy beszéljen az érzéseiről és kis betekintést adjon aktuális lelki állapotába. Leginkább arra volt kíváncsi, sikerült-e valamennyire túltennie magát a vélhetően kissé felelőtlen viselkedéséért, ami végül a balesethez vezetett, és nem okolja-e magát kórosan.

A lényeg, hogy mindannyian élnek, és mindenki jobban lesz – hangzott el a konklúzió különböző változatokban mindkettejük szájából, többször is. Hisz' valóban ez volt a lényeg.

Tényleg szereti a családját! Olyan, mint az apja, és nem kötelességből házasodott, valószínűleg tényleg élete nőjét találta meg Margot-ban. Azt vehette el, akibe tényleg szerelmes volt, és még mindig az – gondolkodott Johannes.

– Cikiztek, mert nem hitték el, amit mondok. Túl fiatalok voltunk az ilyen beszédhez, de én tényleg őszintén így éreztem! – mesélte végül a rövid időre kissé mindig jobban megnyíló Oliver. Akkor tette ezt, mikor a beszélgetésük egy-egy mozzanata tényleg megnyugvást hozott számára, de aztán idővel újra elfogta a görcsös aggódás.

– Én nem szexelni akartam elsősorban, és bár szép volt és szemrevaló, én tényleg, már nagyon fiatalon is a majdan szerető, gondoskodó asszony vonásait fedeztem fel benne, aki a gyerekeim anyja lesz! – mesélt annak kapcsán, hogy emlékei szerint Margot számára már röviddel azután is mást jelentett, hogy megismerkedtek, mint amit bármelyik másik lány, aki valaha megtetszett neki valamiért.

– Kevés fiatal van azzal elfoglalva, amikor még ágaskodik a libidója, hogy öregkorukban milyen életük lesz, de engem Margot-ban az a szelíd, anyai melegséget árasztó, gondoskodó személyisége érintett meg leginkább. Valahogy rögtön el tudtam képzelni, ahogy a gyermekeinket neveljük, boldogságban, féltő szeretetben, és tudunk támaszkodni egymásra, nem csak ebben az életszakaszunkban, hanem majd később is...

❖ ❖ ❖

A kisfiú teljesen le volt nyűgözve a tisztás közepén magasodó hatalmas háztól is.

– A miénk sokkal kisebb, ez háromemeletes? – kérdezte ámulva Johannestől.

– Azok ott a padlásszobák, igazából kettő – igazította el az idősebb Cleaves az ablakokra mutogató Joelt.

De nem csak a ház méretei voltak valóban meghökkentőek. A fiú eddig csak a többnyire meseszerű történetekben találkozott ehhez fogható hellyel, és még Oliver is elcsodálkozott. Noha ő járt már korábban itt, de még most is úgy tűnt, mintha elfelejtette volna, hogy valóban létezik.

A tisztás is hatalmas volt, kiváló játszótér az épp Joel felé szaladó labradorkölyöknek. Ő nem volt olyan félős, mint az apja, aki gyerekkorában elfutott minden ártalmatlan négylábú elől. Joel azonnal kergetőzni kezdett a kis szőrmókkal, mit sem törődve a még mindig a kocsiban pihenő apjával.

A ház mögötti rész, szemben az ide, a hegytetőre vezető út felőlivel viszont már sokkal elhanyagoltabbnak tűnhetett. Mióta Jan alig volt otthon, az öregúrnak nem volt segítsége, ereje meg még kevésbé a szintén az ő tulajdonában lévő erdőt úgy rendben tartani, mint gyerekkorukban. Nem egy fa kivágásánál lehetett maga Oliver is jelen, de az északnyugatra néző ablakokat beárnyékoló fák mostanra már teljesen ránőttek a házra. Régóta meg sem igazíthatta őket senki. Most pont azon a helyen – mivel az a rész a nap során sokkal tovább volt árnyékban, mint a ház frontoldalán látható tisztás – még voltak helyenként két-három centis nyomai az előző nap leesett hónak. Máshol azonban már rég elolvadt az utolsó pehely is, a vízcseppektől fénylőn csillámlóvá változtatva a szemet gyönyörködtetően zöld gyepet.

Majd öt percbe telt, mire a magas platós kocsi anyósüléséről Johannes lesegítette az ilyesfajta mozgásra képtelen Olivert. Még szerencse, hogy három férőhely volt az autóban, amik egy sorban helyezkedtek el, így egyszerre haza tudta hozni a két jobb állapotban lévő családtagot. Oli már kétszer próbált rászólni a fiára, hogy hagyja a kutyát és segítsen ajtót nyitni, de az – talán valóban – meg sem hallotta a kérést.

A tornácra felvezető falépcsőig minden lépés mérföldnyinek tűnt, pedig mielőtt beszállt az autóba a kórház parkolójában, annyira nem sajogtak Oliver lábai, mint most, amikorra már el is voltak gémberedve.

Joel csak akkor követte őket, mikor észrevette, hogy apja már el is tűnt az ajtó mögött. Még egyszer, utoljára felnézett a legfelső, barna keretes ablakokra, melyekből – már akkor sejtette – messzire elláthat majd, ha apja esetleg felengedi a padlásra.

Az ablakok színétől eltérően az épület egyébként fehér volt, de ez messziről nem tűnt fel elsőre, az évek alatt rárakódott kosz miatt inkább világosszürkésnek hatott.

– És tényleg az egész fából van? – kiáltott Johannes után a kisfiú.

– Bizony! – fordult vissza a házigazda.

– És nem dől össze?

– Hogy is dőlne össze? Hisz' én magam építettem, ezzel a két kezemmel! Méghozzá boroviból! – dicsekedett nevetve Johannes. – Persze annyit nem biztos, hogy kibír, mint a ti városi vityillótok, de az én halálom után jó kis lakhely lesz ez még a fiamnak, Janosnak is...

Azt követően, hogy beértek a házba, Joelnek ténylegesen el kellett búcsúznia újdonsült játszótársától, aki egészen a küszöbig követte. Annak vonalát azonban nem léphette át, viszont nagyon takaros fekvőhellyel rendelkezett a tornác alatti területen.

Oli azonnal az otthoni audiokomot kérte a házigazdától. Miután végre megkapta a készüléket, Joelt a kézmosás parancsával küldte ki a szobából, és rögtön apja számát tárcsázta.

Johannes az utasításba adott tisztálkodás után száraz, tartós süteménnyel és narancsszörppel kínálta a fiút, de miután az semmit sem óhajtott fogyasztani, leültette a tévé elé, és a dolgozószobájában hagyott Oliverhez sietett.

– Semmi! – ismerte el csalódottan a már nem csak fizikai fájdalmakkal, de a felfokozott szorongással is megküzdeni kényszerülő férfi. – Sem apám, de még Filip sem elérhető. Nem hallott valamit? Hihetetlen, hogy egyikük sem...

– Mayenben volt az a robbanás, de szerintem is lehetetlen, hogy ott maradtak volna. Ha Alionnal történt volna valami, azt bemondták volna a hírekben, de Frankfortól nem hallottam, hogy baj lenne ott. Nem értem, Natisonnal mi lehet – mondta Johannes.

– Nut Natison számát sajnos nem tudom. Nagyon jó a számmemóriám, de az övé szerintem még a mobilomban sem szerepelt soha. Annak mondjuk már úgyis mindegy, az enyémet még csak meg sem találták a baleset után – sóhajtott Oli. – Hol a fiam? – jutott eszébe hirtelen, hogy kiküldte kezet mosni, de azóta sem látta Joelt.

– Bent tévézik a nappaliban. Gyere, pihenj le inkább te is ott bent, aztán majd kiötöljük, hogyan tovább.

Újabb hosszú percekbe telt, mire bevanszorogtak a nagyszobába, ahol Joel épp a híradót nézte.

Nem értette egyikük sem, hogy a kissrác miért nem keresett magának inkább valami korban hozzá illőbb műsort, bár Oliver tudta, hogy a legkevésbé élemedett kora ellenére, mióta csak nagyapja közelében volt, mindig is vonzották a Renddel, az esetlegesen eljövendő háborúval foglalkozó történetek, melyekből szinte semmit nem értett, de amiktől ő mégis próbálta rendszerint elszeparálni. Most azonban, amikor a képernyőre pillantott, máris egyértelmű volt, hogy mi ragadta meg fia tekintetét.

– Kik azok a Finntrolok? – húzta ki magát Joel, mint aki azt próbálja jelezni ezzel a gesztussal, hogy ezúttal tényleg választ vár.

Oliver lassan, a maga tempójához mérten is óvatosan helyet foglalt, miközben hallgatni kezdte maga is a tudósítást, mely tele volt számára új, ijesztő információkkal. Hiába próbálta összerakni a képet, a kisfiú folyamatosan reflektálni kezdett az elhangzottakra, megzavarva a gondolatait.

– Mi az a Cumbriai helyő… helyősrégi erőd? – folytatta egy másik kérdéssel a faggatózást.

– Nem ősrégi… ŐRSÉGI! – nevetett fel hangosan az elszólás miatt Johannes.

Oli figyelmét azonban elkerülte a nyelvbotlás. Le volt döbbenve a hallottaktól. Néha a házigazdára pillantott, aki mély, nyugodt bólintássokkal tette egyértelművé, hogy ő már tisztában volt a fejleményekkel, és igen, jól hall a férfi, még csak meg sem bolondult – mindez minden bizonnyal háborút jelent.

– Miért támadták meg a Valentirek azt az erődöt? Kik azok a Malisok? – kezdett egyre türelmetlenné válni a gyermek, akit apja szigorú pillantásokkal tüntetett ki ezért.

– Egy rakás magatehetetlen, archaista idióta – bökte oda végül foghegyről Oliver.

– Gyere velem, fiam, fiatal vagy te még a politikához és a háborúhoz – próbált elébe menni a családi perpatvarnak az öreg Cleaves, amivel még jobban felbőszítette Joelt.

– Én nem vagyok már gyerek! – De rögtön, miután belekezdett az újabb monológba, apja hangos szisszenésének engedve inkább be is fejezte a lázadást, és duzzogva kivonult a nappaliból. Johannes követte őt a vendégszobába, és leült az egyik karosszékbe, nézve, ahogy rövid duzzogás után a könyvespolcra meredt.

Johannesnek rosszulesett a részben felé is irányuló ellenszenv, hiszen ő nem akart rosszat, inkább csak megelőzött egy jókora leszidást. De amúgy sem értette az apa szigorú neveléspolitikáját, amivel megpróbálta kivonni a gyerekeit a valódi világ folyamataiból. Ezért, és mivel egyébként sem támadt jobb ötlete, hogy mivel foglalja le a fiút, halkan és lágy hangon szólította maga mellé, és odahúzott egy széket is neki, hátha van még kedve beszélgetni.

– Hány éves is vagy?

– Nyolc – húzta ki magát újfent Joel.

– Nyolc – tűnődött Johannes. – Fura család a tiétek. Nagyapád az egyik leghíresebb Téotéen volt. A fia pedig egy háromdiplomás mérnök, aki sosem fogott kardot a kezébe, de még csak a történelmet sem volt hajlandó normálisan megtanulni, mert még elméletben sem érdekelte mindaz, amiről öregapád híressé vált. Te pedig nyolcévesen úgy viselkedsz, mintha dupla ennyi lennél, és lefogadom, hogy mire tényleg dupla ennyi leszel, olyan lesz a fejed, mint egy lexikon. Minden Alannis baromi tehetséges, csak valahogy mindannyian másban.

A fiú büszkén mosolygott.

– Mire vagy kíváncsi a hallottakkal kapcsolatban? – tudakolta az ismét csillogó szemű Joeltől.

– Kik azok a Finntrolok? – idézte fel Joel magában a nemrég hallott nevet. – Milyen erődöt foglaltak el?

– A Finntrolok egy nagyon régre visszanyúló gyökerekkel rendelkező dinasztia Britanniában, akik annyira északon élnek, hogy az a kis völgy, ahol az erődjük áll, már benyúlik a Valentir Köztársaság határát jelző dombok közé. Ők eredendően nem

Európából származnak, hanem Arábiából, ahová szintén idegenként érkeztek egykor, állítólag egy – talán sohasem volt – Atlantisz nevű helyről, és az őseiknek a mai skandinávok elődeit tartják. De évszázadokkal ezelőtt annyira sok arannyal hajóztak ide, hogy azon a vidéken mindent felvásároltak, ahol letelepedtek. A család később dinasztiává vált, de annyira büszkék voltak az alapító atyáikra, hogy a nevet, mint Finntrol, fogalommá tették azáltal, hogy ráaggatták mindenre, ami hozzájuk tartozott. Így ma már nem csak a család vérségi tagjait nevezzük így, hanem Finntroloknak hívunk mindenkit, aki az udvartartásuk részét képezi. A katonáikat, a szolgálóikat, a hűbéreseiket és az egész pereputtyot. A Malis dinasztia pedig, akiknek az erődjét most elfoglalták Cumbriában, egy hasonlóan híres múltú család, de messze nem olyan gazdagok és törtetők, mint a Finntrolok. Na, remélem sikerült oltanom egy kicsit a tudásszomjadat. Tanulni fontos dolog, de fogsz még eleget, ne akarj túlságosan hamar felnőni.

– Én nagyon sok mindent tudok Britanniáról, Kalovistról és Káloviston erődjéről is. Nagyapát mindig arra kérem, hogy meséljen, hiszen ő ott élt, a Rendben. Néha szokott is mesélni, de apa erre sohasem hajlandó! – felelte Joel, még mindig kicsit erőszakosan.

– Apátok azért nem beszélt nektek soha az Téotéenekről és a Valentirekről, mert rossz dolgok történtek vele gyerekkorában, amikor a két rend háborúba kezdett. Pedig nem csak a nagyapátok, Oliver apja volt Téotéen harcos, hanem az én fiam, Janos Cleaves is, aki apátok jóbarátja… volt.

Joel, látván, hogy az öregnek megjött a kedve, nyájasabbá vált, és rögtön közelebb ült Johannes karosszékéhez, ő pedig folytatta.

– Miért háborúztak egymással a Téotéenek és a Valentirek? – kérdezte érdeklődve a kisfiú.

– Ez már egy több évszázados, majdnem egy évezrede tartó konfliktus, ami pont a közeli huszadik század végére érte el a tetőpontot. A nagy háború harminchárom éve kezdődött, és pont idén van harminc éve annak, hogy a Rend legyőzte az utolsó éjlovagot is. Legalábbis sokáig azt hittük, hogy az utolsót. Mostanában úgy érzem, nagyon sok mindenről hiányos a tudásunk. De az biztos, hogy a Valentirek újra megerősítették a rendjüket, és azok, akik túlélték a háborút, de letették a fegyvert, most újra megtértek a közösségükhöz.

– De mit akarnak az éjlovagok? Néha olvastam róluk az intraglobalon, de apáék erről sem akarnak mesélni nekem. Miért akarnak mindig háborúzni velünk? – sürgette a történet fonalának kibontását Joel.

– Akkor kezdjük az elején, a Téotéenekkel – sóhajtott nagyot Johannes. – Azt biztosan tudod, hogy ők azoknak az egykor Európába, a távoli keletről idevándoroló harcosoknak a követői, akik megismertették velük a fegyveres és fegyvertelen küzdelem művészetének legmagasabb szintjeit. Ezek a harcművészek a tiszta harc legnagyobb mesterei voltak, és azért jöttek a kontinensünkre, mert ott, ahol korábban éltek, egyre elterjedtebbé váltak az akkori kor vívmányainak számító harcászati robbanószerkezetek és egyéb pusztító pirotechnikai eszközök, amiket manapság mi is használunk, de csak az építészet, és például a bányászat során. A harcban soha. Az akkoriban ott dúló háborúkban azonban ezeket egymás elpusztítására vetették be a harcoló felek, és sokkal nagyobb eredményességgel, mint ami ellen a mesterek, az ottani rend és béke őrei védekezhettek volna.

Elsősorban azért jöttek ide, hogy hírét hozzák, hogy micsoda embertelen korszak köszönthet a világra, ha nem védekezünk ellene. A hálás európaiak körében pedig kibontakozott egy mozgalom, melynek részeként egyre több követője akadt ezeknek a különleges képességekkel bíró mestereknek, akik a saját harcművészetükre oktatták őket. Alig több, mint fél évszázad múlva irdatlan méretű hadsereg indult Európából a távoli keletre, hogy felvegye a harcot a világot nyomorba taszítani készülő új irányzatok ellen. A küzdelem hosszú volt és kegyetlen, több áldozatot szedett, mint bármely háború korábban a világon, de nagyjából a Földatya vélt eljövetele utáni ezredik esztendőre az európai támogatással harcoló úgynevezett sziddhártisták, erőszakellenes békepártiak győzelmével zárult.

A gonosz azonban sohasem tűnik el teljesen a világból. A távol-keleten nagy felfordulást okozó harcászati újítások egy időre Európát is ellepték. Ezért a keleten harcoló férfiúink, de még a mesterek is visszatértek a kontinensre, egy Optigasunla nevű ember vezetésével Rendet alapítottak, és írmagját is kiirtották a veszélyes „elemeknek". És mint azt te is tudod, hisz' a családod nagy szószólója ennek, mára nem csak azt tiltották be, hogy bárki ilyen veszélyes dolgokhoz juthasson, hanem azt is, hogy hadseregek használják a különféle „nem archaikus" fegyvereket.

Joel értően bólogatott.

– Azt is biztos tudod, hogy az Egyesült Európát végül csak a második ezredfordulón, 2000-ben kiáltották ki, többszáz évnyi csatározás után, melyet még Optigasunla követői kezdtek el azzal a céllal, hogy egyesítsék a kontinens népeit, megszüntetve ezzel a nacionalizmust és a természetes ellentétekből fakadó ellenségeskedést. Néhány évre terveztek, de közel egy évezredre volt ahhoz szükség, hogy mindenki elfogadja az új utat. Előtte mindig volt olyan része a kontinensnek, ahol az archaista és modernista irányzatok képviselői nem tudtak megegyezni abban, hogy önálló nemzetállamokként, vagy a közösség tevékeny, de az autonómiájukat feladó részeiként létezzenek. És mivel az alapító atyáink nyilatkozata szerint csak közös felkiáltással válhattunk egyetlen egységes – akkor még úgy mondták – birodalommá, hiába született meg az alapító nyilatkozat, kétezerig, a távol-keleti diadal millenniumi évfordulójáig nem sikerült annak érvényt szerezni.

A szobában a légy röptét is figyelemmel lehetett volna követni, ha Johannes épp nem beszélt, a fiú ugyanis olyan csendben figyelt és minden szünetnél a pillantásával és a feje megemelésével jelezte, hogy várja a folytatást.

– Akkor, amikor egyesültünk, még Optigasunla Egyesült Európájának neveztek minket, de ez nagyon nem tetszett a Valentireknek, a birodalom legelszántabb és legvérmesebb lázadóinak, mert arról az emberről nevezték el, aki az első nagy keleti mester volt, akit a Téotéenek vezetőjüknek választottak. Ezért aztán kontinens-szerte felkeléseket szítottak, ami miatt 2006-ban kirobbant a hároméves háború.

– De miért nem szeretik a Valentirek az Egyesült Európát? Hisz' ők is itt élnek! Miért nem csatlakoznak? Vagy ha nem akarnak, miért szólnak bele, hogy hogyan nevezzenek minket?

– Ahol ők élnek, egykor az is Európa, a Brit Királyság része volt. Azt a helyet, amit ma Valentir Köztársaságként ismersz, régen Skótföldnek hívták, aminek az egykori lakói ugyan keveredtek Európa más tájairól odavándorló, az új időknek szintén nem örvendő lakóival, de még mindig szeretnék hinni, hogy ők őrzik a legjobban a keleti mesterek előtti identitásukat. Ez részben persze a hagyományaikra és a kultúrájukra igaz, hisz' annyira északon laknak, hogy oda nem értek el soha a keleti mesterek reformjai, de bármit is mondanak, a lakosságuk ugyanolyan kevert már, mint a miénk. Ami egyben tartotta a közösségüket, hogy tényleg azok költöztek oda, akik nem akarták az újat, a modernt, ezért persze nem is csatlakoztak az Egyesült Európához. Ennek tehát szerintem pusztán földrajzi okai vannak, hogy az lett az a terület, ahol minden avítt maradt.

Mintha ekkor láthatóan kétségek merültek volna fel Johannesben, hogy kifejtse-e a történet további szálait, de igazi régivágású létére végül mégsem ijedt meg attól, hogy folytassa, és őszintén beszéljen mindenről, ami az igazsághoz hozzátartozik:

– Eleinte még terjeszkedni is tudtak. A Skandináv-félsziget szintén nagyon északi régiói fellázadtak velük együtt Optigasunla szellemisége ellen, és ott, akkor történt valami… Valami szörnyű, amit nem szokás felemlegetni, mert még a Valentireket is elborzasztotta, ahová az esztelen háborúskodás vezetett. Még inkább az északi skandinávokat, akik emiatt mégis megtértek Európához, sőt, az események hatására sokkal eltökéltebbek lettek az egység megtartását illetően, mint bárki, aki nem élte meg az északi háborút. A Valentirek végül egyedül maradtak!

– De ha egyedül maradtak, akkor hogy érték el, hogy Európát ma már máshogyan hívják? Hiszen a nagy háborúban is vesztettek.

– Úgy, hogy bizony a politika más síkra terelte ezt a vitát. Már nem kell valakinek elköltözni vagy háborút vívni, hogy megpróbáljon úgy élni, miként szeretne. Ez persze jó dolog, mert egy jó ideig nem folyt annyi vér, mint régen. De a politikában a

Valentireknek lettek újra szép számmal szövetségeseik. És ha kisebbségben is vannak, Európán belül is sokan élnek, akik nem értenek egyet azzal, hogy mi már mind ugyanolyanok vagyunk. Hogy egy nyelvet beszélünk, hogy egyetlen nagy ország lettünk, sok kicsi helyett. Ők az archaisták, akik ugyan támogatták a formális egyesülést, de elsősorban csak a birodalmi attitűd miatt, ugyanakkor mind büszkék a gyökereikre és a származásukra, és szeretnek is kérkedni vele. Persze mostanság nem szeretik a Valentireket, mert szerintük ők túl radikálisok, de például a Rendet pedig jelenlegi formájában túl felhígultnak tartják. Tiltakoznak többek között az ellen, hogy harcolhatnak benne nők is.

Mások, a modernisták annak nem örülnek, hogy még mindig őrizzük a régi hagyományaink nagy részét. Nekik az nem tetszik, hogy egyetlen nagy szervezetre, a Téotéenek rendjére bízta rá Európa, hogy megvédjenek minket minden külső támadástól, és rendet tegyenek az országunkon belül is, ha valami nagy baj van. Nagy becsben tartják ugyan a harcosokat, de előbb-utóbb szükségesnek találnának egy reformot, ami csökkenti a Rendnek a béke fenntartásában játszott szerepét. De ez mind-mind csak politika. Amíg ez létezik, egyetértés minden ember között sosem lesz, és ezt az ellenségeink rendre kihasználják.

És persze ott vannak a keleti országok, akik szintén nem csatlakoztak hozzánk, ők pedig azt nem szeretik, hogy mi nevezzük magunkat Európának, pedig eredendően ők is a közös kultúránkhoz tartoztak, és ezért többnyire ők is a Valentirek szövetségesei.

– De a Valentirek hogyhogy ugyanúgy harcolnak, mint a Téotéenek? Azt tudom, hogy sokkal vallásosabbak, de a harcművészetük egy és ugyanaz, ugye? – tört ki az okostojás hirtelen Joelből.

– Ahogy meséltem, amikor a keletről a térítés szándékával ide érkező nagy harcosok, akik kardon kívül semmilyen más eszközt nem voltak hajlandóak a kezükbe fogni, elmesélték az itt élőknek, hogy micsoda veszély leselkedhet rájuk, sokan osztották ugyan a nézeteiket, ők a tanítványaikká váltak és belőlük lettek a Téotéen harcosok. De mások is voltak, akik pedig úgy gondolták, hogy ha keleten már ilyen dolgok léteznek, akkor ahelyett, hogy küzdenénk ellene, kardforgatás helyett nekünk is meg kell szereznünk ezt a tudást. Talán igazuk is lett volna, de a Téotéenek, kitanulva a harcművészetek tradicionális fajtáit, föléjük tudtak kerekedni. Az innentől kezdve mindig feketébe öltöző „éjlovagok" úgy alapítottak saját rendet, hogy néhányan közülük szintén elvándoroltak keletre, és a Téotéenekéhez hasonlatos tudás birtokában tértek vissza, amitől ugyanolyan veszedelmes kardforgatókká váltak, mint ellenfeleik. Ettől fogva szüntelen a harc Téotéenek és Valentirek között, akik a harcmezőn viselt feketét hitük szerint csak akkor fogják más színekre cserélni, ha győzelmet arattak, és Európa újra sokszínű lesz. Ők ezért küzdenek, a nemzetállamok Európájáért, és félő, nemsokára újra próbát tesznek, hogy azt újra létrehozzák!

MÁRTÍROK ÉS ÁRULÓK

Direkt hagyták penészedni és mállani a falakat idelent… Nem a pénz fogyott el a fenti részek mellett ezt a helyiséget felújítani, a szándék nem volt meg ehhez. Mert a szándék ezzel a hellyel nyilvánvalóan az volt, hogy a legkegyetlenebb élményt nyújtsa a kényszerű itt-tartózkodás során ez erre „ítélteknek".

– Alionn? Maga az? – kérdezte Bujdosó.

A csuklyájától megfosztott férfi arca olyan gyűrött és öreg volt, hogy alig ismerte fel a régi ismerőst. Pedig sokszor láthatta az arcot, ami miután felé fordult, felismerést, majd néma bizonytalanságot, de végül elszánt gyűlöletet tükrözött.

– Bujdosó… a kurva hétszentségit az anyádnak! – káromkodott két krákogás közepette, hallhatóan rég meg nem pendített hangján Alionn Alannis.

A megrökönyödötten kissé hátráló férfi újra a vörös palástosra nézett, kérdően és bizonytalanul.

– Igen, ő a mi titkos fegyverünk, képzelje, Andernakban találtunk rá, ahová azért mentünk, hogy végrehajtsuk azt az akciót, amire egyébként harminc éve akartunk sort keríteni. Mellékes tán, de történelmet írtunk az első geronium-töltet felrobbantásával, de akkor még álmodni sem mertünk róla, hogy sokkal nagyobb fogásunk lesz, mint amiért eredetileg odamentünk.

– Mit keresett Andernakban, Alionn? – kérdezte Bujdosó.

– Mayenben élek, te szarházi, az jó közel van, ha ismered a térképet. Te mit keresel itt az ellenség földjén? Velem ellentétben te nem tűnsz fogolynak.

Bujdosó válaszolni akart, de a vörös ember fontosnak találta kiegészíteni az előbb elhangzottakat:

– Mint megtudtuk, azért élt Mayenben a kis szerzeményünk, mert ő felügyelte az andernaki harcászati bázis biztonságát. Szép dolog a hivatás ily szeretete, hogy az embert még nyugdíjas korában is csak a szolgálat élteti. Még a családja elől is eltitkolta, hogy még mindig életveszélyes feladatot lát el a Rend kérésére. De hát hiába, elszállt az idő, ő is kudarcot vallott, akárcsak maga, Bujdosó.

Alionn szeme olyan gyűlöletet sugárzott, hogy a helyiségben maradt két smasszer rámarkolt a kardjára a biztonság kedvéért. Bár reálisan nem tűnt olyan veszélyesnek, hogy levetve a béklyókat bosszút álljon a vele történtek miatt, de egy Téotéennél sosem lehetett tudni.

Kevéske haja fésületlen volt, szemei táskásak. Jellegzetesen kampós orra alá vér száradt, de a Valentirek nem fosztották meg a sötét bíbor savalingjétől, ami majd' a hasa közepéig ki volt gombolva. Alóla arany nyaklánc kandikált ki az Alionn által kollégista kora óta viselt medállal, mely az évtizedekig a Sínai-félszigeten élt, később Európába vándorolt Avram nagymester csak judaikokból álló legendás seregének Dávid-csillagos címere volt, és aki állítólag távoli felmenője lehetett az Alannisoknak.

– De ne becsüljük alá öreg barátunk tudását és tapasztalatait! – folytatta közben a vörös ember. – Azóta nagyon sok hasznos információval szolgált, a Cumbriai helyőrségi erődöt már elfoglaltuk neki köszönhetően. Pontosabban ezt a Finntrolok dicsőségének tudja be most a világ, de nélkülünk nem sikerült volna.

– A Farefennek? Alionn! – kapkodta a levegőt Bujdosó. A megkötözött férfi lehajtotta a fejét és egy szót sem szólt.

– Beszél álmában a barátunk – válaszolt helyette a félszemű, aki most az arca csúnyábbik felét újra Bujdosó felé fordította.

– Beadtak nekem valamit – mentegetőzött az ijedt Alionn.

– Segíteni fog a Káloviston elfoglalásában is minden olyan információval, aminek a birtokában van, maga pedig, Bujdosó... maga ott lesz velünk, amikor ez megtörténik. A helyszínen velem együtt fogja dirigálni a támadást!

Alionn erre újra lángba borult lélekkel emelte tekintetét az árulónak vélt férfira. Bujdosó tudta, hogy ha nem sikerül a terve, örökké gyűlölt alakja marad a Rendnek, de ha sikerül is, amíg fel nem fedi valódi szándékát, mindenki a legaljasabb spiclinek gondolja majd. De arra nem számított, hogy idő előtt találkoznia kell majd valakivel, akinek ezt a megvetést látja majd tükröződni az arcán.

– Úgy látom, most nincs olyan állapotban Alannis kollégánk, hogy hideg fejjel együtt megvitassuk, hogy mi is legyen, de ráérünk. Vigyék vissza a cellájába, Bujdosót pedig egy kicsit kényelmesebb helyen látjuk vendégül.

– És soha nem is leszek! – sziszegte Alionn, mielőtt a vörös rögtön belefojtotta volna a szót.

– Dehogynem, barátom... dehogynem.

Miután a katonák visszarángatták a méltóságában teljesen megalázott, élete során eddig mindig büszke kiállású és magabiztos fellépésű bíbor inges Téotéent a cellájába, Bujdosó még percekig állt ledöbbenten, látszólag hallgatva fő vendéglátója dölyfösködésnek ható újabb előadását. Valójában azonban egyetlen szó sem jutott el a fülén keresztül az agyáig, csak a továbbra is hihetetlen jelenetsort pörgette le magában újra és újra, annyira a látottak hatása alá került.

Meg lehet így hurcolni egy ilyen magas rendű Téotéent? Ezt még a hároméves nagy háború idejében is nehezen tudta volna elképzelni. Néhány ifjoncot még csak-csak, de egy ilyen magasan képzett, mára már veterán hőst elfogni biztosan nem tudhatnak az éjlovagok – ez kizárt! Ha ugyanis tarthatatlan túlerővel találja is szembe magát egy magas beosztású Téotéen, aki ráadásul mester is, inkább végez magával, hogy elkerülje a Rend számára is tűrhetetlen megaláztatást – valahogy így rendelkezett ugyanis a nem hivatalos protokoll.

Nem túl régóta húzódó ittléte során először tántorodott el komolyan eredeti céljától. És ilyen gyorsan fogást találtak rajtam? – tűnődött. De egy otthonról idehurcolt, nem akármilyen túszra nem számíthatott előzetesen.

Mégis, ezúttal magában is csalódott. Ha valamiben elszánt volt, az az, hogy jól fogja majd játszani a szerepét. Most mégis érezte, hogy árulkodó a viselkedése. Látta magán szinte harmadik szemlélőként, hogy kiülnek az érzelmek az arcára, és csak remélni tudta, hogy nem lesz baja ebből, mégsem tett ellene.

Szerencséjére – pillanatnyi ocsúdásakor – úgy tapasztalta, a félszemű teljesen el van foglalva a dicsekvéssel, és nem csak neki, a helyiségben lévő katonáknak is szerepel, akik nem merik őt figyelmen kívül hagyni. És továbbra sem hallotta meg a mondatok tartalmát, csak egy nevet vett ki folyamatosan a bennük foglaltak közül: – Alionn Alannis! Alionn Alannis.

Ők ketten Alionnal sohasem voltak klasszikus értelemben vett barátok, már csak az alá-fölé rendeltségi viszony miatt sem, pedig sokszor dolgoztak szoros egymásra utaltságban. A nála is nagyobb tudású és felkészültségű harcos azonban a szellemi kvalitások terén nála is még inkább kiemelkedett korosztályuk Téotéenjei közül, ami miatt Provetusban jutott egész fiatalon, a Hadügyminisztérium Védelempolitikáért és Védelmi Tervezésért Felelős Főosztályán a második legmagasabb, elnökhelyettesi pozícióba, és emiatt sosem járt vele együtt a harcmezőn. Bujdosó gyakran fordult meg azokban a körökben, amikben Alionn, holott ő a harci tudásával volt képes csak kitűnni, márpedig a nagytiszteletű Rend is gyakran nézett ki ilyen szempontból, az élet más területeiről is ismert hierarchikus felépítésű szervezetnek, még ha báminemű alá-fölé rendeltségi létét mindig is tagadta. Egy egyszerű harcos egyébként nem kvaterkázott sokat a vezető beosztású Téotéenekkel, pláne nem a Védelempolitikában, ahol az Alionn által odahurcolt Janos Cleaves sem bírta sokáig, pontosan emiatt.

Mégis, Alionn Alannis mindig közvetlenebbül bánt vele, mint az elé járuló hasonló beosztásúakkal. Alionn mindig nevelt, sohasem utasított. Mindig mindenkit, mint mester a tanítványt, rávezetett bizonyos dolgokra, és még parancsot is így adott mindenkinek – ezt beszélték róla. Az egyetlen előnye, hogy nem küldték el a harcmezőre, hogy a politika mellett – kevesek példáját követve – mesterré is válthatott a szolgálat mellett, így kollégiumi diákjai jól ismerték. Az ő köreikben is legenda volt. Alionn Alannis – ha így látná most valaki… Tűrhetetlen!

Aztán egyszer csak arra lett figyelmes, hogy a félszemű egy időre elhallgatott, majd hirtelen nyelvet váltott. Elhagyva az eddig általuk is használt nyugati közös nyelvet, most először csak a Valentir Köztársaságban használt gael nyelven szólt hozzá:

– Tudja, mi zajlik most éppen az Északi-tengeren, Bujdosó?

Természetesen ő is beszélt a skótok régi kelta gyökerű nyelvén, de puszta romanticizálásnak tartotta a mendemondát, hogy a Valentirek máig használják azt. Mégis megtanulta a Rendben, amikor lehetősége nyílt rá.

– Érdeklődve hallgatom – válaszolt minden bizonnyal rossz akcentussal neki, miután megpillantott egy kis cetlit annak kezében. Iménti „elkalandozása" miatt nem is látta, hogy mikor nyújtotta át neki az időközben újonnan a helyiségbe érkező fekete zubbonyos férfi.

– Mond valamit önnek az az arab nyelvű kifejezés, hogy „dzsihád"?

❖ ❖ ❖

A szállására ugyanazzal a kisbusszal szállították, mint amivel a templomhoz érkezett, de ezúttal velük tartott a félszemű is, aki, hiába faggatta, egyetlen kérdésre sem válaszolt. Csak hangzatos szólamokat csattogtatott a Valentir vallás nagyszerűségéről, a Köztársaság szellemi, kulturális erejéről, mint aki régóta csak arra várt, hogy egy britanniai pofájába vághassa azt a dumát, ami nem tudta, hogy külön erre az alkalomra íródott-e, vagy prédikálta már másnak is, saját híveiknek tán…

– Maguk már nem tisztelik saját atyáik vallását és szokásait – gúnyolta a vörös szentesember.

Bujdosót annyira felzaklatták az események, hogy kiesve a szerepéből feleselni kezdett vele:

– A mi atyáinknak szokása volt például, hogy amikor túl fenyegetőnek érezték az önök közelségét, rendre betörtek az országukba és kiirtottak egy-két kisebb várost, amelyek határában laktanyák voltak, és a katonáik családjai a városokban éltek. Ön szerint helyes volna, ha tisztelnénk saját atyáink ilyesfajta hagyományait is? Vagy más dolgokra gondolt?

A vörös azonban ráncolni kezdte a szemöldökét, ezért visszakozott és lágyabban adta elő a magyarázatát:

– Európa modernné vált. Maguk eleik vallását és hagyományait tisztelik, mi a tudományt, ami jobbá tette a világunkat, de megölte a vallást. Amikor először szálltunk a fellegek fölé az 1800-as években, és ott bolygókat, majd új galaxisokat találtunk, nehéz volt hinnünk továbbá a babonákat a Földatyáról, aki kezdetben az égben lakott, szerintem ez érthető…

A félszemű továbbra sem értette a hirtelen jött pimaszságot, de már nem volt ideje reagálni. Az autó félreállt egy egykoron szállodaként üzemelő kopott, feketedett falú épület bejáratánál. Nyilván még abban az időben lehetett ez hotel, amikor volt még szükség hotelekre a Valentir Köztársaságban – tűnődött, majd kérdőn a szentesemberre nézett.

Az csak bólintott szigorúan. – Menjen! – mondta. – Mondja be a nevét a portán, ha nem ismernék meg, tudni fognak magáról. A szobájában talál majd egy szép felöltőt, holnap azt viselje, ha nem akarja, hogy az utcára kimenve megöljék. De ne nagyon sétálgasson, maradjon a szobájában, reggel hétre magáért küldetek.

Bujdosó egy szó nélkül kiszállt az autóból és felnézett a nem túl magas, elsőre talán hatemeletes épületre, aminek bejárata fölött a Montoross felirat volt fénylő betűkből kirakva, az első S betűben azonban – a többivel ellentétben – már nem világítottak az izzók.

Miután a kisbusz ajtaja becsapódott mögötte, még visszanézett, remélve, hogy kevésbé szúrós tekintet látszik majd a félszemű pofáján, de az rá sem nézett, mikor az autó elszáguldott.

Ott, az utcán már nem először támadt az az érzése, hogy számára ismerős helyen van, noha természetesen sosem járt az egykori Skócia földjén. Hiába voltak más színűek az épületek, más jellegűek a járdák és az autóutak, mégis valami otthonérzés-féle hangulat hatotta át a város atmoszféráját. Mivel távolról sem volt jelen az architektúrában, sem az infrastruktúrában a modernizáció, először azon tűnődött, olyan lehet ez a hely jellegében, mint az egykori angolföld évszázadokkal ezelőtt, vagy ahogy az otthona kinézne most, ha nem a Valentirek, hanem ők vesztik el a háborút. Mindenesetre nem tudta idegennek érezni magát a helyen, ahová vetődött, akkor sem, ha valójában megnyugtatta volna az érzés, hogy semmi köze a Valentirek kultúrájához és világához.

Lassan, kissé félve felbandukolt a nem túl magas lépcsőn, de kicsit sem lepődött meg, hogy ez nem olyan szálloda, aminek bejáratánál csomaghordó fiú várja majd, hogy ajtót nyisson neki. Kitárta hát először a magas üvegfal jobb oldalán lévő lengőajtót, majd a belső, már baloldalon lévőt is maga előtt, és belépett az áporodott levegőjű, fénytelen csarnokba. Léptei hangosan kopogtak a kő járólapon, de senki figyelmét nem keltették fel odabent. Egyetlen árva lelket sem látott. A baljára eső fogadópult túloldalán sem, és a jobbján feltáruló hatalmas tér egyik szegletében sem, ahol csak néhány régi, koszlott fotel és egy nagy, fakeretes kanapé várta, mindkettő zöldes-fakó, narancssárgás színben.

A recepcióspulthoz lépve egy csengőt keresett, de ilyesmit sem látott, ezért megköszörülte a torkát, és félbátran félhangos köszönést eresztett el a levegőbe:

– Jó napot!

Majd fél perc múlva egy kissé türelmetlenebb „hahóó"-val is megtoldotta, de nem jött válasz.

Elindult hát lassan a jobbjára eső, inkább folyosószerű, hosszúkás csarnok felé, aminek végében baljósan villogni kezdett az egyik lámpa az ízléstelen neoncsövek egyikében a plafonon.

Megállt inkább félúton, mivel a távolban sem látott senkit. Megragadták a figyelmét viszont a folyosó falán, neki baloldalra eső festmények és egy apró, aranybetűkkel vésett márványtábla.

„A szentföldön emberi halált halt megváltó vágyott eljövetele Caledonia földjén, a visszatérés nagy napján" – volt olvasható a szöveg a tábla tetején, alatta pedig a prófécia többi sora. A Valentir vallás fundamentumai – gondolta –, nem nagyobb hülyeség, mint a mi vallásunk *volt*.

A festmények pedig a Bujdosó által is ismert, még a kollégiumban felületesen tanult stációkat ábrázolták, alattuk feliratokkal, melyek a folyamat egyes lépéseiről árulkodtak, ha a kissé avantgárd stílusú képek alapján nem lett volna minden egyértelmű a befogadónak.

„Elárulja tanítványait", „tanítványai kiközösítik", „a szentség bilincsbe veri", „megváltja tanítványait", „tanítványai önnön tévedésükre ébrednek", „tanítványai bűnbocsánatért esedeznek", „a megváltó meghal tanítványai bűneiért" – álltak az ismert mondatok az egyes képek alatt.

A képeken látható, hosszú hajú, szakállas férfi több európai mesterre, arcvonásaiban pedig még egy kicsit a nemrég látott Alionn Alannisra is emlékeztette. Nemhiába, az ő megváltójuk is judaik – zsidó – volt, Alionnon is látszik, bár az nem tisztázott, hogy tényleg közvetlenül a közel-keletről, vagy régóta Európában élő judaikoktól eredeztethetők a család régre nyúló gyökerei.

– Héjj… – hangzott egy férfihang hirtelen a recepció irányából.

Bujdosó összerezzent. Amikor megfordult, egy öreg, kopasz, fekete inges férfit vett észre a pult mögött. Nyelt egyet, és szólásra készülve a pulthoz lépett.

– Mit akar? – előzte meg kérdésével a férfi.

Bujdosó kérdően nézett rá, mint aki nem érti a kérdést. Tán mégsem egy hotelben vagyok? – tűnődött.

– Egy szobát szeretnék.

Erre a férfi gyanakvóan kezdte méregetni őt.

– Miért, ki maga? – hangzott a kérdés teljesen meglepően.

Bujdosó tényleg nem értette, de amit percek óta tapasztalt, azt a benyomást keltette egyre inkább, hogy nem szokott itt csak úgy akárki megszállni. Mindegy, ő végül is most nem mondhatni, hogy akárki lenne.

– Be van jelentve? – kérdezősködött tovább a recepciós. – Neve? Vagy valami?

– Zenus McNamara vagyok, ha ez így mond talán valamit…

❖ ❖ ❖

Artikulálatlan, mély, a fejében fájón kongó férfihang ébresztette gyötrelmes álmából, amiben csak a húga, Raisa sikítását hallotta a távolból, de hiába futott volna a hang irányába, mozdulni se nagyon bírt.

Amikor kinyitotta a szemeit, ismerős látvány: kissé kopott, lágy ecsettel festett, felhőket ábrázoló freskók tárultak a szeme elé.

A saját ágyában feküdt – eszmélt rá percek múlva, és a gyerekkora óta megszokott plafont bámulta.

Oldalról egy férfi szólongatta. Megpróbálta a fejét megemelve kémlelni a hang forrását, de még nagyon gyenge volt hozzá. Újra lecsukta szemét és próbálta rendezni a gondolatait. Nagyon fájt a karja, főleg a jobboldali, de az egész testében fájdalmat érzett.

Hirtelen a hang közeledni kezdett. Amikor kinyitotta a szemét, egy kék bőrruhát viselő, barna bőrű, göndör, ritkás, de jól megnövesztett, fekete arcszőrzetű férfi hajolt fölé.

– Hol vannak az unokatestvérei és a húga? Az apjuk után menekültek? Vagy csak elrejtőztek valahol?

Nem igazán tudta, miről van szó és idegesítette a férfi hangja, valamint kicsit sem ismerős, irritáló akcentusa.

Újra lehunyta a szemét, hogy megfeszítse minden testrészét, és ezzel az a fajta görcsös tompaság uralja el a végtagjait, ami elűzheti egy kicsit a fájdalmát.

Így már teljesen ki tudta zárni a kívülről beszűrődő hangokat. Miután pár perc alatt enyhült kissé mind az égő, bizsergető fájdalom, mind a tompa, kongó ürességérzet a fejében, lassan mozogni próbált, előbb csak a lábujjaival, majd kicsit megpróbálta megemelni minden végtagját. Vizelnie is nagyon kellett volna már, és mivel a hólyagfeszülésének nem tett jót az alhasi erőlködés a lábai mozgatása által, inkább a karjaival próbálkozott tovább. A bal karján az ujjait idővel elkezdte valahogy mozgatni, bár ez is kicsit nehézkes volt, mint ahogy ökölbe szorítani a kezét is, de még jobban megijesztette, hogy a jobb karját egyáltalán nem tudta megmozdítani. Csak azt az egyre égetőbb fájdalmat érezte benne, ami az adrenalin okozta visszatérő éberségével együtt egyre erősödött.

Újra hallani kezdte a sohasem látott szobatársa gagyogását:

– Válaszoljon! Mit tud az eltűnt rokonairól?

Ekkor kinyitotta a szemeit, és a bal kezével a jobbhoz próbált szépen lassan nyúlni, nehézkesen átemelve azt a törzse fölött.

Mikor a kezét követve jobbra fordult kissé a fejével, megállt a szíve dobogása, mert sehol sem találta kardforgató jobb karját az ágyon. Ekkor egycsapásra visszatértek az emlékek a nagycsarnokban átélt borzalmakról, mikor hirtelen elszabadult a pokol.

Gejzírként törtek felszínre az érzelmei, és az ezáltal belőle kifakadó sírás. A kétségbeeséstől és az arcán gyerekkora óta le nem csordult könnyeitől kisvártatva üvölteni kezdett, a torka mélyéről, teljes erejével. A kék ruhás alak úgy megijedt, hogy hátrahőkölve majdnem hanyatt vágódott.

Lucia a könnyei között, a szeme sarkából látta, hogy az a baloldali bejárati ajtóhoz rohan, majd kikiált rajta valamit egy számára ismeretlen nyelven. Miután azonban semmi sem történt, a férfi ki is lépett az ajtón, és már angolul, „hol vannak?", „azonnal vissza a helyükre!", majd az „ŐRSÉG, szóljanak az orvosnak" felkiáltással próbált felülkerekedni a láthatóan számára is ijesztő helyzeten.

Lucia már a könnyeiben fürdött, és az arcüregei különböző váladékait nyeldekelte. Közben analizálni próbálta a helyzetét, egyre nagyobb sikerrel. Emlékezett, hogy mindig tartott egy vékony pengéjű szamurájkardot az ágy aljához szíjazva.

Most úgysem lenne ideje, de ereje sem azt magához venni – gondolta, de ekkor hirtelen becsapódott az ajtó.

Újra megemelte a fejét, és megváltásként tapasztalta, hogy ismeretlen fogva tartója nem visszajött a szobába, hanem végleg magára hagyta. Még hallotta a rohanvást távolodó lépteket, amik nyilván újra közeledővé változnak rövid időn belül, ezért tudta, hogy tényleg cselekednie kell.

A bal karja még mindig túl gyenge volt ahhoz, hogy segítsen neki feltápászkodni. Szüksége volt ehhez még legalább egy percre, de addig is tovább próbálta mozgatni az ujjait, életet lehelve azokba. Jobb híján az oldalára fordult és lebucskázott a hatalmas ágyról, majdnem arcra esve – de még mindig jobb, mintha kirándította volna valamijét. A hasfala és a térdei megsínylették egy kicsit az esést, de a fejét meg tudta annyira emelni, hogy az orrát se törje be lehetőleg. Ekkor már éledeztek a megmaradt végtagjai, amelyek segítségével félig bevonszolta magát az ágya alá, ahol rögtön meg is pillantotta az ágy aljára szíjazott fegyvert.

Nem kell a kötéseket eloldania – gondolta –, elég ha kihúzza a pengét a hüvelyéből. Megragadta hát a markolatot, és úgy harmadik nekifutásra ki is rángatta a helyéről, noha az első két próbálkozásakor az ágy egyik lába mindig újban volt.

Hallotta a nagyon nem várt lépteket újra a folyosón, de szerencsére még mindig egyedül voltak.

Először térdeplőállásba tolta fel magát, majd fel is egyenesedett. Oly mértékben szédülni kezdett, hogy nem is volt már biztos benne, hogy melyik oldali fallal találta magát szemben, hol volt az ajtó, ami mögül a veszély közeledtét várta, és még be is vizelt ebben a pillanatban.

De amikor nyikorogni hallotta újra a nagy és vastag faajtó zsanérjait, tudta, hogy nincs többé ideje a gyengeségre. A karja segítsége nélkül a térdéről a talpára szökkent, ropogó térdeit kiegyenesítette és hátra sem nézett, úgy csapott le fordultában az ellenségére. Meglepődött, hogy az ekkorra már milyen közel lépett hozzá, vesztére. A mellkasát hasította fel, az egyik felkarjával egyetemben a férfinak, akinek még csak kard sem volt a kezében. Egy érthetetlenül nagy méretű szablya az övén pihent – tán nem hitte, hogy szüksége lesz rá.

A fájdalom lassabban ért el a férfi agyáig, mint a gondolat, hogy belefutott a vesztébe, de pár pillanat múlva kétségbeesetten felüvöltött a saját mellkasát kémlelve.

Lucia azonban nem adott több időt a szenvedésre, a szemgödrén át szúrta át a kardját a már közelről is láthatóan szaracén származású ember fején.

Miután kihúzta a pengét, és a másik összeesett, nem habozott tovább. Ő is az ajtóhoz sietett, és remélte, hogy amikor kilép rajta, nem találja szembe magát még az imént hívott erősítéssel.

Nem volt szerencséje. Miután a folyosóra érkezve a távoli homályosságot kezdte kémlelni, felé futó alakokat vett észre benne. Finntrol katonák voltak, mögöttük Liebmann doktorral, és még egy ismerős, kék ruhás alakkal, kicsit hátrébb a sorban. Valentirek azonban szerencsére nem voltak köztük. Olyan dühöt érzett, hogy biztos volt benne, hogy keresztülvág rajtuk, bárhányan legyenek!

Ő Mistan Malis erődparancsnok lánya volt, azok ott meg csak kibaszott Finntrolok.

– Kurva, kibaszott állatok! – üvöltötte. Kardját nyílegyenesen előre szegezte, fél szemét lehunyva kereste a megfelelő találati pontot a felé futó első Finntrol katona szegycsontja alatt, ahol még így, legyengülve is keresztül tudta volna szúrni támadóját, akárcsak az imént, az előző áldozata fejének leglágyabb részén tette.

Végül ő is megindult az ekkorra már kivont kardú támadók felé, és amikor elég közel érve az élen közeledőhöz, lesújtani készült, látta, hogy éppen nem lesz elég ideje, hogy pont ott szúrja át, ahol szeretné, ezért hátralépett kettőt. Ennek megfelelően támadója kardja kevéssel az arca előtt suhant el. Mikor az a nagy lendületből visszafordult, máris újra szemben álltak egymással és Lucia nem habozott. Olyan gyorsan döfte át a kardjával a kiszemelt ponton, hogy mire a következő támadó odaért volna, ki is rántotta a pengét, lábujjhegyre állt, hátsó lábával ellökte magát, és háromszázhatvan fokos fordulatot véve, majd többször is körbefordulva sodorta el a következő katonát, majd az azt követőt, és az azután következőt is.

Mire a közelébe értek, mind hátrálni kényszerült a kardját kitartva cséplő mozdulattal feléjük suhanó lány láttán. De mialatt Lucia csak egyet is fordult, már nem volt hova hátrálniuk, egyik-másik a kardja pengéjével, de volt, aki csak a kemény, hegyes könyökével, és gyerekkorától fogva üveggel ütlegelt, keményre hegesedett alkarcsontjával találkozott, ami nem várt erővel vágta őket falhoz.

Pont úgy forgott a lábujjai hegyén támaszkodva, mint hatéves kislányként a balettóráin tette. Eleinte szédült még akkoriban, már a második forgás után is, most tízet, de tán tizenöt forgást is megcsinált anélkül, hogy elveszítette volna az irányérzékét. Amikor pedig az ellenfelek valamelyike visszahőkölni próbált, előreszökkent, és rendre kihasználta, hogy a soron következőt a mögötte érkező gátolja a menekülésben. Kissé szokatlan volt a másik karja nélkül egyensúlyoznia, de a szélsőséges helyzet, melyben tudta, hogy nem hibáztat, maximális koncentrációra serkentette.

A kékruhások úgy dőltek ki az útjából, mint anno azok a falusiakra támadó kalózok Maryportnál, akiket egy mólón kaszabolt le hasonló módon. Pillanatokra be is villant néhány kép a fejében: pont úgy, egyenként zuhantak egymás után a kalózok a vízbe, miként mostani ellenségei közül néhány hangos puffanással, időnként reccsenést hallatva a falhoz vágódott.

Miután mindegyik Finntrolt letarolta szép sorjában, a tőle ijedten megmerevedő doktorral nézett farkasszemet.

Csak a doktorral, de nem látta a korábban mellette közeledő kék ruhás rohadékot, és nem is emlékezett, hogy az a lekaszabolt, vagy falnak taszított korábbi támadói között lett volna. Megfordult, hogy meggyőződjön a dologról, de már csak egy oldalról lesújtó, kesztyűs ökölbe szorított kezet látott egy pillanatra, ami akkora ütést mért a halántékára, hogy azonnal összeesett.

Újra a félhomály vendége volt, és kicsit a kétségbeesésé. De legalább a fájdalom újra múlni kezdett. Felváltotta a zúgó, visszhangzó atmoszféra és a húga sikításának hangja, amit a pár perccel ezelőtti ébredésekor is hallott...

– Apám! Kérlek, értsd meg! Én nem kívánok hőstetteket végrehajtani, mint te tetted! Én úgy akarok élni, mint mások. Feleségül venni egy lányt, akit szeretek, családot alapítani, és sikeres lenni a munkámban, vagy… vagy abban, amit csinálok!

Alionn arckifejezése azt sugározta fiának: ha törik, ha szakad, ebben a kérdésben a szülő dolga döntést hozni.

– Sikeres akarsz lenni valami olyasmiben, amiben sok ezer más ember is sikeres? Miért akarsz olyasmit csinálni, amit mindenki más is csinál? Miért akarod pont te csinálni, ha más is csinálhatja? Hisz' mint mondtam: sok ezer más ember is megteheti. Te egy Alannis vagy, Oliver, a fiam. Egyszer az egyik mesterem azt mondta, haszontalan az az élet, amit úgy töltesz el, hogy nem találtad meg azt a dolgot, amit más előtted nem hozott létre, vagy nem cselekedett meg, mert azt NEKED kell megcselekedned!

Hasztalan az az élet, amit úgy élsz, hogy csak azt akarod csinálni, mint mások.

Mi akarsz lenni? Talán mérnök? Mert annyira szereted a matematikát? Legyél, de csak akkor, ha mérnökként valami olyat hozol létre, amit más előtted nem volt képes! Családot akarsz alapítani? Alapíts, de majd csak akkor, ha már megcselekedted, amit NEKED kellett megcselekedned. Ha rajtam múlik, Őrző leszel, mint a kis Janos. Jövő szeptemberben együtt mentek Kalovistba, és mint a neves európai családok, Münchausenek, Malisok, Quinnek és Menkalotopusok gyermekei, te ifjú Alannisként jelentkezni fogsz a szolgálatra, ahol neked is, mint más Őrző társaidnak, valami olyan feladat jut majd, aminek elvégzésére TÉGED jelölt ki a sors, és nem MÁST!

Mindenki MÁS majd alapít családot, csinál gyermekeket, és elvégzi a napi rutinmunkát a kórházban, a hivatalban vagy az utcán, de te, fiam, TE, ha kell, meghalsz a sorsodért!

ÉLETÜNK A SZOLGÁLAT

– Oké, bevallom: én félek, Tommas! Hogy küldhettek minket egy csapat Valentir nyomába? Azért jöttem Provestusba, mert azt mondták, a Bizottságban nyugodtabb munkám lesz, erre rögtön engem küldenek a halálba? Hogy gondolta ezt McNamara? – panaszkodott suttogva a fiatal lány, akin tényleg látszott, hogy biztos volt a saját halálában.

Bellét még az sem zavarta, hogy a technikus, aki folyamatosan és feltűnően hitetlenkedett a két Téotéen bizonytalan viselkedése láttán, végig fülelt, miközben csak mímelte a munkát, hisz' a számítógép, amin dolgozott, épp betölteni próbálta a hatalmas fájlt, ami az előző éjszaka történéseit megőrző videókat egyesítette. Mikor elcsípett egy-két mondatot, egyre megvetőbb pillantásai tükröződtek az egyik, épp nem működő monitoron a sok közül. Tommasnak sem voltak illúziói afelől, hogy ez a küldetés az életükbe kerülhet, de sokkal elhivatottabb volt Téotéen társánál, és azért saját képességeit illetően is nagyobb önbizalomra volt oka. Más kérdés, hogy a McNamara által elé rakott jelentés elolvasása óta nem tért igazán magához mindattól, ami abban foglaltatott, és életében először neki is megingott a hite a saját hivatásában.

– Bárcsak maradtam volna inkább az Erődben! – tetézte a lány, és abban a pillanatban Tommas sem tudott volna vitatkozni ezzel a kijelentéssel.

Eleinte nem értette, hogy miért nem lehet a Rendet bevonni ebbe az elhárítási hadműveletbe, hiszen tíz-tizenöt barna ingesnek nem jelentene komolyabb kihívást egy csapat, napok óta a terepen aszalódó Valentir levadászása, ketten viszont még a helyi csendőrség embereivel is kevesen lehetnek. De amikor megtudta, hogy Janos Cleaves is benne van a dologban, tudta, hogy valami tényleg indokoltan titkos akcióba csöppent.

Tehát McNamara odáig ment, hogy likvidálni próbálta Európa egyik legismertebb Téotéenjét, hogy az ne lázíthasson, akárcsak passzívan is a saját legendáriumával a rendszer ellen – összegezte magában az elképesztő információkat. De hogy egy ilyen akciót, ami talán példátlan az Egyesült Európa történetében, pont egy csapatnyi Valentir hiúsítson meg? – Tommas szinte addig kergette saját magát a bizonytalanságba, hogy Bellének kezdett el igazat adni.

– Ez tényleg őrültség! – mondta rekedten, mindenre válaszként, de más fülének Bellé gondolatára adott reakcióként hangzón.

Ekkor a kopasz, szemüveges technikus hátrafordult. Tommas eleinte azt hitte azért, mert megjegyzése volna a száján kicsúszott tőmondathoz, de az végül így szólt:

– Húzódjanak közelebb, itt vannak!

A nem túl kellemes szagú férfi, a láthatóan legalább két hete viselt fekete, kötött pulóverének szárát feltűrve előbb a jobb felső sarokban lévő, majd az egyik baloldali monitorra bökött, amin kis, valóban nehezen kivehető, gyorsan mozgó alakok látszódtak. Tommas próbálta magát erősnek mutatni, de nagyon erőtlen volt valójában. Alig három órát tudott aludni éjszaka. Amikor először, félóra alvás után felriadt, izzadtságban úszott a párnája, és a pólója nyaka is annyira átvizesedett, hogy kénytelen volt azt levenni, mikor megpróbált visszafeküdni még egy időre. Ettől azonban megfázott, és be is rekedt hajnalra. Hasmenés is kínozta, de mikor először látta a Valentireket mozogni abban a csatornában, elfelejtette gondjait, és életében először az kezdett el motoszkálni a fejében, hogy talán hibát követett el, amikor Téotéennek állt. Dicsőségre vágyott, és akkoriban nem tűnt úgy, hogy olyan fegyveres harcban lehet része, amiben meghalhat. De ezt az utat választotta, és a játékhoz ez is hozzátartozik! Nagyon magasról ugyebár nagyon mélyre lehet zuhanni.

– Az elhagyatottsága miatt választhatták ezt a helyet, hogy belopózzanak a városba? – próbált higgadt elemzőnek látszani Bellé a hirtelen feltett kérdéssel.

– Bizonyára... ritkán takarítják ezt a csatornát, és nincs is jól kivilágítva. Egyszóval jó választás volt. Csak a véletlennek köszönhető, hogy mégis megzavarták őket a csendőrök, akik két részeg fickót követtek, ezért voltak éppen ott. Mindjárt jön az a rész! – jutottak mindketten fontos információkhoz.

Ekkor már Tommas is erősen koncentrálva nekiszegezte tekintetét a képernyőnek. Mivel azokra a pillanatokra minden mást kizártak az észlelésükből, a halálra rémülést kockáztatták, tudtukon kívül. Egy másik kolléga a városi közszolgáltató biztonsági személyzetéből akkora rössel rontott be, hogy mindhármuknak kis híján megállt a szíve egy pillanatra.

– A csendőrszázad három embere – lihegett – magukat keresi! – nézett a két Téotéenre. – Megvannak a Valentirek! Egy elhagyatott fatelepen ütöttek rajtuk.

❖ ❖ ❖

Bellé harmadszor is megpróbált érthetően Tommas fülébe kiabálni valamit, de a helikopter rotorja annyira hangos volt, hogy néhány szó után újfent feladta és visszaült a helyére. A körben ülő csendőrök már egyébként is furcsán néztek rájuk, csak úgy, mint az a rosszarcú biztonsági szakember a közszolgáltatónál. Európa ezen részén, a szigeten kívül messze nincs akkora presztízse a Téotéeneknek, mint régen – tűnődtek valószínűleg mindketten.

Nyolcan voltak kettejük mellett még a csapatszállítóban. Talpig beöltözve karbon-kevlár szövetpáncéljaikba. Az oldalukon egy-egy sokkolóban végződő gumibot lógott, a lábuk mellett pedig szénszálas acélpengéjű, feketére festett dárdáik sorakoztak, melyeket egyébként a hátukra erősítve hordtak szolgálat közben. Az itteni csendőrök viszont nem hordtak magukkal pajzsot, az csak britanniai erődök katonáinál volt divat. Ezek a rendfenntartók arra voltak kiképezve, hogy ha ilyen jellegű harcra kerül sor, amire most számítottak, mindkét kezükben fegyvert tartva küzdjenek.

Mintha nem is ilyennek képzelték volna a Téotéeneket... Errefelé arra is volt esély, hogy még egyet sem láttak korábban.

Tommasék nem tűnhettek magabiztosnak, valóban, kicsit sem, és a férfi ettől elszégyellte, majd inkább felidegesítette magát. Megköszörülte aztán a torkát, és remélve, hogy hatékonyabban kiabálja túl a gépies zajt, mint Bellé, megpróbálta annak a látszatát kelteni, hogy végső soron mégiscsak uralni tudják a helyzetet. – Figyeljenek, emberek! – hangzott a felszólítás. – Fogalmam sincs, hogy a feletteseik mit osztottak meg önökkel, de nyilván már kitalálták, hogy nem azért küldtek ide két Téotéent is... – és ekkor Bellére pillantott, mintha ők ketten tényleg két sokat látott, felkent harcos benyomását keltenék – mert valamilyen szokványos „küldetésben" kell részt vállalniuk, aminek a végén, az eseményeket rutinszerűen menedzselve, a szokott módon hazamennek, megvacsoráznak, mint ha mi sem történt volna.

A csendőrök tényleg olyan üveges tekintettel néztek rá, mintha épp az életüket gondolnák át maguk is legbelül, és kicsit sem éreznék nagyobb biztonságban magukat, amiért ott van velük két valódi Téotéen is.

– Kettőnket azért küldött ide a Provetusi Egyesült Európa Bizottság, a Rend Központi Tanácsával való együttműködéséért felelős Központi Bizottságának elnöke személyesen, mert azoknak, akik a műveleti helyszínen várhatnak minket, közük lehet az andernaki terrorcselekményhez – folytatta. – Minden bizonnyal Valentir éjlovagokat zártak körbe a társaik a helyszínen és nekünk az lesz a feladatunk, hogy néhányukat lehetőleg élve hozzuk ki onnan! Számítok a felkészültségükre és a hideg fejükre egyaránt, túlerőben vagyunk, de ebből csak akkor származhat előnyünk, ha önök pontosan követik az utasításaimat!

❖ ❖ ❖

Bellé úgy remegett, mint a nyárfalevél, fél percbe is beletelt talán, mire tíz métert meg tudott tenni a három-négy embernyi magas, raklapos állványok között.

Tommas ötlete volt, hogy ketten jöjjünk be. Ha mind a három csendőrszázaddal együtt nyomulunk be az épületbe, persze elkerülhetetlen lett volna az utolsó vérig folyó harc, de azt nyilván

164

nem feltételezik a Valentirek, hogy ha nélkülük jövünk elébük, akkor komolyan gondoljuk, hogy meg kéne ütköznünk. Ebből persze nem következik, hogy miért én megyek elöl... – őrlődött a lány, bár maga sem bánta, hogy a háta mögött a jóval jobb észlelésre képes Tommas lépked, minthogy neki kéne visszafelé tekintgetnie. Az valahogy félelmetesebb is...

Odakint az összes vezetéket elvágták – valószínűleg a fedezékbe menekülésük közben maguk a Valentirek –, így olyan sötét volt, hogy tényleg inkább a többi érzékszervükre kellett hagyatkozniuk a látásuk helyett. Kintről, a maguk mögött félig nyitva hagyott kapu nyílásán keresztül csak az ekkor még meglepően erősen világító telihold fénye szűrődött be. Mind a ketten rövid pengéjű vikingkardot tartottak a kezükben, Bellé ráadásul mindkét kezében egyet, ami nála hagyományosnak volt mondható, Tommas harcmodora viszont nagyban különbözött a lányétól. A férfit az egyik legkevesebb szúrással „dolgozó" Téotéennek ismerték a Rendben a kiképzés idején, aki olykor perceken keresztül is hárította a támadásokat, mire egyet is szúrt, vagy vágott volna, olyankor viszont pontos volt és gyors, ezért is volt a kedvence a kicsi és könnyen forgatható penge.

Miután kiértek egy újabb sor mögül, balról végre másféle fényt láttak valahonnan. Bellé egy pillanatra hátrafordult, Tommas pedig bólintott, hogy az lesz a jó irány. Ő is szeretett volna már egy olyan helyre érni, ahol lett volna mersze a levegőbe kiáltani a Valentireknek szánt, előre megfogalmazott felszólítást, de amíg az orrukig sem láttak és bármelyik gerendasor, egymásra rakodott deszka- vagy brikietthalom mögött rejtőzhetett egy éjlovag, nem merte felhívni magukra a figyelmet. Hangtalanul osontak inkább tovább.

„Az épületet körbekerítettük, többszörös túlerőben vagyunk, lépjenek elő, és kerüljük el a felesleges vérontást!" – Maximum ennyit mert volna kipréselni magából, de így sem volt benne biztos, hogy az ellenségeik nem választják majd a háborúban hozzájuk méltóbb megoldást, mintsem, hogy letegyék a fegyvert. De nem volt háború, és Tommas pontosan tudta, hogy a vallásuk tanításaihoz mindenekfelett hű Valentirek számára tilos a hitük szerint saját életük eldobása, hacsak nem kényszeríti őket a halálig tartó harcra az ellen, akivel szemben pont a hitükért küzdenek.

Miután balra fordultak és már feldolgozatlan nyers fatörzsek tucatjai mellett haladtak el, lassan a szemük világának is nyilvánvalóvá vált, hogy egy másik, hátsó kapuhoz értek. Bellé mintha megfeledkezett volna a rájuk leselkedő potenciális veszedelemről, félhangosan adott hangot a felismerésnek: – Egy elhúzható rácsos ajtó! És nyitva van, lehet, hogy már régen megléptek. Nem mondta senki, hogy van még egy be-, illetve kijárat!

– De igen, a százados említette, hogy kettő van, és hátulról is bekerítették a telepet, csend legyen! – parancsolt rá nyomban Tommas.

Egy valóban nyitva hagyott, sínen csúsztatható rácsajtó előtt álltak tehát, ami egy résnyire volt csak eltolva, és valószínűsíthetően nem a telepen dolgozó személyzet hagyta így, őrizetlenül a raktárat. Szakszerűtlen kezek babrálhattak vele!

Felgyorsították a lépteiket, majd a fegyverüket maguk elé emelve siettek ki a hátsó kapun, ami után a telep maga nem ért véget, csak a csarnokból léptek ki a szabad ég alá. Odakint ugyanolyan megmunkálatlan, esetenként még gallyazatlan, frissen kitermelt fák rakásai magasoltak, mint a bejárat mellett a csarnokban. A teret itt már sárgás fényű lámpák világították be, tíz méternél is magasabbnak tűnő oszlopokra erősítve.

Pár percig szótlanul ácsorogtak, feszülten kémlelve a körülöttük lévő mozdulatlan környezetet. Az idegességtől már szintén kicsit remegő Tommas ekkor megköszörülte a torkát, elismételte magában az előre begyakorolt mondatokat, majd megpróbált belefogni, és formálni kezdte a szavakat: – Az épüle…

Ekkor azonban belé fagyott még a gondolat is. Egy vékony hangú nő olyan fájdalmas sikoltása hasított távolról az éjszakába, mint akit elevenen nyúznak éppen. Bellé azonnal kapcsolt, hogy ez az a tiszt lehetett, aki elébük sietett, mikor leszálltak a helikopterről, és előzetesen, néhány szóban tájékoztatta őket a helyzetről. Legalábbis emlékei szerint ő volt ott az egyetlen nő még a helyszínen – rajta kívül. Bellé azonban egyelőre semmi hajlandóságot nem mutatott a cselekvésre, csak a fejében lévő fogaskerekek kezdtek egymásba kapván zakatolva dolgozni. Egyre erősebben szorította a kardjait mindkét kezében, de belül őrlődött, létezhet-e még jó megoldás a valójában kicsit sem váratlan szituációban – harc nélkül ezt biztos nem lehet megúszni.

Tommas kezdett öles, de megfontolt léptekkel a hang irányába mozdulni hát, egyfelől gondosan szemlélve még mindig mindent maguk körül, másfelől hegyezve a fülét, hogy mi szűrődik még át a faáru-halmok mögül feléjük, ami árulkodó lehet, na nem mintha kétség maradt volna benne, hogy baj van.

Fél perc múlva szórványosan, majd egyre intenzívebben hallható fémes csörömpölés utalt rá, hogy talán a legrosszabb forgatókönyv zajlik le éppen az épület túlfelén.

– Megtámadták őket! A Valentirek – adott hangot a holtponton való túllendülésének Bellé. – Segítenünk kell nekik! – folytatta.

– Azok csak csendőrök, feláldozhatók – válaszolta hidegen koncentrálva Tommas.

Látszott a tekintetén és megfeszített állkapcsán, hogy neki is minden eddiginél gyorsabban jár az agya. Azonban akcióra késznek, meglepő és váratlan módon Bellé látszott mégis inkább kettejük közül, aki az imént még lépni sem mert, mostanra viszont talán realizálta, hogy ha odasietnek, a még talpon lévő csendőrökkel együtt lehet esélyük – de nagy hiba volt különválni tőlük, ezzel az ellenség kerülhetett előnybe.

– Életünk a szolgálat! – kiáltotta a ki tudja, talán csak a három-éves háborúban utoljára egy Téotéen száját elhagyó mondatot a lány, ami akkoriban tényleg minden, a saját halála gondolatával talán már megbirkózó Téotéen szavajárása volt.

Igaza van! – fogadta el magában Tommas. Amikor a lánnyal együtt Provetusba küldték, hogy a McNamara vezette bizottságot szolgálja, nem hitte, hogy ő lehet az első Téotéen, aki kardot ránt egy Valentir ellen újra. A kivont kardját azonban most mégis visszacsúsztatta a hüvelyébe, Bellé legnagyobb meglepetésére.

– Oda kell menn... – ragadta volna magához a meglepő hir-telenséggel megbokrosodó lány a kezdeményezést, azonban a férfi meglehetősen szúrós tekintetével jelezte: egyelőre még ő hozza a döntéseket, és a szavak nélküli rendreutasítást követően a legközelebb eső farakásokat és egyéb, magaslati pontokat képező tereptárgyakat és munkagépeket kezdte méricskélni.

Miután egy csörlős emelőszerűséget kinézve megállapította, hogy minden bizonnyal annak tetejéről lehet ellátni a legmesszebbre azon környező dolgok közül, amikre gyorsan felmászhat, azonnal az arról a földig lelógó lánchoz rohant, és másodpercek alatt, lábának használata nélkül, pusztán kézzel húzta fel magát a láncot tartó gémig. Miután felért, és fellökte magát a tetejére, lábait egymás mögé helyezve a vékony acél fedőlapon, rövidesen megtalálva egyensúlyát felegyenesedett, és először nem a hangok irányába fordult, hanem a túloldali kijáratnál várakozó csendőröket kezdte keresni a tekintetével. Három szolgálati autót „talált” meg, de egyetlen embert sem körülöttük. Jobban megnézve azután az autókat, egyiknek a volánjánál mégis kiszúrt egy mozdulatlan alakot, egy másiknak pedig a hátsó kereke mögül kilógó lábra lett figyelmes, ami nyilván egy földön fekvő emberhez tartozott – „jobb” esetben.

Minekutána a harmadikat is jobban megszemlélte, látta viszont, hogy annak egyébként is piros festését sötétvörös foltok tarkították helyenként, a tetején pedig...

– Mit látsz? – kiáltott egyre óvatlanabb hangerővel a lány lentről izgatottan.

Egy, a gazdájától elválasztott kézfej, az alkar egy részével együtt feküdt a kocsi tetején, a távolban pedig szanaszét elszórt dárdák hegyén csillantak meg a hold és a telephely lámpáinak fényei. Tommas a mélybe vetette magát, a földre érkezéstől pedig az időközben már újra a távoli hangokra összpontosító Bellé kis híján frászt kapott – kardjait azonnal támadóállásban maga elé kapta.

– Azok ott a túloldalon már nem segítenek – közölte hidegen a férfi. – Azokra csaptak le először, mi pedig pont elkerülhettük a találkozást velük. Ebben a pillanatban egy újabb, a torok mélyéből feltörő, majd elcsukló rövid kiáltás hangzott megint az egyre hevesebbnek tűnő csata irányából, ezúttal egy férfi szájából, minden bizonnyal.

– Hátba támadhatjuk őket! – szánta végre el magát teljesen Tommas is, és az imént látott, hullákkal tarkított hátsó kijárat felé kezdett rohanni, Bellével az oldalán. A kifelé vezető sóderes út végén egy, a korábbihoz hasonló, sínen elcsúsztatható, de nem drótból készült, hanem a fatáblás kerítésbe illeszkedő, szintén fából faragott tolókapu fogadta őket, amit nyilván valamilyen távvezérlő eszközzel lehetett nyitni és csukni, mert semmi nem volt rajta – fogantyú, vagy bármi más. Tommas egyetlen lendülettel elrugaszkodva felkapaszkodott a tetejére, és miután kikémlelt fölötte, és látta, hogy a három terepjáró körül már semmilyen mozgás nem tapasztalható, át is lendült rajta. Bellé kisvártatva követte. A lányra felkavaróan hatottak a közelről már nagyobb számban a földön felfedezhető, elszórt tetemdarabok. Éppen egy, a többi részétől derék fölött elválasztott felsőtest mellett landolt, mikor a kapun átugrott, aminek az egyik karja is hiányzott. Sok hasonlót láttak már szolgálati idejük során, Tommas könnyebben, a lány viszont nem igazán tudta megszokni a látványt. Még mindig megrendítette a halál. Bár tény, hogy ha fel is kellett lépniük már fegyveres konfliktusok, nagyon durva leszámolások és bandaháborúk helyszínén is – többek között az Ír-szigeten meglehetősen sokszor –, Bellé ezúttal minél többször kapta ijedtében máshová a tekintetét, soha korábban nem látott mészárlás nyomait fedezhette fel gyakorlatilag bárhol, ahová nézett.

A hold fényénél néhol feketéllő, a mögöttük lévő fatelephez közelebb esőknél pedig vöröslő vértócsák, a mindenfelé szétszórt emberi maradványok arról árulkodtak, hogy a támadóknak két motiváló jelszavuk lehetett: gyorsan és végzetesen. Így csaptak le, minden bizonnyal. Nem látszott nyoma csatának, egyoldalúan kegyetlen vérengzésre utalt minden jel.

– Életünk a szolgálat! – próbálta felrázni a lányt Tommas az imént pont általa kimondott, történelmi kicsengésű szavakkal. Bellé lábából mégis elszállt az erő. Újra azt a fajta enerváltságot érezte, amely nyomán a végtagjai mintha megszűntek volna létezni, de legalábbis irányíthatóvá válni. És minél több, akár csak másodpercekben mérhető idő telt el, mintha tényleg nem lett volna semmije, amit még mozgatni képes, csak az a görcs a gyomrában, ami az öklendezés közelébe juttatta. Ebben a pillanatban ugyanakkor mégis megindult előre. Nem érezte ugyan a lábait, azok mégis mozogtak – ezt vette észre. Nem érezte a karjait, azok mégis a két vikingpengét szorították tovább, amikor lenézett rájuk. Mind a ketten futásnak eredtek, a kerítés mellett szorosan, a végzetük felé. Idővel a hangok egyre erősbödtek a másik bejárat felől. A sárban lábnyomokat fedeztek fel, amikről tudták, kiktől származtak. Ott haladtak végig, ahol ők is, megkerülve a telepet, végig a fakerítés oldalában. Egy ponton azonban a nyomok kettéváltak. Egy részük továbbhaladt előre, másik részük a jobbjukra eső erdő irányába tért. Hátulról és oldalról is rohamozhattak a Valentirek... Tommas hát jobbra vágódott és bevetette magát a bokrok közé, Bellé pedig továbbhaladt előre, amikor már vagy csak két forduló lehetett hátra a pengék találkozása által keltett fémes hangok forrásáig.

Kettő, még két sarok, vagyis nem... egy, már itt vagyok! – Bellé befordult a következő törésnél, és azonnal újra befeszült a látványtól. A hirtelen feltámadt szél egy hatalmas fekete köpenybe markolt, amely alól aranylóan csillogó hosszúkard emelkedett ki, amit egy vörös kesztyű szorított, és épp lesújtásra készen tartott a magasba. Annak tulajdonosa háttal állt, vele szemben pedig rémült alak feküdt a földön a sorsára várva. Egy a helikopteren látott figura volt az utóbbi, akinek arcán vér csorgott le a melléig és annál is tovább.

Bellé már fel volt készülve rá, hogy végig kell néznie, amint a túl távol lévő éjlovag kivégzi áldozatát, utóbbi azonban Bellé felé fordult. A tekintetén a meglepettség a korábbi félelemmel elegyedve a Valentirt is meglepte. A magasba emelt kard a levegőben lelassult, a forgatója pedig szintén Bellé felé fordult, és értetlenül nézett a semmiből feltűnő lányra, aki egyik rövid pengéjét maga elé emelte, másikat pedig a háta mögé szorítva megpróbált lendületet venni a támadáshoz.

Gyorsabb lesz, mint a Valentir azzal a nagy karddal – gondolta, mire az ellenfele előbb két kézzel megmarkolta pallosát, majd megint felfelé, a feje fölé emelte és újra lesújtani készült, ezúttal már őrá. Az elrugaszkodó Bellé azonban tényleg fürgébb volt, és mire lecsaphattak volna rá, keresztirányú vágást ejtett a törzsén.

Az éjlovag kettőt hátrahőkölt a találat következtében, a lány pedig elégedetten a szemébe mosolygott. Gyűrött, nagyon mély ráncokkal barázdált arcán azonban nem látta meg a lehetségesen elkövetkezett vég okozta félelem jeleit. Mert még nem volt vége... A fekete alak hirtelen a jobb kezébe fogta kardját, és újra felkészült a csapásra. Bellé ezt a csapást a még mindig maga előtt tartott másik pengével hárította, de nem volt ideje kigondolni a következő mozdulatot. Ebben a pillanatban ugyanis egy dárdahegy bukkant ki az ellenfél mellkasán. Annak másik vége a korábban még a földön fekvő csendőrközlegény kezében tűnt fel, ahogy az kilépett a földre hulló alak mögül, és Bellére nézett. Az ő nézésében azonban hála nem volt, inkább ijedtség, ahogy újfent oldalra pillantott. Megcserélődtek a szerepek, a lány azonnal érezte, hogy most őt készülnek hátba támadni. Nem mérlegelt, fordult és vágott. Először visszakézből jobbal, majd ballal is lekövette a mozdulatot. Mindkét csapást hárították azonban az „ellenoldalról". Ekkor nézett csak fel a támadóra, aki a fene tudhatta, honnan érkezett, és aki szintén talpig feketében, de a köpenyét és csuklyáját elhagyva, zubbonyban állt előtte.

Yatagan, nála is mindkét kézben egy, magas férfi, vörös hajú és szakállas – mérte fel azonnal az ellenfelet, és már értette is, hogyan vétette el mindkét csapást. Minden vágására juthat egy védés, ezért gyorsnak kell lennie. Megpörgette mindkét kardját, és a szokott módon esett neki a Valentirnek: ballal vág, jobbal szúr, aztán hárít, ha az visszatámad. Métereken át késztette hátrálásra az alakot, mígnem véletlenül egyszerre ütköztették mindkét kezükben tartott pengéjüket a másik két fegyveréhez. Ettől a Valentir megbicsaklott, nem tudta, mitévő legyen. Karjai a törzse mögé csapódtak és ötlete sem volt, hogy a lány melyik kezével sújt le újra. De az egyikkel sem tette. Két lábával egyszerre rugaszkodott el a földtől és úgy hasba rúgta az éjlovagot, hogy az hanyatt vágódott. Bellé a fenekével érte a talajt. Az első dolga az volt, hogy felmérje, maradt-e a földre küldött Valentirnek ereje a gyors lábra álláshoz. Elsőre az tűnt fel, hogy egyik Yatagan-pengéjét sem ejtette el, de még mindig a hátán feküdt. A lánynak is fájt a hátsója, a farokcsontjára zuhanhatott – észlelte, mikor felugrani próbált, de nem volt szüksége gyors támadásra. A füle mellett néhány centire újabb dárda suhant el hirtelen, közvetlenül a Valentir torkába csapódva. A felállás helyett újabb seggre ülés következett, mikor megcsúszott a sárban, ezért már csak arra volt dolga, hogy balra fordítva a fejét konstatálja: ismét az előbbi közlegény segítette ki.

Volt ideje fújni egyet. De tudta, hogy ezzel még nincs itt vége semminek. Feltornázta magát a sárból, majd újra rendesen kézbe fogta a pengéket. Tekintete hamar megtalálta a vérző fejű, ájulás szélén egyensúlyozó, magát vonszoló csendőrfiút is. Szerény arca volt a vérfoltok alatt, de a pillantása már nem volt tiszta, miután azonban Bellé rámosolygott, az visszamosolygott rá. A lány csak ekkor vette észre a mögötte parkoló terepjáró mögül kilépő alakokat. Először csak kettőt, akik jobbról kerülték meg a kocsit, majd egy balról is előtűnt a távolból. Közvetlenül utóbbi után egy a magasba szökellt, végigsétált a motorháztetőn, és egy nagy lendülettel a többi elé ugrott, hatalmas utat megtéve a levegőben. Miután lehervadt az arcáról az iménti mosoly, egy pillanatra még újra elkapta a fiú tekintetét, aki azonnal látta rajta, hogy vége. Még el is búcsúzott szomorú barna szemeivel, olyan kétségbeesett volt.

Egy kétkezes pallos hasította ketté, a vállától majdnem a derekáig, amit két, egy ötödik alakhoz tartozó kéz emelt ki ezután a halálra sebzett testből, és nagy lendülettel oldalra csapta, lerázva a jelentős mennyiségű vér- és sárelegyet a pengéről. Öten álltak Bellével szemben. Hármukon volt még köpeny, egyik a csuklyát is a fején viselte. Kettő jelentősen fáradtabbnak tűnt a többinél, ezek kezében Yatagánok voltak, csurom véresen.

Egy pallososon kívül a másik kettő fegyverét nem tudta kivenni a köpeny alatt.

– Hol a faszban vagy, Tommas? Simán itt hagytál a szarban?

❖ ❖ ❖

Kilencet vagy tízet?

– Egy, kettő, három, négy, öt, hat... nem, az ugyanaz, csak úgy esett a másik kettőre, hogy többnek tűntek egy halmon.

Kilencet vagy tízet pusztított el, mindegyiket az első, és egyetlen döféssel! Hármat a szívén talált, a többit a fene tudja hol, de csak meghalt mind. Már nem mozognak!

Nem tudott levegőt venni. Sosem érzett még ilyet. Fuldokolt. Valahogy nem sikerült beszívni a tüdejébe. Csak kapkodta, de nem ment! Nem ért el a tüdejéig, egyszerűen nem. Aztán lassan megnyugodott. Már a lábai sem remegtek. Koncentrált, és így már nem fuldokolt tovább. Mennie kéne. Sietni, mert Bellé is hasonló bajban van nyilván…

De többet már nem bírt! Siessen oda és haljon meg? Odakint a nyílt területen nem lesz olyan szerencséje, mint itt az erdőben, hogy a fák között lopózva úgy tud rajtaütni a csendőröket mészároló Valentireken, hogy azok észre sem veszik, hogy őket tizedeli, mert annyira el vannak foglalva a lándzsásokkal. Már a hetediknél tartott, mire az utolsó kettő kiszúrta. Azokat egyszerre intézte hát el, illetve… Ott volt még az a kicsi, köpcös is. Akkor mégiscsak tíz volt összesen! Ennyi Valentirt… Ez hihetetlen!

Minden elcsendesedett. Talán mindenki meghalt, talán Bellé is. Lassan, hangtalanul próbált meg újra elindulni. Megfontolt tempóban közeledett a fények felé, hogy mire odáig ér, visszanyerje az erejét és újra koncentrálni tudjon. De ez most még nagyon nehezen ment. Folyton rálépett egy-egy hangosan kettétörő faágra, nekiütközött valami észrevehetetlenül sötét színű, alacsony cserjének, és majdnem orra bukott egy kidőlt, kisméretű fa törzsében. Aztán meglátta a társát a ritkuló erdő fái között. A lány egyhelyben állt, kezében a két kardjával, és csak bámult maga elé. Aztán jobbról egy, a levegőt süvítve hasító suhintás hallatszott, majd csontok roppanását ismerte fel a furcsa hangok között. A lánnyal szemben, neki jobb felől fekete alakok közeledtek, és egyikük épp kettéhasított egy állva maradt csendőrt. Az utolsót, vélhetően, a környezet elcsendesülése alapján.

Én mindent megtettem! – futott át az agyán.

Négy… nem, öt Valentir éjlovag, Bellé pedig mozdulatlanul várja a sorsát. Már nincs értelme közbeavatkozni! Nem mondhatja senki, hogy nem voltam bátor! – győzködte magát újra.

Tíz Valentirt nyírtam ki – adott számot utoljára, mielőtt elszánta magát, hogy sarkon forduljon és meneküljön. De nem bírta megtenni. Nem tudta levenni a szemét a lányról, aki hosszú éveken át a társa volt, és akit biztosan meg akart volna dugni, ha nem lettek volna mindketten a Rend tagjai. Mekkora faszság, hogy Téotéen Téotéennel nem házasodhat!

De miért áll úgy ott? Miért nem próbál elfutni az ellenkező irányba?

Mintha Bellé meghallotta volna a gondolatait – az utolsó pillanatban sarkon fordult és elrugaszkodott, hogy futásnak eredhessen. Tommas ekkor vette észre a neki bal felől érkező alakot.

Egy újabb sötét árny a semmiből! Vigyázz! – kiáltotta volna oda a lánynak, de nem lett volna semmi értelme. A csuklyás alak hasba szúrta egy karddal előbb, majd miután kihúzta azt áldozatából, azzal a lendülettel lecsapta a fejét is. Ennél fájdalmasabb érzés még nem szorította össze a szívét életében! Látni Bellé csinos kis fejét leröpülni a nyakáról... Micsoda kegyetlenség! Itt az ideje, hogy ő végre tényleg menekülőre fogja. De lassan kell lépkednie, tényleg nem hívhatja fel magára a figyelmet!

Azonban nem volt ideje megfordulni sem, mire az arany penge a látómezőjébe ért.

Először azt hitte, még mindig ugyanolyan tompa, mert mintha lassított felvételt látna, úgy romlott le az észlelése. De valójában ez volt a valóság. Szépen, lassan közelített a nemes fém a torkához, amikor a gégéjének feszülve megállt.

– Meg ne mozdulj, te faszszopó Optiga-imádó hitetlen! – suttogta egy hang a fülébe.

Vissza kell szorítanunk a Rend klerikális szárnyának az államszervezésünkre gyakorolt befolyását!

Ez a dolog, a vallásosság, bár a középkori mesterek gondolkodásában még központi szerepet töltött be, pontosan tudjuk, hogy részükről csak egy gesztus volt a kontinens rájuk akkor még idegen megszállóként tekintő társadalmai részére.

Megreformálták az akkori egyházainkat, és egy egységes vallásban egyesítették azokat, de ezt nem őszinte meggyőződésből tették, hanem az egység kovácsolásának egy újabb elemeként.

Mint a hagyományokat mélyen tisztelő McNamara család feje mondom, ezen hagyományainkkal végleg szakítanunk kell, hogy ne álljanak többé a fejlődés útjában.

Javaslatot teszek hát arra, hogy a kormány terjessze elő, a parlament pedig fogadja el azon indítványomat, hogy a jövőben a Rend klerikális szárnya veszítse el ellenjegyzési és vétójogát az Európai Parlament, az Európai Bizottság és minden helyi döntéshozó szerv törvényeinek és rendeleteinek megalkotása szempontjából.

A jövőre nézvést azt javasolom, hogy a Rend klerikálisai minden fent nevezett szervezet vezetésébe egyetlen papot delegálhassanak, akinek feladata, hogy vallásunk tanításai szempontjából segítsen értelmezni a meghozandó törvények vonatkozásában érintett egyházi tanokat.

Tanácsadói szerepet javaslok hát a jövőben a vallás gyakorlóinak minden, Európa jövője szempontjából meghozandó döntés folyamatában. Nem többet, de ennél kevesebbet sem...

– idősebb Louis McNamara miniszterelnök törvényjavaslata a Rend klerikális szárnya államszervezési befolyásának megnyirbálására (2001. évnek május hónapjában került elfogadásra)

A TENGERNÉL ÉS A TENGEREN

– Alszol, Leslie? – suttogta Raisa, akinek már vagy két órája nem jött álom a szemére, hiába próbálkozott a nővérérétől tanult relaxációs technikával is.

– Nem, de neked már aludnod kéne, holnap nagyon fárasztó nap vár ránk – válaszolt Leslie Bayle a leghátsó ülésen fekve.

Egyébként is egy ilyen helyen éjszakáztak volna – merengett. John nem mert jobban megközelíteni egyetlen települést sem, de azért szerencse, hogy Scarboróhoz ilyen közel fogyott ki a hidrogén a kocsiból, mert így, napfelkelte előtt pár órával el tudnak majd sétálni a fiúk legalább egy pótakkumulátorért a közeli töltőállomásra, amivel a villanymotor még önmagában is el tudja őket vinni a seameri vasútállomásig. Ott kisebb lesz a tömeg, talán senki nem szúrja ki őket, de az országúton ekkorra már túl sok volt a sebtében felállított ellenőrzőpont, ezért váltaniuk kellett.

Raisa kicsit megemelkedett, hogy lássa, az őrködő John mennyire messze van az autótól, de sehol nem találta a sötétben, ezért visszafeküdt és tovább próbálkozott:

– Szerinted mi lehet Luciával? Nem eshetett baja?

– Nem tudom, de reméljük, semmi nagy baj nem történt vele. Mindig is tudott vigyázni magára! – A Téotéen, aki az idősebbik lány helyett a kisebbik oltalmazásával volt inkább elfoglalva a káosz perceiben Cumbriában, jól látta, hogy mi történt a Malis lánnyal, de nem szerette volna ráhozni a frászt most Raisára.

– Kik lehettek azok a kék ruhás alakok ott a teremben? Valentirek? Biztos nem Finntrolok – tűnődött hangosan a kislány.

Leslie erre a kérdésre is tudta a választ, de azzal kapcsolatban is dilemma gyötörte, hogy szóljon-e róla.

– Maradj csendben, kis hölgy, és kérlek, aludj! Ne ébreszd fel az unokabátyádat!

William úgy horkolt a félig hátradöntött első ülésen, hogy Raisa minden levegővételnél kacagni kezdett az elején, de pár óra után megunta a férfin való derülést, és megszokottá vált a hangzavar az autóban.

Miután Leslie érezte, hogy nem túl jó kifogással utasította el a válaszadást, úgy döntött, hogy mégis beavatja a lányt:

– Azok a férfiak a kék zubbonyaikban távoli vidékekről érkezhettek. A közel-keleti szaracénok viseltek ilyen öltözéket, Amerikában is éltek páran, a kevésbé radikális fajtából.

– Kevésbé radikális? – kérdezte a lány.

– A szaracénok eredetileg a saját földjükön, Arábiában is egy törvénytelenül működő, sokáig üldözött rend volt, amely azért jött létre, hogy védje a szaracén földet a néha oda is belovagló, téríteni szándékozó, olykor agresszív Téotéenektől a középkorban. De alig száz éve regulárissá tették a működésüket, nem lehet tudni miért...

– De miért jöttek ide? A mi földünkre...

– Eredendően a Finntrolok is szaracénok. Vagy arabok, ha úgy tetszik. Bár nem tudom, ettől még furcsa – tűnődött Bayle.

Raisa hallgatott. Érezni lehetett a hallgatásán, hogy mélyen elgondolkodott. Percek múltán szólalt csak meg újra:

– Hol van John? – kérdezte, ismét kicsit feltornázva magát az ablakig.

– Nem tudom, őrködik, nyugodj meg és aludj!

– A mi családunkban mindenki archaista, John is, de egyvalamit ő is sokszor emlegetett: ha most lennének irányított rakétáink, lőfegyvereink, vagy egyenesen tömegpusztító fegyvereink, amiket az eszetlen humanizmusunk tilt csak, hogy kifejlesszünk, bár a tudásunk rég megvan hozzá, akkor a Valentirekkel már rég nem lenne gond. Most is jól jöttek volna, amikor megtámadtak.

– Ne mondj olyasmit, amiről fogalmad sincs! – förmedt rá félhangosan Leslie. – Soha ne akarj olyasmit látni, amit azok az eszközök okoznak.

– Miért? Jobb valakit karddal miszlikbe aprítani? – válaszolt flegmán Raisa.

Leslie pedig elhallgatott, ő éppen nem szimpatizált az archaistákkal, de ebben mélyen velük értett egyet. Nem kellenek olyan eszközök, melyek emberek tömeges elpusztítására alkalmasak, ez már belépő a pokolba – gondolta sokszor.

– Bonyolult dolog ez a politika. Szinte lehetetlen végleg lehorgonyozni egyelten eszmeiség mellett – csúsztak ki a szavak a száján, amiket a gondolatai mentén formázott.

– A haditechnikánk rég tarthatna már olyan szinten is, hogy egyetlen gombnyomással letörölhetnénk a Föld színéről a Valentir Köztársaságot, de mi mégis csak kardokkal hadonászunk... ez nem furcsa? – vonta kérdőre Leslie-t a hirtelen máris sokkal érettebbnek tűnő lány.

– A kard nemes fegyver, a lőfegyvereket viszont nemtelen küzdelemhez tervezték. Sajnálom, hogy vitatkoznom kell, de ezt gondolom, kishölgy.

Raisa nem akart tovább konfrontálódni. Pont Leslie-vel biztosan nem, akinek a társaságának a leginkább örült az útjuk során. Ráhagyta hát az utolsó gondolatot, ami elhangzott a rövid vitában, és újra aludni próbált.

Fekvőhelye nem volt túlságosan komfortosnak nevezhető – az otthoni körülményekhez képest végképp nem –, de egy olyan neveltetésű lánynak, mint ő, egyébként is szoknia kell, hogy nem jut mindig frissen vetett pihe-puha ágyikó. Az kifejezetten kényelmetlen volt – és félt is tőle, hogy reggelre nyakfájása lesz emiatt –, hogy a feje szokatlan módon – párna híján – nem támaszkodott semmin, és így kissé lefelé lógott a törzséhez képest, na meg fel is kellett húznia a lábait, hogy elférjen, de az autó ülései legalább valamelyest puhák voltak. Eleinte a kezeivel próbálta felpolcolni a buksiját, de aztán inkább hanyatt feküdt, és addig bámulta a műbőrborításos tetőt, míg el nem fáradtak a szemei. Így már könnyebben el fog aludni – gondolta. Egy ideig továbbra sem járt sikerrel, de egy észrevétlen pillanatban mégis elszunnyadt úgy félórára. Majd rövid ébrenlét után még egy félre körülbelül, és utána tán egy egészre is.

Első alkalmakkor nem tudott mély álomba zuhanni, és nagyon gyorsan ébredt fel minden alkalommal, hogy felnézve az autó valamelyik ablakára megvizslassa, hogy elkezdett-e már felkúszni az égre nap.

A következő alkalommal azonban álmodott is már. Valamiért, még az előző napon, egy film járt a fejében, a *Mártírok és árulók* című, melyet vagy negyvenszer látott, és amely arról a napról szólt, amikor a hároméves háború végóráiban Tybold Saval Villeroy, a Rend akkori vezetője, a savaling névadójának ötöd-unokája a provetusi városházán beismerte, hogy a háború a Négyek árulása miatt csúcsosodott ki és vált totálissá. Soha többé nem jött már ki abból az épületből. Mire befejezte a televízióban közvetített beszédét, akkora tömeg gyűlt össze a Grand Place-en, amivel sem a provetusi csendőrök, sem a Rend őt kísérő tagjai nem tudtak mit kezdeni. Estére rágyújtották az épületet, ami – benne az első számú Téotéennel, Provetus polgármesterével és az Egyesült Európa akkori elnökével együtt – hamuvá égett.

Álmában sikolyokat hallott és a tömeget pásztázta, melynek ő maga is tagja volt akkor először. Ilyen rémületesnek még a filmen sem látta soha azt az eseménysort. A sikolyok és üvöltések pedig csak hangosabbá, kínzóbbá és egyre kétségbeesettebbé váltak.

❖ ❖ ❖

Mikor legközelebb kinyitotta a szemeit, maga is egy felfoghatatlanul gyorsan pörgő cselekményű rémtörténetben volt.

Odakint már vakítóan sütött a nap, mikor Leslie, akire nem is emlékezett, hogy mikor hagyta el a járművet, feltépve annak ajtaját kirángatta őt a fűre, néhány ébresztőnek szánt pofon után jó alaposan megrázta, hogy biztosan magához térjen, majd azt kiáltotta:

– Állj fel! Baj van!

Raisa védekezni próbált a „támadással" szemben, amíg ráeszmélve, hogy tényleg valami rendkívüli dolog történt, körbe nem nézett és meg nem pillantotta a távoli Scarboro kastélyának Saval-tornyánál is magasabbra csapó lángokat, amik füstjükkel feketére festették a part irányában látható égboltot.

– Szaracénok! – kiabálta Leslie, miközben már a lány ingének rángatásával próbálta szavak helyett végre futásra ösztönözni.

– Micsoda? Mi történt? – próbálta megtudni a rohanás közben, hogy mit aludt át Raisa, és hirtelen megállva egy pillanatra kiszabadította magát az erős fogásból. Leslie visszafordult, hogy ismét megragadja, de a lány sikítani kezdett és toporzékolva tudakolta újfent, hogy mi a fene történik.

De Bayle tőle szokatlan módon egy szót sem szólt többet, csak egy hatalmas pofonnal vette fel a harcot a fiatal közelgő idegösszeomlása ellen. Ezúttal annak hajába kapaszkodott újra, amit olyan erősen szorított, hogy Raisa kénytelen volt felvenni a rohanás tempóját, hogy ne érezze a hajtépés okozta fájdalmat. Végigrohantak a köves parton, amíg az azon vezető út ereszkedni nem kezdett és be nem kanyarodott a sziklák között, a még legalább négyszáz méterre lévő telepített, méreteit tekintve erdőt formázó fasor mellett elhaladó autóút felé, amibe aztán be is csatlakozott. Kis pihenő következett, mert Leslie Bayle felmérte a menekülési útvonal lehetséges folytatásait. Miután tekintélyes hajcsomótól megszabadulva újra a maga urává vált, Raisa érezte, hogy itt lesz esélye utoljára visszafordulva szemügyre venni a távoli, háborús felfordulásra emlékeztető helyszín egyes elemeit. Kereste a tekintetével az unokabátyjait is a parton hagyott autó közelében, de sem őket nem látta, sem bármi mást, ami elől ilyen eszeveszetten rohanni kellene. A kikötővárostól távol azonban óriási tengerjárókat pillantott meg.

Apja szolgálója biztos nem engedett volna meg ilyesmit magának, ha nem lennének valóban komoly veszélyben. Ezért a továbbiakban szó nélkül, saját elhatározásából próbálta volna követni Bayle-t, ha nem bukott volna ebben a pillanatban rögtön orra. Leslie megfordult, hogy mielőbb talpra állítsa, de a tempót már-már felvenni látszó lányból ekkor tört ki a második idegroham, és lett végleg elege a megmagyarázatlan történések okozta iszonyatból. Miután arccal egy pocsolyában landolva kénytelen volt hirtelen annak sáros-iszapos, undorító ízétől a maradék elszántságával is búcsút inteni, felpattant, és állandó kéretlen segítőjét durván ellökte magától.

– Mi történt? Tudni akarom! – kérte számon újra sikításba torkolló üvöltéssel a kicsit visszahőkölt Leslie-t, aki kihasználta a kényszeredett megállást, hogy a térdeire támaszkodva köpjön párat, felköhögjön minden, a torkában lévő váladékot és mély levegőket vegyen.

– John szúrta ki a hajókat pirkadat előtt... – zihálta végül, hosszú szünetekkel. – Megtámadták a várost, John úgy döntött, hogy odamegy. Segíteni. William nem akart menni, ezért úgy döntöttem, hogy vele tartok. Le akartam beszélni, de hajthatatlan volt. Felvertük az erőd katonáit, de már későn... – ekkor elcsuklott a hangja, és a földre ürítette a gyomra tartalmát.

Miután végzett, újra megragadta Raisát, de az egy lépést sem volt hajlandó tenni. Nem szólalt meg ugyan, de Leslie látta rajta, hogy hajthatatlan lesz, mert azonnal tudni akarja, hogy mi történt az unokatestvéreivel.

– Partra szálltak, és megütköztünk velük – folytatta hát. – Nem számoltam, hány szaracént vágtam le, mire észrevettem, hogy sehol sem látom őt...

Raisa tudta, hogy nincs remény, mégis megpróbált megkapaszkodni annak utolsó sugaraiban: – És... William? – kérdezte. – John biztosan meghalt?

– Meghalt. Körülöttem mindenki meghalt, aki nem, azt az átkozott kék ruhát viselte. Az a néhány csendőr is, és az a maroknyi kétségbeesett polgár, akik segíteni próbáltak... Az ő hulláik között vettem észre John kardját is a földön heverni. És a kezet, ami a kardot markolta.

– És William?

– Nem vettem észre, hogy követtek. El tudtam menekülni, de futottak utánam, többen is. Csak az elém siető William döbbent arcára emlékszem, amint meglátja őket mögöttem közeledni. Onnan már csak arra emlékszem, hogy valami fényes fém tárgy, talán dobótőr vagy ilyesmi fúrja át az egyik szemét, mielőtt összeesik.

Raisából kitört a sírás, mielőtt megfordult, hogy felmérje, követik-e őket is valakik. Előrántotta a szablyát, amit még alváskor sem csatolt le az övéről, amikor Leslie a vállára tette a kezét. – Levágtam azokat is. Bocsáss meg, kisasszony! Sajnálom, hogy nem tudtam megvédeni az unokabátyáidat! – habogott összevissza, majd mégis a megnyugvás állapotába szuggerálva magát folytatta:

– Mennünk kell! Jöhetnek még, többen...

❖ ❖ ❖

– A Zöldek most teljesen összeszarták magukat a közelgő háború miatt. Eddig mindig, mindenben a modernistákkal szavaztak, de most először van esély, hogy az archaistákkal együttműködve megbuktassák a kormánypártot.

– Soha nem érdekelt különösebben a politika, de azt azért el kell mondanom, hogy ha már választani kell, én a modernistákkal vagyok.

– Értem, de a modernisták mind a McNamara család kezében vannak. Az egyetlen esélyünk, hogy az archaisták kerülnek többségbe a parlamentben, és ők bizonyosan nem lesznek ilyen impotensek, mint a jelenlegi többség – bizonygatta igazát Nemo a jelenleg mindenben és mindenkiben bizalmát vesztett Filipnek.

– Arra is van esély, hogy az elnök simán csak nem nevezi ki majd az új kormányt és miniszterelnököt – próbálta kicsit hűteni a politika iránt szokatlanul érdeklődő ifjú Téotéent a már „nyugdíjazott" Filip, akinek a szolgálat befejezése után sem lett több gusztusa az ilyesmihez.

– Á, az lehetetlen, háborús időkben senki nem engedhet meg magának ilyesfajta időhúzást! – kontrázott azonnal az őket szállító komp felső szintjének külső részén a korlátnak támaszkodó Nemo.

Filip a szemerkélő eső elől behúzódott a fedélzet ezen részén a korláttól csak pár méterre eső tetőtéri kabinok egyikének túllógó fedőrésze alá. Az imént éppen azon tanakodtak, hogy végleges lehet-e a mostani állapot, miszerint az utóbbi időszak terrortámadás okozta megváltozott időjárása újra a nyárvégi, ilyenkor szokványos klímába váltott, amikor újra csípős hideg szél kezdett el fújni, az égen pedig felhők gyülekeztek, ami mondjuk itt, az Északi-tengeren nem számított rendkívülinek.

Filip minden rosszhiszeműsége ellenére sem gondolta egy percig sem, hogy abban, ami történik az archaistáknak szerepe lehet. Most a különböző politikai erők egy oldalon, csak a módszerekben vannak különbségek – gondolta. Bosszantó volt a tudat a számára, hogy oly mértékben kívül került azon körökön, melyek rajta tartják az ujjukat az Európát érintő események ütőerén, hogy egy ilyen mihasznának tűnő kis taknyos világosítja fel arról, hogy feltételezései ellenére az archaisták igenis közreműködtek a korábban Valentir-gyűlőlő Finntrolok és az Éjlovagok kapcsolatfelvételében és összejátszásában. De rögtön, miután ráeszméltek, hogy ez mivel jár, konrétan, hogy a Valentirek sohasem fognak pusztán csak a politikai együttműködésben gondolkodni, hanem minden alkalmat felhasználnak továbbra is a fegyveres offenzívára, figyelmeztetni próbálták az Téotéeneket – ezek szerint túl későn.

És ezek a bolond, avítt fanatikusok sohasem veszítenek a szavazataik számából – merengett félhangosan motyogva. Nem tudnak normális időkben a modernisták fölé nőni, de aki rájuk szavaz egyszer, az mindig rájuk szavaz! Az archaista gondolkodás ilyen...

Még a végére sem értek a kölcsönösen oda-vissza fűzött gondolatmenetnek, mikor az este szürkéjébe hajló égbolton megdöbbentő világosság vonta magára a figyelmüket. Filipnek rögtön a Frankfortban is látható furcsa jelenség szemtanúk általi leírása jutott eszébe, de ez biztosan valami más volt.

Tűzijátékra emlékeztető, vakító fényjáték bontakozott ki lassan, miután egy, majd még három – minden bizonnyal – valamilyen rakéta szállt felettük a magasba először az északi égbolton, majd szűk egy percen belül délkeletről és délnyugatról is hasonlókat láttak. A még a látóhatáron belül szétrobbanó töltetekből apró, fekete, gömbformájú valamik potyogtak le a körülöttük zajló tengerbe. A színükről legalábbis csak akkor győződhetett meg mindkét fedélzeten utazó a saját szemével, miután eltűntek az iménti fényforrások látásukat zavaró utóképei, melyek vagy egy fél percig elvakították mindkettejüket. Először Nemo tekintett le a korláton túl becsapódó furcsa tárgyakra, amik, miután a víz elnyelte őket, hamar újra a felszínre bukkantak.

Kisvártatva Filip is követte. Nem biztos, hogy rájuk kéne úsznia a hajónak – futott végig agyán a gondolat. Nemo azonban, hamarabb túltéve magát a fényrobbanás utóhatásain, azonnal tudta a dolgát. Nyilván ő is ugyanarra gondolt.

Filip lassúnak és öregnek érezte magát. Ez a fiatal srác hiába ily' ügyefogyott, fizikumát tekintve azért nem tagadhatná le, hogy a Rendben edzették férfivá. A külseje és a viselkedése is nyilvánvalóan utalt erre, mikor átviharzott a fedélzeten és eltűnt az egyik lefelé vezető lépcsőház ajtaja mögött – nézett most más szemmel Nemóra.

Filip addig a szinte beláthatatlanul hatalmas komp fedélzetének túlfelében lévő felépítmény ablakait kezdte vizslatni, majd mikor megpillantott egy vizet kémlelő alakot, aki a kapitány lehetett, vadul integetni kezdett. Nem volt benne biztos, hogy a hídon is látták, hogy mi történt az imént, mert hosszú ideje senkit nem láthatott kinézni az ablakon, a hajó pedig egyelőre nem lassult.

Hiába kalimpált, a távolba meredő alak eltűnt az üveg mögül, és legalább másfél percbe telt mire visszatért oda, mikor vele együtt Nemo is feltűnt, és többek kapkodó mozgásával látványos sürgés-forgás kerekedett.

Ekkor a nagy fémtest sebessége végre érezhetően mérséklődni kezdett. Filip a hajó elejéhez rohant, és a korláton kihajolva meglátta, amit végképp nem szeretett volna. A vízen úszó golyóbisok túl közel voltak már a hajótesthez. Neki fognak menni! – győződött meg az elkerülhetetlenről.

Remélem, ezek nem azok, aminek látszanak! – fogalmazta meg reményét. Kettőt hátralépett, és mivel semmilyen kapaszkodót nem talált, végtagjait szétterítve elhasalt a földön. Dobhártyaszaggató robbanás hallatszott, és a komp eleje meg is emelkedett egy kissé.

Eztán még hosszan ringatták a vízi járművet a robbanás keltette hullámok. Mikor Filip feltápászkodott, matrózok viharzottak ki a fedélzeti lépcsőházakból.

– Mi történt? – kérdezte az egyik.

– Aknák – válaszolt Filip, de nem igazán csigázta fel a kérdezőt a nem túl jó hírrel. Annak arcán az aknák híre okozta potenciális döbbenetnél is ijesztőbb jelek mutatkoztak.

Mikor Filip is a bámészkodók tekintete irányába fordult, a távolban fenyegetően feketéllő hadihajók tucatját látta feltűnni. Le sem vette a szemét a fedélzetükön lobogó zászlókról, amíg azok elég közel nem értek, hogy kivehesse őket. A kék eleinte reményt keltett benne, de az sötétebb volt, mint Európa csillagos lobogójának alapszíne. Azokon a zászlókon valami fehér motívum volt látható. Arab nyelvű felirat talán, és alatta egy kard, ami mellett az általa is ismert szimbólum: „A legnagyobb" nevének kalligráfiája.

– Mi a jó ég lehet ez? – kiáltotta el magát, választ valójában nem is várva.

EUPEN

Mostanra teljesen megunta az önmagával való foglalkozást. Reggelente még fogat mosni csak-csak, borotválkozni már egyáltalán nem volt ereje, ezért amikor az audiokom készülék megcsörrent, aminek a túlvégén egy kórházi ügyintéző közölte, hogy Margot és Selimi is felébredtek éjszaka az altatásból, a hír indulásra alkalmatlan állapotban érte Olivert. Nem volt hajlandó újra egy kézzel hajat mosni, Johannest pedig szégyellte megkérni, hogy segítsen. Egyszerűbb megoldásnak tűnt a nullás gép, amivel egy kézzel is könnyen rövidre zárta a problémát.

A fürdőszobában már minden olyan párás volt, hogy a levegővétel is kezdett nehézkessé válni. Mikor letörölte a tükörről a vízgőz-fátylat, elsőre megijedt a saját kopasz fejétől. A szemüvege sem volt rajta, ezért még úgy is tűnhetett egy ideig, hogy valaki más tekint rá, például egy ablaküveg mögül. Sokat romlott a szeme, bár a fáradtság is okozhatta, hogy még közelebb hajolva is csak homályos képet látott magáról. Végül annyira közel tolakodott a saját képmásához, hogy már magát is idegesítette azzal, mint ahogy senki mástól sem tűrte el soha a túlzott közelséget. A világosbarna szemeiben apját látta viszont, így el is kapta gyorsan a fejét az üvegtől. Kicsit oldalra fordulva először csodálkozott rá, hogy milyen hosszúkás koponyája van, legalábbis a feje hátsó részén mindenképp. Jóképű volt így, szemüveg nélkül. Bár azzal is annak mondták, noha így hosszúkásabb volt az arca kopaszon, és ami a legkevésbé sem tetszett, hogy máris hasonlított valami katonára. Utálta a gondolatot.

Amikor Johannes fehéresre kopott, eredetileg sötétkék farmernadrágjában, és a Johannes számára már elegánsnak számító világoskék ingében kilépett a gőzből, Joelt pillantotta meg elsőként, aki indulásra készen, a fürdőszobával szembeni lépcső alján várta.

– Menjünk! – hangzott rögtön a gyermek szájából a felszólítás, mire az érdeklődő tekintetű Johannes jelent meg kisvártatva mellette az alsó szinten, megneszelvén, hogy végre Oli is végzett a tisztálkodással.

– Minden rendben? – kérdezte a házigazda.

Persze – szeretett volna válaszolni, mikor a hirtelen hőmérsékletváltozás és a tüdejét átjáró nagy mennyiségű friss levegő hatására a felkavarodott gyomra öklendezésre késztette. Nem hányt végül, de mire felkapta a fejét, Johannes már mellette állt az emeleten, és belekapaszkodva a földszinti nappali felé kezdte támogatni, a lépcsőn mindig egy-egy fokkal alatta járva, nehogy leszédüljön.

Semmit nem tudott mondani, csak habogott.

– Jól van, minden rendben, akklimatizálódj kicsit, aztán mehetünk is! – nyugtatta az öreg, Joel pedig miután látta, hogy nincs komoly baj, bizonyára új hobbijának, a kutyázásnak hódolva már ki is ment az udvarra, négylábú barátjához.

– Nem akarok várni, menjünk, amint lehet! – jelentette ki Oliver, és fellökte magát a fotelből, amibe öreg vendéglátója belesegítette, majd elcsoszogott az ajtóig, megkapaszkodott az ajtófélfában, a nyitott bejárati ajtón túl pedig a fiát kereste nem túl éles szemeivel.

Nagyon eleven! Ebből még baja lesz, ha nem tudják Margot-val megóvni a családi örökség nyomasztó kötelességeitől – gondolkodott el az ajtóban állva, majd miután újra feltette a szemüvegét, megfontoltan végigtekintett a gyerekkorából ismerős füves réten.

Könyörgöm, csak ne legyen olyan, mint Janos volt fiatalon. Dacos, vakmerő és önfejű, bár… ő legalább mindig tudott vigyázni magára. – Végül is most is miatta van itt.

Ilyenkor mindig az jutott eszébe, hogy hiába utálta a Rendet és az egész, középkorból maradt világ atmoszféráját, ugyanakkor végtelenül tisztelte is azokat, akik szó nélkül tudták mindig, mi a dolguk, és nem tipródtak annyit, mint ő mindenen.

Szép lassan aztán Johannes is visszaérkezett az ő fürdőhasználatát követő szellőztetést befejezvén, kulcsra zárta a bejárati ajtót, és a kocsihoz tessékelte. Mikor odaértek, Oli a fiáért kiáltott. Miután a fiú elbúcsúzott Baxter nevű kis barátjától, apja középre parancsolta az első és egyetlen üléssoron a kocsiban. A fehér kis szőrgombóc egészen a tisztás széléig kísérte futva az autót, ahol aztán megállt, és végül eltűnt a visszapillantó tükörben.

❖ ❖ ❖

Útközben Joel szinte folyamatosan okvetetlenkedett valamit, de az öreg a volán mögött jól viselte és lankadatlan válaszolt meg minden kérdést az autóval, a környező erdővel, vagy a közeli várossal kapcsolatban, de Oli nem tudott figyelni.

A napokban megszokottá vált fizikai fájdalmai közül éppen csak gerincfájása kínozta az autóban. Nem volt épp elviselhetetlen, de folyamatosan érezte a máshová is átsugárzó, kellemetlen kínt. Ilyen szempontból már visszakívánta a Johannes kényelmes, hátradönthető támlájú foteljében pihenést, vagy az ágyban fekvést. De a fejében persze folyamatosan csak a lányok jártak. Elvileg mindketten jól vannak, de ez az orvos a kórházban nem az volt, akivel legutóbb beszélt, hanem csak valami rezidens lehetett. Nem kizárt, hogy ha bármi komplikáció is lenne, azzal csak ott fogják őt szembesíteni. Mindazonáltal nem merte bevallani magának, de érezte a növekvő félelmet attól, hogy mi lesz, ha Margot mérges lesz? Valószínűleg inkább örülni fog, hogy újra együtt vannak, de mi lesz, már fortyog benne valamiféle harag amiatt, ami történt. Amiatt, hogy többször is figyelmeztette, ő mégis bajt csinált. Veszélybe sodorta őket, és az esetleges következmény nem marad végül meg puszta veszélynek. De Joelnek azért örülni fog. Hátha az fontosabb lesz mindennél. Minden másnál.

Szívesen nyomta volna a gázt Johannes helyett ő a kanyargós úton is, bár néhány élesebb forduló után, mikor egyenes szakaszra értek, eszébe jutott, hogy mit éltek át néhány napja. Végül mégis inkább csak meg-megnyugodott, hogy ezúttal nem ő vezet.

Johannes nem szándékozott elkerülni nyugat felől Eupent, hiszen a főút azon keresztül vezetett Malmédybe. Nem akart beleszólni, de valahogy érezte, hogy a városban, melyet éppen csak dél felől érintettek volna, érheti őket meglepetés. A tévében egyre kevesebb információ hangzott el előző nap. Mindenhol csak nyugtatták a lakosságot minden felreppenő pletykával kapcsolatban, de azok nagy része aggasztóan sokasodó csendőri jelenlétről, és Téotéen harcosok meglepően gyakori felbukkanásáról szóltak. Odafent mit sem érzékeltek mindebből, de a városba vezető úton előttük feltorlódó forgalom azt jelezte: mégsem lesz olyan könnyű eljutni Malmédybe, mint szokványos hétköznapokon.

Az első szembetűnő változás, amit egyikőjük sem tudott hova tenni, az a lámpaoszlopokon sorakozó Európa-zászlók sokasága volt. Mindegyik világítótestre ráaggattak egyet a napokban.

– Mégis mi értelme ennek? Akkor kell a birodalmi eszmét erősíteni, amikor bajban vagyunk? És ilyen primitív módon? Zászlókkal és cicomával? – méltatlankodott hangosan Oliver, majd Johannes is gúnyolódásba kezdett: – Biztos megint az árulók megsokasodásától félnek. Ahelyett, hogy a saját Rendjükben rendet vágnának, elsősorban a fejekben, hogy az ifjak ne a Valentirekhez való csatlakozásban lássák a fantáziát, pont a Valentir recept alapján nyúlnak a nacionalista büszkeség-érzés kidomborításának eszközéhez…

Amint az elővárosból az első körforgalomhoz értek, jobbról és balról is végeláthatatlan kocsisorba ütköztek. Johannes szépen lassan bearaszolt két autó között a sorba, majd a kereszteződésben jó párszor körbefordulva azon tanakodtak, vajon érdemes-e inkább megfordulni, és az ide vezető úton kihajtva, alternatív mellékútvonalat keresve továbbhaladni? A kocsisor viszont egyre csak gyűlt és gyűlt, mire már a kisebb utakról is hosszú vonatozás kezdődött a ki- és behajtók részvételével.

Mire közösen megállapodva úgy találták, hogy a főútvonal lehet most a legbiztosabb választás, teljesen megállt körülöttük a forgalom.

Oliver fejét és gondolatait, fizikailag és mentálisan is észlelhető módon árasztotta el a forróság, mely a „Most mi lesz?" típusú pánikot kísérő érzület ismert összetevője volt. Az öreg Cleaves a szája szélét rágva forgatta a fejét, Joel pedig mindkét oldalsó ablakon és a szélvédőn át is a kocsisort kémlelte, nem értve, hogy mi történik körülötte.

Miattad jöttem ide, Janos, és már megint csak baj bajt követ általad! – kezdett Oli mérgelődni.

Bárcsak sohasem ismertelek volna! – rázta a fejét magában fortyogva.

❖ ❖ ❖

– A Közel-Kelet népeit azért nem szeretjük sokszor mi, európaiak, mert a távol-keletiekkel ellentétben nem csak a szokásaikban, a nyelvükben és a műveltségükben különböznek tőlünk, hanem mert olyan érzésünk van velük kapcsolatban, mintha magáról az élet értelméről máshogy gondolkodnának, mint mi. Nekünk, nyugatiknak, az életünk és egymás élete a legfontosabb a világon, ők pedig úgy gondolkoznak, hogy minden percben hajlandók akár eldobni a sajátjukat, mert hiszik, az csak arra való, hogy megalapozzák, miként élhetnek majd a túlvilágon. Másmilyenek vagyunk, Janos, nem eredendően, nem azért, mert másmilyennek születünk, hanem azért, mert mást tanítanak nekünk apáink. A szaracénoknak azt, nekünk meg ezt, ez ennyire egyszerű! De nem utálhatsz senkit azért, mert más.

– Én senkit sem utálok, apa, de ha ők másként akarnak élni, éljenek ott, ahol másként lehet! Ne jöjjenek ide, ha nem tudnak beilleszkedni!

– Ugyan! A nagy részük be tud illeszkedni, nézd csak meg a Hazsitákat vagy a Finntrolokat! Nem mondhatsz olyat, hogy mások ne éljenek itt azért, mert mások! Te a Téotéenek Rendjében fogsz szolgálni, amely évszázadok óta azért küzd, hogy békében éljünk itt együtt mindannyian. Sok esetben a tudást, amivel rendelkezünk is távoli vidékekről hoztuk magunkkal Európába, miért ne látnánk szívesen annak eredeti birtokosait?

– A Rend pont azért küzd, hogy eltűnjenek végre a különbségeink, én pont azt mondom, apám, hogy ha ők büszkék a másságukra, akkor menjenek oda, ahol ez másokat nem zavar! De azok után, amit tettek velünk, ne mondd, hogy próbáljam elfogadni őket.

– Ha így gondolod, bizonyára félreértetted a tanítást. A Rend nem azért küzd, hogy eltűnjenek a különbségeink, hisz' értékeink nagy részét is a különbözőségeinkben hordozzuk. A Rend azért küzd, hogy ezek a különbségek ne szítsanak viszályt és indulatokat, de butaság elhinni azt az ideálképet, még ha le is van írva fontos könyvekben, hogy egyszer lehetünk mind ugyanolyanok. Ha ugyanolyanok leszünk, nem látunk már értéket majd többé másokban. Neked miért vannak barátaid, miért leszel szerelmes? Nem tán azért, mert másokban meg szeretnél találni valamit, amire vágysz, de benned nincsen meg?

– Lehet, hogy másokban, egy távol-keletiben vagy egy amerikaiban találni lehet érteket, de egy arabban én többé semmi értéknek mondhatót nem látok! Miért jöttek ők ide? Ők mit adtak nekünk, európaiaknak? Semmit! Viszont tőlünk elvették anyát! Ne kérdd tőlem, hogy felejtsem el, hogy három arab ölte meg az anyámat!

❖ ❖ ❖

Annak idején Johannes eleinte nagyon meg volt ijedve fia olthatatlan gyűlöletétől. Bár neki legalább annyira fájt felesége elvesztése, mint a fiának, de tudta, a kis Jan csak akkor válhat valakivé, akire Veronika is büszke lenne, ha a Rendben nem figyelnek fel a még csak harmadéves ifjú háborgó lelkivilága okozta kiszámíthatatlanságára.

– Szomorúvá tesz, hogy nem érted meg, anyád gyilkosaira nem három arabként, hanem három megtévelyedett európaiként kéne tekintened, akiknek a felmenői valóban arabok lehettek, talán a mai szaracénok de hidd el... ez csak három identitászavaros fiú volt, akik talán pont azért nem tudtak beilleszkedni közénk, mert mindig azt érzékeltettük velük, örökké arabként, szaracénként fogunk tekinteti rájuk, hiába születtek ők maguk már Európa földjén! – idézte fel saját szavait most Olinak, melyekkel győzködni próbálta fiát, annak egyik kirohanását követően. De a higgadt beszéd akkoriban látszólag soha nem hozott eredményt.

Ötödik tanesztendejét követően aztán történt valami a kis Janos személyiségfejlődése során, ami egy időre megnyugtatta az apát. Alionn Alannis a saját házában Elefithy Venizelos

191

kollégiumigazgatót látta vendéül egy nyári hétvégén, ahová
Janos és Johannes is hivatalos volt. Az igazgató rég szerette
volna megismerni az egyik legtehetségesebb nevelésük egyetlen
élő szülőjét, és ebben az öreg Alannis segített neki. Bár sokak
vélekedése szerint ekkor már a legfelsőbb vezetés is annyira
aggódott a Janos által mutatott furcsa jelek miatt, hogy ezért
akartak mind közvetlenebb módon beavatkozni a folyamatokba,
aminek a kéttagú család a látogatást köszönhette.

Janost továbbra is bosszantotta, hogy úgy látta, apja túl
könnyen túllépett rajta, hogy anyját szaracén terroristák gyilkolták
meg Eupen legnagyobb bevásárlóközpontjában, egy terrorakció
során. Nem is gondolt rá, hogy az csak nagy fájdalmak árán
fojtja el magában érzéseit, pusztán, hogy segítse őt kollégiumi
előmenetelében, ezért kifejezetten szerette bosszantani kellemetlen
viselkedésével. Jó előre azt is eltervezte, hogy botrányt rendez ezen
a közös vacsorán, ezért megragadva a legelső alkalmat, mikor arra
terelhette a szót, bőszen demonstrálni kezdte arabellenességét
az asztalnál. Az igazgatónál talán csak Alionn Alannis volt meg-
lepettebb, és egyben látványosan felháborodott. A társaságban
azonban ott ült még az ifjú Oliver is, aki éles eszével hamar
átlátott a szitán. – Amikor az a három szkinhed megtámadta azt
az arab fiút a Liége–Leuven meccs után, mégsem az ő pártjukat
fogtad, és még csak nem is tartottad gerinces dolognak félrenézni,
hanem segítettél rajta… – mentette ki barátját a kínos beszélgetés
során, saját maga szándéka szerint nem bajtársiasságból, hanem
csak hogy ezzel bosszantva keresztülhúzza Jan tervét, akire
egyszerűen csak irigy volt.

– Janos sokszor állt a kicsapás szélén kollégiumi pályafutása
során… – ismerte el Oliver vádjait Johannes. Hát persze, hogy ő
volt a legfontosabb beszédtémájuk most, hogy hosszú idő után
újra együtt várakoztak hosszú ideig fia gyerekkori pajtásával.
Várakoztak, hogy végre továbbhaladhassanak, hogy beérve
a kórházba pontos információt kapjanak Oliver nejének és
kislányának állapotáról, de leginkább arra vártak mindketten,
hogy bármilyen kapaszkodót találjanak, ami stabil pontot jelent
mindkettejük felfordult életében.

– De hogy direkt próbálja kirúgatni magát, ezzel elvágva saját lehetőségét a normális életre? Furcsa, de mindezt idáig meg sem köszöntem neked, Oliver – folytatta a tulajdonképpen kissé idejétmúlt dolgok felelevenítését egy nagyobb levegővételnyi szünet után a kormány mögött ülő Johannes.

Oli csak lemondóan sóhajtott újfent.

– Arról a történetről egyébként ott, először hallottam a vacsoraasztalnál... – tette még hozzá a kormánykeréknél ülő, majd Olira nézve, elnémulva várt választ.

– Ne haragudjon, de más dolgok töltik ki most a gondolataimat – magyarázta unott reakcióját Oli, aki maga is tudta, hogy hazudott. Kicsit szégyellte is magát, hogy lánya és felesége helyett többet gondol most a háborúra, a politikára és a Rendre, mint szeretett volna, de az érzéseinek nem tudott parancsolni.

A lányok jól lesznek, fel fognak épülni, de hogy védjem meg őket most, hogy sem apám, sem Janos nem tud támogatni ebben és nincs kitől tanácsot kérnem, hogy mitévő legyek? – őrlődött, gondolván, hogy nem is baj, hogy a lányok kórházban vannak, az most nyilván biztonságos. Majd rögtön más kezdte el újra lekötni, amint beljebb értek a közepecske nagyságú településen.

Mióta utoljára itt járt, sok minden nem változott. Még mindig tetszett neki Eupen. Imponált, hogy kicsi – kisebb, mint a nem is olyan rég a fejlődés útján meginduló Mayen –, mégis olyan hely, ahol minden van, semmiből nincs hiány, az itt élő nem szenvedi el a kis, vidéki települések klasszikus hátrányait.

Elhaladtak egy, az egyre népszerűbb luxushobbit űző sztra toszféraugróknak kitalált, speciális repülőruha márkabolt, egy űrturista shop, de még egy búvárbolt mellett is, amiknek ittléte, nem hitte, hogy fedi a tényleges vásárlói keresletet. De az itt élők igényessége megköveteli, hogy elérhető legyen számukra minden, ami akár csak egyszer az életben is kellhet, ha úgy döntenek, hogy ilyen hobbit választanak végső unalmukban, és ez az igényes vásárlói célközönség a kis mérete ellenére fenn tudja tartani ezeket a boltokat, amiknél több és sokfélébb a nagyvárosban sem kell igazán. Akkor mi is a metropoliszok igazi előnye? Hogy ott a boltok és vendéglátóhelyek sosem zárnak be, hanem akár hajnalban is nyitva vannak? Talán.

Ezeket leszámítva persze tényleg nem túl különleges hely Eupen, de feltűnő volt neki még, hogy milyen makulátlan tisztaságú, rendezett kis város ez. Tipikus nyugat-európai idill, ami itt van! – állapította meg Oliver a szemével az otthoniaknál is alacsonyabb, mellettük hosszan nyújtózkodó épületsort kémlelve. A feltorlódott kocsisort nem tekintve, mozgást, embereket nem olyan sokat látott. De bármerre nézett, valaki, egy lézengő vagy egy dolgára igyekvő ember azért mindig akadt mindenhol. A hely távol állt attól, hogy zsúfoltnak, de attól is, hogy kihaltnak lehessen nevezni.

Az első Téotéent negyedórája látták meg a város különböző pontjain, több száz gyülekező csendőrök és katonák között. A csendőrök jelenléte nem volt olyan ijesztő. Ők a rendet voltak hivatottak fenntartani helyben, a minden bizonnyal messziről idevezérelt katonák jelenléte viszont átfogó akció benyomását keltette benne, és még imádkozott, hogy Téotéent ne lásson köztük, mikor a drapp színű savalinges, hosszú, kiengedett hajú és meglehetősen széles vállú, hatalmas termetű alak feltűnt. Láthatóan nem szólt senkihez, csak intett néha egy-egy egyenruhásnak, hogy melyik autót állítsák félre. A legtöbben csak benéztek, az utasok arcát és ezáltal személyét vizslatva, míg egy láthatóan közel-keleti származású férfi vezette járművet fel nem parancsoltak az egyik pláza előtti térköves kis placcra. Hogy azután mi történt, már nem látták. A sor haladt azért valamelyest, és épp megindult, kellően ahhoz, hogy szem elől veszítsék az esemény szereplőit.

– Valami arabokat kereshetnek ezek szerint! – furcsállotta félhangosan Oli.

– Ebben a városban szegény bevándorlók az életben nem fognak nyugalomra lelni véreik korábbi cselekedetei miatt. A nagy számok törvényét kicsit sem követve furcsa, hogy mennyi baj volt velük pont itt, ezen a helyen, ahol még csak nem is élnek többen arányaiban, mint bárhol máshol – nyugtázta a látottakat Johannes is.

Joel ekkor már szokatlanul csendben volt. Minden bizonnyal őt is feszélyezte a szokatlan látvány, amit a katonai járművek sokasága jelentett.

Az iménti gondolatok miatt, melyeket sofőrjük osztott meg vele, Oli sajnálni kezdte, hogy azt megelőzően Johannesbe fojtotta a szót. A most feltörő érzéseiről és emlékeiről akarhatott beszélni, melyeket a jelen események hozhattak felszínre – vélte, és javítva imént hibáját, ő utalt vissza a korábbi gondolatokra: – Sok minden miatt nyugtalan volt. A legjobbat az tehette volna vele, ha sikerül szerelembe esnie. De valamiért őt az ilyesmi sem érdekelte!

– Egyszer sikerült – nyögött fel az újabb, érzelemdús, tán kissé elfeledett emlékek felidézésekor. – Az a Camile Coutéau nevű harcos „amazon" kurvára tetszett neki. De sosem merte megszólítani. Igaz, három évvel idősebb volt nála, én sem mertem volna.

Oli apró szisszenést is hallatva látványosan elmosolyodott.

– Bár igazad van, Oliver. Ezt az egy esetet leszámítva nem nagyon csajozott. Mintha érezte volna, hogy az ő sorsának lapjaira ilyen szokványos dolgok nincsenek felírva. Talán tudta előre, milyen kiszámíthatatlan életet él majd. Bár sokan azt is találgatták, nem buzi-e…

– Ugyan! – ellenkezett rögtön Oli a szokatlan gondolat kapcsán. – Bár, ha az lett volna, abban sincs semm. Mindenki, talán még a reakciót nem mutató, ezekhez a dolgokhoz túl fiatal kisfiú is érezte, hogy cikivé vált a beszélgetést, ezért visszakanyarodott a korábbiakhoz: – Minden hibája ellenére Janost mégis tökéletes alapanyagból gyúrták ahhoz, hogy jól szolgáljon a Rendben, azt hiszem.

Majd az öreg felé fordulva azt kérdezte: – Ezt pont akkor értettem meg, mikor láttam, hogy a védelmére kelt annak az arab fiúnak, tudja miért?

Johannes elhalkulva fogadta tekintetét, jelezvén ezzel, hogy várja a magyarázatot.

– Azt láttam akkor rajta, mint a néha gyorsan dönteni kényszerülő apámon is sokszor, amikor épp szorult helyzetbe került, és Téotéenhez méltón kellett cselekednie. Láttam a gyors mérlegelést Janos tekintetén és későbbi cselekedetén egyaránt. Hiába nem bírta korábban állni még az ábrázatát sem a legtöbb közel-keletinek, de amikor felfedezte, hogy egy épp bajban van közülük, a körülmények hatására a bajba jutott embert látta meg benne, nem az arabot, nem a szaracént. Azt hiszem ez az a tulajdonság, ami a leginkább alkalmassá teszi az embert, hogy harcossá váljon, nem igaz?

– Őszintén nem értettem soha életemben, pedig régóta foglalkoztat a kérdés, hogy ha van önöknek egy olyan államszervezés-modellje, amivel az archaistáktól a modernistákon át senki nem elégedett, és már a Rendben is ellentéteket szült az egyre csak növekvő feszültség, miért küzdenek a rendszerükért mégis ilyen elszántan, valahányszor meg akarja azt valaki változtatni?

– Nem mindegy, hogy erővel, kívülről akarja-e valaki megváltoztatni, vagy értelmes, belső viták eredményeznék-e a valóban óhajtott változást. Ha az előbbi körülmény áll fenn, annak természetesen ellenállunk, mert még ha tökéletlen és rossz irányba halad is a rendszerünk evolúciója, azt egészében mégiscsak a jó szándék és nemes akarat hívta életre.

– Tehát harcolni fognak? A McNamara család is meggondolta magát, és nem lépünk unióra… pedig ez egy jó gondolat volt a családja részérő.

Mindketten hallgattak. Furcsa lelkiállapotot jelentett egy olyan emberrel megtárgyalni a jövő dolgait, akivel, tudták, várhatóan egymást is le kell majd kaszabolniuk. Zenus Peter Pacifis McNamarának is megterhelő volt ezt nyugodtan tűrni a tárgyalás során.

– Aurel Ferreira, Maxim Kaulitz, Villar Nado és Torgo Adalwin Almodovwar – a legnagyobb nevek voltak a Rendjükben, Almodovwarról még a neveldéjük főépületét is elnevezték. Gyakori, hogy élőkről neveznek el valamit?

Zenus kicsit szégyellve magát a fejét rázta.

– A négyek – ahogy mostanában emlegetik őket. Az sem győzte meg önöket, hogy ők, végignézvén, hogy egykoron békében élő angol és skót testvérek egymást gyilkolják, végül túlerőben lévén is megadták magukat, és már értünk harcolnak több ezer emberükkel?

– Ők csak árulók, semmi többet nem gondolok róluk.

Zenus McNamara és Phil Polt az utolsó béketárgyaláson

A LEGIGAZABB NEMZET

– ... És mit tudsz erről a félszeműről? Ki lehet? Még csak be sem mutatkozott.

– Fogalmam sincs, miért hívtál? Ne hívj többet onnan, ahol vagy!

– Nyugodj meg, Louis, egy utcai audiokom-pontról hívlak, ez a számod pedig lenyomozhatatlan, még az amerikaiak sem tudtak lehallgatni, mit nézel ki a Valentirekből?

– Ne feleselj, öcsém! Azt mondtam, hogy ne hívj többet, amíg nem történik valami életbevágó.

– Kockáztatom miattad az életemet, te pedig ilyen hangnemben beszélsz velem... Megérdemli a McNamara család, amit érte teszek? Lehet, hogy soha többé nem térek haza a Valentir Köztársaságból, legalább egy kicsit hálás lehetnél.

– A McNamara család a te családod, és te tetted kockára a hírnevünket, a te feladatod, hogy helyrehozd, amit elrontottál.

– Drága bátyám, sosem csalódom benned, pedig vágyom már rá, hogy egyszer így legyen. Szóval mi legyen Alannisal? Az ő ittléte nem elég életbevágó?

– Az a nyomorult Alannis! Hiba volt vénségére bármit is rábízni, de most már mindegy. Az andernaki bázisnak annyi, ott már nem okozhatnak több kárt, és az öregből aligha húznak ki bármit, amivel árthatnak nekünk. Makacs, mint egy öszvér. Káloviston védelmét megerősítettük, és én épp velük tárgyalok a folytatástól – sürgette a beszélgetés befejezését szokatlanul zavart stílusban az idősebbik testvér.

Zenus nem értette.

– Kálovistonban vagy? Mi dolgod épp ott? Azok a Valentirek, akik a szabotázsakciót végrehajtották, még mindig a kontinensen lehetnek, nem kéne inkább velük foglalkozni?

– Elég most a kérdésekből, azt mondtam, hogy akkor hívj, ha van már valami érdemi fejlemény! Bár nehezen tudom elképzelni, hogy olyan ostobák lennének, hogy beavassanak a terveikbe. Biztos, hogy hisznek neked? Egy protodiakónus vörösköpenyes bizonyára nem ostoba, lehet, hogy ő húzott csőbe azzal, hogy elhitette, a bizalmába fogadott.

– Milyen? Micsoda? Azt mondtad, hogy fogalmad sincs, ki lehet! – adott hangot zavarának Zenus.

Bátyja sokáig mélyen hallgatott a kérdései és az azokra adott válaszok között. Érezte a hangján a feszültséget, ami azóta mérgezte fivéri kapcsolatukat, mióta megvallotta az idősebbik McNamarának, hogy milyen bizalmas viszonyt ápolt az áruló Janos Cleavessel. No meg persze azt, hogy be is avatta őt a McNamara család terveibe a Valentirekkel kapcsolatban. De azt is érezte ugyanakkor, hogy most, amikor ott áll a halál kapujában csak azért, hogy kijavítsa a családjuk hírnevén esett csorbát, bátyja elkezdte megsajnálni őt és bánta kissé, hogy rávette erre a küldetésre.

Ez is okozhatta, hogy Louis Charles McNamara élete azon kevés alkalmainak egyikét élte át, amikor feladta a saját indulatai okán elfoglalt pozícióját, és kissé mégis meglágyult:

– Figyelj ide, emlékszel, hogy kik vezették pár éve azt a támadást, amiben a Valentirek visszafoglalták a Shetland-szigeteket?

– Nem igazán – válaszolta óvatosan az öcs.

– Egy Magnus Sullivan nevű vöröspalástos parancsnoksága alatt álló csoport. Ez a Magnus súlyos sérüléseket szenvedett a csatában, de túlélte. Úgy tudni, most protodiakónusként a Sziklaváros kormányzója is egyben. Szerintem ő lesz a kapcsolattartód, és alig hiszem, hogy nála magasabb rangú vagy rendű emberrel ott találkozni fogsz. Nagyon vigyázz magadra, és inkább ne próbáld megölni! A fél szeme világával is jobb harcos lehet, mint te.

– Nehéz is lenne bármit tennem így, zsebre tett kézzel. Természetesen minden fegyveremtől megfosztottak, amikor megérkeztem.

– Ha úgy érzed, hogy veszélyben forog az életed, inkább szökj meg valamelyik éjszaka. Tudod, hogy hova kell eljutnod segítségért.

A báty ezután mély levegőt vett, és a következő szavakkal
zárta le a beszélgetést:

– Te Zenus Peter Pacifis McNamara vagy! Ha híre megy,
hogy ott jártál, vége mindennek. Ha megölnek, vezéráldozatot
ejtenek. Hiba volt odamenned, azt hiszem, de már mindegy!
Nagyon vigyázz, és ne hívj többet, soha ezen a számon!

– Rendben – válaszolta volna, de Louis szokásához híven,
miután közölte a magáét, megszakította a vonalat.

Az elmúlt években már ez jellemezte leginkább kettejük
viszonyát. Loius közölt valamit, Zenus pedig hallgatott. Pedig
régen ez korántsem volt így. Zenus nagyos is dacos és büszke
kölyök volt, aki kivívta magának a tiszteletet, de a felnőttkor
gyakran hozza mindig az ellenkezőjét annak, ami a gyermekkort
jellemzi. Az erős és mozgékony gyerekek sokszor találják ma-
gukat a sorban hirtelen azok mögött, akik korábban legfeljebb
az iskolapadban teljesítettek jobban, de mindig rájuk néztek fel.
Louis Charles is felnézett bizonyos szempontból ügyesebbnek és
életrevalóbbnak bizonyuló öccsére, aki sosem félt semmitől, míg
el nem érkezett az a kor, amikor az ő szorgalma és bontakozó
intellektusa legyőzte a Zenust később sok mindenben visszafogó
határokat. És aztán már neki nem volt türelme többé öccséhez,
aki később már kevés eséllyel próbálta bátyja sikereit követni.

„Bizonyára tényleg nem volt most alkalmas neki, egyébként
is rengeteg dolga van, és veszélyes is így beszélnünk, valóban” –
nyugtatta magát a szokott módon ezúttal is az ifjabbik McNamara.

Miután kilépett a felsőtestét körbeölelő hangszigetelt „búrából”,
vette csak észre, hogy az elmúlt két nap időjárását meghatározó,
látványosan gomolygó sötétszürke felhők az égen – egy röpke
óra alatt – mostanra szertefoszlottak. Ezzel egy időben valahogy
a félelme is elillant. Szinte gúnyos kacajt fakasztott ki belőle a
felismerés, milyen sok mindenben tévednek a kontinensen a
Köztársaság népét illetően. Azt gondolta, minden léptét félelem és
elővigyázatosság kell kísérje részéről majd itt, a Sziklavárosban,
de annak lakói korántsem olyan gyanakvóak, mint hitte, vagy
ahogy még a félszemű is sugalmazta neki. Utóbbi nyilvánvalóan
túlzó és direkte félrevezető módon. Egyedül a mindenhol, szinte

mindenkin tapasztalható enerváltságot, és a fáradt beletörődés jeleit érezte visszaigazoltnak az előfeltevései közül.

Az élet itt nem zajlott olyan gyors tempóban, mint bárhol máshol, ahol valaha megfordult. Hiába számított a Sziklaváros – északi mércével – kifejezetten nagyvárosnak, az emberek viselkedése, az utcán látszólag kissé céltalanul járó-kelő, leginkább idevágó szóval „ténfergők" látványa, a szokatlanul sok diskurzus körülötte, mind-mind arról árulkodtak, hogy olyan helyen jár, ami nincs bekötve a fejlett nyugati világ gazdasági, üzleti, kereskedelmi körforgásába. Egymással beszélgető, a járdán, vagy a foghíjas út menti parkolósávokon, az autóik mellett álldogáló emberekből tényleg nagyon sok volt. Amikor elindult visszafelé a szállodája irányába, rögtön a balján látott egy régimódi, középkori skótszoknyás férfit zöld öltönyben, aki egy nála idősebb, kikopott világoskék farmernadrágot, sötétbordó széldzsekit és szintén zöld, svájcisapkára hasonlító tökfödőt viselő fickóval beszélt. Amikor közelebb ért, utóbbi, aki félig szemben állt vele, ránézett, végigmérte, majd folytatta a mondanivalója közlését a szoknyással, aki pillantásra sem méltatta.

Nem mondhatni, hogy az utóbbiéhoz hasonló régies népviselet gyakori lett volna, de mindenképpen nagyobb eséllyel lehetett itt belefutni ilyen jelenségbe, mint Európában bármi ilyesmibe. Az emberek nagy része szegényesen, de azért igényesen öltözködött szemlátomást, és akadtak köztük, akik láthatóan adtak is a divatra. Főleg a nők, akikből szinte csak középkorúakat vagy öregeket látott az elmúlt percekben. A fiatalok – kikből kevéssel találkozott – sem voltak olyan lezserek, mint otthon, náluk mostanában azok lenni szoktak. Függetlenül attól, hogy szegény, avagy tehetősebb emberről lehetett szó, mindenki szem előtt tartotta, hogy bármilyen szedett-vedett módon nem lehet kimenni az utcára. *Hisz' elhagyni a lakóhelyet és a többiek, ismert és ismeretlen felebarátok közé vegyülni mindenkor egy esemény, mely során az ember érintkezik a nemzettársaival* – ezeket a sorokat már meglehetősen nacionalista dédapja naplójából idézte fel, aki visszaemlékezéseiben úgy írta le saját kora hétköznapjait, mint amelyben, különösen vasárnap, az utcán sétálni ünnep. Ünnepe annak, hogy létezik egy „közös haza" a szigetországbéliek számára, amelyben együtt élni büszke boldogság egy britnek a többi brittel, és csak velük! Emlékezett is olyan korabeli fotókra, utcaképekre, melyeken valóban mindenki elegáns volt és boldognak tűnt – ha dédapja gondolkodásából indult ki, leginkább azért, mert nem kellett abban a közös hazában gellamannokkal, a mai németek elődeivel és más nációkkal még együtt élnie, mint ahogy ma kell. Főleg valóban nagyon sok némettel, akik a legtöbben jöttek ide az új érkezők közül.

Már csak két sarokra volt a hoteltől, amikor, a nap állásából megállapítván, hogy még túl korán van, így felesleges visszasietnie, eldöntötte, hogy balra egy sarokkal hamarabb lekanyarodva sétál még kicsit a belvárosból kivezető kis utcák alacsonyházas sorai közt. Ezeken az utcákon régi lakóépületek, többnyire társas- és ikerházak álltak, amik egyértelműen jelezték, hogy hajdanán ez a város egy kisebb település volt, ami nem meglepő az akkoriban, Európa más vidékihez képest kis lélekszámú ország adottságaihoz képest. A népszaporulat errefelé azután élénkült meg, és növekszik azóta is, mióta a technológiai fejlődés lelassult, de szerepet játszott ebben a megmaradáskényszer-tudat erősödése is.

A villanyoszlopokra szerelt hangszórókból egyszer csak kellemetlen sistergés hallatszott, amire mindenki olyasfajta érdeklődéssel reagált, mintha azt várná, hogy hamarosan valami fontos információ hangzik el belőlük.

Kisvártatva így is történt. Az eddig sem túlzottan rohanó utca pedig teljességgel megbénult. Az emberek megálltak és füleltek. Európában utoljára századokkal ezelőtt, kisebb falvakban fordult elő, hogy a főutcán végigment „hangoskocsi" és közölt valami mindenkit érintő információt, amiről ott és akkor tényleg csak így lehetett tudomást szerezni kellő időben – az lehetett hasonló jelenség. A tömegélmény persze nem egy elhanyagolható szempont, így biztos könnyebb egy társadalmat közösségként egyben tartani. De mégis, döbbenetes volt Zenusnak ilyesmit tapasztalnia egy városban, egy ekkora embertömeg élőhelyén. Korábban azt gondolta, csak rosszindulatú gyalázkodás lehet, hogy a Valentirföldön ott tart még mindig a technika, hogy utcai hangszórók segítségével tájékoztatják a lakosságot a fontos dolgokról, és ily, módon, mintha a birkákról lenne szó – szinte szó szerint – vezényszavakkal terelik az embereket. Pedig miután korábban szembesült vele, hogy északon egyáltalán nem működik már a közös hálózat, egészen kézenfekvőnek tűnt, hogy bizony ez így van. Sem az intraglobal, sem pedig bármiféle televíziós vagy rádiótechnika nem állt rendelkezésre e célból az országban, helyette maradtak a hangosbeszélők, amik Britannia többi részén a korábbi háborúk legszörnyűbb éveiben teljesítettek szolgálatot. Ilyen súlyos következményei lehetnek, ha egy nemzedék a háború vesztes oldalának képviselőiként nő fel – tűnődött. Bár azt sem tartotta kizártnak, hogy ez említett tömegélmény-hatás miatt tartották meg itt direkt ezt a szokást.

Az utcai hangszórókból eddig csak a „Kelj fel, büszke kelta Valentir!" című, meglehetősen új, a nagy háború utáni években íródott himnuszt hallotta elhangozni – hisz' azt minden délben, este fél nyolckor és reggel hatkor lejátszották –, most viszont ő is lélegzetvisszafojtva fülelt, mintha természetes tagja lenne az egyre inkább egy helyre, a hangszórókhoz közelebb csorgó tömegnek, amiben állt.

A sistergés jó fél percig folytatódott a beszéd megkezdése, illetve az azt megelőző zaj előtt, ami egyre inkább a bekapcsolt mikrofonnál a lapjaival babráló szónok készülődésének tűnt, majd az illető mély hangú férfi erőteljesen megköszörülte a torkát és végre belefogott a közlendőjébe.

Az első mondat, megszólításként, a himnusz címe – és egyben első sora – volt: – „Kelj fel, büszke kelta Valentir…"! Most aztán igazán eljött az ideje ébredésednek, egy új remény kovácsolásának, hisz' újra itt az idő, hogy lehetőséged megragadd az ellenállásra és végső függetlenséged kivívására!

Kis szünet következett, ami politikai beszédolvasásában való járatlanságra engedett következtetni. Vagy csak ennyire izgult volna az ember a mikrofon mögött valamiért?

– Testvéreim! – váltott hangnemet a beszélő, és érezhetően koncentráltan olvasva folytatta mondandóját. – Elnyomó ellenségünk nem várt, de annál áldásosabb és igazságosabb fenyegetéssel kellett az elmúlt másfél nap során szembesüljön a kontinens keleti és nyugati határainál egyaránt. Az akaratos térítésével környezetében mindenkit megfojtó, senki által nem választott világhatalom oly' sok mindenkit bőszített fel egyszerre közelebbi világunkban, hogy jelenleg keletről érkező fegyveres támadások sorát kell elszenvednie!

Micsoda? Európát megtámadták? Ez valami dezinformáció…

– Az önkényes birodalom, lám, nem csak bennünket alázott és zsigerelt az utóbbi évtizedekben, de sokan mások is megelégelték gőgös önjelöltségüket az egész világ legigázottságban tartására és irányítására!

Feszülten figyelt volna továbbra is, de a mellé kerülő alacsony férfi, aki alig látszott ki a sűrűsödő csoportocskából, ami kialakult, bántó kappanhangján kiáltozni kezdett: – A keletiek megtették, amit kell! Nekünk is lépnünk kell! A keletiek megtették, amit kell! Nekünk is lépnünk kell!

– Nem csak a keletiek, én már hallottam, hogy szaracénok szálltak partra! – válaszolt valaki a kisembernek rosszallóan, akit nem látott.

– Ugyan már! Nekünk is lépnünk kell! – jött még egy hang, szintén egy ismeretlentől.

– Az Európa nevét kisajátító gőgös birodalmiak ezekben az órákban is éppen szaracén lázadók hajóit láthatják feltűnni a horizonton, melyek szép lassan csorognak a mételybe süllyedt kontinens partjaihoz, hogy az azon élők számára legyen idő végiggondolni, hogy mennyi igaztalanságot követtek el a közeli keleten is, mielőtt a hívatlan vendégek acélesőt zúdítanak rájuk… – ezek voltak talán az utolsó jól kivehető mondatok, amiket egyben felfogott és értelmezett, mielőtt körülötte valóban elszabadult a pokol.

Zenus úgy érezte a növekvő tömeg közepén állva, hogy a hallottaktól és az őt körülvevő massza nyomásától lassan egyre nehezebben jut levegőhöz. Kezeit, mintha botok nélkül síelne, ki kellett tartania oldalra, hogy megőrizze egyensúlyát, de idővel folyton beleütközött az egyre sűrűsödő embertömeg valamelyik tagjába, akik a következő mondatok után már zsongtak és hangoskodni kezdtek: „Valentir nemzetünk a legigazabb nemzet Európában, mely nem hagyta magát beolvasztani a színtelen-szagtalan-arctalan tégelybe, és mindig ellenálltunk a... – de már fizikai értelemben is képtelen volt a hasznos hangokat befogadni a felhergelt emberek zajongásából kiszűrve. Európát megtámadták! – Ez az, ami mégiscsak biztos, és hihetetlen is egyben. És nem csak neki hihetetlen, hanem a hallgatóságbéli társainak is, az ő arcaikon azonban öröm és extázis jelei mutatkoztak.

Elsőre megijedt, hogy ha nem tesz úgy, mint ők, bajba kerülhet, de azok csöppet sem foglalkoztak vele. Egy szürke széldzsekis, borostás, feje közepén teljesen kopasz ember került hirtelen elébe, aki mindkét tenyerével megragadta az arcát, mintha próbálná megcsókolni és ezért magához is akarná húzni, de a folyamat csak addig tartott, míg az ember közel vonszolva őt magához az arcába nem üvöltött valami számára boldogságot okozó mondatfoszlányt, de a hirtelen felrobbanó tömeg zajában még ilyen közelről sem hallotta, hogy mit.

Mindenhol boldogságot és felszabadultságot látott. Talán az első fiatal srác volt, aki közvetlenül az iménti férfi után az útjába sodródott. Sosem fogja elfeledni ezeket a tekinteteket! A fiú oldalra fésült, szőkített haját és a kis körszakállkezdeményt, amit növeszteni próbált, és ami a széles mosolyát körülölelte.

A mellette álló lányét sem, aki pedig láthatóan nem szigetországbéli származású, gyönyörű romalány volt, és egy hatalmas cuppanóst nyomott a fiú arcára.

Ebből elég! Ki kell verekednie magát ebből a tömegből, hogy levegőhöz jusson, csak továbbra se tűnjön fel senkinek a „szokatlan” viselkedése...

Mindig gyűlölte az egy helyre tömörülő emberi sokaságot, ezért sosem volt még hasonló tömegesemény résztvevője sem. Téotéen harcosként nem lenne szabad pánikba esnie bármily' szituációban – mondta magának, de arra talán még egy hozzá hasonlót sem lehet felkészíteni, hogy a hazája megtámadásáról egy tömeg gyanútlan tagjaként értesüljön, és azt higgadtan tudja lereagálni. Megpróbálta hát vállait váltogatva gyorsan odébb tessékelni az embereket, minden ilyen kontaktus után egyre kevésbé törődve azok reakcióival. Felbolydult méhek zúgásához tudta legjobban hasonlítani az atmoszférát, és már semmit sem hallott a kihangosított szónok beszédéből, aminek tempója egyre emelkedett ugyan, de a szavak mások számára is kevésbé jelentőssé váltak, hisz' hallgatásukat teljes mértékben átvette az üdvrivalgás.

❖ ❖ ❖

A megbeszéltnél jóval korábban, szűk háromnegyed órával az egyeztetett időpont előtt vágtatott be az elmúlt napi érkezésekor először megismert, titokzatos építmény kapuján, ahol akkor fogadták. Végig sem gondolta, nagy igyekezetében, milyen furcsa, hogy minden ellenállás nélkül be tud jutni egy ilyen helyre. Most aztán igazán megmondja a félszeműnek, hogy vagy bevonják a terveikbe legalább olyan szinten, hogy az ilyesmi, ami történt, ne érje meglepetésként, vagy nem számíthatnak a továbbiakban rá – építette fel később kicsit sem épkézlábnak tűnő tervét, míg arra nem jutott: micsoda botorság, ezzel legfeljebb az élők sorából írná nagyon gyorsan ki magát.

De ekkor még teljes extázisban viharzott át a fél épületen, hogy találjon valakit, aki a palástos ember elé vezeti, de ahogy haladt beljebb, továbbra sem járt szerencsével. Egy szűk perc múltán már egy teljesen üres nagycsarnok közepén álldogált toporzékolva, de senkit nem látott sehol. Az épület valóban teljesen üresen kongott.

Megfordult, kicsit megnézte magának az ide vezető utat jelen pozíciójából is, és ekkor rádöbbent, hogy nem ugyanazon a bejáraton hatolt be az épületbe, hanem csak egy, a múltkorihoz nagyon hasonlón.

Ezek amolyan ikerépületek, pontosan ugyanolyan, modern tervezésű, nemrég kialakított utcafronttal, ezért téveszthette össze őket. Már rémlett, hogy korábban is feltűnt neki, ezt a kerületét a grandiózus történelmi városrésznek a közelmúltban újíthatták fel.

Kis forgolódás után az a jelen helyiségbe torkolló folyosó is meglett, amit múlt nap látott, és akkor még csak sejtette, hogy hová vezet. Besétálva egészen a helység közepére pedig egy duplaszárnyas, nagy ajtót vett észre, ami kívülről egy templomszerű épület bejáratának tűnt.

Hatalmas ez a komplexum, ami több épület úgymond „egybenyitásából" jöhetett létre nemrég – gondolta végig, mikor egy, a csarnokba érkező, középkorú, elegánsan öltözött nő meglepte. Persze nem jobban, mint ő az ittlétével a szürke szoknyát, fehér inget, nyakában pedig vörös kendőt viselő, asszonykorú hölgyet, akinek meglepettségét abból lehetett jól érzékelni, hogy miután ránézett és elkerekedett szemeivel végigmérte, sarkon fordult és kopogós sarkú cipőjében futólépésben elviharzott.

Először még utánakiáltott volna, de aztán nem látta sok értelmét. Csak állt széttárt karokkal, tanácstalanul, és már maga is kissé ijedten. Bár tanácstalanságában szándéka nem sok, de ideje bőven volt körülnézni. Az orrát csak idővel csapta meg az oxigénben szegény, fülledt levegő furcsa szaga, ami olyan volt, mintha nem is olyan régen még komoly embertömeg tartózkodott volna a helyiségben, felélve a benti oxigént.

Az egész épületkomplexum e köré a központi nagy csarnok köré fonódott talán. A visszhangos monstrum belső falai itt is tele voltak vallási témájú freskókkal. A padlón valószínűleg ki-be hordható mobil széksorok nyomait láthatta, mikor jobban megvizslatta a márványt, amin lépdelt.

Hasonlók ezek a szakrális helyiségek, mint Európa templomai, de kevésbé barátságosak. Kevesebb itt a lágyság, és jóval több a fenyegető hangulatú elem, és ezáltal nyomasztóbbak is. Az észak népe inkább fél a feljebbvalóktól, mint az európaiak. Amit főleg utált, hogy az itteni szellemiségnek része volt, hogy ijesztegetik a hitoktatók a gyerekeket a tanok átadása során, nem pedig a kizárólag jóvá nevelés szándéka érvényesül. Mindezt jól jelezte az uralkodó vörös és fekete az őt körülvevő helyiségben is.

De milyen helyiség, valóban?

Ezektől lennének a Valentirek oly' sok esetben sokkal kegyetlenebb emberek?

– Mi keres maga itt? – riasztotta meg egy férfihang.

Nem volt más az őt megszólító, mint akire amúgy is számított.

Nem szólalt meg, mert nem talált jónak tűnő választ. Inkább megvárta, nem túl okosan, de jobb lehetőség nem lévén, az általa így nem befolyásolt folytatást. A félszeműn még nem volt rajta a tegnapi, de szokásosnak – illetve hivatalosnak – tűnő vörös hacukája a palásttal, csupán egy fekete, vékony, magas nyakú bársonypulóvert viselt.

– Mit keres itt? – kérdezte tőle ismét szigorú tekintettel. – Megmondtam magának, hogy maradjon a szálláshelyén, és majd magáért megyünk!

Zenus közelebb lépdelt hozzá és az arcába bámulva rákérdezett: – Mi a fene történt? Nekem miért nem szóltak erről? Nem kéne tudnom nekem is az ilyen súlyú dolgokról? Hogyan tudunk így együttműködni?

A félszemű kicsit megemelte saját állát és váratlanul elmosolyodott. Nem volt sértett, amiért számonkérően és erélyesen beszélt vele. És Zenus tudta ennek az okát: belül most ő is ünnepel, és ez az érzés jelenleg mindent felülír a lelkében.

Rövid szünet után, ahogy így bámulták egymást, Zenus kissé lenyugodott, és tudatosan taktikát váltott, mert már tökéletesen biztos volt benne, hogy ez így nem fog menni.

– Mi ez a hely? Valami kiállítóterem? – váltott inkább gyorsan témát, de ezzel a kérdéssel már a házigazdából is látható negatív érzelmeket váltott ki.

– Ez egy templom, Zenus Peter Pacifis… – förmedt rá, majd gúnyra biggyesztette a szája szélét: – Minek maguknak ennyi név? Zenus, Peter, Pacifis… a régi dinasztiák ezzel demonstrálják dinasztikusságukat?

– Minek maguknak egy ilyen templom? – felelt akaratlan gúnnyal neki. – Egészen újszerű építésűnek tűnik – próbálkozott tovább feszegetni a határokat, és adott hangot csodálkozásának, miközben arra a következtetésre jutott, hogy egy nemrégiben véget ért istentisztelet nyomait fedezhette fel eddigi szemlélődése során.

– Vallásunk új irányzatának szentélyében áll, Zenus Peter Pacifis!

– Új irányzat? De… maguk az egyik legkonzervatívabb népség ezen a bolygón. Furcsán hangzik még a kifejezés is: „új irányzat".

– Ne gúnyolódjon! – elégelte meg a félszemű.

A fenébe! – bosszankodott magában Zenus. Vissza kell fognom magam, ez a fickó a többi Valentirhez képest is kiszámíthatatlan. Én pedig…

– Szalézok!

– Tessék? – kérdezte értetlenkedve Bujdosó.

– Mondd magának valamit a név: szalézok?

Hallotta már ugyan, de nem ugrott be hirtelen semmi használható.

– A térítőink – segített neki a félszemű, látván a tanácstalanságot az arcán. – Évtizedek óta járják a Közel-Keletet, de közülük páran, egyházunk legfőbb teoretikusainak csodálkozására, évekkel ezelőtt nem csak újabb hívekről, hanem radikálisan új felfedezésekről beszámolva érkeztek haza arról a földről, ahol hitünk hajdanában keletkezett.

Bujdosó a további mindennemű gúny elfojtására kísérletet téve próbálta elkerülni a fintorgást.

– Szorgos munkával kiderítették, hogy magunk is meglehetősen sok dolgot tévesen tudtunk Megváltónkról, akiről kiderült, a véltnél jóval nagyobb szerepe volt a szaracénok vallásnak kialakulásában is.

Á, már értem – elemzett magában villámgyorsan Bujdosó, és a szkepszise ezáltal csak erősbödött.

De miért ürítették ki teljesen az egészet? És mióta szokás itt templomot építeni közvetlenül egy börtönre? Mi ennek az egésznek az értelme? – sorjáztak a kérdések a fejében, mintha a legfontosabbat már el is felejtette volna: „Európát megtámadták". De azt legalább megértette, hogy ha az alsó részt őrzik is, a felső miért áll üresen. Továbbra sem világos, hogy őt miért itt fogadták, de a félszemű is most érkezhetett csak ide. Nincs itt semmi, amit őriztetni kéne. Tehát ez a hely a közösségé, alatta pedig rabokat őriznek. A gondolkodásuk és a szentimentalizmusuk kezd radikalizálódni. A szaracénokra jellemző, hogy a büntetés-végrehajtás mindenkor a közre tartozik, hisz' a mindennapokat szervező vallás nevében ítélnek el mindenkit. Reméljük, addig nem jutnak el, hogy…

– Vallásaink egyesítésével mi lehetünk a legnagyobb, a világról egységesen gondolkodó népcsoportok közössége a Földön! – folytatta a prédikációt a fényes jövőről a félszemű, megszakítva Bujdosó belső gondolatmenetét.

Túl érzelmes ez a fickó! Túl gyakran kapja el a hév és beszél ki a büszkesége által vezérelve érzékeny információkat magából.

Bujdosó úgy ítélte meg, hogy e mögött az egész mögött jól látható politikai motiváció húzódik, de ezen vallások elvakult, felvilágosulatlan követőiben a kétségnek semmilyen formája nem merülhet fel nyilván most sem. Ők csak hisznek, mert hinni akarnak. A Valentir vezetők pedig elmagyarázzák nekik, miért a szaracénokban találtak szövetségesre.

– Itt kerül sor nemsokára az első nyilvános kivégzésre is! – sokkolta a közléssel a félszemű. – Bár ez így túl kegyetlenül hangzik. Mondjuk úgy: az első szakrális igazságtételre.

Ez nem lehet! – döbbent meg Bujdosó, amikor meghallotta, hogy pont beletrafált az iménti befejezetlen gondolatmenetével, amit most a félszemű fejezett be helyette.

Ennél komolyabb visszalépést a középkori viszonyok irányába nem várt maga sem az újra radikalizálódó Valentirektől. De más típusú „csalódást" is hordozott ez magában számára! Még a félszemű is komolytalanul beszél róla. Mintegy gúnyként említve meg, hogy jobb ezt a nem dolgot nem „kivégzésként" emlegetni, noha az semmi más. De a „pórnép" bizonyára simán extázisba esik majd, és elhiszik, hogy amit látnak, nem csak a hülyeség mérőskáláján mérve történelem.

❖ ❖ ❖

Ezek vagy tényleg mind bolondok, vagy miután kimentek, mind elnevetik magukat, hogy miféle ütős viccet sütöttek el, hülyét csinálva belőle, a gyűlölt és lenézett Bujdosóból. De ha ezt gondolná, túlértékelné a saját személyének jelentőségét.

Annyira képtelen helyzetben érezte magát, miközben a számára teljesen beazonosíthatatlan Valentir vallási elöljárók valóban középkorias stílusban előadott bohózatait hallgatta, hogy minden ilyesmi is megfordult a fejében, de természetesen kicsit sem tűnt aztán reálisnak, hogy ennyi befektetett energiát elpazaroljanak, hogy kizárólag őt szívassák, mielőtt talán mégis kivégzik.

Ebben az esetben azonban komolyan kellett vennie a körvonalakban felvázolt tervet, miszerint: „három Valentir lovag a 3-as számú délnyugati kereskedelmi mólónál megközelíti Kalovistot, míg seregeik északon hős önfeláldozással magukra vonják a figyelmet egy újabb betöréssel, az időközben a Skandinávfélszigetet már elfoglaló keleti-európai szövetséges csapatok által megtámogatva.

Annyi reális valóságérzékelésük persze maradt, hogy többször is leszögezték, ha északon magukra szabadítják a Téotéen haderő tekintélyes részét, az ott harcoló csapataik szinte kivétel nélkül így is megsemmisülnek, de azt tán csak nem gondolják komolyan, hogy valóban lesznek olyan kelet-európai egységek, melyek betörhetnek, no pláne elfoglalhatják Skandináviát, és még arra is lesz erejük, hogy áthajózzanak az Északi-tengeren a szigetre – elemzett magában.

De az a három, keleties hangzású nevet viselő lovag tényleg nagyon képzett kardforgatók lehetnek, ha adott esetben Téotéen mestereket akarnak, ilyen kevesen, sikerrel levadászni. Ez legalább annyira irreális, mint az összes többi – tűnődött még mindig.

De természetesen nem fogja hasznos tanácsokkal ellátni őket. Azt várják tőle, hogy mutasson valamit, mutatni is fog, a kellő időben, hogy ne gondolják szabotőrnek, de az maximum egy kezdetben hasznosnak tűnő félrevezető akcióterv lehet, amivel nem nyernek sokat a hadműveletek végső sikeressége szempontjából. Aztán jöjjön, aminek jönnie kell, ha halnia kell azért, hogy meghiúsítsa a terveiket, akkor meghal. Legalább mégiscsak megbecsüli őt majd az utókor.

Időközben aztán bejött valami hivatalnok a tanácskozásra, suttogott valamit az újra díszesen felöltöztetett félszemű fülébe, az összenézett a többiekkel, és, mintha számítottak volna a számára ismeretlen hírre, szedelőzködni kezdtek és elvonultak. Nyilván valami különösen bizalmas beszélgetést lefolytatni, de ő inkább meg sem próbált akadékoskodni. Inába szállt a bátorsága ennyi magas rangú Valentir vezető jelenlététől – vallotta be magának. Régen sem ismerte pontosan az egyházuk felépülését, hisz' azt még Valentirföld népe sem látta át mindig és mindenkor pontosan, hogy kik és milyen struktúrában hozzák a döntéseket, de most, hogy teljesen megújult a Valentir vallás, már végképp nem tudta megtippelni, ki kicsoda lehet körülötte.

Hiába tűnt úgy, a félszemű a főnök a „csapatban", egyetlen, „kardinális őméltóságának nevezett" fickót, aki vörös birétumot viselt a fején és reverendája hasonló színében is szintén külön-bözött a többiekétől, most is maga elé engedett. Őt követve sétált csak ki, majd mentek utánuk a nevükre méltóbb, valóban bíborszínű öltözéket, többnyire mozettát viselők, akiken csak az öv volt az errefelé népszerű vörös színben pompázó egyetlen ruhadarab.

Legvégül hárman maradtak csak a helyiségben, de mivel ő természetesen nem kapott erre utaló jelzést, továbbra sem kacérkodott a helyéről való feltápászkodás kísérletével. Már csak azért sem, mert a velük maradt fekete ruhás, egyetlen jelen lévő Valentir lovagon kívül maga Alionn Alannis volt még a maradók között, aki annyira ki volt ütve valami bódítószer által, hogy még mozogni is alig látta őt az itt töltött idő alatt.

Nyilván a vallási „nagyságosok" megnyugtatására hozták őt is ide, akárcsak totálisan mellőzött szerénységét. Erre utalt, hogy a félszemű most sem mutatta be senkinek, és miután a tanácskozáson részt vevők vetettek rá néhány pillantást az elején, maguk sem tartottak ilyesmire igényt. De legalább valamiféle felmutatható, szimbolikus eredménynek volt címkézhető a prédaként mutogatott Alionn foglyul ejtése, valamint az ő, Zenus McNamara átállása a Valentirek oldalára.

Eddig amúgy sem sok értelme volt a szabotázsakció kivitelezése elkezdésének – gondolkodott el, amíg körülötte zajlottak az események, de legalább megtudta, hogy a keletiek három ponton próbáltak betörni Európába. Északon, a Balti-térségből indított akciókkal – a tengeren átkeltve, valamint a Cseh Erdőségből kitörve kudarcot vallottak, délen azonban a hírek szerint sikerrel jártak, és a Várvidék nagy részének elfoglalása után talán már megindulhattak Bien felé. A szaracénok pedig mindeközben az Atlanti-óceánon hajóztak fel egészen a La Manche csatornáig, ahol először szúrták ki őket, de akkor már késő volt. A résen lévő, a szaracén hajókat hamarabb észlelő amerikaiak próbálták figyelmeztetni erről Provetust, majd Kálovistont is, de a Valentir terroristák akciója, melynek során geroniumos bombát robbantottak Andernakban, pont arra az időre lehetetlenné tette a kommunikációt Európával.

A velük maradt Valentir lovag látszólag nagyon unta a csendet. Kezdetben őt mustrálta lovaghoz méltatlan módon, látványosan keresve a szemkontaktust és provokálva őt, ami egyfajta felhívás is volt talán „keringőre".

Valóban, esetleg azt is jelentette egyben: „ha már tényleg valamely híres Téotéenhez van szerencsém, csak azt sajnálom, hogy nem vívunk meg egy párbajban itt és most!". Ha ez nem csak Bujdosó benyomása volt, akkor mindenki pontosan tudta már az ideérkezésükkor, hogy kicsoda ő, de nem válaszolta meg azt a kérdést, hogy miért van itt. Aztán az egyre unottabb lovag odahajolt Alannishoz és hosszasan felmérte, tényleg kellően bódult-e ahhoz, hogy még órákig cselekvésképtelen legyen. Miután meggyőződött róla, hogy minden bizonnyal igen, ő is mégis a távozás mellett döntött. Baj nem lehet belőle – jutott minden bizonnyal a következtetésre, ami nyilván némiképp ellentétes volt a feladatával, mármint hogy őrizze a „túszokat". Amikor fekete öltözéke hosszas igazgatása után ő is elhagyta a termet, még egy utolsót pillantva Alannisra és többet is rá, az addig szótlanul maga elé meredő, most hosszú idő után váratlanul megmozduló Alionn hirtelen Bujdosó felé fordult:

– Nem… nem azt akarják!

Bujdosó úgy megijedt, hogy kis híján leesett a székéről.

Az utóbbi időben olyan letaglózó fordulatok kísérték az ittlétét, hogy kicsit folyamatosan forgott vele még a világ. De ezúttal tényleg el is veszítette a kapcsolatát a valósággal egy pillanatra, mert a túlzottan leterhelt agytekervényei már nem tudták kellően gyorsan feldolgozni, hogy éppen mi történik. Aztán ahogy tekintete az eddig szinte tetszhalottnak tűnt Alanniséval találkozott, aki csodálkozóbb arckifejezéssel méregette őt, mint ahogy azt ő tette vele, lassan visszakapaszkodott valóság tornácára a szakadékból, amibe belecsúszott. Ezek szerint végig magánál volt, csak tettette, hogy se lát, se hall? Képes lett volna erre? Vajon… végig?

A meggyötört Alionn arca álmosnak tűnt, mintha csak egy hosszú alvásból eszmélne, a szemei mégis feszülten figyeltek gyűrött arcának szemgödreiből. Mikor látta, hogy Bujdosó még keresi a szavakat, magával kezdett foglalkozni. Előbb kicsit előrehajolt, majd, mint aki tornázni próbál, újra hátradőlt, kisvártatva pedig ismét előre. Félig leragadt szemeit párszor lecsukva, majd újra kinyitva a fényviszonyokhoz próbálta szoktatni őket. A rövid kis tortúra után újra a tanácstalanságában az asztal szélébe kapaszkodó Bujdosóra nézett, apró, egyszerre ijesztő, mégis megnyugtató mosolyt erőltetve szája szélére, amit ezután nyelvével meg is nedvesített kissé.

– Kíváncsiak rá, hogy megbízhatnak-e benned, de a tervük természetesen nem az, hogy lerohanják Kálovistont – szólalt meg vékony, rekedt hangján. – Bár ha nem ment el a maradék eszed is, erre időközben már rájöttél – vetette oda és hosszú, visszafogott krákogásba kezdett.

De még alig-alig tudott beszélni. Azóta szájába gyűjtött nyála már mintha kis híján teljesen kiapadt volna korábban, és száraz torkából emiatt csak nehézkesen köhögte fel a szavakat. Bujdosó azonban magát összekaparva közelebb hajolt hozzá, és a fél fülével a folyosót kémlelve figyelt.

– A céljuk az országúti vérengzéssel, az andernaki robbantással és Cumbria egyidejű elfoglalásával az volt, hogy elvonják a figyelmet a kelet-európai mozgósításról. A kelet-európaiak felől jövő akciók pedig arra szolgálnak, hogy végleg összezavarjanak mindenkit. Valószínűleg persze megtámadják majd Kálovistont is, de nem katonai, nem klasszikus harcászati megoldásokban gondolkodnak. A politika motiválja őket. Politikai téren leselkedik a valódi veszély, figyelmeztesd, akit csak tudsz! Figyeljenek oda Amerikára. Mindenre, ami ott történik.

Bujdosó még mindig nem reagált azonnal. Azon tűnődött, segítségére próbáljon-e lenni bármi módon agyi működésében is, de mozgásában még inkább lelassult bajtársának, de hamar arra a következtetésre jutott, hogy nincs idő gálánsságát csillogtatni. Minden kettesben töltött momentumot ki kell használnia most, így faggatni kezdte az öreget, akiben nem tudta, hogy ilyen körülmények között teljesen bízhat-e.

– Amerikára? Miért pont Amerikára?– kérdezte.

– Igen, Amerikára! Az amerikaiak kulturálisan és ideológiailag gyengék. Még nem találták meg a valódi helyüket. És a Valentirek tudják, hogy akié az „új világ", azé a végső győzelem. Mi, ha így folytatjuk, túlságosan el leszünk foglalva a szó szerinti hadakozással. Pedig ezt a háborút a tárgyalótermekben kéne megvívnunk!

– Honnan tudja ezt, Alionn? És miért mondja el nekem? – bizonytalanodott el a választól.

Alionn Alannis elhallgatott egy pillanatra és úgy méregette a rá összpontosító Bujdosót, mintha időközben meggondolta volna magát. Fél perc múlva mégis így folytatta: – Tudom, hogy nem azért jöttél ide, hogy eláruld Európát. Janos mindent elmondott rólad.

– Janos?

– Igen, ő… De az, hogy a lebukásod után nem ölt meg azonnal, csak jelent valamit. De az is lehet, hogy mostanra megbánta, és nem kizárt, hogy még én is megtenném.

Bujdosónak fájtak a szavak, mégis méltatlannak érezte volna megpróbálni megmagyarázni mindent, pusztán csak ennyit tett hozzá, védekezésképpen:

– Lebukás? Ha az lebukásnak számít, hogy tisztán igazságérzetből fakadó elhatározásomban magam mentem utána, és végül úgy láttam helyesnek, hogy beavatom a terveimbe, amik sokkal szerteágazóbbak, mint azt gondolná… – Alionn szigorú, bizalmatlansággal telt tekintetét látva azonban módosított a történeten, csak hogy fel ne ingerelje egyetlen potenciális bajtársát: – Valójában nem tiltakoztam túlságosan, hogy éles eszével mindent kiszedjen belőlem. Úgy éreztem, hogy a dezertálása ellenére mégis ő az az ember, aki kellően nagyformátumú egyéniség, ami a jövőről való rendhagyó gondolkodást illeti. Ugyanez a Rendben, annak egészét tekintve sohasem volt meg.

– Fogalmam sincs, mikor mond igazat, és mikor hazudik egy McNamara, az ilyesmi a véretekben van, az angol királyok kora óta hordozzátok az intrikának és az ármánykodásnak ezt a sajátos képességét. Az is elég nevetségesnek hangzik, hogy NEKED, személyesen volnának bármiféle terveid. De mindegy, figyelj oda, és a bátyádat hagyd ki ebből! Őt túlzottan elvakítja a sértettség, a sérelmek, amiket elszenvedett, és nem a kontinens ügyeit tartja szem előtt. Nem azt elsősorban. És bosszút akar állni Janoson.

– A bátyám paranoid, őt nem az zavarta, amit Janos tett, vagy nem tett, hanem a legendárium, ami köré épült. Félt, hogy ha van egy híres Téotéen, aki kénye-kedve szerint újraértelmezheti a tanokban foglalt alapvetéseket a szolgálatról, idővel követni fogják más fiatalok is, és felborul Európa rendje.

– Hazudsz, Bujdosó, a bátyádat az zavarta, hogy Janos tudomást szerzett a kis akciótokról a háború végén, és félt, hogy egyszer majd kibukik belőle az igazság, ezért győzte meg az Európai Bizottságot, hogy kérelmezzék a menesztését. Persze, Janost meneszteni kellett, de egészen máshogy kellett volna. Csend! Még a végén lebukunk.

– De honnét olyan biztos a dolgában, Alionn? – kérdezte, ügyet sem véve ez utóbbi szavakról Bujdosó.

– Sokszor vittek már magukkal élvezkedni a látványon, amit nyújtok, ezek az idióták! Sokszor beszélték meg a fülem hallatára, hogy mit terveznek. Persze sosem voltam teljesen önmagam, de amit észleltem a körülöttem lévő világból, azt elmondtam. Washingtonnal van dolgotok, nem elsősorban a szaracénokkal, a keleti barbárokkal vagy az éjlovagokkal.

– Figyelmeztetnem kell a bátyámat. Én is McNamara vagyok! Ha bennem megbízol, bízz meg benne is! – kezdte elszántan győzködni a kábítószer hatásának múlásával egyre jobban görcsölő, arcizmait rángató Alionnt, észre sem véve, hogy sokkal hangosabban beszél ő is, mint annak előtte.

– Nem teheted, a bátyád közveszélyes – nyögött hangosan a férfi. – A McNamara néven kívül semmi sem szent neki! Valójában Európa tekintélyét sem félti. Ő csak attól fél, hogy kiveszik Európából az egyetlen dolog, amihez ti, brit konzervatívok, a modernista gúnyátok ellenére is ragaszkodtok. Nem azért, mert hisztek az eszményben, hanem azért, mert ennek a színjátéknak a keretében maradhattok a színpadon. Rohadékok vagytok. Önimádó politikus csürhe! – mondta végül félig már kiáltva, majd az ájulásba kergetve magát, Bujdosó rettentő ijedtségére.

Ez túl hangos volt! – futott át az agyán, de mire visszaült volna a helyére, felvéve eredeti, feltűnést nem keltő pozícióját, a félszemű nyitott be a terembe, tekintetével pedig azonnal a minden bizonnyal kiszűrődő hang forrását kereste.

– Magához tért, majd elájult – mondta reflexszerűen Bujdosó.

A félszemű azonban különösebben tudomást sem véve a dologról a legyintett egyet a levegőben, mintegy a „kifelé” felkiáltást helyettesítendő, Bujdosónak pedig nem kellett kétszer mondani.

Odakintről felszívódott mindenki, csak a fekete köpenyes Valentir suhant be az ajtón, miután ő már kijött rajta, két katona társaságában, akik nyilván Alannis ernyedt testét húzzák-vonják majd a továbbiakban máshová.

– Ezek a keletiek semmire sem való, haszontalan férgek! – morgolódott magában egészen jól hallhatóan a félszemű.

Ideges volt.

– Mi történt? – érezte valamiért adekvátnak és ezúttal minden gond nélkül felvethetőnek a kérdést Bujdosó.

– Áh... A Várvidéken sem vesszük semmi hasznukat. ELMEGYÜNK! – vágta rá, az utolsó szót már félig üvöltve dühében a magáról teljesen megfeledkezett válaszoló.

„Elmegyünk” – tűnődött a furcsán hangzó kifejezésen Bujdosó, de már csak azért nem tette fel az újabb egyértelmű kérdést, hogy „hová”, mert úgyis tudta a választ rá: Amerikába. Viszik magukkal is, ez jó hír!

‹✧ ✧ ✧›

– A maguk családjának teljesen mindegy, hogy milyen politikai doktrína van érvényben. A világképükhöz jobban passzolna az archaizáló ideológia, de mivel most a modernisták vannak hatalmon, gond nélkül megvették kilóra őket is, és a bátyja, Louis most saját innovatív szemléletről szónokol. – Igen, ezek voltak az utolsó mondatai Alionn Alannisnak Kálovistonban, amikor ez utóbbit megelőzendő, utoljára találkoztak. Ugyanolyan támadó volt, mint itt, pár órával ezelőtt, ugyanúgy sugárzott róla, hogy gyűlöl mindent, ami a politikával kapcsolatos, és aminek köze van a McNamarákhoz.

Ezen gondolkozott, amíg hosszasan várt, bámulva az égen újra feketén gomolygó, a megélénkült széltől gyorsan haladó felhőket.

De végre nem kellett tovább várnia, a korábban használt, egyszer már bevált audiokomfülkét végre elhagyta annak előtte sorra került igénybe vevője, egy középkorú, mégis erősen őszülő, néhol még szürkésbarna, nagyon szegényesen öltözött nő, a két, meglehetősen kiskorú gyermekével.

Még egy próba! – bár bátyja is kérte, hogy több ilyen ne legyen, és Alannis is kérlelte, de ezeket meg kell ossza vele. Azonban sietnie kell! Bő negyedóra, és jönnek érte a Hotelbe. Ha visszaér, és azok már ott várják a hallban, nem is tudja, mit fog mondani, hogy hol volt, de ezt most muszáj! Ha ezeket megtudja Louis...

AZ AGG ÉS A SVIHÁK

Tizenkét lépés a rózsabokorig, amit anyja emlékéért ültettek, onnan aztán ereszkedni kezd az ösvény a vörös színű kis Rouse-patak eléréséig. Azt átlépve már csak fel kell sétálni az első fenyők vonaláig, két törés balra, majd egy jobbra, és máris otthon lesz.

Ezt a kis útvonalat soha nem fogja elfelejteni, ami a házuknak kisajátított tisztásra vezetett. Ha öregkoráig soha nem járhatna többé erre, akkor is, még élete alkonyán is be tudná járni emlékezetből, akár csukott szemmel is. Szinte minden gyermekkori, emlékezetes csavargás után erre sétált haza, néha olyan későn, hogy az már megért egy-egy atyai pofont. Most azonban annyira fáradt volt már, hogy nem volt ideje átadni magát a hátborzongató érzésnek, amit a felismerés válthatott volna ki belőle, hogy újra itt van. Inkább sietősre fogta, hisz' a szülői házat meglátni így is maradandó katarzis lesz – gondolta, és a fájó talpai okozta kín ellenére futólépésre váltott.

Az elmúlt vagy ötven kilométer során már csak úgy tudott haladni, hogy rövid távú célokat tűzött ki maga elé. Először csak az autóútról leágazó erdős ösvényhez akart elérni, és ha nagyon fáj, valamelyik bokor takarásába húzódva megpihenhet – gondolta. De ott már megörült, hogy sétálhat az úton is, nem csak az azt szegélyző fasor mögött, és ekkor már nem akart megállni. A fejébe húzta a Hellenthal mellett kempingező családtól lopott kabátjának csuklyáját, hogy ha jön is egy autó szembe az erdőben, már ne kelljen újra bevetnie magát a cserjésbe, simán csak nem néz a sofőrre, nehogy felismerjék, ha pedig megállítják, hát lesz, ami lesz. A talpa annyira fájt, hogy néhányszor kicsit jobban az egyik lábára nehezedett, szinte szökellve váltott lépést, hogy aztán rájöjjön, a másik talpán állni sem jobb. A Ternell melletti, éjszaka őrizetlen marhatelepen aztán mindenképp meg akart pihenni egy kicsit, de onnan már túl közel volt az a kis ösvény, amiről gyerekkori nagy biciklizései kapcsán arra emlékezett, hogy kellemesen lejteni kezdett, majd' tíz kilométeren át. Azután mégis könnyebb lesz haladni – megcsinálta hát a távot végül egyetlen pihenő nélkül, hála annak, hogy egyszer sem gondolt bele, hogy valójában mekkora út áll még előtte.

A várva várt pillanatban azonban már nem érdekelte a fájdalom és a fáradtság. A lombozatban található lyukakon keresztül ismerős formákat pillantott meg. Nem állt meg „szaglászva" körülnézni, kilométerek óta még a régi, jól belé nevelt reflexnek sem engedett, és arról sem győződött meg, hogy követik-e esetleg, sőt még arra sem figyelt, hogy miről árulkodnak a környezet zajai. Úgy igyekezett kitörni a fák közül, mint amikor a mélyről felfelé úszó embert levegője elfogyása pillanatában már csak méterek választják el a felszíntől. Mikor végül kilépett a tisztás széli fenyők közül, és meglátta a házat, izgalomtól remegve tekintett végig a fehér falak mentén, egészen fel, a tetőből kiugró ablakokra.

Nem az emlékeiben megőrzött kép tárult a szeme elé azonnal. A falak eleve nem fehérlettek úgy, mint régen, főleg az ismerős fenyők mögé, egészen a háztetőig nyújtózkodó bükkfák árnyéka miatt, melyek szinte megfojtották a tűlevelűeket. A kezdeti váratlan látványt követően, minden eddig tompasága ellenére aztán mégis elfogta az ilyenkor szokásos izgalom. A tetőtéri ablakok közül a saját szobájáét kereste. Nem azét, amit a szülők hajdanán kijelöltek neki a nagy házban, és ahol álomra hajtotta mindig a fejét, hanem a hátsó padlástérit, amely csak a régi kacatjai lerakataként funkcionált bár, mégis ott töltötte gyerekkorában a játékra fordítható szabadidejét, és melynek ablaka most is nyitva volt. Apja itthon lehet tehát, emiatt újból sietősre is fogta volna legszívesebben, az ösztönei most mégis megállították. Túl nagy volt a csend, valami nem stimmelt. Baxternek már jönnie kéne... Vagy annyira neszteleníl érkezett, hogy még a kis vakarcs sem hallotta meg, vagy nem szagolta ki? Az lehetetlen!

A házból sem szűrődött ki semmilyen zaj. Semmilyen apróbb, alig hallható zörej sem. Eszébe jutott, hogy szélcsendes napokon apja régebben akkor is nyitva szokta hagyni a ház magasabban lévő ablakai némelyikét, mikor elment otthonról. Ez mindig is a modern Európa egyik legkulturáltabb környéke volt, de Janos annyi időt töltött a koszos Britanniában, hogy teljesen megfeledkezett róla, hogy itt nem kell az embereknek úgy félteni a javaikat, mint arrafelé. Apja sem tette soha.

Még vagy két percet állt ott feszült figyelemmel, mire kétsége sem maradt, hogy nincs a házban senki. A füle mindig is jobb volt az átlagemberénél. Ha szólt volna a tévé vagy a rádió, annak zaját biztosan meghallotta volna a nyitott ablakon keresztül, de az örege jellegzetes krákogását legalább akkora valószínűséggel. Apja mindig a ház körül somfordáló egyetlen kis, négylábú társának hiányát azonban végképp nem értette.

A tudatalattija a közvetlen érzékelésén túli térben azért megdolgoztatta agya azon részét, ahol az emlékeket őrizte. Ezért – minden most felszabaduló feszültsége ellenére – jóleső érzést jelentett ott állni. Hallani a madarakat, mélyen beszippantani a vidék friss levegőjét, és hatása alá kerülni a felvillanó emlékfoszlányoknak. Még gyermekkori barátja, Oliver is az eszébe jutott, aki az egyetlen pajtása volt a háború alatt. Gyerekként is gyakran volt magányos, de nem a háború vége felé, amikor az ifjabb Alannissal sülve-főve együtt csavarogtak, hisz' azokat a hónapokat Oli náluk töltötte, itt, a hegyvidék boldog békéjében.

– Egyszerűbb lett volna... – szűrődött ki mégis hirtelen egy nem várt hang a padlástér felől, de a beszélő ez alapján elsőre ismeretlennek tűnt. – Most semmivel sem vagyunk... – hallotta újra a hangot, de az elcsípett mondat végét újfent nem értette. Aki mondta, valamiért, ha nem is suttogva, de visszafogott hangerővel tette. De valahogy még így is erősödött a kiszűrődő szavak kivehetősége. Bent a házban, a nyitott ablakú hátsó szoba felé közeledhetett az illető, akitől származtak.

Janos a ház oldalához sietett, nehogy az, felérve az emeletre, kikémleljen a hátsó ablakon. De itt sem volt megfelelő. Nem tudott annyira szorosan a falhoz préselődni, hogy észrevehetetlenné váljék, ha valaki lefelé bámulna a legfelső szintről. Márpedig ebben a pillanatban pontosan ez történt: egy szörnyen bántó stílusban, morogva köhécselő ember tolta fel hallhatóan a háromnegyedig nyitott ablak üvegét, minden bizonnyal azért, hogy a hátsó traktust is szemügyre vegye a házból.

Janos futólépésben slisszant az épület merőleges oldaláig, kinézett a sarok mögül, és miután konstatálta, hogy abból az irányból semmilyen veszély nem fenyeget, behúzódott az ott ereszkedő csatorna mögé.

Idegenek vannak a házban! – tüzelte fel magát az ijesztő gondolattal, legfeljebb egy kis esélyt adva annak a lehetőségnek, hogy csak valami vendégekről lehet szó. Eddig még csak egy hangot hallott, de ekkor megérkezett a még mindig az ablakban ácsorgó illető már jól hallható kérdésére egy válasz is.

– Nincs itt senki, de attól még simán lehet valami csapda, óvatlanok vagyunk! Találtatok valami kézzel foghatót, ami bizonyítja, hogy jó helyen járunk?

– Szerintem átbaszott minket! Ha ez Cleaves háza, nem hiszem, hogy nem kéne lennie legalább egy díszkardnak vagy valami Rendre utaló ereklyének valahol...

Ezek betolakodók! – erősítette meg a gondolatát Janos. De nem úgy tűnik, mintha apja itthon lenne. Profik lehetnek, ha még ő sem neszelte meg kezdetben a jelenlétüket. Nem valószínű, hogy betörők, az is lehet, hogy Téotéenek, akik pont miatta jöttek ide. Bár szokatlan, hogy a Rend emberei behatoljanak egy üresen álló házba, de mindenképpen erre kiképzett valakik, hisz' tényleg semmilyen jelét nem adták eddig, hogy itt vannak, csak mióta ők is azt hiszik, hogy üres a ház és a környék is kihalt – próbálta elemezni a helyzetet.

– Hozzátok a rohadék fattyát! Bevesszük magunkat a házba, amíg valaki haza nem jön! Ne nyúljatok semmihez, észrevétlennek kell maradnunk! – hallott egy félhangos felkiáltást a ház előteréből, épp a másik oldalról, mint amire eddig összpontosított. Nem, akkor ezek nem Téotéenek.

– Aherin leszúrta ezt a csaholó kis dögöt, ezzel mit csináljunk? – szólt egy újabb kérdés, nagyjából ugyanazon irányból.

– Van ott a ház oldalában valami lépcső. Hajítsátok be oda a lejáratba, nyilván valami pincébe vezet! – jött rögtön a reakció.

Janos a mögötte található pincelépcső felé tekintett ijedten, és tudta, hogy most két tűz közé került. Kihajolt a sarkon újra, és felnézett a padlásablakra. Már nem állt ott senki, ezért viszszaszaladt az erdő felé. De még mielőtt odáig ért volna, újra azt az irritáló krákogást hallotta maga mögött, ami a padlástérből eredt. Egy, nyilván apja által a közeli kiskertben használt ásót vett észre maga előtt, amit minden logikus mérlegelés hiányában, ösztönösen kapott a kezébe, majd megfordulva feltekintett a hang irányába. Egy távolba meredő kopasz férfi hajolt ki az ablakon, aki kisvártatva ki is köpött azon, míg tekintetével próbálta a fák között a távoli horizontot kémlelni. Janos viszont érezte a zsigereiben, hogy nemsokára a szemébe is bele kell bámulnia. Nincs idő befutni a fák közé! A válla fölé kapta az ásót, majd mint egy gerelyére, készült fel annak elhajítására. Mikor a férfi valóban lenézett újra, még fel sem tudta fogni, hogy mit lát pontosan. Janos olyan erővel hajította el a kerti szerszámot, hogy az a kopasz, fekete ruhás ember mellkasát valósággal szétrobbantotta, miután becsapódott a szegycsont felett kevéssel.

Az ember agya még sokáig dolgozott, hogy felfogja a látottakat, de hiába. Mintha fel is ismerte volna a híres Téotéent, mielőtt arccal előre kibucskázott az ablakon. Sikerült háttal olyan szabályosan a földre zuhannia, hogy a mellkasából fölfelé kiálló ásó látványa kifejezetten az elégedettség érzésével töltötte el a lent álló Janost, aki elsőre sokkal kevésbé mérte fel ártalmatlanná tett ellenfele jellegzetességeit, mint az tette vele épp az imént. Közelebb sétált és fölé hajolva már csak egy széttrancsírozódott fejü gladiátorformát észlelt a földön fekvőben. Eszébe jutott, hogy mennyire rettegett gyerekkorában az erős testfelépítésű, domináns megjelenésű férfiember ezen típusától. Főleg azoktól, akik szerettek amolyan „nehézfiút” játszani, vagy tényleg azok voltak. Vagy akik csak pusztán a fizikai erejükkel és a magabiztos fellépésükkel felsőbbrendű pozíciót vívtak ki maguknak az élet bármely területén. Ez már biztosan nem fog. – Élvezte mindig az ilyen szituációkat, vitathatatlanul ez volt a gonoszabbik énje. A hispániai bikaviadalokat is addig gyűlölte csak, amíg megtekintvén egyet meg nem értette eme kegyetlen játék metaforáját: a kicsi és fürge minimális agresszióval és erőkifejtéssel, elegáns profizmussal intézi el azt a lomha és erőtől duzzadó nagyobbikat...

Amikor most ennek az alaknak a már nehezen kivehető arcába nézett, és próbálta rekonstruálni annak vonalait a képzeletében, tucatnyi hasonlóan agresszív és gonosz tekintet hasított az emlékezetébe. Maffiózóké, smasszereké, vagy egyszerű, mezei bunkóké. Olyanoké, akiket, minden Téotéenre vonatkozó szabályt és normát felrúgva, és a kollégiumból, majd a Rendből való kizárását kockáztatva, pusztán önzőségből, a saját sebzett lelke megnyugtatásaként intézett el valaha. Eleve csak azért kezdték érdekelni a harcművészetek és ébredt rá, hogy milyen képességek birtokában van, hogy rajtuk felül tudjon kerekedni. És most megint felülkerekedett egyen, ez megint jó érzés volt!

❖ ❖ ❖

Repedések és foltok százai már-már művészi kompozíciót alkotva sokasodtak a hatszáz éves kolosszus főkapujának lépcsőjén. Némelyikből fű is nőtt már, a korlát árnyékában pedig mohatenger zöldellt.

Loius Charles McNamara nem emelte föl a tekintetét a lépcső tetején állókra, amíg közvetlenül elébük nem ért. Inkább szemlélte tovább az elhanyagolt környezetet, illetve azt, ami éppen a szemmagasságába került. Egyrészt idegesítette a szituáció, hogy a Téotéenek Rendjének az ő fogadására kirendelt elöljárói nem tisztelték meg azzal, hogy a lépcső alján várják, az ő delegációja elé sietve, másrészt nem akarta megadni senkinek azt az örömöt, hogy szimbolikusan bárkire is felfelé tekintsen, akár csak egy rövid ideig is.

Tusso Born nagymester talán érzékelte a helyzetből fakadó kellemetlenséget, ezért mikor McNamara már közel járt hozzájuk, ő is elindult az irányába, a mögötte álló tizenkét szürke savalinges pedig kisvártatva követte. Ezzel persze McNamara – a saját ítélete szerint – még nagyobb megaláztatást kellett elviseljen, hisz' úgy rázott kezet Harry Clinton-Slino elsőszámú segítőjével, hogy az egy magasabb lépcsőfokon állt e pillanatban, de így is próbált egy savanyú mosolyt a borotválatlan képére erőltetni, kettejük magasságkülönbsége pedig egyébként is kiegyenlítette az így szenvedett „hátrányt".

– Megnyugvás nekünk téged itt látni ezekben a vészterhes időkben, McNamara elnök úr! – hangzott a köszöntés a Téotéen részéről.

– Tisztelettel köszönöm, hogy itt, az Erődben fogadtok engem!

– Már tűkön ültünk a parancsra várva! Kerülj beljebb, és mondd, kérlek, hoztál-e nekünk bármi utasítást a Bizottság vezetésétől? Cumbira erődje már három napja elesett, és harcosaink felszerelkezve várják, hogy visszafoglalhassák azt Európának. A területet körbekerítettük, a blokádon Valentir, biztosíthatlak, hogy át nem jut egy sem!

– Mistan Malis itt van? – kezdte rögtön a kérdőre vonást McNamara.

– Természetesen! Ha kívánod, azonnal találkozhatsz vele, de kérlek, válaszolj a kérdésemre: mire jutottatok a Biztonsági Tanácsban, kapunk valami utasítást a Bizottságtól? – és ezzel a lendülettel máris az épület belseje felé indultak.

McNamara sosem tudta palástolni, ha csalódás érte. Minden jólneveltsége ellenére ez fiatal korában is gyakran gátolta politikai pályája felfelé ívelésében, és öregkorára sem nőtte ki soha. Ő a Rend első számú nagymesterére számított, nem egy egyszerű kollégiumi nevelőre, noha az számára is ismert volt, hogy Tusso Born volt az a bíboros, aki közvetlenül Harry Clinton-Slino jobbján ült annak tanácsadói asztalánál. Bár a Téotéen Rend nem volt hierarchikus szervezet, volt egy, a Tusso Born által csak a bejáratig tartó beszélgetésben vagy hatszor „Rendünk Fejének" nevezett Téotéen, aki a „tanácsot" vezette, és volt a többi Téotéen. Ennél hivatali módon jobban szabályozott felépítés nem fért össze a régi nagymesterek szellemi hagyatékával. Csak a harcosok, mesterek és nagymesterek savalingjének színe határozta meg, hogy milyen súlyú és fontosságú feladatot kapnak a tanácstól, ami mindig változó létszámú volt. Jelenleg talán tizenkét fős, a fene sem tudta.

– Meglep, hogy úgy látom, mintha kevéssé zavarna a Valentirek mozgolódása, McNamara elnök úr.

– Meg voltam döbbenve a hír hallatán, miszerint volt bátorságuk, ha hivatalosan vállalt akcióban nem is, de félhivatalosan támogatni a Finntrolok zendülését, és azt sem gondoltam volna, hogy terrorakciót mernek végrehajtani, még csak nem is a szigetország, hanem a kontinens területén. De mindezekről azt gondolom, nem jelenthetnek komoly veszélyt kontinensünk biztonságára hosszútávon, és öntől is azt várnám, erősítsen meg abban, hogy gond nélkül képesek a harcosaik helyreállítani a rendet! Az azonban valóban aggasztó, hogy – legfrissebb információm szerint – a radarjainkat megtévesztő módon, vélhetően szaracén felségjelzésű hajók közelítették meg ijesztően partjainkat, egyelőre ismeretlen szándékkal.

– Nem ismeretlen szándékkal! – hangzott a váratlan közbeszúrás egy éppen melléjük érő újabb szürkeingestől közvetlenül a nagykapu előtti részen. – A hajók lehorgonyoztak Scarboro kikötőjétől negyed tengeri mérföldnyire, és partra szálltak a város határában – folytatta az ismeretlen harcos a meglepett hallgatóság döbbenetére.

A mindig rezzenéstelen arcú, higgadt mozdulatokkal operáló Tusso Born széles állkapcsokkal szegélyezett, oldalirányba erősen domborodó pofája furcsán torzulni kezdett, McNamara pedig úgy nézett rá, mintha őt magát hibáztatná az adott helyzetért, noha mindketten ugyanannyira voltak meglepve és megijedve egyaránt.

A nagymester váratlanul mélyen beletúrt ezúttal is aprólékos műgonddal tökéletes formájúra fésült hosszú hajába, majd egy erőteljes fejmozdulattal hátravetette azt, ami minden bizonnyal az azonnali cselekvés szándékát jelezte.

McNamara pedig újfent jelezte:

– Mielőbb beszélni kívánok a Rend fejével! Vezess hát hozzá!

❖ ❖ ❖

Az ismert csarnokokon és azok összekötő folyosóin mindig megfontoltan szeretett végighaladni. Szeretett egyenként minden szobornál megállni az előcsarnokban és fejbiccentéssel a tiszteletét leróni. Nem őszinte meggyőződésből persze, csak szerette a hagyományt. Annak legalábbis azt a részét, amit a családja minden tagja követett és megtartott. Most viszont még a nagykapu előtt sem volt idő méltóságteljesen megállni, pedig azon a Rend belső morális szabályrendszere szerint is csak úgy illett minden alkalommal belépni. Nem hiába mellőztek Kálovistonban mindenféle modern technológiát. „Nem lehet a Rend első számú szentélyét funkcionális hivatallá degradálni" – mondta el sokszor Harry Clinton-Slino, elutasítva minden innovatív kezdeményezést. A hatalmas, szárnyanként kétszáz kilós kaput máig négy ifjonc húzta-vonta minden egyes alkalommal, valahányszor vendég érkezett, akárcsak a mögötte, az előtornác végét jelző, vörös színű, aranyrojtos függönysort is, amit ezúttal kivételesen félre sem vontak teljes terjedelmében, a delegáció azonban máris átszáguldott rajta, szokatlan tiszteletlenséggel félrelökve azt.

Sejtette persze, hogy ez a rohanás csak addig tart majd, amíg nem lesz több elöljáró is jelen, ha pedig a „Rend feje" is felbukkan, a most semmivel nem törődő fontoskodók előttük felhúzzák majd az ájtatos csodálók álarcát, és az öreg „csataló" minden apró mozdulatán látványos gondossággal el fognak merengeni, mintha a kor legelőremutatóbb tanait próbálnák kiolvasni belőlük.

A McNamarával ideérkezett négy, számára is ismeretlen hivatalnok, a két államtitkár és Fernandita Van der Maas bizottsági alelnök-helyettes asszony így, szaporázott lépteik koordinálásának nehézkes megtartása közepette is csak ámultak az épület méretein, melyben először jártak. Belül sokkal tágasabbnak tűnt, mint amekkora kolosszus benyomását keltette kívülről szemlélve. Európa egyik legrégibb, eredeti formájában megmaradt erődítménye az azt sosem látott emberek által elbeszélt regékkel és legendákkal szemben kicsi volt, hisz' a korban, amikor épült, ennyire futotta az akkori tudományból. A belső tereket szemlélve azonban valóban elcsodálkozhattak azok is, akiknek a kinti látvány elsőre kiábrándítólag hatott.

Az előcsarnok után nem az annak végén található Judah Chagallról nemrégiben elnevezett, korábban csak főfolyosónak hívott, negyven méter széles épületrészen haladtak a belső köroszlopos udvar felé, melynek déli kilátóteraszairól, napsütéses, tiszta időben kitűnő panoráma nyílt a tengerpart irányába, hanem az északi folyosón indultak el, McNamara sejtése szerint a Kalovist irányába utat mutató északnyugati kapuhoz.

– Harry Clinton-Slino a kollégiumban kíván fogadni engem? Mégis mi célból? – bökte oda Tusso Bornnak McNamara.

– A jelen szituáció nagyban átírja az előzetes protokollt, elnök úr, de jól vág az esze. A kollégiumba megyünk, valóban.

McNamarának az volt a legfurcsább már bent, az épületben haladva, hogy bár sürgő-forgó savalingesekből nem volt hiány, egyetlen ifjoncot sem látott, pedig korábban mindig ők rohangáltak nagyobb számban ezen a városhoz közel eső részén az Erődnek, ahol a szürke- és bíboringeseknek kevés dolga akadt.

– Hol vannak a fiatalok? – kérdezett rá a talányra.

– Egyesek északon… Akiket a határainkhoz vezényeltünk első kiküldetésükre a mestereikkel. Mások meg máshol. Szerteszét. A nagyon fiatalok többnyire otthon, a családjukkal – válaszolt ezúttal minimális gondolkodás után Tusso Born.

– Mégis hogy érti ezt? – kérdezett újra McNamara.

– A kollégiumot kiürítettük, rendkívüli állapot állt be, elnök úr.

– Rendkívüli állapot? – próbálta léptekkel és a beszélgetés fonalát is egyaránt kézben tartva követni az egyre tempósabban haladó delegáció előtte lépdelő tagját. – Nem tudok róla, hogy maguk itt kihirdethetnének ilyesmit, és nem tudok arról sem, hogy mi kihirdettük volna. Mi a fene történik?

❖ ❖ ❖

A Kalovistba az Erőd irányából vezető utat szerette a legjobban. Ezt a várost német és hollandus telepesek alapították. Az első olyan település volt, melynek nagy részét Dél-Anglia elfoglalása után az európai seregek magukkal hozott kontinensbéliekkel építtették fel, és később kiemelt szerepe volt kikötővárosként a régió europanizálásának folyamatában.

McNamara hétéves koráig sohasem járt a szigetországon kívül. Az első hely, mely látszatra és hangulatában más volt,

228

mint amit gyerekkorában megszokott, ez a város volt, ahová
még apjuk hozta el őket a testvérével együtt, akit már akkor
harcosnak szántak, a testi ereje és feltűnő ügyessége miatt.

Ahogy terepjáróik haladtak a nagyszámú barokkos és klasszi-
cista lakóházak hosszú utcáján, ami a városközpont felé vezetett,
fokozatosan kerítette hatalmába a gyermekkori nosztalgia. Akkor
még sajnálta, hogy a testvérével ellentétben ő nem itt fog felnőni.

Az egyetlen furcsa már akkor is csak az volt, hogy mennyire
egyhangúnak tűnt ezen a részen az épületek színe és mintázata.
Szolid díszítések az egyszintű házak ablakai körül, amik sötét- és
világosbarna, drapp, esetleg bézs színben sorakoztak unottan.
Színüktől még a talán évek óta rendesen meg nem tisztított, esőben
sártengerré változó út szürkésbarnája sem ütött el. Másnak ez
talán nyomasztólag hatott, de McNamara szerette a hangulatát.
Arra már nem is emlékezett, hogy milyen hosszan ível balra, amíg
az aprócska Himenien-dombon álló kiskatedrálishoz érnek, de
az jól rémlett neki, hogy a baljukra eső egytornyú épület után
rögtön jobbra törik az út.

Sok autót pillantott meg a katedrális parkolójában, amit egy
térdmagasságig erő téglakorlát választott el az autóúttól. Mögötte
alig látta a katedrálishoz felvezető kis ösvényt, amit azonnal
fürkészni kezdett a szemével, amint beértek a tér vonalába. Az
a domboldal volt a kedvence első ittjártakor szerzett élményei
közül. Azt már nem tudta volna megmondani, hogy kivel talál-
kozott akkor ott a család, de emlékezetes, hogy az öccsével ott
kergetőztek, amíg a szülők el voltak foglalva. Ott állt még most
is a két cédrus, közvetlen a templom bejártának két oldalán, az
ajtajából nézve pedig jobb kéz felől a háborús hősök obeliszkje,
a rengeteg halott nevével.

A föléjük tornyosuló problémahalmok és a másokat is nyo-
masztó feszült hangulat ellenére megnyugtató érzés volt számára
újra otthon, a szigeten lenni. Szívesen szemlélődött volna még
sokáig, ha az ablakon való kibámulás önfeledtségéből ki nem
zökkenti a konzolja pittyegése. Remélte, hogy nem ő az újra,
minekutána többször is leszögezte, hogy a következő órákban
elérhetetlen lesz, és nem fogad üzeneteket, de miután mégis a nem

várt nevet pillantotta meg a kijelzőn, a kétségbeesés felkorbácsolta harag öntötte el az egyébként is meglehetősen békétlen lelkét. Ha most valami olyasmiről szerez tudomást, ami még inkább megbonyolítja a dolgok állását, lehet, hogy teljesen rezignáltan lép majd az első számú Tétoen színe elé – gondolta. Ha azonban elhalasztja az üzenet elolvasását, folyamatosan gyötörni fogja a bizonytalanság, hogy nem történt-e még nagyobb baj annál is, amiről egész addig tudomást szerzett.

Mégis utóbbit tartotta az adott helyzetben a kisebbik rossznak.

Mire újfent a külvilágra emelte a tekintetét, konvojuk már ráfordult a Tajnari-sétány mellett frissen kialakított autóútra, mely egészen a kollégium főépületéhez vezetett. Ezt a Rend által ellenzett, hosszas tárgyalások után azonban kivételesen engedélyezett infrastruktúrafejlesztést meglepő módon pont az ő hivatala rendelte el, mert a háborús tapasztalatokból okulva szükségesnek látták lehetővé tenni a központi rész autóval történő megközelíthetőségét. Ez azért volt fontos, hogy egy, a kollégiumot sújtó váratlan katonai akció vagy terrorcselekmény esetén nagyobb, páncélozott csapatszállító harckocsik is könnyen el tudják érni a kritikus pontjait a történelmi komplexumnak. Megérkezvén azonban a helyszínre elborzasztónak látta, hogy egy forgalmas autóút ékelődött be a sétány és a vízpart közé, amit ekkora el is értek az Yllives-épület elhagyása után a Naron-öböl víztükre mellé érve.

Örült, hogy nem Tusso Bornnal került egy járműbe, hanem a saját delegációja tagjait ültették mellé, mert most biztos meg kéne hallgatnia egy udvariasságba csomagolt korholást ennek kapcsán, és ez esetben igazat kéne adnia. Ezen elgondolkodva eszébe ötlött, hogy a biodíszlet gyanánt vele együtt Britanniába küldött hivatalnokokkal eleddig még egy szót sem váltott, és azok most sem merészelték maguktól megszólítani. Ritkaságszámba menően megfordult a fejében, hogy megszánva a szerencsétleneket belebocsátkozzon egy önbizalomnövelő rapid beszélgetésbe, de ekkorra a konvoj már a főépület elé érkezett.

A környék kihaltabb volt, mint a háború óta bármikor. Itt újfent nem maradt sok idő a nézelődésre, miután utolsóként az alelnök-helyettes asszony is kikászálódott magassarkú csizmájában némi segítséggel a konvojban legelöl haladó harcászati csapatszállító négykerekűből. Hogy miért ilyen monstrumokkal szállították őket, elsőre nem értette, de hamar eszébe idézte, hogy hol van, és ezzel az a tény is világossá vált, hogy a világ egyik legbiztonságosabb erődrendszerében és környékén nem volt része a hétköznapoknak, hogy a nagymesterek és harcosok limuzinnal közlekedjenek, akár szimbolikus alkalmakkor. Ilyesmi soha nem állt rendelkezésre még a Rend elöljárói számára sem, a kollégium és az erőd között a tömegközlekedési eszközök és a gyalogszer pont kielégítő mértékben látták el a funkciójukat, és legfeljebb a rendkívüli helyzetek és állapotok tették szükségessé ilyen járművek alkalmazását is, amilyenek idáig hozták őket. A sötét falú, az erődnél lényegesen kisebb, de impozáns épület előtt már annyi idejük sem volt amúgy színpadszerűen diskurálni, akár az egyetlen erre az alkalomra a helyszínre parancsolt fotós kedvéért, valamint megtisztelve ezzel a hely szellemét is, mint az erőd bejáratánál korábban. Pedig a Rend ezeken a mímelt gesztusukon kívül nem is várt el mást az évszázados feltétlen hűségért és szolgálatért cserébe. De ezúttal rendkívüli helyzet volt, a médiát pedig egyébként is ritkásan tájékoztatták a politikai események menetéről. Majd odabent, ahol méltóztatik megjelenni a Rend feje is, biztos adóznak az évszázadoknak, és pótolják az itt elmaradt gesztusok során. McNamara azonban már ekkor érezte, hogy ehhez ott már sokkal kevésbé lesz kedve, hisz' azok a gesztusok már nem magának a találkozónak, hanem egyetlen embernek szólnak majd.

Mikor mindenki készen állt az indulásra, ismét olyan gyorsan lódult meg a delegáció eleje, hogy az őket követők között csak a feketére koszosodott, korábban aranybetűs kapu feletti intézménynévre volt ideje vetni egy pillantást: Brit-Európa Téotéen Rendjének Központi Kollégiuma.

Belépvén a főépületbe még nyomasztóbbá vált a csend és léptcik visszhangja a halványbíbor márványpadlón. Még az első kollégiumigazgató, Olgius Wulff-Stache szobra is szomorúbbnak tűnt a szokottnál a körcsarnok közepén. A hat márványoszlopra hosszában erősített vörös zászlók egyike is elengedte magát félig, és amúgy félárbócosan lógott lefelé a baljukra eső második pilléren. Tusso Born egy hosszabb reá vetett pillantással konstatálta látványosan, hogy azt bizony meg kellett volna igazítani, legalább mielőtt a Kollégium ilyen illusztris vendégeket fogad a főépületében.

A nagy előadóterem két bejárata közül szemből a jobboldali mellett néhány méterre volt rögtön a hátsó kapu, mely a belső udvarra vezetett. Arra a belső udvarra, melynek – a bejáratnak háttal állva – baloldalt a legnagyobb látványossága az imént elhagyott, kupolás előadóterem volt kívülről nézve. A dupla üvegajtón túl, melyen átlépve oda is értek, a Born mellett haladó McNamara három alakot pillantott meg a zöldellő udvar közepén álldogálva. Amint kiértek az épületből és leviharzottak a nem túl magas lépcső tíznél kevéssel több fokán, már jól látta ő is, hogy egyikük az öreg Clinton-Slino lesz, majd Elefithy Venizelos alakját is felismerte, mikor az feléjük fordulva odabökött valamit a másik kettőnek, és rögtön elébük sietett.

A harmadik kilétét hiába kémlelte, az nem volt hajlandó az udvarra érkező delegáció felé fordítani a tekintetét, még akkor sem, amikor a gyengén látó öreg Clinton-Slino is már észrevette, kik érkeztek.

– McNamara elnök úr! Born nagymester! Már vártunk benneteket! – hangzott a köszöntés Venizelos kollégiumigazgatótól.

McNamara unottan eresztett el egy félmosolyt, amit abbéli csalódása változtatott ilyen savanyúvá, hogy konstatálta: egész idáig lótva-futva érkeztek, itt viszont már tényleg váratni akarják.

Vajon ezek megbeszélik az ilyesmit? Ez így van kitalálva, hogy annak az öregnek mindig a távolban kell állnia, nekik pedig bámulniuk kell őt, mint valami szent szobrát egy templomkertben? Mindenki sürög-forog, játssza a szerepét és éreztetik vele, Loius Charles McNamarával, hogy bár fontos vendég, de mégis csak egy világi funkcionárius – pörlekedett saját magában. Sokszor csinálták már ezt. A Téotéenek mániája, hogy tíz-húsz percekig is járatják a pávatáncot, játsszák a kis játékukat, egészen addig, amikorra már mindenki üdvözölt mindenkit. Ekkor majd leereszkedik a Rend feje, és onnantól csak rá szegeződik minden figyelem.

Tehát a rendkívüli ügyek intézése csak addig jár kapkodással, amíg őt kell siettetni, de a vén trottyos… Neki nem sürgős soha semmi.

McNamara az üdvözlés fogadásakor, amit nem egy helyben várakozva ejtett meg, hanem lépdelt volna folyamatosan az udvar belseje felé, néhány lépéssel túl is haladt az akkor már éppen egymást köszöntő nagymester és igazgató kézfogójának vonalán. Innen kellett visszafordulnia, miután azok abbahagyták egymás alkarjának szorongatását is, és mindketten felé fordultak. Tusso Born arcán a korábbi rideg tekintet helyett széles mosolyt kellett megpillantson, minekutána az igazgató őt újra, még egyszer meleg fogadtatásban részesítette, ezúttal vállához húzva, és diszkréten megölelve őt.

Micsoda színésztehetségek nagynevű harcművészeink is egyben! – ironizált tovább gondolatban.

Vajon ezzel azt is sugallni próbálják, hogy mennyivel a politika felett állnak intellektuálisan, és ezért hagyják inkább, hogy a vén szar ott sétálgasson az udvar közepén, amíg ők újra és újra többször is lefutják a kötelező udvariassági köröket?

Jött aztán még két teljesen ismeretlen, talpig barnába öltözött harcos, fénylőre suvickolt topogóban, akiket szintén soha nem látott még, de oda sem figyelt, mikor bemutatkoztak a fővárosból érkezőknek. Minden szó és arcizomrándulás nélkül kezelt le velük, majd arra lett figyelmes, hogy a fősamesz, Born és a főnevelő angolos teadélutánszerű diskurzusba kezdtek az ő kísérőivel, a számára is érezhetően kissé feltámadt szél ürügyént, ami pont ebben a pillanatban csapta meg egyébként vérvörössé változott arcát.

– Ha tán többszintes lenne az épület két déli szárnya, leg-alább itt, a közepén védve lennék ezektől az ekkortájt egyre kellemetlenebb hullámoktól – édelgett oktalanul nevetgélve Venizelos öregurasan, majd, tekintetük találkozásakor, végre ő is leszűrte, hogy legfontosabb vendégük, aki demonstratívan kívül helyezkedett a beszélgetésen, egyre türelmetlenebb.

De aztán befutott a kollégiumi fotós is, aki fehér savalingje és pofázmánya alapján is még diáknak tűnt.

– McNamara elnök úr, leszel szíves közelebb lépni egy közös fotóra, mielőtt Rendünk feje is csatlakozik hozzánk? – kérdezte, de a sértődött vendégnél végleg pont ekkor szakadt el a cérna.

– Hol van Mistan Malis? – horkant fel. – Az időhúzás helyett – ha már eddig loholtunk – méltóztatna a Rend feje idejönni és üdvözölni a Bizottság képviseletében eljáró első embert, akitől a neki szóló parancs közvetítését várja? – bökött apró fejmozdulattal Harry Clinton-Slino irányába.

Általános döbbenet lett úrrá a jelenlévőkön. Venizelos nagyot nyelt, látványosan elgondolkodva, hogy visszavágjon-e a tiszteletlenségért, de aztán, undok arckifejezést felvéve ugyan, de úgy döntött, helyet ad a méltatlankodásba oltott panasznak, és a „legnagyobb nagymester” felé vette az irányt. Mikor elhaladt McNamara mellett, végig az arcába bámult, de ő nem zavartatva magát elégedetten követte, vissza sem nézve földbe gyökerezett lábbal ott álló saját delegációja tagjaira, és a meglepetten viszszavonuló fotósra.

Ismervén saját gyorsan vágó eszét, úgy gondolta, mire a magában sokat emlegetett házigazda elé érnek, kitalálja, hogy miként tompítsa az imént pont általa keltett negatív hangulat hatásait, de a koncentrációban megzavarta egy egyre érdekesebbnek tűnő talány. Közeledvén az udvar középvonala felé, kicsit feledve a benne dúló indulatokat, mindinkább akörül forgó gondolata kötötte le, hogy vajon ki lehet az ismeretlen férfi, aki még akkor is valamiféle kertészhez hasonlatos módon csak a sövényen túli ágyásban színesedő virágokat kémlelte, mikor Harry Clinton-Slino már feléjük fordulva láthatóan konstatálta, hogy a Rend politikus vendége felrúgta az általuk kitalált szabályokat, ezért nyomban üdvözölnie kell őt.

Az üdvözlés fanyar volt: – A nemes életű Loius Charles személyesen! – szólította meg elsőként őt Clinton-Slino, amikor odaértek.

– Nagymester, örvendek – hangzott a szintén kissé savanyú válaszüdvözlés. És ebben a pillanatban még azt a végképp furcsán ható illetlenséget is elkövette, hogy törzsét kissé balra hajlítva kinézett a nagymester mögül a rá már ekkor szintén felfigyelő, rendkívül fehér bőrű, magas, minden cicoma nélküli egyszerű fehér inget viselő, harcos küllemű idegenre. Miután zavaró csöndet észlelt, miközben őt bámulta, visszakapta tekintetét a nagymesterre, aki igazán borzalmasan festett. Ki tudja mióta le nem cserélt sötétbíbor öltözete messziről is szaglott kicsit. Valószínűleg soha életében különösebben nem kezelt szemöldökének hosszúra nőtt szálai szerteszét álltak, és már azok is megőszültek. De az öntudatosságán láthatóan sokat nem változtattak az évek.

– Loius Charles McNamara! – üdvözölte a házigazda újfent, régimódiasan a nevét ismételgetve, és mintha újra kívánta volna kezdeni az iménti üdvözlés folyamatát.

– Nagymester, ne haragudj, hogy így rád rontunk! – fogott bele. – Ám dolgunk sürgős, és nézve embereid nyugodtságát, nem vagyok meggyőződve róla, hogy mindenről értesültetek már, amit fontos volna tudnotok a cselekvés fázisába lépéshez. Az Egyesült Európa Bizottság...

– Az Európa Bizottság mindenről tájékoztatott abban a kommünikében, amiben jelezték felénk, hogy jössz. És mily' örömteli, hogy végre itt vagy! – mosolygott rá Clinton-Slino, talán most nem annyira gúnyosan, de így is furcsa gyanút keltően a szavak őszintesége felől. A nagymester mögött álló férfi fújtatott egyet, ki tudja miért. McNamara ezért ismét szemügyre vette, és nem bánta, ha ezáltal felhívta a figyelmét rá, hogy még csak be sem mutatkozott.

Valóban nagyon sima bőrű, szőrtelen arcú férfi volt, és bár újfent konstatálta, hogy fehér savaling volt rajta, azért nem lehet akárki, ha eddig magával a legnagyobb mesterrel társalgott privátim módon. Zavarni kezdte az ezáltal gondolatai közt megjelenő kétség, hogy miért figyel rájuk a háttérből ennyire bizalmatlan, ellenszenves módon – valami testőr lehet? Annál, hogy az uniformisának megfelelően csak újonc legyen, lényegesen érettebbnek tűnt, és képzettebbnek, a hatalmas szablyával az oldalán.

– Loius McNamara itt van végre – szólt ekkor egy újabb, ismerős hang a háta mögül, amely nevének kiejtése ellenére inkább úgy hangzott, mintha valaki egy vaskos könyvet ütne fel éppen, ami ezt a címet viseli, vagy még inkább ezzel a strófával kezdődik annak cselekménye. Mielőtt megfordult, már pontosan tudta, hogy kinek a látványa fog a szeme elé tárulni. Mistan Malis érkezett, valószínűleg abból az irányból, ahonnan ők is korábban, nyilván azért, hogy csatlakozzon az ekkorra már szép számúra duzzadt társasághoz. Mellette egy vakítóan tiszta, frissen felöltött, szintén fehér savalinget viselő, szikár testalkatú fiatal nő – feltehetőleg valamelyik lánya – állt, büszke, de kíváncsi tekintetét rá, a híres, televízióban nyilván sokat látott politikusra emelve. Arca tele volt apró, nem túl mély, gyógyulatlan, friss sebhelyekkel. Ruhája a magas harcoséhoz hasonlóan először használatba vett lehetett.

Kalovistba történt megérkezése óta első alkalommal szabadult fel benne most bármiféle pozitív emóció. Az öreg Mistan – családjuk nagy tisztelője és régi barátja, a szigetország egyik leglegendásabb erődparancsnoka –, akivel kapcsolatban még őt is a büszkeség érzete fogta el, hacsak bárhol szóba került, micsoda hősök tartják az állandó frontot odafent északon. Hiába nem volt Malis parancs-nok eredendően vérükből való, személyét mindenki a végeket, és ezzel a fejlett Európa biztonságát oltalmazó Britannia egyik szimbólumának tekintette még azok közül is, akik nem követték az új világ „politikailag korrekt" gondolkodási direktíváját, és igazi britnek a szigetről származó nációkba tartozókat tartották csak. De ő tényleg fontos karakter volt az újkor történelmében, a hozzá hasonlók miatt volt sokaknak büszkeség britnek lenni, hisz' ez a dolog világszerte, más esetekben inkább teher volt: „Azok a maradi, suttyó britek!"

Ennek megfelelően ölelésre tárt karokkal lépett a tőle vagy öt méterre megállt régi ismerős felé. Az viszont meglepően hűvös és mérsékelten elutasító volt. Az ölelést fogadta ugyan, de annak ernyedtségéből McNamara érezte, hogy Malis sem áll feltétel nélkül „az ő oldalán". Ez viszont fájó és ijesztő – gondolta.

– Tudod, mi történt odafent Cumbriában? – kérdezte szinte vádló hangnemben Mistan Malis, mintha McNamarának ehhez is bármi köze lenne.

– Persze, hogy hallottam erről a szörnyűségről. Döbbenetes, hogy a Finntrolok árulóvá váltak!

– Még csak nem is pont erre gondoltam! – fojtotta el a formális sajnálkozást csírájában Malis.

McNamara érdeklődő arccal figyelt, és belül még mindig nem hitte, nem hihette el, hogy Mistan Malisnak lehet oka pont rá haragudni.

A többiek figyeltek.

– Mások is voltak ott! Szaracénok! Ők vezényelték az ostromot! A történelem során először lépett közel-keleti katona az erődünkbe, és amit ott műveltek...

Ekkorra a helyszínen lévők többsége mind közelebb lépett a panaszkodó parancsnokhoz és hüledezve hallgatták, miről számol be a szokatlanul dühödtté váló férfi.

– Embereket áldoztak! Az Egyesült Európa területén! Pont a mi erődünkben! És máig nem bosszultuk meg ezt a gyalázatot. Miért késlekedett a politika eddig? Miért csak most jöttél?

McNamara értette és jogosnak érezte az indulatot, és kicsit megnyugodott, hogy valószínűleg csak közvetett módon érzi felelősnek az ő személyét Mistan Malis.

– Eljött az ideje a bosszúnak. Rövidesen megszervezzük az offenzívát és valamilyen módon megértetjük örökre mindenkivel, aki ebben részt vett, hogy az ilyesmi nem olcsó játék, és sosem maradhat következmények nélkül! – nyugtatta McNamara, de nem sok sikerrel.

– A lányom! – tekintett hátra a fiatal nőre Malis, és az máris közelebb lépett a kezét nyújtva.

– Az élete kockáztatásával, és persze a segítőm, Leslie Bayle, egykori Téotéen harcos pártfogásával tudott csak követni, kijutva a pokolból, de az idősebbik gyermekemről mit sem tudunk azóta sem – panaszkodott Malis, miközben a még mindig Clinton-Slino mellett posztoló harcosra nézett, aki csak biccentett neki, mikor felvették a szemkontaktust.

– Tizenkét Finntrol pribéket vágtam le, mielőtt kereket oldottam. Sokszor volt már forró a lábam alatt a talaj, de tudod, Louis, amikor ennyire közelről csap arcon a halál, és már abban a korban vagy, mint én, és a sajátodénál a gyermekeid életéért még jobban aggódsz, az egész más! Miközben az eszed azt súgja, hogy talán egész Európa jövője bánja, ha nem hagyod magad mögött őket... szóval ha átéled mindazt, amit én, minden korábbinál jobban át kell értékelned az életedet utána.

McNamara, személyiségéből és jelleméből következően, részvétet most sem érzett igazán, és nem is sajnálta Mistan Malist, bármennyire is kedvelte őt. Néha, élete korábbi szakaszaiban bánta már sokszor, hogy az együttérzés képessége ennyire idegen a természetétől, és nagyon ritkán tudott őszinte lelki közösséget és szolidaritást vállalni bárkivel bármilyen sérelem okán, de mindig azzal nyugtatta magát: az ő magasabb ívű gondolkodása azt szolgálja, hogy magasabb rendű céloknak rendelhesse alá saját életét és másokét, és a másokéhoz hasonlóan saját sérelmein sem rágódott túl sokat soha. Most is ez dominálta és hatotta át hirtelen jött gondolatait, de Malist most meg kellett nyugtatni, hogy számíthat személyesen az ő, Louis Charles McNamara befolyására is Cumbria ügyében.

A szél kicsit megélénkült, de a társaságukat biztos nem zavarta, mert lefoglalt mindenkit a fülelés: vajon mi sül ki ebből?

Összeállt a kép: a Cumbriából kimenekült Malis lány és az a férfi nem sokkal előtte érkezhettek ide, ezért ez a sok feszültség a parancsnokban. Lehet, hogy épp az elmúlt órákban látták csak el őket, és adták rájuk a friss, a kollégiumban rendelkezésre álló öltözéket, Malis pedig még nem tudott megnyugodni az események friss alakulása folytán.

De mégis miért ez a bizalmatlan légkör? Másról is lehet szó? Tudhatnak valamit, amit nem kéne tudniuk?

Nyugalom – mondogatta magában, a legfontosabbról nyilván nem tudhatnak, akkor még csak nem is játszanák ezt a macska-egér játékot. És talán arról a másik dologról sem...

Kiélezett helyzetben is éles eszű debattőrnek tartotta magát, de ez a szituáció duplán volt sarkalatos. A legfontosabb szövetségeseivel tárgyal, akikről a szövetségesi viszony ellenére jelenleg sem tudja eldönteni, hogy mire számíthat, legfőképp azért, mert nem fogalmaznak világosan, hogy milyen adu van a kezükben. Ha van egyáltalán… Most még nem szabad semmiképp sem kapkodni. Bár az események nem alakulnak úgy, ahogy arra számított, de nem biztos, hogy tényleg bármi baj van. Nyugodtnak kell maradni! – merengett, és ezért jobbnak látta most ő a társaság türelmét kérni és félrevonulni Malisszal, bízva benne, hogy meg tudja zabolázni a megijedt és dühödt apát, nehogy sikerrel beszéljék tele a fejét, és az őt kezdje el hibáztatni a tehetetlen politika szimbólumaként.

Clinton-Slino kicsit sem volt meglepett a kéréstől. Elégedetten biccentett, mint aki tudta előre, hogy a személyes elvonulás lehetőségét fogja kérni. Vagy nem is tőle számított elsősorban erre? Malis olyan egyetértően reagálta le az ötletet, mintha maga is előhozakodott volna vele egyébként. Elindultak hát az udvar vége felé, követve az annak határát jelző sövény vonalát. Noha Malis valóban már régebb óta Káloviston vendége volt, lányával és annak furcsa testőrével ellentétben ő most is szokásos, megtépázott öltözékét viselte, ahogy az az örök lokálpatrióta parancsnokhoz az illik. Ez egy többrétegű vászoninget és azon viselt pikkelyes bőrvértet takart, de még az itt teljesen funkciótlan alkarvértet sem vetette le egy percre sem.

– Miután innen távoztunk, már meglesz a kész tervünk, miként vágjunk vissza, és ígérem, ha a lányod él, mindent megteszünk, hogy megóvjuk őt is megmaradt épségében! – fogott bele McNamara nagy vehemenciával kampányszerű monológjába, mikor Mistan Malis tőle szokatlan, és kettejük barátságától teljesen idegen módon feltartott tenyerével jelezte, hogy „azért ne ily' hevesen, és egyébként is, talán várjon inkább, míg távolabb érnek!". Louist meglepte a gesztus. Újfent nem tudta mire vélni, és az még ebben az esetben igazán mellékes körülménynek számított, hogy kifejezetten megalázólag is hatott. Tényleg nem neki jutott először az eszébe, hogy kettejüknek négyszemközt kéne szót váltani. A parancsnoknak is ez volt a szándéka, ezért volt Clinton-Slino oly' megengedő. Csendben sétáltak hát tovább, követve a díszsövényt, amíg annak egy olyan szakaszához nem értek, ahol a növényzet folytonossága egy ponton megszakadt, és a rajta tátongó résen a díszköves sétányról apró, kitaposott mellékösvény ágazott le és indult északi irányba. Végül a két épületrész között kivezetett egészen az öbölbe beletorkolló Alba folyóhoz.

McNamara most úgy döntött, vár, míg társa megadja neki a lehetőséget, hisz' nem volt gusztusa több konfliktusra. Főleg nem Mistan Malisszal. De annak ideje olyannyira lassan jött, hogy végül már az ő személyében is elveszítette maradék bizalmát, és a reményt, hogy szövetségesre talál az előtte álló tárgyalások során.

– Tudod, mit gondolok most, Louis? – tette fel végül fáradtan a beszélgetésük sommáját rögtön az elején előrevetítő kérdést a parancsnok.

Halljuk! – gondolta magában kicsit hitevesztetten, de nonverbális kommunikációja által érdeklődést mutatva. Épp ideje már, hogy eljussanak valahová ennek a feleslegesen érzelgős kezdésnek a végén, amit követően újra próbálkozhat a meggyőzéssel.

– Annak idején vállvetve küzdöttünk a te terepeden, a politikában. De hiába mondják, hogy a tárgyalóasztalnál vívott harcok legalább kevesebb véráldozattal járnak, engem jobban megizzasztottak, mint a kardforgatás. Akkoriban rád bíztam magam, hagytam, hogy te vezess minket és mi mögötted álltunk, mindenben támogatva téged a részleges autonómiáról szóló egyeztetési fórumokon, mert a „Sziget" volt a te családodnak, és az enyémnek is az első, no meg hogy ne kelljen korábbi ellenségeinknek, a barbár gellamannoknak bármiben is alárendelnünk magunkat, vagy a hazánk megmaradása miatt folyamatosan egyezkedni velük. Akkor sem bizonytalanodtam el, hogy a családodat és téged személyesen kell támogatnunk, amikor – hiába te voltál a legmodernebb brit arisztokratának mondott ember, akit ismertünk – nem keltél néhány gondolat erejéig a védelmemre, midőn ellenfeleink azzal sároztak a sajtóban, hogy gúnyosan utaltak rá: „a Szigetország annyira elvesztette régi arculatát, hogy mára két bevándorló család, a Malisok és a Finntrolok cicaharcán múlik annak biztonsága". Fájt, de azt mondtam a családomnak, a nagy Louis nem ereszkedhet le ezeknek a pocskondiázásoknak a mocsarába, még addig sem, hogy szóljon pár szót ellenük. Téged tartottunk a jövőnk és megmaradásunk szimbolikus alakjának, de most először belátom, lehetséges, hogy tévedtünk. A közigazgatásunk ósdi, és nem tudja tartani a modern idők diktálta tempót. Kiharcoltuk, hogy nálunk ne a csendőrség tartsa fenn a rendet, hanem helyőrségi erődökből irányítva egy-egy térség életét, magunk látjuk el ezt a feladatot. Nem voltak igazak, nem váltak valóra, amiket ígértél, te magad pedig... és a családod – Malis minden korábbinál feszültebbé vált – olyan manőverekbe kezdtetek, amik még azt a kevés megmaradt dolgot is veszélybe sodorták.

McNamara megállt. Nem szólt semmit, csak várta, hogy Malis, észrevéve az ő reakcióját, megforduljon, és a szemébe nézve folytassa.

A parancsnok így is tett egy nagy levegővétel után, és valóban folytatta.

– Az a férfi ott, neve szerint Leslie Bayle, aki hosszú éveken át volt a segítőm és legfőbb bizalmasom, ezért gyakran küldtem magam helyett az északra tartó legfontosabb szállítmányok ellenőrzésére a tengeri szakaszon. Ezt korábban mindig én csináltam, személyesen. De megöregedtem, és a te „reformjaid" olyan sok adminisztrációt és bürokráciával folytatott feladatot róttak ránk, amik miatt ki kellett ezen legfontosabb ügyet részben engednem a kezemből.

McNamara érezni kezdte az összeszoruló gyomra gerjesztette fájdalmat.

– Az egyik ilyen őrjáratról azzal a hírrel tért vissza, hogy az ifjabb, felkent Téotéen harcos McNamarát látták egy északra tartó, épp a mi kikötőnkben állomásozó hajó raktterében utazni. Olyan részeg volt, hogy semmit sem tudott magáról. Erről meg is győződött, mert a feltartóztatott szállítóhajót másnap újra ellenőrizték, csak azért, hogy újra találkozván vele felmérje, hogy valóban kimaradt-e neki az előző éjjelről folytatott beszélgetésük minden eleme.

Ez baj lehet! – elemzett McNamara, és nem késlekedett rákérdezni: – Biztos ő volt?

– Bayle állítja, hogy igen, bár nem fedte fel másnap, józanul sem a kilétét, és Bayle attól tartott, valamely, a Rend által ellenőrzött akció keretében tartózkodik ott. Nos, a Rendnél ilyesmiről nem tudnak, mint kiderült utóbb, de még érdekesebb, hogy az első estén, részegen végig téged és Janos Cleavest emlegette, az alkoholmámortól kivehetetlen kontextusban.

McNamara terelni próbált: – Hm, én, életemben csak egyszer találkoztam személyesen a háború utáni időszak leghíresebb Téotéenjével. Egy protokollrendezvény vendége volt Bienben, hozzám hasonlóan, és a kollégiumban történő szocializáció szépségeiről és nehézségeiről mesélt egy száraz, mondhatni felületes panelbeszélgetés keretében. Leggyakrabban ő is ezt a helyet említette, ahol épp állunk.

– Igen – mosolygott Mistan Malis, látszólag sikeresen felülve a terelési kísérletnek. – Ez volt Janos Cleaves kedvenc helye növendékkorában. Én is beszélgettem vele egyszer egy parlamenti megbeszélés szünetében a gyerekkoráról. Majd egyszer itt, Kálovistonban találkozván, az itteni élményeiről.

– Nekem csak azt említette, hogy a legfontosabb emlékképe ezekből az éveiből, hogy szinte mindig esik az eső, hogy az ég ritkán derül ki, és mindig minden nedves a környezetében. Térdig sáros ruhákban kell járnia, és ritkán vetkőzhet neki a gyakori hideg miatt. Nem igazán szívelte Britanniát, szemben a szülőföldjével – vette át a szót kicsit McNamara.

– Én nem ezt láttam rajta! Nem is ezt mondta – cáfolta rögtön Malis. – Félórával azelőtt, hogy találkoztunk, még egy őrtoronyban várakoztam – mondta, majd sarkain gyorsan körbefordulva gyorsan megkereste tekintetével az említett, távolban látható magas építményt. – Abban! – mutatott rá végül a toronyra. – Bizony, ott, abban, amit turisták is látogatnak gyakran, ezért van ott egy távcső, melyen keresztül éppen őt „lestem". Nyilván nem is sejtette. Nem szép dolog, de számomra érdekes volt látni őt, a Rend fiatal, kétes sajtójú hírességét, amint a dolgát teszi.

Várva a folytatást, McNamara is megszemlélte a tornyot, majd tovább hallgatta a sztorit.

– Láttam, ahogy üldögél a folyóparton, miközben a távcsővel pásztáztam a környéket. Addig tettem ezt, míg Gregorius nagymester érkezett szintén oda, hogy fogadjon, és én egyből a hírhedt

növendékről kérdeztem – folytatta Malis. – Figyeltetni kéne, hisz'
ijesztő hírek keringenek a dacosságáról és rossz természetéről –
mondtam a mesternek, mire az megnyugtatott: megtörtént,
gyakran követjük délutánonként, hogy merre kószál, de mióta
sejti, hogy ezt tesszük, minden délután ugyanazt csinálja. Odalent
sétálgat, ahol most is.

A mesélő Malis egyből olyan úti leírást adott McNamarának
Janos Cleaves délutáni körútjairól, mintha maga írta volna anno
a jelentést róla, az elnök pedig végig figyelte, melyik helyszínről
beszél, és mutat rá éppen. Úgy írta le az említett helyszíneket,
hogy közben ő is gondosan megszemlélhesse azokat. Az Yllves-
épületet az Alba folyó áradásaitól védő, fákkal sűrűn nőtt töltés
alatti részt a folyóparton, a húszméteres, egymásba ölelkező
nyírekkel, amelyek lombján csak néhány helyen átszűrődő fény
ezúttal is olyan erősen csillogott a leveleken, hogy szinte vakította
McNamarát a látvány. A fák alatt, amikor épp nem volt rendkívüli
állapot Kalovistban, tanítási idő után kollégisták tucatjai pikni-
keztek a folyóparton – mondta, majd továbbhaladtak. A töltésen
nyugat felé indulva gyönyörű panoráma nyílt a harminc emelet
magas lakóépületekre, úgy száz méter után pedig egy dombra
felvezető ösvény ágazott le a csapásról. Felsétálva a meglehetősen
meredeken haladó poros úton, a domb tetejéről lefelé nézve aztán
a szemük elé tárultak annak oldalában a híresen igénytelen
Glenora fajtából génmanipulációval létrehozott Kalovinora
szőlőtőkék százai, amelyek messze földön híres különlegessége
volt, hogy még ezen, és a hasonlóan napfényszegény vidékeken is
bőséges termést hoztak. McNamarát olyannyira megbabonázta
a látvány, hogy majd' közéjük zuhant, ahogy bámult lefelé a
dombról. Az együttesen erdőt formáló, még itt is sűrűn ültetett
fák között ez volt az egyetlen rés, ahol beömölhetett a szőlőket
tápláló napfényáradat.

– Állítólag mindig ide vezetett az útja. Akkoriban magányos
volt itt. Egy barátja volt csak, az a Natison nevű.

– Filip Natison – segítette ki McNamara, majd zavartan
rávágta: – Vissza kellene térnünk a megbeszélés résztvevőihez!
Nagyon elkalandoztunk.

– Én kértem, hogy ha mód van rá, itt találkozzunk veled, elnök úr. Szerettem volna, ha azon a helyen állsz, ahol a Rend történetében az egyik legelfecséreltebb tehetség is állt sokszor. Akit te tettél végül közellenséggé! Pedig egy ideig még én is hitelt adtam a róla keringő pletykáknak. De kiderült, hogy hazugságok.

McNamara – ha ideje lett volna az események sodrásában – se tudta volna eldönteni, hogy Malis parancsnok hozzá intézett szavai miatt volt kiábrándultabb, vagy az egész szituáció, amelyben egyre inkább beszorítva és fenyegetve érezte magát, borzasztotta el inkább. A kenyéradó provetusi politika képviseletében idejön, megtisztelve az egyetlen olyan intézményt, melynek sem megbecsültsége, sem anyagi támogatása okán sosem lehetett panaszkodnivalója a főváros hozzáállásához, és ahelyett, hogy hálával fogadnák és kötelességtudatóan alávetnék magukat az általa képviselt hatalomnak, túszként faggatják! És még Mistan Malist is ráuszítják! Jobb lenne inkább az önérzetes és elszállt harcosok helyett nekik is zsoldosokat pénzelniük, hogy védjék a kontinenst! Persze kérdés, hogy kik lehetnének azok a zsoldosok, hisz' Amerikának például ők maguk a zsoldosai... Az onnan pénzt – és elvárásokat – juttatóknak persze nem is beszélnek úgy vissza a Rendben, mint Provetusnak.

Hirtelen többé tudomást sem véve a környezetéről, előkotorta a konzolját és frusztráltan verni kezdte annak virtuális billentyűzetét.

– Szóval a maga bátyja intézte el, hogy a Rend kiadja Janos útját, és utána még egy jókora médiakampányt is indított ellene. Elképesztő! – zökkentette ki ebbéli tevékenységből az idővel mögé lépdelő, Mistan Malis szolgálójaként korábban bemutatott, nőies hangú férfi, aki mögött, miután a letámadott McNamara felnézett és körbetekintett, a többiek is mind feltűntek a lent hagyott emberi sokaságból.

– Hősből elrettentő példát akart kreálni Janos személyét felhasználva – szólt végül hátrábbról egy fiatalabb női hang is. Mistan lánya, valószínűleg.

Már csak egyetlen dologra futotta a türelméből.

Megkereste a közvetlenül mögötte feltűnők sora mögött a saját embereit, akiknek arca tanácstalanabb volt, mint amire számított.

Pedig nem várt túl sokat tőlük…

– Háháhá. Úgy döntöttünk, hogy mi is megmozgatjuk kissé az állástól megmerevedett lábainkat, és szívunk egy kis friss levegőt. Ugye milyen szép itt? – andalgott az észrevétlen mellé sétáló Harry Clinton-Slino.

– Nekem erre nincs időm! – jelentette ki zavartan McNamara, miközben konstatálta, már mindenki számára észrevehetővé válhatott a zavartsága, mert még az ujjai is remegni kezdtek a konzolján, amin tovább „ügyködött”.

– Ígérem, elnök úr, amint megválaszoltad kérdéseinket, azonnal nekilátunk mindannak, amit feladatul szabsz nekünk! De amíg a válaszokon gondolkodsz, hadd toldjam meg kérdéseink csokrát egy újabb, talán az összes többinél fontosabbnak tűnő szállal: mielőtt idejöttél, hosszú idő után újfent megpróbáltam kapcsolatba lépni az Egyesült Európa első számú emberével, akinek a nevében most tulajdonképpen te magad is eljársz. De sem Fritcz Roman alelnök, sem Grünwalter Diamont, az Európai Bizottság elnöke nem volt képes számomra egyenes válasszal szolgálni, hogy ez miért nem lehetséges. Márpedig én az ő parancsainak teljesítésére esküdtem fel, és ha ennyire megalapozott a gyanú, hogy amit a politikai hatalom ad nekem utasításba, lehet, hogy nem is tőle származik, nem áll módomban azt teljesíteni. Ugye megérted? – bámult a képébe, legalábbis próbált félig elé kerülve, közvetlen közelről a jóval alacsonyabb nagymester, akinek már csak a gunyoros győzelmi mosolyát kapta el egy pillanatra, mielőtt visszatemetkezett talán utolsó kiútját jelentő kütyüjébe, amit egyre sűrűbben, egyre erőteljesebb mozdulatokkal nyomkodott folyamatosan.

❖ ❖ ❖

Már-már kegyeletsértő megvetéssel lépett át kettévágott arcú ellenfele holtteste felett, vérben úszó kardját lóbálva, ami a

Rend moráljához méltatlan volt, a saját pillanatnyi megítélése szerint is. De ez még nem az utolsó! Miután még egy pillanatra lenézett rá, elégedetten megszemlélve még egyszer a halálos sebet, amit rajta ejtett, máris a lépcső felé indult, gondosan, lassan és kimérten elkezdve lépdelni azon felfelé. Még arra is volt gondja, hogy ellenőrizze az egyes lépcsőfokok reccsenését és konstatálja: nem változott semmi ilyen téren, mióta utoljára itt járt. Fogait oly erősen összeszorítva csikorgatta azokat önkéntelenül, hogy lassan elzsibbadt az állkapcsa. Feszült helyzetben ez egyfajta tikkelés volt nála, ami csak ilyenkor jelentkezett. De hiába volt ideges, amit éppen érzett, az végső soron nem volt gyűlölt érzés számára: itthon van, csak még van egy kis dolga, mielőtt kiélvezheti ennek örömeit.

Az utolsó felmenekült az emeletre, de a hangokból ítélve tényleg nem lesz több! Azt is megsebesítette, tehát csak be kell végeznie, amit elkezdett. Azonban mikor felért a lépcső tetejére, a hangok a jobbra lévő vendégszobából jőve másról árulkodtak, mint amire számított. Két ember zajolását és neszezését is ki tudta venni, de azok nem két Valentir jelenlétére engedtek következtetni, hisz' úgy tűnt, mintha a megsebesített Éjlovag és az a másik ismeretlen épp dulakodnának egymással. Ez így egészen megfejthetetlen! – vélte, de feleslegesnek is találta tovább elemezni a helyzetet, hisz' az jó indokot szolgáltatott, hogy inkább rájuk rontson, akármi is várja a másfél méterre lévő félig nyitott ajtón túl.

Enyhe „deja vu" kerítette hatalmába – olyan volt ez, mint amikor legutóbb Alannisék házában nézett szembe hasonló kihívással, csak az ő házuk kisebb volt és ismertebb számára. Arra még volt ideje, hogy a folyosón lopva megszemlélje a szanaszét hagyott fekete bőrtáskákat, kardhüvelyeket és egyéb, földre dobált kellékeket, amik nyilván a házfoglalókhoz tartoztak. Mintha akik bevették magukat ide egy hosszas utazás végén, kezdték volna magukról és minden másról megfeledkezve birtokukba venni új szállásukat, közvetlenül mielőtt megzavarta őket. A lendület azonban nem hagyta ezeken gondolkodni, olyan intenzitással röpítette be a szobába, ahol első pillanatban meglepő módon az égvilágon semmit nem látott!

Egy pillanatra megijedt, hogy a végén még őt fogják meglepni valahonnan, de amint lenézett a szemmagasságot jócskán elhagyva, egy, a földön fekvő alakot pillantott meg félig ülő, de inkább könyökén támaszkodó pozícióban. Annyira meglepődött, hogy csak ezután észlelte, hogy az illető nem önszántából, hanem egy mögötte lapuló másik túszaként foglalta el ezt a kifacsart, kényszerű pozíciót, és az a másik alak pedig már valóban az volt, akit követett. Fekete zubbonya alól kinyúlva egy tőrt tartott foglya torkához és mikor Janos a szemébe nézett, az, megvillantva kényszerű mosolyát és mögötte rejtező véres fogait, úgy tett, mintha azt hinné, ő van jobb pozícióban.

Egy Éjlovag volt – semmi kétség. Egy éjlovag Eupenben! Pont az ő házukban...

A másik barna ruhát viselt, de Janost kevésbé érdekelte.

– Maradj ott, vagy megölöm! – szólalt meg a félig lecsúszott csuklyájú Valentir.

Janos nem értette. Nem is reagált azon nyomban, de tudta, hogy nyerő helyzetben van.

– Ki a szar ez? És mit keresnek itt? – kérdezett aztán vissza szemöldökét összehúzva, de mégis ijesztő, hideg érdektelenséggel.

– Ez? Ez itt egy bizonyos... Tommas Haven nevű Téotéen! Nem ismerik egymást? – kérdezte a foglyul ejtő erőltetetten rötyögve, de szenvedve is egyben a fizikai fájdalomtól, amit vérző sebei okoztak. Hiába nem volt számára kiút, mégis magára erőltette a fölényeskedő, harsány stílust.

Janos ekkor végigmérte a barna inges Téotéent. Hosszúkás pofájú, mondhatni kissé lóarcú, fekete hajú, vastag szemöldökű, ülő-fekvő helyzetben is láthatóan magas, nyurga férfi volt. A másik, a torkához kést szegező hasonló, bár a takarás miatt nehezebben felmérhető adottságokkal rendelkező, nagyon fehér bőrű, és szintén fekete hajú embernek tűnt fekete göncei alatt – többet nem látott belőle.

– Téotéen? – bizonytalanodott el egy pillanatra Janos. – Azt látom... a ruhájából – fejezte be végül a mondandóját, de ő is érezte, hogy a Valentir kiszagolta azt a kis zavart, ami az elméjében keletkezett.

Rögtön javítani akart, nehogy a Valentir elbízza magát: – Miért érdekelne egy Téotéen? Leszarom a Téotéeneket.

– Érdeklem magát! – próbált nyöszörögve közbeszólni a magatehetetlen, halálra vált barna ruhás.

– Hallja!? – vágta rá újra elmosolyodva a Valentir. – Érdekli magát. Legalábbis van a birtokában egy s más, amolyan információféle, amit még biztos hallani szeretne tőle, mielőtt saját kezűleg öli meg.

Ebben a minutumban valamitől mintha ismerőssé vált volna... nem a Téotéen, hanem a Valentir Janos számára.

– Mije lenne ennek a szarjankónak, ami érdekelne engem?

– Ahogy mondta... Információm van arról, hogy mi történt magával, mert... Bizonyára zavar lehet most a fejében – igyekezett megragadni valamiféle utolsó szalmaszálat a kés pengéjétől egyre jobban magát féltő férfi, aki emiatt még beszélni is egyre óvatosabban mert.

Hosszú csend következett.

– Azért valamire csak emlékszik, Janos! – szólt végül az Éjlovag. – Rám például!? Hogy találkoztunk, nem is olyan rég...

– Micsoda?

– Nem emlékszik, hogy találkoztunk?

– Meghalt?

Hosszú hallgatás után Grünwalter Diamont felnézett és csak halkan nyugtázott: – Meghalt…

Mély, bosszantóan kínos és zavart csend állt be újra a hotel felső szintjének előterében. Végül Marco Manuel Rorington szakította azt meg.

– Akkor megyek, és tájékoztatom az Európa Hírügynökséget.

– Várjon csak egy picit, alelnök úr! – szólt utána az ismeretlen Téotéen harcos.

Rorington összeszorította a fogsorát. Düh és tehetetlen indulat tükröződött az arcán.

– Elég volt már ebből a baromságból! – mondta. – Grünwalter! Ne hülyéskedjen, az is óriási hiba volt, hogy eltitkoltuk a nagy nyilvánosság elől, hogy az Egyesült Európa elnöke ennyire beteg volt, egy percig sem halogathatjuk tovább a bejelentést.

Ezt követően odasétált az őt megszólító Téotéenhez és mélyen, fenyegetően az arcába bámult. Fogalma sem volt, hogy miért volt ott, miért kísérgette mindenhová Grünwalter Diamontot, az Európai Bizottság elnökét, és egyáltalán hogy képzeli mezei harcosként, hogy csak úgy megszólítja őt, az első alelnököt, de egyre jobban zavarta a szituáció, amit ezekkel az emberekkel élt át.

– Azt is mondhatjuk, hogy mi sem tudtunk róla, hogy beteg – mondta sokat sejtetően, lassú kimértséggel Grünwalter Diamont, majd pár másodperc múlva az alelnökre emelte a tekintetét, hogy megvizslassa, mennyire háborították fel őt az iménti szavai.

Meglehetősen – szűrte le az első pillanatban. Rorington csak állt kérdőn, majd inkább elítélőn nézve a Bizottság elnökére. Ekkor ez utóbbi felállt a helyéről és közelebb sétált hozzá. Így álltak, egy háromszöget formázva a Téotéennel, ami annyira megijesztette, az alelnököt, hogy megpróbált azonnal kihátrálni belőle. Grünwalter Diamont azonban a vállára tette a kezét, apró, de határozott mozdulattal visszatántorítva a kis kupaktanácsba.

– Nézze, Rorington alelnök úr! A minap, úgy tudom, Loius Charles McNamara tájékoztatta már önt az időközben kialakult rendkívüli helyzetről. Európa közbiztonságát komoly veszély fenyegeti. A felderítéstől azt jelentették, hogy kontinensünkre veszélyes, katonai jellegű tevékenységet tapasztaltak keleti határaink mentén. És holnapra a belbiztonsági ügyosztály is az ütemtervben nem szereplő ülést hívott össze. Először talán meg kellene hallgatnunk, hogy ők mit mondanak, és csak utána...

– Semmilyen hivatalos tájékoztatást nem kaptam semmiről, Louis McNamara nem is jogosult kül- és belbiztonsági ügyek miatt felülbírálni a kormányprotokollt! – vágott közbe Rorington. – És egyébként is, a kereskedelmi televíziócsatornák hírháttér- és elemzőműsorai nem külső fenyegetések híreivel, hanem az elnök eltűnésével vannak tele! Én ennek a folyamatnak a hatásaitól jobban tartok most, mint bármilyen katonai mozgolódástól Kelet-Európában.

– Alelnök úr, alelnök úr! Higgadjon le, csak nyugalom! – szakította félbe őt Diamont.

– Higgye el, én nagyon sokat köszönhettem Vincenzo Ferrinek, de az ő bölcsességére többé már nem számíthatunk.

Roringtonon már a félelem jelei látszódtak. Nyilván sejtette, a Bizottság elnökének ijesztő nyugalma egy ilyen helyzetben nem sok jót ígér. Ellenben az előre eltervezettség, és a mindenre elszántság jeleit hordozta magában.

– Ön konzervatív ember, alelnök úr? – folytatta végül egy kérdéssel Diamont.

– Hogy jön ez ide? – kérdezett vissza felháborodottan Rorington.

– Úgy, hogy én... no, persze nem annyira politikai értelemben, de nagyon is az vagyok! Az ösztöneim most azt súgják nekem, hogy először McNamara elnök úrral kéne tanácskozást folytatnunk, hisz' nála jobban senki sem tudhatja megítélni, hogy egy ilyen, fenyegetésekkel teli, ki tudja, tán történelminek is mondható szituációban mi volna a leghelyesebb lépés, hisz' a gyanútlanság sokkal nagyobb veszedelmet jelent, mint a békeidőkben mindnyájunk által tisztelt hagyományok alkalmi felrúgása.

Roringtonról egy pillanatra lerítt a felismerés, hogy a józanság eszköze nem megfelelő választás a jelen szituáció feloldására.

– Hagyomány? Mi köze a hagyománynak ahhoz az egyetlen, épeszű következtetéshez, hogy azonnal számot kell adnunk eddigi mulasztásunkról, az európai polgárok elnézését kérve a jelen helyzetről! – kezdett hátrálni szó szerint és minden egyéb értelemben a megijedt Rorington, mint aki próbálná, de már nem tudja leplezni, hogy nagyon be van szarva.

Diamont elnökön pedig szintén látszott, hogy látja ezt rajta. Mégis higgadt maradt. Rémisztően higgadt:

– Ne értsen félre, én nem azt mondom, hogy ne lenne igaza önnek a teendőinkkel kapcsolatban, ha szokványos helyzetben lennénk. Azt próbálom csak elmagyarázni, hogy a jelen helyzet, amiben nekünk most kulcsfontosságú döntést kell hoznunk, kicsit sem szokványos! A bocsánatkérést, bármiféle mentegetőzést pedig nyugodtan felejtse el. Mi a kontinens ügyét szolgáltuk, és ránk ebben más szabályok vonatkoznak, mint másokra, hisz' nekünk a felelősségünk is nagyobb.

Utóbbi szavakat már fenyegetően mondta, de indulata nem gerjedt tovább. Roringtonnal elvesztették a kapcsolatot, ezt mindketten látták a mellette álló Téotéennel. Az alelnök túl naiv, és pánikra hajlamos – gondolta ezt mindig, de most már látta is rajta. Ez az ember bajba fog sodorni minket. Romantikus idealista – folytatta a meccset magában Grünwalter Diamont, mely során, Rorington számára is világosan, eldőlt, hogy tehet-e még önállóan bármit.

Pedig ő volt az alelnök! – ezzel bizonyára már Marco Manuel Rorington nyugtatta magát, mielőtt bátor tettet végrehajtva, aminek a következményeibe inkább bele sem gondolt, bár ekkor már fenyegetőiként fellépő beszélgetőtársai azokról kétséget sem hagytak gesztusaikkal. Talán soha életében nem volt ennyire bátor, mikor sarkon fordult és elindult a lift irányába. Azonban még háromnál több lépést sem tudott tenni, mikor egy rövid, fémesen súrlódó hangot követően tompa fájdalmat érzett háta alsó részének jobb oldalán. Lenézve saját vérével színezett pengét látott előbújni u husából. A feje már ezt megelőzően is annyira lüktetett, hogy nem tudott másra, még a fájdalomra sem figyelni. Csak a mély, hangos dobbanásokra, melyek a szíve ritmusában hangoztak ott legbelül. Tudta, hogy mi fog történni, de legalább nem könyörgött az életéért. Hátulról szúrták le, tehát nem ő volt a gyáva. Bár ezt nyilván senki sem fogja tudni – fogta el a pánik még egyszer, mielőtt végleg összeesett.

– McNamara kutyáinak ne fordíts hátat… – Utolsó szavait korábban is ő használta, most csak elismételte, amit Marcus Jorgen Berganovicsnak mondott egyszer. Talán ő józanabb lesz, és meg is fogadja…

VÁRVIDÉK

– Ha itt végeztünk, megbaszom azt a csontos arcú zárdapap-nőt! – fröcsögött a kis szemű, kissé ázsiai beütésű arcvonásokkal rendelkező Vladimir.

– Ezt már hatodszor mondod, csak mióta itt várakozunk. Egy kis kultúrát erőltess már magadra, egyébként sem papnő, vagy mit beszélsz, hanem tulibános! Az náluk olyan, mint nálunk az apáca – utasította rendre a szakaszparancsnok.

– Leszarom, hogy micsoda, ha végeztünk, lerángatom a tulibán-ját, és meg fogom baszni! – kelt ki magából a többiek számára is zavaróan frusztrált ember, aki – a közbeszéd szerint – valahonnan a Kárpátokon túli Ruszföldről érkezhetett az alakulatukhoz.

Djukaric, a bosnyák krónikás hüledezve hallgatta a katonák röfögését és bőgését – mert máshogy ezt igazán nem tudta volna minősíteni. Ha ezt egy nyugati polgár, politikus, Téotéen, vagy bárki hallaná, az biztos igazolásként hatna a számára azt illetően, hogy a keletiek milyen bárdolatlanok és elmaradottak – mélázott. Pedig ő pontosan tudta, hogy ez az európai normákhoz méltatlan stílus minden keleti országban csak a hadseregben jellemző. Nálunk azok mennek katonának, akikbe már gyerekkorukban beleverték, hogy egy napon bosszút kell állni a keletet lenéző és elnyomó nyugaton, amitől ezek a fiatalok erőszakossá és frusztrálttá váltak – erősítette meg saját sztereotípiáját, miközben próbált a lehető legkevésbé feltűnő módon elfordulni a garázs közepén kvaterkázó társaságtól, és fél szemmel a parancsnok, Marius Horia esetleges reakcióját kémlelte, de az csak ült ott feszülten közöttük, és várta, hogy mi sül ki ebből. Talán csak fel akarta mérni emberei jellemvonásait, és hogy kire lehet majd komolyabb feladatot bízni.

Horia nem igazán ismerte a saját beosztottjait. Hiszen azok nagy része nem is az ő embere volt valójában. A negyvenkét éves móc szakaszparancsnok, aki a saját nemzeti hadseregében még tábornokként szolgált, először érkezett bevetésre a nyugati határhoz, de őt is meglepte, hogy az évek óta tervezett, de formálisan csak hetek óta megalakult egyesült keleti hadseregben egy egész szakaszt rábíztak, akiket át kellett vezessen majd az Alpokon. Ehhez persze előbb be kellett volna venniük Bient, aminek az ostromát a felkelő nap első sugaraival tervezték megkezdeni.

Djukaric benne látta egyedül a potenciált, hogy majd összefogja a semmiből összeverbuvált csapatot, amelynek tagjai már a betöréskor is meglehetősen öntörvényűnek bizonyultak. Nem követték pontosan a parancsokat, gyakran kezdtek egyéni akciókba és – ami a legjobban bántotta Djukaricot – erőszakoskodtak a helyiekkel, akik próbálták minden kérésüket teljesíteni, hogy megússzák az összetűzéseket – néha csekély sikerrel.

Miután hosszas forgolódás után konstatálta, hogy nem tud olyan ülőpozíciót felvenni a buszok szerelésére rendszeresített garázs neki szánt pontján, hogy ne feltűnően a falat bámulja, visszafordult inkább a látóteréből kikívánt társaság irányába, és hogy mégse kelljen tovább követnie az eseményeket, elővette digitális írógépét, kicserélte a memóriatárcsát és gépelni kezdett. Kora este óta, mikor leszakadt az ég és zuhogni kezdett az eső, tartózkodott a komplett alakulat a kisajátított szerelőcsarnokban, ezért a párás és büdös levegőtől már émelygett, az egyik buszból kiszedett ülésbe pedig már kényelmetlenül belemélyült az ülepe. Leginkább azért nem volt kedve felállni a helyéről, mert nem volt olyan alkalom, hogy ekkor be ne szólt volna oda neki valamelyik pöcsfej kiskatona: „írókám, csak a szépet és a jót jegyezze le, nehogy aztán visszaolvassák otthon, hogy hány nőt hágtunk meg, és férfit vertünk jól el, ahogy csak megérdemli…".

Horia persze ilyenkor leteremtette az őt szekálókat, de mégsem akart kockáztatni újra. Mikor néha felnézett, csak azért tette, hogy meggyőződjön, nem hagyta el a parancsnok közben a csarnokot, és nem maradt itt az idiótákkal. Ilyenkor aztán másodpercekig meredt rá, és egyre inkább azt látta rajta, hogy ha lehetne, soha nem állna újra egy ilyen hadjárat bármelyik megszálló szakaszának az élére!

Horia nemhogy nyugaton, állítólag még Ugorföldön is először járt, ahol nagyon kényelmetlen érzés keríthette hatalmába, hiszen az ugorok a dákok és a mócok régi nagy ellenségeinek számítottak, de amikor átsétáltak az ultraszonikus határkerítés felrobbantott szakaszán a valódi nyugatra, sokan mások is látták rajta a megrendültséget, és a keleti katonákra nem jellemző félelmet, hogy talán soha nem térhet már haza. Hiába, ilyesmire nem volt példa a most élők életében soha, és sokan gondolták keleten, hogy így, vagy úgy, de ezért halál lesz a büntetésük.

Djukaric Horiával folytatott korábbi beszélgetése során kiderült számára, hogy az aggódott amiatt, hogy arról még csak hírt sem kaptak, hogy a szaracénok valóban partra szálltak volna északnyugaton, az viszont egyenesen feldühítette, mikor megtudták, hogy távoli szövetségeseik, a Valentitek már el is hagyták az egyébként sem túl fontosnak ítélt egyetlen erődöt, amit azok az áruló északi britek elfoglaltak, hogy provokálják a Téotéen Rendet és Európát. Talán korai volt támadást indítani? Feljegyzései közt ekkor minden e köré a kínzó dilemma köré csoportosult, de már két napja nyugati földön jártak, mégsem ütköztek ellenállásba. Nyugaton mégis éles lehet a helyzet, ha ennyire elhanyagolták a kelti határt – reménykedett.

Ahogy így elmélkedett és egy-egy szösszenetet le is jegyzett, egyre több idegesítő hang szűrődött kívülről újra a gondolatai közé.

Az az ugor fiú éppen felállva ecsetelte a többnyire északi szlávokból és mócokból álló társaságnak, hogy milyen puhányok lehetnek az itteni nyugati férfiak, hogy nem esnek nekik, legalább kapákkal és kaszákkal – ha már kardot forgatni nem tanultak meg –, hogy megvédjék a földjüket.

– Igaza van Vladimirnek! Ezek a tulibános nők szinte csak azért vannak itt, hogy a kedvünkre tegyenek mikor jövünk – röhögött fülsértően modortalan stílusában, majd hozzátette: – Biztos pont ezért van ennyi zárdájuk pont itt, keleten.

– Min csodálkozol? A rendjük főleg a férfipopulációból szívja el a legjavát. A jól idomítható, tehetséges, de kevésbé öntudatos fiúkat Európa ezen részéről mind elviszik Kalovistba. Nem is annyira kis részük, a kevésbé szerencsések ráadásul soha nem is térnek vissza a tengerentúli kiküldetésükből. Az így keletkezett női túlkínálatot is le kell nyesni valahogy, ezért őket bekebelezi az egyház. Vagy minek nevezzem ezt a vallási szart, ami itt van – válaszolt neki az egyik móc katona.

– Európának ne nevezd őket, baszd meg! Európa mi is vagyunk, attól, mert ők így hívják magukat – förmedt rá viszont az ugor srác.

– Halkabban, a kurva életbe! – elégelte meg a kialakuló káoszt a parancsnok és teremtett le mindenkit.

– Parancsnok! – szólt közbe egy eddig csendes, ismeretlen származású, talán polek vagy fehérrusz származású idősebb fickó. – Nem hívja be azt a kis tulibánost az esőből? Ott áll kint az alatt a kis tető alatt, lehet, hogy nem ázik, de biztos nincs melege! Idebent lenne, aki felmelegíti.

Addig jó neki, amíg csak fázik – gondolta magában Djukaric.

– A megszállóik vagyunk, ők mégis étellel láttak el, ami kitart napokig, és ő most is a szakadt ruháitokat foltozza. Nem fogom engedni, hogy megerőszakoljátok őket! – förmedt rá a parancsnok.

– „Ééételel láttak eelll...” – szemtelenkedett az ugor, aki eddig nyilván tényleg azt hitte, hogy legalább Bienig magukkal vihetnek párat közülük, hogy a csata után legyen módjuk levezetni a feszültséget. – De nem ám azért tesznek most meg mindent nekünk, mert ők annyira jóságosak, hogy még az ellenséget is megvendégelik. Hanem mert félnek, hogy megbasszuk a szájukat! – folytatta.

– A kurva nyugatiak azzal szoktak gyalázni minket, hogy a saját törvényeinket sem tartjuk be. Márpedig a mi törvényeink tiltják a civilek elleni erőszakot. Alá akarod támasztani a vádjaikat a viselkedéseddel? – vonta kérdőre emelt hangon, és fizikailag is felegyenesedve a parancsnok.

– Ilyen alapon már eleve el van cseszve minden, mert hadüzenet nélkül vonultunk be ide! Azt is tiltják a törvényeink – szólalt meg egy sokadik hang a háttérből. – Ha elveszítjük ezt a háborút, emiatt nem ússzuk meg néhány év munkatáborral. A Téotéenek levágnak mindünket! Legalább előtte hadd dugjunk egy jót!

– Katona vagy, bazdmeg! Ha meg kell halni, meghalsz! És teljesíted a parancsokat! – üvöltött Horia.

– Katona mi? Állami direktívával besorozott katona, a kurva életbe! Én nem vagyok olyan hülye, mint a legtöbb Valentir, aki bármikor meghal, csak azért, hogy egyszer majd talán valakinek az utódai közül jobb élete legyen. Szerintem hülyeséget csinálunk, ha ész nélkül követjük a parancsokat, amik ki tudja, hol születnek, ki tudja, milyen háttéralkuk folytán, amiket a korrupt politikusaink kötnek a Valentirekkel meg a szaracén gecikkel! Hülyeség volt a Téotéenekkel ujjat húzni! Bient még elfoglalhatjuk, de az Alpokig úgysem jutunk el, mert addigra ideérnek. A harcosaik igazi állatok! Azokat erre tenyésztették!

Hogy ezen utóbbi, hihetetlen merészen lázító mondatok melyik katonáról származtak, Djukaricnak már fogalma sem volt. Annyira megijesztették az elszabadult indulatok, hogy mégis a feltápászkodás mellett döntött, és – mondván: pössentenie kell – kifelé indult ő is az oldalsó ajtón át az esőbe.

A csarnokban halmokban állt már a szemét, főleg a szétdobált üdítős üvegek, amikbe rendre belebotlott. Egyetlen pontja volt rendezett a hamar belakott helyiségnek. A sarok, ahol a megszokott sorrendben sorakoztak a katonák rövidkardjai. Ez is Horia parancsa volt – a tőrét mindenki magánál tarthatta, de mindig félt, hogy lesz, aki nem tarja be a legfontosabb parancsot, alkoholt vesz magához, és ha berúg, megtalálja a számára legmegvetettebb nemzetiségű katonatársát, akinek ha karddal esik neki, akkor mindenki egymásnak megy majd, hasonló módon.

Odakint valóban szemerkélt még mindig, de korántsem olyan intenzitással, mint korábban. Az ajtó mellett kint álló őr bámulta egy ideig, de nem szólította meg. A „krónikás” fontos pozíció volt a seregben, ennél az alakulatnál csak a szakaszparancsnok utasíthatta bármire, egyébként azt csinált, amit akart, senki nem kérhette számon, vagy számoltathatta be. Djukaricnak ez a kényelmes poszt persze túl új volt, hogy visszaéljen vele, de most úgy érezte, hasznot húzhatna végre belőle. A sötétben jobbra, az udvar végében, a kerítésen túli utca távoli fényei látszottak csak, balján viszont egy csűr volt. Jobb híján oda sietett be majdhogynem fellökve az addig észre nem vett, egy padon ülve valóban a katonák sérült gönceivel pepecselő tulibánost.

– Bocsánat! – vetette oda a szólni sem merő alázatos nőnek, majd bekocogott a csűr résig nyitott ajtaján. Odabent egy talicskát talált, amit felfordított, és ráülve az írógépét az ölébe tette. Felhelyezte az ilyen esetekre magával hozott fejlámpáját, és munkához fogott. Ez azzal indult, hogy próbált visszaemlékezni, hol is járt gondolatban, mielőtt kimenekült az események bent gyorsuló forgatagából.

Nagyon borongós, sötét gondolatai támadtak.

Az ugor határ mentén elterülő, „Várvidéknek" nevezett terület egykoron a kelet legnyugatibb bástyája volt, mielőtt a nyugat legkeletibb régiójává vált a hároméves háború végén. Ezt a részt azért szállták meg a Téotéenek, hogy innen kiindulva semmilyen támogatást ne nyújthassanak a keleti országok a Valentirek hadjáratához, majd jóvátételként – mondhatni bosszúból – többé ki sem vonultak onnan. A legnagyobb árat így az ugorok fizették a kelet-európai népek közül a háborúért. Európának egyébként is jól jött egy plusz védelmi állás Bien alatt, de még inkább azért, hogy ha keletről törne be a barbár horda, a védekezők ne csak az Alpok lejtőin állva, hátrányos helyzetből fogadhassák őket. A keleti csapatok most meg is tapasztalhatták, hogy ez mennyire megfontolt döntés volt a megszállók részéről. Ha a Várvidék még mindig az ugorok kezén lett volna, a csapataik már Bienben pihennének. Ehelyett most ott sátoroztak egy Nexsider nevű falu határában, ahol legfeljebb az ugor katonák érezték jól magukat.

Bár tudta, az ekkor a fejében megfogalmazásra kerülő sorok, gondolatok soha nem jelenhetnek meg majd sehol, mégis késztetést érzett rá, hogy ezeket jegyezze le. Így hozzálátott a gépeléshez:

„Látom, mennyire frusztrálja katonáinkat, hogy bár – főleg az eredeti állapotukban meghagyott templomok révén – részben megőrizte korabeli arculatát a peremvidék, az Egyesült Európa nagyon demonstratívan mutatta meg ezen a helyen, hogy miként varázsolnak évek alatt egy egykoron keleti területből nagyon szépen gondozott, fejlett és virágzó régiót, ahol kifogástalan minőségűek az autóutak, mindig a frissen tatarozottság benyomását keltik a lakóházak, a

megművelésre szánt földek egy négyzetmétere sem marad sehol parlagon, ugyanakkor az éltető anyatermészet is levegőhöz jut – a felnövekvő és jövő generációk örömére.

Értem már, hogy ha ilyen téren rendre alul is marad a kelet, tanításaink szerint miért a helyes út mégis, hogy mi próbáljuk megőrizni társadalmi berendezkedésünket annak a lehető legnaturálisabb, általunk egészségesebbnek tartott formájában. Nekünk keleten nem csak az épített örökségünk, a minket körülvevő környezetünk a régi, hanem az erkölcsiségünk is, amire méltán lehetünk büszkék. Amikor faluról falura járva haladtunk Bien felé, észrevettem, hogy míg a határfalvakban még igen, a kontinens belseje felé haladva egyre kevesebb házon látni zászlókat, a térség, vagy a kontinens lobogóját kiaggatva.

Ahogy a katonáink is megemlítették – jobb kifejezést magam sem találván – röhejesnek mondható, hogy a bevonulásunkkor a falvak teljes lakossága bezárkózott a házaikba, és semmilyen ellenállásba nem ütközött a csapatunk. Az otthonuk megvédésére szerveződő partizánakcióktól egyáltalán nem kell tartanunk.

Azonban a hadseregünk szervezettségét illetően – sejtem, ezzel nem mondok újat – lesz még mit finomítanunk az idők során. A Valentirek mindig éjfeketét viselnek, a szaracénok mutatós, büszke királykéket, a mi hadseregük – vagy inkább hadseregeink – katonái pedig ilyen téren olyan szedett-vedett társaság benyomását keltik, mintha a reguralitás fogalma mifelénk ismeretlen volna. Olyannyira problémás ez, hogy a katonák még egymást se tudják rendszerint beazonosítani. Legfeljebb az egyes országok nemzeti hadseregeinek katonái viselnek hasonló zubbonyt vagy egyenruhát, de még ők is mind máshogy hordják azt. A rangjelzés például kinek a bal felkarján, kinek a mellkasa jobboldalán látható.

Az a körülmény is jelentősen árnyalja az egységről szőtt, helyenként torz önképünket, hogy a nyugatiak által beszélt közös nyelven kell értekeznünk egymással. Mint tudjuk, egy olyan nyelvről van szó, mely egy egykoron létezett kis nemzet nyelvéből, a hollandusból fejlődött ki, helyenként római és görög elemeket tartalmaz, de semmit, aminek saját nyelvi hagyatékainkhoz volna köze, és ezáltal erősen megkérdőjelezhető, hogy a nyilvánvaló praktikum mellett, indokolható-e bármivel a használata. Móc persze meg nem szólal ugor nyelven és *fordítva, mint ahogy a polekok sem kedvelik a ruszt, de annak, hogy fennen hirdetjük, mi megtartjuk nemzetállamainkat és mégis egy halott nyugati nemzet nyelvét ápoljuk tovább, annak a maga módján szimbolikája van. Gyakran próbáltam faggatni ráérő idejükben a parancsnokokat arról, mit tudnak, miért az a döntés született a felsőbb körökben, hogy nem például a szláv nyelvcsalád valamelyik gyakoribb ágát választották, hogy betöltse ezt a szerepet, de a válasz mindig csak az volt, hogy azt a nyelvet az ugorok, dákok, vagy mócok nem beszélik egyáltalán, a nyugatit meg mindenki legalább kapiskálja. Nem tudom érzékeli-e rajtam kívül más is a helyzetkomikumot, amely abban rejlik, hogy a kelet összes népe nagyobb eséllyel ismeri és beszéli a nyugatiak közös nyelvét, mind szomszédaik bármelyikét...*

Persze a soknyelvűség és sokkultúrájúság a népeink által lakott vidék sajátja, de miként őrizhetjük meg az egység illúzióját, ha nincs saját nyelvünk, ami valóban a miénk, kelet-európaiaké?

Egyetlen egy dolog van csupán, amiben mindenki konzekvens: a nemzeti címerét minden katona a szíve fölött viseli.

Egészen élvezte, hogy kiszakadhatott a benti szánalomkeringőből, de az öröme nem tartott így sem sokáig. Legalább öt karaktert lenyomott tévesen ijedtében, mikor a csarnok felől fájdalmas üvöltés szűrődött át, nem csak a betonhoz és fűhöz csapódó eső keltette hangfátylon, de a csarnok falán és a magára zárt csűr ajtaján is! Nem lenne szabad ilyen hangosnak lenniük! Ez az üvöltés teljességgel önkéntelen volt.

Ekkor figyelt csak fel rá, hogy az elfoglaltsága miatt eddig meg sem hallott, a csarnok felől érkező, egymást követő tompa puffanások, csapódások és valószínűleg falhoz és padlóhoz való ütközések sora, még az ő legrosszabb félelmeihez mérten is túlzó módon, valamiféle dulakodásra engedett következtetni. Összeverekedtek volna odabent ezek az állatok? – Idáig azért talán mégsem fajult a veszekedés... Talán nem. De Horia parancsnok pont ebben a pillanatban felhangzó, tajtékzó üvöltése megerősítette a vélekedését.

Mégis mi következhet abból, ha egy rakás polekot és fehér-ruszt, mócot, ugort, kis-ruszt és nagy-ruszt, keletről bevándorolt és őshonos balkánit hosszú időre összezárnak, és semmi szórakozást nem biztosítanak nekik, amivel levezethetik a szituációban természetesen keletkező, számos okra visszavezethető feszültséget? Minekutána ez a kérdés túl költőinek bizonyult, éppen arra a másikra kezdte volna keresni a választ, hogy ezen a jelenségen mélyítene, avagy tompítaná annak hatásait, ha legalább valamiféle alkoholt juttatnának a bent lévőknek, amikor újabb robajlás zavarta össze az éjszaka viszonylag zavartalan, csak természetesen hangokkal tarkított csendjét. A saját menedékéül szolgáló faépítmény bejáratához sietett, és rögvest rekonstruálta, hogy valaki nyilván – szó szerint – ajtóstul röpült ki azon a kijáraton, melyen korábban ő maga is elhagyta a szakasz tartózkodási helyét. A funkcióját veszett ajtó mellett üldögélő tulibános ettől annyira megijedt, hogy minden keze ügyében lévő dolgot elhajítva úgy kezdett rohanni az utcafront felé, mint aki ténylegesen az életéért fut, és Djukaricnak felötlött a fejében, hogy talán valóban helytálló is lehet a nő feltételezése.

A kint posztoló őr egy ideig még nézett utána, de fontosabbnak ítélte inkább befutni és megnézni, hogy mi történt.

Nőt még így ügetni nem látott, pláne ilyen hacukában. Nem hiába, a legnagyobb valószínűsége annak lehet ilyenkor, mikor hirtelen megszűnik minden szabály érvényessége, ami addig féken tartotta a nagyszájú, de már a háború elején is a szokatlan igénybeviteltől nyűgössé, majd emiatt kifejezetten indulatossá váló, egyébként is frusztrált keleti katonákat, hogy elkerülhetetlenné válik, hogy a „hagyományosan" férfias férfiaktól undorodó gyengébbik nemen verjék le a képzetlenségükből és viszonylagos kulturálatlanságukból fakadó kisebbségi komplexusukat. És ha ez már nem okoz elegendő kielégültségérzést, jöhet a bunyó, aminek elszenvedői a gazdagok és az értelmiség. A más bőrszínűek és más vallásúak. De először a nők!

Le is írta volna mindezt, de sokkal jobban lefoglalta a felismerés, hogy például az értelmiségiek körébe ő is jócskán beleillik, hogy a többit ne is kelljen említeni, és túl nagy összetartás ezen a szedett-vedett, mesterségesen létrehozott közösségen belül eddig sem volt! Ő is veszélyben van...

Lekapcsolta a fejére erősített lámpát, félretette maga mellé a földre az írógépét, felkászálódott alkalmi ülőhelyéről és figyelt. A legkülönfélébb nyelveken elhangzott legkülönfélébb tárgyú káromkodások tömkelegét hallgatta végig, mire az egymás származását és a másik számára röhejesen hangzó nyelvét firtatókon túl a legveszélyesebbnek tűnő is megütötte a fülét: – Hol az a patkány geci firkász? Mi a picsának etetjük, ha nem képes hasznos lenni a közösség számára, csak nyerészkedik a társaink halálán és címlapsztorit kreál belőlük? Bassza meg az anyját – hangzott el máris ijesztő üvöltés formájában a kérdés formájába oltott szitkozódás egy éppen kifelé igyekvő katona szájából, akinek a kinti sötét miatt, mire meglátta, már nem tudta felmérni a küllemét. Aztán Marius Horia jelent meg mögötte, akinek fürge, jellegzetes mozgása összekeverhetetlen volt, és rögtön olyan ütést mért egy, korábban is mindig az övére erősítve hordott ólmosbottal annak hátára, hogy az illető azonnal összeesett. Ezt követően egy utána kiérkező, a látványtól ledöbbent fiút egyszerűen megragadott a tarkójánál, és visszalökdöste a helységbe, ahol láthatóan mindenkit igyekezett benntartani, nehogy felhívják a lakosság figyelmét magukra, de ebben immáron kevés segítője akadt. Ezután próbált még maga is szétnézni a szemének szokatlan sötétségben, tán szintén őt, Djukaricot keresve, de mikor nem járt sikerrel, visszaindult ő is a fény felé. Djuakric azonban az imént hallottak után időszerűnek találta nem csak meghúzódni és szimbolikusan távol maradni az eseményekről, hanem inkább teljesen kámforrá válni, eltűnni a lehetséges módon újra megjelenő, fürkésző szemek elől.

Első gondolata által vezérelve az imént elszaladt tulibános útját követte volna, de mikor már úgy félúton járt az utca irányába tartó legrövidebb útvonalon, tudatosult benne, mennyire nagy butaságot is csinál: nyugaton vannak, mit is kezdhetne magával itt, ha bemenekül a számára idegen és ismeretlen településre? Visszafordulni persze még ennyire sem volt kedve, pláne, hogy megfordulás nélkül észlelte a hangokból, hogy a benti, valószínűsíthető „túltelítődés" miatt egyre többen hagyják el a zárt teret, dacolva a parancsnok igyekezetével, és kint folytatják heves vitáik rendezésének folyamatát.

Amikor egy pillanatra mégis maga mögé pillantott, épp az egyik katona rángatott ki újra egy másikat a karjánál fogva, majd elgáncsolva földre vitte azt, és tiszta erőből püfölni kezdte a fejét. A falu irányába már kevésbé vágyakozva, de visszafordulni végképp nem akarván, a jobbján elhelyezkedő furcsa alakú, de meglehetősen sűrű cserjést – valamilyen bogyót növesztő, keleten nem honos bokrot – választotta. Szerencséjére senki nem vette észre, amint eldobva magát bekúszik alá. A folyamatban azonban úgy összesározta a ruhájával egyetemben a kezeit is, amikkel aztán a nedvességet próbálta meggondolatlanul, reflexszerűen letörölni arcáról, hogy onnantól kezdve semmit nem látott többé az egyébként is nehezen kivehető események sűrűsödő folyamatából.

Tíz percbe is beletelt, mire nagy nehezen elővarázsolta felső ingzsebéből a feleségétől kapott szerencsezsebkendőjét, majd nagy nehezen megkereste annak az iménti folyamatban még szintén össze nem sározott egyetlen sarkát, és végre kitörölhette szemeiből az összes dzsuvát, ami gátolta a látásban. Ezután olyan sokáig feküdt mozdulatlanul, dermedten a bokor alatt, folyamatosan az események magjának irányába figyelvén, hogy lassan csőlátása alakult ki az erőltetett, egyirányú koncentrációtól. Észre sem vette, hogy az eső mostanáig megmaradt intenzitása percek alatt majdhogynem teljességgel alábbhagyott, és meztelen csigák kezdtek felfelé vezető utat találni a ruháján. Félt bármit tenni, akár csak valamelyik végtagját megmozdítani, vagy akármilyen következménnyel járó mozdulatot ejteni, mert nem tudta el-képzelni, ha kimászik a bokorból, bármi jó tud történni vele. A zajok nem múltak el, csak csillapodtak valamelyest. Nem látta, nem hallotta egy pillanatra sem már a szakaszparancsnokot. Még az is lehet, hogy megölték – szörnyedt el, de nem maradhat itt örökké! Sem vissza, sem pedig előre nem vezet út, amely bármi jóval kecsegtetne, de mégis meg kell próbálnia valamit, mert teljesen kihűlt a teste és átvizesedtek a ruhái. Az ebben a pillanatban észlelt nyálkás, bokor alatti életre berendezkedett társai pedig hirtelen mély undort váltottak ki belőle.

Miután percek után először körbefordult, az ő szemének is szoknia kellett még a környezetet, ugyanis mellette és mögötte sokkal sötétebb volt annál is minden, mint ott, ahová bámult. Nem is látott szinte semmit az őt körülvevő dolgokból, fényforrásként csak a mögötte lévő utcai lámpa és az ajtajától megfosztott szerelőcsarnok volt beazonosítható. Ahogy a pupillája lassan még inkább tágulni kezdett, két apró, egymáshoz közeli fénypontot vett továbbá észre, de azokat közvetlenül maga mellett a földön. Furcsállta.

Ahogy közelebb kúszott azonban máris minden korábbinál jobban megbánta, hogy egyáltalán eszébe jutott felhagyni a mozdulatlansággal. Miután már a világ azon szeletéhez is hozzászokott a látása, ami a jobbján terült el, konstatálta, hogy a szomszédos, nagyon közeli bokor mellől valójában egy szigorú szempár nézett vissza rá. Úgy megfagyott a döbbenettől, hogy fel sem tudta mérni, kihez tartozik, csak azt látta, hogy az illető finoman oldalirányú mozgásba kezdett a fejével. Oda-vissza, oda-vissza, jelezvén, hogy meg se próbálkozzon bármivel, majd mutatóujját a szája elé emelve figyelmeztette, hogy egyetlen pisszenésnyi hangot se merjen kiadni magából. Aztán már nem a látómezeje irányából, hanem kicsit jobbra mögüle hallott váratlan neszezést. Nem tudott szót fogadni az iménti tiltásnak, és mégiscsak gyorsan hátrakapta a fejét, amidőn a csarnok felé kúszva, hangtalanul közeledő alakok tucatjait észlelte. Az alakok abban a szekundumban felpattantak, először felé rohantak, de végül mit sem törődve vele haladtak tovább, immár – mondhatni – rohanó tempóban.

Mire a csarnokhoz értek, mindegyik kardot rántott, és azzal a kezükben rontottak a bentiekre.

– Itt vannak! – futott át az egyetlen, a rémülettől még valahogy megfogalmazható valódi gondolat Djukaric agyán, ami kifejtve valami olyasmit jelentett volna: eddig tűrték a Téotéenek a jelenlétünket a területükön, vagy csak mostanra tudtak ideérni északnyugatról, aminek a védelme ezerszer fontosabb, mint a Várvidéké. De mégsem tartott sokáig a „keleti invázió", ezek szerint...

JÉGHIDEG ÉS TŰZFORRÓ

– Nos, várjuk a válaszait, Loius Charles...

Hiába próbált úgy tenni, mint akinek halaszthatatlanul sok dolga lett hirtelen, amiket a kézi készülékébe temetkezve kell menedzselnie. Mindenki, aki csak jelen volt, hallgatott és várt. A vele ideérkezők közül senki nem volt elég bátor, hogy megszólaljon, és mivel legutóbb a „legnagyobb nagymester" hallatta a hangját egy kérdés erejéig, természetesen a kálovistoni elöljárók is a csendben maradást és a figyelmes várakozást választották.

Kezei remegni kezdtek, színlelni már nem tudott tovább, de nem is kellett teljességgel ezt tennie. A legfontosabbat, amiért eleve előkotorta a konzolját, még be kellett fejeznie, így is, úgy is. Ha bolondnak nézik, akkor is muszáj. Pillanatnyi erőt adott neki a feltóduló adrenalin. Ez az egy dolog az egyetlen reménye, hogy emelt fővel keveredhessen ki sarokba szorított helyzetéből. Bármekkora kockázatot is vállal, át kell vennie az irányítást! – határozta el.

Az ujjai azonban nehezen találták a gombokat és billentyűket, no és az az idegesítően magabiztos, mély hang is újra megzavarta, amidőn újból megrezegtette a levegőt: – Miért nem léphetünk kapcsolatba közvetlenül Európa Elnökével, és mit tervez a Bizottság a Valentirekkel szemben? Sajnos addig nem mehetünk tovább, amíg ezekre nem kaptunk választ. Együttműködésünk az ezen kérdésekben való egyetértésünkre alapul! Tudjuk, az önök nézőpontjából úgy tűnhet, mi rúgtuk fel a szabályokat, de a saját eskünk másra kötelez.

A megszólított továbbra is lefelé bámulva hallgatta a választ, de azért apró fejmozdulataival jelezte, hogy figyel. – Ha úgy látjuk, a bürokratikus döntéshozók akadályoznak minket, némi engedetlenség árán is meg kell védenünk inkább a kontinenst, úgyhogy ettől a ponttól most én kérdezek. Pontosabban már meg is tettem. Nos? Halljuk, mit tud nekünk elmondani! – fejezte be Clinton-Slino a vallatást, átpasszolván a „labdát" az ellenfélnek, aki ezt már valóban nem hagyhatta szó nélkül.

– Ez… árulás, uraim! – vicsorgott védekezve McNamara a monológ után, már akkor is, amikor még nem mert a zavartságától Clinton-Slino szemébe nézni. De amikor egyszer mégis rápillantott, és meglátta a szokott magabiztosságot rajta, és azt, hogy valójában mennyire élvezi, hogy mások előtt megalázhatja, a gyomra is belefájdult a gyűlöletbe, amit iránta érzett.

„… nemes könyörületemből, mely isteni természetemből fakad, megbocsátok hát neked, lánglelkű, megfontolatlan gyermekem, és felajánlom, hogy megtérj most hozzám, egyetlen igaz királyodhoz!

Megbocsátasz nékem, ó, uram? Ily' nagyságosan jó lennél te, ki fivérimet máglyára küldted, de felettem most könyörülettel ítélsz? Isteni nagyságod kiváltotta tiszteletemet mélyítené e földöntúli jóság, ha nem csak annak látszatát tapasztalnám most szavaidon. Megbocsátasz, és ezt te tennéd, te magad, ki rendelkeznél életemmel és sorsommal?

A düh és a harag által ökölbe szorított kéz oly erővel emelte magasba a nemesvadfa dárdát, hogy az elhajítása után hamarabb fúródott a hazug király szemei közt áttörve az aranytrón nemes bársony borítással szőtt fejpárnával kényelmített támlájába, hogy azon székelő észre sem vette mi történt. E pillanatokról lemaradván, öntudatlan szenderült a jobb és igazságosabb létre." – villant be neki, ki tudja miért, a sokszor megismételt néhány sor legutóbbi olvasmányából. Nem is tudta, hogy ennyire jó a memóriája ilyen téren, bár volt ideje szinte minden szót pontosan felidézni, míg az utálkozás közepette farkasszemet néztek. A sokak számára nyomasztó csendet csak valami, a háttérben erősödő, ismeretlen forrású ütemes, tompa zajolás törte meg enyhén, amivel különösebben senki sem foglalkozott.

– Fejezze be a ködösítést és az önkényes kussolást mindenről, McNamara! Tisztázzuk a felvetett kérdéseket, ha képes erre, megnyugtatóan, mert ez így mindenkinek kellemetlen! – szólította fel végül egy fokkal nyugodtabb, de mégis határozott hangnemben Mistan Malis, ami aztán végképp nem tetszett McNamarának. De úgy érezte, egyszerűen nem tud még mindig érdemben megszólalni. Majd nemsokára visszajön a bátorsága, ha fordul a kocka!

Lámpalázas sosem volt. Bámult már rá egyszerre, egy időben sokkal több ember is, most mégis biztos volt benne, ha megpróbálna újra megszólalni, elvékonyodna az első szavaktól a hangja, és ez nevetség tárgyává változtatná. Ő, egyedüliként, a távoli, de egyre közeledő zajforrás irányába tekintett, és mintha az megnyugtatta volna, újra képes volt egy kicsit a konzoljával foglalkozni.

Ez képtelenség! Ez megbolondult! Máris meghasadt a tudata az általa sosem tapasztalt, kiszorított helyzettől, amiben most ő a „vádlott"! – olvashatta le volna a körben állók arcáról a döbbenetet, ha rájuk tekintett volna, de mégis a lehető legbugyutább dolgot választotta: nem nézett fel többé. Nem, amíg újra nem látta biztosítottnak átmenetileg elvesztett fölényét.

Végül Fernandita Van der Maas lépett oda hozzá, óvatosan, bizonytalanul kérlelő hangon rákérdezve: – Jól van, elnök úr?

Azonban ő, mintha mit sem hallott volna, semmit sem tett. Mintha nem érezné a nő fojtogató szagú parfümjének felhőjét, és nem érdekelné semmi, senki többé a közvetlen környezetében. De közben fülelt. Emberek jönnek. Sokan. Kimért, egyenletes léptekkel, mintha menetelnének – tűnt fel még azoknak is, akik eddig figyelmetlenebbek voltak.

Remegett az izgatottságtól, de nem érdekelte már. Bekaphatja az összes talpnyaló és áruló aktatologató! – vonta meg a vállát. Továbbra sem tekintett rájuk. Helyette most éppen felnézett az égre, és akkor egy kicsit szabad volt. Néhány szekundum hosszúságáig minden korábbinál jobban annak érezte magát. Ezt Cleaves is valóban szerethette! – helyezett el a fejében ösztönös lábjegyzetet. Leginkább olyan semmilyen volt éppen az égbolt látványa, de odafenn legalább semmi zavarót nem látott és nagyon jólesett neki a levegő illata, a tiszta környezet zajai, amit épp nem tört meg semmilyen emberi hang.

Csak az a monoton menetelés... Mert az bizony valóban menetelés volt. Trappolás – ha úgy tetszik, ami kivételesen számára nem hozhatott már semmi rosszat...

Ő egyedül tudta, hogy mi annak a forrása.

A többieket viszont pont az a dolog zökkentette ki végül, mert nekik elképzelésük sem volt. Szépen lassan mindenki a hangforrás irányába fordult, és még Clinton-Slino magabiztossága is kissé talán tovaszállt. Emberek jelentek meg, méghozzá Téotéenek, furcsa, katonás alakzatban közeledve. McNamara is lecsapta végre a fejét, hogy lássa, amint megérkeznek. Felmérje, hogy hányan vannak. És már meg is nyugodott teljesen.

Egy ideig mindenki őket, a távolban közeledőket nézte, amíg azok el nem tűntek a környezet természetes alakzatainak takarásában. De feléjük tartottak. Továbbra is, jól érzékelhetően. Először a McNamara társaságában ott tartózkodók néztek ijedten Clinton-Slinóra és beosztottjaira, nyilván attól tartván, hogy talán értük jönnek, a vendéglátóik parancsolták ide őket, és valóban tőlük akarnak valamit. A Rend hirtelen Európa ellen fordult? De a házigazdák, mit sem törődve velük, ijedt vendégeikkel, még meglepettebben tekintgettek egymásra, majd a mesterükre. Amikor a hanghoz tartozó emberoszlop jól érzékelhetően a hozzájuk felfelé vezető domboldal aljához ért, mindenki egész testét az érkezők irányába fordítva állt önkéntelen fogadó pozícióba. A legutolsó bucka mögül első blikkre úgy másfél tucat, többségében drapp savalinges harcos tűnt elő és menetelt fel hozzájuk, hellyel-közzel valamiféle páros alakzatot tartva, de mozgásukat a végére mégis valamelyest szétzilálta a nagy sietség, amit senki sem tudott mire vélni, mint ahogy azt sem, miként fordulhat elő, hogy váratlanul megjelenik egy ilyen magas rangú résztvevők jelenlétében zajló belső tanácskozáson néhány harcos, alacsonyabb beosztású tiszt és parancsnokaik. Fenyegetően, felfegyverezve. Élükön két barna inges haladt, akiket még Clinton-Slino és Venizelos sem ismert fel azonnal. A többit meg persze végképp nem.

A trappolás végén megálltak, bal lábukat valamilyen módon mégis egyszerre a földhöz verve, tényleg, mintha katonák lennének. A legijesztőbb ekkor mindenki számára az lehetett, hogy kivétel nélkül, az összes Louis Charles McNamara felé fordította a tekintetét.

Téotéenektől furcsának hatott minden ilyen apró momentum. Ezek valóban a Rend harcosai volnának? Ezzel ez attitűddel?

Elefithy Venizelos elébük lépdelt megfontoltan, de teljességgel bizonytalanul visszafordult a már ott várakozók irányába, mielőtt eszébe jutott volna bármi kérdés, amit feltehetett. No meg mintha nem lett volna egészen biztos benne, hogy neki kell itt legelsőként megszólalnia.

Tusso Born már több bátorságot és elvárható leleményt mutatott. Venizelos elé vágott, és az első két sorban álló barna ingest bámulva megszólalt.

– Mi járatban, uraim? Árulják el, miért jöttek! – mondta a magabiztosság látszatát fenntartva. – Jelenteni valójuk van? – kérdezte, miután azok meg sem szólaltak.

A barna ingesek egyike, amelyik kissé előrébb állt – de valóban csak pár centivel – ránézett ugyan, de nem felelt. Rövid ideig a felettese képébe bámult, majd újra McNamara irányába. Mintha tőle várna parancsot, vagy bármilyen utasítást…

A nagymester ettől a jelenettől láthatóan felpaprikázott arccal, szigorúbb hanglejtéssel bökte oda újra: – Azt kérdeztem… – ripacskodott látványosan – van valami jelenteni valójuk? Mire újból feltett kérdése végére ért, hangja enyhén kiabálásra hajazó magasságot ütött meg.

A mesterek körül álló, már régebb óta ott tartózkodó, szintén meglepett szürke ingesek először nem is reagáltak, de amikor csak a biztonság kedvéért, nem túl feltűnő módon, egymástól függetlenül szép komótosan kardjaik markolatához nyúltak volna, az ott kitapogatott semmi juttatta látványosan emlékezetükbe egyenként, hogy mivel ők épp egy belső körű tanácskozás résztvevői – a protokoll értelmében –, nem viselték megszokott fegyverüket. Nem úgy, mint a velük szemben álló, alacsonyabb beosztású, nemrég érkezett harcostársaik, akik, miután ezt látták, saját kardjaikra, vívótőreikre, gládiszaikra fogtak.

Volt köztük mindenféle. A nagyobb számban reprezentáltakon túl egy handzsáros, egy szablyás, de még egy kétkezes kardot viselő is.

– Az urak nem azért jöttek, hogy zavarják az önök bájolgását! Nyugodjanak meg, rendkívüli eseményről sem hoztak hírt. Pusztán azért vannak itt, hogy engem visszakísérjenek a Kollégium bejáratához, majd mielőbbi távozásomat segítsék! – lépdelt elő komótosan, de immáron teljesen feloldódva az iménti kínos szituáció okozta görcsei alól McNamara.

Ahogy haladt előre, érezte, ahogy önkéntelenül megfeszíti elülső combizmait, elégedetten játszik ujjaival valamiféle, az agya eldugott részében magától generálódott dallamot, mintha egy zongora billentyűit nyomná le sorban. Végre kiegyenesedhetett, nem kellett lefelé, sem pedig felfelé bámulnia, ahol legalább nem voltak emberek, akiken megvetést és utálatot látott. Maga elé tekintett, állát kitolta egyenesen előre, mint mindig, amikor igazán magabiztosnak érzi magát. A hozzá közelebb álló, ékként pózoló Téotéenhez lépett, mosolyogva bólintott egyet, és miután az újabb biccentéssel jelezte, hogy megértette a feladatát, kifordulva elállt gyorsan McNamara útjából, aki elveszni szándékozott a barna inges mögött álló fegyveresek vékony, de őt elégségesen körülölelő sűrűjében. Pár perce még ő kiáltott árulást, de biztos volt benne, hogy a mindenki számára meglepő, és érthetetlen módon az ő oldalán felsorakozó, egyszer csak megmagyarázhatatlanul ott termő harcosok is megkapták most ezt, hangtalanul, faképnél hagyni szándékozott korábbi „parancsolóiktól". De a Rend jelen lévő mesterei egyelőre tényleg csak magukban fortyogtak.

Ennyi lenne? – bizonytalanodott el McNamara, és már-már kedvet kapott, hogy odaszúrjon még egyet korábban őt idegesítő és bosszantó ellenfeleinek. Amikor visszafordult, legdühödtebbnek a Mistan Malis és lánya között, kicsikét hátrébb álló magas, fehér ruhás, Leslie Bayle-ként megnevezett harcost látta. Noha éppenséggel senkinek, még provetusi segítőinek tetszését sem vívta ki a váratlan, egyelőre nehezen megérthető fordulattal, amit nyilván ő idézett elő, és amitől mindenki meg volt lepve ugyan, de „egy McNamarától minden formabontó furcsaság kitelik alapon" kezelhette mégis a többség, ami történik. Vagy nagyon be vannak szarva, annyira, hogy most ők nem mernek megszólalni – vetette még gyorsan fel magának a dilemmát. Ugyan miért nem próbálnak tenni valamit a konfliktusban vele szembekerülők? – agyalt, majd tényleg belefogott a búcsúmondatoknak szánt közlendőjébe:

– Hadd fejezzem ki őszinte sajnálatomat azt illetően, hogy ily' méltatlanul viszonyultak a helyzethez, melynek végpontjaként megoldást illett volna találnunk az előttünk álló problémahalmaz legtöbb elemére. Harcostársaik, akik a jelek szerint hűbbek a Rend létezése lényegének magasabb céljaihoz, mint magához a Rendhez, akik ténylegesen egész Európa, és nem csak a Szigetország és azon belül a történelmi Káloviston megóvását tartják szemük előtt, engedelmükkel most visszakísérnek engem a Kollégium bejártánál hagyott járművekhez, majd hozzásegítenek, hogy mielőbb visszajussak Provetusba, hogy végezhessem a munkám.

Amikor azt vette észre, hogy Tusso Born és Elefithy Venizelos totális tanácstalanságán, és a Malis dinasztia tagjainak dühén túl Harry Clinto-Slinón semmilyen, a helyzet súlyának megfelelő súlyú reakciót nem látott, még annyit vetett oda provokatívan: – A következményekről hamarosan tájékoztatjuk magukat.

Ismét semmi reakció... Clinto-Slino mozdulatlan maradt!

McNamarának is megmerevedtek a lábai. Végül is... Ami épp történik, semennyire nem formális. Fölényeskedhet nekik, de persze tudatosítania kell magában, hogy semmiféle jogosítvány nincs a kezében, ami igazolná, hogy a Rend bizonyos megkent, korrumpált, karrierjükben McNamara kapcsolati hálója által ilyen típusú ellenszolgáltatás fejében előrébb lökdösött Téotéenek segítségével fenyegeti a Rend vezetőit. Mert a mögötte és körülötte álló, a kardjukat bármikor előrántani kész csicskásai, akik között volt persze tehetségesebb és kevésbé tehetséges harcos, a Rendbéli ranglétrán kizárólag az ő segítségével előrébb jutók éppen ezt tették.

Elég volt ebből! – Miután nem tudott a „legnagyobb nagymesteren" felülkerekedni, észlelte, hogy nem húzhatja tovább a saját idejét!

– Nagymester – „hajolt meg" búcsúzóul törzsét csekély mértékben megdöntve, majd végleg elfordult a faképnél hagyottak közösségétől, mielőtt megindult pont abba az irányba, melyből ideérkeztek. Az őt körülölelők többsége vele fordított hátat, és vele együtt haladva megkezdte a helyszín biztonságos elhagyását. Többen közülük oldalirányba, és néha visszafelé tekintgettek éberen, majd az előbb még éket képező, most a sor végére került barna ingesek is hátrálni kezdtek. A szürke ingesek között volt pár bizonytalanabb pofa, aki talán maga sem mérte fel pontosan, mibe keveredik épp, és – akaratlan – vetett néhány aggódó pillantást volt mestereire, de ekkor már olyan, aki a valódi megbánás jeleit mutatta, és viselkedésével kilógott volna a sorból, nem lehetett egy sem.

Mind elvégezték újdonsült dolgukat, kicsit sem bátorítva a velük szemben esetlegesen ellenállókat. Röviden még csak így követték, felkészülvén a harcra is akár, a helyszínen maradottak felé fordulva McNamarát, de a tehetetlenül ott állók irányából semmilyen fenyegetést nem tapasztaltak. Idővel mind abbahagyták a hátrálást, és futólépésben gyorsan utolérték az egyre igyekvő, különös védelemben részesített politikus követőoszlopát.

– Miért nem viselik a fegyvereiket, nagymester? – kérdezte Clinton-Slino kifejezett lágysággal, csak enyhén megfeddően.

– Hát mert, hát... – Tusso Born semmit sem tudott kinyögni.

– Fontosabb a cicoma, mint az, hogy első és legfontosabb feladatukat, biztonságunk és európai értékeink védelmét bármikor, azonnal el tudjuk látni? Olyanok lettünk, mint a politikusok? Hmm... Nincs ez így jól, nagymester! – elmélkedett komoran a „legnagyobb". – Ha így folytatjuk, pont azt veszítjük el hamar, ami Rendünk lényege, és amire a legnagyobb szükségünk lett volna most: az éberséget.

A hangjában a lesújtó történések ellenére higgadtság volt. Nem számított, nem is számíthatott arra, ami történt. Bár... „Egy McNamarától bármi... minden kitelik". Akár vázolhattak volna ilyesmi forgatókönyvet is, mármint, hogy a „fogoly" könnyedén kislisszan a szorításból. De nem volt dühös, ahogy sohasem. Egész máson merengett.

Lehet még olyan közösség ezen a földrészen, amit nem zilál szét a politika aljassága, leginkább azzal, hogy bizonyos tagjait megveszi kilóra a McNamara –dinasztia? – tűnhetett a legadekvátabb kérdésnek, miután egyre többen kapiskálták a megfejtést az iménti eseményeket illetően. De senki sem merte feltenni.

Nem volt értelme utánamenni. Ebben egyezhettek a vélemények. Még nem lehet tudni, pontosan mit hoz a jövő. Legalábbis most még csak Harry Clinton-Slino fejében volt elképzelés ezt illetően. Mistan Malis azonban, egyedül, már hangosan fújtatott a dühtől. Míg Leslie Bayle-en csak az látta ugyanezt, aki az ábrázatára tekintett, Mistan Malis szájon át történő hangos levegővételét és morgását mindenki hallhatta. Őt leginkább nyilván az zavarta, hogy a korábbiaknál is távolabb került Cumbria felszabadításának lehetősége. Clinton-Slino azonban messzebbre gondolt ennél. Felidézte az utolsó jelenetsort. Bele akart csöppenni újfent az eseményekbe, hogy még nagyobb pontossággal tervezhessen, azokat megértve. Oda, ahol McNamara újra a régi volt. Felismerte a hírhedt családra jellemző középkorias attitűdöt – még egy kicsi elismerést is kivívott vele McNamara talán. Nem lett volna a nagymester akaratába és szándékába ütköző, ha az eljövendő nagy csatát ebben a szellemben vívják majd. Ez ugyanis, amikor a konfliktusokat nem konspirációval, behízelgéssel és alkudozással rendezik, nem csak az ellenmondást nem tűrő, feudális gondolkodású McNamara terepe volt egyedül.

Aztán eszébe jutottak a náluk ragadt provetusi csatlósok, azzal a szerencsétlen nővel, aki nyilván nem tudott az alkalomhoz illően öltözni – sokak első benyomása alapján –, mintha fogalma sem lett volna, hová jön a magassarkújában, és a többi ügyefogyott, nyakkendős bohóccal, akik szintén mintha először láttak volna Téotéeneket, és akiket McNamara úgy hagyott itt, hogy abból a Rendbéliek irányába tanúsítottnál is nagyobb fokú megvetésre lehetett következtetni. Általuk – ha már hasznos túszt nem ejthettek – legalább tudják hamisan demonstrálni, hogy a Rend hozzáállása nem is olyan agresszív, mint amilyennek tűnni fog nemsokára sokak számára.

– Semmi értelme itt tartani ezeket! – súgta oda Tusso Bornnak. – Menjenek útjukra, hátha elmesélik, hogy saját főnökük árulta el őket. Akárcsak egész Európát!

❖ ❖ ❖

McNamara távozóban szintén Clinton-Slino viselkedése alapján próbálta megidézni, hogy mi várható a jövőben kettejük párharcában.

Meglátta benne azt a valóban régi vágású, még a modern politika korszaka előtt tökéletes harcossá nevelt Téotéen-t, akinek az érzésein – a többi jelenlévővel ellentétben – nem kerekedtek felül az indulatok. Ő valóban igazi harcos volt, a kontinens védelmezője – legalábbis láthatóan így gondolt magára, és ennek megfelelően viselkedett. Furcsának érezte, hogy pont az adott szituációban talál meg bármi valóban szimpatikus vonást a nagymesterben, de ez tetszett neki. Imponáló volt.

A kihalt kollégiumi épületrészeken még gyorsabban suhant át kísérőivel, mint amikor befelé tartottak. Most nem bámult meg semmit és senkit. Ha elvétve látott valakit, inkább elkapta a tekintetét. Csak az apró részletek ragadtak meg benne. Úgy, mint mikor az embert szorongás tölti el és nem foglalkozik a világgal, de elemezvén a helyzetet, amibe keveredett, a nagy koncentrációban megragad a szeme egy ponton. Neki ez a pont most nem statikus pont volt. Hanem nagyon is dinamikus. A padló mintázatai váltották egymást ezen egyetlen, a szemei elé kitűzött szűk zónán belül. Majd a lépcsőfokok évtizedek által formált egyedisége, aztán újra a padló, aztán meg már az épülettel szembeni flaszter.

Fogalma sem volt, hogy a Renddel szemben miként lehet megúszni ezt az egészet, de politikusként azt súgták az ösztönei: a népet kell meggyőzni, mert az az egyetlen kritikus tömeg, ami még a Rendnél is nagyobb hatalommal bír. Most aztán igazán a politikusi kvalitásait kell latba vetnie. Európa népét a maga oldalára kell állítania!

273

– Miről beszél?

– Jól hallotta. Nem először futunk össze rövid időn belül.
Kis híján megütköztünk egyszer már az andernaki bázison.
Tényleg nem emlékszik? – titokzatoskodott kéjesen, magabiztos
arckifejezéssel az egyébként nem túl jó bőrben lévő Éjlovag.

– Mi a faszról beszél? – dühöngött, és kezdte elveszíteni
maradék türelmét is látványosan Janos.

Nem azért volt ideges, mert a házukból idegeneket kellett
kisöpörnie, alig, hogy hazaért. Nem a talány pillanatnyi megfej-
tetlensége kínozta, hogy miért pont ott és akkor történik mindez,
és hogy miként adódott a képtelen szituáció, hogy egy ki tudja
honnan odakerült Valentir egy sosem látott, tök ismeretlen
Téotéen életét fenyegeti a szeme láttára, és neki kéne tennie
valamit. Inkább azon gondolkodott, hol temesse el az állatot,
aki fiatalabb éveiben a legkedvesebb, leghűbb társa volt, aztán ki
kéne derítenie, hol lehet az apja. De ezek itt az idegein táncolva
okvetetlenkednek! Persze mégsem volna helyes most azonnal
levágni mind a kettőt… Nem kéne nagyobb bajt csinálni, mint
amilyenben sejthetően nyakig benne van egyébként is.

– Pofa be! Elég! – kiáltott minden korábbinál fülsértőbben,
egy valóban önkontrollját vesztett félőrült hangszínével és meg-
lehetősen ijesztő arckifejezésével. A Valentir azonnal elhallgatott,
és kéjenc pofájára inkább komorság ült ki.

– Janos! – próbált ekkor nyöszörögve szóhoz jutni az egyre
veszélyeztetettebb helyzetben lévő Téotéen. – Én elmondok
magának mindent! Nem fog tetszeni, de tudnia kell bizonyos
dolgokról, mert komoly veszélyben van!

– Kuss! – vágta rá hűvösen morogva, és tőrét foglya nyakán
feljebb húzva kicsit a Valentir.

Janos már megint nem tudta, miként reagáljon. Nincs már
olyan Téotéen a világon, akinek élete és biztonsága kicsit is
foglalkoztatná, így az övé sem, aki a megmentéséért könyör-
gött neki, de mégis jó lenne a végére járni ennek a dolognak, és
kideríteni, miről beszél! – mérlegelt magában. A gondolkodását

viszont furcsán visszhangzó gyermeki hangot törték meg, amik kintről szűrődtek be a házba és emlékeztették arra a zsivajra, amit egyik lázálmában hallott nemrég.

Valahányszor kitekintett a jobbra eső távoli ablakon, ismerős panorámát látott, ami úgy hívogatta a múltba, hogy kedve lett volna valós időben is karjait leengedve szép lassan az ablak felé elsétálni és közben hagyni, hogy beugorhasson minden apróság, ami erről csak beugorhat. Baxter, Oliver, az a rég nem látott srác, Francois – még az úgy tízéves kora előtti időszakból – jutottak eszébe elsőkként. Ők, akikkel bármilyen közös emlék felszínre tudott törni azzal a négyzetméterrel kapcsolatban, ahol épp állt, és ahonnan pont azt az ablakot látta. Néha kissé elernyedtek ujjai a kardja markolatán, mintha eleget akarna tenni a múlt hívogató felszólításának, de mindig újra erőteljesen megszorította azt, mikor „vendégei" valami apró, akár csak halk, nyöszörgő hangot hallattak.

El kéne hallgattatni őket – bosszantóak.

A földön fekvőknek azonnal feltűnt, hogy valami nem stimmel vele. A fejét kezdte kapkodni, hogy beazonosítsa azt a pontos irányt, amerről az ablakon beszűrő, csak általa hallott zajok forrása lehet. Ő is tudta, hogy egyedül csak ő hallja őket, és érezte, hogy nagyon furcsán viselkedik mások szemével nézve. De kit érdekelnek mások…

– Mi a baj, Janos? Nincs valami jól – tért vissza valami pillanatnyi magabiztosság a Valentirbe, de Janos azonnal szigorúan szúrós tekintettel reagálta le a nem kért megszólalást. A sok lehetőséggel operálni már nem tudó Valentir mégis folytatta: – Percek alatt végzett az embereimmel, maga tényleg olyan jó, mint mondják! Ott Andernakban is megizzasztott minket, bár akkor még kicsit enerváltnak tűnt. De látom, most még mindig kínozza, aminek bekövetkezte várható volt. Az emlékezetvesztést a vakcina okozza, a hallucinációi viszont csak a geronium hatásának tűnnek. Nem semmi, amin keresztülment, ember, maga tényleg kivételes, hogy ezt túlélte!

– Milyen vakcina? – kapta el a legfontosabb foszlányokat az óvatos dörmögésből, amit az hallatott.

– Azt tényleg ettől a faszkalaptól kéne megkérdeznie... Ha nem vágom el a torkát előbb. Szeretné, hogy ne vágjam el, Janos?

A totálisan összezavarodott házigazda ezúttal büszkeségből nem válaszolt. Mikor lenézett a hármuk közül továbbra is legroszszabb helyzetben lévőre, a túsz arcán valódi halálfélelmet látott.

– Álljanak fel! Mindketten – váltott meglepően tempót, és egyben stílust is Jan. Mint aki lerázva magáról minden bizonytalanságot és feszültséget új játékszabályon nyugvó alapokra kívánta volna helyezni az egész szituációt.

Tommas Haven pusztán csak meglepettséget és értetlenséget sugárzott ekkor, de a Valentir szeme sarkában mintha felcsillant volna a helyzet megúszása lehetőségének apró kis szikrája. Túlságosan zavart, és nem tudja feldolgozni, mi történik körülötte, ezért ilyen óvatlan – vélhette Janosról, aki számára a lehető megnyugtatóbban, becsúsztatta hüvelyébe véres kardját. Abban a pillanatban elengedte áldozatát, és nem túl katonásan, mint aki kapva kap a lehetőségen, de egyetértően mocorogni kezdett, előkészítvén a feltápászkodást. Először megtámasztotta magát, hogy elrugaszkodjon, majd neki is veselkedett, de ettől elfedhetetlenül látványos fájdalmai keletkeztek azonnal. Ekkora a kiszabadult Tommas már arrébb kúszott, majd rögtön talpra állt, a pengével összekaristolt nyakát tapogatva, és meggyőződvén arról, hogy nem csak az adrenalin miatt nem érzi, hogy komolyabb sebet szerzett esetleg.

Végül a Valentir is követte nagy nehezen, de ekkor még fekete ruháján is szembetűnővé vált mindkettejüknek az a hatalmas mennyiségű vér, ami Janostól még kint az udvaron szerzett sebéből ömlött. A valóban túlságosan összezavarodott Jan a magát még mindig prédának érző Téotéen legnagyobb rémületére elhagyni készült a szobát, mit sem törődve a rá biztosan nem veszélyes megsebzettel, és vele, aki továbbra is csak tehetetlenséget sugárzott. Végképp nem számított rá, hogy pont a Valentir okvetetlen közbevetése állítja meg a távozni készülőt. – Látja, mit művelt velem? – próbálta továbbra is a magabiztosság látszatát keltve bagatellizálni saját helyzete súlyosságát zavartan röhögcsélve a vérző Éjlovag, majd hosszú, szándéka szerint mindenkit összezavaró, behízelgő, álbarátságos hadoválásba fogott. – Egyvalamire egészen biztosan rádöbbentett az elmúlt egy hét, Cleaves nagymester uram...

Ekkor azonban a fájdalomtól a falig volt kénytelen hátrálni, hogy annak támaszkodva le ne essen a lábáról. Valószínűleg felfogta, hogy ilyen állapotban nem menekülhet, ezért felhagyhat a taktikázással.

– Nem vagyok nagymester, és nem érdekelnek a tapasztalataid! – vágta rá Jan, félig visszafordulva az ajtóból.

A Valentir már tényleg nem lehet annyira éber, hisz' nem fogta fel, hogy ha csöndben marad, már a menekülésén dolgozhatna, mégis csevegni akart Janossal – szemlélődött csendben, magában beszélve Tommas.

– Rádöbbentem, hogy megint túlértékeltük a képességeinket, pedig gyengébbek vagyunk magukhoz képest, még annál is, mint korábban voltunk – folytatta a falat támasztó, sebzett vad.

– Gyengébbek vagyunk, ezúttal mégis győzni fogunk!

Janos nagyot fújtatva lehorgasztotta fejét, mint aki azon dilemmázik, elcsöndesítse-e végleg az idegesítő fecsegőt, hogy végre saját magára tudjon koncentrálni.

Ha valaki, Tommas Haven pontosan tudta, hogy Janos mi mindenen mehetett keresztül, ami érthetővé tette az irracionális viselkedést. A Valentirrel szemben viszont egyre dühödtebb gyűlöletet érzett, mikor realizálta, mit úszott meg az imént, és őt is elragadták végül az érzelmei. – Fogja már be! Vége van! Csöndben próbálja megőrizni a büszkeségét – bökött oda iménti fenyegetőjének a fenyegetett, mintha bármi érdeme lett volna saját kiszabadulásában.

A fekete ruhás ezt nem is mulasztotta el haragos megvetést sugárzó tekintettel jutalmazni.

– Miről beszél? – szólította fel mégis megkezdett gondolata folytatására Janos az Éjlovagot. – Miért fognak nyerni? Egyáltalán... Háborút indítanak?

– Vannak erős szövetségeseink.

– Miféle szövetségesek?

– Mindenfélék. Magukat már mindenki utálja ezen a Földön! Európa halálra van ítélve. Úgy értem... a maguk Európája – hörgött a Valentir.

– Szövetségesek? – jött az újabb értetlenkedés Janostól.

– Szövetségeseink, bizony, a világ minden tájáról. Szaracén harcos légiók, mócok, ugorok, szlávok keletről, és még a nyugati elnyomás ellen küzdő alakulatok is akadnak az amerikai kontinensről. Bizony, ott sem csak modernista, ájtatoskodó hülyék élnek.

– Ez eddig kevés. Szinte csak a szaracénok lehetnek ellenfelek bármiféle harci cselekményben. Maguk meg kevesen vannak.

– Kevesen, de okosak vagyunk! Andernakban is túljártunk az eszükön. Persze... Oda butaság volt az öreg trottyos Alionn Alannist küldeni! Óvatlanok lettek, és ez a vesztük lehet, hiába vannak jobb kardforgatóik bárkinél a világon!

Janos valami ösztönösség folytán nyaki sebéhez kapott, a Valentir szemöldökénél pedig újabb pimasz, a kíváncsiságot jelző gyűrődések jelentek meg annak hirtelen összevonásától. – Tényleg nem emlékszik? Semmire? – kérdezte Janostól.

Rövid csend után Janos valóban eltűnődve így válaszolt: – De, már emlékszem... Én is ott voltam. Találkoztam magukkal.

Tommas Haven szája tátva maradt a meglepettségtől, majd gyorsan összezárva azt nagyot nyelt félelmében, mikor a Valentir rámosolygott.

– Mi van? – kérdezte a jelenetet látva Janos. – Neki mi köze ehhez? – bökött végül a Téotéenre.

– Neki közvetlenül semmi, de a hasonszőrű társainak... Azoknak már lényegesen több – reagált a Valentir, továbbra is Tommasra mosolyogva.

– Azért mentem oda, mert megtudtam, hogy Alannis mibe keveredett! – próbált továbbra is emlékezni Janos, míg a többiek lélegzetvisszafojtva hallgatták.

– Nem is tudtam, hogy Alionnt nem nyugdíjazták teljesen. Mentem... amint megtudtam, hogy miben kell neki segíteni. Hogy megvédje a bázist... Maguktól! – emelte végül izzó tekintetét a Valentirre, de az rögtön segíteni próbált az emlékezésben, nehogy még újra ő kerüljön bajba.

– És mégsem velünk gyűlt meg a baja, hanem két Téotéennel! Ennek a tökfilkónak az elődeivel – dobta át a labdát újra Tommasnak, de azt még hozzáfűzte: – Mi már kifaggattuk a dologról! Kérdezze meg maga is, Janos, hogy mit tud a történtekről! Kíváncsi vagyok, ugyanazt mondja-e?

Janos tényleg a Téotéen felé fordult, de újra csak a teljes zavarodottság látszott rajta, a Valentir pedig azonnal újra lecsapott! – Emiatt a széthúzás miatt is verve vannak, szemét európaiak! VERVE VANNAK! – üvöltötte váratlanul, óriási ijedtséget okozva mindkettejüknek, de korántsem akkorát, mint a Tommas mögötti ablak berobbanása okozott rögtön ezt követően.

Janos csak annyit látott, hogy az ablak mögötti fáról egy már ismerős öltözetű fekete alak ugrik be a házba, kitörvén az üveget. Miután félig térdeplőállásban földet ért, azonnal kardot rántott és keresztülszúrta a mozdulatlan Tommast, aki rendültségében még mindig nem realizálta, merre kéne fordulnia, hogy ő is láthassa, mi történt. A háta közepén betörő kard teljesen átszakította a mellkasát, amelyen kibukott, de kihúzni azt már nem volt ideje a támadó, váratlanul felbukkanó Valentirnek. Janos is kardot rántott ugyanis, és még arra sem pazarolta az időt, hogy maga elé emelve azt harci pozíciót vegyen fel. Pusztán oldalra lépett, hogy a leszúrt Téotéent kikerülvén, egy fonák mozdulattal vághasson a támadó felé.

Ezúttal sem hibázott. A meglepetésvendég akciója nem tartott sokáig, csak addig, míg Janos kardja végzetes vágást nem ejtett a torkán, felhasítva a bal mellét és a bal karját is, melyekből szintén spriccelni kezdett a vér, összefröcskölve Janos arcát és a fél szobát. A másik, már elve sebzett, épp csak szemlélődő Valentir pedig hiába esett neki. Lelassult mozgásával majdhognem feleslegesen emelte keze ügyében lévő tőrét a magasba, hogy előrébb lépvén Janos felé szúrjon vele. Az ugyanis megragadta a lefelé sújtó kart a kézfej alatt, kardját pedig legalább olyan erővel becsúsztatta a Valentir védtelenül hagyott hasfalába, ahogyan az a másik Éjlovag is megsebezte az épp földre hulló Téotéent. A penge ez esetben is ugyanúgy keresztülfúródott az áldozat testén, összefröcskölve vérrel a szoba addig tisztán maradt, Janos baljára eső falát is.

Micsoda mészárlás, alig felfogható rövidségű idő alatt...

Jan először úgy észlelte, hárman estek egyszerre össze a lábainál – pedig ő fel sem fogta, már megint mit művelt, akaratlanul.

Rövid tűnődés után mindkét Valentir állapotát felmérte gyorsan. Az átvágott torkúnak azonnal vége lett, az eleve több sebből vérző, de a most Janos által újra leszúrt pedig rándult még párat, ő sem bírta tovább. A Téotéen, Tommas Haven viszont még élt. Mit hogy élt, jobb karjával a falnak támaszkodva kétségbeesetten, az elveszettség látszatát nyújtva, de büszkén küzdött a talpon maradásért.

Janos, miután kezével kissé letörölte arcát, lemeredve kezdte nézni a középen „átlyukasztott" harcos minden bizonnyal utolsó nagy csatáját. Olyan benyomást nyújtott, mint aki hiszi, ha talpon marad, túlélheti a túlélhetetlent. Beszélt is valamit, de nagyon nehezen formálta a mondatokat. Térdei előbb hajolni kezdtek, majd a végzetes sebből vérző még képes volt újra kiegyenesíteni lábait. Sőt, még vagy kétszer végigcsinálta ugyanezt, mire Janos eszmélt, hogy segítenie kéne neki – akkor is, ha a valóságban már nem lehetett rajta segíteni.

Mikor közeledni kezdett, a jobb kezével a falat tapogató haldokló ránézett, és bal karját nagy nehezen felemelte amíg csak tudta. Janos alátámasztott a teljes testével, majd hagyta, hogy az minél nagyobb erővel ránehezedjen, reménykedve, hogy Jan majd segít megtartani a lábán. Annak ellenére is vonaglott még így egy ideig, hogy a száján keresztül is, pont ezekben a pillanatokban, ijesztően nagy mennyiségű vér távozott.

A folyamatnak semmi értelme nem volt, de kétség nem fért a házigazda számára ahhoz, hogy közre kell működnie ebben – legalább a becsület az, ami ezt mindenképp így kívánja. De amint először – ki tudja miért és miért pont a szobából kivezető irányba – lépni próbáltak egyet, a karddal keresztülszúrt Téotéen végleg leesett a lábáról. Szerencsére egy az egyben a fenekére huppant, ezért a hátulról belé helyezett gyilkolóeszköz nem érintkezett még a talajjal, hogy az a gravitáció hatására elmozdítsa azt a testében. Bár annál jobban, ahogy mostanra kimúlt gyilkosa megtette, nem lehetett volna már azt a kardot mélyebben az áldozat testébe szúrni. Mikor a segíteni próbáló Janos jobban megszemlélte, akkor láthatta meg először, hogy a Téotéen hátából már csak a kard markolata állt ki, a penge, ameddig csak tudott, gyakorlatilag teljes egészében kibukott testének elülső részéből. Tommas, Janos közreműködésével, valahogy még megtámasztotta magát egy rövid időre mindkét hátrafeszített karja segítségével, amíg az kifutott a folyosóra és egy számára ismeretlen, minden bizonnyal a hívatlan vendégekhez tartozó, általuk „sziesztázásra" használt rongyot kapott ott fel, ami a legelső, a felsőtest felpolcolására alkalmas valami volt, amit meglátott.

Ami azt illeti, az algebra mellett anatómiaismeretből sem volt sosem túlságosan erős – az öregebbik Alannis ugratta is mindig: „Ezekkel az *a* betűsökkel nem ápolsz közeli barátságot". Nem igazán tudta hát, mivel tesz jót a földön fekvőnek, azon kívül, hogy megpróbálta alátámasztani felsőtestének azt a részét, amely a kard kiálló markolata felett volt található. Remélte, hogy a szájába feláramló vér kisebb intenzitással jelentkezik majd egy ideig innentől kezdve, mint korábban. Ezután leguggolt és közvetlenül fölé hajolt, hogy felmérje a válságos állapot valódi súlyosságát. Pontosabban, hogy megpróbálja megállapítani, vajon hány perce van még hátra, és ezért az egyik lábát maga alá gyűrve még jobban megközelítette egyik fülével a továbbra is beszélni próbálót. Pláne, mikor látta annak kétségbeesett vergődését és szólási szándékát.

– Janos... Bocsásson meg nekem, kérem!

Janos nem szólt, nem is tudott volna mit. Nem is értette.

– Én nem tudtam, milyen hitványságot vállal az, aki Louis Charles McNamara szolgálatába szegődik.

– Miért? Milyet? – dadogott az ekkorra a látványtól életében minden korábbinál jobban megilletődő Janos.

– Én léptem a magát meggyilkolni szándékozók helyébe, még ha úgy is vállaltam szolgálatot, hogy előzetesen nem tudtam, hogy ezt fogom kapni feladatul.

Janos talán fel sem fogta a hallottakat, úgy nyögött ki valami újabb sületlenséget, csak hogy ne súlyosbítsa tovább semmilyen módon a helyzetet: – Nyugodjon meg, nem tett semmi rosszat, bizonyára...

Látszott a haldoklón a megkönnyebbülés. Jobb lesz így, bocsánatot nyerve eltávozni a Földről... Olyannyira felszabadult, hogy pár másodperc múltán szinte mosolyogni próbált, és fejét mindkét oldal irányába próbálta forgatni, hogy lássa még egyszer a Valentireket, akik a gyilkosaivá váltak.

– Hogy hagyhatott észrevétlen életben egyet? – kérdezte hörögve Janostól. – Maga nemcsak hogy híres, nagy harcos, de a feladatait illetően, úgy tudom, felderítő. Egy kurva híres felderítő volt, akire mindenki felnéz.

– Hm... – tűnődött Janos. – Nem vagyok már a régi – mondta jobb híján.

– Azért persze könnyen lekaszabolt egy rakást közülük, úgyhogy visszavonom. Nem rossz, nem rossz! – sziszegett fájdalmasan, két könyökén míg mindig kicsit támaszkodva próbálván, de ránehezedve valamennyire az alá nyomorgatott pokrócra – vagy mire – a földön fekvő.

– Hát akkor, mondjuk úgy, hogy nem érdekelt eléggé – reagált aztán megkésve Janos. – Nem tudom már, mi történik körülöttem. Kik voltak ezek és mit kerestek itt? Úgy éreztem kezdetben, nem is érdekel, de most már elmondhatná, hogy mi mindent tud.

– Valentir terroristák voltak, ők okozták az andernaki bázison történt robbantást, ahol ezek szerint ön is jelen volt. Csak kapott egy kis adag anti-mnemosynumális méreginjekciót, ezért nem emlékszik semmire abból az időszakból – válaszolta Tommas, aki innentől kezdve egy pillanatra sem nézett már Janosra. Könnyekkel és izzadtsággal megtelt szemeivel gyors pislogások közepette már csak a szemben lévő fal felső részén bámult egy pontot, ami felé nagy nehezen megmerevített nyakával a fejét tartotta valahogy.

Ahogy Janos is kezdett megnyugodni a sokktól, úgy kezdte lassan megszívelni a hallottakat. Ez aztán megannyi kétséget is ébresztett benne az új kérdések mellet.

– Andernakban? Mit kerestem én Andernakban? – tépelődött hangosan.

– Én azt nem tudhatom… Azt senki sem tudja, csak maga tudhatja. Nem emlékszik? – kérdezett vissza köhécselve Tommas. De mivel válasz nem érkezett, folytatni próbálta a mondanivalóját, amíg egy időre el nem csuklott a hangja: – Winston Consen de Farmantolus jegyzetei arról árulkodnak, hogy feltételezései szerint Alionn Alannisnak segített. De ez elég valószínűtlen, nem igaz?

Janos lehorgasztotta a fejét és hosszasan, homlokát ráncolva koncentrálván kipattant az a várva várt szikra: – De… Emlékszem!

Tommas már nem tudott mit reagálni erre. De Jan nem is igényelte túlságosan, teljesen lefoglalta saját emlékezet-áradata.

– Emlékszem már! Igen… – suttogott saját magának. – A kardomért! A kardomat szerettem volna visszakapni. Azért mentem Alannishoz, de csak a rémült felesége, Mila volt otthon, aki annyira meg volt ijedve valamitől. Mondta, hogy a férjét valami szokatlan dologhoz riasztották…

Tommas fülelt. Csendben. Minden maradék erejével.

– Mi a fasz?! – kapta fel a fejét kifakadva Janos.

De ezután újra csendben maradt, nem tört már fel újabb döbbenetes eszméletesség. Csak a már megfejtetteket ízlelgette.

– Szükségem volt arra a kardra! Szükségem volt valamire a régi életemből! Nem másért, csak… hogyha ránézek, eszembe jusson, mit éreztem, amikor az Alba folyó partján sétáltam, amikor még voltam valaki, és szerettem azt, aki vagyok – motyogott halkan újra, teljesen megfeledkezve a mellette haldokló társaságáról. Felállt, megkereste a nemes pengét a szobában, amire nem is emlékezett, mikor dobta el keze ügyéből, felemelte azt, majd a nap kései sugaraiba tartva alaposan megszemlélte, mintha nem is a sajátja lenne, és most látná először.

– Szükségem volt rá, hogy bármikor végignézhessek ezeken a Rúnákon. Hogy eszembe jusson, mikor és miért kaptam őket. Rögtön az elsőt, az Ansudzt, neki, Alionn Alannisnak köszönhetően, amikor kiérdemeltem, hogy vele lehessek az első kiküldetésemen. Vagy ezt a negyediket, a Rahijdot, ami a legemlékezetesebb, és ami azért került rá, mert utolsó évesként, szintén Alannis ajánlására, többedmagammal a feladatom lett, hogy magán a Szent Földön huszonhárom Európában született, gyerekkorában a Rendet is megjárt, de onnan távozó terroristát visszahozzunk vagy likvidáljunk, akik önként álltak be a Közel-Keleten a szaracénok rettegett fundamentalista alakulatába, a „Forró viharba".

Tommas nyögött egy nagyot, mint aki újra mondani szeretne valamit, de már nem képes rá. Miután ezt észrevette, és hogy mennyire megfeledkezett magáról, leeresztette maga elé emelt pengéjét és visszasétált a földön fekvőhöz. Újra fölé hajolva próbált megint a szemeibe nézni, de azokba a szemekbe már képtelenség volt. Azok már nem láttak semmit maguk előtt. Gazdájuk nyelt pár nagyot, és újra megpróbálta, de továbbra sem ment a beszéd.

Janos leguggolt újfent.

– De magára a bázison történtekre még mindig nem emlékszem. Azt hiszem, azok az emlékek már sosem fognak visszajönni – beszélgetett inkább magával, amire reagálva Tommas váratlanul mégis hangot volt képes kiadni. Rekedten suttogott valamit, de alig hallgatóan. Jan nem kérdezett vissza, csak várt, hátha megismétli, és az valóban így tett: – Szerencséje, hogy csak abból az időszakból... Ha nem basszák el, már semmire sem emlékezne az életéből.

Jan szótlan maradt, mire az újabb kérdés megfogalmazódott benne: – Kiktől kaptam azt a méreginjekciót?

– Egy Winston Consen de Farmantolus vagy egy Nemo Novakon nevű Téotéentől. Én már nem emlékszem. A kezemben volt ugyan az aktájuk... Mármint a küldetésé, amit Louis Charles McNamara parancsára teljesítettek, de csak végigfutni volt időm – mondta végig a zavaros, összetett mondatot, majd egy perc hosszúsága alatt.

– McNamara – sóhajtott fájdalmasan Jan. – És mi volt annak a küldetésnek a célja? – tudakolózott tovább, mit sem törődve már Tommas állapotával, csak azzal, hogy még megszerezzen annyi információt, ami elégséges a történtek teljes megértéshez.

– Az... hogy vadásszák le magát, mert veszélyes. És McNamara szerint „túl sokat tud". Hogy miről, azt nem tudom, de ki kell magát iktatni.

Janosnak görcsbe rándult a gyomra. Egyszerre volt ijedt, dühös, és a fene tudja mi még. A savanyú ábrázata alapján talán mélységesen csalódottnak is látszhatott, hogy még mindig, továbbra is ilyen elsőrangú „kilövési listán" van. Félt ettől, és nagyon nem akarta, hogy így legyen. Sok minden történt vele a Rend elhagyása óta, de olyan rossz egy sem, mint amilyen McNamara célkeresztjében célpontnak lenni lehetett.

A sebhely a füle mögött… Az ébredés az Alannis-házban, mindent értett már, csak nem tudta felfogni, hogy ez tényleg mind megtörtént. Nem kapott egy egész adagot, az emlékezetvesztést okozó méregből, de így is komoly törést okoztak az életében.

– Ahelyett, hogy a Valentirekkel foglalkoztak volna, inkább engem kergettek? Egy Európa-ellenes terrorakció kellős közepén – hitetlenkedett hangosan.

– A Valentirekkel foglalkozni Alionn Alannis dolga lett volna, mondjuk. Ami azt illeti, eredetileg tényleg nem az övék. Nem azé a Winstoné – próbálkozott valóban utolsó mondatai kinyögésével Tommas.

– De a Rend… Ezek Téotéenek voltak! – csapott át dühös vádaskodásba Janos imént megkezdett gondolatmenete.

– A Rend? Mindenki leszarja a Rendet. Én is leszartam nagy ívben. Akinek van rá lehetősége, dehogy szolgál az a Rendben.

Janos megijedt az imént elhangzottakat kísérő hörgéstől, amit véres felköhögés kísért újra Tommas részéről.

– Erőszakos gyerek voltam. Semmiben nem bizonyultam jónak… Anyám pedig gyerekkorom óta hallgatta a piszkálódást, hogy az ő fiából valami éhenkórász gazfickó lesz. Ilyeneknek való a Rend. És az egész falu anyámat irigyelte, mikor a fia már savalingben tért haza nyaranként… Ilyenek szolgálnak a Rendben, ilyenek… – jött elő egy csokor emlék, nyilván a dicstelen halált halt Téotéen még éppen működő agyából, miután a feje teljesen hátrabukott, nyitott szájával és szemeivel pedig a lehető legkevésbé szép látványt nyújtva kimúlt belőle az élet.

◈ ◈ ◈

Nem méltó senkihez, hogy az elcseszett életén keseregve, sírva haljon meg. Lehettem volna figyelmesebb...

És nem kellett volna ugyanarra az emberkupacra vetni a hulláját, amelyben gyilkosai is helyet kaptak.

De gyorsan kellett cselekednie. Fogalma sem volt, hol lehet apja, egyáltalán arra van-e a legnagyobb esély, hogy tényleg ő lesz az, aki legközelebb ideérkezik, vagy Téotéenek egy hasonló csoportja akad majd a nyomára, mint amekkora alakulatot Valentirekből már a másvilágra küldött. De az égetésnek nem jutott eszébe alternatívája. Porrá kell lenniük a testeknek, mert az senkinek nem jó, ha a ház környékét megszállják az erőszakszervezetek. No, pláne a média!

Így is majd' másfél órába telt, mire apja általa sosem használt szerszámai közt olyasmit talált, ami megfelelő e célra. Mivel ház körüli munkát mindig csak kényszerből végzett, és az utolsó ilyen alkalom is már régen volt, hitetlenkedve olvasta a „Kafsi spirontusz" felhasználási leiratát, de az eredmény a reméltnél is jobban megdöbbentette. A földi körülmények között korábban lehetetlennek hitt kémiai égés folyamata és hatása újfent olyan dolog volt számára, ami azt ültette el benne: jobban kellene már tisztelnie a tudományt. Lassan annak eszközei ellen lehetetlen lesz a harcos képzettségével felvenni a küzdelmet.

A testek a pillanatok alatt láthatatlanná váló, pusztán a folyamat elindításához használt lángcsóva eltűnése után úgy váltak az alájuk helyezett gyújtóssal egyetemben a földhöz hasonló színű porrá, hogy afelől is kétsége támadt, nem brutális hullagyalázás-e, amit tett. Ami egyedül megijesztette kicsit, az az eseménysor közben egyáltalán nem, csak az ebből a porból pár perccel később felszálló, szokásos színű, de korábbi tapasztalatai alapján beazonosíthatatlan szagú füst volt, mely tényleg csak akkor jelentkezett, mikor azt hitte, már több furcsaságot nem fog látni, és fejben már mielőbbi távozását készítette elő.

Nem tudta eldönteni, bánja-e igazán, hogy nem futott végül össze egyetlen élő hozzátartozójával, vagy jobb-e ez így. Kicsit mindkettő egyszerre igaz volt.

A ház másik, góré-dűlő felőli oldalán még nem is járt a benti akció végéig. Nem volt ideje, de már szándéka sem szemlélődni, hogy ne fájdítsa jobban a szívét, amiért mihamarább újra el kell tűnnie, de gyorsan körbenézve rácsodálkozott azért a kutya miatt elkerített palántás részre, amely láthatóan régóta használaton kívül volt. Nem lehetett apjának túlzottan dolgos időszaka mostanában Újabban inkább bejárna az öreg a városba élelmiszerért, minthogy termeljen? Furcsa és szomorú! – gondolta. De ez a kis, a ház falához közeli rész tökéletesen alkalmas lesz a máglyához – mérte fel, mielőtt valóban a tetemek alá gyújtott. Mostanra már biztosan látta, hogy összefüstöli ugyan vele a házat, de legalább kevesebb száll majd abból fel az égbe, és kelt feltűnést a környéken. Már amennyire feltűnő pont ebben, az emiatt szerencsés időszakában az évnek az, hogy tüzelnek valahol.

Szegény öreg, majd szellőztethet napokig, de csak lesz annyi esze, hogy nem hívja ki a csendőröket azonnal értetlenségében – hagynia kell neki ezért egy levelet.

❖ ❖ ❖

Levélpapír keresés közben érdekes elemzői újságcikkre lett figyelmes a folyosói cipős szekrény tetején pihenő *Modern Európa* című napilapba sebtében belelapozván. A Paul Slecht, neves Kelet-Európa szakértő írásában ismerős, még a kollégiumi évek végéről valahogyan rémlő kifejezések keltették fel a figyelmét leginkább. Ami valamilyen racionális tapasztalásokkal nehezen alátámasztható megérzést gerjesztett benne, hogy ha már úgyis mennie kell, talán ideje meglátogatnia a sosem látott, közeli Kelet-Európát, ahol egyébként sem tartják számon úgy, a közemberek szintjén, hogy ő kicsoda, ezért könnyen felszívódhatna arrafelé.

Máson sem járt az agya. Folyamatosan csak azon, hová mehetne, hol tűnhetne el hosszú időre úgy, hogy biztosan ne keressék ott, ahová megy. A fenébe is, hiszen a Téotéenek még Ruszföldre is bármikor beszivárognak – bosszankodott. Ezért olyan helyre kéne mennie, ahol nincs valódi értelme keresniük őt, ahol szerintük úgysem tudna létezni, és ez talán tényleg

287

Kelet-Európa. Annak is egy fejletlen vidéke, ahol nem ismerik fel, és ahol nem tűnik fel az ottani, elmaradott társadalmi rendszer számára sem, hogy ott van. Ő, aki eredetileg nem oda tartozik. Ilyen hely persze bőven van például a Közel-Keleten, de ott túlságosan kitűnne a pofázmányával a tömegből, és hát odáig eljutni…

Kelet-Európa legalább még közel is van. A sok ezer kis tartomány, járás és vidéki kormányzóság, amik nem képesek számon tartani a sok vándorcigány, csavargó, hajléktalan, ingyenélő és személyazonosság nélkül létező bűnöző közül, hogy ki kicsoda.

Gonosztevők és társadalmon kívüliek – de talán pont ezek miatt nem kéne mégsem odamennie. Az ezen embercsoportokkal való találkozás sokszor hozta már ki belőle a legrosszabbat. Túl gyenge jellem, hogy parancsoljon magának és meghúzza magát olyanok között, akiket gyűlöl és megvet, ezt tudta magáról.

Mennie kellett volna, mégsem tudott még indulni. Még mindig nem. Nem tudta, mi az már megint, ami a gondolatai közt motoszkál, de bármi is volt, újra a nemrég kézbe vett újság emlékezetes cikkének elolvasására ösztönözte.

„Moumou, a letaszítottak védangyala” – így hívnák a leghíresebb kelet-európai radikális terrorsejt vezetőjét, aki a feltételezések szerint egy nő, egy kelet-európai „fehérnép”, de még senki sem látta? Ezt olvasta ki a sorokból. Kissé komolytalanul hangzik, mégis érdekes és figyelemfelkeltő jelenség – pont olyan, mint maga a nyugati ésszel felfoghatatlan Kelet-Európa. És van benne valami ismerős. Az egész olyan, amiről más dolgoknak is eszébe kéne most jutnia, ha nem lennének kifogyóban a „készletei”.

Átlapozván az újság további rovatait nyugtáznia kellett, hogy manapság semmi más nem foglalkoztatja a nyugati világ lakosságát, mint a jelen tragikus eseményei, és azok veszélyessége az öreg kontinensre. Nem elszigetelt esetekről van szó azok esetében, amikről tudott, de a Rend elég jól kézben tartja a dolgokat. A lap tele volt a keletiek és a szaracénok visszaveréséről szólt dicshimnuszokkal és hosszú, többoldalas győzelmi jelentésekkel, amelyek például a Bient veszélyeztető, csírájában elfojtott ostrom kedvező tanulságairól szóltak.

Amikor még egyszer szétnézett a házban, anyja emléke ugrott be. Mert ő volt az, aki – egyébként tökéletesen elfogult és ostoba – rémtörténeteket szeretett olvasni neki gyerekkorában a keletiek fejletlen, valóban rémmesékbe illő világról. Volt azokban minden, ami megalapozottá tette egy nyugati gyereknek, hogy elkezdjen már kiskorában örülni neki, hogy nyugaton született. Mégis volt bennük megannyi kaland és tanulság is. És az a világ nem volt annyira érthetetlen és bonyolult, mint ami fiatalkorában nyugaton körbevette.

Talán mégis oda kellene mennie akkor? Keleten is most mással vannak elfoglalva, mint a saját határaik között élők körében történő sepregetéssel. Minden bizonnyal minden erejüket felemészti a háborús készülődés, vagy az esetleges nyugati offenzíva elleni védelem megszervezése.

A hazaérkezését sokszor és sokáig, de az innen való távozását a legkevésbé sem tervezte el sehogyan. Meg sem próbálta elképzelni, mit szeretne még utoljára tenni, mielőtt újra elmegy. A sötétség beálltával, no meg az emlékek hatása alá kerülvén egyébként is olyan izgatott lett, hogy végül aztán az üzenetet is elfelejtette megírni. Először gyakorolta teljes hatékonysággal a kollégiumi elmestimuláló szemináriumok egyik legfontosabb leckéjét: „Koncentrálj a célodra, és zárd ki az esendők és oltalomra szorulók világából beszűrődő zavaró zajokat! Nincs már, akit szeretsz, és nincs már, akinek jobban féled a sérelmét, mint másokéit! Az ember egy, és mind ugyanaz, aki a harcos védelmét élvezi. A harcosban hisz, és az megvédi őt. Higgadtsága kikezdhetetlen, és ez által teszi megingás nélkül a dolgát. Harcos, aki az edzett pengével világosságot fest a sötétben, s békét hordozó nyugodalmat hoz a lelkekbe, ami nem azonos a törvényes renddel, hanem annak ez spirituális alapja".

DÉLEN

– Gyerekek, köszönjétek meg Julio Esponiza nagyságos úrnak, hogy ily' sok okos gondolattal és megannyi tapasztalatának megosztásával gazdagított ma mindnyájunkat!

– Köszönjük, Espinoza úr… – harsogták a begyakorolt mondatot kórusban, mégis látványos unottsággal az elemis diákok.

Espinoza mégis úgy kuncogott az elégedettségtől, amikor meghallotta a sok kis „tökcsőszt", hogy a háta mögötti fallal párhuzamos széksorban, majdnem pont apja mögött ülő Julia akaratlanul megemelkedett a helyéről, mintha a „papához" akarna sietni, nehogy az teljesen hátradőljön erősen megingott székével. Egyébként is nehezen tudta megállni a lány, hogy ne siessen oda jó pár alkalommal az iméntiek során apjához. Erre leginkább az késztette, hogy kínosan sokszor hallotta az öreg szájából, különböző kontextusban a „tök" szót. A „tökcsősz" – ahogy Espinoza a gyerekeket nevezte épp az imént – még a tolerálhatóbbak közé tartozott, de amikor elhangzott, hogy „volt az Espinoza családnak dolgozók között olyan fiatal gyakornok, akinek még a töke sem volt szőrös, mégis helyet kapott az egyik Afrikába tartó hajón", komolyan elgondolkodott, hogy berekeszti a rendhagyó iskolai tannapot, amit ők prezentáltak a vendégeknek, annyira égett az arca a szégyentől.

És az a sok újságíró… Mind lesütötték a szemüket, kivéve azt az Ines nevű megélhetési firkászt, akkor látványosan hangosan kacagott, mert tudta, hogy ezzel szerezhet jó pontot apjánál. Julia tudta róla, hogy csak azért van ott, hogy felajánlja, a következő lapszám egészét jelen eseménynek szenteli a helyi lapban, az első oldaltól az utolsóig, némi plusz juttatásért cserébe. Azt írja, amit olvasni, hallani akarunk magunkról – még imponálhatna is a szokásos patetikusság, de mégis, bosszantó, hogy valaki pénzért adja a tollát és a véleményét. Akkor is, ha az ő családjuk kedvében akar járni. Bosszantó, és úgysem hiszi el senki az ilyenkor leírtakat – ez inkább árt az Espinoza névnek, mintsem használ.

Ennek a kereskedelmi szakiskolának, amit eleve az apja alapított, idén már ez volt a harmadik kihelyezett, rendhagyó tannapja náluk. Julio Espinoza imádta fiatalokkal körülvenni magát. Minden alkalmat megragadott, hogy tovább építhesse saját legendáját, kiváltképp szerette ezt a felnövekvő generációk bármelyike körében tenni, mert az volt a leghőbb vágya, hogy legalább a városában, de még inkább a térségben örökké emlegessék a nevét. Iskolai kirándulásokon az ő személyét felemlegetve beszélnek majd a tanárok a diákoknak bemutatott épített örökségről mesélvén – ez volna az igazi, a tökéletes beteljesedés. Mindig így gondolta. Pedig valahol sejtette, a gyerekek ugyanolyan unott együgyűséggel lépnek majd tovább, ahogy az éppen aktuális esemény végét is nagyon várták már.

Az iskolások valamiféle meghatározó élményként kellett volna, hogy megéljék a találkozást a nagy kereskedőmágnással, de láthatóan unták mind az egészet. Főleg, mert most a családfővel, a cég névadójával való beszélgetésből állt az egész nap. Illetve majdnem, mert a prezentálóteremben megtartott hosszú előadás után, melynek során apja és menedzserei hosszasan a cég történetéről értekeztek, volt egy rövid üzembejárás is a telepen, mielőtt a jelenleg elfoglalt kistárgyalóban a diákok, körbeülve apját, egyenként számot adhattak, hányan szeretnének a családjuknak dolgozni, miután befejezték az iskolát. Nagyon fiatalok, honnan tudhatnák… – tűnődött Julia.

Tökéletesen fotózható volt, ahogy a körberakott asztalok mögött, a diákok karéjának végén ült a „papa”, a mögötte lévő felállított széksorban a vendégek, az ajtóban pedig a dolgozók kis csoportja ácsingózott, ugyan teljesen feleslegesen, de az ő munkaruhás kis csokruk is hozzátett a látványhoz.

Valószínűleg mindenki tényleg örült már, hogy közel a különleges nap vége, a tanárok és az újságírók épp úgy, mint a legkisebbek, amikor az egyik, a nyugati közös nyelvet olaszos akcentusban, kicsit furcsán beszélő, munkaöltözéke alapján valamiféle fedélzetparancsnok beosztású, hajón dolgozó kolléga lépett be nagy hanggal köszönve a helyiségbe. Julio tudta róla, hisz' jól ismerte, hogy az Európától kissé elszigetelt Szicília szigetéről származik, és tudta, hogy egy ilyen figura még mókás perceket is okozhat személyével, ezért eszébe ötlött, hogy ez egy lehetőség a bent uralkodó hangulat látványos felpezsdítésére.

– Ki tud itt olaszul? – tette fel a kérdést.

– Én tudok! – pattant fel a helyéről Ines Monic, a helyi, minden lében kanál „házi" újságíró.

– Nocsak! – örvendett a gyors válasznak Espinoza, aki ekkorra szintén felállt, nyomott két cuppanóst is az olasz fickó két orcájára, miután lekezeltek, és intett Inesnek, hogy lépjen oda hozzájuk.

Julia mindennél jobban gyűlölte! Újra ez jutott eszébe. Amikor épp nem látta apja körül csaholni, nem annyira, mint ebben a pillanatban, amikor újra néznie kellett, ahogy az a nő idétlenül bazsalygott, de közben azt is felmérte, ahogy apja beosztottjai undorral összenéznek, mikor „papa" összecsókolgatta az olaszt, akiről az is kiderült, csak egy látványos ajándékcsokrot kívánt kihajózása előtt átadni, amit rövid szóváltás, a tányérsapkája lekapása és hónaljra alá csapása után egy másik olasszal hozatott be, akit apja szintén jól összecsókolgatott. Ezt senki sem tudta elviselni. Még a családon belül sem. Apja ugyanis nem csak képletesen adott puszit ám. Ő valamiért komolyan vette mindig, hogy a puszinak bizony puszinak kell lennie, ezért a rágógumitól folyton nedves vastag ajkait mindig jól rászorította az áldozat orcájára.

Az olaszok azonban többet is elviseltek az ilyesminél, és kicsit sem kizökkenve azonnal megvitatták a tolmácsnak felcsapó nőszemély közreműködésével, hogy hogyan tudnának maradéktalanul eleget tenni helyben és azonnal a „megrendelői kérésnek".

❖ ❖ ❖

– És ne feledjétek: szállítani, árut eljuttatni egyik helyről a másikra mindig kell majd! Még a háborúban is, sőt legfőképpen akkor! – próbált humorizálni az Európát éppen izgalomban és ijedtségben tartó állapotra utalva, minden jelenlévő, főleg a felnőttek – tanárok és újságírók – elképedésére. Pedig azok végre tényleg elégedettek voltak. Ez a kis hajólátogatás nem volt bekalkulálva, de ha már úgy alakult, hogy éppen kifutott egy, az Appennini-félszigetre tartó hajó, „papa" megszervezte, hogy felmehessenek rá rövid időre a diákok, a lelkes olasz, valójában fedélzeti alparancsnok és munkafelügyelő lelkes közreműködésének köszönhetően.

Még ezt is el tudta baszni… Pedig tényleg szerették a diákok, de neki poénkodni kell! Ha mással nem, akkor a közelgő, már-már ki is tört háborúval.

De legalább a fotók elkészültek. Tátott szájú gyerekekről, aki el sem hiszik, hogy akkora konténereket, melyek a némelyikük otthonaként szolgáló lakások méretét is meghaladják, ily' könnyedséggel lehetséges egymásra pakolni, olyan modern szerkezetekkel, melyek létezésének megálmodása is kihívás lett volna számukra. A központi hangárban álldogálva Julia épp azon tűnődött, gyerekkorban mennyire egyszerű természet az ember, hisz' az épp távozó gyerekek többségének a lenyűgöző dolgokra képes targoncák és munkagépek megszemléléséig biztos nem fordult meg ténylegesen a fejükben, hogy az első dolguk legyen majd hozzájuk beadni a szakmai gyakorlatra való jelentkezésüket, mikor annak eljön az ideje, de a „hajós kaland" biztosan jobb belátásra bírta valóban őket. És biztos nem logisztikusnak vagy egyéb, magasabb képzettséget igénylő, de nagyobb fizetéssel kecsegtető munkára vágynak majd a későbbiekben, de rakodók vagy targoncások biztosan lennének.

Pedig ha volt valóban csodálatra méltó dolog a vállalat működésében, az nem a munkavégzésre használt, valóban minden másnál korszerűbb technológia lehetett. Az Espinoza család volt az egyetlen, aki üzletelni mert a silencói „nagycsaláddal" – ami a hírhedt itáliai bűnbanda gúny-, és egyben letörölhetetlen ragadványneve is volt. Mindenki félt tőlük, és inkább nem hívta fel senki a figyelmet magára Európa-szerte azzal, hogy bármilyen üzletet kötött volna velük. Pedig ha valami, akkor ez óriási haszonnal kecsegtetett. A „nagycsalád" kezében voltak az utolsó, eltűnőben lévő dél-olasz citrusültetvények, ahol többek között a bergamói narancsot, de ezen kívül olyan, az utóbbi évtizedekben már ritkának számító gyógynövényeket, mint a vörös méhbalzsam, is termesztették. De a „nagycsalád" viszonya eddig még minden partnerével elmérgesedett, míg azok majdnem teljesen elfogytak. Egyet kivéve, mert Espinozáék a családfő meggyőződését követve továbbra sem ódzkodtak a velük való barterezéstől. Ezáltal ők látták el a teljes Ibériai-félszigetet ezekkel a közkedvelt déligyümölcs fajtákkal, és megannyi egzotikus különlegességgel.

Mire az utolsó vendég is elhagyta az előcsarnokot, zárszóra bátyja, ifjabb Julio is megérkezett. A búcsúzkodást megörökítő fotókon, apjuk nagy örömére, így már ő is szerepelhetett. Egyeseknek talán feltűnhetett, hogy ettől a ponttól kezdve a családfő mennyivel többet foglalkozott vele, mint addig is mellőzött lányával. Sőt, a bulvárhírekre utazók, de talán kicsit mindenki más csodálkozására és értetlenségére egy Téotéen is váratlanul befutott a végére, amire senki nem talált magában megfelelő magyarázatot, de miután egy nagy fehér borítékot Espinoza kezébe nyomott, az érkezés lendületével távozott is, ezért nem is foglalkoztatta sokáig a csodálkozókat. Julia szinte meg sem bírta várni, hogy mindenki eltűnjön a közelükből, de szerencsére a tervezetten túlnyúlt program miatt a hálálkodó vendégek végül tényleg nagyon gyorsan távoztak. Ezután azon nyomban apjához sietett, hogy minden dühét kiadja magából. Nem is tulajdonított jelentőséget annak, hogy az imént kapott küldeményt némi suskus során testvérének adta át, aki, nem tudván mit kezdeni azzal, pont neki továbbította. Ő becsúsztatta gyorsan a táskájába, és „papához" lépvén rögtön belefogott, amibe szeretett volna.

– Papa, kérlek, legközelebb moderáld magad! – szólt rá ingerülten, és hangjából érződött is, hogy már tényleg rég erre a pillanatra várt.

Apja nem örült a lecseszésnek, de jó kedve nem engedte, hogy ingerültség fakadjon belőle. – Nem kellett volna közelebb engedni a végén a kis tökmagokat? Jól mutattam vajon így is a fotókon? Jó volt, hogy bent így körbeültek, nem? – foglalkozott az továbbra is kizárólag saját magával.

– Hogy mondhattál olyat, hogy „még a töke sem szőrös"? – hüledezett azonban tovább lány, mintegy meg sem hallva a kérdést.

Aztán apja testőrségére vetett egy undorral teli pillantást, és újra megeredt a nyelve: – Hispánföld azért nem olyan, mint Dél-Itália. Sok irigyünk van, de attól azért nem kell félned, hogy bárki is megtámad egy ilyen rendezvényen. Fölösleges mindig mindenhová ilyen kísérettel érkezned!

Persze Julia tudta, hogy apja nem valódi félelemből, hanem a reprezentálás szándékával vetette körbe magát a szigorú tekintetű egyenruhás alakokkal. Ezt is a „nagycsaládtól" leste el – állapította meg már nem először. De erre már végképp semmilyen reakció nem következett az öregtől, hisz' annak órája csipogása hatására eszébe jutott, hogy eljött az ideje megnézni, hogy mivel töltik az időt minden bizonnyal épp náluk tartózkodó unokái.

❖ ❖ ❖

Gyermekei szemének mindig vicces látványt nyújtott, ahogy a lábait lépés közben megemelni egyre nehezebben képes, hajlott korú férfi elkezdett lefelé csoszogni a meredeknek nem annyira nevezhető lejtőn. Szemét pedig végig a kis, tengerparti pavilonra szegezte úgy, ahogy a vadászkutya összpontosít a vadra. És élete során soha nem csappant meg a lelkesedése, ha visszatérhetett ide.

A tengerpartot ott lehetett csak meglátni a lejtő végén teljesen síkba váltó talajszakaszon túl, ahol a pavilon is állt. Rögtön ezután azonnali esése volt jellemző a terepnek, egy-két sziklával súlyosbítva, aminek aljától a kopott fű helyett már csak homok vezetett egész a víz széléig.

De ő mindig csak a pavilonig jött, és azon túl évek óta nem járt. Befordult az alacsony fakerítésen hozzá közelebb eső kihagyáson, majd a faépítmény belsejében található leghosszabb, pont a tenger felé néző padon foglalt mindig helyet. Ezúttal két kóbor, a gyerekek által odaszoktatott macskát zavart el, hogy

ezt könnyen megtehesse. Egyik ugyan ment magától is, de a
másikon tőle telhetően jókorát próbált taszajtani erőtlen kezeivel,
ami a kistestű állatnak így is elég volt, hogy hamar lekerüljön
Espinoza nagypapa helyéről. A körötte lévő, kisebb padokon
a tengerparton játszó gyerekek ruhái hevertek szerteszét. Az
öregnek még nem volt ideje elgondolkodnia mindenen, amin
szeretett volna, mert fia, akivel aznap a telephelyről való késése
miatt még alig érintkezett, mellé érkezvén épp lehuppant mellé
a padra.

– A mamát nem is üdvözölted! – kérte számon valamiért
fiúgyermeke is azonnal, nővéréhez hasonlóan.

– Üdvözlöm mindennap többször is… – fitymálta le a kritika
miatt ifjabb Juliót az öreg. – Az unokáimat viszont újra kevesebbet
fogom látni, ha visszamennek abba az… iskolába – mérgelődött, az
„iskola" szó kiejtésekor különösen szemléletes gúnyt alkalmazva,
amivel arra utalt, hogy a számára kicsit sem szeretett vallás
„neveldéjét" nem tartja valódi oktatási intézménynek.

Fia épp érvelésbe kezdett volna sokadjára ez ügyben – hogy
miért is gondolja ezt apja nagyon helytelenül –, amikor a dis-
kurzust a legidősebb unoka, Amirah sikítása szakította meg.
Valószínűleg csak valami bagatell csetepatéról lehetett szó a
gyerekek között, de a „papa" nyomban felpattant, noha csak a
pavilon széléig sétált el a nagy igyekezet ellenére, hogy ennyivel
is jobban hallja, miről vitatkoznak a parton lévő „kicsikék". Ezt
azonban az egyetlen kisfiú, Carloss kiszúrta messziről, és hangos
„nagypapa" felkiáltással már ott is hagyta a homokkal borított
természetes „játszóteret".

A három kislány is azonnal követte, megfeledkezvén vitájuk
tárgyáról, és Carloss után végül Amirah, Angela és Nadin is a
pavilonhoz értek, pont ebben a sorrendben. A papa csak idétlenül
emelgette karjait, miután a számára követhetetlen gyors tempóban
nyüzsgő kicsik egyikének sem sikerült arcát megcsippentenie.
Ehelyett azok futkároztak még egy ideig körülötte, majd egyszerre
mind körülölelték a mindig nevettetően idétlen mozgású, kövér,
vastag bajszú, csak nyomokban fellelhető, félhosszú haját hátra-
fésülő Julio nagypapát, aki olyan volt számukra, mint egy nyúzni

való rajzfilmfigura. Azonban gyerekektől nem szokatlanul ezt is hamar megunták és rögvest összekaptak újfent valamin, amely újdonsült csetepaté során előző vitájuk is megint lángra kapott.

– Istenke ezt nem bocsátja meg! Meg fog érte büntetni! – ordított Amirah húgára, Angelára, mint kiderült, amiatt, mert az a két napja talált, kiszárított tengeri csigavázat elcsente tőle és dühében visszadobta a tengerbe, amiért Amirah inkább ifjabb Julio gyermekeivel, Carlossal és Nadinnal akart inkább játszani, mikor mind együtt voltak.

Julio nagypapát egyre jobban idegesítette, hogy veje mostanra mindegyik unokájának telebeszélte a fejét vallásának hülye tanításaival. A „zsidók istene" kifejezés számára úgy hangzott, mintha ez a „népség" különbnek érezné magát náluk, európaiaknál, hogy még külön „égi feljebbvalóra" is igényt tartanak. Az pedig, hogy a kislány „Istenkének" becézte ezt a nem létező „teremtőt", kifejezetten dühítette, mert a hangzása egyértelműen arra utalt, hogy Amirah kezdi megszeretni azt a mesét, amivel mérgezik az agyát az iskolában.

– Menjetek be mindannyian, és készülődjetek elő a vacsorára! – emelte fel a hangját váratlanul mindenki, főleg a gyerekek meghökkenésére.

– De még nincs is annyi idő! – vinnyogott bosszantó hangszínnel Nadin.

– Apa, nyugodj meg! – lépett oda az öregéhez és helyezte nyugtatólag annak felkarjára a kezét Julio.

– Bocsánat – mondta kisvártatva a nyugalmát vesztett, majd azt valahogyan visszaszerzett férfi. – Nehéz napom volt – próbált végül védekezni ezt hozzáfűzve.

❖ ❖ ❖

A család vörös-citromsárga-türkizkék trikolór alapú zászlaját, közepén a család első galleonjának mintáját minden reggel kifeszítették a hátsó bejárat fölé, ami régen főkapuként funkcionált, amikor a kastély még harmadekkora volt, és a tenger felé nyílt az akkori bejárat, nem a közeli város, L'Altet irányába. Most azonban már a zászló levonásának ideje érkezett el, amit az unokáknak illett volna megtisztelniük azzal, hogy nem rohannak be azonnal a házba, hogy ott folytassák a játékot a vacsoráig, de ezt most még „papa" is megértette, hisz' valóban nem volt szép, ahogy odakint szeretett unokáival beszélt.

– Mi volt a baj? Min kaptad fel ennyire a vizet? – kérdezte lehuppanva újra mellé fia, már a kastélykert füves udvarrészén az egyik padon.

De apja nem válaszolt, csak frusztráltan harapdálva ajkát nézett lefelé, nagyjából a térdeire. Ezzel kvázi egyértelművé tette fia számára, hogy sokkal összetettebb folyamat játszódik le benne, mint ami simán megmagyarázható a fáradtsággal.

Aztán kis idő elteltével belekezdett valamiféle mentegetőzésbe, de szinte teljesen érthetetlen volt, mit motyog, és az első mondat felénél abba is hagyta a próbálkozást. Mint akinek hirtelen valamiről eszébe jutott valami borzasztóan keserű, kellemetlen emlék, vagy gondolat, újra elhallgatott, és maga elé bámulva mély merengésbe zuhant. Julio először nem akarta megzavarni a gondolkodásban apját, inkább időt akart hagyni, hisz' fontos dologról is lehet szó, ha így gyötrődött belülről, de miután hosszú percek is elteltek anélkül, hogy újra megszólalt volna, térdein megtámasztva kezeit, az öreg arcához közel hajolva újra rákérdezett: – Baj van, atyám?

Az öreg Julio csak újabb másodpercek elteltével fordult fia felé, mint aki nem hallotta meg a kérdést, csak azon csodálkozik, miért bámulnak az arcába. Aztán mégis utolérte a valóság és így szólt fiához:

– Julio, hozd csak ide nekem azt a Téotéen által hozott táviratot, amit neked adtam, és te voltál olyan óvatlan, hogy átadtad a nővérednek! Nem volt még időm alaposan átfutni.

Julio eleve furcsállta, ki küld manapság ilyen díszes táviratot, ami, miután némi sértettséget kiváltva Juliától került vissza hozzá, odabent, apja dolgozószobájának közepén kapott kitüntetett helyet, miután az öreg a hazaérkezéskor gyorsan beleolvasott. Ezért mindenképp rá is akart kérdezni, de az „unokázás", tudta, hogy mindennél előbbre való, ezért mostanáig kivárt.

Sietve rohant fel érte az első emeletre, hogy a kertbe visszatérve mielőbb átadhassa azt, és várja, mikor tehet fel kérdést. Évek óta nem járt Téotéen apámnál! – mélázott el, amíg várta „papa" olvasásának befejeződését. De bizonyára a lassan már-már háborússá váló helyzettel áll ez összefüggésben!

– Felismered ezt a pecsétet? – mutatta a borítékot fia felé váratlanul az öreg.

– Sosem láttam – jött a válasz, érdeklődést hordozó hangvételben.

– Ez az „Európa-légió, a Rend és minden világi szerveződés felett" pecsétje, bár aki tud egyáltalán a létezéséről, mind csak A Légiónak nevezi.

– A lényeget, apám... – vált még izgatottabbá az ifjabbik Julio. – Kik ezek?

– Ezek... Mi vagyunk, akik Európa biztonságát még a hivatásos európai rendfenntartó és erőszakszervezetek tevékenységétől is hajlandóak lettünk volna megóvni, de szerencsére sohasem volt szükségünk rá.

Julio továbbra is értetlenül ingatta a fejét.

– Emlékszel rá, hogy mennyit kérdezősködtél, hogy miről tárgyalok fél-egynéhány napokat azzal a politikussal, aki gyakran járt hozzánk gyerekkorodban, ahelyett, hogy veled foglalkoznék? – folytatta amúgy anekdotázósan az öreg.

– Louis Charles MacNamarával... Emlékszem, persze.

– Ezt a Légiót ő szervezte annak idején. Titokban, óriási kockázatokat vállalva, és én is a tagja vagyok.

– McNamara – vetette oda gúnyosan ifjabb Julio, de az öreg nem zavartatta magát ettől.

– Most ennek a légiónak a vezetője, egy bizonyos Verdei Malastiar, aki ebben a táviratban értesített engem a rendkívüli készültségtől, és bár én már öreg vagyok, és kellően nyugodt életet éltem az utóbbi években ahhoz, hogy elszokjam a gondolattól, hogy egyszer nekem is le kell rónom az adósságom, de most eljött ez a pillanat, úgy látszik...

– Na ne vakíts, ha McNamara megszervez bármit, annak, legyen bármilyen cicomás neve, maximum saját befolyásának növelése lehet a célja!

„Papa", mint aki semmit sem hallott, vagy egyszerűen nem akarta feladni saját hitét az elmondottakban, ennek az áhítatnak a szellemében folytatta továbbra is:

– Az ebben a titkos rendben szolgálók, akik vállalták, hogy hálából bármikor dezertálnak, ha a mentoruk, McNamara ezt várja el tőlük, és hajlandóak megfelelő fizetség fejében McNamara ügyéért bárhol és bármikor szolgálatot teljesíteni, légiósoknak hívják magukat. Egytől egyig szegénysorból származó tehetséges fiúkról van szó, akiknek az egyetlen kitörési pontot a Rend jelenthette volna, de a családjuknak arra sem volt soha pénze, hogy egyetlenegyszer elutazzanak velük a szigetországba, hogy azok részt vegyenek akár csak egy felvételi megbeszélésen és egy erőfelmérőn. Pedig nem kérdés, hogy megvolt hozzá a képességük, hogy felvételt nyerjenek, és Téotéen váljék belőlük. Többségükben mind déliek, mint mi, mint én... A McNamara család fizette a taníttatásukat. Esélyt adott nekik, hogy kezdhessenek valamit felesleges életükkel, de onnantól kezdve a segítségért cserébe ilyen típusú, rejtett szolgálatot várt el. Eleddig nagyon nem kellett megerőltetniük magukat, de mind tudták, hogy el fog jönni egy nap, amikor magával a Renddel kell szembefordulniuk, ha az esetleg nem tesz eleget Európa legbefolyásosabb politikusa elvárásainak.

– Ez őrültség, apám! McNamara korlátlan hatalmat kapott Provetustól a Téotéenek felett. Nem lehet annyira ostoba, hogy ezt kockáztatja bármivel. Ő csak egy politikus, és politikusként ennél többet úgysem érhet el az életben. Ha bárki vállalta is a szolgálatot, azt bizonyosan azért tette, mert hitte, olyasmi úgysem következhet be, hogy akár a Renddel, vagy bármivel szembe kell forduljanak.

– Akármit is hittek, most cselekedniük kell. McNamara félelmei a jelek szerint viszont nem voltak megalapozatlanok. Úgy látszik, történt valami, ami miatt megingott a bizalma a Rendben és Provetusban – amiket emlegettél.

– Az ő bizalma ingott meg? De... de amúgy miért? Miért is kéne feltétlen eleget tenniük McNamara kérésének, ezeknek a „légiósoknak", ha az nyilvánvaló őrültség? Úgy értem... a becsületen túl.

– Hát ez az, fiam, a becsület. Meg amúgy is, nem számít, mennyire becsületesek, vagy veszik komolyan a maguk által tett ígéretek súlyát! Más választásuk nincs. Olyan tettek jelentették nekik ugyanis a tűzkeresztséget, olyasmi súlyú dolgokban vettek már részt eddig is, ami után nincs visszaút. Ha nem szolgálják McNamarát, az gondoskodni fog róla, hogy a Rend fejei megtudják, hogy részük volt ebben.

Julio, az ifjabb felállt, járt egy kört zaklatottsága okozta mozgáskényszere miatt, de miután nem nyugodott le kicsit sem, még részletekbe menőbben kezdett faggatózni arról, hogy mit lehet tudni az aktuális helyzetről, ami, érezte, nem családja épülésének és elért sikerei megóvásának kedvez.

– Mit írnak pontosan? Mi váltotta ki ezt a… „készültséget"? Tudsz részleteket is?

„Papa", mint aki kicsit realistábbá vált a konkrét kérdésektől, így vázolta a dolgokat: – McNamara megölette Rorringtont és azokat, akik segítettek titokban tartani, hogy az elnök meghalt, Marcus Jorgen Berganovicsot kivéve, aki nem jutott a kezére. Rajta kívül meghalt az összes alelnök, sőt, még Grünwalter Diamont is. Ő is McNamara útjában volt…

– És ezt a légió csinálta? – hűlt meg teljesen ifjabb Julioban a vér. – Ott kell hagynod ezt a szervezetet!

– Én még a csatlakozók legelső generációjához tartoztam, akit Louis Charles McNamara apja, idősebb Louis Harry támogatott. Akkor még ugyan nem volt Légió, de önként csatlakoztam, utólag, hálából. Nem mondhatok nemet a fiának sem. Még ha az az utóbbi időben át is alakította, nekem nem tetszően, de látszólag mégis hatékonyan és ügyesen a Légió szerkezetét, mintha készült volna előre valamire. Valami azt súgja, hogy ez a jó választás, ha a családunk érdekeit tartom szem előtt.

– De hogy volt képes egy ilyen szervezetet egyben tartani? Hogy lehetséges ez?

– A légiósok beszervezése értelemszerűen nagyon bonyolult és összetett folyamat. Gondos előkészítő munkát igényel azoknak a kiválasztása, akik alkalmasak erre a feladatra. Nem csak „amúgy alkalmasak lehetnek, és majd meglátjuk", hanem valóban azok!

Hiszen elég lenne egyetlen rossz választás, de a légió története során még senki nem ugrott ki, így annak léte örökre titokban maradt. Nem lehetek én az első, azzal túl sokat kockáztatnék. Bízz a megérzéseimben! Ezt a „háborút" is McNamara fogja megnyerni.

– De ha nem, elbúcsúzhatsz te is mindattól, amit felépítettél, Papa!

– Mit gondolsz? Miért nem csesztetnek minket a hatóságok amiatt, hogy egy dél-olasz bűnbandával üzletelünk? Mit gondolsz, kinek köszönhetően jutottunk ilyen magasra és úsztunk meg mindent, amit amúgy elveinkkel ellentétesen, de egy jó ügy érdekében léptünk meg? Dél-Európa rendészeti szerveinek többsége tele van a légió embereivel! Ha McNamarával szegülnénk szembe, akkor velük is. De a McNamaráknak köszönhetjük a sikereinket! Nem is lenne „tisztességes" ezt tenni.

❖ ❖ ❖

– Egy nagyon kicsit olyan voltam most, mint Lucia! Ugye?

– Nem is egy kicsit! Lucia büszke lenne rád, hogy ilyen bátor voltál!

Leslie Bayle-nek dühében ökölbe szorult a keze. Raisa még csak kislány volt, de tényleg bátrabban viselkedett, mint a legendás Téotéen mesterek, akik „nem tartották célszerűnek" megkísérelni McNamara elfogását az adott pillanatban.

– Szerinted ő még életben van?

– Nem tudom, szívem, őszintén. Nem tudom! – próbált nyugodtan beszélni az egyre zavarodottabb Leslie, de miután érzékelte, hogy ez hallhatóan nem megy, szavak helyett inkább újra a haldokló lány kezére tette a sajátját, lágyan végigsimítva, majd kicsit meg is szorítva azt.

Nyomorult egy dolog lenne, ha a komplett Malis dinasztia ilyen rövid idő alatt pusztulna ki, ezért Bayle a haldokló kisebbik lány, Raisa és Mistan Malis kihűlt teste mellett próbált valamiféle imaszerűséget elmorzsolni magában, hogy valóban, legalább a nagyobbik lány még tudjon magáról ezen a világon. Ha ő él, a bosszú sem marad el! Még Raisa is, tényleg, meglepően erősnek bizonyult, bár nem küzdött túl ügyesen a kikötőben, persze a túlerővel szemben esélye sem volt. Mistan Malis, lánya és ő segítség híján tényleg csak a halált választhatták, más alternatíva nem lévén. De Mistanra nem lehetett hatni. Sajnos a begőzölt konzervatívok, pláne a britek közös jellemzője a forrófejűség. Még annak a veszélynek a fennállása sem zökkentette ki, hogy őt követő lánya bizonyosan meghalhat. Ő McNamara után akart menni, végezni akart az árulókkal. Néhánnyal sikerült is.

A lánya csak egyet vágott le, de többen támadtak rá is McNamara illegitim testőrségéből, akiktől több halálos sebet kapott, amiknek ellenére sokáig tartotta valami benne az élet pislákoló lángját. Egészen mostanáig. A továbbra is a kezében tartott kis kézfej elernyedt, és a kínzóan zavaró csöndben hallani lehetett, amint Raisa addig is gyengécske légzése teljesen abbamaradt.

A kint várakozók minden bizonnyal jól látták, hogy vége – a lány is meghalt –, miután a család komolyabb sérüléseket nem szerző, kiváló harcosnak bizonyult segítője fájdalmas szomorúságában felállt a lány ágya mellől, és tarkójára téve kezeit, fejét lehajtva zokogni kezdett. Azon nyombban a legnagyobb nagymester és segítője érkeztek az intenzív osztály kórtermébe, hogy végre kifaggassák az egyetlen túlélő Leslie-t.

– Ki ölte meg? – kérdezte nyomban Clinton-Slino.

– Melyiküket? – kérdezett vissza nehézkesen, de együttműködési szándékot sugározva a magát kicsi összeszedni próbáló Bayle.

– Malist... Mistant.

– Azt nem tudom! Rá kétszer annyian mentek legalább, nem láttam pontosan, mi történik.

– És a lányt?

Leslie töprengett egy jó ideig a néven, de végül megtalálta.

– Malastiar a neve.

– Verdei Malastiar?

– Igen.

– Hogy került ő oda? Tudtommal az egykori Spanyolhonban teljesít szolgálatot. Így van, Born nagymester?

– Igen. L'Altet-ben, pontosan.

– Biztos, hogy ő volt?

– Igen... felismertem. Négyélű könnyűacél bárdot forgatott. Duplafejűt.

Clinton-Slino Bornra nézett kérdően.

– Valóban, McNamara egyik lekenyerezettje – erősítette meg a hallottakat Born.

– Úgy látszik, az áruló Louis Charles elvárt bizonyos dolgokat azoktól, akiket anyagilag támogatott.

Leslie először szánta el magát önálló cselekvésre az utóbbi percekben ahelyett, hogy csak szolgaian válaszolgatott volna: – Engedélyt kérek, hogy visszatérhessek Cumbriába, a Mistan dinasztia talán utolsó élő tagjának segítségére sietnék.

– Nem kell tőlünk engedélyt kérnie semmire, már nem a Rendben szolgál – bökte oda flegma közönyösséggel neki Clinto-Slino, majd rögtön faképnél hagyta, és segítőjével kisétált a kórteremből.

EUROPATURM

– Lucia! Lucia! Várj meg! – kiabálta a húga a lépcsőn roham-tempóval felfelé igyekvő nővérnek.

Ez valami átverés! Ő már elhagyta az erődöt! – Nem emlékezett már rá, hogy mikor és hogyan, de tudta, hogy húga már nem lehet ott velük.

Amikor felért a lépcső tetejére, mégis úgy döntött, hogy visszafordul és megkeresi tekintetével az ismerős hang forrását, azonban miután megpördült, egy korábban nem látott, kék bőrruhát viselő férfi állt mögötte. Azonnal a kardjához nyúlt volna, de a karja nem engedelmeskedett. Mire újra felnézett, csak egy pillanatig látta az ökölbe szorított kezet, mely úgy ütötte halántékon, hogy lerepült az emeletről, és úgy esett lefelé, mintha csak az életéből repülne ki.

Kínzó fájdalmat érzett a fejében, ami egyre csak növekedett. Idővel megfájdultak a szemei is, mintha nyomta volna őket valami belülről, és ezáltal el is veszítette a látását. A halántéka lüktetett, amitől a szívverésének üteme is megemelkedett, és vadul kezdett kapálózni a sötétben. Miután azonban semmit nem ért el a kezeivel, a fejéhez próbált kapni, hogy valami módon – masszírozással például – enyhítse valahogy a fájdalmát. De ijesztő módon ez sem sikerült, mert mikor keze a halántéka közelébe ért, még azt sem tudta megérinteni. Mintha teste légneművé és tapinthatatlanná vált volna. Ez biztos csak egy rossz álom újfent – rázta föl magát, és ettől aztán azon nyomban ki is pattantak a szemei.

A fájdalma nem múlt el, de csillapodott legalább. Azonnal világossá vált, hogy az elmúlt időszak eseményei összekeveredtek álmában, de a valóság sem volt sokkal kevésbé ijesztő. Persze itt legalább nem a feje, hanem az egyik karja hiányzott. Ugyanúgy a saját szobájában pihent, ugyanabban a pozícióban, a hátán fekve, ahogy és ahol a legutóbb magához tért. Ezúttal azonban semmilyen hangot nem hallott. Sehonnan, semmilyen irányból, semennyi idő elteltével.

Percekig feküdt még ott, de mivel semmi nem történt, cselekvésre szólította erőtlen testét. Fellökte magát, és a hasizma segítségével harmadjára már ülő pozíciót tudott felvenni az ágyon, nagy nehezen megtartva azt. Így már kitekinthetett valamelyest az ablakon, de a távolban gomolygó valamiféle füstön kívül mást nem tudott kivenni. De biztos volt benne, hogy komoly változásokat aludt át. A környezet, mely biztonságot nyújtó szobáját vette körül, megváltozott. Érezte, hogy nem kell már tartania semmitől – talán a Téotéen-ek végre rendet csináltak!

Törzse elfordítása után lábait is oldalra kapva lefordult hát az ágyról, felállt és eltámolygott még kissé koordinálatlanul az ajtóig, amit kilökött a vállával és kisétált a teljesen üres folyosóra. Eleinte nem tudta eldönteni, jó ötlet-e kiáltva jeleznie, hogy hol van, bár az ösztönei azt súgták, az ellenség már tényleg „levonulhatott" – valódi bizonyítéka nem volt, mégis így érzett. Tántorgott egy kicsit a folyosón az egyik, majd a másik irányba, de – mintha az bármi biztosítékot jelentene – mindig visszacsoszogott az ajtóhoz, amin kijött. Nem hallott semmit, továbbra sem, végül elszánta magát:

– Halló! Van itt még valaki? – kiáltotta.

A visszhangon kívül semmi és senki nem jelzett vissza, ezért szaporán nekivágott a folyosónak jobb felé, mert arra volt egyszerűbb kisétálni az épületből. Legalább annak a furcsa füstnek megfejtheti az eredetét – gondolta. Meg aztán az udvar képe árulkodóbb lehet...

Végigsétálván a kihalt épületrészeken meglepte, hogy a Finntrolok zászlait nem távolították el a falakról, ahová néhány méterenként felaggatták őket. Mégsem a Téotéen-ek tettek rendet? Ők különösen figyeltek volna erre a jelképes dologra.

A Finntrolok árulók! – Csak nem egyeztek meg békés módon semmiről, ezt nem úszhatják meg! De ez amúgy sem az ő erődjük, hanem a Malisoké. Le kéne venni a zászlókat.

Ereje persze nem volt nekiállni, hogy saját maga takarítson az
erődben, amerre járt, pedig bántotta a szemét az összes idegen
lobogó, főleg a nagycsarnokban. Beletelt vagy negyedórába, mire
odáig elért, holott mikor ereje teljében volt, a saját szobájából
másfél perc alatt is volt, hogy átrohant a központi traktushoz, ha
ott volt dolga. Most viszont átélhette, milyen lesz, ha módjában
áll majd otthon megöregedni, és a szokásnak megfelelően haláláig
kell majd apjától örökölt posztját betöltenie, ami rengeteg, őt a
nagycsarnokba rendelő kötelezettséggel jár majd.

Csak egy rövid ideig bámulta az erődfoglalók tevékenységének
nyomait, de inkább elindult a kijárat felé, mint hogy fel kelljen
idéznie akaratlanul az itt nemrégiben történteket. Időnként
megállt, mikor a folyamatosan őt kínzó, de már megszokottá vált
fájdalom hirtelen még erősebbre váltott, hogy eszébe juttassa
hiányzó karját, melyről egész egyszerűen szintén nem volt még
ideje megemlékezni. Elcsodálkozott rajta, hogy testének parancsa
ellenére is mennyire erős tud lenni, és saját embertelen kínja
fölé képes helyezni családja és szülőföldje sorskérdéseit – ezt
apjának köszönheti. Próbálta felmérni a vállával együtt alapo-
san bebugyolált karja csonkjának állapotát, de ennek nem volt
még itt az ideje. Egy átlagember az ágyából sem tudott volna
kikászálódni – ez a tudat lelkesítette. Amolyan örökmozgó volt
egyébként is. Mindenhol ott lenni, mindenkinek segíteni – az
övéhez hasonló családok felelőssége ebben is áll, emberileg
sem árt gyakorolni a hozzáállást. Persze őt alaptermészete is
segítette ebben.

Amikor kisétált a belső parkudvarra, nem állt meg, hogy
körbenézzen, mi minden lehet az a sok kacat, ami az elburjánzott,
kezeletlen gyepet beterítette. Az „elburjánzott" – amely kifejezés
elsőre fogalmazódott meg a fejében – sokak számára túlzóan
hatott volna nyilván, de mivel az ő szeme ahhoz szokott, hogy
márpedig az a gyep egészen pontosan kétnaponta – a hétvégék
kivételével – ugyanúgy van nyírva, ez a néhány napos kihagyás a
hanyagság okozta káosz benyomását keltette benne. Egy pillanat
erejéig eltekintett balra, a palotaszárny felé, melynek felső szintje
régen lovagteremként funkcionált, de a Téotéen-korszak óta

érintetlen látványosság szintjén kezelték, ami azon kívül, hogy néha fogadta a Rend ide érkező elöljáróit, más funkcióval nem bírt, de nem fájdította szívét azzal, hogy jobban megszemlélje, odabent milyen pusztítást végeztek. Helyette a kelet–északkeleti Kaputoronyhoz igyekezett egyre nagyobb tempóban, mert azon kilépve végre megláthatta, hogy miféle füst száll fel a külső köztes fűterületről, mely a régi vár és az azóta alá épített házak között terült el, az észak–keleti külső fal árnyékában.

De csalódnia kellett. Rosszul mérte fel, mert a fekete égéstermék forrása hátrébb volt található, egészen benn a házak között, valószínűleg a „kisfőtéren”. Azonban azt már így is kikövetkeztette, hogy miket égettek arrafelé, ugyanis a füves grundon hatalmas, viszonylag spontán keletkezett halmokba hányt mindenféle praktikus használati tárgyak hevertek szerteszét. Mikor közelebb sétált, már látta, hogy monitorok, számítógépek, billentyűzetek százai voltak egymásra dobálva. Ezek mind a kommunikációs épület főszintjéről valók – állapította meg, és ösztönösen sarkon fordult a modern, az erődhöz hozzáépített üveg melléképület irányába, aminek innen csak a belső várfal egy alacsonyabb része fölött egy kis része látszott, majd visszakapta a tekintetét a romhalmazra, hogy újra hitetlenkedve szemügyre vegye. Mögötte egy kisebb halomban kézikonzolok voltak ugyanígy összehordva. Ez egy lehetőség – jutott eszébe, de miután közelebb lépdelt, egyet közülük a kezébe fogott és ügyetlenül, fogást alig találva életre próbálta kelteni egyetlen megmaradt mellső végtagjával, akkor vette csak észre, hogy annak akkumulátora vélhetően forrasztópálcával ki volt égetve egy, a megolvadt műanyagon lévő kis lyuk alapján. Mikor ezt elhajítva újabbat kapott kézbe, majd egy harmadikat is, nyilvánvalóvá vált, hogy mindegyikkel ezt tették. Mintha minden kapcsolatot meg akartak volna szakítani, el akartak volna lehetetleníteni a külvilággal, Európával. Mintha… Mintha vissza akarták volna taszítani ezt az erődöt a középkorba – tűnődött megrökönyödötten. De hogy a lakosság ilyesmire alkalmas tárgyait is mind egy szálig összegyűjtsék, végtelen fanatizmusra enged következtetni. Mi szállta meg ezeket?

Aztán a várfalon kívüli házak ablakait pásztázta végig. Olybá tűnt, hogy teljesen kihalt a település. Mindenki elmenekült, aki csak tudott? Vajon még a támadás idején, vagy – a biztonság kedvéért – a vélt levonulás után, félve tőle, hogy a határvidék nem elég biztonságos?

Csődöt mondtak. A határbiztonság mindig kiemelt ügy volt a kontinens életében.

A legijesztőbbnek azonban mind közül épp az tűnt, hogy képtelen így jelet adni saját magáról – bárki számára.

De… apám kommunikációs beosztottjának irodájához biztosan nem fértek hozzá! Hiszen az az erőd régi kincstárterméből lett kialakítva, egy páncélajtó mögé zárva! Bár áram láthatóan egyáltalán nincs az erődben, de konzolok ott is lehetnek! És én tudom a terem kódját – analizálta gyorsan a lehetőségeket, és rögtön sietősre fogta, abba az irányba rohanva – már amennyire képes volt rohanni, de legalábbis jobban szedni az elfáradt lábait –, ahonnan érkezett.

A kormos téglafalú, régi, vakolatlan, a nyirkosságot kevésbé toleráló műszaki cikkektől egy üvegfallal elzárt helyiség az alagsorban volt. Az oda lefelé vezető lépcső eddig a legnagyobb kihívás elé állította. Kar nélkül lefelé haladni, kellő egyensúly hiányában, kapaszkodni sem tudván, mindennél veszélyesebb, de az is lehet, hogy az elcsigázottság miatt csúszott meg, és huppant a hátsójára kis híján kétszer is.

A környezetet itt már nem nézte. Megmaradt testi épségét kockáztatva minél hamarabb oda akart érni. Tornáztatnia kell megmaradt végtagjait – könyvelte el magában.

A terem ajtaja a várakozással ellentétben mégis nyitva volt – döbbent meg. Hát, ez a lehetőség is elúszott.

Azonban mikor kicsit mégis reménykedve belépett a kitárt páncélajtón, látta, hogy a benti, sorokban, hosszú asztalokon elhelyezett készülékek érintetlenek. Hamar megtalálta az ajtó melletti falon a kapcsolószekrényt, de mikor odalépett és kinyitotta annak ajtaját, csak az előzetes várakozásában erősödött meg a benne tapasztaltak által. Mindegyik kapcsoló felfelé állt, tehát az épületben nem volt áram, nem a terem volt villanytalanítva. A fenébe! A fejét csalódottságában lehorgasztva vett csak észre némi, a padlóra ragadt vért, ami valaki próbált láthatóan feltakarítani, de nyilván csak akkor tette már ezt, mikorra a piros folyadék meglehetősen odaszáradt.

Utolsó lehetőségként az asztalokhoz lépve a tömérdek jegyzetfüzet, papírhalom és dossziék között kezdett egy szál kezével vadul kutakodni, hátha talál mégis egy működő kézikonzolt.

Kézikonzolt – döbbent rá hirtelen saját, egészséges reflexeit kipusztító, nyilván felnőtt korában észrevétlen megnövekedett ostobasága ijesztő mértékére. – Mintha a „villanyos" műanyag szarokon kívül más már nem is létezne. Térdre rogyott, és az imént az asztalról egyetlen kezével lehányt papírokat próbálta egyenként felvenni a földről, alaposan megbámulva azokat, majd a jelentéktelenebbeket még messzebb, a háta mögé hajítva.

Mind az elmúlt napokban, a terem jobb széle melletti falon sorbaállított nyomtatókkal papírra varázsolt belső és Provetusból, valamint Kálovistonból származó hírszerzési jelentések voltak. Apját sosem érintette meg a zöld gondolat és a veszélyre való figyelmeztetés, hogy mi történhet a bolygóval, ha ilyen ütemben irtják tovább a fákat. Valószínűleg a legtöbbjét az ő kérésére nyomtatták ki, ő így szerette azokat olvasni, nem a konzolján.

A legelsőn, amin – a tekintetét vonzva – jól láthatóan, a rajta lévő rövid szövegnek már az első sorában fajsúlyos nevek szerepeltek, a következőt olvasta: „*Az elnök, Vincenzo Ferri, és alelnökei, Marco Manuel Rorrington, Nicolaus Gernstein és Ulif Kotti, valamint Grünwalter Diamont, az Európai Bizottság tagjai számunkra ismeretlen helyen tartózkodnak.*" Ez ijesztőnek hangzott.

A következő hasonlón pedig az alábbi sort olvashatta:

Mivel a legmagasabb rangú hivatalban lévő kormánypolitikus, Marcus Jorgen Berganovics maradéktalanul tisztázta magát a vád alól, hogy köze lehet felettesei eltűnéséhez, vagy akárcsak birtokában lenne bármiféle információnak arra vonatkozóan, hogy mi történt az elnökség tagjaival, Brit-Európa Téotéen Rendje, miután a rendkívüli állapotra hivatkozva saját hatáskörébe rendelte a kontinens irányításban résztvevő központi szervezetek hivatalnokai rendkívüli sürgősséggel történő beiktatásának jogát, őt nevezték ki elnökké. Marcus Jorgen Berganovics az elnök? És a megválasztását semmilyen demokratikus aktus nem előzte meg? – gondolkodott el, mire észrevette, hogy ezen a sürgönyön tíz nappal későbbi dátum szerepelt, mint az előzőn. Vajon apja tud erről?

Azt sem tudta, hányadika van, de biztos volt benne, hogy ez már az erőd elfoglalása utáni napok fejleménye. Ez így túl káoszos… Érdekesebb volna a legfrissebb, ilyen jellegű híreket olvasni inkább, lehetőleg időrendben, hisz' azok közül, amik a papírokra vetve a földön hevertek szerteszét, ki tudja, melyik aktuális még egyáltalán?

Térdeplő állásból, lábait maga alá kapva állóba felugorván az imént már megszemlélt nyomtatókhoz sietett. Itt még dolgoztak az erőd elfoglalása után is – vonta le az azokon szereplő még későbbi dátumokból a következtetést, és bele sem mert gondolni, mi történhetett azokkal, akik itt voltak, mikor a Finntrolok és a Valentirek bejutottak ide. A vérfoltok semmi jóról nem árulkodnak, de a berendezések épsége arról mindenképp, hogy már nem volt fontos szétzúzni, működésképtelenné azokat, talán az erődbéli történéssor legvégén.

– Az elektromos kütyükkel szerintem ne is próbálkozzon a nagysága! Azok egyet sem pittyentek, mióta azok elmentek – zökkentette ki egy megfáradt hang iménti tevékenységéből, a páncélbejárat irányából.

Egy gondnok küllemű fickó lógatta nagy hasa mellett lefelé a karjait, mintha amolyan „vigyázállást" felvéve szólította volna meg – bár ez alig ment neki.

– Ó, nem gondoltam volna, hogy van itt még bárki! – könynyebbült meg egy kicsit Lucia.

– Én sem hittem, hogy még itt van, mi több, él a nagyságos kisasszony – tette hozzá nem túl meggyőző őszinteséggel az öreg, kövérkés fószer.

Látta már korábban, de személyesen még sosem szólította meg őt. Nem tűnik túl alázatosnak – vélte. De még egy mogorva, életunt portás – vagy mi – is jobb, mint a semmi. És valóban: az antipatikus ember az épületrész sok vizet nem zavaró portása volt, akinek a valódi tevékenységet végző őrség tagjaival ellentétben sok szerepe itt nem volt. A számára már jól ismert, itt dolgozó informatikusok és kommunikációs szakemberek belépőit kezelte talán mindennap. Oly sok mindent nem tud saját erődjükről sem – jött az új, önmagával kapcsolatos illúzióvesztés, bár zsengébb életkora részben magyarázat lehet erre. Miután túlestek a legfontosabbon, vagyis hogy az nagy nehezen, a megilletődöttségtől habogva beazonosította magát, Lucia a legadekvátabb kérdést tette fel azonnal: – Mi történt itt? Hová lettek a megszállóink?

Na, erre aztán feleannyira sem érkezett értelmezhető válasz, mint amit az első benyomások alapján várt, de leginkább az tűnt ki neki az összevissza beszédből, amit hallott, hogy a jóember az egész történéssort, ami az erőd sorsát meghatározta, a váron kívüli saját házában vészelte át, tehát részleteibe menően nem is tudhatta, amire kíváncsi volt.

– Hát én mégis hova mentem volna? Itt maradtam, és amikor tiszta volt a terep, visszajöttem egy kis rendet csinálni, de... egyelőre még alig haladtam vele – szabadkozott Luciának az újabb kérdésre a Jack nevű kapuőr – mert így hívták, és ez volt a pontos titulusa. Közelebb sétált Luciához, egy ideig értelmetlenséget sugárzó, tanácstalan arckifejezésessel bámulta a csonkot a karja helyén, majd ennyit tudott még kinyögni: – Nagyon fáj?

Áh, ennek így nem sok hasznát veszi, gondolta Lucia, és inkább az egyik sürgönyt felmutatva arról érdeklődött: – Ilyeneket talált még? Szeretném elolvasni, lehetőleg időrendben, hogy mi történt Európában.

Kapuőr Jack még bugyutábban nézett, mint az előbb, de legalább józan paraszti esze – az a kevés, ami volt – nem hagyta el: – Hát olvassa el kegyed az újságban! Megírta az...

Nem teljesen hülyeség! – gondolta végig. – Vannak újságai? Minden napról? – próbálta hát konkretizálni.

Az öreg helyeslésére beleegyezett, hogy az a személyzeti folyosóra kísérje, ahol állítólag volt egy kis sarok a számára, ahol anno az ebédjét fogyasztotta mindennap, amikor engedélyt kapott nem a bejáratnál tartózkodni.

Az odavezető úton Lucia valóban látta a megkezdett takarítás nyomait. Kapuőr Jack, miután kissé feloldódott már, beszédesebbnek mutatkozott, és összeszedettebb gondolatokat prezentált: – Nem érdekelte már a Rendet, ami itt történik, mikor Keletről is bejöttek azok a máshitű gecifattyak! Izé, bocsánat… Akarom mondani… Tudja, a szaracének.

Lucia nem tartotta időszerűnek nevelni a nevelhető korból jócskán kinőtt alkalmazottat, de – még egy kicsit bátorítva is tán – ő maga is hallatott valamiféle elfojtott morgást a „szaracén" szó hallatán.

– Itt is volt pár, láthatta őket, gondolom! A tengerről is támadták Európát! – húzta fel magát az öreg. – A Rend meg semmit sem csinált! Legalábbis itt nem, pedig mi voltunk a leghamarabb a legnagyobb bajban. De a mi erődünk nem elég fontos nekik, hogy segítsenek! Persze valahol ez érthető, a valódi támadás most nem innen érkezett, ahonnan várták. Ezek, akik itt voltak, maguktól vonultak el, mert valaki nyilván irányította őket, ez a napnál világosabb.

Feleslegesnek tartotta az öregtől kérdezősködni. Ki tudja, abból, amit mond, mit rakott maga össze a saját fejében és mi az, ami ellenőrzött információ.

De az legalább valóban a folyosóvégi kis sarkához vezette, és az asztaláról levéve rögtön egy újságot nyújtott felé. A *Régi és új időket*, mely leginkább vad archaizmusáról ismert napilap volt.

– Egy küldönc hozta ezt ma reggel Provetusból, tudom, hogy azt mondta a nagysága: időrendben, de olvassa csak el ezt itt – mutatott rá a vezető publicisztikára, mikor kezébe nyomta az újságot, aminek címlapján a szokásosnál nagyobbal szedett cikk virított, melynek miután átlendült a bevezető sorain, ezt tűnt a legérdekesebb részének: „*Csönddel telt kellemes esténket, melynek nyugalmát, azt hittük, minden rossz várakozásunk ellenére a Rend harcosainak tízezer kardja óvja majd, mint eleddig bármikor, tizenkét órája még nem is sejtettük, hogy milyen történelmi jelentőségű eseménysor fogja unalmasan békésből a megelevenedett káoszba fordítani. … A legtöbb helyen már az éjféli híradó műsorvezetői is elköszöntek, megnyugtatva Európa lakosságát, hogy az érzésükkel ellentétben nincs semmi félnivalójuk az igencsak félelemkeltő események okán. Így aztán a legtöbben már nyugovóra tértek, és nem látták megszakadni az adást, ami néhol amúgy is csak érdektelen ismétlések folyamával csalogatta volna az esetleges, kis számú nézőket.*

Más volt a helyzet a szigetországban, ahol az óra még nem ütötte meg az éjfélt a szokatlan mozgolódás kezdetekor. És szintén nem csak másnap reggel szembesültek a szokatlan állapottal a déli részek lakói sem, akik életmódjukhoz híven még hajnalban is az utcákat járták és látták, amint a Rend harcosai jelennek meg azokon, mindenkit a házaikba való visszavonulásra szólítva. Az Appennini-, a Görög- és az Ibériai-félsziget nagyobb városainak lakói közül sokan láthatták, amint szürke és barna ingesek szállják meg a fontosabb középületeiket, és masíroznak be minden ellenállás nélkül csendőrségi főparancsnokságok tucatjaiba.

Északabbra csak Frankfort lakói lettek nagy számban figyelmesek a tán' még sosem látott jelenségre, amint kialudtak az Europaturm fényei, amely a legnagyobb európai televíziós állomás – volt –, és amelynek ilyetén látványa azonnal fölvetette az irregularitás gyanúját.

Akiknek könnyen jött álom mégis a szemére, említett Frankfortunkban saját maguk, máshol a konzoljuk képe által szembesülhettek a lerombolt kolosszus döbbenetre okot adó látványával. Kinek, s mit ártott az Europaturm, hogy egyetlen éjszaka kiürítették és robbantás útján történelemmé tették mindünk számára szimbolikus létezését?

Itt jegyezzük meg a további riadalmat megelőzvén, hogy Rendünk saját közlése szerint maga áll ezen esemény hátterében, és nem újabb terrorcselekmény áldozata lett a jelképes jelentésű torony."

– Az Europaturmot? Miért? – adott hangot döbbent tanácstalanságának Lucia.

– Nem csak ez Europaturmot, az összes tévéadást sugárzó mindenféle antennát és központot elintézték. Hogy miért? Tudja, nekünk itten vidéken az van a reflexeinkben, hogy a TV mondja mindig a valóst, az igazán fontosat. De túl sok csatorna volt túl sokféle, különböző gondolkodású ember kezében. Az intraglobalt nem tudják kikapcsolni, de a tévét teljesen lelőtték, negyedik napja nincs adás.

Mielőtt még Lucia bármit mondhatott vagy kérdezhetett volna, az sietve magánál tartotta a szót: – Tudom, mint gondol a nagysága… hogyha egyszer az intraglobal Amerikából, de még a műholdak által is fogható, úgysem tudják elérni, hogy mi ne tudjunk mindenről, de még az én feleségem is mindig azt mondja: azon a „globalon" összeírnak mindenféle sületlenséget. De amit a tévé bemond, az szent, és biztos úgy van. Hát már nem mond be semmit. Fényt kapott a Téotéenek foga fehérje! Senki egyetlen tévéadásban sem mondhatja már be, az életét kockáztatva sem, hogy a Téotéenek hatalma illegitim.

Az öreg meglepő összeszedettséggel osztotta meg gondolatait. Valószínűleg ez lehet most a közvélekedés. A Téotéenek zavart akarnak, azt, hogy ne tudjon senki semmit, és meg akarták előzni, hogy a televízió leghitelesebb arcai felemelhessék a szavukat ez ellen. Nyomtatott dolgokat meg már kevesen olvasnak, de legalább azok még léteznek.

– Van még újság, ami friss? – kérdezte.

– Itt egy másik is, a Modern Európa…

Ahogy neve is mutatta, a Modern Európa a modernisták lapja volt, amelyben már jóval kevésbé pátoszos, tárgyilagosabb összefoglaló kapott helyet a címlapon, aminek rögtön a közepe felé olvasható lényegi részéhez ugrott: *„Miután a híreket eluralták a zavaros politikai helyzetről szóló találgatások, a hatályos törvény által megválasztott parlament feloszlatta magát. Az Európai Bizottság azonban nem tette ezt meg, bízva abban, hogy az előrehozott választásokon újra a modernisták kerülnek fölénybe, és meghosszabbítják a kabinet mandátumát. Tervük nem vált be. A rendkívüli voksoláson az archaisták nyertek, akikkel közvetlenül a választások után máris szembefordult a közvélemény, ugyanis csak három nappal később tudatták, hogy korábbi vezetőik azért kerültek börtönbe, mert tárgyaltak, mi több némiképp össze is játszottak a Valentirekkel. Ők mégsem oszlatták fel újra az immáron többségük által uralt parlamentet, hanem, a közvélemény megnyugtatásának reményében, az azt elnöklő Európa Tanácsban koalícióra léptek a Zöldekkel, akik így beültethették embereiket a Bizottságba. És ez a Bizottság már az elnököt is el kívánta mozdítani a székéből, amit azonban a Parlament nem szavazott meg. Ehelyett, kihasználva a modernisták, az ülésekről tiltakozásul való távolmaradását, átmenetileg* *felfüggesztették a Bizottság és a Tanács jogköreit, hogy az elnök közvetlenül gyakorolhassa a hatalmat, akit persze, tudjuk, hogy a Rend mozgat. A modernisták a rendkívüli állapot miatti vis major jogszabályt nem vették figyelembe, ami miatt nem kell minden ülésen az egész parlament négyötödös többsége az ilyen határozathozatalhoz, elég a jelenlévők felének egyirányba mutató szavazata is. De ami jelen helyzetben még ennél is fontosabb, hogy az új elnök, aki a parlament felterjesztésére a Bizottság által is jóváhagyva nevezi ki a Központi Bizottság elnökét, már jogosult Louis Charles McNamara visszahívására is...*

McNamara... Apám esküdött rá, hogy jó nekünk, briteknek, hogy van egy ilyen magas pozíciójú ember, aki majdhogynem mindent megtehet Provetusban és Kálovistonban is, de én sosem bíztam benne! Végre valami jó hír! – analizálta az olvasottakból levonható következtetéseket Lucia.

Az öreg Jack azonban, vélhetően újra felizgulva a rendkívüli helyzet elemzése közben, csak magában zsörtölődött: – A régi világnak vége, mink már, akik megéltük az előző háborút, nem vagyunk fontosak.

– Van magának valamilyen, sima E-s akkumulátorral működő eszköze? – szakította félbe.

A meglepett Jack kihúzta asztalának egyik fiókját, és kis keresés végén egy kézi konzolt húzott elő.

– Itten van ez a ketyerém nekem! A fiam adta, hogy baszkuráljam ezt, de semmi kedvem hozzá. Amit ezen lát az ember, az úgyis mind dezinformáció.

Ez jobb, mint amire számított. Nem csak akksi, de egy használható konzol! Hülye öregemberek... – Akkor „eztet" most eltulajdonítom! – mondta határozottan, mikor kikapta a kezéből.

Másik keze híján az asztalra csapta, egyetlen kezének mutatóujjával előhívta a saját maga által, bizalmas információk közvetítésére ugyan nem, de napi kommunikációra annál inkább használt levelezőrendszer nyitólapját és beütötte perszonális kódját.

„Utolsó bejelentkezése óta 143 560 új hír érkezett. Kívánja sorrendben végigolvasni őket, vagy letölti helyettük a legfrissebb hírösszefoglalót?" – látta rögtön az üdvözlőoldalon.

Nem kívánta, pusztán csak ismerős neveket, főleg rokonait kereste a listában, de senkit nem talált, akinek igazán örült volna.

Ehelyett ott is csak hírcsokrokról szóló értesítőket, és egyben azok rövid összefoglalóit látta mindenhol. – Harcosaink eltökéltek voltak abban, hogy Európa minden befolyásos vezetőjét őrizetbe vegyék, azonban csak Berganovics negyedik alelnököt találták a helyén, aki fenntartások nélkül együttműködött. – Ilyeneket.

❖ ❖ ❖

– Csinálhat a politika bármit, a Rend mindig archaista volt, és az is maradt… – dörmögött még mindig az épp egy kancsó vizet és poharat hozó Jack, aki, miután először lépett be a családi hallba, megállt és körbebámult az impozáns, nagy, világos helyiségben.

A megfáradt Luciát ez kicsit sem zavarta, szomjas sem volt annyira, hogy szóvá tegye, miért nem érkezik a hűsítő. Elcsoszogott a hozzá legközelebb eső kanapéig, és mint aki minden erejéből kifogyott, elengedve teljesen magát, valósággal belerogyott abba. Onnantól pedig csak bámult maga elé összetörten. Az futott át az agyán, mennyivel többet veszített valójában a jobb karjánál. Az egész életét, tulajdonképpen. Családja becsületét, mindent, ami fontos volt, aminek eleddig élt. Máris megfogadta, hogy egy pillanatig nem fogja a hiányzó végtagját siratni. Ez lesz a legfontosabb fogadalma, mert ha lehetett volna, inkább többet kellett volna odaadnia, hogy ne érje ilyen szégyen őket, a Malisokat!

Egyszerűen semmit nem tudtak tenni az északról betörő ellenséggel szemben. Semmi tekintélyük nem lesz többé a kontinens népe szemében. Haszontalanná váltak, és ez mindenki tudja, hisz' mindenki láthatta. Elhaladt mellettük az idő, funkciótlanná vált életük fő műve… Ettől a sok keserűségtől azonban mégis szomjassá vált, utána is nézett, hol marad a tán még mindig csak csodálkozó öreg.

Biztos lesz mit mesélni az asszonynak… Hogy kit talált meg az erődben, és az mennyire privát, korábban jól őrzött helyiségbe hozta fel.

317

De Jack, mikor megtalálta a nagy szobában, ekkor már kifelé bámult az egyik ablakon keresztül, és mégsem a gazdagon díszített belső tér foglalkoztatta.

– Mit lát, Jack? Ennyire érdekes a panoráma? – kérdezte.

– Nem a panoráma érdekes, nagysága, hanem, hogy ki érkezett vissza az akkor sietve távozók közül.

Luciának rögtön verni kezdett a szíve az izgalomtól, hogy kit láthatott meg ez a jóember, „visszaérkezni” – ahogy fogalmazott.

– Kicsoda? – kérdezte rögtön.

– Az az átoperált nő… Akarom mondani, férfi, az egyik „testőr”! – kért rögtön elnézést az elszólásért. – Bayle…

❖ ❖ ❖

Talán sosem fogja elfelejteni a kezdetben csak nyüszítő, majd félelmében minden felszabaduló, és egyúttal testéből távozó erejével vonyító ember utolsó arckifejezését. Amivel nem éppen őt bámulta, de abba az irányba nézett, ahol ő is állt, a félszemű és a többi rohadék mellett a „díszvendégek sorfalában”. Kivégzés egy templomban… Páran biztosan fel voltak háborodva a köztársaságban, de a többség már nem gondolta komolyan magát a vallást – erről megbizonytalanodott. Ez az egész már csak színház, ahol mindig más darabot játszanak, a „szórakoztatás” céljával. Most éppen ezt.

Természetesen gondolhatta volna a szerencsétlen áldozat, hogy ha ennyire szimbolikus szerepet szánnak az ő halálának, a könyörgéstől és a vergődéstől nem gondolják majd meg magukat, és nem fognak kegyet gyakorolni, hogy szabadon engedjék, de érthető, hogy nem tudott így sem méltóságteljes maradni. Az ember ideális esetben küzd, amíg tud. Ezek szerint neki még volt is miért, mert nagyon ragaszkodott volna nyomorult életéhez. De vajon átfutott az agyán, hogy ő az első áldozata a rituális kivégzések új rendszerének? Ez a szégyen zavarhatta inkább, vagy a haláltól való félelme? Butaság, nyilván az utóbbi. A Valentirek direkt választottak egy egyszeri esendőt, és véletlenül sem egy hétpróbás gazembert, aki talán a halála pillanatában is

erős tudott volna maradni. Az nem lett volna olyan elrettentő.
Nem sokkolta volna úgy elsősorban a fiatalokat, akik nézik az
eseményt a helyszínen vagy a tévén. És nem formálta volna
úgy a gondolkodásukat, hozzáállásukat az újraéledt, militáns
államhatalomhoz, melyet szolgálniuk kell majd a jövőben. De a
félelem a legjobb terapeuta, és aki ezt a dolgot látta, az biztosan
félni kezdett a Valentir hatalmasoktól. Zenus Peter Pacifis is.
Jobban, mint korábban bármikor.

Ahányan csak befértek a templomba, nagyjából annyian is
voltak benn. A „szervezők” számítása azonban biztosan nem jött
be. Nem volt zsivaj, őrjöngés, és végképp nem eufória. Látta a
körben álló, kezdetben lelkes tömegben állók arcán is az undort
és a megdöbbenést. Erre senki nem volt felkészülve.

Régen biztos nem ilyen volt egy kivégzés. Régen az áldo-
zatok – saját olvasmányélményei alapján is – sokkal nagyobb
rezignáltsággal és beletörődéssel vették tudomásul, hogy az
állaténál oly sokban amúgy sem különböző életük véget ér. De az
újkori ember elszokott attól, hogy bármit is tett, akár büntetésből
megfosztják magától az életétől. Európa sokáig küzdött azért,
hogy egyetlen ember élete, világegyetemben elfoglalt helye
nagyobbra duzzadjon bármilyen más lényénél.

Sok végiggondolandó lett volna még annak kapcsán, hogy erről
az útról a szintén nem afrikai, vagy közép-ázsiai, hanem sok do-
logban mégiscsak inkább nagyon európai Valentir Köztársaság épp
elhatározta, hogy elkanyarodik. De az események csúcspontjának
pillanatai átélésétől kezdve már nem sok maradt lehetőségként,
mint a látottakat újra és újra lepörgetnie magában a befogadónak.

Zenus lopva körbetekintvén egyvalakin látott csak valódi
örömöt és elégedettséget negatív értelemben vett borzongás
helyett. Méghozzá magán a félszeműn. Az ő lelkében tényleg
felszabadulhatott valami olyasmi, hogy most aztán igazán való,
a régi idők szellemiségéhez méltó, megértéséhez „egészebb em-
bert” kívánó dolog történt. Neki talán, az ő gondolkodásának
megfelelően valóban a régi idők lehettek emberségesebbek.

Minden, még az emberségesség meghatározása is relatív
lenne? – tűnődött.

Micsoda beteg dolog, hogy még a bitófát is feldíszítették. Nemhogy a templom belső környezetét.

Már alig várta, hogy az egésznek vége szakadjon. Miután az értetlen közönség – amely nem ismerhette a teljesen új rituális folyamat menetét, és bármiféle folytatást, a befejezés bejelentését várta – tanácstalanul kezdett mocorogni majd nyüzsögni, és még a kissé hasonlóan tanácstalan „házigazdák" is széttárt karokkal jelezték egymás felé, hogy ehhez aztán nincs is mit hozzátenni, majd a gratulációk ideje jött el eme nagy tetthez, úgy döntött, hogy ő lesz, aki elsőként hagyja el a templom belterét. Már megint nem gondolta rendesen végig a dolgot, de véget kellett vetnie saját maga számára az őrületnek, és nem is bánta, hogy kicsit ezt demonstrálhatta feléjük is.

Ha egyáltalán foglalkoztak vele. Mert az utóbbi időben nem igazán ezt tapasztalta.

Amint kilépett az épületből, kisebb tömeget látott, amely a templommal szemben lévő kivetítőn nézte az eseményeket.

– Mit művel? – hallotta maga mögül szinte azonnal az ismerős hangot.

Természetesen a félszemű volt.

– Mondtam én, hogy kijöhet? – vonta rögtön kérdőre.

Bujdosónak azonban nem volt ideje elgondolkodni, hogy mi feleljen. Nem is kellett ugyanis ezt rögtön megtennie.

Egy másik, addig nem látott, vagy inkább észre sem vett Valentir is kirongyolt utánuk. Ruházatában, hajviseletében és -színében, valamint szinte minden másban a félszeműre hasonlító Valentir a saját nyelvükön hadarva valamit rángatta el mellőle. Bujdosó az egészből csak annyit fogott fel, mikor az egy számára ismeretlen katonai ruhát viselő kis csapatra mutatva kezdte sürgetni a félszeműt.

Olyanokat még addig tényleg sosem látott. Szimplán terepmintás, a távolság miatt kivehetetlen rangjelzésű katonaruhát hordtak. Első blikkre tízen sem, másodikra talán nyolcan lehettek, és egyre több Valentir vette körül őket.

Feszült társalgásnak, izgatott, de nem pozitív hatások által gerjesztett zsongásnak tűnt az immáron vagy másfél tucat ember nyüzsgése messziről. Ezek nem voltak bent az „esemény" folyamán az épületben, és biztos nem azon „spannolták" fel magukat, ami az iméntiekben történt.

◈ ◈ ◈

Nemrég még elégedett volt mindennel, kíváncsi volt, hogy mi változhatott a félszemű fancsali képét látván, amely közel negyedóra elteltével ballagott vissza hozzá, sokkal kisebb lendülettel, mint ahogy otthagyta. Olyannak tűnt, mint aki az élete értelmén mereng. Aztán meg olyan – miután Bujdosóra bámult –, mint aki az ő sorsáról dönt éppen, és a döntés nem könnyű. De aztán lelkesedett, mint aki épp megkegyelmez, és jót derül rajta, hogy ez megteheti és meg is teszi. Bujdosó azóta nem mert onnan már mozdulni, de így sem kerülhette el a haragot, amit korábbi tettével kiváltott.

– Maga nehogy nekem itt önjáróvá váljon, és akkor jöjjön-menjen, oda, ahová akar – kapott első ízben egy kis fejmosást a majdhogynem „gazdájává" vált Valentir rá bökdöső mutatóujjával nyomatékosítva.

De érezte, hogy már rég nem ez a lényeg. Nem is mondott semmit, egyelőre. Azonban a félszemű, miután végzett a dorgálással, megint váratni kezdte őt.

– Történt valami? – kérdezett rá inkább pár perc elteltével, amikor épp azt látta a Valentiren, hogy csípőre tett kézzel, félrenézve, egymaga, magában folytat le egy róla, Bujdosóról szóló vitát.

– Mi legyen? Mit tegyek? – kérdezett újra.

– A Téotéenek a vártnál hamarabb megfutamodásra kényszerítették a szaracénokat! – kapott választ az első kérdésre, és arra még könnyedén, mindenféle fenntartások nélkül.

Bujdosó várakozott, hogy a másodikra is szülessen valami reakció.

– Maga most visszamegy a Hotelbe, taxival, vagy ahogy tud, és becsomagol. Értette? – jött aztán a váratlan, és kissé összeszedetlen utasítás.

A félszemű ezután sarkon pördült, de még visszafordult egyszer útjának felén, ami visszavezette a tömegtől kissé még mindig hangos templomba.

– Amerikába megyünk – egészítette ki még ennyivel korábbi kapkodó hadarását.

Ezt még tudhatja, de többet nem – tűnt ki Bujdosónak abból, ami történt.

Amerikába…

Vitatom a hazug történelemtanításunk azon feltételezését, hogy a háborúkat népek s kultúrák vívják egymással.

Tagadom, hogy e világ bármely egymástól különböző kultúrái alapvető feszültségben állnának egymással!

Azt állítom, hogy a háborúkat hatalmi gócpontok robbantják ki mindig, és szándékuk kizárólagosan, örökké csak az, hogy még nagyobb hatalomra tegyenek szert.

Kétségtelen, hogy ha egészen a konfliktusig vezet el az út, amire egyesek rálépnek, ott már eltérő szokásaink nyomják rá bélyegüket a találkozás lefolyására, és akként ütközünk meg egymással, ami kulturális természetünkből fakad, ezért tán mindünknek az a benyomása támad: szokások és megszokások ütköznek össze.

Ez azonban megcsalt érzékeink játéka csak!

Feleim, mi nem a távol-keleti birodalmak népeivel, a szaracénok kultúrájával, nem a keleti szlávsággal, de még nem is a más hitet valló Valentir polgárokkal állunk szemben. Hanem az ő vezetőikkel, akik irigykedve figyelik kontinensünk kincsestárát, és le kívánják rabolni azt! Ennek érdekében neveznek bennünket hitetlennek, hitszegőnek, hamis fölényesnek, vagy bármi másnak.

De ha ármányaik cél is értek, nem szabad a másik népekre haragudnunk!

Ne gyűlöljetek másokat, mert nem magatokat látjátok vissza bennük!

Ne gondoljátok, hogy a más gondolkodás a feljebbvalóságról alapvetően ellentétet jelent.

Ugyan miért ne élhetnénk más magasságot hívők szomszédságában anélkül, hogy a gondolkodását változtatnánk meg a minket körülvevő világról, vagy ő próbálkozna meg ezzel?

Ha próbálkozik, rászorították erre! Bizonyosan rejtezik valaki, akit láttok, vagy nem láttok megette, aki súgja ezt neki – ezt sose felejtsétek el!

– Optigasunla-szép szónoklatok Tajnari tollából CDLXXXVIII.

ÉRTELMETLEN ÁLDOZATOK

Amikor jó fél nappal korábban megpillantották a szárazföldet, Filip azt hitte, már túl vannak a nehezén. De sérült, evezésre továbbra is képtelen társa erősködött, hogy nem érhetnek akárhol partot. Ha kiszúrják őket „vége mindennek". Mindig ezt a túlzó fordulatot használta a csónakban menetiránynak háttal ülő Nemo, ami miatt Filip egyre kevésbé hitt benne, hogy bármi komolyan vehető fejlemény várhat még rájuk. Úgy tűnt neki, hogy hülyíteni próbálják. De nagyon dühös lesz, ha utólag kiderül, hogy igazából komoly indok hiányában vált külön Nuttól – vélte magáról.

Már bánta, hogy hitelt adott egy számára ismeretlen Téotéen szavának, és hogy egy pillanatig is elhitte, hogy az tudja, mit csinál – abban sem lehetett teljesen biztos, hogy tényleg Téotéen! A vállai égtek és sajogtak a fájdalomtól. Újra, sokadjára is túlesett a kiábrándító felismerésen, hogy régi fizikuma az öregséggel és a lustasággal talán visszafordíthatatlanul a múltba veszett. Már minden húzás után meg kellett pihenjen vagy három másodpercre. Volt időszak, amikor megpróbálta mégis erőltetni, de olyankor azt érezte, hogy kővé merednek és további mozgásra alkalmatlanná válnak fájó vállai és a felkarja. Ilyenkor mérgesen emelte fel leszegett fejét, és azt akarta, hogy az őt látszólag palira vevő Téotéen lássa az arcán a haragot.

Az azonban egyszer sem nézett rá, hanem szemlélte az akkorra rájuk telepedő beláthatatlan sötétet, mintha a távolban látszó néhány apró fényes pont segítségével tudna tájékozódni. Tette ezt mindaddig, amíg rezegni nem kezdett a hajóról elhozott mentőmellényének zsebébe csúsztatott konzolja.

Filip ekkor szólalt meg először: – Az előbb azt mondta, hogy nem tud több üzenetet fogadni, akkor most mit csinál?

– Mégis üzenetet fogadok – flegmázott a Téotéen.

– Kifejtené!? – fogalmazta meg tömören, kérdés helyett inkább felszólításnak tűnő reakcióját Filip, de nem érkezett válasz.

Ezt a pofátlanságot csak azért hagyta szó nélkül, mert a minden gyűlöletét azon pillanatban megszemélyesíteni alkalmas Nemo tényleg nagyon koncentrálni látszott az arcát bevilágító konzolja kijelzőjét bámulva. Filip remélte, hogy legalább már tényleg történik valami fejlemény és lassan abbahagyhatja a fárasztó lapátolást, ezért volt hajlandó kivárni még egy kicsit.

De az ekkor már nem csak kellemetlenül bugyuta, de ennek tetejébe immáron fellengzős rohadék egyáltalán nem látszott hajlandónak vele foglalkozni. Nem tudta, ez kevésbé idegesítené-e, ha az illető nem lenne valami tökkelütött, de így már egyenesen „felrobbanni" készült.

Nem mintha ez lett volna a legfontosabb dolog, amit meg akart tudni, de dühében már gondolkodni sem bírt, és ha már ez volt az utolsó, amire rákérdezett, újra megtette: – Hogy a picsába' használhatja a nyílt vízen azt a szart?

– Műholdak ember, műholdak – érkezett egy mellékesen megszülető egyszerű válasz.

Filipet idegesítette a flegmázás. Nem volt egy technikai zseni, de azért hülye sem volt, és nem szerette, ha így beszélnek vele. Pláne egy ilyen béna kis pöcs ne flegmázzon már! – mondta magának keserűen.

Kiszolgáltatottnak és továbbra is egyre, és egyre dühödtebbnek érezte magát. De leginkább az tette be végleg a kaput, amikor megint Nut jutott az eszébe, akinek nyilván szüksége lenne a lelki támogatásra, de ő most még sincs vele. E miatt a kis fontoskodó mitugrász miatt! Abbahagyta az evezést, és mélyen a szemébe nézett vele szemközt ülő Téotéennek. Az zavarában először újra lehorgasztotta a fejét, menekülve ebből a szituációból, és folytatta a konzolján történő ügyködését. Majd mikor érzékelte, hogy másodpercekkel később sem haladnak tovább a vízen, újra Filipre nézett, aki így ismét felvette vele az erőszakosan szuggeráló szemkontaktust.

– Mit csinál? Evezzen! – szólította fel óvatosan Filipet.

– Ne parancsolgass nekem, szarházi! – kezdte elveszíteni a maradék türelmét. – Elég ebből a játékból! Mondd meg, kitől kaptad azt az üzenetet, amit olvasol és mi áll benne?

Nem jött válasz.

– Ki ez a kapcsolattartó? Ki irányít minket? – kezdte újra a számonkérést. És ekkor elengedte az evezőket.

Nemo nagyon megijedt, mikor azok menthetetlenül a vízbe csúszva pillanatok alatt eltűntek a mélységben.

Nemo békülékeny hangnemben próbálta folytatni, de azért rosszallását sem mellőzte: – Szép volt, gratulálok. – Körbenézve így folytatta: – Közel a part, evezzünk kézzel.

És eltéve a konzolját elszánta magát, hogy javítva kicsit a helyzeten, ő is kiveszi részét a feladatból. Egyik kezével megtámaszkodott a csónak szélében, míg a másikat előrehajolva szinte a válláig bemártotta a tenger vizébe, hogy azzal „lapátolni" kezdjen.

Filip azonban mozdulatlan maradt, csak szúrós szemmel nézte őt.

– Csinálja, amit mondok! – próbálta kicsit határozottabban Nemo. – Most már itt van, úgysincs más választása. Higgye el, nem akarok semmi rosszat, de nem mondhatok többe...

Filip teljesen váratlanul elrugaszkodva felegyenesedett egészen az álló helyzetig a csónakban. Úgy festett, mint aki egy kocsmában a vele konfliktusban lévő elé áll a verekedés szándékával.

A csónak kicsit imbolygott a mozdulatsortól, de Filip meg sem rezzent.

– Mit csinál? Maga... – de a mondanivalóban csak eddig jutott a teljesen berezelt Nemo.

– Kussolj és válaszolj! – förmedt rá a fölé magasodó alak.

Nemo ekkor szintén felállt, sokkal óvatosabban és ügyetlenebbül, de mégis megtette.

Nagy hiba volt.

Filip azt a fajta dühöt vette észre magán, amit akkor szokott érezni, mikor ráeszmél, hozzá méltatlan társaságba csöppent. De amikor hülyék veszik körül, ő el szokott sétálni. Ő még a Rendből is elsétált, amikor túl sok lett ott már az idióta. Ez tűnt mindig a legjobb megoldásnak, de ilyesmi most nem kínálkozott. Egy csónakban volt, az éjszaka közepén, és mindenfelől víz vette körül. Ez a fajta tehetetlenség eddig nem ismert oldalát ismertette meg saját magával. Ekkor akkorát lökött az immár vele szemben állón, hogy az rögtön hanyatt vágódott. Kicsit még a feje is koppant a kemény fán, de nem hagyta el magát. Próbált újra feltápászkodni, kicsit nekifeszült, bizonytalan lábait maga alá húzta, hogy ha szükség van rá, el tudjon rugaszkodni, de túl feltűnően készült rá a mozdulatsorra. Filip mérlegelt, és már nem engedte felállni.

Rávetette magát, és azzal a mozdulattal tökéletesen instabillá tette az alattuk lévő ladikot, ami ennél többet nem is bírt stabilizálni a maga kis súlyával. Mind a ketten a vízbe csobbantak.

A tenger kegyetlenül, csontig hatolóan hideg volt, ami azonnal sokkolta Filipet. Úgy érezte, a tüdeje összezsugorodik, de mindenekfelett késztetést érzett rá, hogy mégis megtöltse levegővel. A sokktól, amit kapott, nemhogy gondolkozni nem tudott, mintha motorikus, önkéntelen reflexei sem jöttek volna elő. Amikor szájába, majd még lejjebb a testébe jelentős mennyiségű víz tódult, mégis rájött, hogy nagyon nagy baj van.

Ekkor kezdett először tiszta erőből kapálózni, és úgy érezte, meg is indult remélhetőleg a jó irányba, felfelé, de valami mégis lehúzta. Rúgott, a lábát rázta, fel sem fogta még, mit tett, de szabadulni akart az ismeretlen szorítástól. Fel sem fogta, hogy addigi útitársát ekkor taszította végleg, visszafordíthatatlanul a halálba.

◈ ◈ ◈

Kővé dermedt izmokkal, mozgásra képtelenül ült az első sziklán, amelyre képest volt valahogy feltornázni magát.

Totálisan átfagyott, de már azt sem érezte, hogy vacogna a hidegtől, ami átjárta minden porcikáját.

– Amikor… megfogta a lábamat, azt hittem, hogy le akar húzni a mélybe – motyogott gyötrődő szenvedéssel hangosan magában.

Majd eszeveszett rángatózással csöndre utasította saját magát, mialatt akkorát vágott ököllel a sziklára, amin ült, hogy

eszeveszettül megfájdult a tenyere alján, kisujja alatt futó kéz-
középcsontja.

– Önkéntelen reflex volt! – próbálta magát megnyugtatni tán
fél óra múltán ocsúdva, ami ettől a mondattól rövid másodpecekre
talán sikerült is. De rögtön utána kínzóan nagy erővel tört fel
belőle újra a felismerés: – Megöltem! – ordította, mit sem törődve
azzal, hogy esetleg valakik meghallják. – Megöltem, hogy baszta
volna meg az anyját! Azt a mocskos kurvát!

Ezután mély csend következett. Nem csak részéről, a fejé-
ben is. Egy időre megszűnt az őt körülvevő világnak a része
lenni. Elfelejtette a hideget is végleg, és a fájdalmat a kezében.
Támaszkodó kezeit ölbe kulcsolta és összegörnyedt. Eztán lábait
maga alá gyűrte, és a gerincét meghajlítva egészen előredőlt,
lassan, amíg a homloka a talajt nem érte. Úgy gömbölyödött
össze végül, mint egy sündisznó.

A nap első sugaraiig maradt egészen így.

❖ ❖ ❖

Mikor úgy tűnt, hogy a kőre fektetett feje köré vont felkarja mögül
kinézve világosságot fog tapasztalni, megpróbált meggyőződni
ennek a benyomásnak a valódiságáról. Kegyetlenebb érzés volt ez,
mint gondolta. Sötéthez szoktatott szemeit nagyon bántotta a fény,
ezért végül visszatért az addigi pozícióba, amit valahogy korábban
felvett. Nem gondolt semmire, de érezte, el kéne aludnia, mert
ha ez nem sikerül, hamarosan gondolni fog. És az nagyon nem jó.
Még mélyebbre fúrta ruhájában kézhajlatába fektetett arcát, egyik
fülét vállával, a másikat kézfejével tapasztotta be valamennyire,
hogy némileg elcsendesítse a körötte zajló környezetet is. Ekkor
azonban a többinél egy hangosabb valamit, valószínűleg egy
csobbanást hallott a tenger felől. De nem tulajdonított jelentőséget
neki. Talán egy nagy hal – hitte volna, ha negyed percen belül
nem követték volna óvatos léptek pont abból az irányból, a vizet
a lehető legkisebb mértékben felzavarva.

Realizálta, hogy valaki lopakodik felé, nem a part, hanem –
tényleg – a víz felől. Nagyobb baj azonban csak nem lehet, mint

328

ami úgyis van. Remélte, a struccpolitika valamennyire megteszi hatását.

Egy idő múltán tényleg újra csend lett. Elment az a valami, vagy eleve ott sem volt.

De aztán mégis, már száraz, a víztől eltávolodott léptekre lett figyelmes újra, alig hallgatóan. Nem mintha kicsit is zavarta volna, hogy mit gondolhat róla bárki, aki erre jár, de mikor a léptek időszakos közeledés után egyszer csak megálltak a közelében, mégiscsak felnézett, hogy tudja, mi történik.

Semmit nem látott azonban belőle, a külvilágból. Csak homályosság tárult az újból kinyitott szemei elé, melyek ezúttal kicsit hamarabb, de még mindig nagyon lassan szokták meg a fényt, ami az égre felkúszott Napból jött, a tiszta égen át, akadálytalanul. Sőt, nem csak a fénnyel, a „fókusszal" is sokáig küzdött, amíg körvonalazódni kezdett előtte egy ember alakja.

Pontos vonalakat még mindig nem, csak formákat látott. Egy tetőtől talpig sötétszürke ruhás férfi úgy állt ott, előtte, egy hatalmas hátizsákkal a hátán, csípőre tett kézzel, egyik lábát kicsit oldalra kitámasztva, megragadva ebben a pozícióban, mintha bármi dolga lenne ott. Azt hitte, ha megtalálják ott, neki kell majd magyarázkodnia – nem mintha egy percet is áldozott volna rá, hogy kitalálja, mit fog mondani. De magyarázatra most nem volt szükség. A hapsi csak állt ott, és nézte őt.

Nem foglalkoztatta, ki lehet, aki rátalált. Vagy kik lehetnek. Talán többen is vannak, csak a többit nem látja. Talán maguk a Téotéenek jöttek érte, akiknek feltűnt esetleg, hogy miben mesterkedett McNamara két korábbi kegyeltje, vagy pont az ő eltűnése keltette fel az érdeklődésüket. Esetleg helybéli csendőr, vagy csendőrök, esetleg egyszerű polgár-, netán partőrök találták meg?

– Hol van? – törte meg egy férfihang a gondolatai csöndjét.

– Kicsoda, vagy… micsoda? – értetlenkedett a ködösítésre minimálisan alkalmas energiáit felhasználva Filip.

– Nemo, aki magával volt – oszlatta el a kételyeket a fickó arra vonatkozóan, hogy csak egy odatévedt ismeretlen lenne, és ne tudná, ő miért van ott, és mit tett korábban.

Ez így a legrosszabb forgatókönyv…

– Ki maga? – próbált érdeklődni a legfurcsább rejtély magyarázata felől Filip.

– Megölte? – kérdezősködött tovább, mint aki meg sem hallotta kérdést, az ismeretlen.

Filip, mint aki szünetet kér, letekintett a rideg köre és addig bámulta azt, amíg ki nem tisztult teljesen a látása.

Mikor újra az ismeretlen felé irányította már jobban működő szemeit, legalább meglátta, hogy néz ki pontosan. Vörös haj, fehér bőr, szürke terepnadrág, hosszú szárú fekete bakancs, felül pedig egy meglehetősen vastag – megtippelni sem tudtam, milyen anyagból varrott, de strapabírónak kinéző, talán túrázóknak szánt – pufidzseki, kapucnival.

Újabb kérdés felőle nem jött, ezért Filip az őt még jobban érdeklő, de lényegében szintén mellékesnek tartott körülmény felől kezdett inkább érdeklődni.

– Honnan tudja? Tudja, hogy mi történt.

– Sejtem.

– Honnan? Miből?

– Hallottam.

– Hallotta?

– Be volt kapcsolva a konzolja mikrofonja. Épp engem próbált hívni, amikor összetűzésbe keveredtek… Nemóval.

Filip ebből talán már sejtette is, miről van szó, de az események újbóli felidézése miatt felerősödő gyötrelem a lelkében újra elvette a kedvét, hogy folytassa a társalgást. Fanyar arckifejezéssel, kicsit megrázva magát elfordult, és félig a másik irányba mutató ülő pozíciót vett fel.

Kis szünet után, amit a férfi mintha puszta odafigyelésből hagyott volna, újabb kérdést kapott: – Biztos, hogy meghalt?

Filip üres és értetlen tekintettel nézett újra a kérdést feltevőre. – Igen, biztos – válaszolta lassan és kimérten.

Számított valamiféle atrocitásra emiatt, de nem félt tőle. Csak gondolta, hogy elkövetkezhet ez is.

De nem következett, és ez kíváncsivá tette. – Ki maga? – kérdezte meg még egyszer Filip.

– Velem beszélt audiokomon, mielőtt eljött a házából Nemóval… – született meg végül a felelet.

Már értem – mondta volna, de nem beszélt feleslegesen.

Elege lett újra a beszédből és abból, hogy folyamatosan emlékeztetik rá, amire nem akart emlékezni. Először állt hát fel, hogy „meneküljön" valahová, mert világos volt, amíg ott ül, ez a faszi nem fogja békén hagyni, még ha semmi agressziót sem tapasztalt annak irányából. Mikor előre tett két kezével feltornázva magát a talpaira állt és megpróbált egy két lábon járó ember természetes pozíciójára hasonlítót felvenni, térdei úgy sajogni kezdtek, hogy fájó nyüszítést adott ki kényszerűen. Amint végre megállt a két lábán, érezte először, hogy a hólyagja úgy feszül, hogy talán ideje sem lesz elég félrevonulni, mielőtt behugyozna. Ki tudja, mikor engedett már a szükségnek utoljára… Valahogy mégis sikerült levánszorognia a mindkettejük által elfoglalt szikláról, mialatt korábbi fájdalma térdeiből sípcsontjába és derekába is átsugárzott. Az utolsó két-három méteren már szinte szökellt, dacolva a nehézségekkel, míg a szikláról végleg lelépve a homokos part és a tengert elbarikádozó sziklasor közötti, térdig érő vízbe csobbant. Jobbján egy kisebb, sziklának már kevésbé nevezhető, térdig sem érő nagy kő mögé állt be, a társaságának számító férfi szemétől elbújva, és azonnal elővette az elővenni valót, hogy végre könnyítsen magán.

Amikor túl volt a dolgon, érzékelt némi felszabadultság-benyomást. Ez elég is volt, hogy visszainduljon, fellépve az iménti színhelyre, de a fickó már odébbállt.

Könnyű volt megtalálni. Egészen a partig ment ez idő alatt, annak egy olyan pontjára, ami kellően távol volt a fel-felszökkenő tenger vizétől ahhoz, hogy lepakoljon. Levetette hátizsákját, és elszántan túrni kezdte azt. Filip a tenger felé fordult, és megcsodálta a tiszta eget. A hely szépségét érdekes módon tudta kissé élvezni. A Nap pedig úgy ragyogott, hogy az teljesen ámultba ejtette. Bele akart nézni és bele is nézett, dacolva a lehetetlennel, és annak minden szövődményével.

Mikor ez sikerült, eldöntötte, hogy nem is fordítja el a fejét többször. Úgy bámult bele abba az izzó fénypontba, hosszan, pislogás nélkül, hogy megfájdult tőle a szeme, de még a feje is. De nem érdekelte. Kifejezetten a fájdalomra törekedett.

Fájdalmat akart okozni saját magának, hogy ne csak tette súlya miatt a lelke fájjon, hanem fizikailag is érezzen valami hasonlót. Mert megérdemli, úgy érezte. De hamarabb elhagyta az ereje, mint hitte. A szemei lecsukódtak, és nem tudott nekik parancsolni.

Arcán könnycseppek csordultak le, amiket nem tudta, hogy pontosan mi váltott ki.

Térdre rogyott, majd eldőlt, mint egy instabilan elhelyezett krumplis zsák. Aztán meg újra összegörnyedt és már csak azt kívánta, bárcsak elnyomná az álom, végleg.

❖ ❖ ❖

Nem vette észre, mikor kúszott át az egyik oldalról a Nap egészen a „túloldalra". Csak azt látta már, amikor először felnézett, hogy vöröslik az ég alja.

Szemeiből hatalmas adag csipát túrt ki koszos kezével, amivel az előbb még a sziklán támasztotta újra magát.

– Egyen valamit! – szólalt meg egy hang mellette, amitől – az ijedtség következtében – rémülten összerezzent.

Még mindig itt a fickó. Ez hihetetlen!

Miután nem válaszolt, az még közelebb is sétált hozzá, és felé nyújtott, valami kenyérféleséget, de nem látta mi az, nem is fordult oda, csak a vizet bámulta inkább.

Aztán beugrott neki, hogy álmában – ami többnyire csak félálom volt – hallotta is őt beszélni. De nem hozzá beszélt. És arra sem emlékezett, hogy mit, de minden bizonnyal audiokommunikált a konzolján.

– Bele fog halni, ha ezt csinálja. – próbálkozott tovább az ipse, de egészen türelmes, baráti hangnemben.

– Szedje össze magát! – hallotta újra.

❖ ❖ ❖

Megint besötétedett.

És ő még mindig csak ott ült.

Már megint vizelnie kellett, de lusta volt felállni.

– Valószínűleg nem lehúzni akarta, csak ijedtében – talán azt sem tudta, merre van a felszín és merre a tengerfenék – próbált valamit megragadni, amibe kapaszkodhat. Amin kikászálódhat a mélyből – tért vissza sokadszor az elviselhetetlenül türelmes alak.

– Tudom – mondta neki, elfogadván az okfejtést.

De ekkor az a valaki, aki eddig tényleg nagyon ráérősnek mutatkozott, ezúttal változtatott kicsit a hozzáállásán. Direkt Filip látóterébe sétált, is féltérdre ereszkedett.

– Ismerjük egymást, Filip, ugye tudja?

Filip hosszan bámulta az arcát, de már korábbról tudta, mit a válasz

Ahogy bámulta az ábrázatát, eszébe jutott az az állandóan a kollégiumi mesterek körül sertepertélő, fennforgó kis mitugrálsz, aki mindig mindent megtett a mielőbbi előrejutásért, és ezzel mindenkit végtelenül idegesített annak idején.

Emlékezett rá, hogy – noha a nevéből visszafejthetően ugyan másra lehetett következtetni, de – az mindig, mindenkinek sváb származását hangoztatta. Igen... azért is ragadt meg ez így az emlékezetében, mert amúgy ugyanabból a városból, Frankfortból származtak.

– Maga kevesebbet tud rólam, mint én magáról, szerintem – kezdte Filip elbeszélni mindazt, ami az eszébe ötlött. – Janossal és másokkal sem zártuk magát a szívünkbe annak idején.

– Én sem magukat. És legalább annyian álltunk „ezen" az oldalon is. De tény, hogy Janos jóval ismertebb volt magánál. Már akkor is.

– Hogy is hívják?

– Winston.

– Winston... tényleg, emlékszem mindenre.

– Menjünk innen! Itt tényleg feleslegesen időzünk. Viszont van olyan hely a bolygón, ahol hasznosat tehetünk. Maga is, meg én is – puhatolózott Winston annak szándékával, hogy megtudja, használható-e Filip még valamire.

– Mi van Janossal? – kapaszkodott bele az egyetlen számára érdekes dologba Filip.

– Nem tudom – tette egyértelművé Winston, de hangsúlyából mintha az érződött volna, van róla mondanivalója, vagy akár lehet, a jövőben.

– De ott kiderülhet? A kongresszuson? – reménykedett még Filip.

Winston ezúttal elég furcsán reagált. – Mindenről lemaradt? Háború van, bassza meg! – vetette oda meglehetősen barátságtalanul. De az érdes stílus nem a tudatlanságnak szólt, csak valami őszinte felindultságnak. – Európában mostanság már nem lesz semmifajta kongresszus.

Filip csalódottságában felkelt a helyéről és azonnal hátat fordított neki. Csalódott volt, mert elhitte, még valami jó is történhet. Szüksége lenne most régi barátjára.

Megint múltbéli dolgok kerültek elő, amint csak egy rövid időre Janosra gondolt. Visszafordult mégis, hogy összevesse a most látott Winstont azzal a régi, nagyon fiatallal.

Az újabb kori németek, akik csak életük időszakának datálása miatt számítottak újabb korinak, de jellegzetes ó-gellaman vonásaiktól még nem szabadultak meg, gyakorta hangoztatták, hogy egy igazi németről onnan lehet tudni, hogy német, hogy a haja szőke, a szeme kék, bőre színe pedig tejfehér, holott a svábok eredetileg vörös hajú, elálló fülű, szeplős, barna szemű, alacsony termetűek, pont, mint ez a Winston nevű.

– Legyen velem együttműködő, és dobjunk félre minden régi rossz dolgot, ami csak előkerülhet még. Csak a baj van azokból, és a titkolózásból is – mondta Filip és tenger felé fordult, mintha csak jelezné, ez az utóbbi dolog a vízbe fúlt Nemóra vonatkozott. – Mi lett volna a terv pontosan?

– A kongresszus nem kerül megrendezésre a meghirdetett helyen és időben. De a legfrissebb információm szerint... Amerikában talán igen. Titokban és illegalitásban. Minket azonban szívélyesen fogadnának ott.

Filip hallgatással jelezte, hogy folytassa.

– A terv az volt, odamegyünk. Pontosabban, hogy ezt megvitatjuk. De sok időt vesztettünk. Ha menni akarunk, mennünk kell. Így is érdekli?

❖❖❖

– Lesújtónak találta annak az embernek a látványát, akiről ódákat zengtek hazájában, „az egyetlen normális nyugatiként" emlegetve, aki persze azért lépett szövetségre a keletiekkel és a Valentirekkel, mert „eszesebb, mint a fajtája", és még véletlenül sem azért, mert több hatalomra, nagyobb megbecsültségre vágyott, amit Provetustól nem kapott meg.

Micsoda baromságokkal áltatják otthon magukat… Djukaric Jukic szemének Mjorga Finntrol már első ránézésre is bunkónak és bárdolatlannak tűnt. Köpködött, folyvást vakarózott, zavaróan sokszor testének kifejezetten illetlen helyein, és a távcsövön keresztül őt bámuló bosnyák krónikás úgy ítélte meg, ezt nem csak szorult helyzetéből kifolyólag, önmagáról megfeledkezvén tette. Hirtelen összerezzent az ijedtségtől, mikor az egyik Téotéen az ismeretlen szürke ingesek közül lovának nyergében mellé lépdelt, és az állat pont a füle mellett fújtatott hatalmasat.

– Na, újságírókám? Rögzítette fejben a látottakat? – szólt oda neki a lovas flegmán és lenézően.

– Krónikás, ha kérhetem… – szólt vissza Djukaric.

– Nem kérheted! – váltott rögtön tegezőbe a nála másfél méterrel magasabban ülő, szigorú harcos.

– „Krónikás" – nevetett fel mögötte egy másik.

Európában a régies kifejezések egyre viccesebben hatnak, a modernizációval eljött az a korszak a kontinens fejlettebbik felén, hogy már régi önmagukon is csak derülnek és gúnyolódnak. A modernisták nem tisztelettel, hanem inkább megvetéssel viszonyulnak az elődeik felvilágosulatlan életéhez és szokásaihoz, kiváltképp a valláshoz – tartotta erről a keleti közhiedelem, amit itt, nyugati harcosok társaságában egyre inkább, minden megtapasztalt gesztussal igazolva látott.

– Ez a maguk szövetségese... – világított rá az általa is végiggondolt lényegi momentumra az imént mellé került lovas. – Mondja, az árulást maguknál hogy büntetik? – kérdezte majd, épp akkor, mikor a tárgyalók elindultak a Finntrolt fogva tartó tömeg irányába. Ezt követően odanyúlt Djukaric felé, nyilvánvalóan a távcsövet igényelvén, amit a bosnyák szó nélkül át is adott neki. A szürke inges lovas mellett ekkor egy másik tűnt fel, akit nem csak ruházatában, hanem hajviseletében és ábrázatában is nehezen lehetett volna megkülönböztetni az előbbitől. Oldalt felnyírt szőke haj, kiugró állkapocs, mi több, furcsamód mindkettőnek ugyanolyan félköríves gyűrődés volt a szája mindkét szélében, ami akkor látszott a legjobban, amikor mosolyogtak. És gyakran mosolyogtak. Gyakorlatilag mulattak a domb aljától nem messze lévő síkságon összegyűlteken, és mindazon, ami ott történt.

Biztos, hogy nem brit származású Téotéennek tűntek ezek ott mellette. Nem úgy, mint a völgyben tüntetők több százas tömegének alakjai, akik többnyire angol közemberek lehettek – szerinte. Nem tudta pontosan, hol vannak Britannián belül, először járt itt, de nem csak a helyismeretnek volt híján, hanem mindenféle információnak is, amit meg kellett volna kapjon. De nem kapott. Azt mondták, azért hozzák ide, mert miután kihallgatták, megtudták, hogy naplószerű feljegyzéseket ír a részben általuk kirobbantott „furcsa háborúról”. A „felettesük” jobbnak látta, hogy azokat a dolgokat is megírja, ami itt fog történni. Egyedül azt tudta, hogy a Finntrol-erődtől messze járnak, mert az épp áldozati szerepbe került Finntrol parancsnok „pont oda készült visszaszökni” eredetileg. Ez utóbbi foszlányokat még korábban csípte el, mostani hallgatózásával pedig újakra kezdett szert tenni a két lovastól, aki mellette állt. Úgy kezdtek beszélgetni, mintha ő ott sem lenne, mintha a teljesen jelentéktelen személye semmi veszélynek nem lenne forrása, hiába keleti.

– És komolyan azt hitte ez az idióta, hogy lesz még más is, aki mellé áll, ezért merészkedett egészen Walesig? – kérdezte az egyik.

Wales… Tehát ott vannak! A régies hangzású Walesben, ami a brit korona egyik ékköve volt hajdanán. Persze annyiban nem tévedett az előbb sem, hogy nem csak helybéliek ellen kellett idevonulni. Ez most országos jelentőségű „zendülés" volt a „nagy szigeten".

– A walesiek még az angoloknál is bolondabbak. Lehet, hogy nem alaptalanul tette. Ezért kell most példát statuálnunk, de előbb ki kell szabadítanunk azt a faszt! – válaszolt a közelebb álló az előbbi kérdésre.

– És ezzel itt mi legyen? – hangzott el az ijesztő kérdés, amely nyilvánvaló módon rá vonatkozott. Félve fordította fejét a hang irányába.

Amikor rájuk nézett, azt látta, amit pont nem szeretett volna. Hogy mindkettő épp őt bámulja a lovon ülve.

– Egyelőre semmi hasznosat nem csinált – szólalt meg újra a jobbján pózoló lovas, aki ezek szerint a lovasosztagban valamiféle vezető lehetett. „Lovasnagyfő" talán – ahogy itt mondják.

– Tisztelt uraim… – kezdett kínos, keleties modoroskodásba az életét egyre jobban féltvén Djukaric. – Önök a Nagy Európa Téotéen Rendjének harcosai, mindenkor tiszteletben tartják a nemzetközi jogot, ami a króniká…, azaz az újságírókat védi. Engem nem azért hoztak ide, hogy tudósítsak a Kelet számára az önök tetteiről? Szeretném ezt tenni, noha nem kaptam semmiféle eszközt, ami ezt lehetővé tenné.

– Mondtam, hogy használd a fejedet! Vagy én használom valami másra – cseszte le a közeli lovas, és megelégelvén hamar a vele való, egyenlőtlen felek közti diskurálást, visszafordult a másikhoz.

– Azt a parancsot kaptuk, hogy ne engedjük, hogy a tajtékzó tömeg széttépje azt a szemétládát. Elég, ha csak a tömegben lévők konzoljaival készített képek bejárják az intraglobalt… Az rossz fényt vetne Európára! – kezdte magyarázni a formálódó parancsot.

– Azt ne mondja, hogy szabadítsuk ki azt a faszfejt… – mérgelődött a másik.

– Ha a tárgyaló nem jár sikerrel, akkor is kell tennünk valamit. Európában nem lehet lincselés, nem ölhetnek meg egyszerű állampolgárok önkényesen senkit a mi kontinensünkön!

– Én nem bánom, ha ezek közé a brit bunkók közé kell lovagolnunk, de nem szívesen venném, ha ezt Finntrol érdekében kéne tennünk. Én együtt vágnám le azt a faszt a többi szigetlakó paraszttal. De megmenteni egy ilyen patkányt...

– Megérdemelné a sorsát, az biztos, de a parancs az parancs! – helyeselt a hozzá még mindig közelebb álló szürke inges, majd kis szünetet tartott, mintha rákészülne valamire. Térült-fordult, és végül pozíciót váltott. Djukaric annyira feszülten koncentrált arra, hogy mi történik, hogy ami valóban történt, annak váratlanságától kis híján összecsinálta magát.

– KNUUUUD! – üvöltötte döbbenetes hangerővel hátrafelé a németesen hangzó – vélhetően – férfinevet. Hallatszott rajta, ahogy tette, hogy rutinja van a „katonás" üvöltözésben és parancsolgatásban.

Djukaric is kíváncsian hátrafordult. Egy majd' kétméteres férfi lépett elő a lovasok sorfalából, egy akkora íjjal a kezében, hogy azt maga elé emelve majdnem az ő magasságával egyezett meg hosszában. Izmait megfeszítve valami robotra hasonlított, ahogy haladt előre, minden bizonnyal a majdani célpontra koncentrálva. Rezzenéstelen pofázmányán csak lefelé görbülő szája széle utalt rá, hogy vezérli belülről bármiféle érzelem. Talán az elfojtott, de rutinosan a maga javára fordított düheként lehetett volna azt leírni. Djukarcinak egy pillanatig sem volt kérdés, mit fog csinálni azzal az íjjal, melyhez a hatalmas nyilakat is megpillantotta, mikor elhaladt mellette a férfi, és láthatóvá vált a hátára erősített tegez. A lovasok a háttérben halk morajlást hallattak, mely idővel egyre erősödött és ütemes skandálássá vált.

– Knud! Knud! Knud! Knuuud! – ismételték annak nevét.

A férfi ekkora már lefelé sétált a domboldalon, melynek közepénél megállt. Ott letámasztotta hatalmas fekete íját, előhúzott egy nyilat a tegezből és a helyére illesztette, majd mielőtt felajzotta az inat, az íjat, amit egy kézzel előreemelni is hatalmas erőt igénylőnek látszott, egészen feltartotta a magasba. Hosszan koncentrált, párszor lenézett, várt, majd megint a célpontra nézett, végül megint az égre, melyre az íjat tartotta. Csak nem a felhők mozgásából következtet a szél irányára és erősségére? – csodálkozott. Az is hihetetlen, hogy ennyi ideig futja az erejéből a hatalmas íj vastag, ki tudja milyen, szokatlan küllemű anyagból készített idegét kitartani. De már nem volt ideje tovább elemezni a látottakat. Az íjász elengedte az addig megzabolázott hatalmas „fullánkot", amely egy lovat is felszögezett volna bárhová, ha célba talál – talán arra is szánták, nem emberek kilövésére, de az ezúttal a tömeg által feltartott, a sorsa elől menekülni képtelen Mjorga Finntrol cövekként álló alakját fúrta keresztül.

Ahogy a férfi összeesett, és Djukaric a friss hulla körül tömörülő tömegre fókuszált, pillanatonként egészen különböző érzelmeket és reakciókat fedezett fel. Először a döbbenet indukálta ijedtségtől hátrébb hőköltek, majd sokan köztünk olyan arcot vágtak, mint akik fel vannak készülve rá, hogy újabb halált hozó nyilak érkezhetnek még a távolból, és bármelyiküket „kiválaszthatják" a pusztulásra. Miután rövid ideig rémülten a levegőt bámulták, ahonnan a baj jöhet, többségükben a lovasokra néztek és újra, egészen változatos hörgéssel jelezték feléjük ellenséges érzéseiket.

– Háh… hát, már nem fogják ők megölni nyilvánosan! – fejezte ki némi perverz humorral elégedettségét a még mindig távolabb álló szürke inges. Amikor a lincselésre felkészült, felajzott söpredék magtól kijjebb álló tagjai is meglátták a hatalmas nyilat az áldozatuknak szánt férfi testében, és nagyjából tíz-tizenöt másodperc alatt mind szépen felfogták, hogy elvették tőlük a lehetőséget arra, amit annyira vágytak, sokkal többen voltak már közülük inkább dühösek, mint ahányan be voltak rezelve. Ez felhívás volt keringőre!

Az egyre felpaprikázottabb tömeg, mely tagjainak lelkiállapota egészen hektikusnak tűnt messziről – a szélein itt-ott a „huligánabb" külsejűek még egymással is össze-összeverekedtek –, szép lassan azért újra egységbe verődött, és pont az ő, Djukaric irányába indult – azon pillanatban ugyanis épp ő bámult rájuk a legközelebbről, még ha az ő személyének jelentőséget ők nem is tulajdonítottak, nyilván. De a Téotéenek sokkal kevésbé voltak tétlenek és bizonytalanok már abban, hogy minek kell következnie! A Djukarictól távolabbi lovas rögtön visszazárkózott a hátul lévők sorába, az időközben szintén megfordult „parancsnok"

pedig kezét ökölbe szorítva a magasba emelte, és pár másodperc elteltével Djukaric már érezte, hogy a talaj a térdei alatt
mozgolódni, dübörögni kezd. A nagyobbrészt a domb túloldalán
várakozó, legalább száz lovasból álló lovasosztag felkaptatott
az emelkedőre és elhaladt Djukaric mellett, immáron lefelé az
innenső túloldalon, és szembeállva a másik irányból közeledők
sokaságával. A lovakon is kizárólag szőke, kék szemű, nagyon
fehér bőrű, tipikusan észak-európai fiatal srácok ültek és figyeltek
feszülten, miközben izgatott lovaikat zabolázták.

Mi lehet vajon ez a származás alapján történő szelektálás?
Ez a Rendben régóta nem szokás – ezt messze földön mindenki
tudja. Sőt, nem csak a Rendben, sehol Európában. Djukaric
meg volt győződve, hogy egyszerű, szokványos tömegoszlatási
kísérletet fog látni, melynek kimenetele persze kevésbé kétséges.
A lovasok többségükben németeknek tűnnek, akik már régóta
nem nevezik németnek magukat, mégis látszik rajtuk, hogy a
felmenőik azok az északi barbárok voltak, akik a Szigetország
királyságait is sokáig fenyegették, az „egység" előtti időkben.

Ámulatba ejtő volt egy keletről jött embernek látni ezen
ellentétek kiéleződését. Még hogy nyugaton már nem lehet
megkülönböztetni egy északit egy délitől, egy gellamant egy
britontól... Azok a fiatal fiúk a lovakon olyan rezzenéstelenül
kimértnek és koncentráltnak tűntek, amilyennek egy újgellamannak tűnnie kellett. Ők minden bizonnyal a legendás gautok,
akikről tudható volt mindenfelé, hogy legendásan ragaszkodnak
a szűkebb szülőföldjükhöz, Dél-Skandináviához, és az egykori
Németország északkeleti részéhez, ezért Kálovistonból kikerülve
mindig otthoni szolgálatra küldték őket, mert nem állhatták
Britanniát, annak velük barátságtalan közegével. Most talán
azért kellettek pont ők ide, hogy ne érezzenek kíméletre hajlamosító kényszert magukban. Végképp ne szimpátiát a britekkel,
akik egy valódi gazembernek, egy mindenki által gyűlölt áruló
figurának szerették volna csak megadni azt, amit az európai
többség nyilván jogosnak vélt.

– Nézzétek azt a formátlan masszát, amely itt, valami ködös,
általuk szeretettként leírt, ezen a kietlen, köves, zuzmós és az

éltető napsütéstől mentes terméketlen földön szerintük létező „hazáját" oly büszkén élteti! – ordibált feléjük a „parancsnok", mikor azok már mind készen álltak bármilyen utasítást végrehajtani. – Azok a sokszor emlegetett „nemzeti" büszkeségük mentén összeverődött, dögszagra gyűlő hiénák, többszöri józan, türelmes felszólításra sem voltak hajlandók a törvény nevében szétoszolni! – mutatott a Finntrolok minél szigorúbb büntetése mellett a Rend ellen is tüntető, kizárólag szigetországiakból álló tömegre, melynek tagjai közül sokan azt skandálták: „Áruló Rend, ha most ellenünk kelsz, megláthatod, milyen erős Anglia és Wales!".

– A régi, békés rendezés elvrendszere alapján most el kellene hallgatnunk a hörgésüket addig, amíg maguktól meg nem unják azt. De elég volt a liberális, modernista picsogásból! Nem olyan időknek nézünk elébe, amikor a tizedik felszólítást még egy tizenegyedik nyugodt hang is kell kövesse! Mutassátok meg a vörhenyes képű parasztsöpredéknek, hogy a könyörtelen harcosvirtus nem az ő kopár, kietlen, Európa testéből mindig kihúzó szigetükről származik. Úgy üssétek őket, hogy a sziget népének többé ne legyen kedve lázadozni a kontinens ellen!

A lovasok egyre kiterjedtebb sorban, a dombtető alján sorakoztak fel.

Itt valami nagyon megváltozott az elmúlt hetekben, hónapokban... A háború teljesen kiégeti az embert! – Erre gondolt éppen Djukaric. Amikor eljött otthonról, tele volt félelmekkel és izgalommal, tudván, hogy hová megy. Ugyanakkor fűtötte a lelkesedés, hogy valami nagy dolognak lehet részese, ezért döntött úgy, hogy otthon hagy családot, barátokat, munkahelyet, hogy publicisztikák írása helyett újra, mint fiatalabb korában, a tűzfészekből tudósítson a hadsereg számára. Most viszont, amikor már több esély mutatkozott arra, hogy nem éli túl ennek a rossz döntésnek a következményeit, minthogy megússza valahogy, már kissé beletörődött a sorsába, és ennek oka az utóbbi, demoralizáló hetek sora volt, amit katonák között töltött, majd a fogságban, de mindig olyan atmoszférában, amiből mélyen áradt a hideg embertelenség.

Kiégett. Nem tudta már érezni, hogy milyen jó lenne otthon lenni. Napok óta nem aludt, nem evett rendesen, a közérzete a komfortosnak mondhatót rég meg sem közelítette, és csak gonosz emberek, hidegvérű, kegyetlen gyilkosok vették körbe, akiktől azt tanulta meg: a boldogság és az elégedettség csak illúzió, túl vékony fonálon táncolva közlekedik a feneketlenül mély szakadék fölött, mely bármikor elnyelheti.

Félelem helyett saját ostobaságából eredő csalódottságának érzése nyomasztotta legfeljebb. A felismerés, hogy saját társadalmának egyik értelmiségijeként, újságíróként ennyire felvilágosulatlan tudott lenni. Elhitte a szóbeszédet, hogy kényelmes, saját árnyékától is megijedő, harcolni már generációk óta igazán nem képes nyugatiak földjére jön, akik közül már csak őrző-védőik, a Téotéenek jelentenek veszélyt. Ehelyett vadak földjén találta magát, ahol az átlagpolgár ugyanolyan indulatokat dédelget magában, mint akár egy, az Elbától keletre élő ember, és amikor azokat hagyja kitörni, az talán még veszélyesebb és pusztítóbb is, mint azok dühe, akiket otthon hagyott. Ha a nyugatiak tombolnak, az egész világ megremeg!

Ha volna lehetősége megírni még bármit, akkor most megírhatná a cáfolhatatlan bizonyítékot, hogy Nyugat-Európát is folyamatosan szaggatják még azok a népek, és apróságokban minimum, de néha nagyobb dolgokban is különböző kultúrák közötti feszültségek, melyek azok múltbéli sérelmeiből adódnak. Nem csak keleten utálják egymást az emberek azért, mert az egyik felmenői más nyelven beszélve, másmilyen szokásokkal rendelkeztek, mint mások. Ez ugyanúgy itt is létezik. Még mindig! Ez mindenhol létezik a világban, és az erősebb, ha teheti, vissza fog élni az erejével. Nem is kérdés, itt most kicsoda az erősebb...

A lovasok már őalatta felsorakozó vonalai között áttekintve próbálta felmérni, mennyi esélyük maradt a túloldaliaknak. De azok ott... azok csak futballszurkolók! Egy látványosan részeg, kopasz, meztelen felsőtestű dagadt hapsi a szinte csüngő nagy hasával épp kilépett közülük, és felhívva magára a figyelmet, a dombtetőn álldogáló lovassereg irányába kalimpálva feléjük kezdett közeledni.

Djukaric elgondolkodott még azon is, mekkora tévedés – végső soron maguknak az idealista nyugatiaknak a hazugsága –, hogy szinte már-már nem tudják megkülönböztetni magukat egymástól, olyannyira hatékonyan ment itt végbe a múlt sebeit begyógyító „egységesítés". Hogy Nyugat-Európa annyira „arctalan" és identitás nélküli lett, hogy az élet nem sokban különbözik az Ibériai-félszigeten attól, mint amilyet Lappföldön élnek az ottaniak. A közös nyelv, a kiüresített, központilag irányított kultúra, és az egykoron államilag, szándékosan forszírozott „vegyesházasulások" közel hoztak mindenkit, egymáshoz – mondják. De ő most valami nagyon mást tapasztalt. Lehet, hogy messze nincs akkora különbség egy egykori latin és gellaman között például, mint pár évszázada, de ő éppen nagyon bánta, hogy a keleti sereg, amelyikbe beosztották, nem Délnyugat-Európában kellett támadást indítson, hanem az egykori német területek „Keleti Birodalomnak" nevezett részén, ahová ezeket a kifakult bőrűeket küldték, hogy szétverjék a benyomuló keletieket. Talán még az egykori Franciaország területén sem volna most olyan rossz raboskodni, mint ezek között a rideg természetű vadállatok között, akiknek oldalán épp térdre kényszerítve várta a sorsát.

De előbb a britekre kellett sor kerüljön.

– Galop! Losfar! Darauf! – hallott újra németesen hangzó kifejezéseket, először csak maga mellől, majd egyre több lovas szájából, hogy a távolabb vetődöttekhez is eljusson a felszólítás.

A korábban megtapasztalt földmozgás, melyet lovak patáinak százai idéztek elő Djukaric térdei alatt, semmi volt ahhoz képest, amit ezután érzett. Ahogy az előtte várakozó négylábúak, megülőik noszogatására ügetni, majd hevesen vágtatni kezdtek, már hallani sem lehetett semmit az általuk keltett morajlástól és dübörgéstől, mindazonáltal akkora port vertek fel maguk mögött a domb oldalán felgyülemlett lejtőtörmelékből, hogy keveset lehetett csak látni szerencsére mindabból, ami az egyre terebélyesedő „felhőben" történt.

A lovasok úgy szaladtak át a nekik áldozatul szánt emberek tömegén, ahogy a megvadult bivalycsorda tapossa le a vetést a szántóföldön, melyen egyszer csak ijedtében keresztülnyargal.

A hangzavarból elfojtott sikolyok és üvöltések hallatszottak csak, egyenként kivehetetlenül. A porfelhőn csak alkalmanként, egy-egy kitisztuló „folton" keresztül tudott ijesztő, szemének fájdalmas látványt nyújtó jeleneteket kivenni.

Ahogy percek múltán oszlani kezdett a roham nyomán felkavarodó homokkal telt porszerűség – amiből egyébként Djukaric arra kezdett következtetni, hogy az óceán sem lehet innen nagyon messze, bár a közeli szikláktól nagyobb kiterjedésű vízterületet nem látott –, már észrevehetők voltak távolról is az eseménysor sokkoló következményei. Az imént általa megszemlélt messzeségben néhány szerencsés, fürge alak szedte a lábát, hogy minél messzebbre jusson az események gócpontjától. Ők, kevesen megúszták – állapította meg a rövid ideig nyomukban haladó, de végül visszaforduló lovasok láttán, de amit közvetlenül maga előtt látott ekkor, arra nem volt felkészülve.

A dombon tartózkodva is felmérhető volt, hogy teljesen összeroncsolódott, talajba beletaposott torzók tucatjai hevertek szerteszték, köztük kevés, de szintén életét vesztett lóval, melyek hasonlóan pórul jártak: saját négylábú társaik zúzták szét a testüket, miután földre estek. A harcosok nem kíméltek semmit és senkit, és néhányan még magukra sem vigyáztak eléggé...

Akik még megmaradt életük törékenysége felett remegve irgalomért esedeztek a tüntetők közül, hamarosan egy lováról leszálló és hozzájuk lépő Téotéen személye irányába tehették ezt. A parancsnok és az imént jobbkezének tűnő társa pedig már visszafelé lovagoltak, kivont, vérrel összemázolt pengéjű karddal, pont az ő irányába. Ha nem lett volna megkötözve, még meg is próbálhatott volna kereket oldani időközben, bár az eléggé kietlennek tűnő vidéken nem lett volna sok esélye. Lóháton őt is hamar utolérték volna.

Annyira persze nem volt fontos a személye, hogy azok ketten miatta tértek volna vissza, egészen a dombtetőre. A háttérben maradtak közül jó pár, felcserfélének kinéző Téotéen vált ki, és a parancsnok intésére az életben maradt sérültek segítésére siettek. De végül aztán a segédjének tekintete csak megtalálta őt, Djukarciot is. Súgott valamit a felettese felé, de korábbi humorukat láthatóan rég otthagyták az iménti, egyenlőtlen csata frontvonalában. Djukaric valahol, legbelül már értette, hogy neki itt leáldozhatott – ezt biztosan nem akarják majd, hogy elregélje.

– Oké, itt vagyok! Szúrjon hát keresztül azzal a vassal, amit úgy becsül! Vagy ha van magában emberség, akkor csapja le a fejem, hogy gyorsan vége legyen! – kászálódott fel némi erőt és büszkeséget mutatva a „parancsnok" felé a bosnyák krónikás.

– Emberség? Háh…– nevetett fel a lováról leszálló, kardját hüvelyébe csúsztató Téotéen. – Az csak embereknek jár, te kisfaszú szláv patkány! Vagy mi a franc vagy te… – bizonytalanodott el a saját maga által használt kifejezés végiggondolása után.

Belemarkolt Djukaric hajába, kirúgta alóla nagy nehezen kiegyenesített lábait, és egy ideig közvetlen közel hajolva hozzá bámult az képébe, miután az újra térdre rogyott. Aztán váratlanul összegyűjtött a szájában némi nyálat, amit Djukaric pofájának közepébe ürített, majd összecsúfított arcával lefelé a földre lökte.

Borzasztó érzés volt belekóstolni a mocskos-sáros anyaföldbe, ezért, amennyire az erejéből telt, Djukaric próbálta gerince megerőltetésével kiemelni abból a fejét, ami azért volt nehéz, mert ekkor a másik Téotéen közelebb sétált, és még rá is taposott a hátára. De ez még csak a kezdet volt. Djukaric inkább már mégis lefelé fordította a fejét, nem akarta hergelni a fölötte állókat a provokatív küzdéssel, akiknek ennyire ki volt szolgáltatva, de aztán rövidesen fordította volna azt inkább bármerre, mikor érezte, kínzója nem volt eléggé megelégedve saját kínzási módszerének addigi hatékonyságával. Pár másodperc elteltével egyikük már a fején taposott tovább a háta közepe helyett. Nem tudta már, éppen melyik, de tette ezt elképesztő erővel. És ahogy csak tudta, passzírozta azt bele a sárba, talán, hogy lehetőleg meg is fulladjon abban.

Ez nem csak kínzás, ezek megölnek!

Valahogy mégiscsak el tudta fordítani nagy nehezen a nyakát annyira, hogy szeme sarkából láthassa még egyszer azt a rohadék szemétládát, aki már épp az arcára nehezedett kemény talpú bakancsával ily' módon. Persze könyörgött volna már a szemeivel is, de nem volt miért. A rajta álló férfi majd' teljes testsúlyával nehezedett rá, és addig nyomta lefelé, míg már a levegőhöz sem jutott hozzá.

Méltatlan lett az elmúlás – pont olyan, amire számíthatott volna, ha végiggondolja jobban, mi keresnivalója van egy keleti megszállócsapat tagjaként nyugaton. Ezen kívül másra már nem maradt ideje gondolni többé.

ÜLDÖZÖTTEK

Margot azóta azon a komódon ült, mióta visszaértek Eupenből. Selimi pedig nagyobbrészt mellette, bár őt kétszer már rá tudta venni apja és a testvére, hogy menjen ki egy kicsit levegőzni, ami egyik alkalommal sem tartott tovább félóránál. Az időjárás viszont hűvössé vált, és estére a bentlét már barátságosabbnak tűnt, noha a friss vendégek a fáradtság ellenére sem tartózkodtak szívesen az idegen házban. Jobb lett volna otthon pihenni, a saját, megszokott ágyban, az ismerős illatú ágyneműben. Itt viszont aludni senki sem akart. Miután a csendőrök elhagyták a helyet, Margot többször is felvetette, hogy érdemes lenne távozniuk, és máshol átmeneti szállás után nézni. Azonban miután Johannes egy alkalommal kicsit elveszítve a türelmét közölte, hogy menjenek ahová akarnak, ha nem jó nekik nála, úgy döntött, hogy nem firtatja tovább a dolgot. Nem is volt korrekt a vendéglátót ingerelni, és nem is volt jobb ötlete Margot-nak sem, Olinak sem, hogy hová mehetnének. A lehetőség adott volt egy kiadós alvásra, de mindenkiben ott munkálkodott a feszültség. A korábbi, de még fel nem dolgozott eseményekből fakadó feszültség éppúgy, mint a legújabb fejlemények feldolgozásával járó. Margot többször lehunyta a szemét hosszabb időre, de aludni ő sem tudott volna, ezért megértő volt kislányával is. Mindketten még csak tapogatták a valóságot, melybe nemrég érkeztek vissza. Minden olyan szokatlan és újszerű volt nekik, ahogy beszámoltak róla. Kissé, mint egy újjászületés.

Egyedül Joel volt az, akit kicsit sem viseltek meg az események. Ő a zabolázhatatlan kisgyermek töretlen érdeklődésével noszogatta apját, hogy avassa be: milyen harcosok voltak azok, akiket látott; Téotéenek voltak-e, és miről faggatták oly' hosszan az öreg

Johannest? Na meg persze hogy mi történt valójában, amiért ennyi embert ide kellett csődíteni hirtelen, bár őt a sok egyenruha és a két valódi, hamisíthatatlan Téotéen harcos hatalmas kardjai jobban izgatták, mint a céljuk, ami idevezette őket. Ha neki is juthatott volna szó, nem a jelen eseményeiről kérdezett volna a harcosoktól és a csendőrökről. Oliver egy idő után ráhagyta a fiúra a dolgot, Margot pedig két alkalmat leszámítva egyáltalán nem foglalkozott vele, hogy mit okvetetlenkedik fia a történtekkel kapcsolatban. Azon két alkalommal azonban, amikor Joel a többiek figyelmének látszólagos lankadását kihasználva megpróbált felosonni a – még a környékét illetően is – tiltott területté nyilvánított lépcsőn, melynek tetején rikító sárga szalaggal választották le a csendőrök az emeletet a ház nyomozásba nem bevont részeitől, anyja fülsiketítő harsánysággal kiáltott utána, hogy azonnal térjen vissza a nappaliba. Ekkor a fiú Margot és Selimi mellé heveredett egy időre, de miután megunta a semmittevést, újra felkerekedett és Johannes nyomába eredt, aki sötétedés után ki-be járkált a bejárati ajtón, napestig. Többnyire csak kémlelte odakint a ház felső szintjeit, mintha betörőket keresett volna a tetőn, vagy valami hasonló képtelenségre utaló módon keltett rossz érzést a gyermekben. Anyjáéhoz hasonló letargiába azonban csak az taszította, amikor, először megszólítván Johannest a házőrző honlétéről érdeklődött.

– Anno, amikor a feleségem meghalt, egy rózsabokrot ültettünk az emlékére a fiammal. Holnap délelőtt, ha apád megengedi, bemegyünk a városba és veszünk valamilyen palántát, ami méltó a kis barátod emlékéhez. Renden? – osztotta meg vele a fejében lévő gondolatok egy részét Johannes, hogy lerázza valamivel.

Szóval végül a fiú is visszaült korábbi helyére, és többé már egy szót sem szólt. Johannest utolsó kinti útjára Oli is követte. A bejárat melletti akasztóról levett egy kötött kiskabátot, amit az öregnek vitt ki, és mikor átnyújtván az semmit sem reagált, ráterítette gondosan a vállaira.

– A fiam volt! Ő volt itt… hazajött valamiért!

Oliver nem akarta mutatni, hogy ő is ezt tartja a legvalószínűbb verziónak, de nem csak a körülményekből következtetett erre, hanem a megérzése is ezt erősítette benne. Persze nem kellett volna megérzéseire hagyatkoznia, hisz' evidensnek tűnt: minek jött volna Johannes házába két Téotéen is a csendőrökkel, ha egyszerű rablótámadás lett volna az egész?

A kiskertben történtek foglalkoztatták a legjobban, hisz' arról semmit sem mondtak, noha elég sokat szaglásztak körülötte, majd azt is körbekordonozták, nem is egyszerű szalagokkal elzárva az idegen kezektől, hanem valamiféle hordozható fémkerítéssel.

Nagy nehezen sikerült betessékelnie valahogy az öreget a csípős cidriből. Közben semmi sem jutott eszébe, amit mondhatna, csak ennyi:

– Utánajárunk, holnap megpróbáljuk kideríteni, amit lehet.

Visszaérkezésük után előbb Oli ült le a családja által elfoglalt ülőgarnitúra nagyobbik részével szemben egy fotelbe, majd a nyugtalan Johannest látva a mellette lévő, üresen hagyott hasonló ülőhely karfájára csapdosott, jelezvén, hogy nyugodjon már meg, és foglaljon helyet ő is a körükben. Előttük, a kisasztalon három szelet pizza maradt a kiterített két dobozban összesen. Az öregnek még feszült állapotában is több esze volt, hogy abból egyet-egyet a gyerekekkel etessen inkább meg, hogy azok a teltség okozta kajakóma hatására végre mégis elpilledjenek. Az utolsót viszont ő fogyasztotta el végül Oli és Margot unszolására, hisz' egész addig ő még semmi étket nem vett magához.

– Én... Én meg szeretném köszönni még egyszer, Johannes! – kezdett volna értelmetlen párbeszédet, ha Margot nem vág közbe fajsúlyosabb témát választva.

– Amit a Rend csinált, az közönséges puccs – mondta a nő szigorúan.

– Máshol ezt katonai hatalomátvételnek nevezik, bizony... – bólogatott maga elé bámulva Johannes. – És Clinton-Slinónak ezt nem fogja megbocsátani a világ. Hiszem, hogy nem!

– Reméljük, Európa sem, nem csak a világ! – mondta még az asszony.

Oliver a legkevésbé potens szereplő volt a beszélgetésben.

– Johannes, én tudom, milyen félni a háború közelségétől, és tehetetlenül várni a bekövetkeztét...

– Azt tudom, hogy te tudod! – csitította el talán éppen legyávázva őt Johannes.

Oli megszeppent a jelzéstől, hogy nem kéne megint saját magát sajnáltatnia, miközben egyelőre neki még egészen kényelmes a jelen helyzete.

– Én nem a háborútól félek. Én csak a fiamat féltem. Háború lesz, így is, úgy is, ha nem most, akkor máskor. Sem a keletiek, sem a szaracénok nem bírnak magukkal. De főleg a Valentirek nem! Senki nem fogja elfogadni, hogy egy ideje minden háborút a nyugat nyer meg, és nem bírják ki, hogy nem próbálkozzanak újra! De talán még nyomósabb okuk erre, hogy mérhetetlen szegény, nélkülözni kénytelen országaik lakosságának figyelmét az okok kereséséről – ami a kormányaik fafejűségben rejlik, amiért nem hajlandók békét kötni és megváltoztatni saját rendszereik működését – másra tereljék a nyugatellenes hangulattal és az állandóan fenntartott készültséggel, ami lelkesíti és talán szórakoztatja is őket. Kenyér helyett cirkusz – érvelt meglepően hosszan a nyugati értékvilág mellett Johannes.

– A politika mindig elképesztő fordulatokat tartogat! Mindig az archaisták követelték a leghangosabban a Valentir Köztársaságnak a föld színéről történő lesöprését, erre most kiderül, hogy hajlandók voltak együttműködni velük, csak hogy hatalomra juthassanak… Ez is csak azt bizonyítja, hogy a modern politika egyre inkább csak a hatalom megszerzésére ösztönzi pusztán az abban résztvevőket. A hatalom megszerzésére, bármi áron! – vont más irányú recenziót Margot.

– Janos túléli! – szólt közbe Oliver, egyrészt olyan szándékkal, hogy reagáljon valamit az aggódó apa félelmeinek kinyilvánítására, másrészt, hogy megelőzzön egy politikai természetű vitát felesége és Johannes között.

– Találnia kellett volna egy társat, talán az hiányzott a boldogságához igazán – lepett meg mindenkit Johannes furcsa gondolatával.

Furcsa volt valóban, és szokatlan. Talán az hozta elő belőle, hogy már nem hitt abban, amit Oli mondott Janosról. Lehet, hogy még nem halott, de egyedül, kint a nagyvilágban előbb-utóbb azzá válik. Nincs senkije, és senki nem fog már soha mellé állni.

Margot és Oli hallgattak, Johannes pedig szépen lassan már csak úgy maga elé beszélt, megfoghatatlan dolgokat. És tényleg olyan volt ez az összeszedetlen „monológ", mint aki gyászbeszédet tart.

– Egész életében egy Camille Couteauról készült fotót hordott magánál. Egy olyan nőbe volt szerelmes, aki szóba sem állt vele. Atyaég! Mit tesz az emberrel a szolgálat... Szerinted inkább normálisabb, köznapibb életet kellett volna szánnom neki, Oliver? – kérdezett aztán mégis valamit pont Olitól, aki félt belemenni a benne növekvő félelemmel telve ilyen beszélgetésbe.

– Szerintem... Jól döntöttél. Illetve úgy, ahogy mindenki döntött volna – próbálta megint a legkevésbé felkavarót mondani Johannesnek. – Ha valaki már korán láthatóan igazán jó valamiben, vagy jó érzékkel rendelkezik valamihez, akkor kell tenni egy próbát. Jó tanuló biztos nem lett volna egy gimnáziumban... Emlékszem, mennyit kellett korrepetálnom algebrából és geometriából – érvelt Oliver.

– Nem igazán szerette a reáliákat, meg a túlságosan sok magolást igénylő tantárgyakat sem, melyekből mind rosszul teljesített. De óriási hazugság, hogy a kardforgatáson kívül semmiben sem jeleskedett volna. Az évfolyamán tanulók mindegyikénél jobb érzéke volt a művészetekhez. Mindenkinél jobban átlátta a szimbolizmust, lévén szó bármilyen művészeti irányzatról! – védte fiát Johannes.

– Apám is jól festett, és könyvet is írt volna, mindig mondta. Ha nincs a háború, még az is lehet, hogy visszavonul hamarabb. Ehelyett többet kellett szenvednie a legtöbbeknél... Egy időben úgy nézett ki – állítólag amikor én még meg sem születtem –, hogy végül olyan ismert harcos lesz, mint... Mint amilyen Janos lett. Persze így is éppen eléggé ismert és meghatározó személlyé vált a Rend harcosainak sorában, és akkor még Janos példáját nem is ismerte. Talán ma máshogy gondolná, bár fiatalon a kaland vonzóbb, mint családapaként.

– Apád esetében sokkal nagyobb súllyal esett latba, hogy judaik származású, mintsem az az árulók szemében valóban súlyos veszélyt jelentő tényező, hogy apád a korszak egyik legjobb harcosa volt. Akik anno elkapták, keletnémetek voltak. Az egyik legdurvább népség nyugaton. És arrafelé, német–polek földön mindig utálták a judaikokat...

Oli lelkében az elkeseredettség elérte a mélypontot ennek a témának az előhozatalával, miközben a gyerekeire nézett, akik addigra újra elszunnyadtak.

– Te művelt vagy, Oliver. Biztosan olvastál eleget a keleti judaikok üldöztetéseiről, és azokról a dolgokról, kik és miért követték el ezeket a gaztetteket. Biztos nyomasztott a felismerés, hogy apádat ezért kínozta meg anno az a néhány dezertőr, akik – mint azt a kivégzésük előtt vallották – eleve azért dezertáltak az őket foglalkoztató fegyveres testületektől, mert az az ő idejükben azok már bevándorlókat is foglalkoztattak.

– Igen, most is élnek köztünk jó páran, akik elvárnák, hogy mindenki, aki Európában élhet, évszázados családfakutatással bizonyítsa, hogy már a Birodalom előtti ősei is az európai királyságok valamelyikből származnak – igazolta, meg sem várva Johannes gondolatmenetének végét, a felvetést Oliver.

Mintha az öreg egy régi, őt foglalkoztató talányra kapott volna most választ. Mintha csak azt fejtette volna meg, miért volt egész életében fia barátja olyan furcsa és mindentől frusztrált.

– Akik utálták az eszesebb, más lehetőség híján iskolázottságukkal, szorgalmukkal kitűnő, kitaszított judaikokat – akiknek nem lehetett földjük, nem mehettek katonának –, azért utálták őket legjobban, mert frusztrálttá váltak a nekik való intellektuális alávetettségtől.

– Benned is voltak emiatt ellenérzések a Rendben szolgáló kevésbé eszesekkel, de annál jobban fegyelmezhetőkkel szemben? – kérdezte Johannes.

– A Rendben szolgálókkal? – kérdezett vissza meglepetten Oli.

– Akár...

Oliver nem akart válaszolni. Nem szerette a Rendet, és apjában sem a harcost tisztelte soha. Haragudott rá, hogy judaik létére miért kapkod annyira a harcos nimbusza után, de ettől még nem volt válasza a kérdésre. Nem ismerte ehhez az egyhez elég jól magát, érezte.

– Igaz, hogy ez a fajta primitív, faji alapú megkülönböztetés már a Rendből is kikopott, aminek apád a legjobb példája, de benned mindig volt félelem, hogy ezek a rossz dolgok újjáélednek, igaz?

– Ezek mindig újjáélednek! Szerintem végső soron apám is azért akart harcolni a Valentirek ellen, mert ezt a mérget a legnagyobb dózisban ők csöpögtették mindig is. De ettől még harcos jellemnek tartotta magát – foglalt össze két kérdésre adott két választ Oliver.

– Pedig ők, a Valentirek nem azért lettek annyira bezárkózott népség ott északon, mert idegengyűlölők, hanem csak azért lettek idegengyűlölők, mert nagyon bezárkózottá váltak.

– Lehet...

– A fiamat is féltettem ettől! Minden ilyen rossz gondolattól. Ezért nem örültem, hogy annyira bezárkózik. És ezért örültem viszont, hogy veled barátkozik!

Oliver hirtelen nagyon értetlenül nézett rá.

– Bocsáss meg, ha túl sok butaságot beszélek... Butaság volt mindez már akkor is, amikor először gondoltam minderre.

– Talán nem butaság...

– De az! És egyébként is... A judaikok asszimilálódtak, teljesen beilleszkedtek, olyanokká váltak itt, mint mindenki más. Itt mindenki olyanná vált, mint mindenki más, és bárki bármit mondjon, ez inkább jó, mint rossz. Most a szaracénok lesznek az ellenség, aztán megbékül Európa népe velük is, ha elmúlik ez az értelmetlen háborúskodás. Egyszer talán az egész világ olyan lesz, mint Európa!

Időközben éjfél is elmúlt.

Miután a holtfáradt Johannest is nagy nehezen elnyomta az álom, de ő még mindig nem volt képes az alvásra, noha lassan már fizikai fájdalmak kísérték kényszerű ébrenlétét, Margot halkan feltápászkodott a kanapéról a gyerek mellől, és jobb híján a konyhát vette célba. Az tűnt az egyetlen olyan helynek, ami elég messze van a földszinten a nappalitól, hogy ne hallják a neszezését. Mivel félt, és ezért nem is akart igazán elaludni, ott le tudta mosni újra az arcát, amitől kissé újfent fel tudott frissülni, és nem volt olyan hangos a csapvíz folyása sem, hogy a bent lévőket megzavarja.

Aztán a régimódi, „durranógázos" tűzhelyen a két legnagyobb gázrózsát is begyújtotta, mert a kipihentség teljes hiányának állapotától fázott is, és nem találta elégségesnek a ház egyetlen modern részének számító padlófűtés hatásfokát. Oké, hogy a hő felfelé száll, de mégis milyen hideg lehet az emeleten, ha még az alulról fűtött földszinti padlón járva is fáztak a lábai? Ezért hagyta papucs helyett magán inkább a cipőjét a házban is. Ennyire tipikus hegyi ember lenne Johannes, hogy így bírja ezt a hideget?

De a legrosszabb a félelem volt, ami átjárta a házat és környékét. A legeslegjobban ez a mély, rezzenéstelen csend nyomasztotta. És a sötét odakint. Az, ahogy az összes ablak a falak részévé vált, ellátni nem tudván a funkcióját a sötét éjszakában. Szemmel, a tekintetével áthatolhatatlan fekete falnak tűnt a kinti világ valósága, semmi nem volt a közelben, aminek a fénye megvilágította volna kicsit is a környezetet, vagy láthatóvá tette volna saját magát. Semmi, ami odakint volt, nem volt belülről látható, tapasztalható. Hogy lehet egy ilyen helyen élni? Minden estét ilyen ijesztő elzártságban tölteni? A magányosság ezen formája felőrölhet bárkit, csoda, hogy Johannes egyébként ennyire józannak tűnik.

Margot időközben mégis annyira hozzászokott a tökéletes, dermedt üresség állapotához, hogy majd' szívrohamot kapott, amikor abban mégis megmozdult valami. Illetve valaki, aki a férje volt.

– Ne kopogj már! – szólt rá a férfi.

– Ne kopogjak? – értetlenkedett a felszólításon.

– Hallatszik minden lépésed, ahogy járkálsz...

Margot mindenre vágyott, csak még egy letolásra nem.

– Tele vagyok feszültséggel! Nem bírom itt! – közölte Olival a baját.

– Akkor se járkálj fel-alá! Egyébként is pihenned kéne.

– Nem tudok... Itt nem! Menjünk el innen holnap.

– De mégis hová?

– Haza! Hová máshova?

Az utolsóra már nem érkezett válasz. Oli nekidőlt a konyhapultnak. Mindkét kezével maga mögött belekapaszkodott abba, és gondolkodni látszott ugyan, de Margot látta rajta, hogy nem akar egyedül maradni velük. Hogy újra csak az ő felelőssége legyen felesége és gyermekei védelme és megóvása, mintha valóban valami borzasztó leselkedne rájuk, amitől meg kell óvni őket. Most Oli mintha jobban érezné magát másokkal. Nem mintha az öreg Johannes bármivel potensebb lenne bármi szörnyűség esetén kezdeni valamit a helyzettel, de mégis jobb a „viharban" a jószágnak összeállni a többivel. Persze ő, Oliver, Janosra számított. Valószínűleg tőle várt valós védelmet. Mégiscsak sokra becsülte azt a hatalmat, aminek Janos, képességei révén, a birtokában volt. Margot látott ebben rációt, de mivel úgysem volt reális Janos feltűnése, mégis azt tartotta célszerűnek, hogy rábeszélje férjét, menjenek máshová.

– Nézzük meg akkor, hogy mi lehet apádéknál! Vagy menjünk mégis Filiphez!

– Mindegy, csak menjünk? Mivel? Bérelünk egy kocsit, vagy veszünk egy újat? Te fogsz vezetni?

Látott Oli erősen töprengő gesztusai közt olyat, ami talán valamelyik variáción való erőteljes elgondolkodásra utalhatott, de aztán mégis megmakacsolta magát. – Nem, most már itt vagyunk. Maradunk – jelentette ki a férfi.

– De én itt nem akarok maradni!

– De! Fogsz! Vagy mész egyedül! Én nem megyek nagyvárosba, de ha lehet, még kicsibe sem!

Margot kissé megijedt a heves reakciótól, ami nem csillapodott.

– A világ megint kezd megőrülni körülöttünk, a legjobb, ha elvonulunk előle, nem érted? De elvonulni nem lehet csak magunknak, egyedül, saját magunkra utalva! Ki tudja, mit hoz a háború? Kellenek emberek, akikre támaszkodhatunk, de közben a többitől távol tarjuk magunkat! – fejtegette kommunisztikus elképzeléseit az egyre zabolázatlanabb férfi.

– Fejezd most már be! – fogott bele szinte suttogva Margot Oli csitításába. – Látod... Felbőszítetted a vendéglátónkat is! Nyilván most már őt is nagyon zavarja, hogy ezt kell hallgatnia! – utalt az addigi csendben keletkező zajokra.

Láthatóan Oli is meghőkölt a másik szobából érkező váratlan, johannesi „bömbölés" hallatán, de nem volt ideje végiggondolni, hogy az valóban nekik szólt-e, hisz' saját kiabálása mögött az ő szavait nem tudta pontosan kivenni. A kételyére a felelet hamar érkezett: amint meghallották alig negyed perccel később kicsapódni a bejárati ajtót és észlelték, hogy Johannes odakint, a házon kívül üvöltözik már tovább valakivel vagy valakikkel, tudták, hogy az agresszió mégsem feléjük irányul. Nem ők a ludasok. Ahogy rohanva a bejárati ajtó melletti ablakhoz értek, rögtön látták, hogy odakint némi világosság gyúlt. Fáklyák fényében pillantottak meg néhány emberalakot, akik egyre hangosabban skandálni kezdtek valamit. Mintha tüntetők lennének, bár a sötét miatt hasonlított az esemény valamilyen szeánszra is.

Johannest nem látták.

Fogalmuk sem volt, hogy kik lehetnek azok a hívatlan vendégek ott kisebb tömegben, de a fáklyákról hamar kiderült, hogy valójában egészen mások. Ahogy egyre több kapott lángra közülük, már láthatóvá vált, hogy azok igazából valamilyen folyékony – talán éghető – anyagot üveg palackokban tároló tűzkoktélok lehettek, melyeknek rongyvégeit gyújtogatták éppen sorjában, egymásnak adogatva a tűzcsiholásra alkalmas eszközöket.

– Áruló Cleaves, a kurva anyád! – sikította félelmetes dühvel egy női hang.

– Átállt már a Valentirekhez Európa fattyú árulója? – csatlakozott valaki más, ezúttal mélyebb hangú férfi.

Oli, amikor egy pillanatra meglátta Johannest köztük, és hogy az mennyire kétségbeesetten, egy időközben felkapott ásóval közeledett szánalmasan hadakozva az ijesztő viselkedésű „vendégek irányába", úgy döntött, hogy ezidáig őt mozdulatlanná dermesztő félelme ellenére mégis megpróbál maga is közbelépni, mert az öreg tényleg őrültséget készül csinálni! Mire kiért azonban, már sokkal világosabb volt. Több irányból is tűz gerjedését észlelte. Nem csak a fényéről, a melegéről! A ház oldalából felcsapó hatalmas lángok fényében a becsültnél sokkal hatalmasabb tömeget pillantott meg, és Johannest, velük dulakodni.

Amikor a jelenet főszereplőihez futott volna, ketten megragadták oldalról, aminek eredményeként – a nagy lendületét túl gyorsan csillapítva – elvágódott a földön. Ketten alaposan megbámultak, de nem bántották.

– Ez nem ő! – hallotta a szájukból. – Nem Cleaves!

Az idegenek tényleg Janost keresték…

– Miért kell minden találkozót alkoholfogyasztással indítani?

– Mert ez a szokás, lányom.

– Olyan szokás, amit értelme van ápolni? Jó dolog az, hogy minden alkalommal lerészegedtek, ha „férfinak" látszani és reprezentálni kell?

Apja szigorú tekintete már nem ijesztette meg, de a kiábrándultság, ami a felismerésből adódott, hogy „papa" meggyőzhetetlen, rávette, hogy inkább elhagyja a padoktól megfosztott, kis méretű, de jól megpakolt asztalokkal „felszerelt" tengerparti pavilonnak még a környékét is.

Duzzogva visszasétált az út mellett hagyott autókhoz, rá sem nézve bátyjára, aki pont apjához érkezvén elhaladt mellette, kezében a legfrissebb reggeli újságokkal.

– Mi baja? – nézett testvére után Julio.

– Csak a szokásos.

– Mi az a szokásos? – próbálta nem elengedni a témát a fiú, mert érezte, nem szerencsés feloldatlan konfliktusok közepette megvendégelni Európa egyik legnagyobb hatalmú emberét. Már ha még annak számít…

– Okoskodik… Nő – adta a létező legbutább választ apja, de az ifjabb Julio megjegyezte magában, hogy az ilyesmi azért ilyen formában nem volt sosem jellemző az öregre. McNamara miatt most egészen más. Már trenírozza magát arra, amilyennek mutatkozni szeretne, hogy megnyerje a nagyhatalmú politikust.

357

– Ne merevedj bele ebbe a bunkó szerepbe. McNamara talán már igazán nem ér annyit, hogy összevessz miatta a lányoddal!

– Még abba is beleszól, hogy megkínáljam-e a boromból. Mit tud egy nő arról, hogyan tárgyalnak az igazi férfiak? És hogy miért fontos nekem, hogy a saját borommal kínáljam? Ha még ezt sem érti...

– Igaza van. Avítt szokás.

– Avítt? – vesztette el türelmét a családfő.

– Nyugodj meg! – intézte el pusztán ennyivel az apjából kitörő agressziót ifjabb Julio. Ha most belemegy a csatározásba, apja már nem fog lenyugodni McNamara érkezéséig, úgyhogy inkább nem folytatta.

– És valahányszor kifogy a pohár, újra kell ám tölteni, és cikinek számít túl nagy idő elteltével tenni ezt. Inni kell, nem csak úgy lötyögtetni ám a nedűt! – jelent meg újra mellettük az egykor már eltávozott Julia, folytatván a gúnyolódást. Talán eddig bírta, hogy ne kardoskodjon tovább a véleménye mellett, talán tényleg amiatt jött vissza, amilyen tevékenységet mindkét férfi meglátása szerint inkább csak mímelt. Áttörölte ugyanis még egyszer a pavilonbéli asztalokon található evőeszközöket.

Julio erre már nem reagált – egyik sem. Pedig az öreget nagyon idegesítette, hogy gyerekei gúnyt űznek a szokásaiból és a gesztusaiból is. De ennek a vitának tényleg nincs itt most a legjobb ideje.

– Miért feltétlenül itt kell fogadni ezt az embert? – hozakodott elő mégis egy másik kellemetlen felvetéssel fia. De válasz erre sem jött már.

– McNamarát te, a családod, és az életed érdekli a legkevésbé. Nehogy azt hidd, hogy gesztust gyakorolni jön! Óriási bajban van. Ne adj meg neki mindent, amit kér! – próbált a fiú józan beszélve hatni apjára.

– Na, elég legyen már ebből! Nem tartozom nektek elszámolni valóval! – Majd a fia kezében tartott újságokra tekintett, amiket észrevéve megértette, miért kezdett bele az iménti monológba. – Mit írnak a lapok? – érdeklődött hirtelen és zavartan.

– McNamara erőteljesen megkezdte a társadalom Rend ellen hangolásának politikáját. Janos Cleaves sározásával indított. Kurvára elegáns!

– Janos Cleaves? – tűnődött el idősebb Julio. – Az a fiú már sohasem fog nyugalmat lelni. Talán még a túlvilágon sem, pedig lehet, hogy már meg is halt.

– Nekünk a Rend pártján illenék állást foglalnunk, atyám! McNamara nem archaista.

– Mi sem vagyunk. Pragmatikusak vagyunk, és kész. Mindent megteszünk a család érdekében, érted? Ebben is hasonlatosak vagyunk McNamarához.

– McNamarának nem annyira fontos a család, mint mutatja. Ő nem ilyen ember. A gyermekeit, de még az anyját is eladná a hírnévért és az előmenetelért. Ő modernista – bár talán még azt is csak megjátssza. Nem hisz ez az ember semmiben!

– Itt vannak, uram! – zavarta meg a párbeszédet egy távoli hang.

Julio Espinoza, mint aki a gatyájába csinált, kezdett el kapkodni ijedtében a hallottaktól.

– Ne húzzátok már az időmet! – vetette még oda gyerekeinek, majd abba az irányba kezdett sietni – már amennyire tudott immáron remegő lábaival –, amerről a hang jött, és ahol az ide érkezők járművei pihentek. – Gyertek elém egy autóval! – kiáltotta végül, amikor érezte, hogy nem fog elég hamar odaérni, de már rég a kikötő felé kéne tartania az érkezők fogadására.

De az imént őt figyelmeztető Fernando Diégó, Espinoza vállalatát telekommunikációs eszközökkel ellátó régi üzlettárs, semmit sem tett a kérésre reagálva, ami igencsak felbőszítette a lendületbe jött Espinozát. Már fogalmazta magában az újabb lecseszést, amikor Diégó, közelebb érve hozzá egy távoli domb felé mutatott:

– Úgy értem, már mindjárt ideérkeznek. Nem nagyon tartották fontosnak jelezni, hogy már partra is szálltak.

Espinoza a hivatkozott lankás rész felé bámulván valóban, összetéveszthetetlenül ismerős ruhájú alakokat látott közeledni, ketten sorokban, egymás mögött. Élükön pedig két olyan ember haladt, akik végképp, messziről is felismerhetők voltak: Verdei Malastira, és Louis Chatles McNamara.

❖ ❖ ❖

Bárki, aki ezen a kontinensen él, először láthatta, hogy „McNamara kutyái" – ahogy róluk néhány, Rend-közeli hírújság szólt – hogyan festenek, amikor felvállaltan, egységesen mutatkoznak a nyilvánosság elől. Ez a lehetőség első körben most ennek a nagyjából két és fél tucat embernek adatott meg, akik között legalább akkora volt az izgatottság, mint az ijedelem is. A savalingre nagyon is hasonlító, sötétkék felsőruházat és az egészen elegánsnak kinéző fekete selyemnadrág jó párosításnak tűnt, McNamara azonban szokatlanul alulöltözött volt. Különösen sportlábbelije tűnt saját magához képest igazán slamposnak, bár bizonyára figyelmeztették, hogy bármiféle elegáns darab alkalmatlan lesz oda, ahová megy.

Espinoza gyomorgörcse másodszor jelentkezett emiatt azután, hogy figyelmetlensége miatt nem tudott elé sietni, hanem a vendégnek kellett hozzá igyekeznie, és rögtön harmadjára is nagy lett benne az aggódás, de ezúttal még a körülötte állóknak is, amikor látták McNamarán, hogy nem nagyon örül a sok embernek és a körülményeknek.

Pedig milyen jónak ígérkezett minden a fogadásukat illetően! Biztos volt benne, hogy értékelni fogja, hogy milyen nagy feneket kerítettek, hisz' egy „nagy ember" fogadására készültek fel, és McNamara szeretett így gondolni magára. Eleddig csak a szél miatt aggódott, de már McNamara furcsa hangulata miatt is kellett.

Amikor az megérkezett, nem is sokat udvariaskodott.

– Mély tiszteletem az egybegyűlteknek, köszönöm, hogy itt vannak! – mondta röviden Louis Charles, majd feddően Julio Espinozára nézve fogadta annak kézfogását. De innen kezdve véget ért minden formalitás látszata a politikustól.

– Meglehetősen megalázó az a sok gyalázkodás, ami a Téotéenek részéről az irányodba elhangzik, drága uram! De Európa népe tudni fogja, hogy ez csak egy politikai hadjárat részükről, amiért

360

oly' sok mindenre kíméletlenül rávilágítottál, és amik számukra kínosak – próbálta már első mondataival is megteremteni a McNamara számára barátinak érezhető, melegséggel teli közeget, de az erre elég furcsán reagált.

– Az a megalázó, hogy a konfliktusunk óta nem volt lehetőségem hazamenni sem Londonba, sem pedig provetusi otthonomba! A rágalmakat már megszoktam.

– És hogy tetszett a jachtunk, mely a Légió egyik legkiválóbb tengerjárója – már ami a kényelmi szempontokat illeti? – nevetett Espinoza. – Ezt nem a harcosainknak tartottuk fent, gondolhatod.

– Kényelmetlen volt – hangzott a gyors, bántó és kiábrándító válasz. – Sosem töltöttem ennyi időt még egyszerre folyamatosan a tengeren.

– Minő szerencse, hogy nem vagy tengeribeteg – próbált még viccelni a házigazda, de érezte, hogy ennél többet már nem érdemes.

– Tudsz biztosítani egy helyet, ahol rendbe szedhetem magam a kényelmetlen út után? Miért a tengerparton találkoztunk? – vonta kérdőre McNamara tulajdonképpen a komplett Espinoza családot, kritizálva a fogadásuk színvonalát ezzel. Hisz' e szavak elhangozta közben megbámulta a hátrébb álló tömeg másokkal összekeverhetetlen két tagjának fizimiskáját.

– Meg akartunk vendégelni, uram. De figyelmetlen voltam, ne haragudj! Ők itt családunk leghűbb szövetséges támogatói, kiknek hűsége a tiéd is! – kalimpált az embertömeg irányába.

De McNamara nem foglalkozott senkivel a leírtak közül, miközben mindenki más még mindig ámulattal bámult a nemrég érkezőkre. Nyilván a legjobban Juliának esett rosszul, noha mindenki másnak feltűnt, hogy teljesen hiábavalónak bizonyult a látványos kiköltözés, McNamara úgy húzott el a sorba állított „fogadóbizottság" mellett, hogy közben egy pillantást sem vetett rájuk tisztességből.

A jelenlévő nők által erőteljesebben megbámult Verdei Malastiar pont annak nézett ki, ami valójában volt. Sosem büszkélkedett vele, de mindenki tudta róla: Dél-Amerikából behurcolt rabszolgák leszármazottja, akiket spanyol gyarmatosítók hoztak magukkal vissza, erőszakkal Európába, hogy a földjeiken dolgozzanak. Néhány híresebbé vált külhoni békefenntartó akcióban való részvétele által sokakat meggyőzött fiatalon, hogy maga is bérelni készül a Rend „büszkeség-tablóján" egy helyet a saját fotójának, de aztán – úgy tűnt – McNamara jobban fizet, és egy szegénységben felnőtt ember mindig fél a kései elszegényedéstől is. Pedig mindenki felé azt sugározta akaratlanul, amilyen képet TV-nyilatkozatai alapján őriztek róla. Mindenki feltűnően fixírozta, de egy porcikája sem rezdült. Ha McNamara csak arrébb állt, akkor ő követte. Egyetlen mozdulattal sem engedett többet magának, mint ami ahhoz szükséges volt, hogy végig a sarkában maradjon. A sötét fekete haj, a hegek az egyébként igencsak látványosan tökéletes vonásokkal teli arcon persze elsősorban a hölgyek figyelmét keltették fel, és ez alól Julia sem volt kivétel.

McNamara öltözködése azonban soha nem volt még olyan szegényes talán, mint amilyennek most látta. Sötétszürke, feketének éppen csak nevezhető árnyalatú vékony farmernadrágot viselt, aminek derék alóli része látszott csak ki hosszú bőrkabátja alól, de hogy a kabát alatt mit viselt, azt senki sem tudta felmérni. A viszonylagos jó idő ellenére még csak ki sem gombolta, mint aki nem szándékszik hosszan egy helyben maradni.

– McNamara elnök úr! – próbálta megtörni az utóbbi kínos csendet Julio Espinoza. Na meg persze már őt is egyre jobban zavarta, hogy ilyen helyzetbe hozott mindenkit, amiben senki sem tudta a kietlen dombtetőn állva eldönteni, hogy hogyan tovább.

– Nem vagyok már elnök! – intette nyugalmasabb és kimértebb közlésmódra egyben a közbeszúrással McNamara.

– Ez eseteben, uram – próbálta folytatni valahogy megkezdett gondolatát a letorkollt Julio. – Mindig azt kérted tőlem, hogy támogassam a Légió munkáját segítő kommunikációt, és támogassalak különböző felszerelések, eszközök beszerzésében. Jelentem, a munka elvégezve!

– Igen, ezt valóban jól megszervezted – ismerte el az igazságot savanyúan a ritkán dicsérő ex-elnök. – És hogyan voltál képes erre? Bár – gondolkodott el – én nem ezt kérdeztem tőled!

– Ez a rendkívül nehéz és rengeteg áldozatot kívánó munka, ezek nélkül az emberek nélkül nem ment volna! – mutogatott újra hátra. – Arrébb, ott, ahol te is láthatod, egy apróbb kis svédasztalos részt alakítottunk ki, hogy együtt ünnepelhessük meg eddigi eredményeinket, és készülhessünk lélekben mindannyian arra, ami előttünk áll!

Az egyébként egyre nyűgösebb és a fáradtságtól megviseltebb McNamara elgondolkodott. Felesleges most megutáltatnia magát bárki mással, aki még nem utálja amúgy is. Kevés szövetségese maradt.

– Beszéljünk négyszemközt! – szólította fel inkább Espinozát.

Az csalódottan bár, de természetesen igyekezett azonnal eleget tenni. A tengerparti móló irányába kitárt bal karjával jelezte is, hogy ezt hol tehetnék meg legkönnyebben, és miután el is indult arra az ex-elnök, Espinoza heves integetésbe kezdett az egyik demizson felkapása után, jelezvén, hogy adjon még valaki gyorsan két poharat is neki. Miután ez megtörtént, azt is jelezte diszkréten, hogy még véletlenül se kövesse őket senki. Fia széttárt karjaival, lánya pedig félig haragos, félig kiábrándult arckifejezésével jelezte, hogy sajnálják az esetet.

❖ ❖ ❖

– Ne idétlenkedj már! – tolta félre a vendég az Espinoza büszkeségének számító neművel megtöltött poharat.

Az előzetes készülődés tehát az ő részéről is oktalanná és értelmetlenné vált. McNamara nem csak elutasította, hanem kifejezetten haragosan és értetlenül fogadta, hogy miért kínálja őt alkohollal, holott nem trécselni, vagy a semmiről bájologni érkezett holtfáradtan.

– Szóval… Amikor szorult helyzetemben, kiszolgáltatva magamat Európa valódi árulóinak, a hűtlen Téotéen Rend méltatlan és megveszett kutyáinak, nem hittem, hogy tényleg lesz, aki megment. De előre figyelmeztetett embereid felkészültek és produktívak voltak. Jó munkát végeztél, pedig jóval hamarabb volt szükségem a Légió cselekvő viselkedésűbe váltására, mint azt vártam. Hogy voltál képes erre?

Espinoza másmilyen kérdésekre számított, de nem volt ellenére saját magát méltatnia. Csak kissé össze kellett szednie gondolatait. Vajon mire lehet kíváncsi pontosan az ex-elnök? – összpontosított, miközben még próbálta túltenni magát azon, hogy épp szembesítették vele, hogy korábban megbízhatatlan baleknak tartották.

– Ennyi Téotéen összeszervezésére, alkalmankénti összecsődítésére sok erőt és eszközt kell áldozni. Ahhoz, hogy a légió éber és viszonylagosan aktív maradjon addig is, amíg nincs szükség rá, gyakorlatoztassunk eleget, és gondoskodjunk azokról, akiktől cserébe szolgálatot várunk, hogy elhiggyék, nem csak a dicsőség és a majdani, ködös elismertség miatt érdemes hűséggel viseltetniük, nagyon sok munkára volt szükség! Sokat is dolgoztam, uram.

McNamara leginkább türelmetlenséget tükröző arckifejezésével próbálta felhívni a figyelmét, hogy ideje lenne felpörgetnie a „mesét".

– Jövedelmező, prosperáló üzleti világot kellett a semmiből felépítsek, és ehhez olyan eszessé kellett válnom, mint egy politikusnak, akár. Mint neked, hogy kiismerjem magam a nemzetközi viszonyok között, és még azon a terepen is boldoguljak. És másmilyen kapcsolatokra is szükség volt, nem kizárólag azokra, akikhez te vezettél.

– Milyen kapcsolatokról beszélsz? – kezdett McNamara érdeklődővé válni.

– Olyanokra, amik jövedelmező üzletet hoztak a családomnak. És azt hoztak volna akkor is, ha nem a terveid és céljaid mozgatták volna egy ideig a működésünket. Másoknak is – itt délen mindenkinek – el kellett hinnie, hogy a saját lábamon állok, hogy ne is kezdjenek szaglászni körülöttük.

– Szóval a tőlem kapott fizetségen túl is jól kerestél. De legalább nem titkolod. Gondolom ide is azért hívtál, hogy megmutasd, az Ibériai-félsziget messze földön híres tengerpartjának egy tekintélyes része a tiéd. Pedig biztos lenne, aki igényt tart rá. Például az egykori Hispánföld más dinasztiái, akik nem szeretik, hogy északiakkal is üzletelsz...

– Látom, te is többről tudsz, uram, mint amiről elvileg kéne tudnod – vált óvatosan gyanakvóvá Espinoza tekintete. – De nem zavar, hogy mégis velem mondatod el, hogy ellenőrizz. Megértem, hogy most semmit sem bízol a véletlenre!

– Engem ez nem zavar, amit csinálsz, amíg a Légiótól nem von el a nagyravágyásod pénzt és erőforrásokat – nyugtatta McNamara a bizalmatlankodót.

– A pénzt sosem sajnáltam! – igyekezett álszerénykedni a kérdezett, de érezte, hogy az aggastyán politikus nem erre a részre volt kíváncsi. Nem arra, amit eddig elmondott, hanem arra, amit tényleg nem tud. – Az ilyesmihez hajók kellenek, uram! És hajók alatt nem magukat a szerkezetek értem, hanem a hozzáértő legénységet és mindenféle szakértelmet.

– Fejtsd ki! – utasította McNamara.

– Vannak nekem a szállításban nagyon profi szövetségeseim, McNamara... úr. Végtére is kereskedő volnék! – válaszolt Espinoza.

– Kik azok?

– Ó... hát, kérlek, hogy ezt tekintsd, ha lehet, üzleti titoknak. Nincs jelentősége a Légió szempontjából.

– Mit beszélsz? Azonnal mondd el, hogy miről van szó! – szimatolt valami turpisságot McNamara.

– Hidd el, uram, őket nem érdekli. Nem tudakolnak semmit, nem kérdezősködnek. Amíg megkapják a pénzt, addig a rendelkezésünkre bocsátják azt, ami kell, mindazt, ami a lényegi dolog az üzletünket illetően, és ennyi.

– Kik azok? Itteniek?

– Nem, uram. Erre utaltam az imént a „nemzetközi viszonyokkal”. A partnereim silencóiak. A Földközi-tenger tele van lehetőségekkel!

McNamara mintha már habozott volna elfogadni azt, amit megtudott. De most hamar jelét adta, hogy ez kicsit sem tetszik neki!

– Tehát te tényleg ilyen ostoba vagy, hogy a silencói „nagycsaláddal” üzletelsz... Elment az eszed? – adta ki mindazt, amiről mintha valamiféle tudomása lett volna már korábban, és ami benne ezidáig bujkált. Legalábbis túl egyértelműen – negatívan – ítélte meg a dolgot.

Espinoza kissé berezelt.

– De hát Louis Charles uram! Hiszen neked tudnod kellett – kezdett bele, majd elhallgatott. – Tudtad is – jött rá, hogy mi szolgálhat McNamara stílusának hátteréül.

– Nem! Csak nemrég tudtam meg! – üvöltött rá McNamara torka szakadtából. Úgy, ahogy még soha életében nem üvöltött talán.

Espinoza köpni-nyelni sem tudott. – Természetesen hallottam róla, hogy a Földközi-tengeren való ténykedésed folyamán elengedhetetlen volt sokszor az együttműködés ezzel a talján söpredékkel, de azt nem gondoltam, hogy olyan hülye vagy, hogy ennyire elmélyíted velük a kapcsolatot. Ez a… „család" a kontinens egyik leghírhedtebb bűnbandája. Ezzel kockára tetted az ügyünket, mindent veszélyeztettél, te őrült vén barom!

– McNamara elnök úr, kérlek, ne reagáld túl a helyzetet. Természetesen mindig tudtam, meddig mehetek el!

– Mit műveltél azokkal a koszos digókkal?

– De elnök úr…

– Ne „elnök urazz" itt nekem! – emelte fel újra a hangját. – Miben áll az együttműködésed lényege ezekkel a bűnözőkkel?

– Én csak… Tudod, tényleg nehéz volt egy ekkora hálózatot kiépíteni, mint amekkorára a te kérésed alapján neked szükséged volt, Louis Charles uram. Úgy értem… Persze, úgy értem, a Légiónak. Nekem ez sosem ment volna egyedül. Régen szállíttattam velük, még az üzletem beindulásakor némi vám nélkül behozott gyümölcsöt és ezt-azt, aztán… Jóban lettünk.

– Jóban lettetek?

– Igen, tudod, én megkértem, hogy segítsen terjeszkedni, növekedni. Kikértem Mattios Rossi tanácsát sok dologban! És segített nekem.

– Segített… Az üzlet mellé bizonyára baráti jócselekedetből…

– Természetesen nem. További megrendeléseket várt el, és ennyi. Ahogy azt korábban mondtam…

– Milyen megrendeléseket? Mit szállított neked?

– Már mondtam az előbb, uram, hogy főleg gyümölcsöt. És…

– Mást nem?

– Hát... Amikor először megkértél, hogy oldjam meg... szállítsam le valahogy az első fegyverszállítmányt. Emlékszel, a pajzsokat, kardokat, dárdákat...

– Beszélj őszintén, a pénzen kívül a politikai befolyásoddal is kiszolgálod ezt a családot? A lekötelezettjük vagy? Gondolom, nem ők azok neked...

– Én legfeljebb neked vagyok a lekötelezetted, McNamara uram!

– Elég volt a velőtlen seggnyalásból! – förmedt rá McNamara. – Mostantól itt én irányítok! Mondd az igazat!

– Elmondtam. Mindent, amit csak elmondani lehetséges – esett kétségbe teljesen Espinoza.

– Rendben – fújt egy nagyot McNamara, és kis szünet után higgadtabban vázolta terveit. – Sokkal nagyobb kapacitást igényel a jövőbeni munka, mint eddig. Nem annyi fegyvert és a légió számára szükséges ellátmányt kell szállítani majd, hanem sokkal többet, és nem olyan gyorsan, mint eddig, hanem sokkalta gyorsabban! Menni fog ez neked egyedül? Vagy szükséged van ezekhez a segítségére, ahogy sok minden máshoz neki a tiédre?

– Nos, uram... A vámolásnál, ha Európán kívülről szállítunk, és a szállítások közben történő, észrevétlen átrakodásnál, ha Európán belül tesszük mindezt, mindig szükségünk lesz Rossiék embereire, a praktikáira, és az ezekhez szükséges tudásra, amely teljes, széleskörű tudást persze ő nem ruházza át sohasem. Inkább pénzt szed érte, vagy segítséget kér cserébe, hogy „elrendezze" az ügyeket.

– Akkor pontosítanunk kell vele jövőbeni kapcsolatunkat!

– Hogy érted ezt, uram? – hűlt meg a vér Espinozában.

– Találkozni akarok a családfővel! – kapott ijesztő választ.

❖ ❖ ❖

Margot a gyerekeket két oldalról magához szorítva egy fatuskón Johannes felé, Johannes nemes egyszerűséggel a földön, leégett háza romjai felé bámulva üldögélt szótlanul. A kislány, Selimi néha fájdalmasan nyögdécselve, az események lezajlása után sem csillapodó félelme jelét adván, behunyt szemmel préselődött

367

anyjához, kicsit a hidegtől is óvva magát a szoros Margot-nak
simulással. Joel azonban, bár szintén anyja karja alatt, annak
mellkasához szorítva fejét, mégis tátott szájjal bámult előre
Johannesre, várva, hogy történik-e még valami. Ő most is aktívabb
volt a többieknél.

Oliver egyelőre kicsit hátrébb főként szintén Johannest
figyelte, mint aki ugyancsak tőle vár valami cselekvésfélét. Nem
mintha éppen lett volna mit cselekedni. Johannes kocsijának
dőlve járta hát tovább „táncát" idegességében. Hiába egy ideje
nem változtatott érdemben helyet, lábai akkor sem álltak meg,
egy percig sem. Úgy lépkedett egyikről a másikra állva, mint
akinek épp vizelnie kell. Amikor újra elindult, felesége kevés
megértéssel, elsősorban azt jelezte mondanivalójával, hogy már
idegesíti férje nyughatatlansága: – Állj már le!

Majd ezt fűzte hozzá: – Megijeszted még jobban a gyerekeket!

Oli úgy nézett rá, mint aki meg azt sugallja: épp elég ijedtek, de
minden okuk megvan rá. Nem volt családfőhöz méltó, ahogy saját
rémültségéből kifolyólag viselkedett, és a mélypontot akkor érte
el, mikor elhatározta, megpróbálja szóra bírni a házát gyászoló,
rezzenéstelen Johannest. Indultában ugyanis úgy megcsúszott
egy sárosabb, de a sötétben rosszul felmérhető talajú részen,
hogy azonnal megmártózott teljes ruházatával a természetes
mocsokban. Felkászálódás közben szánalmas benyomást kelthetett
bárkiben – ezt érezte, de szerencsére senki sem látta igazán.
A fény csak annyira volt elég, hogy következtessenek rá, hogy
mi történik. Johannes meg sem rezzent az eseményt kísérő
hangoktól, amiket ő kiadott, és a káromkodásoktól sem, amik
ezt követték. Margot is csak nagyjából felmérte, mi történt,
de szintén nem reagált semmi különöset. Selimi lemaradt az
eseményekről, de Joel sem hagyta el anyját.

Végül már megint pont a kisfiú bizonyult a legtürelmet-
lenebbnek.

– Mikor jönnek már a csendőr... bácsik? – kérdezte Margot-tól,
egy időre mégis kiszabadulva annak szorító öleléséből.

Margot semmit sem szólt, csak visszahúzta magához a gyereket.
Oliver végül mégis cselekvéssé formálta első szándékát, és egyes

testrészeit másokat fedő, még tisztán maradt ruhadarabokba próbálván törölni, lassan odasétált Johanneshez, aki csak bámult és bámult ki a fejéből, semmit nem téve. Előtte már vagy hatszor körbejárta az erdővel ölelt területet, de mióta leült oda, nem mozdult.

Mellé érvén, a legalább másfél órán át erőteljes intenzitással lángoló faház romjain még munkálkodó, de már egyre inkább kialvófélben lévő tűz és parázs fényénél most vette észre először, Johannessel szemben állva, hogy annak arcán számos apróbb sérülésből származó vérfolt éktelenkedik. Dulakodott velük – emlékezett. Pedig azok őt nem akarták bántatni. Le is léptek, mivel Janost nem találták.

Johannesnek hasa közepéig széttépett ingfoszlányai mögött, hajához hasonló hosszúságú göndör mellkasszőre alatt pedig szintén véres foltok mutatkoztak. A néha, rövidke időre újra erőre kapó tűz lángjai közti, éppen pusztuló fadarabok olykor akkorákat pattogtak, hogy attól nem csak a gyerekek, hanem Margot és Oli is összerezzentek ijedtükben. De Johannes nem, neki csak az ideg rángatta néha bal szemének sarkát, amiről láthatóan nem tudott. Oli állt ott vagy egy percig. Nem tudta, vajon az öreg sokkban van-e, amikor az váratlanul mégis elmozdult addigi támaszát jelentő kocsijától.

– Lesz munka bőven, mire újraépítem – mondta, és ismét hosszú csend következett.

Oliver ijedten bámult rá, de továbbra sem merte megzavarni, csak állt mellette meredten, fél lépéssel hátrébb, hogy ne kerüljön annak látóterébe.

– Olyan lesz, mint régen! – folytatta Johannes nemsoká- ra. – Pontosan olyan – fejezte be a gondolatot újabb hosszú másodpercekkel később, majd megszállott módjára, mint egy robot, feltornázta magát és lassú, monoton léptekkel elindult az erdő felé.

Oli egy ideig követte. Párszor megkísérelte megragadni, hogy fékezze a mozgását, de Johannes megállíthatatlan volt. Valóban, mint egy másról nem tudó gép haladt előre, a belé programozott irányban, nyílegyenesen.

– Johannes... Johannes! – szólongatta bátortalanul, fél
percek újabb és újabb elteltével. De nem merte igazán, erővel
gátolni semmiben, mert félt valamitől. Hogy az öreg begőzöl,
talán... Mikor érezte, hogy túl távol kerül Margot-éktól, inkább
már nem követte tovább. Az öreg tényleg végig olyan volt, mint
akit megszállt valami. Egyenes vonalban haladt, semmi nem
zökkentette ki. Csak ment, csoszogott a bozótos felé, ami a
kizárólag sötétséget és barátságtalan hideget tartogatott. De
Johannes mégis oda tartott.

A fák vonala előtt volt közvetlenül, nem igazán áthatolhatatlan
akadályba ütközött. De mégis olyan, aminek blokkolnia kellett
volna kicsit. Egy nagyobbacska, embermagasságú, valamiféle
általa ültetett cserje magasodott előtte. Közvetlenül a mögött
pedig már egy fenyő állt, melynek lelógó ágai a cserjével ölelkeztek.
Johannes mintha mérlegelt volna kissé lelassulva haladtában,
de nem kerülte ki az akadályt. Csak mozgása irányának enyhe
megváltoztatásával elhajolt az egyik lelógó ág elől. Pusztán
törzsét döntötte oldalra kissé, majd teljesen elsodorva a nagyobb
bokor sűrűjét, benyomult a rengetegbe, otthagyván mindenkit
a tisztáson, talán meg is feledkezve róluk.

A szerző

Légrádi Horváth Péter 1987. március 27-én szüle-
tett Romániában, Szatmárnémetiben. Újságírónak
tanult a Kodolányi János Főiskolán. A diploma
megszerzése után főként operatőrként, videóvá-
góként dolgozott. Hobbija a fotózás és az írás. Az
Europaturm című kétkötetes regény az első meg-
jelent regénye. Világéletében a kreatív alkotásra,
és önmaga művészetekben való megtalálására
törekedett. Noha Romániában született, tősgyö-
keres dunántúlinak érzi magát. Győr mellett több
helyen élt Fejér megyében is. 32 éves korára érezte
végképp úgy, hogy sok, magából kiírandó gon-
dolat gyülemlett fel benne. Ez vezetett végül első
regénye megírásához.

Légrádi Horváth Péter

Europaturm

II. kötet

ISBN 978-3-99064-917-6
512 oldal

Nemcsak Európát, annak vezetőit semmisítették meg, hanem valami sokkal többet… Létezik még egyáltalán a Föld nevű bolygó, vagy már csak a kolonizált planéták senki által sem látogatott könyvtáraiban él a valamikori hősök és gonoszok emléke?